SE
GRE
DOS

SEGREDOS

Tatiana Amaral

LIVRO UM

Pandorga

Todos os direitos reservados
Copyright © 2017 by Editora Pandorga

Direção Editorial
Silvia Vasconcelos
Produção Editorial
Equipe Editoral Pandorga
Preparação
Martinha Fagundes
Revisão
Martinha Fagundes
Diagramação
Vanúcia Santos (AS Edições)
Capa
Marina Ávila

Texto de acordo com as normas do Novo Acordo Ortográfico da Língua Portuguesa
(Decreto Legislativo nº 54, de 1995)

DADOS INTERNACIONAIS DE CATALOGAÇÃO NA PUBLICAÇÃO (CIP)
Ficha elaborada por: Tereza Cristina Barros - CRB-8/7410

Amaral, Tatiana
    Segredos : livro 1 / Tatiana Amaral. ---1.ed. --- São Paulo : PandorgA, 2017.
    400 p. ; 16 x 23 cm.

    ISBN 978-85-8442-239-5

    1. Erotismo na literatura 2. Romance brasileiro I. Título.

11.08/029-2017   CDD- 869.93

2017
IMPRESSO NO BRASIL
PRINTED IN BRAZIL
DIREITOS CEDIDOS PARA ESTA EDIÇÃO À
EDITORA PANDORGA
RODOVIA RAPOSO TAVARES, KM 22
GRANJA VIANA – COTIA – SP
Tel. (11) 4612-6404
www.editorapandorga.com.br

A Nilton e Maria, por me amarem acima
de tudo, inclusive deles mesmos.
E também a Diogo, Daniel, Davi e Bia,
por me fazerem entender o porquê
do amor ser incondicional.

CARTA ao LEITOR

Eu jamais poderia reescrever e relançar este livro sem iniciar o projeto com uma carta contando o que fiz por aqui. Segredos foi o meu primeiro livro, escrito primeiro como uma *fanfic* de Crepúsculo, para em seguida ser trabalhada como livro. É um projeto que amo e me orgulho muito por ser aquele que me fez acreditar que eu podia, sim, realizar este sonho, então foi com muito carinho que resolvi encará-lo outra vez.

Resolvi reescrevê-lo por um motivo muito especial: por ser o meu primeiro livro, a escrita dele ainda era a que eu tinha no início da minha carreira, sem a noção e amadurecimento que tenho hoje depois de tanto estudo e cursos. Segredos é um livro lindo, romântico, cheio de emoções que mexem com as pessoas, então eu não queria entregá-lo sem antes tentar ajustá-lo para a minha realidade.

Da mesma forma me senti insegura por não querer mexer em algo que, na minha opinião, já estava lindo, que era a história, então a minha primeira ideia era não modificar o texto, só ajustar a técnica e aplicar uma revisão mais apurada. Mas foi impossível permanecer apenas nesta linha de trabalho.

Relendo Segredos eu percebi que o livro precisava ser melhor desenvolvido. Juro que acrescentei o mínimo possível, contudo foi inevitável a inclusão de partes inéditas que ajudaram a melhor apresentar a história de Thomas e Cathy.

O que posso dizer é que voltar a Segredos me fez voltar a sentir aquela mesma emoção do começo e foi maravilhoso! Sou grata por esta oportunidade e estou muito feliz em poder apresentar esta nova roupagem para vocês.

Foi feito com muito amor. Espero que gostem.

UM GRANDE BEIJO
Tatiana Amaral

CAPÍTULO 1
Um novo começo

CATHY

Estava no quarto, arrumando minhas coisas. Eu me sentia muito feliz por ter conseguido o emprego e ao mesmo tempo triste, pois essa conquista significava deixar de morar e conviver diariamente com amigas que aprendi a amar durante os dois últimos anos. Estava um pouco emotiva naquela semana que seria a minha última naquela casa. Enquanto guardava meus livros preferidos na única caixa que ainda faltava fechar, senti as lágrimas se formarem, mas Mia bateu na porta me afastando dos meus pensamentos.

— Não comece a chorar outra vez, Cathy! Nós já conversamos sobre a sua mudança antes. Você só vai para outra casa, que, diga-se de passagem, é simplesmente sensacional. Além disso, vai passar a maior parte do seu tempo viajando com um dos gatos mais maravilhosos do momento. O que há de tão triste nisso? Ah, já sei! Deve ser o salário absurdo que vai ganhar para ficar ao lado do gato o tempo todo.

Ela começou a rir e a me fazer cócegas. Graças a Mia Baker, uma das minhas melhores amigas, eu havia aprendido a gostar de moda e de me vestir bem, mas isso era o que tinha de mais superficial em nossa amizade. Mia é uma das poucas pessoas em quem confio e por esse motivo é uma das poucas que sabem da minha história. Ela é meiga, companheira e, acima de tudo, completamente racional e justa. Eu a amo! Iria sentir terrivelmente a sua falta.

— Pare com isso, Cathy! Vamos, vou te ajudar. Você vai levar tudo mesmo? Pode deixar uma parte aqui para o caso de decidir voltar. — Um sorriso largo brilhou em seu rosto.

— De jeito nenhum! Vocês precisam alugar o quarto e terei espaço suficiente no meu novo lar. Além do mais quando eu estiver viajando, o que será quase sempre, não vou precisar nem da metade dessas coisas.

— Não será o mesmo sem você. Vai ficar um imenso vazio.

Não consegui impedir minhas lágrimas com a sua declaração. Mia é como uma irmã mais velha. Aquela que eu nunca tive. Sou filha única. Meu pai nem queria filhos, mas minha mãe engravidou numa tentativa de manter o casamento, ou o que ela acreditava ser um casamento.

Pensar em minha mãe me doía ainda mais. Ela tinha morrido tão jovem! Eu ainda era uma criança, estava com apenas 12 anos e fiquei sozinha no mundo, com parentes que nunca se preocuparam realmente comigo, somente com o que o meu pai, que nunca desejou ser pai, poderia lhes proporcionar financeiramente.

No início não foi tão ruim viver com eles, só nunca foi como deveria ser num caso como o meu: órfã de mãe. Principalmente depois de descobrir toda a verdade com relação à minha família. Nossa relação não chegou a ser difícil, pelo menos não com a minha tia, irmã mais velha da minha mãe, mas me senti aliviada por fazer faculdade em Los Angeles e não precisar mais ser um peso em suas costas.

Eu nasci em Carson City, Nevada, Estados Unidos, em meio a cassinos e turistas. Foi por esse motivo que minha mãe conheceu meu pai. Ele era um forasteiro na cidade, viajando a trabalho e se divertindo nas horas vagas. Vim para Los Angeles cursar a universidade, recomeçar a minha vida e também para fugir do que restava dela. Foi quando conheci Mia e nunca mais nos desgrudamos. Até agora.

— Vou sentir sua falta também. — Fingi indiferença enxugando as lágrimas e fungando. — Vamos falar sobre outra coisa? — Ri, tentando conter a emoção.

— Ok, então! Pronta para hoje à noite? Estamos preparando uma tremenda despedida para você.

Pelo seu olhar percebi que minha noite seria longa.

— Ai, meu Deus! O que vocês estão aprontando? Dá até medo de imaginar.

Mia riu com vontade e eu não sabia se ficava com medo do que ela estava planejando ou animada com a possibilidade de diversão.

— Tudo bem! Mas nada de tentar me deixar bêbada, certo? Você sabe como fico quando bebo, aliás, álcool e Cathy não se misturam. Mesmo assim vocês não perdem este hábito, se eu não me cuidar vou acabar me metendo em encrencas.

— Nós não vamos deixar nada de ruim acontecer.

Saiu dando seus pulinhos infantis que muitas vezes me faziam esquecer que se tratava de uma mulher séria e responsável, que mais parecia uma modelo de tão linda. Mia é alta e magra, seu corpo é muito bonito, apesar de eu não ver muita graça em corpos magros demais, porém o dela é diferente. Suas pernas são longas e torneadas e sua cintura é bastante fina. Seu seio é do tamanho ideal. Poderia com certeza ser uma grande modelo, porém escolhera trabalhar como consultora de moda. Ela é incrível!

Sozinha no quarto eu me entreguei outra vez aos pensamentos. Estava completamente insegura com o meu novo emprego. Quando fiz a entrevista tinha quase certeza de que não seria selecionada. A pessoa responsável sequer me olhou, apenas me fez algumas perguntas e me dispensou, por isso fiquei surpresa quando no dia seguinte fui convocada para mais uma etapa da seleção.

Eu nem sabia para qual artista iria trabalhar, se soubesse, com certeza, nem conseguiria responder às perguntas. Na segunda etapa fui entrevistada por uma mulher muito bonita, a *manager* do artista para quem eu iria trabalhar, Helen Jones. Uma *manager* era muito mais do que uma agente. Era a responsável por todos os detalhes da vida do ator, desde seus trabalhos até a roupa adequada para ele vestir.

Helen não é muito alta e tem feições finas como as de uma criança. Seu rosto é angelical, e ela tem um sorriso no qual é muito difícil não reparar. Conversamos bastante, de maneira descontraída e, no final ela disse que havia gostado muito de mim. No outro dia me ligou dizendo que fui escolhida para o cargo.

Só depois de acertarmos todos os detalhes ela me disse quem era o artista. Fiquei sem reação, porém consegui me recompor a tempo e fingir indiferença, rezando para ela não desistir de me contratar por esse deslize. Eu simplesmente achava que o cara era o homem mais bonito que já vi na vida! Havia até um cartaz do seu último filme colado na porta do meu quarto, o qual, é claro, me livrei logo em seguida.

Como seria trabalhar com ele? E a enorme atenção dada à sua carreira, como eu me sairia diante de tudo isso? Suspirei e balancei a cabeça tentando afastar os pensamentos de insegurança.

No dia seguinte seria a assistente do ator mais famoso do momento: Thomas Collins, 25 anos, podre de rico e lindo, muito lindo! Eu precisava tirar esses outros pensamentos da cabeça, afinal de contas ele seria meu chefe e, "onde se ganha o pão, não se come a carne", como dizia a minha sábia amiga, Anna Moore. Era importante focar nisso.

Além do mais, amor era a última coisa que eu procurava. Não por não acreditar nele, mas por achar desnecessário para aquele momento da minha vida. Já tive experiência suficiente para saber que equilíbrio e amor não andam de mãos dadas. Então estava fora de qualquer cogitação me relacionar com alguém por ora.

Não me considerava uma pessoa com problemas com relacionamentos, porém eu tinha uma séria restrição à ideia de me envolver com alguém. Um reflexo do que vivi no passado e para ser bastante sincera, Thomas era o último homem na face da Terra por quem eu gostaria de me apaixonar, pelo menos na vida real. Seus personagens eram perfeitos, homens lindos e arrebatadores, do tipo que dão tudo que têm pela mulher amada. Era difícil não sonhar com alguém assim, porém esse era o personagem, o ator e a personalidade do homem descrita por todos os tabloides, era completamente diferente.

Na verdade, ele era um mulherengo, um colecionador de mulheres, exatamente o tipo que eu procurava passar bem longe. Sem contar que eu não acreditava no homem perfeito, nem no homem que ele interpretava nos filmes. São apenas personagens. Por isso suspiramos por eles.

Meu trabalho seria organizar a sua vida e fazê-lo cumprir a agenda. Ao que parecia, ainda por cima, era indisciplinado e descompromissado, ou seja, não seria uma tarefa fácil. Para tanto teríamos que conviver o tempo todo e estar em constante contato com toda a sua equipe para que não houvesse conflito de interesses ou de horários.

Além disso, teria que discutir todas as propostas de trabalho recebidas e enviadas pelos seus agentes que, até onde eu sabia, eram três, todos homens: Green, Miller e Williams. Com exceção da líder de sua equipe, Helen, que estava grávida e planejava sair de cena tão logo fosse possível, eu seria a única mulher no grupo. O que poderia ser complicado.

— Tudo arrumado — falei sozinha no quarto desmontado e ouvi Mia gritar, de algum lugar da casa:

— Então vá se arrumar, garota e, pelo amor de Deus, nada de ir simplesinha, hoje nós vamos arrasar! É sua despedida e, principalmente, a comemoração de sua vitória profissional e financeira. — Ouvi sua risada e me animei. — Esta noite vai entrar para a história! — Não pude deixar de rir.

Fomos a uma boate que frequentávamos muito, perfeita para nossa despedida, pois sua programação se dividia entre *Karaokê* com uma banda ao vivo, muito divertido, e show com DJ, que era alucinante. Ficava bem próxima à praia, enfim, nós adorávamos! Estava sempre lotada, contudo já éramos conhecidas pelo pessoal da portaria, então tínhamos acesso livre. Era uma das boates mais bem frequentadas do momento, de vez em quando, aparecia por lá alguém famoso ou importante.

Éramos cinco amigas, eu, Mia Baker, Daphne Hill, Anna Moore e Stella Adams. Morávamos todas juntas em um apartamento de quatro quartos na 3rd Street Promenade, Santa Mônica, Los Angeles. Nossa convivência era no mínimo pacífica, claro que tínhamos gostos e interesses específicos, éramos diferentes em diversos aspectos, o que normalmente não era um problema. Por esse motivo estávamos reunidas naquela noite; gostávamos da companhia umas das outras.

Escolhemos uma mesa entre o palco e o bar que deixou todas satisfeitas. No meio da noite a conversa estava bastante animada, frequentemente ríamos muito. Como eu já tinha previsto, as meninas estavam tentando me deixar bêbada e, mesmo conseguindo me livrar da maioria dos copos que me davam, estava começando a me sentir "alta".

A minha fraqueza com bebidas alcoólicas sempre era o ponto alto da noite para as meninas, entretanto elas se mantinham fiéis e não extrapolavam comigo, por isso era normal eu conseguia terminar a noite andando com as minhas próprias pernas.

Como sempre fazíamos, depois de algumas doses, óbvio, acompanhávamos a banda em alguma música do momento. Naquela noite as meninas estavam com tudo, escolheram uma bastante insinuante e, antes de cantarmos, apostamos quem conseguiria ser mais sexy, uma brincadeira que eu jamais aceitaria se não estivesse bebendo.

O cantor, que já era um conhecido de outras noites de diversão, nos anunciou como a atração principal, chamando a atenção dos homens. Confesso que tive ímpeto de voltar para a mesa, mas me contive para não desapontar minhas amigas.

Quando a banda começou a tocar, estávamos totalmente empolgadas, pelo menos eu tentava ficar, então começamos a cantar, assim como dançar. A plateia gritava nos fazendo rir. Era sempre muito divertido quando saíamos e, apesar do clima de despedida ter nos deixado bastante emotivas, estávamos realmente dispostas a curtir tudo o que a noite poderia nos proporcionar.

Quando já tínhamos passado da metade da música, Daphne me puxou pelo braço e mostrou no andar de cima uma pessoa encostada na grade olhando fixamente para mim. Não consegui ouvir o que ela dizia, mas percebi de imediato de quem se tratava. Como não perceber? Olhei para aquele mesmo rosto todos os dias nos últimos dois anos de minha vida, então ele estava lá, imóvel como uma estátua, perfeito como um anjo.

Thomas Collins.

Sua beleza era tanta que não pude deixar de suspirar ao vê-lo. Só voltei à realidade quando Daphne me rodou no palco me mandando não dar bandeira. Fiquei sem graça de imediato, me sentindo uma idiota, olhando para ele daquele jeito. Mas antes de desviar o olhar o vi sorrir de maneira tão perfeita que me tirou o ar.

Todo o meu pensamento se voltou para os problemas que eu poderia ter por causa daquela noite. Thomas Collins podia não saber quem eu era, porém eu sabia exatamente quem era ele e não apenas por se tratar de quem se tratava, mas principalmente porque no dia seguinte ele seria o meu chefe. A forma como me olhou não me ajudaria muito a sustentar o personagem que eu precisaria interpretar quando estivéssemos juntos.

A música acabou, então nós descemos do palco sob uma chuva de aplausos, gritos, como também gracinhas dos rapazes que assistiram nossa performance. Daphne e Anna adoravam a atenção que recebiam dos garotos da boate. Eu normalmente ficava completamente sem graça. Quando passei, voltando para a mesa, não pude evitar olhar mais uma vez para o andar de cima, baixei a cabeça imediatamente quando percebi que ele ainda estava me olhando. Seria mais difícil do que eu imaginava. Era importante que o cara não tivesse nenhum interesse por mim, seria o mais saudável para o nosso trabalho.

— Caramba! É ele mesmo? Nem acredito! Ele é mesmo muito lindo, não é? Não vai falar com ele? Se apresentar? — Anna tagarelava ansiosa atrás de mim como sempre.

— De jeito nenhum! Teremos tempo de sobra para nos conhecer amanhã. Espero sinceramente que esteja bêbado o suficiente para não se lembrar de nada do que viu — eu me vi falando secamente. Estava morrendo de medo. Que imagem Thomas Collins teria de mim?

— Deixe de bobagem! Você ainda nem começou a trabalhar, além do mais está apenas se divertindo, que mal há nisso? — Mia tentava me animar. — Ele não pode fazer nenhum juízo de você só porque cantou e dançou com suas amigas. Também o fato de ele ser seu chefe não tem nada a ver com a sua vida pessoal.

— Eu cantei e dancei de maneira bastante sensual, Mia. Ele pode formar um monte de conceitos sobre mim por causa disso, inclusive achar que pode se dar bem comigo.

Enquanto eu pensava nesta possibilidade, um calafrio me percorreu. Se fosse assim mesmo... se ele realmente tivesse interesse em mim, eu teria de ser bastante forte e dura para que nada acontecesse. Seria como jogar fora uma grande oportunidade, o que, sem dúvida, eu não queria fazer.

— Acho que devemos brindar a situação com mais uma rodada — Daphne levantou para buscar as bebidas, mas segurei seu braço dizendo que era a minha vez e ela sentou novamente. Precisava me afastar um pouco para organizar as ideias.

Caminhei em direção ao bar, tentando me sentir mais segura, parei no balcão e pedi as bebidas. Enquanto aguardava senti uma mão tocar o meu ombro para logo depois um rapaz muito bonito, loiro e forte, sentar no banco ao meu lado, se apresentando. Ele me lançou um sorriso encantador, contudo eu sabia exatamente quem ele era e podia imaginar o motivo para estar ali. Gelei.

— Oi, meu nome é Kendel, posso saber o seu?

Apesar do seu sorriso lindo, por trás havia a arrogância típica de pessoas na sua posição. O cara era um dos agentes do Thomas, Kendel Miller, conhecido em toda a cidade como um garanhão, um conquistador, aliás, classificação que também servia para o próprio Thomas.

— A princípio não, Kendel. — Peguei minhas bebidas e levantei do banco.

Parte da minha fuga estava relacionada ao fato de eu não querer ficar ali, ouvindo-o alimentar o próprio ego. Outra, ao fato de não querer conhecê-los antes da hora, permitindo que formasse uma imagem errada. Mas, para ser bem mais sincera, eu queria realmente fugir do que ele pretendia fazer.

— Olha, seja um pouco mais receptiva, tá? Meu amigo quer muito te conhecer, disse que não vai embora sem antes lhe pagar uma bebida. Garanto que vai gostar de saber quem é ele. — Piscou, tornando a conversa mais confidencial. — Acredite, muitas garotas gostariam de estar no seu lugar. — E sorriu de forma maliciosa, certo de que já havia conseguido o seu objetivo.

— Kendel, não é? — Fingi não lembrar o nome dele. — Por favor, diga pro seu amigo que quem paga a minha bebida sou eu e, que se ele for esperar por isso, sinto muito, mas irá morar aqui. — Levantei uma sobrancelha enquanto falava e saí de forma desafiadora. Fui infantil, eu sei, mas foi impossível evitar a raiva que senti pelo fato de ele achar que poderia ter qualquer garota. Ele até poderia, mas eu nunca seria uma delas.

Quando cheguei à mesa, as meninas estavam loucas querendo saber o que ele tinha me dito e porque saí com raiva. Elas tinham prestado atenção. Ótimo! Eu temia só de pensar que o assunto não seria encerrado naquela noite. Expliquei o ocorrido a elas, que caíram na gargalhada.

— Você não muda mesmo, hein, Cathy? Sempre tão difícil com os homens. Conhecê-lo não vai lhe fazer mal algum — Stella falava e ria da minha cara irritada.

Logo a conversa mudou de rumo e fiquei grata por isso. A história já havia recebido toda a atenção que deveria, por isso eu deixaria para pensar sobre ela só no dia seguinte. Após alguns minutos conversando e desfrutando das nossas bebidas resolvemos dançar. O que foi ótimo! Eu adoro dançar, simplesmente me esqueço do mundo quando danço. Era como um grito de liberdade para o meu corpo sempre tão preocupado com o que as pessoas estavam pensando.

Estávamos bem animadas, logo nos apoderamos da pista. Sabíamos que estávamos sendo observadas, éramos todas bonitas, cada uma do seu jeito e, no geral, chamávamos bastante atenção.

Completamente envolvida com a situação, acabei esquecendo que ele também estava lá. Na verdade, depois da minha resposta acreditei que Thomas procuraria outra garota para se divertir. Não sei porque fiquei um pouco decepcionada com esse pensamento. Ou sei: ele era o meu ídolo, o cara que ganhou o direito aos meus últimos pensamentos antes de dormir. Balancei a cabeça tentando expulsar aquele sentimento e me entreguei à dança, me esforçando para não pensar mais em nada.

Empolgada, permiti que meu corpo recebesse com prazer todo o calor dos outros corpos que estavam na pista e em pouco tempo já transpirava precisando de mais uma bebida.

Stella, Anna e Daphne saíram e eu não consegui saber para onde iam, pelos risinhos percebi que estavam aprontando alguma. Comecei a me preparar psicologicamente. Eu e Mia aproveitamos para buscar mais bebidas, deixando a pista em direção ao balcão. Pegamos as garrafas e tentei escapar rapidamente do que elas, com certeza, estariam aprontando.

A ideia era: chegar à mesa e simplesmente me acorrentar lá. Porém quando me virei rápido demais deparei com Thomas Collins em pessoa, colidindo com o seu corpo. Minha bebida sujou sua camisa e escorreu pelo decote da minha, passando de maneira insinuante pelos meus seios que, automaticamente, se enrijeceram com o contato. Não pude evitar levar as mãos ao local, arquejando. Ele sorriu com a minha reação.

— Eu gostaria de poder ajudar, mas até onde sei, não tenho permissão para conhecê-la e terei de morar aqui se quiser fazer isso. — Fiquei envergonhada na mesma hora.

— Desculpe! — Havia dois motivos para eu precisar me desculpar: a resposta desaforada e a camisa dele, que ficou arrasada. Era demais para ser verdade. — Acho que estraguei a sua camisa. Posso...

Antes que eu conseguisse terminar a frase, as meninas surgiram do nada, me puxando para algum lugar. Todas riam muito e, só quando eu estava a caminho, percebi para onde estavam me levando. Os tequileiros! Eu estava na maior enrascada! Iria ficar bêbada na frente do meu chefe, ou seja, ele teria motivos para ter as piores imagens ao meu respeito. Comecei a protestar e choramingar, mas não adiantou. Antes de subir o degrau e me sentar na poltrona, Mia sussurrou no meu ouvido:

— Não se preocupe, não deixarei nada acontecer a você.

Acordei em meu quarto. Meus olhos doeram. Preisei protegê-los, me dando conta de que o sol já estava há muito tempo brilhando no céu. Levantei rápido demais, indo direto ao chão. Minha cabeça latejava, meu estômago estava revirado, tudo parecia ruim e errado. Só então me dei conta de que estava nua e que Mia estava dormindo ao meu lado.

— Meu Deus! O que aconteceu? — falei alto o suficiente para acordá-la e fazer minha cabeça doer ainda mais.

— Caramba, Cathy, não consegue dormir quieta um só minuto? — Ela segurou meu travesseiro e tapou o rosto com ele — Você se mexeu a noite inteira. Eu mal consegui pregar os olhos.

— Mia, o que eu estou fazendo sem roupas e deitada com você em minha cama? — Senti meu estômago revirar. Ok! Nada contra os gays, mas eu não fazia parte desta estatística.

Mia riu e olhou para mim, cinicamente:

— Não se lembra de nada? Caramba! Eu achei que você tinha gostado. — Ela fez beicinho demonstrando sua decepção.

— Por favor, diga que é mentira! — Eu estava quase chorando quando minha amiga gargalhou.

— O que acha que aconteceu, sua doida? Você bebeu demais, os tequileiros te deixaram louca e eu te trouxe para casa, como prometi. Como sua roupa ficou toda vomitada, eu te joguei embaixo do chuveiro, depois você se deitou toda enrolada e sem o pijama que separei para te vestir. Quando eu estava saindo me pediu, daquele jeitinho de cachorro sem dono, para eu ficar e cuidar de você. Foi só isso. Você deve ser maluca, mesmo! De onde tirou a ideia de que eu poderia gostar de mulher? Nada contra, mas acho que convivemos tempo demais para saber que meu negócio é homem.

Respirei aliviada por um segundo, até me lembrar que não fazia a menor ideia de como saí da boate, aliás, eu não tinha a menor ideia do que aconteceu depois dos tequileiros. O ar voltou a me faltar. O que ele presenciou?

— Mia, o que aconteceu depois daquilo?

— Nada. Eu já tinha combinado com as meninas que te levaria de lá logo em seguida. Não deixamos ele ter nenhum contato com você bêbada. — Seu sorriso de triunfo era engraçado.

Fiquei mais tranquila, no entanto lembrei que me mudaria naquele dia e deveria estar, no mínimo, apresentável. Levantei lentamente, ciente de que meu corpo não estava funcionando muito bem, e fui para o banheiro. Tomei um banho demorado, depois gastei um bom tempo secando o cabelo até ele ficar totalmente liso; era o mínimo que poderia fazer para melhorar a minha imagem.

Eu me olhei uma última vez no espelho e gostei do resultado. Eu gostava do meu cabelo, longo e volumoso, atualmente loiro, mas já foi de diversas cores. Eu e minha vontade de mudar de cara sempre. Ou quem sabe, de fugir do que sou. Suspirei pesadamente.

Aos 23 anos eu podia me considerar uma garota de sorte. Consegui o corpo que desejava, me livrei dos seios pequenos, que me faziam parecer uma adolescente, colocando um pouco de silicone, nada muito exagerado, só o suficiente para fazer volume num decote. Malhei muito enquanto estudava na universidade e assim ganhei formas mais firmes e arredondadas nas pernas e na bunda, mantendo a cintura bem fina.

Gostava do meu corpo e ponto! O que para muitos era inacreditável, uma mulher que não estava o tempo todo insatisfeita com algo, pelo menos não com o meu corpo. Mas por dentro...

De volta ao quarto encontrei um conjunto estendido sobre a minha cama. Mia! Constatei com carinho. Ela escolheu uma saia creme, não muito comprida, nem muito curta, que modelava perfeitamente meus quadris. Uma blusa branca muito justa com uma abertura que revelava meus ombros, além de um casaco preto de cintura afivelada. Para os pés, um sapato alto na mesma cor do casaco, totalmente fechado que valorizava bastante meus tornozelos.

— Sem revelar, mas também sem esconder. — Mia entrou no meu quarto com aquela sutileza só dela e me abraçou. — Vou sentir sua falta!

— Eu também. — As lágrimas já estavam querendo cair. Desviei meu olhar para impedi-las. — Preciso me apressar, não posso me atrasar no primeiro dia de trabalho.

— Vai chamar um táxi? — Ela também fingia não estar tomada pela emoção.

— Não. Helen vai mandar um carro me buscar.

— Helen é a pessoa que a contratou?

— Isso. Ela é a *manager*. E também uma espécie de chefe dos agentes, entendeu? Na verdade, ela é tipo uma central de comando, tudo deve passar por seu aval. Eu serei uma espécie de braço direito, ficarei com todas as atividades relacionadas ao dia a dia de Thomas Collins.

— O Gato, lindo e maravilhoso dos filmes! Que trabalho difícil! — Se abanou com a mão e revirou os olhos. Sua ironia chamou a minha atenção.

— Quer que eu vá ou não? Ontem era o trabalho perfeito, hoje uma besteira.

— Não estou dizendo isso. Eu acho que este trabalho será muito importante em sua vida.

— Como assim?

— Não sei. Ontem sonhei com vocês dois se beijando.

Mia levava a sério os seus sonhos. Ela sempre acreditava que eram uma espécie de premonição. Eu achava graça, principalmente porque nem sempre dava certo o que ela pensava ser uma revelação e o que acontecia era tão previsível que seria impossível não se realizar.

— Está doida?! Ele é o meu chefe agora. Não posso pensar em Thomas Collins de outra maneira. Sem contar que nunca fui dessas que ficam suspirando por um ator lindo e maravilhoso. — Sorri, sabendo que era mentira, eu sempre suspirara pelo Thomas.

— Foi só um sonho e você até ontem suspirava por certo ator que ficava bem aqui. — Ri enquanto ela fingia beijar a porta do meu quarto.

Abracei minha amiga, percebendo que sentia muita vontade de chorar, porém segurei a emoção. Nada mais de despedidas, eu precisava me apressar.

— Vou me vestir. Preciso ir. — Soltei Mia e respirei fundo piscando sem parar. Eu não queria mais chorar. Precisava estar focada no meu primeiro dia de trabalho.

Bastou ver o carro que foi me buscar para perceber minha nova realidade. Era um Acura MDX, preto, lindíssimo. Caramba, eu adorava carros! Fiquei boquiaberta com tamanho luxo e design. Devia ser uma maravilha dirigir um daqueles, era uma pena ter motorista. Entrei já me sentindo um pouco fora do meu mundo.

Minha família não era pobre, embora não possuíssemos dinheiro para viver com luxo. Vivíamos... bem, com certo conforto. O carro do meu pai era sempre um modelo chamativo, por causa do seu trabalho e o de minha mãe era qualquer coisa que servisse para me buscar na escola.

Meu pai era um apaixonado por automóveis, o que me frustrava profundamente, pois me mostrava que, mesmo tão distantes, havia tanto dele em mim. Por outro lado, se eu levasse em consideração a história da minha mãe, gostar de carros deveria ser um problema, afinal foi por causa de um que ela foi tirada de mim. No entanto, mesmo depois de todos os acontecimentos, de tanto sofrimento, eu continuava louca por eles. Vai entender.

Quando paramos em frente à casa, fui arrancada de meus pensamentos para entrar em uma realidade nunca antes vivenciada. A casa era linda! Grande, contudo, não como as mansões das estrelas de cinema. A sua entrada era uma mistura de simplicidade e glamour. Branca com janelas de vidro, tão grandes que mais pareciam portas. Muito bem localizada na Palisades Beach Road, de frente para o mar. Um muro muito alto impedia qualquer pessoa de enxergar o seu interior, o que lhe dava total privacidade.

Fiquei parada, sem saber o que fazer. O motorista retirou as minhas malas e avisou que esperavam por mim na sala principal. Fui em direção ao local que ele apontou. Levava uma pequena bagagem de mão, com algumas coisas que imaginei que iria precisar para a primeira reunião, como meu *Smartphone* e meu *notebook*, por exemplo, alguns dos presentes do meu pai que eu me vi obrigada a aceitar. Eles tinham providenciado um computador que deveria estar em meu quarto.

Abri a imensa porta, me deparando com um corredor revestido de madeira clara, dando acesso a um enorme vão muito bem decorado, totalmente *clean*. Dei alguns passos tímidos tendo uma visão mais ampla do ambiente. Dividia-se em duas salas, a primeira com alguns sofás formando um local aconchegante e mais atrás, uma sala de jantar completa. Ao lado um declive com alguns degraus.

Ao me aproximar, ouvi algumas vozes. Reconheci a de Helen e me encaminhei para lá. A sala onde todos estavam era espetacular! De onde eu estava podia ver uma decoração lindíssima com alguns sofás, cadeiras de madeira com forros brancos e poltronas. Muito apropriada para uma reunião informal, pensei sorrindo. A vista foi o que me chamou mais atenção. Outra porta de correr, toda de vidro, dava a impressão de que retinha o mar. Tão azul!

— Ah! Você chegou! Bem na hora. Estava agora mesmo falando sobre você com os rapazes. Venha, deixe-me apresentá-la. — Helen me abraçou com leveza e me conduziu ao centro da sala. — Meninos, comportem-se, por favor! Essa é Catherine Brown, a nova assistente minha e do Thomas, como já havia explicado. Catherine, estes são Thomas Collins, Dyo Green e Kendel Miller.

— Oi, outra vez, Cathy! — Kendel se aproximou com um sorriso gigantesco no rosto.

Não gostei da sua invasão de espaço, por isso não retribuí o sorriso. O mesmo incomodo me acometeu pelo fato de ele usar intimidade com o meu nome. Ele disse Cathy e não Catherine, como deveria ser. Sem conseguir relaxar, apenas apertei sua mão como resposta.

Os outros rapazes acenaram de onde estavam, inclusive Thomas, que parecia bastante cansado, apesar de olhar fixamente para mim. Acenei de volta. Será que ele contaria que me conheceu uma noite antes? Será que viu o que não deveria? Fiquei um pouco tensa. Eles sorriam por causa da coincidência, imaginei ao conseguir perceber quando trocaram olhares, me deixando ainda mais inquieta.

Implorei intimamente para que Helen não tivesse notado. Não sabia o que ela pensaria de mim se soubesse o que aconteceu no dia anterior. Com certeza ela esperava uma postura mais séria para uma pessoa no cargo que tinha confiado a mim, adequada para uma profissional competente. Tá, eu podia ser neurótica, mas era melhor pecar por excesso do que por falta.

— Bem, Cathy, estávamos terminando a reunião. Vou passar um tempo com você e depois trabalharemos com a rotina que quero definir. Vamos deixar a tarde livre para arrumar as suas coisas. Lembre-se de que viajaremos em dois dias e só voltaremos daqui a uma semana.

Tentei me concentrar nela, ignorando a sua nítida preocupação com a reação dos rapazes, apesar de não ter sugerido nada a este respeito. Sua naturalidade somada ao seu jeito discreto me fazia sentir melhor. Ela falava com carinho, porém firme e segura, o que me lembrava a minha mãe. Era como se quisesse me proteger, o que, aparentemente, surtia efeito pois eu me sentia bastante confortável ao seu lado, tanto que nem me incomodei por ter usado meu apelido.

— Certo. — Sorri em resposta sentindo a tensão se esvair.

Passei o restante da manhã aprendendo os procedimentos, além de me familiarizar com a agenda programada até o fim do ano. Helen me explicou que, apesar de tudo ser combinado com antecedência, os compromissos podiam mudar sem prévio aviso, seguindo o ritmo ditado pela popularidade de Thomas. Estávamos em uma ótima fase, com novos trabalhos aparecendo, o que dava movimento a sua rotina.

As novas propostas foram automaticamente enviadas para o meu novo endereço de e-mail. Eu deveria analisar e verificar a disponibilidade até o outro dia pela manhã, quando haveria outra reunião. Também precisava lembrar e organizar os eventos anuais do cinema mundial, seus respectivos personagens que estavam programados e já contavam com a participação do Thomas, exigindo atenção especial para essas datas. Muito trabalho, então.

Almoçamos juntas, porém durante todo o tempo não vi nem ouvi o Thomas pela casa. Quando acabamos, Helen me levou até o meu novo quarto, no andar de cima e me deixou lá para arrumar as minhas coisas, as malas já estavam na cama esperando a hora de serem desfeitas.

Fiquei boquiaberta com o novo quarto. Era tão grande que eu poderia morar nele. A decoração seguia o bom gosto do restante da casa. O padrão era o mesmo, uma imensa janela de vidro tendo como pano de fundo a praia. Cortinas brancas, bem leves, uma cama enorme, com cobertores brancos, encostada na outra parede, de frente para o mar. Ao lado, um criado e um abajur. Achei ótimo, teria luz para dormir sem problemas.

Antes da cama, havia uma espreguiçadeira branca tão bem acolchoada que poderia facilmente servir para me abrigar nas noites insones. Um tapete se estendia por baixo dos móveis, e para finalizar, uma mesa de centro de madeira rústica com alguns objetos de decoração. Olhei ao redor me dando conta da outra sala que dava acesso a duas portas, *closet* e banheiro.

Organizei e guardei as minhas coisas mais rápido do que pensei, afinal era muito espaço para tão pouco material. O que havia de mais volumoso eram os meus livros, a maioria técnicos, saldo da universidade e do MBA. Arrumei-os meticulosamente na prateleira do quarto. Fiquei satisfeita, eles combinavam com o ambiente.

Como tinha tempo de sobra, resolvi trocar de roupa. Vesti um short e uma regata, algo mais leve que me permitiria ter agilidade, além de conforto, já que ficaria presa no quarto o restante da tarde. Sem saber ao certo o que deveria fazer primeiro comecei a arrumar uma mala para a viagem. Separei as peças, deixando-as na cama para depois organizá-las. Quando estava quase terminando, ouvi uma batida leve na porta. Olhei em sua direção percebendo Thomas já entrando no quarto. Fiquei branca! Não sabia o que fazer. O que ele fazia ali?

— Oi! — ele falou, meio sem graça. Será que percebeu minha apreensão? Eu precisaria ter cuidado com minhas reações na sua presença, não poderia demonstrar o quanto ele me intimidava, do contrário ele ganharia território.

Seus olhos percorreram meu corpo, aparentemente surpresos com a minha roupa. Minha vontade era que se abrisse um buraco no chão e me engolisse. Como eu podia ter sido tão descuidada? Onde estava com a cabeça ao me vestir tão à vontade no meu primeiro dia de trabalho? Fiz uma nota mental para prestar mais atenção nas minhas roupas para que tal deslize não ocorresse novamente.

— Oi! Ah, desculpe, eu estava arrumando as coisas, não sabia que alguém viria. Me dê só um minuto, vou me trocar. — Virei em direção ao *closet*, mas ele me interrompeu.

— Não, não precisa! — Riu sem graça e colocou as mãos nos bolsos da bermuda. — Desculpe por aparecer sem avisar. Quanto à roupa, fique à vontade, você também mora aqui, aja como se a casa fosse sua, por favor! — Ele me lançou um olhar tão penetrante que acabou com as minhas forças em um segundo.

Se eu permitisse, logo estaria suspirando enquanto o admirava. Consegui recompor minhas feições a tempo. Eu estava parecendo uma fã apaixonada e isso era tudo o que não poderia ser naquele momento.

— Se você não conseguir relaxar, vai ser difícil trabalhar aqui. — Voltou a rir da minha reação e sua mão voou para o cabelo, bagunçando-o. Ele era lindo! — Eu vim dizer exatamente isso. Como dono da casa me sinto na obrigação de te dar as boas-vindas e dizer que pode desfrutar de todas as áreas da casa, piscina, praia particular, sala de vídeo... tudo. — Sorriu de forma perfeita.

Era incrível como um sorriso caía tão bem num rosto tão perfeito quanto aquele. Sem dúvida ele sabia muito bem disso. Não era à toa que sempre sorria na hora certa, como se estivesse sendo dirigido numa cena de filme. A única coisa que pensei foi como conseguiria escapar daquilo.

— Você está planejando fugir? — Fiquei um pouco surpresa com a pergunta. Como eu poderia ter dado a entender que queria fugir?

— O quê? — Pisquei confusa.

— A mala. Parece que você está arrumando, não desarrumando. — Ele riu mais uma vez da minha confusão.

— Ah! Eu estou arrumando mesmo, para a viagem. Gosto das minhas coisas organizadas.

— Nós viajaremos só depois de amanhã.

— Eu sei, mas terei um dia cheio e iremos no outro bem cedo. Não gosto de fazer nada correndo, principalmente tendo tempo livre agora. Quer ajuda com as suas malas?

— Você não precisa fazer isso por mim. — Eu já sabia o quanto ele era desorganizado e displicente, então é claro que esta seria uma das minhas obrigações dali em diante.

— Eu sei. — Ri convencida. — Mas também sei que sou responsável pela sua agenda e por te fazer cumprir os compromissos. Meu início neste emprego seria um fiasco se você atrasasse nossa viagem porque não conseguiu organizar a sua mala a tempo. — Sorri me sentindo um pouco mais confiante. — Ou então se, por causa da falta de tempo, você não levasse o mais adequado.

— Nesse caso, fique à vontade, meu quarto é aqui ao lado. — Indicou o caminho com a mão.

Hesitei um momento, pensando na informação que tinha acabado de receber. O quarto dele era ao lado do meu, isso seria no mínimo constrangedor e no máximo uma tentação muito perigosa, exatamente o que não deveria acontecer. Fechei a mala imaginando que estava fechando o meu coração e aproveitei para lacrá-lo.

Fui ao quarto do Thomas. Percebi que sua varanda o ligava ao meu, separados apenas por um pequeno muro com espaço para flores. Ele me indicou o caminho para o *closet* me informando a respeito das suas preferências. Enquanto eu separava algumas peças, aproveitou para tomar um banho. Rezei para que demorasse o suficiente para eu terminar tudo e ir embora. Para o meu azar, não foi o que aconteceu. Quando estava acabando de arrumar as roupas dentro da mala, ele saiu do banheiro só de toalha.

Foi involuntário. Meus olhos percorreram aquela maravilha em forma de homem. Fiquei encantada com tanta perfeição. Ele era exatamente o meu padrão de beleza masculina, um corpo harmonioso, com músculos muito bem definidos, sem exageros, o que não o deixava perder a forma magra. Seu peito e abdômen eram o retrato do que poderia ser considerado divino, uma estátua de Adônis não faria jus a imagem. Um caminho guiado por pelos levou meu olhar até o limite da toalha.

Fiquei constrangida com a minha indiscrição e imediatamente desviei a atenção para outro ponto do quarto, no entanto, antes consegui perceber que ele sorria de maneira fantástica, me prendendo cada vez mais aos seus encantos. Thomas caminhou em minha direção. Ele sabia que eu estava fascinada e essa ideia me atirou ao poço. Fechei os olhos, abaixei a cabeça e busquei forças para me recuperar do impacto.

O que ele ia fazer? Sua mão roçou de leve o meu rosto, o toque de sua pele na minha lançou chamas por meu corpo inteiro. Aquilo era tão absurdo! Nunca antes alguém conseguiu me desarmar daquela forma. Nunca a minha pele se comportou assim. Onde estavam as minhas defesas?

De repente, a imagem da minha mãe deitada em sua cama, chorando a tristeza de mais uma decepção, invadiu a minha mente. Então consegui me lembrar do porquê eu deveria fugir daqueles sentimentos e sensações. Antes que ele dissesse qualquer coisa, me virei em direção à porta.

— Está tudo pronto. Preciso ir agora. Vou começar a organizar a agenda e analisar as propostas. — Quase corri.

Ouvi a sua risada baixa antes de bater a porta atrás de mim. Fui direto para o meu quarto e me tranquei lá pelo resto do dia. Não saí nem para comer, com medo do que poderia acontecer. Repensei todas as formas de reerguer as minhas barreiras, além de solidificá-las.

Pela manhã eu já estava mais fortalecida para enfrentar aquela batalha. O pior era que teria de lutar contra mim mesma. Contra o meu corpo. Porque Thomas era a própria tentação.

CAPÍTULO 2
Esclarecendo as coisas

THOMAS

Naquele dia fui arrastado para a boate. Eu estava cansado, passei a noite anterior praticamente acordado com... Como era mesmo o nome dela? Não importava. Era apenas mais uma a quem prometi que telefonaria no dia seguinte. Coitada! Como elas se deixavam enganar com tanta facilidade? Tive que rir do meu pensamento.

Na verdade, eu acredito que as mulheres gostam de ser enganadas. Prendem-se na ilusão de que sua atitude será valorizada. Pura ilusão! Quando um homem quiser realmente ficar com alguém para sempre, sua atitude será outra. Não que eu já tenha sentido isso antes, mas acredito que, quando o amor aparece, é impossível fugir dele. Pelo menos é o que leio nos romances e roteiros dos filmes em que atuo. É assim que o amor é descrito por todos, não? Mas a forma como eu agia... tudo em mim deixava claro: será apenas uma noite. E ainda assim elas vinham.

Eu vejo em cada mulher com quem vou para cama um pedido explícito para que eu minta, então, satisfaço às suas necessidades.

Kendel e Dyo insistiram tanto para sair que acabei aceitando, afinal o que poderia acontecer de errado ao sair com alguns amigos? Quem sabe não conheceria uma mulher interessante? Pelo menos para o que eu achava interessante nelas.

Nunca tinha ido àquela boate, então não sabia o que esperar. Como eles me garantiram que era muito discreta e que daria para eu ficar lá sem precisar tirar fotos e dar autógrafos para fãs o tempo todo, fui mais relaxado.

Kendel às vezes era impulsivo, aproveitava todas as vantagens da minha fama e parecia sentir muito prazer em arranjar mulheres para nós dois. Eu também me divertia com a situação, é claro! Ele fazia o primeiro contato para não me expor muito e depois eu assumia o comando. Bastava um olhar mais penetrante e as garotas prendiam a respiração. Era tão fácil!

Suspirei, sentindo a familiar angústia do vazio. Fácil demais! Muitas vezes frustrante! Gostaria que fosse diferente ao menos uma única vez. Queria ter que lutar por algo. Talvez fosse um pouco mais divertido encontrar uma mulher que não me quisesse tão rápido. Não que eu quisesse me apaixonar, o que eu quero está bem longe disso.

Na verdade, sempre acreditei que um dia eu deveria encontrar alguém para amar, porém esse dia não chegaria tão cedo. Pelo menos não enquanto tivesse tantas mulheres disponíveis e, principalmente, não enquanto estivesse cercado de pessoas que só queriam se aproveitar um pouco da minha fama, que era o caso de todas as mulheres com quem eu me relacionava.

Passamos com facilidade pelos seguranças, como previsto. Assim que entrei percebi a presença dela. Linda! Muito linda! Uma beleza singular. Dificilmente passaria despercebida por mim. Fiquei olhando a garota por um bom tempo até Kendel me levar para o andar de cima, que era mais reservado. Uma pena, ela estava no andar de baixo com um grupo de amigas. Parecia se divertir, porém alguma coisa nela dava a entender que estava fora do seu ambiente. Parecia estar ali apenas para agradar. Falava pouco e mantinha os olhos baixos. Tímida, com certeza.

Não sei por qual motivo a garota não saía da minha cabeça. Havia algo diferente nela, que me confundia. Apesar de ser realmente muito linda não identifiquei nela nada que a diferenciasse das outras garotas com quem eu sempre me relacionava. De certa forma fiquei incomodado por perder tanto tempo apenas pensando e não tomando providências para consegui-la.

Tentei me concentrar no que o Kendel falava, e sorria às vezes, como se estivesse prestando atenção, quando a verdade era que eu estava em uma realidade paralela, sentindo o mesmo de sempre, ou seja, nada. Era sempre a mesma coisa.

Quando o cantor da banda que estava servindo de *karaokê* anunciou o que seria a grande atração da noite, principalmente para os homens, dei risada e me virei de costas para o palco. Sinceramente, acho que nada do que aparecesse ali poderia ser interessante, nem mesmo um monte de mulheres cantando e dançando.

— É a garota que você estava olhando e as amigas dela — Dyo me informou discretamente.

Corrigindo o que disse: aquilo seria realmente interessante!

Eu me apoiei na balaustrada para observar melhor. Ela estava visivelmente sob o efeito de álcool. Não bêbada, mas alegre, com um sorriso bobo e fácil. Era ainda mais bonita do que eu pensava. Um rosto de traços infantis, com feições finas e um sorriso largo. Os cabelos desciam até a cintura, a cor eu não conseguia definir exatamente devido às luzes que eram jogadas nela e em suas amigas. Aparentava ser alguma cor clara, loiro talvez. Mas o corpo, esse eu conseguia ver com perfeição.

Ela era magnífica. Pernas grossas no ponto certo e quadris que tinham o volume ideal para a cintura fina que exibia. Estava usando uma calça justa desenhando todo o seu corpo, que eu observei com prazer, uma camisa fina sobreposta à outra, com um decote profundo permitindo que seus seios firmes pudessem ser apreciados. Senti a excitação tomar conta do meu corpo na hora. Eu queria aquela mulher! Eu teria aquela mulher naquela noite. Todo meu cansaço desapareceu.

Quando a música começou, não sei o que me deixou mais surpreso: a voz linda e perfeitamente afinada delas, a letra extremamente sensual da música escolhida, ou a dança tão insinuante que elas faziam, principalmente depois dela ter demonstrado ser tímida.

Fiquei fascinado!

Aquela garota devia ser uma fera na cama, com aquele jeitinho meigo e doce, misturado com tanta sensualidade. Eu adorava mulheres assim: tímidas socialmente e loucas entre quatro paredes. Fiquei observando, fascinado pela sua desenvoltura, então percebi uma amiga dela indicando onde eu estava e ela me olhou, depois baixou a cabeça, envergonhada, o que inflou o meu ego.

Antes de a música acabar, já estava decidido a ter aquela garota. Esse seria o meu objetivo da noite. Mandei Kendel providenciar, como eu sempre acontecia. Ele fazia o primeiro contato, e eu, o restante do trabalho. Seria fácil! Ela ficou admirada com a minha presença, então eu podia deduzir que era mais uma fã ansiosa para estar com o astro.

Não era bem o que eu costumava fazer, dormir com fãs era quase um tabu para mim. Preferia pessoas que pertenciam de alguma forma ao meu meio, como modelos, atrizes ou alguém de trás das câmeras. Aquela garota seria uma exceção às minhas regras.

Observei Kendel descer para cumprir mais uma missão e, quando subiu sem a garota, fiquei surpreso. Onde estava a garota? Ele ria da situação.

— Ela fez jogo duro. Disse que eu não poderia saber o nome dela e que se você for depender dela para alguma coisa vai ter que morar aqui na boate. — Explodiu em risadas. — Acho que ela não sabe quem você é. Vá lá pessoalmente, que eu quero ver se não vai ceder. — Ele adorava aquilo. Quando as garotas sabiam quem eu era tudo se tornava mais fácil, e ficavam tão deslumbradas que qualquer coisa relacionada a mim era lucro. Até ficar com o Kendel.

— Vamos aguardar. Deixe que espere um pouco mais. — Eu estava certo de que sairia de lá com ela em meus braços, então, para quê acelerar as coisas?

Enquanto eu pensava em como a abordaria, observei a garota dançando na pista mais uma vez com as amigas. Parecia outra mulher, mais leve, solta, totalmente entregue. Que mulher era aquela? Em algumas horas eu já havia testemunhado várias de suas personalidades. Era realmente incrível como agia de forma diferente em cada situação. Fiquei satisfeito com a grande admiração que estava sentindo. Seria algo diferente, como eu tinha desejado.

Observei quando a garota saiu do local e depois de um tempo resolvi ir à sua caça para acabar de uma vez com a brincadeira. Ela estava no bar com uma amiga, comprando mais bebidas. Como ainda conseguia beber? Seu estado já estava bem alterado e ainda queria mais? Decidi que deveria chegar antes do álcool ou então não valeria a pena.

Não que eu nunca tivesse transado com mulheres completamente embriagadas, muitas vezes era até engraçado todas as loucuras que topavam por conta do álcool. No entanto, aquela garota era diferente, alguma coisa me dizia que a bebida não iria contribuir em nada para a nossa noite.

Fui em sua direção com tanto ímpeto que acabamos nos chocando quando ela se virou. Não pude deixar de sorrir quando vi seu rosto ficar lindamente vermelho e fiquei ainda mais excitado quando percebi que seus seios ficaram rijos. Claro que eu não perderia esse detalhe do seu corpo.

Mal conseguimos trocar algumas palavras quando suas amigas apareceram para tirá-la de mim. Fiz um sinal para Kendel ir atrás delas e fui sentar no bar, observando o que estavam aprontando. A impressão que eu tive era que ela estava em pânico. Foi tudo tão rápido que não pude fazer nada e ela sumiu da minha vista. Kendel voltou logo depois dizendo que tinham entrado em um táxi e ido embora. Eu nem sabia seu nome.

Quando acordei pela manhã, estava cansado e com dor de cabeça. Helen já estava entrando em meu quarto para me chamar. Teríamos uma reunião logo cedo. Fui para o banho e fiquei por lá um tempo, até me sentir melhor. A garota da noite anterior não deixava os meus pensamentos. Com certeza era a frustração por não ter conseguido levá-la para a cama.

Mas não havia mais o que pudesse fazer. Ela foi embora sem que eu soubesse nada a seu respeito. A única coisa que consegui descobrir, através de um segurança da boate, é que ela era linha dura com os homens que tentavam se aproximar. Sorri para este detalhe, seria um prazer ficar com aquela garota. Exatamente o que eu desejava, uma mulher que lutasse contra o que eu queria dela, mas que acabasse cedendo, é óbvio.

A reunião foi como sempre: longa e cansativa. Eu não entendia por que precisava participar, era só alguém depois me informar o que ficou decidido. Falamos da agenda, das propostas e todo o resto. Helen estava bastante agradecida pela nova assistente que chegaria a qualquer momento, pois assim ela conseguiria ter um pouco de paz.

A nova assistente foi escolhida a dedo. Com certeza era alguma *nerd* gordinha, baixinha, com aparelho nos dentes e óculos. Era a única imagem que eu conseguia formar, também, com um currículo como o dela, não poderia imaginar o contrário. Uma pessoa que dava prioridade aos estudos mesmo sendo tão jovem, com certeza, não tinha uma vida sexual ativa. Dei uma risada alta com este pensamento.

— Do que você está rindo? — Helen quis saber.

— De nada. Estava apenas me perguntando como deve ser esta garota. — Ri novamente, desta vez Dyo e Kendel me acompanharam.

— Bom... Isso vocês verão com seus próprios olhos. Ela é uma figura rara. É séria, parece muito competente, entende muito de informática e é bastante organizada, porém acredito que, num determinado aspecto, terei alguns problemas em relação ao comportamento de vocês. — Arqueou uma sobrancelha pensando em algo enquanto nos analisava. — Por favor, se comportem quando ela chegar, aliás, se comportem sempre com ela, pelo amor de Deus! Deu o maior trabalho escolher alguém e ela me parece perfeita para o cargo.

A conversa fluiu um pouco, enquanto eu desejava apenas subir para o meu quarto e voltar a dormir. Precisava me recuperar das duas noites anteriores ou então iria parecer um zumbi. Foi quando ouvi Helen cumprimentar alguém e levantei as vistas para verificar. Fiquei paralisado. Era a mesma garota da noite passada. Vestida mais seriamente, sem os efeitos do álcool, mas era ela! Ainda mais bonita, era a grande verdade. Helen a apresentou para a equipe, porém eu não consegui falar nada; só captei que o nome dela era Catherine.

Kendel tinha tomado a frente então decidi ficar quieto no meu canto, observando. Helen não gostava quando nos interessávamos por uma garota e acabávamos atrapalhando os seus planos, como muitas vezes já aconteceu, então eu aguardaria a hora certa para falar com ela. Além do mais, Kendel estava representando seu papel habitual: o de babaca sem noção com as mulheres. Enquanto a Cathy, como todos a estavam chamando, ficava incomodada com sua proximidade e intimidade.

Eu gostava do Kendel, ele era meu amigo de verdade, mas, sinceramente, era totalmente descuidado nas suas atitudes com as mulheres. Às vezes eu me perguntava se ele acreditava que as coisas que fazia eram mesmo necessárias para conquistá-las.

Mas eu estava visivelmente surpreso com a coincidência. Minutos antes já aceitava a situação como sem solução e então ela estava ali, na minha frente, seria minha secretária, assistente, sei lá o quê! Tão perto que eu podia simplesmente esticar o braço e pegá-la. Olhei para o Dyo e não pude deixar de sorrir, ele retribuiu.

Quando Helen nos dispensou, fui direto para o meu quarto e me joguei na cama, onde fiquei um tempo pensando na feliz coincidência. Como seria agora que morávamos na mesma casa? Fiquei confortável com a realidade. Ela era linda, e séria. Pelo menos na frente da Helen tinha se comportado assim. Mais uma personalidade para aquela figura interessante.

Adormeci pensando nela. Acordei com Helen no pé da minha cama. Ela não ficava constrangida por entrar no meu quarto ou invadir a minha privacidade, apesar de sempre me dar espaço, o que constantemente me lembrava a minha mãe, apesar de ser mais jovem.

Minha relação com Helen tinha uma grande importância para mim justamente por causa desta analogia. Eu sentia falta da minha mãe. Ela não podia ficar comigo o tempo todo. Na verdade, não podia quase nunca. Eu que ia sempre à sua procura. Não podia culpá-la, minha mãe tinha dois filhos pequenos, frutos do seu segundo casamento e, além do mais, eu morava em outro país, o que dificultava bastante.

Helen estava grávida de quase três meses e toda orgulhosa. Todos nós estávamos, mesmo significando o seu afastamento do grupo, o que era lamentável, mas ela nasceu para ser mãe, era a sua maior qualidade e olha que tinha muitas. Eu gostava dela assim.

— Que foi que eu fiz agora?

— Não sei. Diga-me você? Qual foi o motivo do risinho entre vocês quando Cathy chegou? — Ela tinha percebido, é claro! Helen nunca perdia nada. Por isso ocupava aquela posição na minha equipe. Era muito astuta.

— Nada, apenas achamos uma coincidência feliz. A garota estava ontem na mesma boate em que nós estávamos. — Eu não conseguia esconder nada dela e, mesmo que tentasse, ela acabaria descobrindo, então poupei esforços.

— E? — Onde ela queria chegar? Eu já tinha dito o mais importante.

— E nada, Helen! A garota nem olhou para a gente. Ela é tão séria quanto foi aqui em casa. Só isso. — Eu não estava mentindo, contudo omitindo meu interesse por ela.

— E? — insistia.

— Tá legal! Achei a garota linda, e é mesmo, como posso negar? — Pronto. Era o que faltava para Helen pegar no meu pé.

— Thomas, ela agora é sua funcionária. — Atirou uma almofada em mim, como reprovação. — Eu gostei dela. Nada de paquerar a garota nova! Respeite a menina, pelo amor de Deus! Isso pode gerar um problema sério. Eu sabia que iria acontecer. — Ela ia começar um discurso.

— Tudo bem! Eu sei e você tem toda a razão, não vou fazer nada. Tá melhor assim? — Eu tinha que prometer ou então ela iria dar um jeito de afastar a garota dali o que seria um desastre para mim.

— Outra coisa... — Suspirei fingindo irritação e ela riu de minha atitude. — É sério! Ela agora mora aqui também. — Feliz realidade, pensei. — Você é o dono da casa, seja um bom anfitrião e vá dar as boas-vindas, deixe Cathy mais à vontade. — Fiquei surpreso com o seu pedido, mas gostei.

— Você acabou de dizer para eu não incomodar a garota. — Eu ria.

— Dar boas-vindas não é incomodar.

— Mas eu só conheço uma maneira de fazê-la ficar mais à vontade comigo. — Lancei meu sorriso inocente e ela puxou meu lençol, me colocando para fora da cama.

— Troque de roupa e vá agora. Cathy está no quarto. — "Que ótimo", eu pensei.

Fui ao quarto dela e fiquei ainda mais empolgado quando a vi. A garota estava tão à vontade, que quase a envolvi nos meus braços ali mesmo. De short e regata, o corpo todo à mostra para mim. Confirmei as minhas expectativas: ela era mesmo espetacular! Porém, Helen estava lá fora e eu não queria problemas, então resolvi ser cortês. Dei o recado e me surpreendi com a sua oferta de arrumar minha mala para a viagem.

Foi o que faltava para me certificar de que ela também me queria. Mesmo com toda a conversa sobre trabalho e eficiência, estava bem claro em minha cabeça, era só uma questão de tempo. Fomos até o meu quarto, o que já era estimulante demais. Era melhor tomar um banho enquanto ela trabalhava ou eu ficaria criando situações em minha cabeça até enlouquecer.

Quando saí, Cathy ainda estava lá, como imaginei. A garota não poderia ir simplesmente embora sabendo que tínhamos a mesma intenção. Percebi seus olhos se prolongarem em meu corpo me ocasionando um imenso prazer. Ela gostava do que estava vendo, eu gostava do seu corpo também, então estava tudo certo. Ótimo! Seria mais fácil do que eu imaginava. Quando ela abaixou a cabeça envergonhada, me senti ainda mais atraído. A mistura de sensualidade e timidez me deixou louco. Ela era adorável!

Meu sangue fervia nas veias. Meu corpo desejava o dela mais do que qualquer outra coisa. Só que quando me aproximei ela simplesmente fugiu. No entanto achei graça da sua atitude. Jogo duro, então foi isso que o segurança da boate quis dizer. Eu faria como ela queria.

Não disfarcei a risada baixa e abafada que saiu pela minha garganta. Agora era só esperar. Deixá-la lutar contra o que sentia por mim enquanto eu me divertia com mais uma conquista.

◦ CATHY ◦

Acordei bem cedo, aproveitando o tempo para me exercitar na praia. Correr era natural para mim, fazia parte da minha rotina. Eu adorava! Sentia-me livre, forte. Conseguia me desligar de todos os problemas e dos pensamentos que não poderia nem deveria ter. Corri cerca de 40 minutos, o meu normal era uma hora e meia, mas não queria me atrasar, já que ainda teria que acordar Thomas para que chegasse a tempo para a reunião. Com o tempo eu organizaria o meu horário de forma a conseguir encaixar a malhação matinal à minha rotina.

Quando cheguei, encontrei Kendel estacionando o carro. Ele buzinou e fez sinal para que o aguardasse, obedeci com a porta de casa já aberta.

— Bom dia, boneca! — Boneca? Com quem ele pensava que estava falando?

— Catherine, meu nome é Catherine — respondi friamente.

— Boneca é um elogio que só faço para garotas bonitas como você. Não precisa ficar aborrecida. Muitas garotas em seu lugar iriam adorar. — Ele estava tentando parecer um idiota ou era mesmo um?

— Então guarde seus elogios para essas garotas. Eu gosto de ser respeitada. — E acertaria um soco na cara dele se fosse necessário. Uma parte de mim estava rezando para ser.

Reconheço que tenho um gênio difícil e sei o quanto é complicado me segurar numa situação como esta.

— Hei! Calma! Não estou desrespeitando você, foi apenas um elogio. Isso não é pecado.

— Ok! Vamos deixar as coisas claras de uma vez por todas, certo? Não sou o tipo de garota que você está pensando. Sou sua colega de trabalho e precisamos nos respeitar, talvez fosse melhor que você tentasse me ver como um homem.

Facilitaria muito as coisas para nós dois. — Eu o olhava diretamente nos olhos, apesar da nossa enorme diferença de tamanho.

— Acho bem difícil isso acontecer. — Ele me olhou de cima a baixo com satisfação. — Homem? — Riu com ironia. — Impossível!

Chateada, me virei e entrei na casa, era isso ou eu me agarraria à opção de acertar um soco bem no meio do seu sorriso de imbecil.

Fui direto ao quarto do Thomas para acordá-lo. Bati três vezes na porta, espaçadamente, conforme Helen havia me orientado. Esta era a forma de avisá-lo de que eu estaria entrando. Caso estivesse acompanhado, daria tempo para ele se recompor ou me receber na antessala. Quando entrei, o vi deitado de costas, com o travesseiro no rosto.

— Por que tão cedo, Helen? — Será que ele não sabia que seria eu quem exerceria essa função?

Pensei no que responder. Mais uma vez admirei seu corpo perfeito todo exposto e, novamente expulsei esses pensamentos da minha mente.

— Porque você tem uma reunião em menos de duas horas — me esforcei para fingir indiferença.

Assustado, tirou o travesseiro do rosto e ficou me olhando por um tempo. Suas feições foram da confusão ao prazer. Depois voltou a deitar, fechando os olhos com um sorriso largo no rosto.

— Eu não preciso ir a esta reunião.

— Não? Pensei que...

— Eu agora tenho você para ir no meu lugar e depois me informar sobre tudo. — O sorriso dele aumentou.

— Bom, pensei que tivesse mais interesse pela sua carreira, principalmente porque iremos discutir alguns projetos novos.

Ele voltou a levantar a cabeça e me olhar, agora com o prazer nítido.

— Você estava na academia? — Ele olhava meu corpo com admiração.

— Não. Fui correr um pouco na praia. — Fiquei completamente sem graça. Talvez tenha sido uma má ideia ir direto ao quarto dele, deveria ter me trocado primeiro. Mais uma vez tinha pecado no quesito roupa para conviver com Thomas Collins. Isso era um martírio.

— Correr, é? Legal! Faz bem ao corpo. — Seu sorriso se tornou malicioso, o que me fez ficar mais irritada.

— E para a mente, principalmente — acrescentei.

Eu tentava manter o nível tranquilo da conversa, contudo, a linguagem que o corpo dele utilizava já deixava claro que seria impossível.

— Caramba! Você é mesmo muito bonita, Cathy!

Eu sabia que aquilo aconteceria. Com certeza o ocorrido na boate fez com que ele acreditasse que poderia agir daquela forma, ou então Thomas realmente se acha irresistível. Fechei a cara e desviei o olhar.

— Isso a incomoda? Ser admirada pelos homens? Ser desejada?

— Não! Não, de jeito nenhum. — Pensei um pouco no que poderia dizer para que as coisas ficassem bem esclarecidas entre nós. — Algumas vezes é inevitável. Mas neste caso... no seu caso, especificamente... poderia ser caracterizado como assédio sexual, já que é meu chefe. Não seria bom para você, então... — Voltei a olhá-lo desafiadoramente. Ele mordeu o lábio inferior, evitando um sorriso.

— Nada de elogios. — Era para ser uma pergunta, porém ele tinha entendido meu recado e falou como uma afirmação. Perfeito!

— Exatamente.

— Então... acho melhor você sair do meu quarto.

Fiquei abismada. Eu estava sendo expulsa do quarto dele só porque não aceitava elogios? Que absurdo! Ele sorriu para a minha expressão e continuou.

— Eu dormi sem roupas esta noite. Então, se não posso elogiar você, sob pena de sofrer um processo, ficar nu na sua frente pode resultar em prisão, eu suponho. — Com um lindo sorriso ele conseguiu me desconcentrar totalmente.

Thomas estava perfeito, sentado naquela cama, com o lençol cobrindo parcialmente seu corpo, os cabelos despenteados e o rosto ainda demonstrando uma longa noite de sono. O melhor mesmo a fazer era ir embora. Baixei a cabeça e fui em direção à porta. Contudo, antes de abri-la, virei novamente em sua direção decidida a mudar aquele jogo.

Eu não poderia deixar a nossa conversa terminar assim, com ele mais uma vez vencendo a batalha. Thomas já me deixara envergonhada vezes demais para o meu gosto. Era questão de sobrevivência virar o jogo a meu favor.

— Acho bom você estar pronto em meia hora para o café, ou serei obrigada a te arrancar desta cama do jeito como está. — Conferi com satisfação o seu espanto. — Não vou pensar duas vezes, mas acho bom você pensar, pois será uma cena ridícula, você nu, sentado na varanda tomando café. Pode acreditar, eu farei isso. — Sorri da mesma forma ingênua que ele sempre sorria e bati a porta.

Saí rindo da minha reação à sua tentativa de me deixar sem graça. Fui para o meu quarto e me atirei no chuveiro tentando ser rápida, pois havia demorado mais do que o previsto com o Thomas. No *closet* demorei um tempo escolhendo o que usar. Meus vestidos leves e soltos sorriram, me convidando à maravilhosa liberdade que ofereciam. Era realmente tentador. O dia lá fora estava lindo, com o sol mostrando todo o seu esplendor e estava quente o suficiente para um mergulho no mar.

Suspirei consternada. Aquilo seria praticamente impossível, pelo menos enquanto Thomas e Kendel estivessem obcecados por mim, o que pelo visto, não acabaria tão cedo, então os mergulhos aconteceriam somente nos meus sonhos. Sentiria falta dos meus biquínis. Dei risada da situação. Então me voltei para os jeans, as camisas mais sérias e, claro, os saltos.

Quando desci, ele já estava tomando café. Antes de qualquer coisa minha mente registrou seus cabelos molhados dando um ar refrescante à sua aparência. Ele estava usando uma camisa branca, bem básica. Como sempre, divinamente bonito. Seus olhos pousaram em mim sem demorar muito e então ele se voltou para Helen.

— Você encontrou a pessoa certa para substituí-la, agora pode ficar tranquila. — Sorriu passando geleia em sua torrada.

— Do que você está falando? — Helen colocou uma xícara em sua frente e me olhou também.

— Cathy. Ela me ameaçou hoje mais cedo para que eu estivesse aqui na hora certa. Confesso que tive medo. Juro!

Levantou as mãos como se estivesse se rendendo e o sorriso de Helen ficou imenso enquanto me observava, avaliando o que ele dizia. Sorri para que ela entendesse que era uma pequena brincadeira. Acho que ficou satisfeita com a minha atitude, pois assumiu uma postura mais relaxada.

— Ela realmente tem uma personalidade forte, Helen, e parece ser muito decidida — Kendel falou me surpreendendo. Realmente não esperava nada de bom vindo dele. Principalmente depois do que aconteceu.

Sem querer prolongar muito a atenção sobre mim, peguei meu café e fui me juntar a eles. Eu parecia "um peixe fora d'água", pois era a única no grupo arrumada para trabalhar. Todos estavam bem à vontade de bermuda, camiseta e chinelos. Helen notou o meu olhar e me tranquilizou.

— Quando estivermos trabalhando em casa não precisa se preocupar com o que vestir. Pode ficar à vontade. Vamos trabalhar o dia todo, então ficar de calça e salto será um pouco desconfortável, não acha? — Sorriu afetuosamente. Eu realmente gostava dela.

— Está bem! Assim que terminarmos, vou subir e me trocar. — "Mas nada de vestidos curtos ou roupas decotadas", anotei mentalmente para me certificar de que não facilitaria o lado deles.

Trabalhamos o dia todo. Nós nos organizamos para que ocorresse tudo bem durante a viagem. Determinamos o papel de cada um e sincronizamos as nossas atividades. Iríamos acompanhar Thomas em algumas entrevistas pelos Estados Unidos antecipando a divulgação do seu último filme que ainda não estava em cartaz. Enquanto isso os rapazes iriam captar novos contratos e receber algumas propostas. Teríamos reunião todos os dias para manter a equipe atualizada e deveríamos nos comunicar a todo o momento.

Eu estava muito ansiosa. Quando fui para o quarto dormir, o sono não apareceu. Meu ritmo ainda estava acelerado, então fiquei revisando a agenda e minhas atividades. Respondi alguns e-mails, conversei com Mia pelo celular, até que quando já estava me preparando para deitar, ouvi uma batida leve na porta. Fui ver quem era ficando surpresa ao ver Thomas.

— Oi! — Ele estava com a mão apoiada na porta.

— Oi. Algum problema? — Senti meu corpo ficar tenso com a sua presença. Não o queria em meu quarto o tempo todo. Seria mais fácil assim.

— Na verdade, não. — Ele deu seu sorriso perfeito, típico das grandes cenas de filmes de amor, quando o galã chegava para seduzir a mocinha. — Eu e os rapazes queríamos te convidar para sair. Comemorar a sua chegada ao grupo. — Seu olhar era tão persuasivo!

— Ah! — Fiquei sem graça por estar tão na defensiva enquanto ele estava sendo gentil. — Obrigada, mas não vai dar! Tenho um monte de coisas para fazer ainda e quero me deitar logo, pois viajaremos bem cedo. Preciso estar inteira.

— Sua mala já está pronta desde ontem e você já está aqui há um bom tempo se organizando. Não pretendemos demorar, é só para relaxar um pouco e quem sabe nos conhecermos melhor.

— Fica para a próxima, prometo! Teremos tempo de sobra para nos conhecer. — Segurei a porta, convidando-o para sair.

— Está bem, então! Boa noite!

— Para vocês todos também.

Fechei a porta e suspirei. Como ele ficava lindo de azul! Fui para a cama, me obrigando a dormir.

◆ CAPÍTULO 3 ▶
Um passo errado

CATHY

Estava dando tudo certo na viagem. Todos os compromissos foram cumpridos e os rapazes conseguiram fazer ótimos contatos. Executamos um bom trabalho, e eu começava a me sentir mais à vontade com a equipe, mesmo sendo ela composta por homens. No geral eles me respeitavam, tirando as brincadeiras sem propósito do Kendel e as investidas sutis do Thomas todas as manhãs, na hora em que eu ia acordá-lo, o que sempre era uma tentação para mim; o balanço era bastante favorável.

Eu me aproximei bastante do Dyo, ele passou a me acompanhar nas corridas matinais, um grande avanço, afinal normalmente eu defendia meu direito de ter esse tempo só para mim, contudo Dyo era engraçado e me deixava muito à vontade. Mas eu acredito que a sua condição foi o meu fator decisivo.

— Não precisa ficar preocupada comigo, Cathy — Dyo falou no nosso primeiro dia de viagem.

— Como assim?

— Você não precisa ficar tão tensa perto de mim. Eu não vou fazer o mesmo que os rapazes estão fazendo com você. Não tenho o menor interesse nisso. — Seu sorriso era revelador e fiquei me questionando do que ele poderia estar falando, sem conseguir me situar.

— Desculpe, Dyo, continuo sem entender do que você está falando. — Ri sem graça. — Eu não fico tensa com nenhum de vocês, só não gosto que confundam as coisas. Estamos trabalhando, não em uma festa.

— É exatamente disso que estou falando. — Ele cruzou os braços e me encarou. — Mesmo em uma festa eu não daria em cima de você. — Dei risada. — Cathy, eu sou gay.

Parei de organizar os documentos que tinha em mãos e voltei, chocada, meus olhos para ele. Nunca tive problemas com homossexuais, muito pelo contrário. Eu tinha alguns amigos gays, o que nunca fez a menor diferença para mim. Porém a sua revelação me pegou de surpresa. Nunca passou pela minha cabeça que Dyo fosse gay. Ele não tinha nenhum trejeito, nem deu a menor pista.

— Você tem algo contra? — Percebi a sua tensão diante da minha reação.

— Não. — Balancei a cabeça e ri querendo espantar a confusão em minha mente. — Sou contra políticos corruptos, estupradores e pedófilos. Para mim homossexuais e heterossexuais são a mesma coisa, só que com opções sexuais opostas. — Voltei a minha atenção outra vez para os documentos e deixei o assunto morrer.

Depois desta conversa nunca mais nos afastamos. Dyo me fazia relaxar, eu não sabia bem o porquê, talvez fosse pelo fato de ele ser gay, o que eliminava qualquer possibilidade de ser mais um a me paquerar. Nós nos dávamos muito bem, eu não tive dificuldade em abrir a minha vida para ele, que às vezes me compreendia melhor que eu mesma. Era muito fácil ficar ao seu lado. E, no final das contas, eu até me sentia mais protegida dos outros dois.

Dyo era o tipo de amigo bem amigo, ou seja, quando gostava de alguém, era totalmente leal. Assim, sempre que a agenda nos permitia, eu corria para o seu lado, procurando coisas divertidas e interessantes para fazermos juntos.

Também estava mais próxima do Thomas, porém era muito mais pela necessidade de estarmos sempre juntos devido ao trabalho do que pela afinidade em si. De certa forma ele me irritava muito. Não sei se porque ele fazia questão de ser um idiota conquistador e adorar o fato de as mulheres se derreterem por ele, o que era verdade, ou se era porque exercia um efeito forte sobre mim que era visível para qualquer pessoa. Uma droga!

Frequentemente me desconcentrava quando me encarava com seus olhos tão verdes e imensos, ou me fazia esquecer o que estava falando quando sorria aquele sorriso cinematográfico, ou deixava minha pele arrepiada quando se aproximava muito. O contato, então, nem se fala, cada toque era uma onda de calor que me deixava maluca. Eu realmente estava enlouquecendo.

Dyo falava que existia uma tensão sexual tão grande entre nós dois que era quase palpável. Eu fingia não perceber, mas admito que minhas tentativas eram todas um fracasso. Tal fato me deixava cada vez mais irritada. Thomas sabia o quanto mexia comigo e se divertia com essa realidade. Eu tentava ser o mais forte possível, exigindo o máximo da minha concentração.

Declinei de todos os convites deles para sair durante a viagem. Mesmo quando era Dyo quem me convidava. Eu sabia que o convite era um pedido do Thomas, então rejeitava. Fora do ambiente de trabalho ele teria todas as oportunidades, por isso eu não poderia deixar nada acontecer. Precisava me manter concentrada e focada.

A princípio, a fama de mulherengo do meu chefe era apenas história, fatos que ocorreram antes de mim, até que numa manhã, quando fui acordá-lo, como de hábito, deparei com ele já na sala, o que não era normal, percebi de imediato. Thomas sempre ficava na cama me esperando, às vezes, eu achava que era para tentar me seduzir.

Thomas usava uma bermuda, sem camisa e fumava um cigarro encostado à janela. Olhei curiosa, questionando o porquê da mudança e ele coçou a cabeça um pouco sem graça, sem sustentar o meu olhar. Antes que eu conseguisse dizer qualquer coisa, ouvi a porta ser aberta, então vi uma mulher esculturar sair do seu quarto, vestindo a sua camisa azul que eu tanto gostei em outro momento.

Meu sangue sumiu do corpo, minha única reação foi ficar parada onde estava, enquanto ela se dirigia a ele sem se preocupar com a minha presença, ou com a sua quase nudez.

Notei que ele me olhava esperando alguma reação, porém não consegui esboçar nenhuma. Fiquei ali, imóvel, enquanto ela beijava seus lábios e se enroscava em seu corpo. Ele a beijou também. Parecia um casal de verdade, tamanha era a intimidade dos dois. Meu corpo estava tão gelado que eu não sentia as pontas dos dedos.

— Agora eu preciso trabalhar, linda — ronronou com carinho, enquanto sorria daquela forma encantadora para a estranha à minha frente.

Eu tinha certeza de que eles mal se conheciam. Aliás, eu tinha certeza que ela era uma das muitas conquistas de apenas um dia, como todos comentavam. Mas ele a acariciava e admirava como se estivessem juntos há séculos, como se a amasse de verdade. Que cretino! Thomas apontou para mim então ela finalmente percebeu que havia mais alguém ali.

— Vejo você ainda? — Ela buscava nele algo a que pudesse se apegar, e, lógico, ele nunca deixaria de alimentar.

— Claro! Eu ligo mais tarde.

Era tão ridículo! Como ele podia iludir a garota daquela forma? Pior ainda, como ela podia aceitar ser enganada? Em que mundo ela vivia, que não lia tudo que a imprensa publicava a respeito dele? A garota voltou ao quarto e em poucos minutos saiu pronta para ir embora. Não trocamos uma só palavra enquanto ela permaneceu lá. Tentei em vão afugentar a minha irritação.

Não sei porque isso me incomodava tanto. Não esperava que ele estivesse apaixonado por mim, claro que não! Nunca aconteceu nada entre nós. Tirando suas investidas, não nos relacionamos de outra forma que não fosse profissional. Mesmo assim, eu estava visivelmente abalada.

Toda aquela situação serviu para constatar ainda mais o que eu tanto defendia para a minha vida: realmente não valia a pena confiar no amor, ele só trazia desgosto e sofrimento. Aquela garota com certeza seria mais uma pobre coitada a amargar uma eterna espera por um telefonema.

— Desculpe pelo constrangimento, Cathy, pensei que ela iria embora antes de você chegar.

Thomas começou a falar, assim que a garota foi embora, caminhando até o cinzeiro para apagar o cigarro. Sua voz era tão casual que parecia que estava se desculpando por um atraso, ou um esbarrão. Ele não se incomodava com o fato de estar me mostrando quem realmente era. E quando foi que me iludi a seu respeito?

— Não precisa se desculpar — minha voz saiu seca e fria. — Também não precisa tentar varrer a sujeira para debaixo do tapete. Eu sei perfeitamente que tipo de pessoa você é. Conheço o seu histórico com as mulheres. — Ele sorriu de maneira atrevida, o que me incomodou profundamente, além de me desafiar. — Eu estou pouco me preocupando com quem você leva para sua cama, Thomas. Só quero que esteja pronto para trabalhar quando eu chegar. Isso é o mínimo que pode fazer para facilitar meu trabalho.

Eu tinha total consciência de que não podia responder daquela forma tão desaforada, nem tinha motivos para isso, mas não consegui fazer diferente. Thomas realmente me irritava com todo o seu cinismo e falta de consideração pelas pessoas.

— Cathy, vá com calma. Qual é o seu problema?

Sem conseguir encontrar argumentos virei a cara fingindo não me importar com o que ele estava dizendo. Ele adorou a minha reação. Encarou como um incentivo às suas investidas.

— Não acredito que está com ciúmes. Seria bem melhor se você estivesse no lugar dela, mas você continua insistindo no tal assédio sexual. — O quê? Como ele... O que ele estava pensando?

— Eu? Isso, na menor das hipóteses, é ridículo, Thomas. Mesmo se você não fosse o meu chefe, não me prestaria a um papel desses. Só mesmo uma imbecil com silicone no cérebro para cair na sua conversa. — Ele riu alto, jogando a cabeça para trás, ganhando totalmente a minha atenção. Eu estava a ponto de explodir.

— Eu sei, não se irrite, só estou brincando. É lógico que é bem melhor do que ela e nunca se submeteria a esse papel. Além do mais, eu juro que ligo para você no dia seguinte. — Me envolveu pela cintura com seus braços, ficando bem próximo do meu rosto, ainda rindo. Confesso que por dois segundos senti minhas pernas ficarem flácidas.

— Eu posso sentir o perfume dela em você, Thomas. Garanto que é bem barato e enjoativo. — Fiz cara de nojo. — Tire as suas mãos de mim.

— Relaxe, Cathy, só estou me divertindo com sua irritação.

— É. Você é bem irritante mesmo. E inconveniente também.

Ele se afastou rindo, saindo em direção ao quarto para tomar banho, imaginei, me permitindo voltar a respirar outra vez. O que estava acontecendo comigo? Por que eu estava tão abalada?

Vinte minutos depois ele voltou como se nada tivesse acontecido. Resolvi deixar a minha raiva de lado, me dedicando exclusivamente ao trabalho. Foi o que fiz o restante da semana, tentando manter distância do episódio.

Em uma semana eu já tinha feito tantos contatos que poderia modificar definitivamente a minha vida. Era tudo o que eu queria. Então precisava me concentrar no meu trabalho. O incidente com Thomas já não me incomodava mais, ou eu tentava não me preocupar com ele. Principalmente porque depois disso não o vi com mais ninguém, o que facilitava o nosso entendimento.

Ele estava sendo bastante atencioso, claro que de maneira profissional, mas era atenção e eu estava gostando. Posso estar assinando definitivamente o meu atestado de insana, porém tenho que confessar que era melhor ele no meu pé do que ter que me deparar com uma garota diferente a cada dia quando fosse acordá-lo.

Para minha surpresa, Thomas era muito profissional e levava a sério o seu trabalho. Eu não precisava falar duas vezes, ele entendia rapidamente o que era necessário, se adaptando a qualquer realidade.

Era também bastante tranquilo, bem diferente do homem farrista que aparecia nas revistas. Muitas vezes se contentava em ficar jogando videogame no seu quarto de hotel, ou em conversar com amigos ao telefone. Entendia que nem sempre era possível ter uma vida normal. Frequentemente era obrigado a ficar no hotel enquanto todos saíam para se divertir e não parecia ser um problema. Comecei a simpatizar mais com o meu chefe.

Foi assim certa tarde, quando não tínhamos nenhum compromisso e todos resolveram sair para se divertir, cada um do seu jeito. Dyo estava todo eufórico, pois iria se encontrar com um amigo com quem já tivera um relacionamento. Eu o ajudei a escolher a roupa mais adequada para a ocasião e o acompanhei até o elevador, desejando-lhe sorte. Fui em direção ao meu quarto, pensando no livro que comprei e que planejava passar a tarde toda lendo, mas quando passei pela porta do quarto do Thomas, que estava aberta, o vi sentado em frente à TV, muito concentrado em seu jogo. Fiquei observando-o por um breve instante, enquanto ele não percebia a minha presença.

Estranhamente tive a sensação de que ele estava se sentindo sozinho, por isso se escondia atrás dos jogos de videogame. Quem não se sentiria assim precisando ficar tanto tempo em um quarto de hotel? Resolvi esquecer o livro e lhe fazer companhia, envolvida por uma culpa que sabia não era minha, mas... bati na porta de leve, ele olhou rapidamente em minha direção, pausou o jogo e logo estava olhando para mim outra vez.

— Cathy! Pensei que você estivesse aproveitando sua folga.

— Pois é. — Dei um passo inseguro para dentro do quarto. — Eu não tinha nada para fazer, então resolvi ficar no hotel.

— Dyo foi ver o namorado dele e te deixou sozinha. — Jogou a verdade em minha cara.

Thomas não tinha muito cuidado em falar a verdade às pessoas. No geral era ruim, mas para mim era até muito bom. Eu sempre preferia a verdade à mentira, mesmo que doesse. Minha mãe sempre dizia que ser verdadeiro demais era falta de educação, então eu tentava encontrar um equilíbrio entre ser verdadeira e cortês ao mesmo tempo com as pessoas, porém uma verdade dita com jeito era muito melhor do que uma mentira floreada.

— Isso. Agora estou me sentindo rejeitada — acrescentei, fingindo estar ressentida.

— Ah! Tudo bem. Pode ficar comigo. — Entrou rapidamente no clima.

— Não sei. Tem alguma modelo esquelética escondida no seu quarto? — Deu uma gargalhada gostosa que me deixou incrivelmente relaxada.

— Não. Hoje não. Também estou me sentindo rejeitado. — Foi a minha vez de gargalhar.

Fui em direção ao sofá em que ele estava e sentei ao seu lado.

— Talvez, se você realmente ligasse no dia seguinte teria com quem dividir a sua tarde.

— Bem... talvez seja verdade. Mas eu tenho você. Então está tudo bem. — Tive que rir e me senti confortável com a sua resposta. Peguei o outro controle decidida a passar a minha tarde com ele.

— Sabe jogar?

— Eu aprendo rápido. Não deve ser tão complicado apertar uns botões. — Pisquei fingindo saber do que falava.

— Tudo bem então... Boa sorte!

Jogamos a tarde toda e quando o pessoal chegou, nos encontrou no quarto em meio a uma disputa repleta de brincadeiras e empurrões, um tentando desconcentrar o outro. Rimos muito, esquecendo que existia uma barreira entre nós. Olhando de fora, parecíamos dois amigos de infância.

Talvez fosse possível. Se eu me aproximasse de Thomas dessa forma, poderíamos ser somente amigos e todo nosso problema de relacionamento acabaria. Desejei fervorosamente que pudesse ser assim. Seria o melhor para todos.

Na viagem de volta, sentamos lado a lado. Tivemos uma conversa animada sobre música, que adorávamos, um ponto em comum que poderia nos unir. Não quis contar que eu tocava violão e guitarra, essa era uma parte da minha vida que eu reservava para poucos. O fato de ele também gostar de música animou as coisas entre nós. Eu já tinha percebido que Thomas sempre estava com fones nos ouvidos, mas ligava este ponto à sua necessidade de se distanciar um pouco do mundo ao seu redor. Principalmente em grandes multidões.

Conversamos muito sobre nossos gostos. Thomas era voltado para ritmos mais antigos, o que me surpreendeu bastante. Pensei que gostasse de coisas mais modernas, como o que tocava nos bares e nas boates que ele frequentava. Mas ele curtia *soul*. Isso era demais!

Eu era mais eclética, a música sempre seguia o meu estado de espírito. Ele disse que era um ponto de vista muito interessante, ficando surpreso quando soube que eu conhecia alguns dos seus músicos prediletos e que gostava muito. Passamos a viagem toda dividindo o fone de ouvido dele para podermos ouvir as mesmas faixas e comentar sobre elas. A facilidade de estar com ele, naquele momento, tinha me pegado de surpresa.

Fiquei envergonhada pelos pensamentos ruins a respeito da sua personalidade. Na verdade, após conseguir ultrapassar o véu sob o qual o homem se escondia, para dar espaço ao artista de cinema, pude ver uma pessoa muito interessante e inteligente. Mas isso era tudo o que eu me permitiria enxergar.

Sem querer deixar morrer o clima bom, comentei sobre o meu medo de avião e do quanto ficava tensa a cada viagem. Lógico que Thomas riria da minha cara e faria piada disso.

— É o meio de transporte mais seguro. — Riu, conferindo o relógio e se acomodando melhor.

— Se você pensa assim...

— As estatísticas apontam isso. É uma realidade, Cathy. Você deveria relaxar.

— Desculpe, mas não consigo. Não é uma coisa fácil de controlar. Eu tenho medo, e pronto. Deve ser algo incrustrado em meu cérebro de maneira tão profunda que não apresente solução. — Sua risada era fácil de contaminar qualquer um. Thomas balançou o rosto e coçou os olhos.

— Me dê pelo menos um motivo.

— Só em janeiro deste ano, tivemos dois acidentes de avião. Um na Costa do Marfim, no Oceano Atlântico, com 169 vítimas e outro na costa da Califórnia, com 88 vítimas.

Ele ficou me encarando, apavorado. Achei graça da sua reação. Era tão fácil acabar com a sua gracinha.

— Estamos no ar agora, sabia? — Dava para ver o quanto o meu "motivo" tinha deixado o meu chefe com receio.

— Você perguntou.

— Mas não era para você me apavorar. — Dei risada me sentindo mais relaxada. Pelo menos eu estava pensando em outra coisa e não em cada detalhe do voo ou cada barulho que minha mente julgasse estranho.

Sempre que o avião começava a aterrissar, eu ficava apreensiva. Era assim tanto quando subia, quanto quando descia. Minha garganta secava, minhas mãos ficavam geladas e com certeza eu ficava pálida. Percebendo o meu estado, Thomas segurou a minha mão com força, transmitindo confiança e segurança. "Como se ele fosse capaz de impedir o pior, caso o avião caísse", pensei, com ironia. Porém, o contato entre nossas mãos realmente teve efeito calmante e meu coração se tranquilizou.

Ele continuou a nossa conversa, prendendo a minha atenção, quando percebi, o avião já estava pousando. Agradeci mentalmente por esse momento. Com certeza aquele seria o meu novo objetivo, eu sempre tentaria viajar ao seu lado.

Estava de volta a Los Angeles, extasiada. Apesar de não ser a minha terra natal, era o lugar que eu adotei como casa, amava estar ali, de volta à minha realidade. Por isso, assim que cheguei, fui direto para o meu quarto e liguei para as minhas amigas. Eu queria sair, revê-las, matar a saudade, conversar sobre as minhas novidades.

Queria me sentir um pouco fora do trabalho. A rotina exigida pela nossa agenda não deixava espaço para que eu pudesse ter a minha própria vida, exceto quando conseguia ficar trancada no meu quarto, o que era raro.

Elas também queriam me ver, então marcamos de nos encontrar num restaurante japonês e, depois de jantarmos, iríamos a uma boate nova, inaugurada no último fim de semana, que era a sensação do momento. Foi o que elas me informaram. Seria perfeito! Nada como respirar aliviada sem Thomas exigindo o meu total controle.

Escolhi usar um vestido justo e um pouco curto que abria na região dos quadris sem revelar muito, só insinuando, e um salto fino e bem alto. Longe dos olhos dos meus colegas de trabalho eu podia ser eu mesma, sem medo da reação deles. Senti uma imensa satisfação em poder me vestir sem medo. Era mais uma forma de resgatar a minha vida. As roupas se tornaram um problema desde que passei a trabalhar com Thomas, então aproveitei a sua ausência e abusei do termo "sexy".

Antes de sair, fui ao quarto dele verificar se precisava de alguma coisa. Thomas estava no banho, graças a Deus! Pelo menos assim ele não precisaria ver como eu estava vestida. Cheguei próximo à porta e avisei que estava de saída e, como ele não precisava de nada, fui embora.

As meninas estavam eufóricas com meu novo trabalho. Queriam saber tudo, cada pequeno detalhe, principalmente os que envolviam Thomas e eu. Contei que estávamos nos tornando bons amigos que, com exceção de alguns pontos isolados, tudo deu certo. Eu não podia revelar todos os acontecimentos, principalmente as informações que só diziam respeito à equipe e não podiam vazar.

Anna era a mais curiosa de todas. Ela tentava a todo custo arrancar algumas confissões, mas respondi com sutileza a cada pergunta, para que minha amiga não ficasse decepcionada comigo. Quando ela já estava forçando muito a barra, Mia me salvou com a ideia de irmos logo para a boate, onde o som seria alto e eu não teria mais que aguentar a inquirição.

Fiz questão de dançar o tempo todo, me sentindo livre. As meninas mais uma vez quiseram se divertir às minhas custas, tentando me embebedar. Eu precisava arrumar uma forma de mudar aquele padrão.

— Não, Daphne, não vou mais beber com vocês, da última vez pensei que tinha transado com a Mia, você pode imaginar a minha cara quando acordei? — Eu ria de mim mesma junto com as meninas.

— Ah, vamos lá, Cathy! É só para você ficar mais divertida — ela colocou uma bebida rosa em minha mão. Estava gelada e convidativa —, essa é bem fraquinha, você nem vai sentir. Beba, é simplesmente a bebida perfeita pra você.

Peguei a taça, hesitando um pouco. Beber era sempre um problema para mim. Eu precisava me sentir em segurança naquela noite, principalmente porque teria que voltar para casa e seria horrível estar bêbada na presença do Thomas outra vez.

— Mia, faça a sua promessa. — Mia levantou a mão solenemente, como se estivesse jurando diante de uma bíblia.

— Eu juro protegê-la contra tudo e contra todos e, desta vez, não me aproveitar para transar com você. — Caímos todas na gargalhada e fomos dançar.

Estava adorando estar ali com elas, a felicidade que sentia era refletida em minha atitude. Eu dançava curtindo apenas o som que parecia entrar em meu corpo, me conduzindo. Eu me sentia livre, solta, de volta a mim mesma.

Estar com meus novos colegas se transformou em um prazer, e o trabalho não era tão maçante, como eu imaginava que seria, principalmente em relação ao nível de relacionamento com o pessoal. Dyo era um excelente companheiro, mas em nenhum momento foi como estar com as minhas amigas. Por isso eu estava completamente extasiada naquela noite, aproveitando o máximo possível a companhia delas.

Quando estava no meio da pista de dança, me deixando embalar pela música contagiante, senti alguém me abraçar por trás e falar em meu ouvido:

— Você está lindíssima hoje!

Reconheci a voz de Dyo e relaxei em seus braços. Virei para ele, abraçando-o, feliz por estar ali. Nós sempre conversávamos sobre este tipo de programa e combinávamos sair juntos algum dia, sem os demais colegas, é claro! Ele estar ali completava a noite. Eu queria que as meninas o conhecessem e que ele conhecesse as minhas amigas. Então estava tudo perfeito.

— Meninas, este é Dyo. Eu falei dele durante quase todo o jantar. Ele foi meu companheiro nesses últimos dias. É o meu anjinho da guarda. — Abracei meu amigo carinhosamente, retribuindo todos os momentos bons que tínhamos passado durante a nossa viagem.

As meninas se apresentaram, entusiasmadas. Notei que Mia se identificou com ele na mesma hora. Ficamos dançando e tentando conversar ao mesmo tempo. Dyo era que nem eu, adorava dançar, curtia uma balada como a que estávamos, o que era um certificado de diversão e tranquilidade a noite toda.

Ledo engano. Antes de Mia e Dyo engatarem uma conversa sobre moda, assunto do interesse de ambos, ele me virou, apontando para o andar de cima, reservado para *Vips* e mostrou quem estava lá.

Thomas!

Meu coração quase parou. Meus olhos se fixaram naquela figura admirável, exatamente na hora em que o álcool começou a se apossar de meu cérebro. Kendel sorria torto para mim como se eu estivesse aprontando alguma coisa e ele conseguisse me flagrar. Fiquei subitamente incomodada. Quem ele pensava que era? Meu pai?

Saí da pista e fui sentar em um banco próximo ao bar, sentindo a cabeça girar um pouco. Era hora de parar de beber, ou então... Meu coração batia forte, descompassado. Ele estava ali! E eu me sentia feliz, como era possível? Havia passado a noite inteira agradecendo mentalmente por poder me livrar de Thomas. De repente, ele aparecia, me deixando fascinada com a sua presença. Só podia estar bêbada mesmo, era impossível que me alegrasse por ele estar lá se estivesse completamente sóbria. Ri sozinha.

Fui tirada de meus pensamentos por Dyo, que chegou para me avisar que Thomas nos convidou para subir. Eu negaria na hora se tivesse condições de continuar fugindo, mas as meninas praticamente me imploraram, não me deixando recusar. Subi, muito sem graça, para falar com ele.

— Oi, chefe! — brinquei para deixar o clima mais leve. — Vou fazer hora extra?

Ele me olhou dos pés à cabeça e soltou um suspiro um tanto quanto exagerado. Depois sorriu, com um encanto que me deixou rendida.

— Então é por isso que você nunca quis sair comigo? — Ele estava bem próximo e falava praticamente em meu ouvido por causa da música alta.

— Isso o quê?

Do que ele estava falando? Das minhas amigas? Será que ele teria a cara de pau de sair com alguma delas?

— Para poder sair tão linda e eu não ficar na sua cola? — Foi impossível deixar de sorrir. Tenho de admitir que um grande alívio tomou conta do meu coração. Maldito álcool! — Não estamos trabalhando agora, então você não pode caracterizar minhas palavras como assédio sexual. — Ponto para ele.

— É... Acho que não posso. — E como eu poderia? Minhas defesas estavam todas baixadas.

A música estava rolando e fui deixando o ritmo me levar. Era uma forma de protelar o que eu sabia que iria acontecer, ou de encontrar uma maneira de não deixar acontecer. Enquanto estivéssemos dançando eu sabia que o manteria distante. Por um breve momento me esqueci de que estava ali com meus colegas de trabalho, com o meu chefe e me permiti. Eu queria dançar, deixar a música entrar em mim e ditar as suas regras e quem sabe esquecer.

Fui dançando sem me preocupar em abrir os olhos. Eu sabia quem estava me olhando, sabia que outros dançavam junto comigo, mas não me importava com mais nada, só queria dançar e esquecer no quanto estava me colocando em risco. E assim fiquei sem perceber o tempo passar. Quando abri os olhos, vi um lindo par de olhos verdes me encarando. Mergulhei de cabeça neles. Era completamente envolvente.

O desejo estava ali, nas duas direções. Como Dyo dizia: era praticamente palpável. Tinha algo de animal nele, em sua postura pronta para me atacar, algo que me fazia sentir uma presa, a sua presa. Eu não sentia medo, muito pelo contrário. Nunca em nenhuma história eu vira uma presa desejar tanto o seu predador. Continuei dançando sem desviar o olhar, dançando somente para ele. Não existia mais ninguém, apenas nós dois. Meu corpo era um convite, não podia evitar, era forte demais e eu não tinha mais forças.

Thomas estava sentado em um banco alto, segurando sua bebida. Antes que eu pudesse reagir ele levantou e deu um passo em minha direção e, em um segundo, seu corpo estava tão próximo ao meu que eu podia sentir o seu calor. Ele acompanhava os meus passos lentos, sensuais, sem desviar o olhar. Com agilidade me virou, ficando às minhas costas. Eu sentia a sua respiração em meu pescoço, sua mão livre me pegou pela cintura, me puxando para mais perto.

Nossos movimentos eram únicos, um só corpo, uma só vontade, um único desejo. Ele não tinha receio em mostrar o quanto me desejava naquele momento e um suspiro de satisfação escapou de meus lábios. Pude senti-lo rindo baixinho em minha orelha. Thomas sabia que eu estava gostando, por isso, quando a música estava quase acabando, sussurrou em meu ouvido:

— Aqui está quente demais. Vamos para algum lugar mais fresco.

Meu desejo não me deixou recusar. Ele estava vencendo cada luta contra o meu medo, contra as regras que eu tinha imposto em minha vida, eu estava sendo impulsionada a continuar. Onde estavam as minhas barreiras?

Segurando a minha mão, guiou-me por um corredor escuro. Subimos a escada que dava para uma porta de ferro fechada. Com uma das mãos ainda na minha e, sem se afastar nem um centímetro do meu corpo, Thomas empurrou a porta. Senti o vento no meu rosto. Era revigorante. Estávamos no heliporto do prédio. Alto o suficiente para não sermos vistos por mais ninguém. O céu estava lindo e a lua tão cheia que chamou a minha atenção. Dei alguns passos para frente, absorta em sua beleza.

— Linda!

— Quem? — Ele estava logo atrás de mim.

— A lua. Perfeita! — respondi, sem olhar para onde ele estava.

— Desculpe! — Seu corpo se aproximou mais ainda do meu. — Não consegui perceber a presença dela. Não conseguiria nunca, com você por perto. — Ele segurou outra vez em minha cintura e novamente sussurrou em meu ouvido: — Linda!

Eu estava um pouco mais lúcida e tentei mudar a situação. Era necessário, apesar da recusa do meu corpo. Tentei me explicar, virando de frente para ele, mas fui surpreendida. Thomas colocou uma das mãos em minha nuca, levantando o meu cabelo, puxando meu corpo completamente para ele e me beijou.

Não tenho palavras para descrever o que eu senti, nem a minha reação. O beijo, a princípio, foi delicado, como se ele estivesse querendo experimentar o que eu tinha para oferecer. Foi absurdamente gostoso! E breve. Porque depois a urgência caiu sobre nós, então ele me puxou para mais perto, exigindo não apenas os meus lábios, mas também o meu corpo, que reagia intensamente.

Quando seus lábios deixaram os meus, involuntariamente gemi. Thomas adorou! Continuou beijando o meu rosto, descendo até o meu pescoço. Cada parte do meu corpo se arrepiou com o contato da sua língua explorando a minha pele. Ele sorriu com prazer quando percebeu, me provocando. Busquei os seus lábios mais uma vez, me agarrando em seus cabelos perfeitamente arrumados.

Thomas me levantou com cuidado e girou, trocando de lugar comigo. Fiquei sentada sobre alguma coisa, eliminando a diferença de tamanho entre nós; não conseguia identificar exatamente sobre onde eu estava, também não tentei descobrir. Logo ele se posicionou entre minhas pernas me puxando para si. Senti todo o seu desejo entre as roupas que nos separavam.

Ele estava grudado em mim. Gemi mais uma vez, jogando a cabeça para trás e liberando os seus lábios. Ele também gemia baixinho, era delicioso ouvi-lo! Suas mãos tocavam meus ombros, procurando uma forma de aumentar o contato entre nossas peles. Quando ele tocou o meu seio, mesmo sobre o vestido, meu corpo reagiu de imediato e eu senti como se estivesse pegando fogo, ardia, queimava, mas não machucava de forma alguma.

Eu me agarrei ainda mais a ele, que aproveitou para me deitar sobre algo frio e se juntou a mim. Minha respiração estava irregular, eu ofegava e ele também. Thomas desceu as mãos, acariciando minhas coxas. Primeiro por fora, para logo em seguida buscar a parte interna. Meus olhos se fecharam de tanto prazer quando ele subiu as mãos por dentro de meu vestido. Eu estava em puro êxtase. Senti suas mãos segurarem em cada lado da minha calcinha para, muito sutilmente, tentarem puxá-la para baixo.

Foi neste momento que o pânico venceu a batalha contra o desejo me jogando de volta à realidade.

— Não! Pare!

— Relaxe! Ninguém está nos vendo — sua voz era carregada de desejo.

Ele voltou a me beijar calorosamente, mas eu já estava tensa demais. Tirei Thomas da minha frente e levantei, endireitando meu vestido.

— O que há com você? — Tentou segurar meu braço, mas eu nem olhei para trás e levantei. Precisava fugir dali. Tinha que fugir dele.

— Você nunca vai entender. Isso é um erro! — Não foi necessário gritar, apenas falar um pouco mais alto, assim aproveitei o seu choque para me afastar.

Fui embora sem me preocupar com ele ou com qualquer outra pessoa. Estava tão envergonhada que as lágrimas escorriam pelo meu rosto sem nenhum esforço. Consegui sair pelos fundos, chamei um táxi e dei o endereço. Chorei durante todo o percurso. Quando cheguei em casa mandei uma mensagem para o celular de Mia, avisando que estava tudo bem, que eu ligaria depois. Corri para o quarto, procurando asilo e conforto. Eu sabia que não iria encontrar. A ameaça estava dentro de mim.

O que eu tinha feito? Como pude permitir o que aconteceu? Chorei copiosamente. O desejo que sentia por ele doía em meu corpo, que exigia desesperadamente por mais. Ao mesmo tempo, a minha consciência gritava um alerta de que eu estava jogando tudo fora. Ela me fazia lembrar que Thomas era um conquistador, que eu seria apenas mais uma das mulheres de sua coleção o que era a mais pura verdade.

O pior de tudo era o fato de ele ser o meu chefe. Uma pessoa com quem deveria lidar todos os dias, independentemente do que acontecesse. No que eu estava pensando? Nós trabalhávamos juntos. Como poderia evitá-lo?

Eu teria de ir embora. Mas eu não queria ir. Gostava do trabalho, gostava do salário e gostava dolorosamente dele. O que fazer? O que estava acontecendo comigo? Eu nunca me permiti esse tipo de descontrole. Também nunca senti aquilo com mais ninguém. Aos 23 anos, eu estava perdendo o controle da minha mente, e o que era muito pior, do meu corpo.

‹ THOMAS ›

Cheguei em casa procurando por ela. O que deu naquela doida? Em um momento ela me queria, me exigia, logo depois dava à louca e ia embora. Simplesmente desapareceu. Eu queria uma explicação plausível para tal atitude. Cathy foi embora sem nem ao menos falar com as amigas.

Tentei alcançá-la, no entanto, ela foi mais rápida e sumiu. Ninguém conseguiu encontrar a garota. Eu estava com muita raiva, ainda assim, desejava arduamente estar com ela. Nunca me senti daquele jeito. O desejo foi tão forte que me dominou completamente. Eu, que sempre procurei ser discreto, iria me enfiar em Cathy ali mesmo se ela permitisse.

Fui até o seu quarto e tentei entrar sem sucesso. Meus olhos captaram a luz fraca que saía por baixo da porta. "O abajur", pensei. Por diversas noites percebi aquela mesma luz sair por baixo da sua porta. Constatei que era assim que ela dormia. Bati de leve, na esperança de ela aparecer, porém não obtive resposta.

Mas eu sabia que ela estava lá, então chamei, tentando manter minha voz baixa. Meu corpo pegava fogo, eu precisava dela, de mais ninguém. E precisava naquele momento.

‹ CATHY ›

Ouvi os passos no corredor e fiquei atenta. Alguém tentou abrir a minha porta. Ainda bem que estava trancada. Eu sabia que era ele e me obriguei a não abrir. Eu não teria forças para detê-lo outra vez, não com meu corpo tão descontrolado.

Ouvi quando ele bateu e me sentei no chão apoiada na parede ao lado. Tentei não fazer barulho. Se ele percebesse que estava acordada iria exigir que abrisse e eu tinha certeza que obedeceria.

Fiquei calada. As lágrimas ainda rolavam. Quando ele chamou o meu nome baixinho, minha pele se arrepiou e meu corpo começou a exigir o dele. Há pouco tempo, aquela mesma voz falava ao meu ouvido, aqueles lábios estavam nos meus, em meu corpo. A dor que as lembranças me causavam era insuportável. Coloquei a cabeça entre os joelhos e chorei mais ainda.

O que estava acontecendo comigo?

‹ THOMAS ›

Fui dormir derrotado. Cathy me rejeitou. Como tinha conseguido frear o desejo que sentia por mim? Como conseguiu controlar seus sentimentos e seu corpo? Foi forte para nós dois, disso eu estava certo. Só que eu precisava saber o que aconteceu, por que ela fugiu se também queria? Nós teríamos que conversar sobre este assunto. Era inevitável.

Eu precisava saber o que fazer com relação a tudo. Mesmo consciente de que meu desejo era mais forte do que qualquer drama de consciência, eu sabia que, dependendo do que ela quisesse para nós, poderia gerar um grande conflito em nosso trabalho. Já tinha vivido isso e conhecia todos os riscos. Mesmo assim queria aquela garota mais do que qualquer outra coisa. Peguei no sono, vencido pelo cansaço.

Abri os olhos pela manhã e não acreditei no que estava vendo. Cathy estava sentada no pé da minha cama. Suas mãos seguravam alguma coisa que eu não conseguia ver. De cabeça baixa ela parecia travar uma batalha interior.

— Cathy?!

Minha voz entregava o quanto eu estava surpreso com a sua presença. Meu coração batia mais forte, roubando o meu ar. Que estranho! *Será que ela mudou de ideia?* Pensei, me permitindo ter esperança. Toda a emoção da noite anterior veio à tona e meu corpo imediatamente exigiu que continuássemos de onde paramos abruptamente.

Atendendo ao meu chamado, ela se virou para me olhar. Fiquei estático por um tempo. Seus olhos estavam inchados e vermelhos. Cathy com certeza chorou a noite inteira. Mas, por quê?

— Oi, Thomas.

Sua voz estava fraca, me comoveu. Tive ímpeto de tomá-la nos braços e confortá-la. Mas todas as minhas barreiras me impediam de dar a aquela garota mais do que a satisfação física de nossos desejos. Não podíamos nos envolver emocionalmente então fiquei imóvel, aguardando o que ela iria dizer.

— Eu não pretendia acordá-lo. Desculpe!

— Acho que precisamos conversar. — Sentei na cama, querendo não perder o momento. Graças a Deus estava de short.

— É, também acho. — Desviou o olhar para o que estava em sua mão.

— O que aconteceu ontem? Você fugiu sem dizer nada.

— Foi um erro, Thomas.

— Como assim foi um erro, Cathy? — explodi. — Qual é o seu problema, hein? — Ela se chocou com a minha reação e eu me arrependi de ter extrapolado. A forma como falei pareceu dar a ela mais força para defender a sua posição. Que droga!

— O problema é que não acho certo isso acontecer entre nós dois. Você é meu chefe. Nós trabalhamos juntos...

— E daí? Por que trabalhamos juntos não podemos ter desejo um pelo outro? Eu quero você e, a julgar pelo seu comportamento ontem, você também me quer. Por que não podemos simplificar as coisas? Você é uma mulher, Cathy, não é mais uma adolescente boba cheia de pudores, e eu sou um homem. O que aconteceu entre nós, ou quase aconteceu, é natural, faz parte do mundo adulto, sabia? É perfeitamente normal em nosso meio.

Tentei fazer com que me olhasse, mas ela se levantou, sem permitir. Cathy estava assustada com as minhas palavras. Imediatamente me arrependi de ter sido tão duro.

— Eu sabia que não iríamos conseguir entrar num acordo. — Olhou em meus olhos com determinação. — Estou me demitindo. — E estendeu um papel em minha direção.

Prendi a respiração. Por que ela estava fazendo aquilo? Eu fiquei olhando fixamente para suas mãos, pensando no que iria fazer. Meus pensamentos estavam a mil por hora. Não poderia deixá-la partir. Estendi o braço para pegar a carta, então subitamente segurei a sua mão e a puxei para meus braços.

— Não posso deixar você se demitir, Cathy. — Segurei a garota enquanto ela se debatia tentando se soltar.

— Não faça isso, Thomas, me largue, por favor!

Sua voz estava tomada pela emoção. Mantive a garota em meu colo até que começasse a se acalmar, então passei a mão pelos seus cabelos e acariciei o seu rosto com cuidado, procurando o seu olhar. Cathy chorava. Meu coração doeu com a imagem. Era realmente difícil para ela o que aconteceu. No entanto, assistir ao seu desespero só me deu a certeza de que ela também me queria, mas lutava bravamente contra seus sentimentos. Por quê?

A convicção de que não poderíamos nos relacionar, porque trabalhávamos juntos não era forte o suficiente para impedir o que estávamos sentindo, ao menos não por muito tempo. Então, se fosse só por este detalhe, se ela precisasse de espaço para se acostumar à ideia e entender que resistir era inútil, eu poderia compreender, não é mesmo?

Quanto a mim, aguardar não seria nenhum problema. Era só esperar que Cathy se sentisse mais à vontade comigo, fortalecer o vínculo, criar confiança. Principalmente porque eu sabia o quanto trabalhar em minha equipe era importante para ela e também o quanto o trabalho dela estava sendo importante para a minha carreira.

— Eu posso entender que você não quer deixar acontecer nada entre nós dois, porém não posso deixar que abra mão dos seus sonhos. Não seria justo com você, Cathy. Eu me sentiria um monstro se aceitasse sua demissão.

Era estranho, mas naquele momento eu estava sendo verdadeiro. Não poderia permitir que a garota abandonasse o que queria. Por mais que a desejasse, não poderia me impor. Fiquei confuso com minha atitude. Não era normal eu abrir mão de algo ou de alguém alvo do meu desejo.

Pode ser loucura, mas com ela era diferente. Eu me importava. Gostava de estar ao seu lado. Cathy era uma excelente profissional e uma grande companheira de viagens. Depois que ela entrou para o grupo, parecia que o círculo tinha se fechado. Estávamos completos, perfeitos. Era tão melhor trabalharmos assim!

Se ela saísse, como seria? Helen com certeza me mataria, e ela realmente precisava de alguém de confiança para se afastar quando sua filha nascesse. Senti um vazio se abrir em meu peito. Eu não queria perder Cathy. Não tão cedo.

— Fique!

Eu estava pedindo? Não acreditei no que estava fazendo. Quem era aquela garota que conseguia quebrar minhas barreiras levantadas há tanto tempo e que eu julgava sólidas e intransponíveis? Que desejo único era aquele que eu estava sentindo? Nunca tinha me sentido assim. Mesmo ali, em meio a tantas recusas, eu ainda a queria e muito. O desejo lutava em meu corpo.

Ficamos abraçados por um tempo, enquanto ela chorava em meu peito. Eu estava confuso, me sentindo estranho. Mulheres chorosas nunca foram um atrativo para mim, no entanto ela estava ali, chorando enquanto eu a acalentava, e o pior de tudo, ou melhor, seu choro não me incomodava. Quando Cathy finalmente se acalmou, concordou com a cabeça e se afastou enxugando as lágrimas.

— Thomas, se eu ficar, não vamos mais permitir que aconteça. É muito importante que seja assim. Eu não posso conviver com isso. Não existe espaço para este envolvimento em minha vida e não há forma de conciliar as duas coisas.

— E o que faremos? — Nos encaramos por um tempo. Ela sem entender, e eu frustrado por saber que esperaria mais do que o previsto. — Eu te desejo, Cathy! — Vi seu rosto corar e seus lábios se entreabrirem. Uma expressão nítida de prazer. Um incentivo. — Nunca desejei alguém assim. — Acariciei seu rosto, impactado pelas verdades que minhas palavras proferiam. Eu não me reconhecia.

— Não sei. A única coisa que posso dizer agora é que não podemos ficar juntos.

— Por quê?

— Não se pode ter tudo na vida, Thomas. Você deve aceitar e se acostumar com isso. Ou vamos trabalhar juntos ou vamos nos relacionar... fisicamente — completou, corando ainda mais e minha boca ficou seca. O que eu podia fazer para ter aquela menina? — Nunca poderemos fazer as duas coisas ao mesmo tempo. Não daria certo. Eu decido por trabalharmos juntos e esquecermos o que aconteceu.

Esquecer? Mas eu não tinha nem começado. Sorri, evitando demonstrar o que realmente estava pensando. Como ela podia ser tão racional? Eu agradeceria muito se tivesse restado um pouco da imprudência adolescente em sua personalidade. O que eu senti foi tão forte que aniquilou qualquer capacidade de pensar de maneira mais fria. Por que com ela não acontecia o mesmo?

— Mas você sentiu tanto quanto eu. Não foi mesmo? Seja honesta comigo. — Fiquei desconfortável com a possibilidade de ela não ter gostado de mim.

— Não tenho o direito, nem a coragem de negar. — Alívio. Foi tudo o que senti. Era horrível admitir, mas meu ego era algo que conseguia sempre ditar as regras e Cathy estava à beira de feri-lo. — Mas não posso aceitar que esse desejo seja mais forte do que eu. A única coisa que quero é trabalhar em paz. Por favor, me ajude a fazer isso! Por favor! Esse trabalho é importante demais para mim.

Sua súplica me fez concordar. Eu desistiria dela, apenas daria um tempo. Estava perdendo uma batalha, mas continuava na guerra e no final a vitória seria minha.

CAPÍTULO 4
Decisões complicadas

CATHY

Eu concordei em ficar, então teria de assumir os riscos. Principalmente depois de deixarmos bem claro o quanto nos queríamos. Mas eu precisava entender que tudo aquilo era apenas desejo e que havia muito mais em jogo. Thomas partiria o meu coração e me deixaria para trás para juntar os pedaços. Ele não se apaixonava e eu... bom, eu não queria me apaixonar.

Liguei para Mia e contei tudo o que aconteceu. Ela ficou preocupada.

— Você contou a ele? — Seu tom de segredo me deixou tensa.

— Não!

— Cathy, você deveria contar!

— Para quê? Para ele pensar que sou uma mulher que finge ser forte, moderna, decidida, mas que na verdade é uma completa idiota? Você ouviu quando contei o que ele me disse? Que eu não era mais uma adolescente cheia de pudores. Não vou me expor ao ridículo, Mia! Thomas ia rir da minha cara e me fazer de chacota para o restante do grupo.

— Você sabe que as coisas não são bem assim. Você apenas pensa sobre sexo de uma maneira diferente da maioria das pessoas. Isso não significa que é anormal.

— Eu não penso diferente da maioria das pessoas, Mia. Eu penso exatamente da mesma forma. O sexo não é um tabu para mim, o problema é que Thomas é meu chefe e, para piorar ainda mais, eu serei apenas mais uma em sua cama. Não quero e não vou passar por isso — repeti mentalmente, como um mantra. Quem sabe assim eu conseguisse acreditar que não iria sucumbir aos encantos dele.

— Tá! Tá bom, Cathy! Se prefere ver as coisas por este lado... E agora?

— Não sei! Eu concordei em ficar, então...

— Você gosta dele?

— Não sei. Juro que não sei. Ele me deixa confusa. — Tentei refletir sobre o que eu realmente sentia e não encontrava respostas. — Só sei que não posso gostar.

— Ele gosta de você?

— É lógico que não! Eu sou mais uma que ele deseja muito levar pra cama. Pelo amor de Deus, Mia! Quem você pensa que eu sou? Ele me vê como um brinquedinho novo e está empolgado. Vai passar, tenho certeza. — Minhas afirmações me machucaram mais do que eu poderia entender.

— Pode ser que sim. Pode ser que não. Como você tem tanta certeza?

— Onde você esteve ultimamente? Ele coleciona mulheres. A sua fama de conquistador está em todas as revistas. É o solteiro mais cobiçado do país ou talvez do mundo.

— Eu sei! Não estou pedindo para acreditar que ele ama você. Apenas quero que analise e avalie as possibilidades. Todas as pessoas um dia se rendem ao amor, Cathy. Ele faz parte desse universo. Não é possível que continue assim por toda sua vida. Em algum momento Thomas pode encontrar alguém que o faça mudar.

— Um dia, com certeza, não hoje, nem nos próximos anos, muito menos serei eu esta pessoa.

— Tudo bem, você é cética. Mas ele pediu para você ficar, não foi? Isso deveria ser importante.

— Mia, não quero nem pensar nessa possibilidade. Eu não quero me envolver com o Thomas, não entende? Ele é exatamente o oposto do que eu sempre desejei.

— Pelo que me contou de ontem eu acho que ele é exatamente o que você sempre desejou. — Ouvi o seu risinho do outro lado da linha e não pude deixar de rir também.

Era a mais pura verdade. Meu corpo reagiu ao dele como nunca reagiu antes, mas eu ainda o achava irritante e complicado, sem contar todos os outros adjetivos já usados para descrever a sua personalidade. Thomas era um erro.

— Preciso desligar agora. Tenho alguns documentos que devo deixar prontos para a assinatura dele. Hoje é dia de doação, estou cheia de trabalho para fazer.

— Ligue, se precisar de mim. Amo você!

— Eu também! Obrigada!

Desliguei já concentrada em separar os documentos e as várias autorizações para transações na conta bancária do Thomas.

Seria sempre assim. Essa era a única forma de ele conseguir acompanhar as movimentações financeiras. Então, quando eu precisava fazer algum pagamento, saque, depósito ou transferência, especificava tudo num documento e pedia sua autorização.

Outras pessoas cuidavam da sua contabilidade, obviamente, mas eu era responsável por algumas contas que diziam respeito aos seus interesses pessoais.

Essa responsabilidade não me incomodava, era bem mais divertido do que passar o dia em estúdios, esperando-o terminar alguma entrevista ou gravar algum programa, que, às vezes, demorava horas. E, como estávamos sempre juntos, não encontrava dificuldades em conseguir sua assinatura quando necessário.

Com tudo pronto, fui encontrá-lo na varanda da casa. Ele estava com o Dyo e outra pessoa que eu ainda não conhecia. Eles estavam analisando um documento, parecia uma reunião. Thomas percebeu a minha presença e se reportou a mim de uma forma muito profissional. Fiquei chocada com a mudança drástica de comportamento em tão pouco tempo, porém feliz em perceber que ele entendeu o meu recado.

— Precisa de algo, Cathy?

— Sim. — Eu me aproximei timidamente. — Trouxe as autorizações bancárias para você assinar. São as doações do mês. — Passei o volume de papel para as mãos dele, que o pegou sem ao menos me olhar.

— Eu doo realmente esta quantia todos os meses? — Seu sorriso era encantador, mas ele não o dirigia para mim e sim para as pessoas que estavam ali.

— Parece que sim. Foi o que Helen me informou.

— Se eu não virar santo quando morrer, cobrarei esta dívida de Deus. — Tive que rir. E ele finalmente me olhou. Havia certa satisfação na forma como ele me encarou? Deus! Eu estava me iludindo rápido demais. — Raffaello, esta é a tão famosa Cathy, minha assistente. — Me indicou com a mão para o outro homem que estava sentado ao seu lado e que sorria também, de maneira tão encantadora quanto.

— Cathy, este é Raffaello Agarelli, meu advogado e também amigo pessoal. Vocês irão conviver bastante, eu acredito.

— Muito prazer, Cathy! — Raffaello apertou minha mão observando-me de maneira discreta. Seu sotaque era carregado. Reconheci um pouco do italiano em sua voz, além do nome que revelava a sua origem. Mas não me atrevi a dizer nada.

— Thomas não fez jus à sua beleza quando a descreveu. Você é ainda mais bonita pessoalmente do que nos devaneios do meu amigo. — Recuei rapidamente deixando o sorriso morrer. Mais um? — Por favor, não tome isso como ofensa, só queria registrar. — Com certeza meu chefe contou a ele sobre a história do assédio sexual. Fiquei constrangida e a situação piorou quando tanto Dyo, quanto meu chefe deram risada confirmando as minhas suspeitas. Eu precisava reagir.

— Você é italiano?

— Sim, sou.

— *Molto piacere di conoscerti troppo* — busquei em minha mente o pouco que eu sabia da sua língua e rezei para não estar dizendo nada errado.

— *Parli italiano, che è meraviglioso!* — respondeu, entusiasmado, com a possibilidade de podermos conversar em sua língua natal.

— *Solo un po', ma so che l'Italia è molto bella! Singolare.* — E isso era tudo o que eu pude resgatar do meu parco vocabulário italiano.

— Cathy sempre surpreendendo — Thomas chamou a nossa atenção me olhando com certa admiração. — Foi bom você ter vindo aqui. Raffaello trouxe um documento para sua assinatura. Eu pedi que o preparasse. É um termo de compromisso em que você admite ter conhecimento das minhas senhas bancárias e se compromete a efetuar apenas as transações autorizadas. Está aqui. Pode ler. — Me passou o documento fazendo com que o clima mudasse. Eu me perguntei se tinha feito de propósito. Não. Thomas não perderia o seu tempo se preocupando com quem poderia ou não me paquerar.

Li o papel assinando-o sem questionar, entreguei diretamente a Raffaello. Meu trabalho estava feito e era melhor não prolongar minha presença quando ela não era necessária, por isso avisei que se precisassem de mim, eu estaria no quarto trabalhando. Despedi-me em italiano e saí em busca do meu refúgio.

Passei a tarde toda trabalhando trancada em meu mundo. Só parei quando percebi que anoitecia. Levantei e fui assistir ao pôr do sol através da imensa janela de vidro que me separava do mundo real. Era tão lindo! Fiquei absorta em pensamentos enquanto o sol se despedia. Em silêncio, fiz uma oração. Estava tão envolvida em meu momento que não percebi quando Thomas entrou no quarto.

— Realmente, é uma paisagem única, não é? — Sobressaltei-me quando ouvi o som da sua voz atrás de mim. Ele riu do meu susto. — Não percebi que estava tão absorta em seus pensamentos, me desculpe! Encontrei a porta aberta e entrei.

— Ah! Eu estava orando. — Sorri sem graça e ainda impactada pela sua presença. — Esta é a hora em que me sinto mais próxima de Deus. Quando a natureza mostra a sua perfeição.

— Você é religiosa? Acredita em Deus? — Percebi que o assunto o fez recuar e achei graça.

— Não é uma questão de acreditar. Não sou religiosa. Mas estou ligada a isso. É como respirar.

— Se não é uma questão de acreditar, o que é então?

— Uma certeza. Como a certeza que eu tenho de que o ar existe.

— Existem formas de ver o ar. — Eu ri da afirmação dele, pois sabia aonde ele queria chegar e esse era um assunto que eu não discutia.

— Existem formas de ver Deus também. Mas esse não é o motivo de você ter vindo ao meu quarto. O que você quer? — Fiquei de frente para ele, pronta para atender a algum pedido ou solicitação, assim pensei, mas apenas por encará-lo eu já sentia o seu efeito em mim, e era devastador.

— Como você está? — Levantou a mão e tocou carinhosamente no meu rosto. Meu ar ficou preso nos pulmões enquanto seus dedos se demoravam em minha pele. — Passei o dia todo tão ocupado que nem tive tempo para conversarmos.

— Tudo bem! Eu também tive um dia cheio.

Eu me afastei, buscando algo que pudesse quebrar o encanto. Fui até a mesa onde estava o meu computador e um monte de papéis então comecei a arrumá-los, fingindo estar ocupada. Era difícil ficarmos tão perto. Tudo aconteceu em menos de 24 horas, ainda estava muito vivo e pulsante. Definitivamente era cedo demais para ficarmos tão próximos.

— Está precisando de alguma coisa? — Voltei a perguntar já recuperada.

— Não. — Ele veio em minha direção, mas não se aproximou muito. — Sobre o documento que pedi para você assinar hoje, eu queria dizer que não é nada pessoal, é só parte da burocracia.

Não pude deixar de sorrir. Thomas estava me pedindo para não ficar ofendida por ele tentar proteger suas finanças? Inacreditável! Essa era uma nova cara para ele, a que se preocupava com o que os outros pensam, ou até mesmo a que se preocupa com o fato de suas atitudes poderem magoar alguém. Eu, no caso. Confesso que era um perfil que eu nunca traçaria para alguém como Thomas Collins.

— Tudo bem! Achei correto o procedimento. Você deve mesmo se cercar de todos os cuidados. Ninguém sabe o que pode acontecer, não é?

— Não acredito que você seria capaz de fazer alguma coisa contra mim.

Olhei para ele sugerindo que seria capaz, sim. Só sugerindo, porque fazer mesmo eu nunca faria. Seria totalmente contra os meus princípios. Thomas deu risada da minha ameaça. Era incrível como ficava lindo, rindo daquele jeito. Quando eu achava que era impossível ele ficar ainda mais bonito, era surpreendida com mais da sua beleza.

— Vamos descer para jantar?

— Mais tarde! Tenho algumas coisas para fazer. — Era mentira, eu queria ficar longe dos seus encantos. Na verdade, era uma questão de sobrevivência.

— Vejo você depois, então. — Ele foi embora. Eu ainda levei alguns minutos suspirando e encarando a porta fechada.

Só fui jantar bem tarde, depois de me certificar de que Thomas não estava mais circulando pela área. Porém, ao perceber a casa vazia, senti medo. Ela era enorme e extremamente silenciosa à noite, quando todos os funcionários iam embora. Parecia vulnerável, embora eu soubesse dos alarmes de segurança que eram ativados a qualquer ameaça de invasão.

Ter uma parte exposta pelas grandes portas de vidro me deixava ainda mais insegura. Ela era distante das outras casas do condomínio e sua arquitetura não permitia que alguém conseguisse nos ver dentro dela.

Desci correndo as escadas e fui até a cozinha verificar o que havia sobrado do jantar. Quando estava concentrada na geladeira e em alguns ingredientes para um sanduíche, ouvi um barulho logo atrás de mim. Virei assustada quase derrubando tudo.

— Boa noite, Srta. Cathy. Desculpe, não quis assustá-la. — A luz forte de uma lanterna me cegava, mas a voz era conhecida, o que me convenceu a não tremer tanto. Era Eric, o segurança. — Pensei que a senhorita tivesse saído com Thomas, achei que a casa estivesse vazia. Ouvi um barulho aqui na cozinha e, como sabia que o patrão ainda não havia chegado e os empregados já tinham ido embora, vim verificar. Sabe como é, né? Não é bom vacilar.

— Você realmente me assustou. Thomas saiu sem você? Que estranho!

— Ele disse que não iria demorar e que era para eu ficar. Foi dirigindo. Pensei que estivessem juntos.

— Não, eu estava trabalhando até agora.

A informação de que o Thomas estava na rua, sem seguranças, me desanimou. Perdi a fome completamente. Se ele não tinha me avisado que iria sair e dispensou o segurança, era porque tinha um encontro com alguma garota, na certa. Era como se uma mão se fechasse apertando meu coração. Tentei disfarçar a decepção, não apenas para o Eric, mas para mim mesma, lutando para me convencer a não me importar tanto. Mas como?

— Tudo bem, Eric. Vou comer no meu quarto. Boa noite!

Peguei tudo o que precisava e fui embora. A comida com certeza iria para o lixo.

Tentei dormir, mas não consegui. A angústia me manteve acordada até tarde da noite, me fazendo virar na cama até desistir e levantar para olhar o mar. Ouvi passos pelo corredor, percebi quando a porta do quarto dele abriu e fechou logo em seguida. Olhei para o relógio. Eram 23h30m.

Será que ele estava acompanhado? Thomas teria coragem? É claro que teria. Eu o desprezei, era natural que procurasse alguém para se divertir. Minha angústia crescia ainda mais com os meus pensamentos.

Lembrei da minha mãe trancada no quarto, sofrendo escondida, pensando que eu não sabia o que estava acontecendo, que não entendia que ela sofria tanto de amor pelo meu pai, que se afundava cada vez mais na depressão e nos antidepressivos. Enquanto meu pai, apesar do amor que sentia por ela, não conseguia ficar perto tempo suficiente. Eram noites difíceis. No dia seguinte ela simplesmente fingia que nada tinha acontecido. E a vida seguia seu rumo assim.

Apertei o travesseiro no rosto, tentando expulsar minhas lembranças, me forçando a não pensar em mais nada. Então adormeci. No dia seguinte, tive receio de acordá-lo, por isso fiz a coisa mais idiota de todas, liguei para o seu celular. Era ridículo, eu sabia! Estava do lado de fora do quarto sem coragem para entrar, ansiosa, nervosa e decepcionada, sem saber o que encontraria pela frente. Thomas atendeu no quarto toque, quando eu já pensava em desistir. Sua voz estava péssima.

— Bom dia! — Minha animação saiu um pouco histérica demais e eu me senti patética. — Está na hora de levantar.

— O quê? — Sua confusão me deixou ainda mais nervosa. Eu era absurda. — O que você está fazendo?

— Tentando acordá-lo. — E eu já estava pronta para começar a me desculpar de tanto arrependimento. Qualquer palavra que saía da minha boca parecia ridícula demais.

— Por que não entrou, como faz todos os dias? Você está em casa?

— Eu me atrasei, ainda estou arrumando umas coisas, então resolvi ligar — inventei de última hora, voltando na ponta dos pés para a porta do meu quarto.

— Cathy, entre aqui e fale comigo direito. — Sua voz estava mais firme e decidida, no entanto eu estava ainda mais convencida que era a minha chance de enfiar a cabeça em um buraco e não tirar mais.

— Tem certeza?
— O que está acontecendo com você? Não estou te entendendo.
— Estou entrando. — Desliguei o celular e bati timidamente na porta.
— Preciso mandá-la entrar? — ele gritou lá de dentro me fazendo estremecer.

Abri a porta querendo que o teto caísse em minha cabeça para poder me livrar do interrogatório que viria. Nunca imaginei que conseguiria ser tão patética. Thomas ainda estava deitado, porém seus olhos estavam abertos olhando para a porta. Seu corpo estava totalmente coberto por um edredom. Achei estranho. Ele normalmente dormia sem camisa e com o ar condicionado no máximo.

— Qual o problema? — Ele logo começou com o interrogatório, então decidi contar a verdade.

— Pensei que estivesse acompanhado. Não quis incomodar.

Eu nem conseguia manter meus olhos nele de tanta vergonha. Ele riu baixinho da minha insegurança, o que fez com que eu quisesse me acertar com uma cadeira.

— Você saiu ontem, sem segurança, chegou cedo. Eu pensei...

— Pensou errado. Ontem fui à casa do Dyo buscar um CD que eu tinha esquecido lá. Por isso dispensei o Eric. Achei melhor, já era tarde e você estava sozinha aqui. Voltei para casa me sentindo mal, acho que estou ficando doente, um resfriado talvez, não sei.

Então era por isso que ele estava todo coberto? Thomas estava doente. Fui até a cama e sentei ao seu lado colocando a minha mão em sua testa. Ele estava com febre, não alta, mas definitivamente era febre.

— Eu já volto. — Ele me olhou sem entender. Fui ao meu quarto pegar um termômetro e voltei. — Preciso medir a sua temperatura.

— Tudo bem.

Enquanto esperávamos o tempo do termômetro, pedi mais informações sobre o que ele estava sentindo. Era importante saber o máximo para poder avisar ao médico, caso fosse necessário.

— Por que acha que é um resfriado? — Avaliei o termômetro conformando a febre e já pensando no que poderia fazer.

— Porque estou sentindo dor no corpo, minha cabeça está latejando, espirrei muito ontem à noite e meu nariz estava congestionado. Minha garganta está um pouco irritada também.

— Você está com febre, Thomas. Vou chamar seu médico. — Eu já ia levantando quando ele me segurou pelo braço.

— O que tenho para fazer hoje?

— Sessão de fotos para a revista que o entrevistou há dois dias.

— Nossa! Como vou fazer fotos? Minha cara deve estar péssima.

— Não se preocupe. — Sorri compadecida. — Você é lindo de qualquer jeito. Acredite em mim, não existe a menor chance de sair feio nas fotos. — Pisquei para passar mais confiança.

— Acho que vou ficar doente todos os dias.

— Por quê?

— Para ganhar um elogio seu. Onde foi parar aquela história de assédio sexual?

Thomas era impagável. Mesmo doente conseguia me irritar.

— Vou chamar seu médico.

— Espere até eu voltar, ou peça para ele me encontrar aqui depois das fotos. — Pensei nas opções. Eu podia medicá-lo com alguma coisa básica para febre e dor e depois do compromisso veríamos o médico.

— Tem certeza?

— Absoluta. Não podemos simplesmente desmarcar. Vai bagunçar toda a agenda. Vamos logo para a obrigação. Eu aguento.

— Ok! Vá tomar banho, que precisamos tomar café para sair. Bem rápido — enfatizei.

Fomos para sessão de fotos e, apesar de toda a disposição demonstrada por ele, eu sabia que a cada minuto sua saúde só piorava, o que me fazia ficar péssima. Não o vi reclamar nenhuma vez, mesmo assim estava preocupada, conferia a sua temperatura de tempos em tempos e anotava tudo para informar ao médico. Em determinado momento, ele chegou a ficar tonto e precisou descansar um pouco.

Quando acabamos, liguei para o médico dele para relatar tudo o que tinha acontecido. Quando chegamos em casa, o Dr. August já estava nos aguardando. Seu diagnóstico foi resfriado, mas mesmo assim fez alguns exames e prometeu levar os resultados no dia seguinte. Seguiríamos com a medicação e muito líquido.

Preocupada com a sua saúde, fiz questão de preparar uma canja bem quentinha e obrigá-lo a tomar. Thomas tentou recusar, ele não gostava muito de sopas e chegou a brincar, dizendo que uma cerveja o ajudaria a se sentir melhor, porém falei que era isso ou um chá de alho e limão, receita da minha avó que tinha aprendido a fazer com uma amiga brasileira. Ele preferiu a canja, lógico!

— Estou me sentindo péssimo! — resmungou quando recolhi a bandeja do seu quarto.

Engraçado como o homem se rende às doenças. Um simples resfriado estava desarmando Thomas completamente. Depois nós mulheres que somos o sexo frágil.

— Você vai sobreviver — brinquei, me divertindo com tamanha fragilidade.

— Talvez não. — Gargalhei com a sua afirmação. — Sério. Você deveria me dar uma chance. Vai que eu morro. — Que hilário!

— Você é impossível, Thomas. — Ele riu debilitado.

— Minha cabeça está doendo muito. — Levou a mão ao travesseiro e o pressionou contra os olhos.

— Vou apagar as luzes. — Um sorriso se formou em seu rosto. — E vou embora para o meu quarto.

— Não, Cathy! Fique aqui comigo. É sério! Não estou bem. Não vou tentar nada, prometo.

Mesmo em dúvida voltei a me sentar na cama dele, observando-o cair no sono. Quando estava quase dormindo Thomas puxou o travesseiro deitando em meu colo, me abraçando pela cintura. Estava mesmo quente. Tive medo de ir embora e a sua temperatura subir, então resolvi ficar por lá, como ele pediu.

Talvez eu estivesse apenas arrumando desculpas para ficar ao seu lado, ou estivesse me enganando, me forçando a acreditar que nunca passaríamos daquilo. Mas o fato foi que passamos a noite juntos. A nossa primeira noite. Hilário, não? Acordei bem cedo e saí do quarto antes que ele acordasse. Era melhor assim.

CAPÍTULO 5
Mentiras absurdas

CATHY

Eu não podia ficar em casa o tempo inteiro disponível para Thomas. O risco de algo voltar a acontecer entre nós dois era grande e eu sabia que, mesmo tendo prometido não tentar mais nada, ele tentaria.

O que aconteceu na boate foi forte demais. Eu nunca tinha me deixado levar daquele jeito. Nunca permiti que um homem conseguisse se impor tanto ao meu corpo. Era muito estranho e ao mesmo tempo gostoso como nunca fora antes. Mesmo sabendo que não poderíamos mais nos permitir, as lembranças invadiam minha mente e muitas vezes me surpreendi relembrando. Era assustador. Principalmente para mim, com tantas barreiras erguidas.

Por isso eu tinha tomado uma decisão infantil que talvez fosse eficiente. Liguei para Mia, que, apesar de rir muito da minha cara e frisar o quanto a adolescência ainda estava presente em minha vida, concordou em me receber na casa dela por algumas horas.

Comecei a me arrumar como se estivesse saindo para um encontro. Não economizei em nenhum detalhe. O cabelo ficou impecavelmente liso. Escolhi um vestido azul-escuro que deixava minhas costas à mostra, descendo até quase o quadril. Não era colado ao corpo, mas justo o suficiente para destacar minhas curvas. A frente era bastante comportada, porém o comprimento deixava claro que de comportada não tinha nada. Alguns acessórios e uma maquiagem perfeita completavam meu visual.

Quando estava quase terminando ouvi uma batida na porta do quarto. Era Thomas. Ele ficou visivelmente surpreso com a minha produção e eu, satisfeita.

— Quer alguma coisa? — Fui ao ponto, já que seus olhos não saíam de mim.

— Não. Nada. — Coçou a cabeça como se tentasse lembrar o motivo para estar ali. — Vai sair?

Seu semblante era um misto de surpresa, curiosidade e receio. Tive que segurar o riso que queria sair e então sorri. Sua cara era impagável.

— Vou.

— Ah! — Eu via que ele queria saber maiores detalhes, mas não se atrevia a perguntar.

— Vou jantar com um amigo — respondi a sua pergunta muda, com certa satisfação.

— Um amigo?

— Sim. Eu estava aqui de bobeira e ele ligou, então aceitei. — Fingi tirar uma linha do vestido.

Não queria que ele me visse como uma qualquer, queria apenas que soubesse que o que aconteceu entre nós não se repetiria. Que eu não estava apaixonada, esperando pela próxima vez, como as mulheres que ele se relacionava normalmente faziam.

— Tá. — Thomas forçou naturalidade e mesmo sendo um bom ator, não conseguiu disfarçar. Ele caminhou até a prateleira onde estavam meus livros e fingiu interesse por eles. — Vai voltar tarde?

Eu sabia que ele não aceitaria tão fácil. Não sei porque eu estava adorando a situação. Podia ser a minha imaginação, mas Thomas parecia incomodado com a minha farsa, o que era divertido.

— Não sei. Quem sabe o que a noite pode nos trazer? — Sorri, sugerindo algo e adorei a sua surpresa com a minha resposta.

— Então... Boa sorte! — Ele saiu do meu quarto sem me dizer o que realmente foi fazer lá, e eu, apesar de muito curiosa, não procurei saber.

Desci as escadas em direção à garagem para escolher um dos vários carros que ele tinha colocado à minha disposição. Decidi por um Audi A2 prata. Fazia mais o meu estilo. Passei pela entrada da casa sem me preocupar se Thomas estava em algum lugar e fui em direção à minha antiga casa, o apartamento de Mia.

Quando ela abriu a porta, começou a rir.

— Você é maluca, Cathy! Nem dá para acreditar que se produziu toda para uma mentira.

Entrei e logo retirei os saltos altos, me jogando no sofá.

— Foi necessário. Acredite em mim.

— E ele te viu? Ficou sabendo que você iria a um encontro? — Ela ainda não havia parado de rir, o que já estava me deixando aborrecida.

— Sim. Acho que o plano deu certo. — Olhei para o restante do apartamento. — Onde estão as garotas?

— Todas tinham compromissos. De verdade — ressaltou, me deixando ainda mais sem graça. — Então, quer jantar? Temos pizza e vinho.

— Pra mim qualquer coisa está ótima. Mas o vinho eu vou dispensar. Estou dirigindo.

— Tá certo. Então refrigerante para você e vinho para mim, que estou em casa cuidando da minha irmã caçula.

Comecei a rir das suas indiretas. Mas Mia estava certa, eu estava sendo bastante infantil. Absurdamente infantil. Comemos e conversamos durante boa parte da noite. Quando achei que o tempo que passamos juntas era o suficiente para convencer o meu chefe do meu encontro, resolvi voltar para casa. Com certeza Thomas já estaria dormindo e não me veria chegar.

Eu estava enganada. Bastou me aproximar da casa para ver que minha vida ao lado do Thomas seria uma eterna caixinha de surpresa. A entrada estava repleta de carros e algumas pessoas circulavam pelo jardim da frente com copos de bebidas, conversando e fumando.

O que era aquilo?

Parei o carro ainda na rua, pois havia outro impedindo a minha entrada na garagem. Fiquei em dúvida se deveria ou não voltar para o apartamento de Mia. Aquilo tudo não podia ser verdade. Respirei fundo, criando coragem para sair do carro. Algumas pessoas, até então desconhecidas, pararam para me olhar.

— Cathy! — Ouvi alguém gritar meu nome e me virei na direção da voz.

Era Dyo, visivelmente sob o efeito de álcool. Ele gesticulava para que eu fosse até onde estava com um pequeno grupo de pessoas.

— Oi! — cumprimentei todos um pouco sem graça e ainda confusa.

— Thomas disse que você tinha saído, que provavelmente não voltaria para casa hoje — falou com a voz embargada e me olhando de maneira confidente.

— Ele falou? — Olhei para os lados, tentando identificar mais alguém. — Eu achei que iria demorar mais, porém recebi um alerta dizendo que a casa estava pegando fogo, então vim verificar. — Dyo deu uma gargalhada que me deixou seriamente preocupada.

— Não culpe o Thomas. Estávamos meio entediados e ele não queria sair de casa, então mandei as pessoas aparecerem. Você sabe como é, depois do celular, não existe mais possibilidade de esconder um encontro de amigos. Acabou virando uma festa.

— Percebi. — Olhei outra vez ao redor me perguntando como Helen encararia aquilo. — Bom, vou entrar e ver o que sobrou da casa.

Era realmente uma festa. Dentro da casa estava pior. Várias pessoas estranhas e som alto. Não havia como conter o desastre iminente. O estrago já fora feito, por isso decidi que passaria direto para o meu quarto. Era o que eu podia fazer naquele momento. No dia seguinte conversaria com Thomas e tentaria encontrar uma forma de fazer Helen não enlouquecer.

Fui abordada várias vezes por homens que eu nunca tinha visto na vida. Procurei ser o mais gentil possível, apesar da embriaguez de alguns deles. O que era aquilo, uma festa ou... quando estava quase conseguindo subir as escadas, Thomas apareceu à minha frente com uma garota pendurada em seu ombro.

Deu tempo de analisar cada detalhe da garota: alta, morena, cabelos até a cintura, extremamente lisos, muito magra, na certa era modelo. A boca era tão saliente que tive vergonha de meus lábios finos. Um incômodo começou a formigar em meu corpo. Era óbvio que eu não esperava que Thomas ficasse sozinho para sempre, muito menos que fizesse voto de castidade, mas há poucos dias estávamos juntos, e então ele estava ali, bem na minha frente, com outra garota.

Era um encontro de verdade. De verdade! Não a bobagem que eu fiz na casa da minha amiga fingindo estar com outra pessoa. Tive vontade de me enterrar viva.

— Cathy! — Ficou surpreso e eu tive vontade de empurrá-lo. — Pensei que você não voltaria hoje. Parou conferindo as horas. Vi um sorriso de satisfação se formar em seus lábios.

— E pelo visto você resolveu comemorar a minha ausência. — Olhei para a garota papagaio de pirata pendurada em seu ombro.

— Não é porque a sua noite não deu certo que não posso comemorar a minha. — Sua voz estava carregada de ironia. Morri de raiva.

— Quer saber, Thomas? Eu estou muito cansada! — Exagerei no *muito*. — Acho melhor subir e relaxar um pouco na banheira. Meu o corpo todo está pedindo um pouco de sossego, com licença.

Comecei a subir as escadas e ele logo veio atrás de mim. De alguma forma a garota desapareceu, percebi isso com muita satisfação. Sua presença realmente estava me incomodando, pendurada nele parecendo um enfeite. Droga! Certo, eu estava com ciúmes, mas não havia como ser diferente.

— Não entendi! — ele começou a falar, me acompanhando com facilidade.

— Não me peça para desenhar, pelo amor de Deus! Você já é bem crescidinho para ler nas entrelinhas. — Eu me sentia tremendamente ridícula, mas alfinetá-lo naquele momento era uma questão de sobrevivência.

— Eu entendi, Cathy. — Sua resposta me pegou de surpresa pelo tom aborrecido que usou. Virei para encará-lo com uma sobrancelha arqueada. O que Thomas pensava que eu era? — Olha, por que não recomeçamos a noite? Você poderia descer e ficar um pouco conosco.

— Não! Desculpe, mas acho que não existe nada de interessante num monte de rapazes bêbados achando que eu sou mercadoria e num monte de garotas esqueléticas servindo de enfeites para a sala. — Ele riu com vontade mesmo eu tendo dito aquilo como uma verdade absoluta.

— Tem razão. Esta festa não foi ideia minha. Acredito que logo irão embora. — Ele me olhou quase implorando. — Fique, Cathy. Por favor!

— Por quê?

— Porque você tem razão em relação a algumas pessoas que estão aqui e, sinceramente, não estou com a menor paciência para conversas sem profundidade hoje. Você poderia ficar e conversar comigo. Vai ser mais interessante.

O que ele fazia com aquele olhar tão penetrante? E por que eu já estava desarmada? Não tive coragem de recusar um pedido feito assim. Suspirei. Thomas estava tão lindo! Mas era um cafajeste, um cretino, um... lindo! Fiquei um tempo pensando nos prós e nos contras. Ele percebeu a minha confusão.

— Vamos fazer o seguinte: eu vou até a cozinha pegar champanhe para nós dois e você me encontra na área da piscina. Acredito que lá esteja menos tumultuado e nós poderemos ficar mais à vontade até toda essa gente ir embora.

— Ah! Não sei não, Thomas — comecei a descartar a possibilidade. Se eu já conhecia um pouco do Thomas Collins, podia entender aquela conversa como uma forma de me enrolar.

— Fique tranquila. Não vou tentar nada. — Riu de seus próprios pensamentos.

— Não? — A pergunta saiu sem querer, me arrependi imediatamente.

— Claro que não! Se sua noite foi tão boa quanto está me dizendo, não posso fazer isso. Não tão pouco tempo depois do ocorrido. — O quê? Como...

— Você é um idiota, Thomas Collins!

Virei enfurecida em direção ao meu quarto. Tudo bem, eu merecia aquele comentário, afinal de contas insinuei que algo tinha acontecido, então... Thomas me segurou pelo braço, gargalhando e me impedindo de fugir.

— Cathy, eu sei que não aconteceu nada. Basta olhar pra você.

Fiquei sem graça. Como ele podia saber? Eu me sentia realmente ridícula com toda aquela farsa, mas não podia voltar atrás. Aquela tinha que ser a minha verdade.

— Estou brincando. Mas posso providenciar uma ótima noite caso você mude de ideia. — Seus olhos verdes fixos nos meus deixava claro que a proposta era real. Respirei fundo, não mais de raiva, mas de medo. Estava acontecendo outra vez. Eu não podia permitir. Tentei fugir para o meu quarto e ele conseguiu me segurar novamente. — Deixa de bobagem. Vamos fazer o combinado, então você me conta como foi a sua noite.

Acabei aceitando mesmo sentindo meu corpo inteiro temer ao convite. Thomas cumpriu com o combinado e foi buscar a bebida, eu aproveitaria para quebrar o seu feitiço e me acalmar. Se teríamos aquela conversa, que eu estivesse longe dos seus encantos.

Tentei passar o mais rápido possível para a área da piscina. Não queria encontrar outra vez os mesmos caras que tentaram me paquerar. Minha paciência estava no limite e eu tinha certeza que explodiria caso fizessem alguma gracinha. Pelo caminho, avistei Raffaello agarrado a uma mulher de forma escandalosa em um canto. Fiquei tão sem jeito que praticamente saí correndo para o meu destino.

Thomas tinha razão, a área da piscina estava praticamente deserta. Com exceção de um casal que conversava discretamente na descida para a praia. Enquanto eu o aguardava, minha coragem começou a ir embora. Da forma como as pessoas estavam se comportando naquela festa, era até arriscado permanecer ali. Só de imaginar o que poderia estar acontecendo com Thomas e aquela garota antes da minha chegada fez meu mau gênio querer se manifestar.

Eu era mesmo muito idiota!

Ele chegou com a cara mais cínica possível, como se soubesse o que eu estava pensando. Estava com as bebidas e parecia bastante desinteressado. Entregou-me uma taça, fez menção de brindar e tomou um longo gole da sua. Depois se encostou ao parapeito, contemplando o mar. Seu silêncio me incomodou. Por que ele tinha me chamado se não tinha nada para falar? Beberiquei o conteúdo da minha taça, fingindo desinteresse também, só que por dentro eu estava um turbilhão.

— Você está mesmo cansada?

— E você não? Nossas vidas são tão agitadas que não consigo pensar em nenhum momento que não tenha me sentido assim. — Fiz questão de ser bastante evasiva. Sabia qual era o interesse do Thomas e não estava disposta a continuar encontrando argumentos para a minha mentira.

— E com noites agitadas como estas, então — colaborou com a minha tentativa de fuga.

— Pois é.

Olhei para a festa que continuava dentro da casa. Ela parecia bem distante de nós, como se criássemos um mundo só nosso, alheio a tudo ao redor.

— E seu amigo? Ele tem um nome?

Mordi o lábio inferior, tensa. Eu não tinha pensado nisso. Meu plano não era perfeito.

— Com certeza. E a sua amiga, tem?

Foi a maneira mais rápida que encontrei para esconder minha mentira. Ele levantou uma sobrancelha me interrogando.

— Que amiga?

— Aquela, papagaio de pirata, que estava pendurada em você quando cheguei.

Thomas sorriu lindamente se desculpando.

— Ah! Ela? Deve ter.

— Típico!

Não sei porque fiquei ofendida com sua resposta. Não era problema meu se ele não se lembrava dos nomes das garotas que levava para a cama. Era problema delas que aceitavam ser esquecidas tão facilmente.

— Eu tinha acabado de conhecê-la — acrescentou, rindo.

— E perdeu o interesse tão rápido?

— Acontece. — Ficou sério de repente. — E seu amigo? Por que deixou você voltar tão cedo?

— Porque quem decide sobre a minha vida sou eu. Sou maior de idade, esqueceu? — Ele riu da minha resposta.

— Mesmo assim.

— Isso não é da sua conta, Thomas — tentei por um ponto final no assunto e ele logo ficou na defensiva, me encarando de uma maneira esquisita.

— Eu sei que não tinha amigo nenhum, Cathy.

Fiquei pálida. Analisei seu rosto para ver se estava brincando, mas ele estava sério. Seus olhos fixos aos meus, aguardando a minha confissão. Por um segundo as palavras se perderam dentro de mim, me forçando a colocá-las para fora.

— Como pode saber?

Sustentamos o olhar por um tempo até que Thomas começou a recuar. Toda a sua postura arrogante foi perdendo a força. Comecei a entender que aquela história não terminaria nada bem.

— Eu pedi ao Eric para te seguir. Ele ficou durante algum tempo na porta do seu antigo apartamento até ter certeza de que você não sairia. Suas amigas ainda moram lá, não é? Deduzi que passou uma ótima noite com elas.

Senti todo o sangue voltar de uma só vez para o meu rosto. Primeiro fiquei envergonhada por ser pega numa mentira ridícula e infantil. Depois a humilhação tomou o lugar da vergonha. Por que ele fez aquilo? Apenas para provar o quanto eu era ridícula e absurda? Por fim, a raiva conseguiu se sobrepor aos outros sentimentos. Senti tanto ódio que poderia matá-lo, queimando-o só com os olhos.

— Você fez o quê? — As palavras saíram abafadas pelos dentes cerrados, se arrastando em minha garganta.

— Eu fiquei preocupado, Cathy! Você ia sair sozinha, dirigindo, à noite...

Ele estava nitidamente preocupado com a minha reação, ou envergonhado com o que fez. Ficou tentando se justificar, mas nada do que dizia parecia fazer sentido. Quanto mais ele falava, mais a minha raiva aumentava.

— Você colocou o seu segurança para fiscalizar a minha vida? Com que direito? Meu Deus! Thomas, você é tão absurdo! É tão... — Não conseguia encontrar a palavra mais adequada para defini-lo, então resolvi usar todas. — Tão sem escrúpulos, ridículo, arrogante, infantil...

— Tá legal! Eu já percebi que você tem um monte de adjetivos para mim, e... — Ele parou de repente, assustado, olhando para minha mão. — Cathy, o que você fez? Sua mão...

Olhei para baixo percebendo o sangue e me assustei. Em meio ao acesso de raiva esmaguei a taça e nem tinha percebido. Abri a mão rapidamente sentindo uma dor cortante.

— Droga! Seu imbecil! Olha só o que você fez.

— Eu? Você tem esse... esse rompante de raiva, se machuca, e a culpa é minha? — Dei dois passos para trás sem acreditar no que estava acontecendo. — Me deixe dar uma olhada.

— Por que, por acaso você é médico?

Virei as costas saindo em direção ao meu quarto. Não era o mais sensato a fazer, mas eu queria ficar sozinha para avaliar a gravidade do ferimento. E eu estava tão possessa!

— Cathy! — Thomas estava logo atrás de mim. — Não seja tão infantil! Deixe-me ver como está a sua mão.

— Por que você não me deixa em paz? — Acelerei o passo mesmo sabendo que não me livraria dele nem se o ameaçasse de morte. — E mande o seu segurança me deixar em paz também.

Passei pela sala, já não tão cheia. As pessoas que sobraram estavam bastante entretidas para prestar atenção em mim. Subi as escadas indo direto para o meu quarto. Assim que entrei, comecei a chorar. A dor do ferimento era uma boa desculpa para encobrir os meus reais sentimentos.

Fui até o banheiro para colocar a mão embaixo da torneira, deixando a água limpar a ferida. Para meu desespero, Thomas estava logo ali. Ele pegou meu pulso com força e segurou minha mão embaixo d'água por um tempo. Depois que todo o sangue que cobria o ferimento saiu, ele abriu a palma analisando o corte. Pude ver três pequenos pontos projetarem uma pequena quantidade de sangue. Ele abriu devagar cada um deles.

— Dói? — Fiz que sim com a cabeça. — Não tem pedaços de vidro dentro. Eu acho! — ressaltou, olhando apenas para a ferida e sustentando uma expressão emburrada. Era só o que me faltava. — Os cortes não foram profundos. O sangue já está quase estancando. Acho que não vai precisar de pontos. — Seu olhar encontrou o meu pelo espelho, mas ele não o sustentou. — Se for fazer você se sentir melhor, posso levá-la ao hospital.

— Não precisa, obrigada!

— Vou pegar algumas coisas para fazer um curativo então.

Eu ia rejeitar sua ajuda, mas ele saiu rápido demais e voltou tão rápido quanto, antes mesmo que eu conseguisse chegar à porta para trancá-la. Tirou gaze de uma maleta de primeiros socorros, umedeceu em algo que não consegui identificar e começou a limpar as pequenas feridas. Seu toque era suave, calmo e preciso. Eu sentia apenas um leve ardor.

— Desculpe! Eu não tive a intenção de te aborrecer — começou a falar calmamente, como se quisesse evitar maiores problemas.

— Ah! Eu acho que você queria, sim.

Minha raiva ainda presente forçava meu mau gênio a se manifestar. Eu estava indignada com a atitude dele. Como Thomas achou que podia mandar o segurança me seguir? Só de pensar meus olhos ficavam úmidos outra vez. Ele me olhou e suspirou.

— E você ainda diz que eu que sou o infantil. — Coçou a cabeça bagunçando o cabelo, demonstrando impaciência.

— Desculpe! — comecei com ironia. — Foi realmente muito maduro de sua parte mandar a sua sombra bisbilhotar a minha vida. — Ele pegou minha mão e a enrolou com atadura, fazendo um curativo perfeito.

— E foi muita maturidade da sua parte inventar um encontro só para chamar a minha atenção.

Ok! Ele queria me enlouquecer. Fechei os olhos, tentando canalizar a minha raiva apenas para minhas palavras, evitando assim outros danos físicos.

— Eu não queria chamar a sua atenção. Você é um poço de convencimento.

— E queria o quê então, inventando que iria sair com outro homem?

Ele começou a demonstrar raiva também. Não consegui pensar em nada para justificar a minha mentira. Aliás, nada coerente conseguiria justificar o que eu fiz. Era vergonhoso.

— E desde quando é da sua conta? Que motivo você tem para querer controlar todos os meus passos?

— Esse motivo.

Thomas segurou meus ombros com força, me puxando em sua direção. No mesmo segundo, nossos lábios se encontraram, e no segundo seguinte estávamos embalados pelo mesmo calor que tinha nos dominado na boate.

Ele me beijou e eu perdi todo o foco.

Foi a mesma reação. Meu corpo parecia familiarizado com seus toques e minha pele se mostrava saudosa da sua. Imediatamente agarrei suas costas para grudar ainda mais meu corpo ao dele, quando senti uma dor insuportável na mão ferida, devido ao movimento brusco, me alertando que aquela atitude era inteiramente proibida para nós. Instintivamente recuei, conseguindo recuperar a minha capacidade de raciocinar. Com a mão boa eu o empurrei para longe de mim.

— Não faça mais isso — adverti ainda tonta pelo desejo.

— Como você quer que eu aceite? — rebateu impaciente. — Não consigo ficar sem fazer nada, sentindo tudo o que sinto e vendo você sentir o mesmo, é impossível!

— Nós já conversamos sobre este assunto. Eu já disse: você é meu chefe. Nada poderá acontecer entre nós! — falei um pouco mais alto para fazê-lo entender, mas também para que entrasse de uma vez por todas na minha própria cabeça.

— E o que vai fazer, Cathy? Fingir romances inexistentes e se embrenhar na noite tentando se convencer de que não me quer?

— Isso não é da sua conta. — Fiquei incrivelmente incomodada com a forma rude como ele falou, ironizando a minha atitude, mesmo sabendo que eu tinha dado a munição para ele agir assim. — Saia do meu quarto, Thomas! Agora!

— O seu desejo é tão grande quanto o meu. Não adiantar fugir. Você sabe que só está adiando o inevitável.

— Saia do meu quarto, ou saio eu! E não adianta mandar a sua sombra me seguir porque desta vez a notícia não será boa.

Nós nos encaramos, sustentando a raiva. Eu podia ver o quanto ele tentava se controlar para não explodir e ultrapassar os limites. Ele puxava o ar com força, seus olhos queimando meu rosto, as veias do pescoço alteradas. Eu não reagia de uma forma diferente, com o queixo empinado o encarava desafiando, os dentes trincados, a respiração ofegante. Até que, enfim, ele cedeu. Com poucos passos, vi Thomas virar de costas, passar as mãos nos cabelos e se afastar de mim.

— Está bem. Eu vou.

Ele saiu, batendo a porta com força. Depois de um bom tempo parada no mesmo lugar, consegui ir até a porta e trancá-la. Deitei na cama tirando as sandálias e cobri o rosto com um travesseiro. Eu sabia que seria difícil dormir aquela noite.

No outro dia eu estava acabada. Não tinha dormido a noite inteira e, ainda por cima para piorar tudo, o ferimento da minha mão latejava, o que me fazia ficar ainda mais irritada. Tentei refazer o curativo, mas ficou horrível, com pedaços de ataduras sobrando para todos os lados. Desisti de tentar consertar. Eu estava cansada, com dor e atrasada.

Passei no quarto do Thomas, já pensando na possibilidade de mais uma discussão. Que droga! Minha cabeça doeu. Definitivamente eu não estava em condições de encarar mais essa. Estávamos no limite e caso explodíssemos não haveria uma solução melhor do que a minha demissão. Senti meu corpo gelar com a ideia.

Parei em frente à porta e respirei fundo. Mais uma vez tive medo do que iria encontrar em seu quarto. A imagem dele com a garota na outra noite me perseguia. Decidi que não faria a mesma idiotice de ligar ou inventar alguma desculpa, então bati na porta, como eu sempre fazia e, sem uma resposta, arrisquei entrar.

Assim que entrei percebi a sua cama vazia. Com certeza Thomas tinha dormido em outro lugar com alguma "companhia" da noite anterior. Senti a angústia querendo me tomar, contudo fiz o maior esforço para colocá-la de lado. Eu havia decidido que esqueceria tudo que tínhamos vivido e iria cumprir.

— Já estou de pé. — Ouvi a sua voz atrás de mim e me virei sobressaltada. — Levantei cedo, já tomei café. Como você ainda não tinha aparecido eu estava indo ao seu quarto para ver como estava a sua mão. — Ele olhou para o que sugeria ser um curativo e suspirou. — Deixe-me ver isso aí.

Ainda surpresa, não consegui reagir. Thomas pegou minha mão, desfazendo o curativo improvisado. Sua expressão era séria, podia inclusive dizer que ainda estava aborrecido, e jurar que era por minha causa. Meu corpo todo ficou em alerta. Mas ele agiu como na outra noite, com seu toque suave e cuidadoso.

Após terminar com os cortes, mais uma vez, envolveu a minha mão com ataduras limpas, só que de forma bem mais organizada. Fiquei curiosa a respeito dessa capacidade dele, até porque não era algo que eu pudesse associar a Thomas Collins. Mais uma coisa que eu nunca ligaria àquele homem.

— Como aprendeu a fazer curativos?

Ele sorriu sem alegria. Eu sabia que Thomas não estava muito animado para uma conversa depois do que aconteceu, como da mesma forma eu sabia que eu estava buscando motivos para conversarmos.

— Minha mãe é enfermeira — começou sem me olhar diretamente, mantendo o foco no seu trabalho com o curativo. — Cresci ouvindo as suas explicações sobre cortes, curativos e procedimentos adequados para cada tipo. — Ele sorriu daquela forma que me deixava desconcertada e eu me senti relaxando imediatamente. — Também tive minhas experiências. Eu vivia me machucando, então acabei aprendendo algumas coisas.

— Sua mãe é enfermeira? — Ele fez que sim com a cabeça, sem demonstrar interesse pela pergunta. — E o seu pai?

— Meu pai é empresário. Obteve sucesso no ramo da construção civil. O resto você já sabe.

Fiquei chocada com a frieza dele. Um dia antes estava tentando me convencer de que deveríamos ficar juntos, depois, simplesmente me desprezava. Parecia não querer nem conversar. Eu queria simplesmente não me importar. Thomas era um garoto mimado que não sabia ouvir um não. Provavelmente a facilidade com as mulheres fez com que ele acreditasse que poderia ter todas, por isso estava tão aborrecido comigo.

Eu queria acreditar nisso e me sentir bem com a história, mas a verdade era outra. Ser ignorada por ele pouco depois de ser beijada era como pular em uma piscina em uma tarde de verão e descobrir no último segundo que ela está vazia. Eu me sentia como se tivesse acabado de bater no chão.

— Certo — puxei minha mão desistindo de manter uma conversa —, vou descer e tomar café. Obrigada pela ajuda.

Assim que soltou a mão, Thomas virou procurando o que fazer em seu quarto sem se importar com a minha saída. Confesso que a atitude dele tinha me incomodado mais do que deveria. Se este era o seu objetivo ele tinha conseguido.

Quando desci Helen já estava me aguardando e começamos quase que imediatamente, já que a fome tinha fugido do meu corpo.

Precisamos fazer algumas mudanças na agenda devido à necessidade de encaixarmos mais uma viagem no início do mês. Iríamos a Culver City para o *MTV Movie Awards* 2000 e estávamos todos eufóricos com esse evento. Thomas fora indicado para a categoria Melhor Performance Revelação Masculina, pela sua interpretação no filme que o lançou à fama.

Tudo indicava que Thomas levaria o prêmio, então estávamos contentes porque, se isso acontecesse, sua carreira seria projetada ainda mais, e seria uma excelente contribuição para o sucesso do filme que começaríamos a divulgar. Somado a tudo isso, também havia o papel para o qual ele estava sendo cotado para interpretar em um novo projeto e que era bem diferente de todos os que tinha feito. Estávamos apostando alto.

Tudo estava tão cuidadosamente planejado e organizado para que cada um cumprisse com a sua respectiva parte no evento, que me deixou admirada. Por trás de todo o glamour da aparição dos artistas existia um plano esquematizado com perfeição. Diversos profissionais se empenhavam para que nada saísse do programado.

Eu seria a responsável por todos os passos do Thomas durante o evento e, principalmente, por fazê-lo preparar o que diria em seu discurso de agradecimento, caso realmente ganhasse o prêmio. Eu e Dyo iríamos acompanhá-lo durante todo o tempo.

Thomas só apareceu quando eu e Helen estávamos terminando de organizar os compromissos e fechando as agendas. Ele passou pela sala sem dizer nada, caminhando em direção à garagem. Helen olhou para mim, interrogativa, e eu balancei a cabeça sinalizando que não sabia de nada.

— Vá atrás dele para saber o que está planejando. — Ela revirou os olhos e eu me senti tensa no mesmo instante.

Eu detestava ser a babá do Thomas, mas Helen tinha razão em estar preocupada. Ele não podia sair por aí sem nos informar sobre seu destino. Por pior que isso possa parecer, ser uma pessoa pública exigia muito da sua individualidade e nós estamos ali por causa disso. Além do mais, sempre existia a possibilidade de ele se meter em alguma encrenca. A própria festa organizada em cima da hora era uma prova das possibilidades dos seus planos.

Suspirei me forçando a levantar e ir rapidamente atrás dele. Consegui chegar antes que ligasse o carro e partisse.

— Thomas!

Gritei da escada para que ele me ouvisse. Ainda consegui perceber a sua cara de espanto quando me viu. Um sorriso se formou em seu rosto, enquanto ele desligava o carro e com calma se encostou ao banco, me aguardando.

— Helen quer saber para onde você vai — falei assim que alcancei o carro, antes mesmo de ter certeza que ele me ouvia. Ele permaneceu calado, me observando. — Tudo bem, então! Você pode até não querer falar, mas vou ter que pedir para Eric te seguir porque precisamos saber onde te encontrar caso alguma coisa aconteça. — Ele sorriu com ironia.

— Estou levando o celular.

— Você acredita que Helen vai achar que essa informação é suficiente?

— Helen ou você?

Eu sabia que aquilo tinha a ver comigo. Thomas não iria fazer o mesmo que eu estava tentando fazer. Não iria se esquecer de nós dois.

— Somos uma equipe, Thomas. Eu, Helen, você... somos uma coisa só agora. — Ele cruzou os braços no peito e fitou a parede à frente do carro. — Por que você tem que ser tão difícil?

— Eu sou difícil? — Riu ironicamente.

— Thomas, isso não tem nada a ver conosco. Deixe de ser infantil! Tem a ver com o nosso trabalho. Aprenda a separar uma coisa da outra.

— E o que tem a ver com nós dois?

Ele não iria encerrar o assunto e eu sabia que precisávamos conversar ou então não conseguiríamos fazer funcionar. Tomei coragem e entrei no carro, pegando-o de surpresa.

— Ok! Você quer ter esta conversa? Vamos lá, qual é o problema desta vez? Nós já não discutimos sobre a impossibilidade de nos relacionarmos de outra forma que não seja profissional?

— Eu nunca concordei com você.

— Mas eu disse que não quero que isso aconteça e você terá que respeitar — rebati, me incomodando com a sua insistência. Thomas era um cabeça dura. Seus olhos verdes cravaram em mim em desafio, ele se aproximou um pouco.

— Eu até aceitaria se esse fosse realmente o problema. — Seus olhos se estreitaram e eu podia sentir todo o meu corpo se rebelando. Meu coração martelou. — Eu sei que não é só isso. — Ele começou, sem disfarçar a raiva, as palavras saindo com esforço pelos seus dentes. — Existe algo mais. Você está encobrindo tudo com a desculpa de que sou seu chefe.

O ar ficou preso em meus pulmões e meu pulso acelerou. Eu sabia que estava começando a corar, pois meu rosto esquentava, enquanto eu recuava visivelmente, sendo pega desprevenida. Thomas aproveitou para se aproximar mais alguns centímetros.

— Não é motivo suficiente para eu desistir de você.

Nós nos encaramos pelo que me pareceu uma eternidade, até que eu entendesse que precisava respirar e salvar a minha capacidade de raciocinar. Virei o rosto buscando uma forma de não parecer tão abalada.

— Por que você não sai e se diverte com alguma das suas garotas e me deixa em paz?

A minha raiva estava presente e seu motivo ia muito além da sua recusa. Thomas era muito perceptivo. Sua capacidade de enxergar além de mim era assustadora. Fui pega de surpresa e isso me deixou sem saber como agir.

— Porque eu não quero outra garota.

— Eu não sou mais um dos seus brinquedos. Conforme-se!

E mais uma vez a raiva ameaçava me dominar. Ficamos nos fitando, sustentando o olhar sem ceder. Aquela disputa era absurda demais! Mas eu não queria ceder, não queria dar mais espaço para que ele vencesse as batalhas e conquistasse mais territórios em mim. Eu estava certa quanto à minha decisão e Thomas precisava aceitar. Quando ele percebeu que não conseguiria me vencer, desviou os olhos e voltou a encarar a parede.

— Não vejo você desta maneira.

E a entonação que usou foi o suficiente para derrubar uma parte das minhas barreiras. Thomas parecia decepcionado por eu pensar desta forma. Suas palavras ditas com tristeza e indignação me fizeram recuar. Meu coração gritava "se convença disso", enquanto minha mente repetia "não seja mais uma idiota". Com um suspiro abaixei a cabeça e fechei os olhos.

Eu nunca quis acreditar que ele me via de maneira diferente. Thomas era um conquistador assumido e tinha orgulho disso. Suas tentativas eram apenas uma comprovação de que sexo era o seu único objetivo. Mas quando ele me olhava com tanta intensidade, quando falava baixo e com a voz rouca, quando me inundava com aquele mundo verde que eram os seus olhos, eu me sentia convencida do contrário. Balancei a cabeça me negando a acreditar e proibi o meu coração de se alegrar. Eu ainda precisava mantê-lo à distância.

— E como você me vê? — Ouvi quando soltou o ar retido.

— Não sei, Cathy! — Suas mãos deixaram o volante e se acomodaram entre as suas coxas. — Mas não é como está pensando.

Voltei a olhá-lo e o flagrei aguardando por mim. O carro era um espaço pequeno demais para nós dois. E perigoso na mesma medida. Eu precisava pegar outro caminho.

— Para onde você está indo? — Minha voz tinha perdido o tom de defesa, estava mais doce. Eu não tinha como evitar.

— Vou ver o meu pai, que está na cidade. Preciso ficar um pouco com ele.

Respirei aliviada com a sua resposta. Então não estava indo se encontrar com nenhuma garota? Mais uma vez balancei a cabeça tentando fazer o juízo voltar. Senti a confusão se formar em minha mente. Como eu poderia querer manter distância e ao mesmo tempo querê-lo tão próximo?

— Não sabia que seu pai estava na cidade. — Ele sorriu lindamente, relaxando.

— Ele me ligou. Teve uma reunião e, como terminou mais cedo do que esperava, marcamos de jantar juntos. Diga a Helen que não sei que horas vou voltar nem se voltarei hoje. — Outro sorriso, só que mais tímido. Era lindo da mesma forma. — Por favor, não mande Eric atrás de mim. Você vai ficar sozinha na casa, e eu não me sinto confortável com essa situação.

— Está bem — concordei mais rápido do que pude processar a informação. —Então... até amanhã?

— Você vai ficar bem? — Ele apontou para a minha mão. Eu tinha esquecido completamente dela.

— Vou sobreviver. — Indecisa sobre o que deveria fazer ou dizer, coloquei a mão na maçaneta.

Thomas, percebendo que nosso tempo estava chegando ao fim, foi se aproximando lentamente, me prendendo pelo olhar. Eu não consegui fugir. Meu coração já estava muito abalado com todas as incertezas dos últimos dias e a sua confissão sobre a forma como me via, mesmo não sendo uma grande revelação, foi o suficiente para me fazer querer aquele beijo.

Beijamo-nos longamente sem muita intensidade. Era um beijo sem carícias. Nenhuma parte do nosso corpo se tocou além dos nossos lábios e das suas mãos em meu pescoço. Mesmo assim era possível sentir o mesmo desejo das outras vezes, além do meu coração acelerado me implorando para não me afastar. Não ultrapassamos nenhuma barreira. Quando terminamos, ele encostou a testa na minha. Ficamos de olhos fechados sentindo o momento.

— Obrigado! — falou, baixinho.

— Pelo quê?

— Por esse beijo. Eu estava precisando muito dele.

Suas mãos me soltaram e voltaram para o volante. Era o sinal de que eu precisava sair ou não teríamos mais como voltar atrás. Eu já tinha me permitido demais. Não era só ele que precisava daquele beijo, eu também, essa era a mais pura verdade. Então eu precisava sair do carro e deixar lá dentro todas as lembranças. Nós dois sabíamos que não poderíamos deixar voltar a acontecer.

Aceitei a dor no peito com satisfação. Ela me lembraria de que não podíamos ficar juntos, então sempre seria uma constante em minha vida. Essa constatação me deu forças para sair sem olhar para trás e eu me senti forte como nunca antes. Era o necessário a ser feito e eu não fugiria daquela obrigação.

Quinze dias depois, nós simplesmente não tocávamos no assunto. Percebi, com bastante satisfação, que Thomas não comentou com ninguém sobre o que ocorreu entre a gente. Algumas vezes, quando estávamos muito próximos, trabalhando, ele me olhava com carinho e chegava a acariciar o meu rosto. Era estranho, mas depois de toda tempestade sempre vem o tempo bom. Aquela conversa apaziguou os ânimos, estabeleceu limites e ajustou os detalhes. Foi importante para o que precisávamos realizar.

Estávamos convivendo com mais facilidade. Era até gostoso dividir o meu tempo com ele. Constantemente éramos vistos rindo e brincando, como verdadeiros amigos. Mas eu ainda me sentia quente por dentro quando ele me olhava com mais atenção.

Depois do ocorrido, nunca mais o vi com outras mulheres. Thomas estava inclusive mais caseiro. Os rapazes reclamavam, mas ele alegava que estava fazendo laboratório para um possível papel, que precisava se concentrar mais em novas e diferentes atitudes. Uma boa desculpa, no entanto eu sabia que era mentira. Ele nem tinha confirmado a sua participação no projeto.

Por mais estranho que possa parecer, quando ficávamos sozinhos em casa, apenas nós dois, fazíamos questão de ficar juntos, vendo um filme, lendo um livro ou apenas conversando. Era o que gostávamos de fazer. E era ótimo!

E mesmo assim, mesmo com tanta aproximação e contato, Thomas nunca mais tentou nada. Como eu havia imaginado, nosso último beijo foi uma espécie de despedida. Eu estava me preparando para aceitar sem maiores problemas, para mim, claro.

Eu sabia que já estava incrivelmente envolvida. Mesmo tendo decidido não seguir em frente, era bem provável que, quando ele resolvesse voltar à sua rotina normal de conquistas, acabasse me machucando. Então, sempre que estávamos juntos eu tentava ser sua amiga o máximo possível. Queria que ele me visse dessa forma, contudo, principalmente, precisava que minha mente se acostumasse com a nova realidade. Quem sabe assim, quando ele estivesse com alguém, eu poderia até me sentir feliz pelo meu "amigo"?

Bom... quem sabe um dia...

Uma noite eu estava no quarto quando ele bateu à porta.

— Posso entrar?

— Claro, a casa é sua — brinquei, me ajustando na cama para recebê-lo.

Thomas sorriu, sentou ao meu lado, retirou o notebook do meu colo e colocou uma pilha de papel no seu lugar. Ergui a sobrancelha, questionando-o. Seu sorriso se ampliou.

— Você poderia ler este material comigo? Já li umas três vezes e ainda tenho dúvidas se devo ou não aceitar o papel — ele falava sério, concentrado, assumindo o seu lado profissional.

Senti uma imensa alegria pelo fato de ele querer a minha opinião a respeito das suas escolhas profissionais. Sabia que aceitar ou não um papel cabia apenas a ele, assim como tinha certeza que ele queria aceitar aquele convite. Todos nós queríamos que aceitasse, afinal de contas, seria uma excelente forma de dar uma guinada em sua carreira. Então por que a dúvida?

— Já li — admiti, timidamente.

— Já?

— Quando recebi o arquivo, li antes de passá-lo a você. — Me movimentei ao confessar aquele deslize, mas ele riu baixinho e aguardou por mim. — Qual é o problema? Achei o texto ótimo!

— Eu também. Mas ele modifica completamente a minha linha de trabalho até hoje. Se eu aceitar o papel, estarei deixando a imagem de galã romântico e bonzinho para assumir algo bem diferente, se é que você está entendendo do que estou falando.

Enquanto falava, Thomas passava as mãos em seus fios desalinhados me desconcentrando. Era incrível como gestos tão pequenos me deixavam deslumbrada. Precisei forçar meu cérebro a focar no assunto e não perder a linha de raciocínio. Respirei fundo para continuar.

— E você não gostaria de mudar sua imagem.

— Na verdade... eu gostaria muito. Quero a chance de interpretar um personagem que não valorize tanto a minha beleza, porém tenho medo do impacto. A ideia de não ser apenas mais um ator bonito que faz sucesso com as mulheres, me atrai. — Assisti seu sorriso maravilhoso se formando em seus lábios e fiquei apalermada. Quando isso iria acabar? Quando Thomas deixaria de ter tanto efeito sobre mim?

— Pensei que gostasse de ser um ator bonito e principalmente do sucesso que faz com as mulheres. Existem muitas vantagens.

Ele ficou sério de repente.

— É assim que você me vê, não é? — Ficamos em silêncio por um tempo. — Tudo bem, eu tenho toda a culpa. — Thomas começou a se mexer na cama, procurando uma posição mais confortável. — Sobre aquele dia no hotel... eu... queria que me perdoasse.

Admito que fiquei completamente sem graça. Fui pega de surpresa e não consegui deixar de demonstrar como realmente me sentia em relação ao assunto. Aquela era a imagem que eu tinha do meu chefe, era impossível não enxergá-lo assim, como um mulherengo assumido.

— Tudo bem, Thomas, eu nem me lembrava mais — menti, sem olhá-lo diretamente nos olhos.

Aquela era uma cena que eu jamais me esqueceria. Eu me lembrava sempre desse episódio, aliás, era um dos motivos que impediam que eu me atirasse em seus braços. Naquele dia vi de perto que ele era Thomas Collins, e mesmo tendo consciência de que ele havia mudado bastante desde então, aquela cena não saía da minha cabeça.

— Mesmo assim queria me desculpar. Talvez seja por isso que você tem esta imagem ruim de mim, o que me incomoda bastante. — Tomei coragem para encará-lo. Inesperadamente o encontrei com olhos intensos e verdadeiros. — Não quero que me veja desse jeito.

— Não sei como devo vê-lo, Thomas — confessei, determinada a resolver qualquer impasse entre nós. — Você comigo é uma ótima pessoa, porém já presenciei situações que não poderiam sustentar essa opinião. — Sorri sem graça, retribuindo a sua expressão insatisfeita. — Quando somos somente nós dois, é ótimo, no entanto, sua vida é um mistério para mim. Quando penso que está tudo bem, sou pega de surpresa por mais problemas. São muitas inconstâncias.
— Ele puxou o ar com força, mas acabou concordando comigo.

— Tente entender pelo meu lado. Eu sou jovem ainda. Sou solteiro e minha fama me ajuda a continuar sendo. — Estava visivelmente constrangido com a revelação. — A vida fica um pouco monótona se não temos algum tipo de diversão. Já basta ter que me manter tempo demais longe de todos os que amo, além de não poder levar uma vida normal. — Fez uma pausa, olhando para um ponto fixo em algum lugar dos seus pensamentos.

— E você precisa preencher o seu vazio com uma mulher diferente a cada noite? — A amargura estava começando a se fazer presente. Eu precisava modificar aquele sentimento urgentemente.

— Você sabe que não é verdade. Depois daquela noite em que ficamos juntos...

Eu me encolhi com a referência ao nosso primeiro beijo. Só de me lembrar dos seus toques, dos seus lábios, meu corpo começava a reagir, o que não era apropriado, já que eu queria continuar mantendo essa sensação bem longe de mim. Mas quando ele exigiu os meus olhos, sua mão foi para o meu rosto e eu me senti perdendo todo o foco.

— Eu nunca mais me interessei por nenhuma outra mulher.

— E você espera que eu acredite nisso? — Existia uma parte do meu cérebro que se agarrava com todas as forças a essa esperança, a outra parte afugentava qualquer possibilidade de ser assim.

Olhei para a pilha de papel em meu colo.

— Acho você um ótimo ator! A minha opinião é que deveria aceitar o papel — mudei de assunto categoricamente. Thomas percebeu que eu não queria falar sobre nós dois, era muito mais seguro.

— Eu gosto muito de você, Cathy! — revelou sem me dar chance de rebater. — É tão confuso para mim quanto sei que é para você. Tenho tentado deixar as coisas se ajustarem sozinhas, mas na verdade ainda acredito que só há um jeito de resolver essa situação.

— Qual? — perguntei debilmente.

Já estava completamente envolvida. Que idiota eu era. Bastavam umas palavras mais românticas dele para que meu cérebro perdesse todo contato com o restante do corpo.

Thomas se aproximou lentamente, observando a minha reação. Esperei, simplesmente porque não havia mais nada que eu pudesse fazer. Eu estava rendida. Quando ele chegou bem perto, fechei os olhos e abaixei a cabeça, escondendo os lábios dos dele. Gentilmente Thomas pegou em meu queixo, levantando meu rosto. Olhou em meus olhos por um tempo, como se pedisse permissão, como eu nada fiz, encostou os lábios nos meus.

Thomas Collins me beijou outra vez, e meu mundo deixou de girar.

Foi um beijo diferente dos outros. Era romântico. Gostoso, sem dúvida! Mas eu sabia que ali, naquele momento, Thomas me dava o beijo que havia reservado só para mim, com um sentimento único, mesmo que ainda confuso.

Foi mais breve do que eu gostaria e mais rápido do que meu corpo necessitava. Outra vez ele não me tocou, apesar de eu poder sentir a vibração que vinha do seu corpo. Uma energia quente que me abraçava e embalava no seu ritmo. Quando nossos lábios se afastaram, ele beijou minha face, minha testa, por fim, me abraçou.

— Não tenha medo de mim! — sussurrou em meu ouvido, com uma devoção que me comoveu. Então ele se levantou para ir embora. — Obrigado pela ajuda! — E saiu.

Fiquei ali, imóvel, durante um bom tempo. O que Thomas queria? Como não ter medo? Ele era o solteiro mais cobiçado do meio artístico. Todas as divas estavam na fila, esperando uma oportunidade. Eu testemunhei esta realidade, várias vezes, quando o acompanhava em seus compromissos. E ele gostava disso de verdade, esse era um ponto importante.

Thomas adorava flertar com elas. Eu não suportaria viver assim.

CAPÍTULO 6
Rompendo barreiras

CATHY

No início de junho viajamos para Culver City para o *MTV Movie Awards*. Chegamos cedo para nos organizar no hotel. Sara Williams, a empresária do Thomas, havia ligado diversas vezes. Ela estava ansiosa por causa dessa premiação. Thomas era o seu maior investimento, que, pelo visto, dava frutos rapidamente.

Dyo estava radiante com a possibilidade de se encontrar com outros profissionais da área. "N*etwork, baby*" era o que ele repetia com alegria. Eu estava um pouco nervosa. Nunca participei de evento desse porte. Todas as atenções estavam voltadas para as pessoas que participariam, então eu precisava mostrar serviço.

Thomas estava completamente tranquilo. Pudera, o papel dele era sorrir, acenar para um milhão de fãs histéricas, um bando de repórteres e fotógrafos ansiosos por um pedacinho seu e ser agradável.

Marquei hora no salão para fazer as unhas e arrumar o cabelo. Nada de muito espetacular, fiz uma escova com alguns cachos na ponta. Minha roupa seria o principal destaque, o que me deixava insegura. Escolhi um vestido longo que valorizava meus seios, sem mostrar muito. A peça insinuava meu corpo quando eu andava e deixava aparecer as sandálias de salto fino. Tive medo de ser demais, no entanto era impossível deixar o *glamour* de lado em um evento como aquele. Mesmo para mim, uma simples mortal.

Girei em frente ao espelho tentando encontrar segurança nas minhas escolhas, respirei fundo me obrigando a aceitar que estava tudo perfeito. Guardei o celular na bolsa e fui ao quarto do Thomas verificar como ele estava se saindo.

Não foi surpresa constatar que ele estava lindo. Ele sempre estava. Mas aquele terno escuro tinha um corte perfeito para o seu corpo. Era algo para se admirar sem pressa. Ajudei-o com a gravata, sentindo o seu adorável perfume. Thomas permanecia calmo.

— Você está maravilhosa! Com certeza vão te confundir com alguma atriz.

— Duvido muito. Estarei usando um crachá de apoio. — Ele deu risada.

Saímos do quarto com meu chefe me segurando pela cintura. No corredor encontramos com Dyo, que nos olhou de maneira desconfiada, depois alfinetou:

— Se não a conhecesse tão bem, Cathy, poderia jurar que vocês formam um casal. Ou que algo acontece nos bastidores desta equipe. — Piscou, confidente.

Sorri sem graça, depois me afastei do Thomas. Ele olhou para Dyo sem manifestar qualquer sentimento, conformado. Fomos os três no mesmo carro. Eu estava começando a relaxar com a nossa conversa descontraída, porém todo o nervosismo voltou quando comecei a ouvir os gritos a quase um quarteirão de distância. Thomas segurou minha mão transmitindo tranquilidade.

— Lembre-se, você será meu guia. Eu não posso passar muito tempo com repórteres nem com fãs. Temos que seguir no tempo estabelecido. Conto com você para me ajudar a seguir corretamente. Eu atenderei todas as vezes que me chamar para continuar. Lá dentro as coisas serão mais calmas, vai ter alguém para nos dizer o que deveremos fazer. Dyo está mais familiarizado com tudo, então vai poder te ajudar. Fique calma! Vai dar tudo certo.

Sua tentativa de me acalmar me confortou, além, de me comover. Lógico que não tinha me acalmado, mas me senti mais confiante. Saímos do carro com a gritaria ensurdecedora. Thomas era bastante simpático com todos. Começamos a marcar o tempo para a orientá-lo. Ele deu entrevistas rápidas sobre seu novo filme, falou da sua emoção por ter sido indicado ao prêmio, e manteve-se alinhado com o nosso trabalho.

Quando entramos, tudo ficou mais tranquilo. Algumas pessoas, responsáveis pela organização, apareceram para nos ajudar e orientar sobre os procedimentos. Thomas encontrou alguns conhecidos com quem pôde iniciar uma conversa animada. Enquanto eu era informada a respeito das marcações dele, Dyo o acompanhava. Voltei para perto deles para encaminhá-lo para o seu lugar, como fui solicitada a fazer. Antes de me despedir, Thomas me abraçou forte.

— Espero que dê tudo certo — demonstrou insegurança, pela primeira vez. Afaguei seu braço. Era a minha vez de confortá-lo.

— Vai dar! — sussurrei confiante.

Eu e Dyo fomos para os bastidores junto com todos os outros que não faziam parte do show. Assistíamos a tudo pelas telas montadas para orientar as pessoas que não poderiam ficar ao lado dos seus astros. Vibrávamos todas as vezes que alguém fazia menção a Thomas ou ao seu trabalho. A ansiedade crescia a cada momento. Durante um intervalo, fui até ele levar água. Meu chefe achou graça quando expliquei que ele entraria em breve, por isso seria bom estar com a garganta livre, sem obstáculos. Senti que havia gostado da minha confiança de que ganharia o prêmio.

Quando voltei, dei as mãos a Dyo e ficamos juntos aguardando a premiação tão esperada. Meu coração estava acelerado, com efeito minhas mãos ficaram suadas. Tudo ao meu redor perdeu o sentido, eu estava concentrada, aguardando o momento crucial.

Como previsto, Thomas ganhou o prêmio. Gritamos de alegria, mas ele apenas sorriu, como se já soubesse o resultado, e subiu ao palco apertando as mãos de alguns amigos que surgiam no caminho. Eu e Dyo éramos só felicidade. Ouvimos Thomas brincar com a premiação para logo em seguida sair em direção aos bastidores, onde nos encontraria.

Nós nos abraçamos com força. A emoção que senti foi incrível enquanto ele me mantinha em seus braços apertados, transmitindo toda a sua felicidade. Ficamos assim até percebermos que um monte de gente nos observava. Thomas então, mesmo relutante, me largou e abraçou Dyo da mesma forma. Ele estava visivelmente emocionado, apesar de lutar contra o sentimento.

Após o evento, fomos jantar em um restaurante tranquilo, um pouco distante do hotel, mas que era do agrado do Thomas, afinal ele merecia ter todos os seus desejos atendidos naquela noite. Ficamos no restaurante até tarde, quando voltamos ao hotel estávamos exaustos.

Naquela noite eu senti que algo estava diferente. Não sei dizer se a alegria da vitória tinha feito Thomas esquecer algumas barreiras suas, ou se eu estava tão envolvida nos sentimentos compartilhados que esqueci as minhas. A verdade era que quando nos olhávamos, alguma coisa acontecia. Uma espécie de chama ou de encanto que fazia o meu coração acelerar e meu corpo corresponder.

Diversas vezes me peguei retribuindo a um sorriso de uma maneira muito intensa, ou até mesmo saboreando as suas palavras como uma verdadeira fã, ansiosa por cada coisa que ele podia me oferecer. Dyo notou o que acontecia, mas era discreto demais para fazer qualquer coisa diferente de sorrir, me lançando olhares estranhos. E eu sentia meu rosto esquentar com frequência.

Voltamos para casa no dia seguinte. Por causa do prêmio de Thomas, recebemos muitos pedidos de entrevistas, o que já prevíamos, então tivemos uma semana bastante cheia, com viagens rápidas e algumas tardes inteiras dentro de estúdios. A repercussão foi bastante positiva para a carreira dele assim como para todos nós que formávamos a sua equipe. No entanto, dentro de mim, a confusão que se formava era muito maior do que a da nossa rotina.

Mais alguns dias se passaram. Thomas finalmente assinou o contrato, o que nos rendeu uma reunião extensa e a correria no ajuste da agenda para que ele pudesse começar a se preparar para o papel. Sem contar que começariam as viagens pelo mundo afora, as *premières* de lançamento do seu último filme.

Havia uma expectativa enorme por esse lançamento. A previsão de bilheteria era astronômica, o que entusiasmava a todos. A parte ruim é que teríamos um mês e meio de viagens onde não ficaríamos muitos dias no mesmo lugar. Estávamos com a agenda abarrotada de compromissos em todos os países que visitaríamos. Depois, eu e Thomas teríamos de nos mudar para o Texas para as gravações do novo filme, onde ficaríamos durante quatro meses.

Por esse motivo, Helen nos deu alguns dias de folga para que todos resolvêssemos o que precisássemos de nossas vidas particulares, e depois iríamos nos dedicar apenas à carreira do Thomas.

Teoricamente meus dias de folga não seriam iguais aos dos meus colegas de trabalho. Eu e Thomas precisaríamos passar uma semana juntos em casa, até que ele terminasse o seu treino para atingir a forma física necessária para o seu mais novo papel. Como eu era a única que morava com ele, sobrou para mim a incumbência de mantê-lo no ritmo. Além, é claro, de garantir a todos que ele não estaria abusando da sua vida social, nem se metendo em escândalos ou algo do tipo.

Para conseguir tal resultado eu precisaria mantê-lo cada vez mais próximo de mim, o que não era nenhum grande sacrifício, mas, com toda certeza, era uma grande tentação. Passamos então a correr juntos todas as manhãs e à tarde fazíamos exercícios com um *personal* contratado pelo estúdio, assim Thomas atingiria o corpo desejado mais rapidamente.

Entre uma coisa e outra, ficávamos conversando sobre nossas vidas, ou fazendo alguma atividade que pudesse envolver ambos. Thomas, quando queria, era extremamente agradável. Eu aproveitava esses momentos bons a meu favor.

Após a semana de treinos, ele já estaria mais apto e poderia ir para Quebec visitar a mãe, Melissa, e os irmãos, Calvin e Randy. Já eu, ainda não sabia o que iria fazer com os meus dias longe dele, com certeza seria alguma coisa com Mia. Para ser sincera, não conseguia encontrar animação para fazer nada, o que era um erro terrível. Eu estava muito envolvida quando não podia estar.

Uma noite ele apareceu em meu quarto, pronto para sair. Senti o coração apertar quando o vi ali, vestido lindamente. Thomas estava lindo demais! Devia ser um encontro com alguma mulher, para que mais se arrumaria daquele jeito? Minha garganta secou e eu reconheci o medo que me fez tremer.

— Vai sair?

— Vamos. — Ele olhava para mim tentando adivinhar qual seria a minha resposta. A incerteza estava presente em sua expressão.

— Vamos?

— Sim. — Thomas me encarou incerto, mordendo o lábio inferior. — Se você quiser, é claro. — Ri de sua insegurança. Normalmente era ele quem ditava as regras.

— E para onde vamos? — Seria ridículo demais admitir que eu me sentia feliz?

— Vou levá-la para conhecer um lugar aonde sempre vou para pensar ou me distrair um pouco. — Deu de ombros e colocou as mãos nos bolsos. Lindo! — Não vamos demorar, quero que você saiba para onde vou quando saio à noite sem avisar. — Piscou para mim.

Tinha como ficar mais perfeito? Levantei da cama disposta a segui-lo para onde fosse. Thomas sorriu.

— Lembre que a noite está um pouco fria, parece que vai chover.

— Estarei pronta em dez minutos.

Apesar de ele estar muito bem vestido, optei por uma calça jeans justa e uma camisa de manga comprida com um decote "V" não muito profundo. Também calcei os inseparáveis saltos, mas desta vez era uma bota, o que me ajudaria com o frio.

Desci o mais rápido que pude. Estava muito curiosa para saber o que ele fazia quando desaparecia à noite, além de bastante empolgada por poder compartilhar dos seus segredos. Contudo, o que realmente me animava era o alívio que eu sentia por saber que era comigo que ele estaria e não com outra mulher.

Ele já estava na garagem me aguardando dentro do carro, ouvindo música enquanto me esperava. Assim que entrei seus olhos foram para os meus e depois deslizaram pelo meu corpo com aprovação. Um misto de satisfação e receio me varreu, mas ele rapidamente desviou a sua atenção ligando o carro, sem fazer nenhum comentário. Ele manobrou em silêncio e assim permaneceu, apenas cantando baixinho enquanto ganhava as ruas.

Não ficamos muito tempo dirigindo, como eu imaginei que seria. Em vinte minutos, ele entrou numa rua com vários prédios altos de luxo. Achei estranho. Esperava algo como ficar em frente ao mar ou qualquer coisa do tipo. Nunca pensei que Thomas preferia se trancar em um apartamento para poder pensar. Por que não fazia isso trancado em seu próprio quarto?

Thomas deixou o carro em frente a um edifício que seguia o mesmo padrão luxuoso dos demais. Um manobrista o aguardava e parecia conhecê-lo já há bastante tempo, cumprimentando-o com familiaridade ao receber a chave. Seguimos para o elevador, a ansiedade crescendo dentro de mim, ao mesmo tempo em que um receio me tomava, mas ele não disse uma palavra sobre o que estava planejando.

Paramos na cobertura. Por que eu não estava surpresa? Antes mesmo de entrar eu já sabia que o que havia lá dentro me deixaria boquiaberta. Era simplesmente magnífico! Um apartamento enorme, do mais puro luxo. Logo na entrada já era possível ter uma visão ampla da sua extensão. Ao fundo, uma escada clássica dava acesso ao andar superior, e uma varanda circundava todas as partes visíveis.

Thomas pegou minha mão, se afastando um pouco para me dar passagem. Com alguns passos tímidos me deixei guiar ao seu interior, mas logo aguardei que ele se juntasse a mim para continuarmos. O apartamento era decorado com a mesma sofisticação da casa em que morávamos, em toda a sua magnitude. Estava tão maravilhada com tanta beleza que só depois de um tempo me dei conta da necessidade real de um homem solteiro manter um local daqueles. Senti meu estômago embrulhar.

— Então, é aqui que você vem quando precisa ficar sozinho? — enfatizei o sozinho para que ele soubesse do que eu estava falando.

— Sim — começou timidamente, contudo logo em seguida recuperou a confiança. — Mas só à noite. A vista é linda! Venha ver.

Não sei o que ele estava pretendendo com aquilo tudo, porém não consegui ficar insegura, pois a sua expressão não era de culpa ou constrangimento. Mesmo sabendo que eu não poderia me apegar a isso já que Thomas era um ator. Um ótimo ator, por sinal! Poderia facilmente estar interpretando um papel criado única e exclusivamente para mim.

Fomos até a varanda conferindo o que ele dizia e, mesmo com o frio que estava fazendo, não pude evitar a vontade de permanecer por lá. A vista era mesmo incrível! Podíamos ver a cidade toda iluminada. Cada pontinho de luz parecia estar exatamente onde deveria. Estrategicamente colocado para criar o cenário perfeito. Ao fundo a imensidão do mar de Santa Mônica. Soltei o ar contido no peito e sorri sem conseguir me conter ou desviar os olhos. Ouvi o risinho do Thomas atrás de mim.

— Eu nunca consegui ficar indiferente a esta vista. É como se eu estivesse fora do mundo, da realidade. — Ele encostou-se à sacada e encarou a infinidade brilhante. — Olhando de cima, sem as influências da vida cotidiana, fica mais fácil pensar e tomar todas as decisões que preciso.

— Você costuma vir sempre aqui?

— Sempre que possível... ou necessário.

— Necessário? — Não consegui evitar a ironia.

Era claro que aquele apartamento servia para as suas necessidades. Como não? Thomas, além de precisar manter a distância entre a sua vida pessoal e as mulheres com quem ia para a cama, tinha uma hóspede permanente em casa, o que dificultava as suas escapulidas. Um nó se formou em minha garganta, me impedindo de continuar a questioná-lo. Se essa era a verdade, eu não queria escutar. Nem conseguia acreditar que ele tinha me levado lá.

— Não é da maneira como você está pensando. Você tem a pior impressão de mim, Cathy. — Seu aborrecimento chamou a minha atenção.

— Vai dizer que eu sou a primeira mulher que traz aqui?

— Não. Nem tenho porque dizer isso.

Foi como uma facada no coração. Eu não entendia mais nada do que estava acontecendo comigo. Como me permitia ter tanta esperança em relação a uma pessoa com quem eu não queria ficar? Como permitia que ele entrasse em minha vida e bagunçasse tanto tudo o que eu havia planejado há tanto tempo? E, mesmo assim, eu ainda estava ali, parada, em seu apartamento, permitindo que meu coração sangrasse com as suas revelações.

— Foi o que eu pensei.

Ele me encarou, sorrindo docemente, deixando-me confusa demais. Seus dedos passearam pelo meu rosto, enquanto eu não consegui encontrar as palavras certas para modificar aquele momento.

— Além de você, a minha mãe esteve aqui. Acho que algumas amigas dela e empregadas... mas que fosse importante para mim, só vocês duas. Tive essa sorte em minha vida, estar em um lugar tão lindo, ao lado de duas lindas e grandes mulheres. É muito mais do que eu mereço. — E aquele sorriso perfeito estava ali para me encantar outra vez.

Meu sorriso foi de alívio. Minha relação com Thomas era como uma montanha-russa, cheia de altos e baixos. As emoções eram uma mistura de medo, desespero, êxtase e prazer, tudo misturado e ao mesmo tempo. Não sei como meu coração ainda suportava. Era mais do que qualquer pessoa poderia aguentar.

Ao perceber que meus sentimentos tinham se acalmado, Thomas me abraçou, beijando a minha testa.

— Você sempre fica muito aborrecida quando fujo pra cá. Por isso resolvi trazê-la, para que pudesse se certificar que não era nada de mais.

— Eu não fico aborrecida. — Ficava furiosa, porém nunca admitiria isso. — Fico preocupada.

— Você fica tão chateada que nem fala direito comigo no dia seguinte. Eu tenho que inventar um monte de coisas para amenizar a situação.

Como ele conseguira perceber aquilo? E eu pensando que disfarçava muito bem. Se não estivesse escuro, Thomas conseguiria ler em meu rosto a vergonha que estava sentindo por ele conseguir me "ler" tão bem.

— Por que você vem pra cá? Sua casa é tão grande e geralmente somos só nós dois. Não há espaço suficiente? — mudei de assunto rapidamente disfarçando o constrangimento.

— Às vezes eu penso que você ainda tem cinco anos e não saiu da fase do porquê. Você parece uma menininha com toda essa curiosidade.

Fingi indignação e me soltei dos seus braços. Thomas riu da minha birra, mas aceitou que eu me distanciasse. Fiquei em silêncio, aguardando se ele responderia ou não às minhas perguntas.

— Eu perdi completamente as rédeas da minha vida, Cathy. Este é um dos problemas de ser famoso. São tantas regras, tantos compromissos, e, no meu caso, tantos trabalhos, que é impossível fazer tudo sozinho. — Suspirou com tristeza. — A minha vida está dividida nas mãos de várias pessoas. Algumas vezes não consigo me encontrar, não consigo saber quem eu sou realmente. É por isso que algumas decisões eu faço questão de tomar, para acreditar que, pelo menos em alguns momentos, ainda posso ter controle de alguma coisa.

Deu um sorriso que não expressava alegria, mas ironia, o que fez meu coração ficar apertado, com vontade de envolver aquele menino em meus braços para confortá-lo até que ele recuperasse a confiança outra vez.

— É por isso que venho pra cá. Aqui consigo resgatar quem sou, ou era... Cresci neste apartamento. Esta é a casa do meu pai. Morei aqui até os 10 anos, quando aconteceu o divórcio, depois passei a vir sempre que possível, ou necessário. Eu amo este lugar!

Não esperava por essa confissão. Como fui idiota por pensar as coisas que pensei quando chegamos! Aquela era a verdadeira casa dele. Era o seu refúgio. Thomas estava fazendo questão de me apresentar ao seu mundo. Era realmente possível que ele nunca tivesse levado nenhuma mulher ali antes. As com quem ele esporadicamente se relacionava não passavam de uma noite. Eram apenas aventuras e não confiança. Ele confiava em mim. Meus olhos ficaram marejados com essa confirmação e meu coração acelerou.

O que Thomas pretendia dizendo aquilo?

— Vai chover. Está bem frio. — Abracei meu próprio corpo, buscando um pouco mais de calor, mas também, tentando disfarçar a emoção que sentia.

— Quer entrar?

— Não. Vamos ficar mais um pouco. Você tem razão, a vista é linda.

— Não tanto quanto você. — Senti seus braços me envolverem. Era muito confortável ficar ali. Como o próprio Thomas tinha dito: era fácil esquecer que o mundo existia quando encarávamos aquela vista. — É bom quando ficamos assim, sem conflitos, sem medos.

— Quem não está com medo? — brinquei.

— Eu. — Me virou para ele e beijou meus lábios de surpresa.

— Thomas! — tentei repreendê-lo, contudo minha voz saiu apenas como um sussurro, mais como satisfação do que indignação.

Baixei a cabeça e fiquei encostada em seu peito perfeitamente esculpido. Senti seu coração acelerar.

— Foi só um beijo, Cathy. Não consegui resistir, desculpe! Eu adoro seu beijo.

— Mas eu já falei o que penso disso.

— Falou mesmo! — Ele ficou em silêncio por um tempo enquanto meu coração acelerava cada vez mais. Foi impossível não sorrir. — Eu sei que não é o que você realmente quer. — Sua convicção me irritou e ele percebeu, mas estava decidido em ir até o final. — Você deveria ter menos medo e se arriscar mais. Qualquer dia isso vai explodir. Não conseguiremos controlar. Você não pode, ninguém pode.

Eu tentaria. Não podia me entregar aos riscos. Precisava ter controle sobre a minha vida, acima de tudo sobre o meu corpo. Não podia me deixar vencer por um desejo desenfreado e sem cabimento. Thomas estava com a razão, às vezes eu me comportava como uma adolescente.

Após uma semana seguindo nossa rotina, resolvemos tirar realmente um dia de folga. Inclusive um do outro. Era o nosso último dia juntos antes dele viajar para a casa da mãe. Combinei de passar um tempo com Mia na casa dos pais dela, nada muito longe, iríamos para Long Beach, em Los Angeles. Ou seja, depois de muito tempo ficaríamos distantes de verdade.

Thomas disse que sairia com os amigos, os de sempre: Raffaello, Kendel e Dyo. Aproveitei e convidei as meninas para passarem o dia na piscina comigo, já que elas ainda não conheciam a casa em que eu passei a morar. É lógico que não contei meus planos para meu chefe, com certeza ele daria um jeitinho de participar da minha festinha, então disse que teríamos um dia de compras e cuidando da beleza. Esse sim era um programa que o assustava.

Bastou Thomas sair para as meninas chegarem. Como imaginei, elas amaram a casa, como não amar? Ela era espetacular! Estávamos todas na beira da piscina, conversando e pegando sol, bebendo algumas cervejas, nada que pudesse alterar nosso ânimo. As meninas ficaram surpresas quando eu disse que era a primeira vez que utilizava aquela área da casa. Pelo menos daquela forma.

— Não queria ficar desfilando de biquíni numa casa repleta de homens — justifiquei com confiança, mas elas riram e, como sempre, pegaram no meu pé.

— Acho que está certa, Cathy. Foi bastante prudente de sua parte — Stella me defendeu das meninas que riam e me chamavam de freira.

— Vocês não conhecem esses rapazes! Preciso ser dura com eles sempre — argumentei para que elas entendessem a minha posição. — Além disso, é mais provável um dia eu tirar a roupa e dançar nua para uma plateia do que passar, em algum momento da minha vida, de biquíni na frente do Thomas. Ele é impossível!

Exagerei, no entanto eu sabia todos os riscos de ficar tão exposta ao lado de alguém como o meu chefe, e sinceramente, não sei qual dos dois representava mais perigo para a minha sanidade mental. Eu, com toda a minha vontade de voltar para os seus braços, ou ele, com todo o desejo reprimido por mim. Ri sem humor da minha brincadeira pensando no quanto eu ainda me torturaria com aquilo tudo.

— Então... — começou Anna. — Você ainda não decidiu se vai ou não ficar com o gato.

— Não vou ficar! Decidi no primeiro minuto ao lado dele. Acho que você esqueceu que o gato em questão é o meu chefe.

— Mas ele está interessado em você desde aquele dia lá na boate, quando vocês se viram pela primeira vez. — Daphne alimentava a curiosidade da Anna que não desistiria antes de arrancar algo de mim.

— Ele está interessado em qualquer par de saias que passe na sua frente — ridicularizei a situação e vi minha amiga revirar os olhos.

— E os amigos dele? Kendel é muito gatinho! — Daphne comentou já cheia de planos.

— Não perca seu tempo — alertei minha amiga.

— Não vou perder meu tempo é aqui com vocês. — Ela riu de meu comentário. — Onde é mesmo a cozinha? Precisamos abastecer o balde com mais gelo e bebidas.

— Logo após a sala de jantar — indiquei, achando graça da forma leve como Daphne via os relacionamentos. Eu queria ser um pouco como ela, mas não conseguia.

Ficamos conversando um monte de bobagens enquanto pegávamos o máximo de sol que podíamos, também aproveitando a companhia uma da outra. Logo percebi que Daphne estava demorando a voltar, por isso fui verificar se ela precisava de ajuda com alguma coisa. Além dos seguranças, que estavam na parte da frente da casa para nos dar privacidade, só nós estávamos na casa, desta forma não me preocupei em colocar uma roupa.

Contudo, para minha surpresa, Thomas também mentiu a respeito dos seus planos. Assim como eu fiz, meu chefe convidou os amigos para uma tarde na piscina e por algum motivo, não me queria por perto. Estremeci só de pensar nos seus planos. Ele saiu só para buscar os rapazes, enquanto dava um tempo para que eu fosse embora.

Daphne deu de cara com ele no meio da sala, quando voltava da cozinha com as bebidas e algumas coisas para comermos. Quando eu estava entrando na varanda, encontrei-os vindo em minha direção. O rosto de Thomas era impagável.

— Achei que você iria fazer compras o dia todo. Ou era um dia da beleza? — Sorriu ironicamente.

— E eu achei que vocês iriam assistir algum jogo e beber cerveja o dia todo na casa do Kendel. — Sorri de volta com o mesmo cinismo, enquanto

Thomas passava as mãos no cabelo desarrumado. Ficava ainda mais lindo com os fios desalinhados!

Fiquei como sempre ficava, em transe, admirando o meu ídolo, me convencendo de que olhar sempre seria o bastante e que o utópico também era gostoso. Mas todo o meu encanto se perdeu quando percebi que Thomas parou por um momento conferindo o que eu vestia. Eu me senti nua com o seu olhar.

Só então me lembrei de que estava de biquíni, e, diga-se de passagem, um biquíni muito pequeno. Se não estivesse bronzeada, teria revelado o quanto fiquei sem graça. Seu sorriso tomou todo o rosto. Thomas se aproximou e me deu um beijo na bochecha.

— Desculpe pela mentira. — Cruzou os braços e ficou me olhando, esperando o que eu diria.

— Ah! Acho que lhe devo desculpas também. — Ele fez que sim. — Imagino que agora devo convidá-lo para nos acompanhar? — Ele comprimiu os olhos, como se estivesse me analisando.

— Não preciso de um convite formal para isso. Além do mais, Daphne já nos convidou. Espero que não se incomode. — Olhei para minha amiga sem acreditar no que ela tinha feito.

— Deus me livre de ir contra você, Thomas. — Fui irônica mais uma vez. O que mais poderia fazer? A casa era dele.

— Isso soa ótimo para mim!

Assisti meu chefe passar por mim e andar em direção à piscina. Kendel deu um sorriso desafiador, Dyo piscou, me confortando, e alisou o meu braço deixando-me para trás. Respirei fundo e derrotada segui o grupo.

Fiquei com tanta vergonha do biquíni que na primeira oportunidade vesti meu short jeans curtíssimo, que era o que eu tinha mais próximo, e a regata branca que estava na minha espreguiçadeira. Só assim consegui me sentir mais à vontade para circular entre as pessoas que agora formavam o grupo à beira da piscina, mesmo com todas as provocações das meninas que não se cansavam de me torturar por ter me vestido.

— Dá um tempo, gente! Os rapazes são meus colegas de trabalho, e Thomas, apesar de não se comportar como tal, é o meu chefe — me justifiquei mais uma vez, já cansada daquele assunto.

— Cathy, se você falar mais uma vez que eu sou o seu chefe, que por causa disso não pode uma série de coisas, eu vou te demitir — brincou Thomas.

— Relaxe! Eu, como seu chefe, vou adorar vê-la mais relaxada! — falou isso olhando meu corpo com um prazer que não fez a menor questão de esconder. Lógico que meu rosto esquentou absurdamente e eu tive vontade de me esconder ainda mais.

— O que me lembra de uma coisa — Mia falou, animada — Cathy, o que foi mesmo que você disse sobre certa pessoa vê-la de biquíni? Ai, meu Deus! Como esse mundo dá voltas. — Ela riu alto.

— Ah, não! Parem com isso! — Comecei a entrar em pânico.

— O quê? Foi você quem disse. Deve cumprir com sua palavra, ou esta não vale mais nada? — Daphne falava já gargalhando com a situação. Era sempre assim, eu era a única sacaneada naquele grupo. — A vida fica ainda mais divertida assim.

— Qual é, meninas, vocês não levaram isso a sério, não é? Mia! — Procurei desesperadamente uma forma de escapar.

— Sinto muito, Cathy, não posso fazer nada por você agora. — O sorriso dela era imenso.

— Realmente, isso será bem divertido.

— Parem com isso! — Mas não havia outra solução.

Corri para a praia, e elas se lançaram atrás de mim. Entrei no mar gritando por ajuda, ansiosa para escapar, mas elas entraram também, tirando todas as minhas chances. Ríamos muito, ficamos completamente molhadas, deixando minha camisa colada ao corpo enquanto nos empurrávamos como crianças. Os rapazes tinham descido até a areia e riam, tentando entender o que estava acontecendo. As meninas me levaram até eles como uma prisioneira. Era o meu fim.

— O que ela fez agora? — Dyo estava curioso, rindo junto com as meninas.

— Cathy disse que tiraria a roupa caso algum dia ficasse de biquíni na frente do Thomas. — Anna falou alto para todos ouvirem. Tive vontade de morrer afogada. Por que ela disse aquilo? Thomas deu risada surpreso com a história e soltou um gritinho de vitória.

— Não se animem, elas não vão me fazer tirar a roupa — avisei, buscando apoio.

— É claro que vamos. — Daphne piscou para Kendel, que também ria da situação, mas estava mais interessado em conseguir algo com minha amiga.

— Você disse que dançaria nua. Essas foram as suas palavras. Estamos aguardando — Mia completou atrás de mim, cruzando os braços.

— Eu sabia que vocês iriam aprontar alguma comigo.

— Tudo bem, Cathy, só dançar está de bom tamanho — Minha amiga suavizou a brincadeira e me olhou, deixando claro que não permitiria que eu passasse vergonha. Já disse que amava Mia?

— Tá bom! Podem me soltar, vocês venceram, vou dançar. — Fiz parecer que era corajosa quando sorri para Dyo, que sabia que isso nunca iria acontecer.

Todo mundo gritou festejando. Comecei imediatamente a me arrepender por ter concordado com aquela loucura. Fiz uma anotação mental para acabar com a vida das minhas amigas depois delas acabarem com a minha.

Mia foi até o som escolhendo uma música agitada. O ritmo invadiu meu corpo me eriçando. Ela sabia que eu adorava aquela música. Comecei a dançar ali mesmo na areia, estimulando todos a dançarem comigo. Movimentei-me seguindo a batida e aproveitando as aulas de dança do ventre que arrisquei fazer um tempo antes, misturei os passos com os que eu fazia nas boates com as meninas formando um conjunto bem sensual. Elas gritaram me incentivando.

Levantei um pouco a camisa, dando a entender que iria tirá-la, movimentei a cintura mexendo de um lado para o outro, enquanto balançava o cabelo, com isso vi os rapazes suspirarem ao trocarem olhares e sorrisinhos entre eles. As meninas batiam palmas, me incentivando a continuar.

Thomas me observava atentamente sem se envolver com o restante do grupo. Seu olhar era tão feroz e faminto que eu me senti ferver de uma maneira diferente. De repente, tudo se resumia em nós dois, ali, na praia, envolvidos pela música e pelo desejo. Tirei a camisa jogando-a para ele, ficando com a parte de cima do biquíni à mostra. Percebi o quanto ele também estava envolvido quando mordeu o lábio segurando minha camisa entre as mãos.

— Não vai me livrar desta? — falei com ele enquanto brincava com os movimentos. Thomas sorriu cinicamente e fez um gesto com as mãos rodando o dedo.

— Continue dançando.

Ele sorriu divinamente, o que fez com que eu perdesse um pouco o ritmo. Baixei os olhos tentando me concentrar ou acabaria com a cara enterrada na areia. Dancei brincando com o short, rebolando com as meninas. Depois fui até a escada que dava acesso à casa, subi dois degraus me virando para a praia onde todos estavam, abri o primeiro botão de maneira bem insinuante depois abri o outro fazendo todos acreditarem que eu o tiraria. Subi mais um degrau, então dei tchau para meus amigos e corri para dentro da casa rindo escandalosamente.

Todos vieram atrás de mim, mas me deixaram em paz aceitando que já tinha pagado a prenda com o pequeno espetáculo. Eu estava sem graça. Absurdamente sem graça! Mas ao mesmo tempo estava feliz, achando graça de tudo. Meu Deus! Tudo o que concordei em fazer por ter bebido era um absurdo para alguém com uma personalidade tão reservada quanto a minha. Também precisava ter mais cuidado com o que dizia às minhas amigas, elas não vacilavam quando o assunto era me fazer passar vergonha.

O som continuou ligado, as risadas perderam a força e logo todos estavam fazendo alguma coisa, esquecendo-se de mim, completamente. Um alívio! Disfarcei para conseguir subir para tomar um banho e tirar a roupa salgada, que estava realmente me incomodando. Contudo, tão logo alcancei as escadas e fiquei longe de olhares curiosos, fui surpreendida por uma imagem.

Thomas!

Ele estava no final da escada, encostado no corrimão. Sua expressão era única: desejo. Esperava por mim. Deus! Thomas sabia que eu passaria por ali a qualquer momento ou então nem perderia o seu tempo. Hesitei indecisa se deveria ou não continuar. Olhei para a área da piscina, constatando que ninguém estava me procurando, nem tinham notado a minha fuga. Voltei a me concentrar no homem lindo que continuava me aguardando.

Com um aceno me convidou a subir. Meu coração estava acelerado. A música, a sua presença, seu olhar cheio de significados... Iríamos ficar um tempo longe um do outro, por isso eu já sentia a sua falta daquela forma, esmagando o meu peito e me forçando a agir. Também estávamos já há alguns dias sem encostar um no outro. Sinceramente, meu corpo não aguentava mais de saudades do dele.

O que eu posso dizer? Thomas Collins era a minha criptonita. Ele quebrava minhas defesas e me fazia desejar o que eu jamais poderia querer. Ele me levava para o lado negro, um lugar tão escondido dentro de mim que nem eu mesma conhecia. Só conseguia entender que algo me puxava em sua direção e que o compasso acelerado do meu coração era o meu alerta máximo, mas mesmo assim era ignorado.

Subi cada degrau presa pelo seu olhar. Passei por ele sem quebrar o fio que nos conectava com uma força incomum, sem dizer uma palavra. Ele esperou que eu andasse à sua frente, me seguindo de perto, em silêncio. Não trocamos nenhuma palavra. Meu olhar era um convite.

Fomos até o corredor que levava aos nossos quartos. Não me atrevi a entrar, era arriscado demais, além de tentador, então apenas encostei-me à parede e aguardei. Ele colocou um braço ao lado do meu rosto, com a mão livre, tocou meus cabelos, acariciando o meu rosto, passando pelo meu pescoço, e não parou por aí, um dedo desceu entre meus seios, passando para a minha barriga até chegar ao limite do meu short. Minha pele ficou toda arrepiada. Ele respirou profundamente, então se aproximou com uma calma, até então desconhecida para mim.

Ele estava tão seguro do que estava fazendo, já eu não.

Eu estava insegura, temerosa, ansiosa e cheia de receio. Mesmo assim meus lábios se separaram esperando receber os dele, que se desviaram com um sorriso no último minuto, provocando. Ao invés de me beijar, Thomas roçou a sua barba por fazer em meu rosto, meu pescoço. Senti a ponta do seu nariz percorrer a minha clavícula. Estremeci com a sensualidade do momento e me senti ferver.

Abri os olhos e toquei o seu rosto. Ele não parecia real.

— O que você quer de mim, Thomas?

Seria esse o nosso limite? Aquele que ele disse alguns dias atrás, que explodiria? Eu tinha consciência de que não conseguiria mais lutar contra ele, contra mim mesma. Bastava um toque seu e todas as minhas barreiras eram atiradas ao chão.

— Preciso dizer? Já não deixei claro tantas vezes?

Tocou levemente a minha cintura com os dedos e eu me vi prendendo a respiração. O prazer que eu sentia ao ser tocada daquele jeito estava esgotando todas as minhas forças. Em um momento covarde fechei os olhos, virei o rosto evitando seus lábios, mas oferecendo o pescoço. Eu não teria como responder às suas perguntas, estava muda, presa em seus encantos.

Thomas aceitou a oferta e me puxou para si com vontade, beijando, mordiscando a pele do meu pescoço me deixando louca de ansiedade. Senti um calor estranho, como se meu sangue estivesse correndo mais rápido e minha células estivessem aceleradas. Com o coração aos pulos percebi seus lábios em direção aos meus. Gemi porque era só o que eu podia fazer, até que sua boca se colou à minha.

Havia uma fome naquele beijo que dificilmente seria saciada. Agarrei seus cabelos, puxando-o para mais perto de mim. Ele entendeu o recado, colando seu corpo no meu de uma forma tão intensa que não existia espaço entre nós dois. De onde vinha aquilo tudo?

— Quer me enlouquecer? — falava de maneira feroz, entre um beijo e outro. — Pare de lutar contra o que queremos — respirou profundamente —, pare de me negar você. Pare de negar ao seu corpo o que ele quer. — Parecia impossível, mas ele conseguiu se juntar ainda mais a mim. — Eu quero você! Quero você por inteiro. Quero seu corpo. Quero essa tatuagem maravilhosa que você esconde. Fiquei doido só de ver a pontinha.

— Não era para você ver! — Eu tentava raciocinar. Ele tinha visto minha tatuagem? Quando?

— Eu quero ver! — Era uma ordem. — Quero ver!

Thomas colocou a mão na barra do meu short forçando um pouco para baixo, e conseguiu tocar os dedos no local onde ficava a tatuagem. Eu gemi como uma criança dengosa, e ele sorriu em meus lábios.

— Cathy! Cathy, você está aí? — Era a voz de Mia me procurando.

Assustada empurrei Thomas para longe, abri a porta do meu quarto e entrei, rezando para que ele não me seguisse. O que foi tudo aquilo? Ainda consegui ouvir Mia chegando e perguntando a ele por mim.

— Não sei. Deve estar no quarto dela. Eu vim tomar uma ducha. Já vou descer. — Ele a despistou.

Foi impossível não de rir da nossa travessura. Corri para o banheiro, liguei o chuveiro e sem ao menos tirar a roupa me joguei lá.

› CAPÍTULO 7 ‹
Grandes revelações

THOMAS

Que loucura!

Não sabia o que pensar daquela situação. Cathy era uma mulher incrivelmente contraditória. Nada previsível. Apesar de me sentir incomodado por nunca saber o que esperar dela, ao mesmo tempo me sentia fascinado por ser sempre surpreendido.

Depois daquela dança, eu não poderia mais aceitar a sua imposição de que nada aconteceria entre nós dois.

Quando Cathy estava dançando, mexendo a cintura e rebolando, fingindo que iria tirar o short, vi o que poderia ser uma tatuagem. Olhei fixamente, identificando um ferrão de um escorpião saindo da pontinha do seu biquíni em direção à virilha. Surtei naquele momento!

Um escorpião na virilha? Que doce imaginação a dela. O veneno de um escorpião poderia apenas machucar o homem, mas também poderia matar. Era isso o que ela queria dizer com aquela tatuagem posicionada ali? Bastante sugestivo. "Cathy! Para ter você em minha cama, vale a pena morrer pelo veneno do seu escorpião", pensei, com imensa satisfação.

Há dias Cathy vinha me tirando toda a capacidade de concentração. O que eu sentia não me deixava ter paz quando estava ao seu lado. Será que ela não percebia que não conseguiríamos mais evitar, nem fugir do que sentíamos? Que tinha se tornado algo bem mais do que o físico? Nós precisávamos um do outro, precisávamos deixar que o fogo queimasse logo tudo o que tinha para queimar, ou causaríamos um incêndio de grandes proporções.

Tentava me conter, mas na maioria das vezes, essa era uma luta perdida. Assim, eu passava grande parte do meu tempo pensando em como convencê-la da necessidade de ficarmos juntos, sem conseguir demovê-la daquela ideia infundada de sermos amigos. Eram passos de formiga que me cansavam mais do que empolgavam. Eu já estava quase implorando.

Precisava falar com ela sobre a situação e teria que ser logo. A constatação dessa necessidade estava me deixando angustiado. Eu já estava a ponto de inventar uma história e colocar todo mundo para fora da casa, só para que pudéssemos ficar sozinhos. Então, quando percebi que ela estava incomodada com a roupa molhada, me adiantei, fiquei esperando por ela na escada, já que se Cathy subisse para o quarto, seria mais fácil convencê-la a termos a nossa conversa.

Contudo não foi exatamente como planejei. Aliás... foi muito melhor do que eu poderia imaginar! Não houve resistência alguma, constatei com alegria. Ela também me queria, o que foi uma surpresa. Pela primeira vez não teria que lutar contra Cathy, ou contra o que queríamos.

— O que você quer de mim, Thomas?

Sorvi essas palavras com uma satisfação enorme. Ela sabia o que eu queria, a resposta era muito simples: ELA.

Seu gosto não saía da minha boca, seus gemidos ecoavam em meus pensamentos. Eu a desejava com muita intensidade, mais até do que imaginei ser possível para um ser humano. Por esse motivo sabia que teria que ir devagar ou então acabaria tudo muito rápido, e eu queria desfrutar de cada segundo com ela. Cada segundo tão ansiosamente esperado. Sabe Deus o que ela faria depois, quando conseguisse pensar com mais clareza.

E a tatuagem! Ah, a tatuagem! Não conseguia parar de pensar nela, de imaginá-la. Tão bem posicionada. Eu queria aquela tatuagem, queria tocá-la, beijar o escorpião e provar o seu veneno. E eu conseguiria isso.

Para meu desespero, ouvi Mia chamando por ela ao mesmo tempo em que sentia Cathy escapar dos meus braços. A frustração me abateu quando ela me afastou, trancando-se no quarto. O que havia de errado com aquela garota? Qualquer outra teria se trancado no quarto comigo e só sairia no outro dia.

Mais uma vez, Cathy me surpreendeu. Mais uma vez tínhamos perdido uma oportunidade de ficarmos juntos. Ela tinha razão, não poderíamos ter controle de tudo a todo instante. Se eu pudesse teria congelado Mia na escada e evitado que ela aparecesse para tirar minha garota dos meus braços, do meu corpo.

Entrei num banho gelado, tentando acalmar os ânimos. Será que ela tentaria se demitir outra vez? Não, acho que não. Agora estávamos mais próximos. Gostávamos um do outro... Será?

Fiquei pensando nisso enquanto a água fria escorria pelo meu corpo sem nenhum efeito contra o desejo pulsante. Eu sabia que o que sentia naquele momento era muito diferente de tudo que já vivenciei antes, mas ainda assim ainda era tesão. Ainda era meu corpo desejando o dela.

Eu queria muito transar com Cathy, mas tenho que ser justo e admitir que em minhas fantasias existia um antes e um depois muito bem definidos. Noites abraçados adormecidos após transarmos, conversas sobre o nosso dia enquanto dávamos beijos excitados. Eu sabia que a garota me fascinava. Não era apenas o físico, o carnal, eu a admirava como pessoa, como profissional. Tudo era muito confuso para mim, o que me levava a pensar que eu precisava me entender.

Quando desci, Cathy continuava no quarto. Perguntei por ela e Mia me informou que ainda devia estar no banho. Tive que sorrir, pensando no tanto de água fria que precisávamos para conter o fogo dos nossos corpos. Juntei-me ao grupo e não fiquei surpreso ao entender que a conversa girava em torno dela. De quem mais poderia ser?

Surpresa mesmo foi quando Anna começou a falar de uma forma mais pejorativa e debochada a respeito da sua amiga. Sua voz era cheia de desdém. Prestei mais atenção na conversa. Queria entender seus motivos para falar daquele jeito, já que eram supostamente amigas.

— Os caras ficam fascinados por ela porque não sabem a bandeira que Cathy defende. — Anna ria do que tentava fazer as pessoas entenderem.

Percebi que Mia parecia um pouco constrangida com a conversa. Ela não estava de acordo. O que estava acontecendo ali?

— Que bandeira ela defende? — Quis saber Kendel, totalmente interessado em descobrir algo sobre Cathy que pudesse depois transformar em uma brincadeira constrangedora.

Independentemente do que fosse eu teria uma conversa com ele. Já era hora de deixá-la em paz.

— Essa história de príncipe encantado em um cavalo branco que vai salvá-la de uma torre. — Ela dava risada, continuando com o tom zombeteiro.

— Explique. Não entendi nada — Raffaello também se interessou.

— É besteira da Anna. — Mia tentou evitar que a amiga continuasse.

— Bem... Besteira ou não, ela defende a ideia de se casar virgem. Pronto, falei de uma vez por todas. — Começou a rir, buscando apoio nas amigas, que agora estavam constrangidas pela revelação do segredo.

Fiquei congelado com aquela frase.

Virgem?!! Impossível! Mas a palavra não saía da minha cabeça piscando e se repetindo em letras gritantes.

— Eu não defendo essa ideia, Anna! — Cathy estava no alto da escada nos observando.

Ela estava constrangida, mas tentava esconder se fazendo de forte. Notei sua troca de olhares com Mia, que balançou a cabeça sinalizando não ser culpa dela. Virgem? Será que era verdade? Minha mente trabalhava a mil por hora.

— Eu levanto diversas bandeiras em minha vida, mas essa não é uma delas.

Cathy desceu as escadas e foi até o balde com gelo pegar uma água. Estava tensa, eu sabia, principalmente por ter todas as atenções voltadas para si. Foi se sentar ao lado de Mia e Stella num sofá grande, posicionado no canto da sala. Todos, sem exceção olhavam para ela.

— Tá legal, então por que ainda espera pelo seu príncipe encantado? — Anna parecia se divertir com o embaraço da amiga, mas ela era a única ali.

— Eu não espero por ninguém — sua voz estava calma, enganando as pessoas.

— É verdade, Cathy? — perguntei, fingindo desinteresse. Contudo, fingia apenas para as outras pessoas, pois tinha plena consciência de que Cathy sabia que esse assunto muito me interessava.

— O quê?

— Que você ainda é virgem? — Sorri e tomei um gole da garrafa de água que estava em minhas mãos, com os olhos atentos a todas às suas reações.

— Não — a resposta veio prontamente, acompanhada do mesmo sorriso.

Com bastante calma, ela também tomou um gole da água que estava em suas mãos, devolvendo o olhar desinteressado. Anna não desistiu. Ela não queria apenas revelar esse fato da vida da Cathy. Ela queria que a amiga fosse ridicularizada por esse detalhe. Se é que era verdade.

— Só se você perdeu a virgindade nessa última hora enquanto estava no seu quarto — ela realmente debochava. Não gostei nem um pouco da sua atitude.

— Anna, este assunto não diz respeito a ninguém que esteja nesta sala — Cathy disse um pouco impaciente. Vi que Anna recuou com a resposta.

— Ah! Então uma mulher de 23 anos, linda e gostosa pra caramba, independente, dona de uma personalidade forte como a sua, declarar que ainda é virgem não deveria ser do interesse de ninguém? — Dyo brincou para amenizar o clima.

— Você tem toda razão, acho que não é.

— Não, não é. Isso é só do meu interesse e ponto final.

— Sinto muito, querida, porém acredito que isso seja do interesse de muita gente — respondeu Kendel, já pronto para soltar alguma piada.

Eu o repreendi com o olhar. Cathy tinha encerrado o assunto, ele precisava respeitar. Ela tinha razão, não era da conta de ninguém, além de mim, é claro.

Eu a olhava com atenção, enquanto ela tentava não me olhar. Como ela podia ser virgem? Cathy era extremamente sexy! O desejo e as atitudes dela não eram de uma pessoa sem experiência. Ou eram? Pensando bem... eram sim. Quando ela me afastava e fugia, era medo o que eu via em seus olhos. Durante todo o tempo, acreditei que ela estava com medo que nosso relacionamento prejudicasse o trabalho, afinal de contas era isso o que ela dizia.

Mas na verdade eu sabia que existia algo mais, já tínhamos inclusive conversado a respeito. Era o medo do desconhecido. De perder a virgindade. Dei risada da situação e tive de me virar de costas para que ela não percebesse a minha reação. Não queria deixá-la mais constrangida ainda.

Cathy é virgem! Eu mordia os lábios para não rir. Então o problema não era só o fato de eu ser o seu chefe, como ela tantas vezes afirmou. Virgem? Porra!

— Você quer realmente casar virgem, Cathy? — Raffaello perguntou de forma tão tranquila que não vi resistência nela ao responder.

— Não. Isso é invenção da Anna.

— Mas você ainda é virgem? — Vi muitas emoções passarem por seu rosto enquanto ela se questionava se deveria ou não revelar aquela parte da sua vida.

— Sou. — Ela jogou a cabeça para trás, apoiando no sofá e fechou os olhos.

— Interessante! — Raffaello falou com satisfação, então olhou para mim querendo ver a minha reação. Será que ele tinha percebido alguma coisa?

— Olha, sou virgem por opção. Não espero por um príncipe encantado, só acho que, se já cheguei até aqui conseguindo sobreviver aos hormônios da adolescência, que aconteça então com um cara legal. Alguém que me dê motivo para lembrar e não para tentar esquecer, entendeu? — Raffaello fez que sim com a cabeça. — Não pretendo me casar virgem, nem com o primeiro cara, muito menos pretendo me casar algum dia. Só não quero me sentir pressionada. E é só! Vocês já tiraram tudo que podiam de mim. Esqueçam a minha virgindade. Podem ter certeza que eu sou lembrada dela o tempo todo. — Percebi seu olhar rápido em minha direção. — Mudem de assunto.

⋅ CATHY ⋅

Eu estava tão irritada que, quando todos foram embora, corri para meu quarto e fiquei por lá. Quem deu a Anna o direito de falar de minha vida daquela maneira? Expor o que só dizia respeito a mim, para meus colegas de trabalho, para Thomas! Eu queria que abrisse um buraco no chão e me engolisse para sempre. Passei a ser a virgem. Que ridículo!

— Se eu quisesse que ele ficasse sabendo eu mesmo teria contado, sua burra! — Queria tanto poder matar a Anna. Qual era o problema dela comigo?

O dia estava acabando e a noite já começava a tomar conta do céu. Decidi que iria dormir naquele momento, já que o dia fora longo demais e já tinha rendido até esgotar a sua capacidade. Não queria voltar para a sala e encarar o Thomas.

Fui para o meu *closet* onde fiquei perdida em pensamentos, recordando o nosso beijo, a interrupção e o final trágico com Anna revelando aquele detalhe da minha vida. Que droga! Lentamente comecei a me preparar para deitar. Não tinha ânimo para fazer mais nada. Quando saí, o quarto já estava praticamente escuro, por isso não percebi a presença dele.

— Não vai mais falar comigo? — Dei um pulo de susto soltando um gritinho. Ele achou graça. — Você fica muito distraída quando se tranca aqui com seus pensamentos. Todas as vezes se assusta comigo.

— Vai ver que é porque você me dá medo! — Eu estava realmente chateada, além de constrangida, claro! — Pare de entrar no meu quarto sem minha permissão!

Thomas levantou as mãos, alegando inocência. Desviei os olhos para que não percebesse que eu não iria brigar. Era pedir muito poder deitar e esquecer os últimos acontecimentos? Droga!

A culpa não era dele. Não era justo que pagasse pelos erros da Anna. Ainda assim eu queria que ele fosse embora o quanto antes. Comecei a tirar as almofadas da cama dando a entender que era para ele sair. Porém não foi o que ele fez. Thomas se aproximou e me abraçou por trás. Gelei!

— Não precisa ficar com medo, Cathy. Acho que lhe devo desculpas.

— Pelo quê? — Tentei parecer indiferente.

Estava sem paciência para ouvir Thomas falar sobre eu ainda me comportar como uma adolescente ou aquelas coisas que ele sempre dizia ao meu respeito.

— Por hoje e pelos outros dias. — Deu de ombros.

Ok! Ele sabia que eu era virgem e não poderia querer mais nada com a garotinha inexperiente. Que cretino! Tal constatação me causou dor e me surpreendi com este fato.

— Você não tem culpa de nada. Hoje à tarde eu também quis, foi com meu consentimento. Pode ficar tranquilo.

Ele riu.

— Eu sei. Apenas me sinto mal por não ser mais flexível com você. Eu não sabia...

— Claro que não! Eu não contei, nem dei nenhuma pista. Como poderia saber?

— Na verdade... deu sim. Eu que estava tão louco de tesão por você que não consegui ler nas entrelinhas.

Thomas estava rindo de mim? Era melhor ele sair imediatamente ou eu deixaria meu mau gênio assumir o controle da situação.

— Uma vez você disse que eu não entenderia. Estava errada!

Sem que eu contasse com isso, ele me pegou pela mão e se deitou na minha cama me levando junto. Eu estava assustada demais para reagir, por isso fui conduzida ao seu bel prazer. Thomas ficou ali, deitado comigo por um tempo, em silêncio, envolvendo-me em seus braços. Depois começou a acariciar meus cabelos. Ele estava absorto em seus pensamentos. E eu, sem entender nada, aceitei ficar com ele o tempo que fosse necessário.

— O que você realmente espera?

Olhei para aquele homem lindo tentando entender o que estava dizendo. Ele sorriu com a minha confusão. Era irritante, mas ainda assim era o cara mais bonito que eu já tinha visto.

— Quero saber o que você acredita ser necessário em um homem para mudar o curso desta história. — Levantei para encará-lo, estando ainda confusa. — O que espera de mim para que eu possa finalmente ter você? Agora que eu sei que o que a impede não é somente o fato de trabalharmos juntos e tudo mais que você defendeu esse tempo todo.

— De você? — Olhei para ele, incrédula.

Aquilo não era um filme com um roteiro predefinido em que ele iria interpretar o homem da minha vida. Era a vida real.

— Eu continuo achando tudo isso, Thomas. Nada mudou.

— Vamos colocar as coisas da maneira como elas são. Nada de joguinhos, Cathy. Você é virgem, mas morre de desejo por mim, isso é um fato. Não acredito que já tenha sentido a mesma coisa por outra pessoa. Aliás, nem acredito que tenha existido alguma outra pessoa que tenha tocado você da forma como eu a toco.

Ele estava com um sorriso imenso no rosto. Tinha algo de orgulho em sua voz que me irritava e amansava ao mesmo tempo. Como eu podia gostar daquilo?

— Eu sou louco por você! E não é só tesão.

Essa declaração me pegou de surpresa. Voltei a deitar em seu peito para que ele não visse o sorriso que tinha se formado no meu rosto. Definitivamente eu gostava daquilo.

— Tá na cara que na sua história eu representarei o papel principal. E eu quero esse papel! Vou lutar com todas as armas para consegui-lo. Então, vamos poupar nosso tempo e deixar as coisas bem claras.

— Não vou transar com você só porque sinto tesão. — Fui incisiva.

— Claro que não! Você vai transar comigo porque é louca por mim, Cathy. — Ele riu e me abraçou mais forte.

— Não sou louca por você. Não é nada disso! Você é irritante! Acha mesmo que todas as mulheres te desejam? Quanta confiança! — Tentei me soltar dos seus braços, mas ele me apertou ainda mais, me impedindo de fugir

— Não quero saber das outras mulheres. Só quero saber de você. É tão difícil assim acreditar em mim?

— É! E você faria isso para conseguir transar comigo. — Nos encaramos rapidamente e eu vi a decepção em seu rosto.

— Faria, mas não vou fazer. Vou esperar o seu momento. Vai ser quando você quiser. Só quero saber o que precisarei fazer enquanto esse dia não chega.

Eu devia estar sonhando. Ele estava ali, deitado em minha cama, falando aquelas coisas mesmo? Como eu poderia saber o que ele deveria fazer? O que Thomas Collins estava tramando? E por que eu estava tão emocionada e... nervosa?

— Não estou pedindo você em casamento, Cathy, relaxe! Você mesma falou que não está procurando um príncipe encantado, que não quer se casar virgem. Quer apenas alguém de quem possa se lembrar com carinho, caso não venha a dar certo, não é? — Concordei. — Então?

— Você está me pedindo exclusividade — constatei. Ele riu alto.

— Não, sua bobinha. Eu quero ficar com você.

— Por quê?

— Não sei. Precisa mesmo existir um porquê? Talvez porque eu goste de ficar com você. Talvez porque eu goste do seu jeito, mesmo sendo tão teimosa. Talvez porque você tem me deixado maluco nos últimos dias. — Ele levantou e me olhou nos olhos. — Você tem o dom de enlouquecer as pessoas.

Aquele sorriso lindo estava estampado outra vez em seus lábios. Suspirei. O que dizer? Ele me beijou carinhosamente, juntando os lábios aos meus com leveza. Estremeci mesmo sendo algo tão breve. Depois Thomas voltou a deitar, fechando os olhos e sorrindo com satisfação.

Passamos um tempo assim. Eu precisava pensar em tudo o que ele tinha dito. O problema é que meu corpo não me permitia refletir de maneira sensata com ele tão perto. Se eu permitisse, simplesmente aceitaria e ponto final. Só que nossa situação não podia ser decidida dessa forma. Eu precisava realmente ponderar. O amor e a razão estavam lutando em minha cabeça.

— Acho que você deveria ir para o seu quarto agora.

Mesmo sabendo que precisava ficar sozinha, liberá-lo era um tormento. A dor chegava a ser física.

— Não posso ficar?

Thomas percebeu a minha aflição com a sua pergunta. Era lógico que eu queria que ele ficasse. Deitada com ele, o mundo parecia não existir. Era como se nada mais importasse. Meu corpo se encaixava tão perfeitamente ao dele que eu não conseguia enxergar maneiras de nos separar. Especialmente depois de ele descobrir tudo e ainda assim querer ficar comigo. Ao mesmo tempo, a minha mente me obrigava a mandá-lo embora. Eu realmente precisava pensar.

— Tá bom, então — disse consternado. Meu conflito interior diminuiu um pouco. — Mas antes quero dizer uma coisa.

Ele sentou na cama levando o meu corpo junto com o dele. Ficamos de frente um para o outro, muito próximos. Levou um tempo em silêncio, acariciando meu rosto, estendendo suas carícias aos meus braços e depois refazendo o caminho. Eu não entendia como podia gostar tanto daquele contato. Como, em tão pouco tempo ele conseguiu fazer com que meu corpo se acostumasse ao seu?

— Cathy, você é tão linda! — Pareceu sofrer com aquela confidência. — Não estou falando apenas sexualmente. — Seus olhos se apossaram dos meus com intensidade. —Embora muito pouco tenha acontecido entre nós, eu sei que nenhuma mulher até hoje despertou em mim o desejo que sinto por você.

Pensei um pouco constrangida a respeito do "muito pouco" que acontecera entre nós dois. Para mim, fora mais do que jamais me permiti em toda a minha vida. Thomas sorriu carinhosamente, percebendo o meu embaraço e beijou levemente meus lábios, depois, ainda sorrindo, roçou os dele em minha pele até meu pescoço, onde mais uma vez, depositou um beijo leve, me desconcentrando completamente.

— Então... — Ri baixinho ao me ver estremecer. — Eu acho você uma pessoa maravilhosa. Seus valores, seus princípios... tudo que você pensa e expõe para mim é de uma coerência tão grande que sempre me faz refletir sobre os meus próprios valores e princípios.

Sem parar as suas carícias, de repente ficou mais sério, colocando suas mãos em minha nuca, forçando-me a olhá-lo nos olhos.

— Eu entendo perfeitamente o seu conflito. Sei o quanto deve ser difícil decidir entre seguir o seu coração ou a sua razão. Eu mesmo tive os meus próprios conflitos, apesar de você não acreditar. Também tive medo de deixar as coisas acontecerem entre nós e estragar o que estávamos construindo de amizade e de trabalho. Foi difícil para mim, chegar até aqui. Levei muitos anos erguendo barreiras para agora vê-las derrubadas. — Riu baixinho. — O que estou tentando dizer é que eu não queria que você se sentisse péssima por estar vivendo isso com o seu "chefe", como você diz. Ficar comigo não a diminui em nada, Cathy! Você é muito digna, de um valor profissional e pessoal inestimável. Estar aqui e viver tudo o que eu vivi com você até agora, só me fizeram admirá-la ainda mais.

Tive de desviar meus olhos dos dele. Estava feliz com tudo o que ele estava me dizendo, mas, ao mesmo tempo, muito constrangida. Somado a tudo o que eu sentia estava o medo da ilusão, de aceitar rápido demais sua proposta, me permitindo enganar. Não era para ser assim.

— Ir para a cama comigo não vai torná-la menos decente, mesmo porque você é uma das pessoas mais decentes que eu já conheci até hoje.

Mais uma vez ele fez uma pausa e me abraçou, o que facilitou o meu lado, pois meus olhos já estavam marejados. Senti seus lábios demoradamente em meus cabelos.

— Então... decidi que não é possível vivermos desta forma para no outro dia fingirmos que nada aconteceu, como temos feito. Gosto de você e quero continuar assim.

Soltei o ar que estava preso em meu peito. Senti mais uma vez meu corpo e minha mente lutarem.

— Não precisa dizer nada agora. — Ele sabia ler muito bem os sinais do meu corpo. — Eu sei que sua linda cabecinha deve estar a mil por hora. — Ele recuou um pouco, para mais uma vez buscar o meu olhar. — Só quero que saiba o que penso. Como estou me sentindo. Pense sobre o que estou dizendo, depois conversaremos.

Concordei, absorta em seu sorriso encantador. Era tão lindo! Instantaneamente sorri em resposta. Calmamente, Thomas voltou a me beijar e meu corpo virou uma bagunça. Minha cabeça girou enquanto seus lábios se encaixavam nos meus com macies. Rápido demais ele me deixou.

— Posso vê-la amanhã? — Não entendi a pergunta. Como poderíamos não nos ver?

— Você me vê todos os dias. Moramos juntos, trabalhamos juntos... — Ele me interrompeu com um beijo rápido.

— Não estou falando desta forma... — Colou seus lábios nos meus. — É assim que quero te ver.

E me beijou com mais vontade, de maneira prolongada. Tanto que meu corpo inteiro entrou em parafuso. Eu estava quente. Muito quente! Quando ele percebeu a minha pele arrepiada, suas mãos me puxaram para mais perto, para logo depois acabar tudo. Thomas apoiou a sua testa na minha e respirou profundamente. Parecia ser um sacrifício imenso para ele também se afastar de mim, após todo o contato da nossa pele, dos nossos lábios.

— Ah! Assim? — Eu tentava fazer com que a minha respiração se normalizasse e que minha cabeça conseguisse sintonizar o que eu realmente queria. — Acho que... sim. — Seu risinho rouco me contagiou. — Depois de cumprirmos todas as nossas obrigações, quando mais ninguém estiver perto e, sobretudo, depois que voltarmos para casa, ou para o hotel. — Eu estava tão preocupada com os efeitos das minhas afirmações que só depois percebi que eu tinha acabado de aceitar ficar com ele.

— E quando você for me acordar? — Ele estava todo animado. Fingia tomar nota de todas as regras impostas por mim.

— Quando eu for acordá-lo também, mas não poderemos nos atrasar por causa disso.

Custou, mas eu estava feliz por tomar aquela decisão. Era como se tirasse um peso das minhas costas, e agora me sentisse mais leve. Mesmo com todas as dúvidas ainda existentes e os medos que me assombravam.

— Então me acorde amanhã meia hora antes do habitual. Vamos ter de nos despedir logo, pois meu voo sairá cedo.

Com um beijo, Thomas se despediu de mim. Assim que ouvi a porta bater, me atirei nos travesseiros e fiquei ali, agarrada a eles com um sorriso que eu nunca acreditei que caberia em meu rosto. Naquela noite com certeza eu sonharia com anjos. Mais especificamente, com um, já que ainda não podia dormir com ele.

CAPÍTULO 8
Mudança de planos. Que sorte!

THOMAS

Parti com o sol ainda baixo. O dia mal tinha acabado de nascer e eu partia rumo à casa da minha mãe. Voltar para casa, no Canadá, era muito bom. Eu estava com muita saudade da minha família! Com o trabalho e dois filhos pequenos era complicado para Melissa conseguir me acompanhar. Assim, eu ficava responsável pelas visitas, que a cada ano eram cada vez mais espaçadas. Era triste perceber o quanto estávamos distantes, mas a vida costuma pregar peças nas pessoas.

Eu sempre sonhei em ser um ator reconhecido. Lutei muito por isso e estava conseguindo me firmar na carreira, mas, como tudo na vida, isso tinha um preço. O meu era ficar longe das pessoas que amava.

Uma vez Cathy me disse que eu não podia ter tudo na vida. Novamente ela estava coberta de razão. Naquele momento eu estava indo para casa, morrendo de vontade de encontrar com a minha família e ao mesmo tempo sentia uma tristeza profunda por me afastar da garota que estava conseguindo vencer as minhas barreiras. Seria só uma semana e logo estaríamos juntos outra vez, porém essa constatação não amenizava o que eu sentia.

Quando ela me acordou pela manhã, percebi que ainda tinha dúvidas a respeito da minha proposta. Era natural que isso acontecesse. Eu me comportei como um canalha várias vezes e a sua rejeição era normal. Só que pensei que depois da nossa conversa, ela pelo menos me permitiria tentar, mas não foi o que eu vi em seus olhos quando estivemos juntos.

— Me dê um tempo, Thomas — foi o que disse quando tentei beijá-la.

— Por que isso agora?

— Porque ainda não sei como faremos — respondeu docemente, o que me fez relaxar um pouco.

— Podemos começar assim... — Consegui finalmente beijá-la, mesmo rápido demais para o meu gosto, e fiquei mais aliviado.

— Thomas, eu ainda estou muito confusa.

— Você não quer ficar comigo?

— Quero. É claro que quero! Mas preciso de um tempo para saber como fazer dar certo. Você vai viajar e eu também. Então... podemos deixar esse assunto para quando voltarmos? Assim teremos tempo de pensar na melhor forma de ficarmos juntos sem causar problemas a nós mesmos.

— Tudo bem. Quando eu voltar, conversamos.

Fui embora totalmente decepcionado com o nosso começo de quase relacionamento. Só não me senti pior porque ela confirmou que queria ficar comigo. Restava apenas rezar para que não mudasse de ideia na semana em que ficaríamos separados. Eu adorava a Cathy, mas era incrível como ela conseguia complicar coisas tão simples.

Minha chegada em casa foi fantástica! Meus amigos de infância tinham se reunido para me receber e festejar o meu prêmio. Foi um dia muito bom, cheio de novidades e de conversas sobre as coisas que tínhamos vivido. Minha mãe estava muito feliz com a minha presença, não poupava carinhos e elogios. Era como se eu estivesse voltando no tempo.

Apenas à noite, quando fui me deitar, senti realmente a falta que Cathy me fazia. Não nos falamos, não trocamos mensagens, nada. Outra vez a insegurança se alojava em mim. O que ela estava fazendo? O que estava pensando? Onde estaria? Eu estava de volta ao meu mundo, mesmo assim sentia profundamente a falta do mundo dela.

Três dias após minha chegada, acordei bem tarde, cansado de uma longa noite entre amigos. Assim que desci para a cozinha, minha mãe me passou quatro recados da Sara e o telefone de onde ela estava. Dispensei o café da manhã e fui retornar à ligação. Alguma coisa deve ter acontecido, Sara não me ligaria tantas vezes apenas para saber como eu estava.

— Sara, sou eu, Thomas.

— Thomas, querido. Como está?

— Um pouco ansioso. Quatro ligações pela manhã...

— Desculpe por isso. É que tivemos algumas mudanças de planos.

— Imaginei. — Ela riu do meu comentário.

— Precisamos cancelar algumas viagens e acrescentar outras. Ao mesmo tempo, teremos mais três reuniões com o pessoal do novo filme, e você tem um jantar com o diretor. Ele quer uma conversa informal sobre a construção do personagem.

— Tudo bem. Sem problemas. Vou adiantar a minha volta.

— Não será preciso. Cathy está a caminho para resolver estes e os demais problemas que surgirem.

— Cathy? Ela não estava viajando?

— Estava. Agora está em um avião indo para o Canadá. Deve chegar por volta do meio-dia.

— E quando ela volta?

— Em três dias, junto com você.

Desliguei o telefone, feliz com a notícia. Eu voltaria a trabalhar mais cedo, em compensação, Cathy estaria comigo.

Estávamos todos juntos, reunidos na mesa redonda da sala de jantar. Calvin e Randy aprontavam a maior confusão com a comida. Eu estava entretido numa conversa animada com meu padrasto Tony e com meu melhor amigo, Nicholas. Éramos amigos desde o jardim de infância, agora ele trabalhava como corretor de imóveis enquanto eu viajava pelo mundo como ator. Era mais uma das pessoas que eu amava e que não podia estar sempre comigo.

Tínhamos acabado de almoçar e a minha mãe estava se ocupando da sobremesa. Nem percebi quando a campainha tocou e Martha, uma das empregadas da casa, foi abrir a porta. Por isso, quando Cathy adentrou a sala, iluminando-a com sua pele radiante e seus cabelos loiros como o sol, fui pego de surpresa. Fiquei um longo minuto fitando-a sem me dar conta que as pessoas presentes na sala estavam aguardando que eu saísse do meu estupor.

— Cathy! — Minha mãe chegou com uma torta de chocolate nas mãos e foi em sua direção. — Pensei que nunca chegaria. Minha nossa, você é ainda mais bonita pessoalmente. É um grande prazer conhecer a mulher que está colocando o meu filho nos eixos.

Cathy deu um largo e deslumbrante sorriso.

— Mãe! — Por que as mães tinham sempre que fazer comentários tão indiscretos?

— O prazer é meu, Melissa. Thomas não estava mentindo quando falou da sua beleza.

— Thomas é um galanteador. — Vi minha mãe piscar para Cathy e achei graça da situação.

— Com certeza! — Cathy olhou para mim ainda sorrindo quando Nicholas me deu um soco no braço, brincando. Fui até Cathy, dando-lhe um beijo no rosto sem ser repreendido.

— Já almoçou? Posso providenciar algo... — Minha mãe se adiantou.

— Não, Melissa, obrigada! Eu almocei no avião.

— Então faço questão de que prove desta torta. Ela é divina.

— Tudo bem.

Cathy me acompanhou até a mesa, sentando-se ao meu lado. Ela facilmente entrou na conversa com Tony e Nicholas. Depois da torta e dos momentos em que falamos todas as bobagens possíveis, fomos até a outra sala para falar sobre as mudanças na agenda.

— Então, o que aconteceu?

Cathy tirou o seu notebook da bolsa, procurando uma fonte de energia para alimentá-lo. Depois ligou o computador e abriu uma pasta que estava na área de trabalho.

— Não aconteceu nada absurdo. Teremos que cancelar alguns compromissos. — Seu olhar correu para o meu rosto como se soubesse que aquilo não me agradaria. — E as suas três últimas aparições em *premières*. As de Sidney, Canadá e Estocolmo. Como você não poderá estar lá, precisaremos cancelar as entrevistas, sua participação em coletivas de imprensa, além dos eventos com fãs.

— E, por quê?

— O início das gravações foi antecipado em duas semanas. Neste meio tempo teremos um intervalo de quatro dias. O problema é que eles estão preocupados com o tempo em algumas cenas externas e resolveram começar por elas. Serão apenas algumas, a princípio.

Fiquei preocupado com a repercussão que esse imprevisto poderia causar.

— Isso pode ser um problema. Nós já havíamos confirmado a minha presença. As pessoas estavam contando comigo.

— Eu sei. Sara está cuidando disso. Por enquanto você tem apenas que se concentrar na construção do seu personagem.

— Mas eu estou preocupado. Não gosto de cancelar nada.

— O que está realmente lhe incomodando?

Pensei em como poderia explicar.

— Não existe uma forma de conciliar os compromissos?

— Existe, mas iria exigir muito de você e de mim também, já que irei acompanhá-lo.

— E seria muito ruim? Digo... eu estou disposto a enfrentar esta barra, se não for muito cansativo para você.

— Não estou entendendo.

— Cathy, você sabe o quanto os meus fãs estão ansiosos para estarem comigo? Para pelo menos me verem de longe? Quando eu assumo um compromisso desses, as pessoas se programam. Em cada um desses lugares que não poderei comparecer, milhares de pessoas ficarão decepcionadas. Planos jogados fora.

Cathy passou um longo tempo me olhando.

— É bom saber que não estou jogando o meu tempo fora.

— Como assim?

— É bom saber que você se preocupa realmente com seus fãs. — Dei risada.

— Eu não sou um monstro, Cathy. Sei que não sou só beleza, a prova disso é meu novo papel. Eu tenho talento de verdade, mas, sinceramente, não fui descoberto por causa da minha capacidade de interpretação e sim porque tenho um rosto bonito, então tenho consciência de que estou onde estou porque essas pessoas gostaram de mim. Eu devo tudo a elas e não quero decepcioná-las.

— Você tem consciência de que isso significa dormir poucas horas em uma semana e, o pior, dentro de aviões? Será uma semana exaustiva.

— Eu quero fazer isso. Se for demais para você, posso dar um jeito com Sara.

— Eu estou dentro, Thomas! Nada como fortes emoções para agitar a nossa rotina.

— Obrigado!

Eu não conseguia acreditar que ela aceitou segurar aquela barra ao meu lado. A garota linda que roubava os meus sonhos era uma grande mulher e uma profissional destemida. Eu adorava que ela fosse assim.

— Sou paga para isso. — Riu, brincando comigo. — Agora devo informar para Sara, o que conversamos, e preciso usar a internet para verificar a melhor forma de viajarmos. Estou pensando em um jatinho particular, mas terei que combinar com Sara primeiro.

— Ótimo!

— Tenho outra coisa para você. — Ela foi até a sua pasta e retirou um documento. — Recebi hoje um e-mail do John, diretor do filme. É uma lista de filmes com personagens que podem ajudá-lo a captar a essência do seu. Ele recomendou estes e eu adicionei mais alguns. Acho que você vai passar os próximos dias na frente da TV.

— Sem problemas, eu meio que já esperava. Deixe-me dar uma olhada.

— Alguns são bem antigos.

— É! Mas eu conheço uma locadora onde com certeza vou encontrar.

— Tudo bem. Eu não conheço muito bem os lugares por aqui, mas se me ensinar acredito que consigo ir até lá para pegar os filmes.

— Não. Vou pedir ao Nicholas. Ele vai adorar ser útil.

— Ok! Eu já estava apavorada com a ideia de me perder em Quebec — confessou aliviada, e eu tive de rir.

Fui até a porta, chamei meu amigo, explicando o que precisava que ele fizesse, como eu havia previsto, ele topou na hora. Voltei para a sala onde encontrei Cathy novamente em frente ao computador, equilibrando o celular entre o ombro e o ouvido. Pelo que percebi, ela falava com Sara sobre o que havíamos combinado.

— Preciso usar a internet.

— Tem um ponto no meu quarto. — Ela olhou aflita para mim, temendo ser mais uma das minhas investidas. — Tem no quarto dos meus irmãos também, mas duvido que você consiga tirá-los de lá agora.

— No seu quarto, então.

— Eu levo você.

Subimos para o meu quarto que ficava na última porta do corredor. Assim que entramos, indiquei a escrivaninha com um computador no canto do quarto. Cathy rapidamente afastou tudo, conectou o seu notebook à internet, e imediatamente começou a trabalhar, esquecendo-se de mim.

Deitei em minha cama, enquanto aguardava e observei os seus movimentos. Ela mantinha a coluna ereta quando digitava algum texto, além de segurar o cabelo acima da testa quando se concentrava em algo que estava lendo. Fascinante! Era estranho, mas eu estava gostando de ficar vendo-a trabalhar. Era incrível que, mesmo tão séria e concentrada, Cathy ainda conseguia ser extremamente sexy.

Quando eu estava perdido em meus pensamentos, ela parou de prestar atenção no computador e começou a observar o quarto. Com certeza identificando a imensa diferença daquele ambiente ainda adolescente, com bandeiras de times e troféus escolares, em relação ao quarto que eu tinha na minha casa, perfeitamente decorado. Percebi quando deu mais atenção a um dos cantos. Voltei meus olhos para o local de seu interesse. Era o meu violão, largado lá há tanto tempo que já não era mais lembrado.

— Você toca? — perguntei, ganhando a sua atenção.

Vi a indecisão se formar em seu rosto, enquanto mordia o lábio inferior, pensativa.

— Um pouco. — Seus olhos se voltaram para o objeto. — Você toca? — devolveu a pergunta, me analisando.

— Não. Quando eu era adolescente entrei nessa de tocar, mas nunca consegui nada significativo com o violão. Ele já está esquecido nesse canto há um bom tempo.

— Coitado! Deve estar sofrendo de carência.

— Fique à vontade. Ajude-o.

Esse era um lado que eu não conhecia da Cathy, mais um. Confesso que fiquei muito curioso.

— Não... — Um largo sorriso se fez em seu rosto iluminado. — Não — recusou, sem tirar os olhos do instrumento. Ela queria tocar. Eu sentia isso. Suspirei de maneira teatral.

— É. Ele agora deve estar se sentindo ainda mais rejeitado.

Cathy olhou para mim sorrindo e, para minha surpresa, pegou o violão, tirando-o da capa que o envolvia. Ficou analisando o instrumento por um tempo deixando a sua admiração transparecer. Então, sentou ao meu lado na cama se posicionando de frente para mim, afinou algumas cordas e começou a tocar.

Perfeito!

Seus dedos pareciam acariciar o violão, enquanto uma música se formava. Fiquei surpreso com a qualidade do som mesmo com cordas velhas. O que ela tocava eu não sabia, nunca tinha ouvido, mas era, sem sombra de dúvidas, muito bom.

Então ela começou a cantar. Não foi como na noite em que a vi pela primeira vez, na boate, quando cantou com as amigas. A sua voz sozinha, acompanhando as notas tiradas do velho violão, era ainda mais bonita. Era leve, suave, saía sem esforço, limpa, perfeita! Fiquei tão admirado que não conseguia desviar meus olhos daquela garota.

Cathy tinha tantas qualidades que era impossível não admirá-la. Estar com ela era sempre agradável e surpreendente. Ela era única! Permaneci quieto ao seu lado enquanto ela me presenteava com sua voz. Quando acabou eu não encontrava adjetivos para classificar o que tinha ouvido.

— É Bossa Nova — disse, quebrando o silêncio.

— Bossa Nova? — repeti, curioso.

— Um ritmo brasileiro. Gosto muito. É uma pena que as pessoas não conheçam.

— Eu gostei. Muito! — ressaltei. — Sua voz é linda!

— É. As pessoas falam isso.

Colocou o violão de lado. O clima entre nós estava bastante tranquilo. Pela primeira vez eu via Cathy sem barreiras ou receios comigo. Era como se não existisse nada que pudesse nos impedir de ficar juntos. Suas atitudes eram alegres e seus sorrisos verdadeiros. Pensei em recomeçarmos a nossa conversa de antes da viagem, mas ela se levantou, foi até a janela observando o dia frio.

— Tudo bem? — De repente fiquei apreensivo com a sua mudança súbita.

— Tudo. — Vi quando abraçou o próprio corpo como se estivesse sentindo frio, mas eu sabia que era insegurança. — Aqui é muito bonito... E tranquilo.

— É sim. — Permaneci sentado na cama, tentando encontrar uma maneira de dar o rumo que eu desejava à nossa conversa. — Só está calmo porque os meninos estão no quarto. Normalmente é uma bagunça. — Ela não riu como pensei que faria.

— Você fica mais tranquilo aqui, ao lado da sua família.

— Fico?

— Aham! Fica tão tranquilo que até esqueci que estamos trabalhando e que você é meu chefe.

— Nossa! E isso é ruim?

— De jeito nenhum. Isso é ótimo!

Era a deixa que eu precisava.

— Eu gostaria que fosse sempre assim.

— Ter a sua família por perto?

— Não. Que você esquecesse que sou o seu chefe.

Para minha surpresa, Cathy riu abaixando o olhar. Levantei e fui ao seu encontro. Ela não se afastou, o que era um grande avanço, então me aproximei o máximo possível. Segurei seu rosto com as mãos, levantando-o para mim.

— Será que isso seria possível? — Rocei os lábios nos dela para que conseguisse o efeito que eu sempre conseguia quando estava muito perto dela. Deu certo. Cathy prendeu o ar e ficou parada por um tempo, depois suspirou.

— Não em todos os momentos — sussurrou em minha boca.

— Agora. É possível? — Meus dedos acariciavam de leve seu rosto.

— Thomas...

— Por favor! — supliquei ansioso. — Sinto a sua falta. Sinto falta da sua boca. — Passei meu polegar levemente em seus lábios, abrindo-os para mim. — Não há um só dia em que eu não me lembre dos seus beijos. — Ela fechou os olhos se entregando e eu a beijei com vontade.

Cathy não me impediu ou me afastou, em nenhum momento, como sempre fazia. Pelo contrário, ela se entregou a mim como deveria ser desde o início. Eu acariciava seu rosto, seus cabelos, suas costas e me permitia sentir o prazer que me tomava por estar com ela. Nossos corpos estavam colados, nossos lábios não se desgrudavam embalados num ritmo só nosso.

Deixei minhas costas se apoiarem na parede e puxei Cathy junto comigo, para que pudesse ter o seu corpo à minha disposição. Desci as mãos pelas suas costas, pressionando-a ainda mais a mim. Quando cheguei em sua cintura, tão fina, coloquei as mãos por dentro da camisa grossa que ela usava por causa do frio e toquei em sua pele. Cathy expirou de prazer com o contato. Passei a explorar sua pele com mais vontade, nem assim ela hesitou, me deixando admirado.

Será que iríamos até o fim?

Resolvi testá-la mais um pouco. Levei Cathy até a cama e me deitei sobre ela. Corri minhas mãos pelas suas coxas, pressionei ainda mais o meu corpo ao dela, enquanto roçava suavemente minha língua em seu pescoço. Ouvi um gemido baixo escapar de seus lábios deixando-me extasiado. Então ouvi uma batida leve na porta. Droga!

Cathy ficou alerta imediatamente. Saí de cima dela com muita má vontade. Este é o problema de estar na casa da sua mãe. Ela sempre aparece na hora menos adequada.

— Entre! — gritei, observando Cathy levantar da cama.

— Filho, Nicholas trouxe os filmes que você pediu. Deixou lá embaixo e foi embora. Disse que voltaria amanhã.

Pelo menos Nicholas era mais sensato do que minha mãe. Ela olhou desconfiada para nós dois. Cathy já estava outra vez sentada em frente ao computador.

— Vocês querem alguma coisa? Um suco?

— Não. Estamos bem — Cathy respondeu, já recuperada do susto. — Na verdade, precisamos mesmo assistir aos filmes. — Era surpreendente como ela conseguia voltar ao modo profissional tão rápido.

— Assim que você acabar. Acho melhor assistirmos lá embaixo. — Claro! Do contrário eu não conseguiria ficar atento a nem um terço do filme. — A TV é maior e dá para escurecer bem o ambiente — acrescentei.

— Ok. Já acabei. Podemos descer.

Combinamos que assistiríamos cada filme, duas vezes. Na primeira apenas prestaríamos atenção, e na segunda faríamos anotações e comentários. Então nos acomodamos no sofá o mais confortável possível e iniciamos a sessão.

Começamos a assistir um do lado do outro. Depois Cathy encostou a cabeça em meu ombro e ficou assim por um tempo. Em seguida suas pernas passaram por cima das minhas e eu a abracei pela cintura. Mais tarde ela se soltou de meus braços e encostou-se ao do sofá, apoiando o rosto na mão. Aproveitei para deitar em seu colo, ela imediatamente começou a fazer carinhos em meus cabelos. Peguei uma de suas mãos e segurei entre as minhas.

Milhares de minutos depois, de muitas trocas de posições, estávamos exaustos e com um monte de anotações. Cathy levantou preguiçosa quando minha mãe entrou pela milésima vez na sala.

— Vocês vão jantar?

— Vamos sim, mãe. Estou faminto — respondi, cheio de preguiça também.

— Podem terminar de assistir aos filmes depois.

— Vamos deixar para amanhã. Está ficando tarde e eu tenho que voltar para o hotel — Cathy se desculpou, me fazendo lamentar.

— Não vai passar a noite aqui? — Minha mãe ficou preocupada.

Eu já imaginava que Cathy não ficaria. Ela estava sem as malas e ainda por cima não facilitaria as coisas para mim. Ainda havia os paparazzi do lado de fora, esperando por uma história. Então, apesar de saber que sentiria a sua falta no momento em que partisse, nem contestei a sua decisão.

— Amanhã ela volta. Ainda temos muito trabalho pela frente.

E assim passamos nossos dias em Quebec. Assistimos aos filmes e conversamos sobre detalhes do personagem. Resolvemos os problemas da incompatibilidade de agendas com Sara. Decidimos pelo jatinho particular para os dias em que teríamos de correr para cumprir os compromissos e namoramos bastante quando não havia ninguém por perto, o que ocorreu bem pouco.

Mas isso não era o mais importante. Nossos momentos juntos eram intensos, maravilhosos. O que me fazia querer estar com ela cada vez mais. Eu ansiava tanto por ela que quando estávamos juntos ficava extasiado.

Claro que não fomos tão longe! Cathy continuava virgem, porém, a julgar pelo nosso desejo, este detalhe seria resolvido em breve. E eu não via a hora de tê-la em meus braços, só para mim.

CAPÍTULO 9
Surpresas

CATHY

— Eu não sou sua namorada, Thomas!
— Gostaria então de saber o que você é, Cathy!
— Que tal sua assistente?
— Eu não durmo com minha assistente.
— Comigo também não.

Estávamos mais uma vez discutindo sobre o nosso relacionamento, se é que podíamos chamar assim. Eu não tinha certeza do que queria. Aliás, tinha sim, mas faltava coragem para admitir. Lógico que mesmo com todo o meu receio sobre ele, eu sabia exatamente o que queria. Era inútil lutar contra o que estávamos sentindo, então todos os dias eu tentava me convencer de que era inevitável, e de que o mais importante era ter força o suficiente para suportar o que poderia vir depois, porque o futuro ao lado do Thomas era muito incerto.

A única certeza que eu tinha e me doía muito pensar nela, era que um dia ele se cansaria de mim, então tudo acabaria. Para este detalhe que eu precisava ser forte e me preparar. Como conseguiria fazer isso? Bom, eu tentava bloquear alguns sentimentos. Sabia que sentia tesão por Thomas, era mais forte do que eu, e isso já era um fato, mas não poderia deixar que se transformasse em amor. Acho que não permitiria que se transformasse nem em paixão.

Mesmo assim agíamos como se fôssemos namorados quando estávamos sozinhos. Thomas não era muito a favor de mantermos nossa relação apenas entre nós, pelo menos até termos certeza de onde daria. Não que quisesse tornar público, porém ele se irritava em não poder me tocar na frente dos nossos amigos que formavam a sua equipe, ou seja, não se conformava em não podermos ficar juntos durante grande parte dos nossos dias, já que estávamos sempre acompanhados de alguém, inclusive quando não estávamos trabalhando, o que significava que quase nunca podíamos.

Normalmente acontecia quando eu ia ao quarto dele pela manhã, enquanto todos ainda estavam dormindo ou providenciando o necessário para nossos compromisssos do dia. Algumas vezes conseguíamos ficar sozinhos à noite, mas eu entrava em pânico com receio de alguém aparecer e descobrir o que estava acontecendo. Todas as vezes que brincavam comigo sobre a nossa aproximação eu dizia que aquilo nunca aconteceria. Na verdade, eu exigia que nunca brincassem sobre este assunto, que respeitassem a minha posição profissional. Por isso, se alguém descobrisse eu ficaria totalmente desacreditada.

A ideia era esconder justamente dos meus colegas de equipe. Pode parecer bobagem, mas eu não queria ser a namorada do chefe, queria ser a sua assistente, ser reconhecida pela minha capacidade profissional e não porque o meu chefe estava interessado em mim. Isso era importante.

Além do mais, eu precisava ser respeitada pelos homens da nossa equipe já que iria assumir o papel da Helen quando ela tivesse o bebê. Assim era necessário que todos me vissem com respeito, sem a interferência do Thomas.

Essa era uma parte do problema de assumirmos nosso relacionamento. A parte que eu expunha para ele. A outra estava incrustada mais profundamente em minha personalidade, em minha alma. A verdade era que eu tinha um medo enorme de amar, de perder o equilíbrio, de não ter mais controle dos meus atos, ou da minha vida. Tinha medo de estagnar, de me anular por causa de um amor e nunca mais conseguir tomar as minhas próprias decisões, como aconteceu com a minha mãe. Eu nunca permitiria que isso acontecesse comigo.

Thomas era uma realidade em minha vida, mas eu não deixaria que ele ganhasse mais importância do que já tinha. Quanto ao problema de transarmos ou não, estava parcialmente decidido em minha cabeça. Eu queria muito, ele nem se fala, fazia uma pressão sutil todos os dias enquanto eu protelava ao máximo.

Não era uma questão de receio por deixar de ser virgem. Como já expliquei, o problema não era perder, e sim não me arrepender mais tarde. Eu nunca senti nada parecido com o que sentia por Thomas e ele tinha razão quando dizia que teríamos de viver esse momento da minha vida. Por isso eu sabia que conseguiria de impedir que acontecesse, principalmente porque era a minha vontade e estava difícil resistir a suas investidas.

Estávamos em Nova York há uma semana, divulgando seu novo filme e tentávamos entrar num acordo a respeito do que seria o nosso relacionamento.

— Você é sempre tão teimosa! Não entendo porque tanta insegurança. Eu pensava que seu medo era por ser virgem. Quando descobri pensei, que ficaria mais relaxada, mas parece que aconteceu o contrário.

— E você é muito egoísta. Está vendo apenas o seu lado mais uma vez.

Eu não queria brigar, apesar de tudo nos conduzir para este caminho. Respirei fundo me acalmando e decidi fazer com que ele enxergasse de uma vez por todas o meu lado.

— Thomas, me entenda, por favor! Eu preciso do seu apoio. Não vai ser sempre assim. Você sabe disso tão bem quanto eu.

Fui até o sofá onde Thomas estava e sentei em seu colo. Estávamos no meu quarto do hotel, um lugar seguro, longe de olhares curiosos e de fofocas desnecessárias. Ficar à vontade com Thomas, dando a falsa ideia de que ele poderia fazer o que quisesse comigo era golpe baixo, eu sabia, porém, precisava fazê-lo me apoiar naquela decisão. Abracei o seu pescoço buscando seus lábios. Ele adorava quando eu ficava assim, receptiva, carinhosa, acessível.

— Por favor! Não vamos mais conversar sobre isso. Deixe o tempo fazer o seu trabalho.

Não tenho ideia de como o tempo faria o trabalho dele se eu me recusava a me entregar a aquela relação como se dependesse disso para continuar vivendo.

— Tá bom, Cathy, tá bom! — Ele me beijou com carinho. — Adoro quando você fica assim.

— Eu sei! — Sorri, convencida pela minha capacidade de fazer com que ele aceitasse o que eu queria. Thomas suspirou.

— Então, pelo que entendi, não posso ter nenhum contato mais íntimo com você em público?

— Isso.

— Não posso nem fazer um carinho em você na frente dos nossos colegas de trabalho, que, diga-se de passagem, são meus amigos?

— Não.

Ele pensou por um tempo, mordendo o lábio inferior. Lindo!

— Mas posso beijar, abraçar, agarrar... — Começou a beijar meu pescoço, arrepiando a minha pele. — Sempre que estivermos sozinhos?

— Ah! — Suspirei — Acho que sim.

— Como eu quiser? — Suas mãos estavam por baixo da minha camisa, acariciando as minhas costas.

— Acho que isso não vai dar certo.

Agarrei seus cabelos e atraí seus lábios para mim. Se eu tinha capacidade de convencê-lo a fazer o que eu queria, ele tinha a mesma capacidade de me convencer a fazer o que eu não queria, ou queria não querer.

— Tenho as minhas condições também. É pegar ou largar.

Afastou-se um pouco, me impedindo de aproveitar o momento. Meu gênio ruim ficou extremamente irritado. Tínhamos poucos minutos juntos e Thomas conseguia perder mais ainda. Logo eu deveria voltar às minhas atividades e nós dois teríamos que nos separar.

— Não posso dormir com você.

Respondi pela milésima vez o que eu achava daquela condição. Era absurdo passarmos a dormir juntos! E se alguém descobrisse? Além do mais, eu não podia confiar em nós dois na mesma cama uma noite inteira. Era forçar demais o meu cérebro, que não venceria a batalha contra o meu corpo.

— É apenas dormir, Cathy, não vou forçá-la a nada. A única coisa que quero é passar mais tempo junto com você. — Recomeçou a sessão de carinhos e beijos. Isso, sim, era golpe baixo!

— Todo mundo vai saber sobre nós se fizermos isso. Tenho certeza que é só um plano seu para acelerar as coisas entre a gente.

— Eu não faria isso. — Ele forçou a decepção na voz. Seu rosto era tão inocente que quase acreditei nele. Depois sorriu maliciosamente, admitindo seu plano. — Eu não estou errado. Combinamos que seria quando você quisesse e estou respeitando, só não tenho de cruzar os braços e esperar. É Claro que vou tentar fazer você querer mais rápido.

Dei um tapinha em seu braço e tentei sair do seu colo, porém ele não deixou.

— Não posso concordar. — Eu tentava negar para mim mesma à tentação de aceitar a sua proposta indecorosa, principalmente depois de ele admitir a sua intenção.

— Então também não posso concordar com a sua condição. Direitos iguais, Cathy! Não é isso que vocês mulheres gritam tanto?

Com essa ele ganhou mais um tapa no braço e começou a rir. Thomas sabia que ganharia aquele embate por isso estava tão tranquilo. Ele me abraçou voltando a buscar os meus lábios, me provocando.

— Eu mal encosto em você o dia todo — resmungou com a voz manhosa e arrastada. — Quase não temos tempo um para o outro, já que você faz tanta questão de esconder de todo mundo. Só nos resta à noite, quando todos estão dormindo e nós dois mortos de saudades.

Meu Deus! Se eu acreditei um dia que era capaz de convencer Thomas a ceder às minhas vontades, aquela conversa só servia para me demover desta certeza, pois ele brincava com a minha cabeça e com o meu corpo como se eu fosse feita para atender às suas vontades. E quando aqueles olhos verdes cintilantes se fixavam em mim tão cheios de súplicas, era como se eu não tivesse mais vontade própria, eu simplesmente amolecia e atendia qualquer que fosse o seu pedido. Sorri encantada demais.

— O que eu vou dizer? Todo mundo vai perceber que não estou dormindo no meu quarto.

— Não vão nada! Você sempre é a primeira a entrar no meu quarto todos os dias para me acordar. É normal tomarmos café da manhã juntos para discutir a agenda. — Ele piscou para mim com um sorriso de me fazer ficar boba. — É um plano perfeito. Ninguém vai desconfiar.

— E o que faço com meu quarto? Tenho reservas em todos os hotéis por onde iremos passar.

— Vai usá-los para guardar suas coisas. — Simples assim. Para Thomas nada era um problema. — Gaste um pouco do meu dinheiro, Cathy! Deixe os quartos reservados e finja ficar neles. Qualquer coisa que não seja ficar longe de mim.

— Não sei... — Ele me interrompeu com um beijo.

— Mas eu sei e já estamos decididos. — Deu um tapinha leve na minha coxa e me puxou para perto, me ajustando em seu colo. — Hoje nós vamos dormir no mesmo quarto.

— Tá bom! — Eu não tinha mais ânimo para discutir sobre um problema que já estava resolvido. — E não fique todo animadinho porque continuo insegura em relação a perder... você sabe sobre o que eu estou falando. — Meu rosto esquentou não me deixado ter coragem de completar a frase.

Sexo não era um problema até o Thomas surgir em minha vida. Antes eu simplesmente não queria e pronto. Com ele eu queria, mas não sabia como superar todas as minhas inseguranças.

— Eu vou resolver este detalhe. — Seu sorriso travesso e a possibilidade de deixá-lo resolver arrepiou toda a minha pele. Ele notou, claro, e adorou.

Começamos a nos beijar. A princípio um beijo casto, calmo, mas que em poucos segundo se tornaram beijos quentes. Bastava estarmos juntos para o desejo nos arrebatar. Eu teria que pará-lo ou então não conseguiríamos mais trabalhar naquela tarde, e era bem provável que Dyo aparecesse em meu quarto a qualquer momento.

Quando Thomas tentou me deitar no sofá consegui me libertar um pouco dos seus encantos, alegando que teríamos um compromisso para cumprir e me apressei a arrumar o que eu precisava. Era verdade que eu queria dar andamento ao nosso trabalho, mas também era verdade que se ele continuasse a me acariciar daquela forma resolveríamos o "meu problema" naquele momento.

Suspirei com a dúvida. Ele ficou lá, sentado, me observando trabalhar. Suspirei, contendo o desejo de voltar para os seus braços. À noite estaríamos juntos e teríamos tempo de sobra. Só de pensar na possibilidade de ficarmos juntos naquela noite, o meu estômago começava a formigar. Talvez devêssemos resolver logo esse problema.

Thomas ficou bastante animado com o nosso acordo, seu humor estava excelente. Parecia até saber o que eu estava pretendendo fazer naquela noite, ou pelo menos o que eu achava que conseguiria fazer. Enquanto esperávamos para sair do hotel, ele brincava com Kendel e Dyo fazendo todos rirem.

A caminho do estúdio da MTV, onde iríamos gravar uma entrevista, senti meu celular vibrar avisando a chegada de uma mensagem. Peguei para ver do que se tratava e não consegui conter o sorriso ao verificar que Thomas era o responsável. Ele estava ali ao meu lado, fingindo-se alheio a tudo.

A mensagem era um convite para assistirmos um filme no quarto dele quando voltássemos para o hotel. Calafrios atingiram o meu corpo só de me imaginar deitada ao seu lado a noite toda sem mais ninguém para nos atrapalhar. Seria mais rápido do que eu imaginava. Fiquei apreensiva. Ele me olhou com cara de paisagem e eu respondi que sim com um aceno de cabeça bastante discreto.

Chegamos relativamente cedo e ficamos no camarim aguardando Thomas se preparar. Ele brincava com os rapazes que, por sua vez, brincavam comigo. Ficaram fazendo piada a respeito da atenção que a imprensa estava me dispensando. Eu detestava, mas eles não paravam de achar tudo maravilhoso.

Era incrível que eles prestassem atenção em mim, quando Thomas estava bem ali, à disposição de todos. Eu sempre respondia a mesma coisa: "Estou trabalhando" e com o tempo essa resposta virou até piada entre eles, que sempre diziam: "eu sei que você está trabalhando, mas...".

Durante a gravação uma coisa estranha aconteceu. Não que eu não estivesse acostumada com o interesse das pessoas sobre o meu papel na vida do Thomas, mas a forma como isso foi abordado me intrigou. O apresentador do programa de entrevistas perguntou ao Thomas quem era a mulher interessante que agora o acompanhava em todos os lugares. Era lógico que ele sabia quem eu era. Todo mundo sabia. Thomas imediatamente olhou para mim, que acompanhava tudo atrás das câmeras. Com cara de surpresa, respondeu que eu era sua assistente.

Para a nossa infelicidade o apresentador continuou questionando sobre a possibilidade de evoluir para um romance, visto que ele não era de perder tempo com mulheres bonitas. A vergonha me atingiu em cheio, sem contar a raiva pela afirmação do entrevistador. Thomas sorriu sem se abalar e disse que era como trabalhar ao lado de qualquer outra pessoa, éramos profissionais e grandes amigos. Ele voltou a me elogiar sem deixar o assunto morrer. Percebi que Thomas ficou incomodado, porém manteve a calma. Depois a conversa mudou de rumo.

Fiquei um pouco intrigada. Já fazia alguns meses que trabalhávamos juntos e eu nunca fui citada em nada relacionado a Thomas, pelo menos não daquela forma. Cheguei à conclusão de que o cara estava me paquerando, que aquela parte nem iria ao ar. Quando acabamos, levantei rapidamente para deixar o local. Após todas as despedidas fomos para o hotel, em carros separados, como sugeri, para evitar maiores comentários.

Assim que cheguei, fui para o meu quarto tomar um banho e trocar de roupa para a nossa "sessão de cinema". Só de pensar minha pele já ficava arrepiada. Decidi levar uma bagagem de mão com algumas coisas para passar a noite e me apresentar no dia seguinte sem precisar correr para o meu quarto ainda de madrugada. Era muito arriscado o que estávamos fazendo. Se Kendel me visse entrando ou saindo do quarto do Thomas, fora dos horários em que deveríamos estar juntos, haveria assunto, além de brincadeiras para mais de um mês.

Saí do banho sem conseguir me sentir nem um pouco mais relaxada. Muito pelo contrário. Quanto mais se aproximava o horário de encontrá-lo, mais eu ficava tensa. Mudei meu foco para o que eu deveria vestir. Não podia ser uma calça jeans porque Thomas detestava quando estávamos juntos e ele não tinha livre acesso ao meu corpo. Quem era eu para contestar se adorava quando ele encontrava livremente o caminho para me enlouquecer. Eu adorava suas carícias, seus beijos...

Era perigoso admitir, mesmo que fosse apenas para mim, mas eu adorava tudo em Thomas. A forma como ele me olhava, como conversava comigo quando estávamos a sós, sem nunca me largar, independentemente do assunto, tudo nele me levava exatamente para onde eu nunca quis ir, um caminho desconhecido e prazeroso.

Escolhi um vestidinho um pouco solto com pregas e sem mangas. Coloquei um casaco por cima, para evitar o frio, apesar de saber que logo iria me aquecer. Soltei o cabelo, olhei uma última vez no espelho aceitando a minha imagem com satisfação e fui embora.

Agora era tudo ou nada.

Thomas estava lindo como sempre. Usava uma camisa de algodão de gola canoa verde com mangas que ele tinha puxado um pouco para cima e uma bermuda cinza bem clarinha. Seria uma tarde difícil. Principalmente se ele continuasse me beijando daquele jeito.

Preferi assistir ao filme na sala anterior ao quarto. Era dia ainda, alguém poderia aparecer e seria estranho estarmos no seu quarto, na cama, fazendo sabe-se lá o quê. Meus pensamentos me confundiam. Onde minha cabeça estava? Com todo aquele envolvimento com Thomas minha mente parecia ter virado às avessas. Por que eu não lutava mais contra? Por que aceitava e deixava que aquela onda de sentimentos me levasse sem destino certo?

Thomas protestou um pouco, mas acabou concordando quando viu que eu poderia desistir. Era um balde de água fria em seus planos, eu sabia, porém nada o impediria de estar comigo. Ele escolheu um filme que não me preocupei em saber qual era e se sentou ao meu lado me abraçando pela cintura. Mal o filme começou e já havíamos esquecido dele.

Ele tinha todas as armas para me desvirtuar. Começou com carinhos, uma massagem bem inocente em minha mão, que aos poucos foi evoluindo para uma massagem no corpo inteiro. Estávamos deitados no sofá, para ficarmos mais à vontade, coloquei propositalmente minhas pernas por cima das dele, revelando a minha coxa, aleguei sentir frio para me agarrar a ele, me deitei no seu peito acariciando a sua barriga. Contudo não ficamos assim nem dois minutos porque Thomas me puxou, me beijando com muita intensidade.

— Pare! Vamos assistir ao filme! Foi isso o que combinamos. — Minhas mãos não correspondiam às minhas palavras. Eu não queria parar, queria provocá-lo cada vez mais.

— A culpa é sua — rosnou, levantando um pouco o corpo para me olhar com admiração. — Esse vestido fica me convidando o tempo inteiro. — Rocei minha perna na dele, subindo até a altura da sua coxa. — Vamos, pare você! Quer me enlouquecer? — Dei risada e recebi uma mordida no pescoço como resposta.

— Ai! Você vai deixar marca. Vai ser difícil esconder com maquiagem — protestei. Ele se afastou para falar comigo olhando em meus olhos.

— Seria bom deixar uma marca. Uma que ficasse claro que você tem dono. Assim nenhum babaca ficaria te paquerando na minha frente. — Suas sobrancelhas se uniram, demonstrando descontentamento.

— Do que você está falando? E desde quando eu sou propriedade de alguém?

— Vai dizer que não percebeu? Ele teve até a cara de pau de me pedir o seu telefone. E eu sou o seu dono ou você pensa que tem alguma chance de escapar de mim? — Ele tinha voltado a sorrir, suavizando o clima.

— E você deu? — Me diverti com o ciúme dele. Era fofo!

— Não. Mas eu ia dar uma informação quentíssima sobre a minha vida com a minha assistente. Talvez eu ainda dê. — Estreitou os olhos me avaliando. — E tire este sorrisinho do rosto.

— É?... Vem cá. Você fica lindo quando está irritado.

Lacei meus braços em seu corpo, evitando que a conversa se prolongasse. Passei as mãos nos cabelos dele e o puxei de volta para mim. Ele reagiu me beijando com vontade, mas após beijar-me longamente, Thomas se afastou e se sentou no sofá respirando com dificuldade.

— Dê um tempo para minha cabeça, tá? Eu não sou tão forte assim.

Seus olhos estavam cheios de desejo. Não entendi porque ele parou. Eu nem tinha feito nada para afastá-lo como sempre fazia. Pelo menos não ainda.

— O que eu fiz?

— Nada. Mas ia fazer. — Riu debochadamente. — Se eu deixar você continuar me iludindo não sei se serei capaz de atender seus apelos para parar depois.

— E se eu não pedir?

Ele coçou a cabeça, tentando acreditar no que eu dizia, ou pensando na possibilidade de acontecer mesmo, como tinha dito. Seus olhos se prolongaram em meu corpo. Thomas se moveu lentamente para cima de mim sem desviar os olhos. Seu queixo roçou algumas partes do meu corpo, causando arrepios leves. Quando encontrou meu rosto, apenas beijou meus lábios de maneira bem calma, depois partiu para devorar meu pescoço. A sensação foi indescritível.

Quando eu pensei que por fim devoraria minha boca, ele simplesmente se afastou de mim outra vez, com a respiração descompassada. Não sei o que estava pretendendo com aquilo, mas estava me deixando impaciente. O que ele queria? Me matar em doses homeopáticas?

— Você não me conhece, Cathy. Sou como um bicho, uma fera. Preciso marcar o meu território para me sentir seguro. Não consigo me conformar com outro no meu campo.

Voltou a se posicionar acima do meu corpo como se fosse dar um bote. Tirou a camisa revelando seus braços, peito e barriga musculosos. Meus olhos eram gulosos.

— Você não é meu dono, Thomas. — Eu estava ficando furiosa com aquela história dele dizer que eu era seu território. Era assim que ele me via? Apenas como uma presa?

— Não sou seu dono, mas sou seu namorado. É quase a mesma coisa. — Abaixou o corpo ao nível do meu, sem me tocar.

Tive vontade de rebater e fazer um discurso sobre conceitos ultrapassados, mas seus braços estavam dos dois lados do meu rosto me intimidando. Ele parecia realmente um felino, pronto para me atacar. Ver seu sorriso se formar de modo encantador e ouvir de sua voz que éramos namorados causou um friozinho em meu estômago.

— Eu não sei ainda se aceitei ser sua namorada.

— É claro que aceitou. — Sua voz era de ofensa.

Tive de rir da situação e em troca senti seu corpo me imprensando contra o sofá. Sua boca enfim, devorou a minha. Senti sua língua me explorando, seus dentes mordiscaram meus lábios e fiquei louca de tanto desejo.

— Não existe a menor chance de você fugir de mim. Na posição em que se encontra não existe defesa, nem fuga. — Como um animal, Thomas começou a roçar o queixo em meu rosto, depois o pescoço, depois os seios. Meu coração acelerou.

— Está com medo?

— Nem um pouco.

Sorri largamente, desafiando-o a continuar. Eu não sabia até onde iria, porém, parar naquele momento, nem passava pela minha cabeça.

— Menina! Não brinque comigo, eu posso ser muito perigoso quando quero.

Eu podia dar mais um passo naquela relação. Abracei os quadris dele com as pernas e sussurrei em seu ouvido:

— Estou pagando para ver.

— Se entregue para mim — suplicou em meu ouvido. A emoção em meu corpo parecia que ia explodir. Eu queria. E faria.

— Sim.

Antes que ele conseguisse tomar qualquer atitude ouvimos a campainha do quarto tocar. O pânico me invadiu e eu desejei ardentemente não estar ali. Thomas levantou contrariado, vestiu a camisa, enquanto eu me posicionava adequadamente no sofá, arrumando meu vestido, que a essa altura já estava todo amassado. Lembrei no último minuto que meu casaco não estava mais comigo.

Quando Thomas foi atender, o casaco já estava em suas mãos e, antes de chegar lá, o jogou para mim. Ouvi uma voz feminina cumprimentá-lo de forma íntima. Olhei para a porta onde, de frente para ele, estava uma mulher muito bonita. Era loira, alta, tinha olhos verdes, exibia um corpo perfeito, usava maquiagem impecável e suas roupas colocavam o meu vestido na categoria de panos velhos. Fiquei abatida de imediato.

Thomas nem precisou convidá-la para entrar, ela fez isso sozinha, cheia de si e confiante, mas ao me ver, estacou na sala. Ficamos alguns segundos assim, nos encarando, nos analisando. Eu com medo de quem poderia ser aquela mulher estonteante e ela reprovando o fato de encontrar alguém, além do meu chefe, no quarto. Thomas veio para o meu lado e nos apresentou.

— Cathy, esta é a Williams. Lauren Williams, minha agente. Você ainda não a conhecia. — Ele parecia um pouco tenso com a visita dela, ou era impressão minha?

Fiquei visivelmente surpresa, pois até aquele momento, para mim, Williams era na verdade um homem. Pensei em quantas vezes perguntei pelo Williams e ninguém nunca tinha me esclarecido que ele era, na verdade, ela. Ou eu nunca tinha prestado muita atenção ao que os outros falavam?

Estendi a mão para Lauren com a sensação de que não era algo muito amistoso de nenhum dos lados, mesmo assim era o mais educado a ser feito, já que éramos colegas de trabalho e eu tinha por obrigação ser cordial, apesar de ter detestado a forma como ela olhava para mim e para Thomas.

— Catherine! Até que enfim nos conhecemos. — Apertou a minha mão sem muita emoção.

— Lauren esteve afastada por um tempo da equipe. Ela está voltando agora, eu acredito.

Thomas não parecia muito satisfeito com a informação, o que foi uma surpresa. Eles travaram uma batalha com os olhos, se encarando como se estivessem prontos para um ataque. A tensão era praticamente palpável.

— Estou interrompendo algo? — Lauren sorriu com cinismo. Thomas estreitou os olhos sem deixar de encará-la.

Os olhos dela percorreram a sala em busca de provas e depois se voltaram para mim. Seu sorriso era ameaçador. Senti a pele da minha nuca arrepiar. Existia algo de muito ruim naquela mulher.

— Minha madrinha, Sara, estava procurando você. Fomos ao seu quarto, mas, veja só, você não estava lá.

Cinismo. Seu tom de voz era acusatório. O que ela estava pretendendo? E por que falava da Sara como se estivesse me ameaçando? Ela raramente aparecia. Nossa comunicação era basicamente por telefone.

— Como me disseram que vocês dois eram praticamente inseparáveis, deduzi que você poderia estar aqui. Então vim verificar.

Seu ar de triunfo quase conseguiu libertar o meu gênio ruim. Quase. Thomas tomou a frente e sua forma rude de falar me fez recuar.

— Claro que você viria conferir. Quem não imaginaria que você faria questão disso.

Thomas estava furioso, e eu assustada o suficiente para não deixar aquela história ganhar maiores proporções. Precisa interferir o quanto antes.

— Eu não sabia que vocês viriam antes. Estávamos certos de que chegariam em dois dias — comentei, desviando o assunto.

— Nossa vida muda todos os dias, Cathy! Você ainda não se acostumou? — Não respondi. Eu também estava no limite.

Por que ela estava tentando me atacar? Até onde deu para perceber, o problema dela era com Thomas, não comigo. A não ser que... Claro! Ela devia ser mais uma das vítimas dele.

Senti meu coração gelando. Aquilo seria demais para mim. Eu já o tinha visto com outra pessoa, e foi simplesmente horrível. Imagine conviver diariamente com uma das garotas com quem ele tinha brincado na cama? Seria insuportável!

Se fosse verdade, eu deveria trancar outra vez o meu coração e de preferência com o Thomas fora dele. Imediatamente a imagem da minha mãe olhando pela janela da minha casa, esperando meu pai chegar veio em meus pensamentos. Toda aquela tristeza estampada em seu rosto, seus olhos sem vida... reviver essa lembrança foi o mesmo que receber um soco no estômago. Precisei me controlar, para não demonstrar meu desespero.

A campainha tocou novamente trazendo-me de volta à realidade. Thomas relaxou um pouco e foi atender, desta vez era a equipe completa, inclusive Sara.

— Reunião de última hora. — Sara entrou primeiro com um computador e um monte de papel nas mãos, seguida dos outros.

Notei que todos tinham a expressão relaxada, o que me fez ficar mais à vontade.

— Cathy, querida, você é a nossa pauta.

Quando Sara chamou a minha atenção para a pauta da reunião, nem por um segundo me passou pela cabeça o que ela iria falar. Sara posicionou o computador de forma a me dar uma visão melhor do seu conteúdo e abriu uma página da internet que estampava uma foto minha e de Thomas correndo juntos na praia. Reconheci a nossa casa ao fundo. Gelei. Então era disso que o apresentador estava falando. Era por isso que de uma hora para outra passou a existir tanto interesse na minha presença ao lado dele.

Eu e Thomas não nos preocupávamos em acompanhar as notícias que saíam a seu respeito, principalmente porque metade delas eram mentiras inventadas para vender mais. Por isso todas passavam despercebidas por nós. Thomas era muito discreto. Em público era profissional comigo, ao mesmo tempo era também muito atencioso, principalmente quando os fotógrafos conseguiam nos cercar, o que o deixava preocupado com a minha segurança, então sempre me deixava mais perto, para que ambos fôssemos protegidos pelos seguranças dele.

Olhei para o material sobre a mesa e percebi que eram revistas que também traziam manchetes sobre nós. Os títulos eram diversos, "Quem é essa mulher?", "Um novo amor para Thomas Collins?", "Mais uma conquista?". Diversas fotos estampavam os comentários. Havia inclusive uma foto em que Thomas me olhava de maneira sugestiva antes de entrarmos no carro. Não sabia o que pensar.

Thomas continuava imóvel ao meu lado. Nenhuma palavra conseguia sair da minha boca. Todos os meus pesadelos estavam ali, naquelas revistas. Tudo o que eu sempre quis evitar tinha, de repente, acontecido. Agora todos me olhariam como a namoradinha do chefe. Minha raiva era tanta que me senti sufocar.

— Não quero me meter na vida de vocês, porém precisamos saber qual vai ser a nossa posição em relação a isso. — Sara estava lidando com a história de maneira bastante profissional, ainda assim, suas palavras me deixaram abalada.

— Como assim?

— O que ela quer saber é se vocês estão juntos ou não e o que devemos dizer para os jornalistas, que não param de ligar e estão fazendo fila na porta do hotel. — Lauren não economizou no veneno ao falar.

— Não vamos dizer nada — Thomas respondeu, finalmente. Sua voz estava impassível.

— Como você sempre faz, Thomas, querido. Vamos manter o padrão: nenhuma declaração. — Mais sarcasmo da Lauren. Qual era o problema dela?

— Do que você está falando? — Tentei me situar na conversa.

— Ele não gosta de publicar nada sobre suas conquistas. As mulheres que leva para a cama, entendeu? — Ela olhou para mim se divertindo com minha confusão. Meu rosto pegou fogo. A minha vida estava exposta e era discutida como se fosse um contrato. Ainda por cima aquela idiota se achava no direito de tripudiar da situação.

— Lauren — Thomas advertiu, com irritação na voz.

— Afinal de contas, vocês estão juntos ou não? — Quis saber Kendel, já sem paciência com o assunto.

— Não! — Fui taxativa. Thomas olhou para mim interrogativamente e eu desviei os olhos. Ele nunca entenderia. — Não estamos juntos. Somos muito próximos até porque a nossa situação exige. Moramos juntos, trabalhamos juntos e nos acostumamos a estar sempre juntos. Apenas isso. Somos bons amigos.

Eu precisava negar com toda a minha capacidade de mentir, que era muito pouca, uma vez que detestava mentiras, mas a situação exigia que fosse assim. Era isso ou nunca mais teria o respeito dos meus colegas de trabalho.

— Estranho! Poderia jurar que você está mentindo. — Eu ia matar aquela garota.

— Isso não é da sua conta, Lauren. O seu papel aqui não é esse! — Thomas estava nervoso. — Que absurdo! Vocês agora vão ficar interrogando a Cathy como se ela estivesse cometendo um crime? E desde quando minha vida pessoal virou assunto de pauta? Não devemos explicações a ninguém. E não vamos manter o padrão, Lauren, só não vamos alimentar essa história. Ela vai morrer assim como todas as outras.

— Não, não vamos fazer disso um problema maior, Thomas. Isso realmente só diz respeito a vocês. Mas admito que estou preocupada — Helen tentou amenizar a situação, sendo mais sensata.

— Com o que exatamente você está preocupada, Helen?

Thomas não foi rude desta vez. Ele nunca era com Helen. Existiam um carinho e um respeito que o impediam de ultrapassar os limites.

— Vocês estão juntos ou não? — Kendel continuou tentando arrancar algo de nós.

— NÃO! — falamos ao mesmo tempo.

— Melhor assim — Sara voltou a falar e suas palavras chamaram a minha atenção. Por que era melhor que fosse assim?

— Desculpe, Thomas, mas em se tratando de você é complicado ficarmos tranquilos numa situação como esta. — Helen parecia um pouco constrangida ao falar aquilo.

— Por quê? Agora não tenho o direito de me interessar por ninguém? Se estivéssemos juntos, estaríamos errados? Por um acaso estou condenado a ficar sozinho pelo resto da minha vida apenas porque... — Thomas se calou ao perceber que revelaria algo que provavelmente apenas eu naquela sala não sabia do que se tratava. A troca de olhares entre ele e Helen denunciava a existência de um segredo que não poderia ser revelado.

— Acho que você sabe muito bem do que estamos falando, Thomas. Você sabe melhor do que qualquer um o que pode acontecer caso isso se torne um romance mal resolvido. Caso se torne mais um problema. — Sara olhava para ele como se guardasse um segredo. Suas palavras comprovavam isso. Thomas abaixou a cabeça após essa afirmação.

— Não posso assumir essa responsabilidade — falou, baixinho, como se estivesse pensando alto.

Enquanto discutiam, eu só conseguia pensar em uma coisa: que segredo era aquele que todos tentavam esconder de mim? Eu olhava para Thomas tentando entender, mas não conseguia enxergar nada. Eu sabia das suas aventuras amorosas, da fama que ele tinha de não ter coração, de nunca se entregar a um amor de verdade, de ser um colecionador de mulheres. Cada pensamento era uma faca afiada cortando o meu coração. Tudo indicava que eu passei a fazer parte da estatística.

De repente as coisas ficaram mais claras. Meus colegas estavam tentando me proteger dele. Eles queriam evitar que eu fosse mais uma naquela história toda. Agora só faltava entender o porquê de eles ficarem tão preocupados. Eu precisava acabar logo com aquilo.

— Não existe nada para se discutir — falei para todos, recuperando a minha confiança. — Não existe nada entre mim e Thomas e ponto final. Agradeço a preocupação de vocês, mas acho desnecessária. Somos adultos e responsáveis, não faríamos nada que desarmonizasse o grupo, Sara, você pode ter certeza disso.

— Nós sabemos, querida. Sabemos que você é extremamente profissional e acredite quando eu digo que o nosso objetivo não é permitir ou proibir nada. Não podemos nem queremos isso. Estamos preocupados porque temos uma visão mais ampla da situação do que você no momento.

— Vocês não sabem de nada. — Thomas ia começar a falar, mas Sara o cortou.

— Thomas, vamos conversar de forma bastante clara. Você sabe quanto tempo Helen levou para conseguir encontrar uma profissional como a Cathy? Você sabe o quanto ela é necessária a essa altura do campeonato? Não temos mais tempo para encontrar outra pessoa e Helen está a cada dia mais perto de se afastar para ter a filha dela. Adoramos saber que vocês são tão próximos. Vocês se entendem de uma maneira inexplicável. Eu estava até bastante relaxada ao perceber como Cathy conseguiu fazê-lo entrar no ritmo de trabalho necessário. Mas, se alguma coisa acontecer, Thomas, se algo der errado, você sabe que ela não vai querer continuar conosco e todos nós temos muito a perder caso isso aconteça. Pare e pense como vai ser. Cathy é o elo entre você e todos nós. Como vai ser?

Então era esse o medo deles. Estava tudo tão claro que quase não acreditei que não tivesse conseguido enxergar antes. Se ele me magoasse eu iria embora e eles não teriam ninguém para exercer a minha função. Não seria um desastre completo, mas sim um bem complicado. Em pouco tempo ele estaria fazendo um novo filme e era muito importante que eu estivesse ao seu lado.

Eu era o elo entre ele e a equipe numa situação dessas, como a própria Sara disse. Todos estavam com suas atividades muito bem definidas, precisariam reorganizar tudo caso eu fosse embora. Sem contar que poderia se tornar mais um escândalo, apesar de eu achar pouco provável. A última coisa que eu precisava em minha vida era estar envolvida em algo do tipo.

— Não há o que pensar, Sara — falei mais uma vez. — Sabemos todos os riscos de um relacionamento entre nós dois e, como eu disse antes, somos responsáveis. Não existe nenhuma possibilidade de eu abandonar vocês sem que tudo esteja normalizado. Helen tem minha palavra de que cumprirei com minhas tarefas durante o tempo em que ela estiver afastada.

— E depois disso, Cathy. Não queremos você conosco só para que eu possa sair tranquila. Gostamos de você de verdade. — Helen estava visivelmente transtornada com o rumo daquela conversa.

— Não posso responder pelo depois, Helen. Eu também gosto muito de vocês e adoro este trabalho, mas as coisas mudam. Não posso saber exatamente qual será o meu destino. — Eu já estava falando como se realmente fosse acontecer, como se já estivesse escrito que me magoaria.

Suspirei pesadamente com essa possibilidade.

— Agora, se vocês me permitem, gostaria de encerrar esta reunião, preciso fazer algumas coisas.

— Tem mais uma coisinha, Cathy. — Sara impediu que eu levantasse.

Não pude evitar a minha falta de paciência para continuar uma conversa que já tinha me incomodado demais, além disso, eu precisava arrumar uma forma de arrancar do Thomas o segredo que todos escondiam de mim. Ele teria de me contar.

— Fique tranquila. Já encerramos este assunto. — Ela sorriu amistosamente. — Devido a todo esse interesse da mídia por você, fui abordada por algumas pessoas, dos mais variados ramos.

Onde ela estava querendo chegar? Ela sabia que eu não tinha nenhum interesse na vida artística, muito menos em dar entrevistas. Não existia nada em minha vida que fosse do interesse deles. Eu não era a artista em questão, muito pelo contrário, eu trabalhava para que Thomas fosse o artista. Era pela vida dele que deveriam se interessar. Já tínhamos conversado a respeito e eu pensava já ter deixado claro que não abriria mão da minha privacidade. Que não queria a minha vida em evidência.

— Você sabe que não tenho nenhum interesse por estas coisas, Sara. — Eu estava emocionalmente exausta.

— Eu sei. Não estou querendo convencê-la de nada. Mas recebi uma proposta muito interessante e como você não tem empresário, pensei que poderia cuidar do assunto.

— Não tenho empresário porque não preciso de um. Eu tenho um patrão e quero continuar tendo. — Meu mau humor tomava conta de mim.

Apesar de toda a minha má vontade, percebi que Thomas ficou feliz com a minha declaração de que queria continuar com ele. Pelo menos como funcionária.

— Não é nada que vá atrapalhar nem interferir na sua atividade conosco, Cathy. Não pude deixar de notar que você se interessa por moda, então acredito que essa proposta vai se encaixar perfeitamente com a sua personalidade.

Cobri o rosto com a mão tentando me acalmar um pouco. Ela estava fazendo o seu trabalho. Concentrei-me em respirar enquanto ela explicava.

— Tudo bem, deixe-me explicar do que se trata. A marca Rony Bá, mais precisamente os seus proprietários e responsáveis pelo marketing e publicidade, me procuraram porque acham você a modelo ideal para as suas roupas. — Ela parou para avaliar a minha reação.

Não foi das melhores. Eu não entendia como uma marca tão sólida e maravilhosa como a Rony Bá poderia se interessar por mim como modelo. Eu nem de longe parecia com uma. Principalmente porque magreza ao extremo não era o meu forte. Eu gostava de ter corpo de verdade. Meu semblante revelava que eu não estava de acordo. Apesar de babar pelas roupas da marca em questão.

— Não se assuste. É tudo muito simples. Eles fazem um catálogo anual com suas roupas, tendo como modelo alguém que está em destaque. O deste ano eles já fizeram. Então a proposta é a seguinte: querem uma espécie de folheto com uma coleção exclusiva, desenvolvida especialmente para pessoas com o seu biótipo. — Ela sorriu para este ponto. Eu não fazia mesmo o estilo esquelético. Meu corpo era mais arredondado, com mais formas.

— Por que eles fariam isso? Tem tanta gente famosa e linda por aí, tinham que cismar logo comigo? — Todos na sala riram e eu fiquei ainda mais nervosa.

— Por infinitos motivos. Você é realmente linda, não dá para passar batido. Depois existe uma nova tendência para o seu tipo de corpo e eles estão pensando nesse novo mercado. Ainda existe o fato de que você está realmente crescendo às vistas da mídia. Seria como uma exclusividade num momento em que todos tentam chegar a você e não conseguem.

Balancei a cabeça, começando a negar a proposta, mas ela foi mais rápida.

— Antes de negar, ainda tenho argumentos para apresentar. — Ela ria da minha situação desconfortável. — Primeiro tem a questão do cachê. Você deveria dar uma olhada.

Ela me passou o papel, para que eu pudesse ver o valor da proposta. Eu não estava interessada, mas a minha curiosidade me impelia a olhar. O arrependimento foi imediato. Era extremamente indecente para uma pessoa com a minha condição financeira.

Tudo bem que o meu salário era ótimo e que nos últimos meses eu havia conseguido economizar mais dinheiro do que consegui em toda a minha vida, já que todas as despesas eram pagas pelo contratante. Mas o valor proposto era simplesmente absurdo de tão alto. Mais do que pensei em ganhar a minha vida inteira.

Peguei o papel e passei para Thomas, que estava se esticando, tentando ver o valor. Seria cômico se não fosse tão trágico. Ele me olhou, interrogando se eu seria capaz de recusar, afinal eram só algumas fotos.

— Esqueça isso, Sara. Não sei ficar na frente das câmeras, fico muito desconfortável e definitivamente não conseguiria parecer uma diva.

— Você deveria pensar melhor. — Thomas finalmente se sentiu à vontade para dar sua opinião. — Acho que tem potencial e o dinheiro é realmente muito bom.

— O dinheiro que você me paga é muito bom também — sorri.

Minha intenção era dizer que eu não tinha interesse em sair do seu lado por um tempo, mas me contive.

— Só mais um detalhe. Esse valor é pelas fotos. Eles ainda estão pensando em lhe dar as roupas utilizadas para o folheto. — Fiquei sem condições de falar. Cada peça deles custava uma pequena fortuna. Imagine uma coleção inteira!

— Meu Deus. Esse é o sonho de qualquer mulher. — Helen tentou me animar. Eu sabia que ela nem ligava para moda.

— O que eu terei que fazer em troca?

Eu sabia que a vida não era tão fácil. Alguma coisa eu teria de fazer para merecer as roupas desenvolvidas especialmente para mim.

— Além das fotos? — Ela estava protelando. Deveria ser algo bem ruim. — Bem... nada de especial, você deverá usar cada um dos modelos nos eventos que participar com o Thomas.

Que absurdo! Os eventos eram para ele e para os atores do filme. Eu não tinha que me envolver com isso. Além do mais, eu não pretendia me vestir maravilhosamente bem para esses eventos. Eu nem mesmo tinha que aparecer neles, ficaria sempre nos bastidores.

— De jeito nenhum! Pode esquecer, Sara! Os eventos não são para mim. Não posso fazer isso.

— Mas não tem nada a ver com os eventos em si e sim com a sua imagem, aonde quer que você vá. — Ela não acreditava que eu poderia recusar uma oferta daquelas. — Ainda existe um adicional na proposta para este item.

— Não! Não posso aceitar.

— Thomas, diga a ela que vai ser ótimo, por favor! — Sara contava com ele para me convencer, que ficou todo feliz por poder se envolver.

— Cathy, é uma proposta fantástica — disse dando risada. — Por que você não a deixa pensar um pouco, Sara? Não é algo para ser decidido tão rápido. — Sara concordou, mas fez uma última observação.

— É claro que você sabe que, se concordar, eu quero ser a empresária. Então pense direitinho porque tenho o maior interesse neste trabalho.

Concordei e comecei a me levantar para ir embora.

— Tudo bem, então. Definimos aqui que não iremos nos pronunciar e que todas as atividades irão continuar normalmente, certo? Vamos deixar Cathy em paz agora. — Sara encerrou a reunião e começou a arrumar suas coisas para sair também.

Notei que Lauren tinha ficado tão quieta que eu acabei me esquecendo dela e de toda a sua hostilidade, assim como do segredo que envolvia Thomas. No momento em que a emoção da conversa cedeu, minha cabeça começou a trabalhar acelerado. Eu queria pensar em várias coisas, então precisava ficar sozinha.

Todos levantaram para sair e eu fui em direção à porta sem olhar para trás. Não queria encontrar o olhar dele. Eu não tinha condições de dizer nada, muito menos decidir alguma coisa.

Nem cheguei à metade do corredor e senti meu celular vibrar em minha mão. Era uma mensagem do Thomas: "Volte". Continuei andando em direção ao meu quarto. Outra mensagem: "Por favor!". Antes de conhecer Lauren e de saber da existência de um segredo, eu com certeza não conseguiria resistir a seu apelo, mas a situação mudou consideravelmente.

Abri a porta e entrei no meu quarto. O que eu poderia dizer a ele? Tão logo bati a porta, meu celular começou a tocar. Era ele de novo. Deixei chamar até cair na caixa postal. Outra mensagem: "Quero falar com você. Por favor, Cathy!". Mandei uma mensagem como resposta: "Me deixe pensar. Eu procuro você". Mas Thomas não desistiria tão fácil. Deitei em minha cama, sem me dar ao trabalho de trocar de roupa. Outra mensagem: "Não. Quero ver você agora". Pensei em desligar o celular, mas tive medo de ele bater em minha porta. Depois eu que era a teimosa. "Preciso de um tempo, Thomas".

Meio minuto depois minha campainha tocou e eu me assustei. Será que ele tinha perdido a noção do perigo? Fui atender a porta e fiquei surpresa com a presença da Lauren.

— Posso entrar?

Recebi outra mensagem: "Se você não vier, eu vou aí". Eu precisava ser rápida ou teria um problema bem maior para resolver.

— Claro! Entre.

Dei as costas voltando para o interior do quarto, peguei o celular e digitei uma mensagem rápida sob o olhar atento dela: "Lauren está aqui. Seja bonzinho. Vou desligar o celular".

— Algum problema? Você está pálida. — Perceptiva, pensei com desagrado.

— Não. Nada de mais. O que você faz aqui?

Não podia deixá-la me intimidar. Eu conhecia o seu tipo. Ela ia tentar me acuar para tirar algo de mim. O problema é que Lauren não conhecia o meu tipo: eu não me assustava com facilidade.

— Achei que não tivemos um bom começo, então vim me desculpar. Somos colegas de trabalho e poderíamos tentar ser amigas já que vamos passar algum tempo juntas.

Não sei porque, mas eu não consegui acreditar numa única palavra dela. Existia algo mais naquelas palavras. Ela fazia meu senso de defesa entrar em parafuso. Dei uma longa olhada para a mulher em meu quarto. Se ela estava jogando, eu também sabia jogar.

— Claro, por que não?

— Então... — Ela esfregou as mãos procurando um assunto, ou como entrar em um. — Você me parece realmente muito profissional como Helen disse. Tenho acompanhado seu trabalho. Parece que o Thomas finalmente entrou no ritmo desejado por todos nós. Muito bom!

Sorri, educadamente.

— E é muito bonita. É normal vincularem você ao Thomas, ele é um conquistador. Adora estar cercado por lindas mulheres. — Ela caminhava pelo quarto, falando de maneira tão natural, que parecia realmente ser uma conversa normal e descontraída com uma amiga.

— Ele também é bastante correto. Trabalhamos juntos e Thomas me respeita como profissional.

Tentei seguir o mesmo tom, porém minha voz saiu rouca. Eu estava na defensiva, analisando todas as suas atitudes para saber como agir.

— Mas ele parece disposto a fazer de você sua nova aquisição.

Deu uma risada sarcástica, o que me incomodou profundamente. Eu não era uma peça para ser adquirida. Se ela permitiu que assim acontecesse, era problema dela. Eu era diferente e tanto ela quanto Thomas teriam que enxergar este detalhe.

— Isso não é problema meu e acredito que também não seja seu. Eu já disse tudo o que tinha para dizer a esse respeito, Lauren. Gostaria que o assunto fosse encerrado. — Deixei minha raiva escapar, era inevitável naquele momento.

— Claro, encerramos o assunto. Não temos mais porque pensar nisso. — deu uma olhada rápida no quarto. — Você deu sua palavra de que não existia nada entre vocês, acho que vindo de uma pessoa tão responsável, eu deveria acreditar.

Ela estava desconfiada, ou algo mais, parecia estar com ciúmes. Não resisti.

— Não foi o que eu disse. Dei minha palavra de que se ele me magoasse eu não abandonaria o barco. — Analisei suas feições. — Sou maior de idade, Lauren, ele também. Não precisamos prestar contas a ninguém do que acontece entre nós dois. — Sorri sarcasticamente e vi suas feições endurecerem com as minhas palavras. — Agora, se você me der licença, eu preciso resolver algumas coisas. — Indiquei a porta. Ela logo entendeu o meu recado.

Eu estava esgotada.

Entrei no chuveiro e fiquei lá por um bom tempo, tentando me esquecer do mundo. Primeiro Thomas fazendo pressão para iniciarmos uma vida sexual, que eu também queria, mas que teria de deixar de lado devido à existência desse segredo que agora não saía mais da minha cabeça. Não poderíamos continuar com nossos planos se ele não me contasse a verdade.

Somado a isso, havia Lauren, provável ex-amante dele, que parecia disposta a me fuzilar na primeira oportunidade. Para piorar a situação, eu precisava pensar na proposta de trabalho da Rony Bá, que era muito tentadora, porém desviaria um pouco do que tinha planejado.

Se eu não conseguisse tirar isso tudo da cabeça, iria enlouquecer. Saí do banho, me troquei e fui trabalhar. Era o melhor a ser feito. Liguei o computador me dedicando às mensagens até tarde, jantei no quarto e depois fui dormir. Só então me lembrei de que o meu celular continuava desligado. Deitei na cama para verificar as chamadas perdidas. Todos tinham me ligado, inclusive Mia. Dyo deve ter contado sobre o acontecido. Decidi dormir sem retornar as ligações, e não demorou muito para o sono me abraçar.

Acordei com o celular tocando ao meu lado. Sem pensar, peguei o aparelho e atendi. Nem ao menos me dei ao trabalho de saber quem era.

— Abra a porta.

— O quê?

Peguei o relógio à minha frente e vi que eram 1h30m da manhã.

— Estou aqui fora. Abra a porta. — Reconheci a voz do Thomas.

Ele estava maluco? O que estava fazendo na minha porta, àquela hora da madrugada?

— Acho que está aberta — respondi, ainda sem saber o que fazer.

Eu tinha me esquecido de fechar a porta do quarto, um vacilo total, qualquer pessoa poderia ter entrado, inclusive Lauren. Meu corpo gelou com essa possibilidade. Ele entrou indo direto para a minha cama. Deitou ao meu lado e me abraçou.

— Senti sua falta. Não estava conseguindo dormir — resmungou, ainda aborrecido. — Você não retornou as minhas ligações. O que Lauren queria?

Eu estava com muito sono para começar uma conversa.

— Estou cansada. — Bocejei sem nenhuma delicadeza. — Tomei algumas decisões, mas não tenho condições de conversar agora, então fique quietinho para que eu possa voltar a dormir. Amanhã conversaremos. — Ouvi uma risadinha rouca.

— Posso ficar com você? — Sua voz era tão doce que não pude negar.

— Se prometer me deixar dormir agora, pode.

Ele se acomodou ao meu lado, me mantendo entre seus braços e fechou os olhos. Quando eu já estava adentrando no mundo dos sonhos, ouvi a sua voz distante:

— Eu adoro você, menina!

Seus lábios tocaram levemente os meus e depois sumiram. Eu sorri e fui tomada pelo sono.

Acordei sobressaltada. Mais pesadelos. Era incrível como eles pareciam reais. Eu não me lembrava de tudo, apenas de estar caída de costas em uma piscina. Somente quando meu corpo encontrou a água percebi que na verdade não era água, era vidro que se partiu completamente com o contato. Então acordei. Thomas continuava dormindo. Deitei outra vez ao seu lado, me acalmando, e em pouco tempo já dormia novamente.

CAPÍTULO 10
Mais segredos

CATHY

— Eu preciso saber o que há por trás de tanto interesse da parte dela.
— Não sei.

Estávamos no quarto dele sentados à mesa em frente ao computador fingindo trabalhar enquanto os outros não chegavam para a nossa reunião matinal. Aliás, eu estava de frente para o computador, ele virado para mim, abraçado a minha cintura, distribuindo beijos em meu pescoço, tentando me distrair.

— Existe algo, Thomas! Não sou tão tola quanto você pensa.

— Muito pelo contrário, você é perceptiva até demais. Gostaria que fosse menos. Vamos esquecer esta história? — Passou a mão pelos cabelos desarrumando seu penteado perfeito.

— Não posso. Ou você me conta a verdade ou não vamos ficar juntos, eu já falei.

— A verdade nem sempre é tão conveniente quanto você pensa, Cathy.

— Sara foi direta quando disse que você sabia mais do que todos os outros, as consequências de um romance mal resolvido. O que ela queria dizer?

— Exatamente o que você ouviu. Por que o interesse nisso agora? Já não decidimos que vamos continuar juntos?

— Não.

Ele se virou para o computador, respirando profundamente. Passou as mãos pelos cabelos e depois apoiou o queixo nelas. Se alguém estivesse nos vendo, com certeza poderia compará-lo a uma criança birrenta. Nós precisávamos conversar antes que nossos amigos chegassem para interromper.

— Eu sei que vocês já ficaram juntos, e parece não ter acabado bem. O segredo que estão me escondendo está relacionado a isso ou não?

— Pare de pensar besteiras. Por que não se concentra na proposta da Rony Bá?

— Não tenho o que pensar. Preciso primeiro resolver o meu problema com você.

— Não temos problema nenhum, Cathy. — Ele fechou os olhos e tapou o rosto com as mãos.

— Eu tenho o direito de saber! Isso é tão injusto! Você sabe que é do meu interesse, sabe que é importante para nós dois e mesmo assim continua sustentando a sua posição.

Eu estava indignada. Não era possível que ele continuasse argumentando contra mim. Ele precisava me contar.

— Caramba, Cathy, você sabe ser irritante quando quer!

— E você sabe ser egoísta! — retruquei, sem medo da sua reação.

— Egoísta, eu? Por quê? No que essa história lhe diz respeito além da sua enorme curiosidade?

— Não se trata de curiosidade, Thomas. Meu Deus! Será possível que você não vê que para dar certo precisamos confiar um no outro? Como posso confiar em você? Nem sei o que pensar sobre isso. Estava tudo muito bem e de repente surge um segredo e, ainda por cima, vem uma ex-namorada enciumada, louca para pular em minha garganta na primeira oportunidade. Não é justo ela ficar no meu pé.

— Esqueça a Lauren. Ela não deveria ser um problema para nós.

— Mas é.

— Então deixa que eu resolvo, tá bom? Vou ter uma conversa com Sara, ela vai manter a Lauren sob controle.

— Não, Thomas! Eu não quero criar confusão no grupo. Eu sou a mais nova e não posso ter um problema desses só porque você não consegue deixar de despedaçar corações.

Eu fui dura com ele. Muitas vezes Thomas me disse que não gostava de ser visto como um mulherengo irresponsável. Ele levantou e começou a andar pela sala, depois se encostou à janela e acendeu um cigarro. Ficamos em silêncio por muito tempo. Eu não iria ceder. Era meu direito saber o que aconteceu entre eles. Quando acabou de fumar, parecia mais calmo. Voltou para meu lado, sem encostar em mim.

— Cathy, procure entender. É muito difícil ficar aqui discutindo, enquanto deveríamos estar aproveitando o pouco tempo que temos para ficar juntos — ele falava mansamente. Como se isso fosse suficiente para me acalmar.

— Pois é! Mas é isso ou tempo nenhum. Já falei o que penso. — Ele suspirou e sorriu de maneira safada.

Como ele conseguia ir de um extremo ao outro tão rápido? Uma hora estava tão aborrecido que se afastava, na outra, estava simplesmente desejável.

— Não vamos terminar porque você quer dar uma de menina mimada. Seja coerente, Cathy. Temos tantas coisas para fazer ainda.

Passou os dedos em minhas costas, se alongando até a minha cintura e se apossou dela, me puxando para mais perto. Virei o rosto para que não conseguisse me beijar. Thomas não se deu por vencido e começou a beijar meu pescoço, enquanto sua outra mão segurava meu cabelo pela nuca. Meu corpo reagiu e minha mente ficou injuriada com ele.

— Isso não vai acontecer. Não vamos dar mais nenhum passo neste relacionamento enquanto eu não souber de toda verdade. — Minha voz não estava tão firme assim. Era muito difícil conseguir ser consistente com a sua língua roçando meu pescoço.

— Se não vamos dar mais nenhum passo, o que vamos fazer então? Jogar damas? — Ele deu risada ainda em meu pescoço e o calor de seu hálito em minha pele me proporcionou um imenso prazer.

Meus lábios se abriram e meus olhos se fecharam involuntariamente.

— Não sei ainda. Mas não vamos transar. Disso eu tenho certeza.

— Seja boazinha comigo. Eu tenho feito tudo certinho. Não mereço essa punição. — Eu sabia que ele estava sendo cínico, mesmo assim não consegui controlar meu corpo para que se afastasse dele.

— Você sabe o que deve fazer. Conte a verdade e podemos voltar a conversar.

— Nem acredito que você está negociando a sua virgindade. — Riu alto.

— Não estou negociando nada.

Finalmente um motivo para fazer o meu corpo recuar. Empurrei-o com força e fiz menção de levantar, mas fui detida por seus braços. Ele ainda ria.

— Eu só disse que, se estamos namorando, é natural que isso aconteça em algum momento, não é? — Ele fez que sim, apertando os lábios para não rir. — Pois é. Se eu não confiar em você esse namoro vai deixar de existir, vai ter um ponto final.

Pelo seu olhar, percebi que ele tinha entendido perfeitamente o que eu dizia e a seriedade dos meus argumentos. Ouvimos a campainha e nos afastamos para compor a nossa farsa. Fui abrir a porta para Sara, que estava acompanhada da Lauren e Helen. Dyo e Kendel foram a uma reunião com uma produtora.

— Cathy! — Sara me cumprimentou com alegria. — Imagino que já tenha uma resposta para a proposta. — Seu sorriso era imenso.

— Na verdade, eu ainda nem pensei nela. — Mentira, eu tinha pensado e decidido não aceitar, mas depois de toda a discussão com Thomas achei melhor repensar a minha decisão.

— Mas precisamos dessa resposta para ontem! Os eventos já estão em cima. Eles precisam de suas medidas.

— Não vai haver tempo disponível em minha agenda enquanto eu ainda for babá do Thomas.

Joguei esta para ele, que me ignorou. Eu ainda estava muito irritada com a nossa conversa.

— Temos uma semana de folga antes do início das *premières*. E antes desta temos ainda uma semana de trabalho mais simples, como entrevistas para programas de TV e rádio. Vai ser tranquilo substituí-la, enquanto você faz as fotos.

— Precisa de tanto tempo assim? — O meu interesse foi acompanhado pelo interesse do Thomas, que desistiu de me ignorar e passou a prestar atenção na nossa conversa.

— Na verdade eles precisam de um dia para tirar as medidas, o que deve acontecer tão logo você assine o contrato, para isso você terá que ficar aqui em New York. Depois, acho que uma ou duas provas, que com certeza irão exigir sua presença e depois uns três ou quatro dias para as fotos. As roupas vão chegar de imediato e eu acredito que o folheto será lançado o mais rápido possível.

Pensei um tempo sobre o que ela estava falando. Isso me desviaria um pouco do planejado, por outro lado eu poderia ficar algum tempo longe do Thomas, o que melhoraria minha capacidade de raciocínio. Olhei-o por um tempo, ele também me olhava, sondando a minha reação. Depois, com um imenso sorriso, falei para Sara:

— Eu aceito! Resolva os papéis e me avise como devo fazer com a agenda para que Thomas não fique desfalcado. Assim que tiver certeza das datas, começo a me organizar também.

— Vou tratar de tudo ainda hoje pela manhã. — Sara estava satisfeita. Lógico, era outro grande contrato para ela.

Thomas balançou a cabeça e saiu para fumar mais um cigarro. Ele não estava satisfeito com a minha decisão e eu já podia imaginar o porquê. Primeiro eu ficaria longe, mas isso era bobagem já que seria por pouquíssimo tempo. Segundo e mais importante, talvez ele estivesse preocupado com a possibilidade de eu decidir seguir outra carreira, me distanciando dele de vez.

No dia anterior ele não tivera esse medo, pois ainda não imaginava que eu ficaria tão intrigada com todo o mistério. Mas ali, depois de tudo o que tínhamos conversado, era possível que eu preferisse mesmo me distanciar. Esse também deve ter sido o motivo do sorriso esperançoso da Lauren.

Foi como Sara disse: no mesmo dia, pela tarde, assinei o contrato, que foi analisado por Raffaello e enviado com seu aval. Ainda fiquei sabendo que em um dia eu deveria me apresentar para tirar as medidas. Então não poderia viajar com todos para a Flórida. Thomas estava inconformado com a minha distância, mesmo que por pouquíssimo tempo. O humor dele piorou quando o informei, por telefone, que naquela noite eu não iria ao seu quarto. Precisava fazê-lo entender que cumpriria o que prometi.

Então, quando ele voltou da gravação de um programa famoso de entrevistas, com uma apresentadora mais do que conceituada, foi direto bater em minha porta. Eu não fui com ele, pois precisava assinar o contrato e para isso participei de uma reunião que tomou boa parte da minha tarde. Helen e Lauren assumiram o meu lugar. O que não me deixou muito feliz, ao contrário de Lauren, que estava mais do que satisfeita.

— Posso saber por que estamos nos arriscando deste jeito? — perguntou ele, assim que passou pela minha porta.

— Do que você está falando?

Eu fingia ler o contrato, que já sabia praticamente decorado.

— Se você não for ao meu quarto, eu vou passar a noite aqui, o que significa que corremos um grande risco de sermos descobertos. Não que isso seja inconveniente para mim, mas não quero ter mais um problema com você.

Parei para olhá-lo, sem acreditar em suas palavras. Seria mais difícil do que eu imaginava. Ele não aceitaria assim tão fácil a distância imposta por mim.

— Você não vai passar a noite no meu quarto. E não pode me forçar a passar a noite no seu. — Ele conseguiu toda a minha atenção. Seu sorriso de vitória me tirou do sério. Peguei o controle e liguei a TV.

— Não vou forçá-la a nada. Vou convencê-la.

Thomas me puxou, e antes que eu conseguisse me afastar, colou seus lábios nos meus. Senti meu copo amolecer de imediato. Tive raiva de mim mesma por ser tão vulnerável a ele, porém essa raiva não conseguiu espaço para reagir. Ele prendeu meu corpo na parede e colocou o seu ao meu. Senti suas mãos me apertando e explorando. Quando eu já não estava mais conseguindo respirar direito ele separou nossas bocas.

— Vamos para o meu quarto.

Nem tive forças para desobedecer à sua ordem. Juntei rapidamente as coisas que precisaria, enquanto ele me observava agir como uma bêbada, embriagada pelos seus beijos.

É claro que continuamos o que tínhamos começado. Thomas não precisava de palavras para me convencer, suas atitudes já eram suficientes. Mesmo com todo meu conflito interior, meu cérebro não conseguia enviar as ordens corretas para meu corpo e, toda vez que eu pensava em parar, ele acabava me convencendo de que eu podia ficar mais um pouquinho. Mas só mais um pouquinho mesmo. Apesar de todo o desejo que eu sentia por ele, sabia que não poderia ir tão longe. Então parei antes que ele conseguisse mais.

— Meu Deus, você é uma pessoa muito má. — Tentou questionar a minha decisão de parar justo quando ele acreditava que iríamos além. — Não se faz isso com um homem. É muito injusto! — Dei risada dos seus argumentos.

— Nós combinamos que dormiríamos juntos e isso não envolve sexo.

— Em que mundo você vive? Somos adultos, pelo menos eu sou, você se prende à sua adolescência, mesmo já tendo 23 anos. Sua vida sexual já deveria ter começado há muito tempo.

— Isso não é da sua conta. E não comece, porque tenho motivos de sobra para ir para meu quarto. — Se ele começasse a falar da minha vida sexual inexistente eu iria ficar mais do que furiosa.

— É sério! O que você fez na faculdade?

— Estudei. É o que todo mundo faz. E foi o motivo para eu ter entrado em uma. Não é todo mundo que nasce em berço de ouro e ainda por cima consegue uma ajudinha do papai para ser ator.

Thomas ficou magoado com a minha acusação. Sei que fui muito injusta com ele. Não havia forma de negar seu talento como ator, isso nenhum dinheiro compraria. Era um dom.

— Não tenho problemas em aceitar que o fato de meu pai ter dinheiro me ajudou a iniciar minha carreira, mas eu também estudei muito para chegar até aqui. Não caí de paraquedas, nem comprei nenhum papel.

— Estudou? — Este fato da vida dele era novo para mim.

— Sim. Fiz a *New York Film Academy*.

— A escola de cinema e de atuação para cinema?

— Sim. Foi neste ponto que o dinheiro do meu pai me ajudou.

— Interessante.

— É. Mas voltando a você — ele cortou o assunto, o que me deixou aborrecida.

— O que tem eu?

— Você sempre foi assim?

— Assim como? — Minha paciência estava no limite.

— Você sempre foi linda deste jeito? Porque não entendo como os homens conseguiram ficar longe de você durante todo o seu tempo de universidade.

— Nem todo mundo é como você, Thomas. E agora vou embora para o meu quarto. Você não quer dormir, quer ficar me enchendo a paciência com essa conversa fiada. Boa noite!

Ele me segurou na cama, gargalhando da minha reação.

— Ainda bem que nem todos os homens são iguais a mim. Adoro a ideia de ser o seu único homem.

— Vá acreditando nisso. — Thomas parou de rir na hora. Eu adorei ver seu sorriso se desfazendo e seu ar de triunfo se dispersar.

— Não só vou ser o primeiro, como também o único.

Meu coração martelou no peito de emoção. Fui vencida. Não aconteceria nada naquele dia, mas eu queria muito que fosse verdade o que ele estava dizendo. Fiquei surpresa com a certeza que eu tinha de que seria assim, pelo menos enquanto ele quisesse.

A tristeza voltou a ocupar o seu lugar em meu coração.

No dia seguinte, acordamos cedo e, após um longo momento só nosso de beijos e carícias, acabei convencendo-o de que precisávamos levantar. Ele teria de viajar para a Flórida, enquanto eu continuaria em Nova York. À noite, eu e Sara viajaríamos para nos encontrar com eles.

Ver Thomas partir sem mim foi mais difícil do que eu podia imaginar. Principalmente vendo Lauren, mesmo sem muita proximidade, olhar para ele cheia de esperança. Tive medo do que poderia encontrar. Uma parte de mim dizia que eu deveria me acostumar com a distância, a outra me implorava para correr e me jogar nos braços dele. Era como se eu tivesse literalmente um anjinho e um diabinho lutando para comandar meus atos. Dei risada de mim mesma e dos meus pensamentos absurdos.

O voo para a Flórida foi péssimo. Atrasou bastante e ainda por cima tivemos turbulência. Se eu não morresse em um acidente de avião, com certeza morreria do coração. Sara estava tão concentrada em seu trabalho que nem percebeu a minha apreensão. Thomas fazia tanta falta! Precisei me conformar.

A parte boa foi que chegamos tão tarde que Lauren desistiu de tentar nos vigiar e foi dormir. Aproveitei para ir direto para o quarto do Thomas, não me dando nem ao trabalho de levar minha bagagem para o meu suposto quarto. Fui recebida com um abraço apertado e um beijo longo, cheio de carinho.

— Seja bem-vinda! Senti sua falta o dia todo.

— Se eu for recebida sempre assim, vou fazer questão de aceitar todos os contratos que Sara conseguir.

— Você é recebida assim todos os dias. Não precisa de novos contratos.

— Então preciso de um aumento de salário — brinquei.

— Podemos estudar seu caso.

Nós nos beijamos mais uma vez de maneira intensa, perdendo completamente o foco. Thomas me envolveu com os braços, de onde eu não queria mais sair. Contudo precisei me afastar e organizar as ideias. Não dava para ficar só namorando quando eu precisava saber como fora o dia e se tudo tinha ocorrido conforme o combinado.

Thomas me deu todos os detalhes, fazendo questão de ressaltar o quanto era importante que eu estivesse presente e que as coisas não corriam tão bem sem mim. Eu sabia que ele se lamuriava sem motivo e que parte disso era para que não me afastasse por muito tempo. Fiquei ouvindo atenta, enquanto ele me contava tudo.

— E Lauren? — Thomas não tinha mencionado o nome dela, talvez para ver se eu esquecia que eles estiveram juntos o dia todo. Ele mordeu o lábio inferior e piscou forte os olhos.

— O que tem Lauren?

— Como foi trabalhar com ela? — Tentei forçar a voz para que parecesse o mais natural possível.

— Foi... diferente. — Ele pareceu pensar no assunto para, enfim, me responder.

— Diferente? — Fez que sim, sem muito interesse. — Diferente como? — Foi impossível disfarçar o meu interesse. Thomas riu de minha reação e me abraçou.

— Foi normal, sua boba. Está com ciúmes?

— Claro que não. Vou tomar banho.

— Hum! Precisa de ajuda?

Joguei a almofada do sofá nele e saí em direção ao banheiro, ouvindo o seu riso debochado. Tirei cada parte de minha roupa sem me apressar. Eu estava com ciúmes da Lauren? Não gostava da forma como ela falava comigo, nem de como me olhava, mas será que isso tudo era porque eu sentia ciúmes do que ela tinha vivido com o Thomas? Eu precisava controlar melhor meus sentimentos, porque, se fosse verdade, se eu estivesse com problemas com Lauren por causa de ciúmes, então não estava sendo profissional. Fiquei preocupada.

Quatro dias depois, estávamos em New Jersey e novamente não acompanhei a equipe, pois teria a prova das roupas. Desta vez, fiquei aguardando por todos, que só chegariam no dia seguinte.

Dormir sozinha depois de alguns dias sentindo o calor do corpo de Thomas era muito ruim. O frio congelava meus ossos e a cama me parecia grande demais. Acordei no outro dia implorando para o tempo passar logo. Quando Thomas chegou, nem pude me atirar em seus braços, pois ele estava com Lauren a tiracolo e nossa agenda cheia. Apesar de estarmos sempre próximos, nem nos tocávamos. Minha ansiedade era tanta que eu não conseguia parar de comer. Eu precisava dar um jeito nisso ou acabaria engordando.

Estávamos em uma emissora de rádio, aguardando a hora de Thomas entrar no ar quando finalmente conseguimos ficar sozinhos por alguns minutos. Helen saiu para solicitar mais água e café, nos deixando a sós. Ele me olhou com intensidade. Respondi ao seu olhar com a mesma energia. Ficamos presos um ao outro. Nenhuma palavra foi dita, mas muito foi sentido. Quando Helen voltou, fomos pegos de surpresa e ficamos sem graça. Ela percebeu, mas não fez nenhum comentário. Típico dela ser discreta.

Sara nos convidou para um jantar com toda a equipe. Fomos obrigados a aceitar, mesmo contrariando nossa vontade. A conversa fluía livremente durante toda a noite. Sentamo-nos lado a lado, estávamos com saudades demais para nos afastar e o jantar era informal, podíamos ser amigos sem problema algum.

Eu e Dyo conversamos sobre um protesto no aniversário de morte de um estudante que fora assassinado no Colorado porque era gay. O assunto acabou gerando comentários de todos que estavam à mesa, uma vez que homofobia era um assunto polêmico e que precisávamos falar. Após um longo tempo de debate, Thomas começou a disputar a minha atenção com Dyo a cada minuto.

Eu queria conversar com os dois, mas não conseguia, me perdendo no assunto sempre. Só quando eles engataram um disputa entre os rapazes que aproveitei para ficar com Helen. Foi uma conversa mais equilibrada. Voltamos todos juntos para o hotel, com exceção de Kendel, que preferiu curtir a noite com alguns amigos.

Eu estava com muita saudade dele, ansiosa para estar em seus braços e sentir os seus lábios, por isso recusei prolongar a noite com os meus colegas, usando como desculpa um extremo cansaço. Dei um tempo razoável em meu quarto até me sentir segura. Só depois de ter certeza fui para o quarto dele. Thomas me recebeu com a mesma intensidade do olhar que tinha me lançado na rádio. Capaz de me desarmar completamente sem precisar de um único toque.

Nenhum avanço fora feito com relação ao segredo que ele escondia de mim. Com uma agenda tão apertada, quase não conseguíamos tempo para ficar juntos e, quando surgia a oportunidade, Lauren dava um jeito de atrapalhar. Ela estava fechando o cerco. Só nos sobrava a madrugada, quando tínhamos certeza de que ela estaria dormindo, então eu podia fugir para o quarto dele. Era o nosso único momento juntos, que usávamos de outra forma, sem muita conversa, só matávamos a saudade do dia todo.

Mesmo com o pouco tempo disponível queríamos continuar juntos, apesar das brigas. Thomas reclamava do período curto em que conseguíamos nos dedicar um ao outro. Ele achava que se contássemos a todos, estenderíamos as horas fora do trabalho e facilitaria o nosso relacionamento.

Eu entrava em pânico só de imaginar sentar na frente deles para admitir que estávamos juntos, além do mais, mesmo que assumíssemos eu não queria que ele me tratasse como namorada quando estivéssemos trabalhando. E o problema era exatamente esse.

Existiam horários livres, entre um compromisso e outro, em que ficávamos de bobeira pelo hotel procurando o que fazer. Ele queria esses momentos, e eu não queria dá-los. Não enquanto não soubesse o que escondia de mim. O que todos escondiam. Eu precisava me sentir segura, e Thomas não entendia.

Como eu podia ignorar aquela pulga atrás da minha orelha e avançar o status do nosso relacionamento se eu não consegui nada do que planejei. Não tinha o respeito dos meus colegas e muito menos a confiança necessária no meu namorado. E se Sara tivesse razão? E se eu me magoasse ao ponto de não suportar? Como justificar?

Quando estávamos sozinhos, Thomas era extremamente carinhoso. Ele compreendia a minha insegurança, por isso se contentava em me abraçar e dormir. Bom... na maioria das vezes era assim que acontecia. Mas também tínhamos noites em que ele protestava alegando não haver motivo para esperarmos tanto.

Eu queria, mas não tinha certeza se estava na hora. A dúvida me cercava, eu sabia que estava diretamente ligada ao segredo dele. Eu não podia me entregar com reservas. Era importante ter certeza. Não queria que a história da minha mãe se repetisse comigo. O que a fez chegar ao estado que chegou foi exatamente o fato de existirem segredos. Eu não poderia permitir que acontecesse outra vez como uma sina.

A dois dias da nossa folga, Thomas já estava preocupado com a distância. Ele iria passar a semana com a mãe em Quebec. Essa viagem estava planejada há muito tempo, e eu teria de me apresentar para as fotos. Foram reservados quatro dias de trabalho, os outros três eu ficaria com Mia de bobeira.

Thomas achava que os dias, longe um do outro, poderiam mudar a minha cabeça, por isso estava despejando em mim todo o seu charme e sedução para conseguir mudar a minha decisão. Precisei ser mais firme, ou então enlouqueceria, e enlouquecer aqui pode ser entendido como finalmente transar com ele.

— Confie em mim, Cathy!

— Não posso. Você está me privando de saber a verdade. Confiança deve ser baseada em verdades.

— A verdade não irá nos acrescentar nada. Só vai fazer você ficar mais insegura. — E ele não ajudava com aquelas afirmações. Que diabo de segredo era aquele que me faria desistir tão fácil dele? — Deixe de bobagem, você quer tanto quanto eu.

Seu sorrisinho meigo quase me fez voltar atrás. Beijei sua boca com cuidado para que não pensasse que mudei de ideia.

Estávamos deitados na imensa cama do hotel, enroscados um no outro. Thomas estava sem camisa, e eu com uma camisola fina de seda cor de pérola. Ele me beijava o tempo todo, alegando que iríamos ficar muito tempo separados, que sentiria saudades dos meus beijos. Pelo visto sentiria saudade de todo o meu corpo também, pois suas mãos não paravam de percorrê-lo.

— Por que você não conta logo de uma vez e acaba com todo este mistério?

Utilizei meus dons para tentar convencê-lo. Eu estava sendo bem carinhosa, enquanto falava acariciava o seu rosto e roçava meus pés em suas pernas. Ele percebeu a minha tentativa, aproveitando para esquentar ainda mais o clima entre nós.

— Por que você tenta esconder o que houve com Lauren? — consegui falar entre beijos. Senti que ele respirou profundamente.

— Não é uma questão de esconder. — Foi o suficiente para fazê-lo parar um pouco com o que estava fazendo.

— Mas esconde alguma coisa, tenho quase certeza de que seu namoro com a Lauren tem tudo a ver com este segredo. — Olhei bem em seus olhos. — Eu vou descobrir.

Seu rosto endureceu. Ele se virou no colchão e tapou os olhos com o braço.

— Eu nunca namorei a Lauren e você está cavando algo que não lhe diz respeito, sabia? O meu passado não deveria ter um peso tão grande para nós.

— Não deveria mesmo, se você tivesse algo de bom para dizer sobre o seu passado amoroso. Eu fico com medo até de pensar no que pode ter acontecido.

— Então não pense. — Fiquei espantada com o tom de sua voz. — Você é engraçada, Cathy. O que eu sei de seu passado? Você é tão fechada que não sei nada de sua vida. Conheci suas amigas por um acaso. Não sei nada dos seus pais, não sei nada da sua história. E isso não se tornou um pesadelo para mim, o que me interessa é o que eu vivo no presente com você, seu passado não tem valor nenhum agora.

Eu me encolhi com suas palavras. Nunca disse nada a ele porque não achei que minha vida sem graça fosse do seu interesse. E pelo visto não era mesmo. Eu não podia contar a Thomas a história da minha mãe. Era bem mais grave e sério do que qualquer casinho dele.

— Deve ser porque nossos interesses são muito diferentes. — Constatei à meia-voz, a verdade em minhas palavras.

Estava me sentindo tão frágil, vulnerável. A mínima menção da história que cercava o meu passado tinha me atirado ao mar com um bloco de concreto amarrado aos pés. E essa foi uma péssima referência.

— Do que você está falando?

— Talvez o que você quer de mim seja diferente do que eu quero de você. — Ele deu um risinho cínico, passando a mão pelos cabelos como sempre fazia quando estava nervoso.

— E o que você quer de mim, Cathy? — Ficamos calados por um bom tempo nos encarando. Como eu não respondi nada ele tirou as suas próprias conclusões. — Acho que a ideia que você tem de mim nunca vai mudar.

— Se você fizesse algum esforço, com certeza eu conseguiria vê-lo de forma diferente.

— Mais do que eu já fiz? — Sentou na cama. — Você tem seus próprios segredos e se acha no direito de me cobrar? Então vamos lá, Catherine. Eu conto tudo o que você quer saber. É de confiança que você precisa, então eu conto. Mas antes você vai me dizer o que exatamente aconteceu no seu passado para que você se tornasse uma pessoa tão retraída.

Fiquei chocada com o que ele estava me dizendo. Meus olhos se arregalaram de pavor. Como ele descobriu?

— Que foi? Achou que eu nunca saberia? Basta passar um tempo ao seu lado para saber que você tem problemas com relacionamentos, ou acha normal uma mulher como você não conseguir se entregar a um sentimento, tentar impedir com todas as forças que esse aflore, ou pior, uma mulher de 23 anos ainda ser virgem?

Baixei os olhos e deixei as lágrimas escorrerem. Ele não precisava ser tão rude assim.

— Conte! Vamos confiar um no outro — provocou. Permaneci calada. — Tá vendo? Todo mundo tem segredos, Cathy.

Thomas foi para a varanda, provavelmente fumar e ficou lá por um bom tempo. Não tive coragem de levantar e ir para o meu quarto. A minha vergonha superava a minha raiva. Ele tinha razão. Eu não podia cobrar nada dele, assim como não queria que ele cobrasse de mim. Eu tinha problemas em me entregar a um relacionamento, isso estava diretamente ligado à história dos meus pais.

Ele sabia o tempo todo que meu medo era muito mais profundo do que eu alegava e nunca me questionara nada. Nunca me cobrara uma atitude além do que poderia cobrar. No entanto, Thomas foi demasiadamente duro ao me jogar essa história na cara. Se ele teve a sensibilidade para perceber os problemas que me cercavam, como não conseguiu perceber o quanto me magoava?

O choro permaneceu comigo até o cansaço fechar os meus olhos. Quando eu já estava quase dormindo, senti seus dedos acariciando as minhas costas. Suas mãos estavam geladas devido à baixa temperatura que estava fora do quarto.

— Me desculpe!

Permaneci de olhos fechados, fingindo dormir.

— Cathy, eu sei que você não está dormindo. — Ele se deitou ao meu lado, me abraçando pelas costas. — Desculpe, meu bem! Eu perdi a cabeça. Não acontecerá novamente, prometo! — Continuei de olhos fechados, mais para evitar as lágrimas do que para fingir que estava dormindo. — Cathy, olhe para mim, por favor!

Virei e olhei em seus olhos, mas antes mesmo do contato, eu já estava chorando.

— Não chore. Por Deus, não chore! Estou me sentindo péssimo, vendo você assim, então... Ah, Cathy, me perdoe! Tem sido difícil nos últimos dias. Essa história não sai da sua cabeça, e você parece ter erguido uma barreira entre nós. Eu não aguento mais. Sei que prometi esperar por você e estou cumprindo, mas se ficar vendo problemas em tudo o que acontece vai ser complicado. Eu preciso tanto de você! — Apertou a testa na minha e fechou os olhos.

— Preciso que confie mais em mim. Preciso que confie em nós dois.

Seria muito mais fácil se eu não tivesse todos os dias de acordar e olhar para o segredo em forma da mulher que me cercava a todo instante. Eu tinha consciência do quanto era difícil para Thomas a situação que eu impunha, principalmente porque sexo fazia parte da sua vida, enquanto eu conhecia muito pouco do que me esperava.

Estremeci.

Não era apenas o medo da primeira vez, era o medo do desconhecido, do que eu não seria mais capaz de controlar. Mesmo sabendo que o mais correto era acabar logo com aquilo, eu não conseguia dar aquele passo. Para mim era como os segundos antes de você decidir se pula de um avião, de paraquedas, ou se desiste e volta para a terra firme. Eu fico ali, na porta do avião, sem conseguir pular, querendo pular, e ao mesmo tempo com muito medo de permanecer lá. E a minha insegurança era alimentada mais ainda pelo segredo que ele insistia em guardar de mim.

— As coisas seriam bem mais fáceis se você me contasse de uma vez o que aconteceu. —Senti seu braço se retesar em volta de mim. — Não porque acho que o que aconteceu entre vocês pode acontecer conosco, mas preciso saber se de alguma forma eu seria capaz de superar qualquer situação que o envolvesse ou que nos envolvesse. — Pensei em como poderia me explicar melhor, já que ele continuava tenso. — Para que eu... Para que nós tenhamos... Para que aconteça... Isso... Preciso ter certeza de que não há nada que faça eu me arrepender. Pode parecer besteira pra você, mas para mim é um passo muito importante. Nem sei o que esperar de você. Como posso simplesmente confiar?

— Porque eu estou pedindo. Cathy, não há nada de tão errado, nem de maravilhoso com essa história. Apenas dei alguns passos errados em minha vida. Não posso ser julgado nem tachado o tempo todo como volúvel por causa do que aconteceu. — Ele passou a mão em meu rosto, fazendo carinho. — Aquele Thomas não existe mais. Você mudou tudo em mim. Vai ser diferente agora, tenho certeza.

— Por que você não me conta, então? Se o que aconteceu não vai acontecer outra vez, me conte. Para que eu me sinta mais segura.

— Porque não diz respeito apenas a mim. Existem outras pessoas envolvidas e eu devo respeitá-las. Esqueça isso por enquanto. Por favor!

Tive de ceder naquele momento. Ele estava sendo sincero, porém eu não iria desistir. Minha cabeça doía por causa do choro e da quantidade de informações. Fechei os olhos e fiquei deitada, agarrada ao seu corpo. Não dormimos imediatamente, nem conversamos mais.

No dia seguinte, acordamos atrasados. Thomas estava mais carinhoso devido a todas as coisas que me disse na noite anterior. Ele se desculpou tanto que precisei pedir que parasse de me lembrar a toda hora do que tinha acontecido e ele acabou entendendo.

Foi um dia de muito trabalho e praticamente não conseguimos ficar juntos. Quando nos encontramos à noite, não falamos mais no assunto. Ele também não tentou forçar a barra. Ficamos abraçados assistindo a um filme e depois pegamos no sono até a hora em que ele teria de embarcar, na madrugada, mesmo.

Tivemos que correr para preparar tudo e praticamente não conseguimos nos despedir, apesar do abraço demorado e apertado que trocamos na frente de todos. Disfarcei as lágrimas que se formaram em meus olhos. Só voltaríamos a nos ver dentro de uma semana, o que era péssimo, depois de uma noite como a anterior. Para a minha alegria, Thomas iria para a casa da mãe e não para algum compromisso de trabalho, o que significava que a Lauren estava descartada, assim como eu.

Sara e Dyo ficaram para me acompanhar nas fotos. Dyo estava radiante. Ele adorava moda e tudo relacionado ao assunto. Eu estava bastante apreensiva. Nunca tinha feito qualquer trabalho parecido com aquele. Receava que desse tudo errado. Meu amigo me ajudava com conversas que me faziam acreditar mais na minha capacidade.

As roupas eram divinas, como tudo o que eles faziam. A equipe inteira foi bastante atenciosa comigo, fazendo de tudo para me deixar mais à vontade na frente das câmeras. Assim, passei três dias trancada em um estúdio, sendo vestida, maquiada, posicionada e fotografada. Com o tempo, comecei a entender o processo e passei a realizar um trabalho melhor. Todos estavam satisfeitos, além de bastante empolgados com o resultado.

No quarto dia, compareci só para acompanhar a escolha das fotos, não que minha opinião contasse muito, mas fazia parte da tradição a modelo estar presente na escolha do que eles iriam publicar. No final do dia eu já estava num avião de volta a Los Angeles, para a enorme casa vazia. Fiquei imaginando o quanto seria estranho ficar lá sem Thomas. Será que ele estava sentindo a minha falta também?

Notei que algumas pessoas me reconheciam, provavelmente das revistas que constantemente me apontavam como nova namorada do Thomas. Suspirei resignada. Eu precisava me acostumar, porque depois do folheto, o assédio seria ainda maior. A única coisa que gostaria era que não prejudicasse o meu trabalho.

Estava morta de cansaço, por isso aproveitei e dormi a viagem inteira sem me preocupar com as pessoas que ali estavam. Deixei para pensar nelas depois, com mais calma.

Thomas esteve comigo todos os dias, em meus sonhos, desejos e por telefone, é claro. Falávamo-nos constantemente. Ele ligava sempre que podia e à noite conversávamos por mais tempo. Eu contava sobre o dia, como me sentia em relação a tudo, enquanto ele sempre me confortava e incentivava.

Também falávamos sobre como era com a família dele. Constatei que ele parecia mais leve e relaxado, como sempre ficava quando estava no Canadá. A viagem estava lhe fazendo muito bem. Fiquei feliz por ele. Não pude deixar de me lembrar do nosso encontro em Quebec e da forma como sucumbi ao desejo. As lembranças eram a melhor parte do meu dia. Eu me trancava com elas dentro de mim sem deixar que nenhum acontecimento externo conseguisse me incomodar.

Assim que desci do avião, liguei para Mia para avisar que passaria em casa para deixar as roupas sujas e pegar outras limpas mais de acordo com a temperatura de Los Angeles.

— Você falou com Thomas hoje? — Mia perguntou desconfiada.

— Hoje ainda não. O celular dele ficou desligado o dia todo. Por quê?

— Nada, só curiosidade. — Tive certeza que ela estava disfarçando e não entendi o motivo.

— Algum problema? Algo que eu deva saber? — Comecei a entrar em pânico.

Será que mais alguma coisa tinha saído sobre nós dois nas revistas? Ou pior, será que alguma outra coisa tinha saído a respeito dele? Algo que poderia me abalar? Estremeci só de pensar.

— Não! Pare de pensar besteiras, tá? — Ela me conhecia muito bem para saber que àquela altura eu já tinha imaginado um monte de coisas.

— Tá bom. Vou passar em casa e logo estarei aí. — Meu desânimo era nítido.

— Ok! Anime-se. Nem tudo está perdido.

Desconfiei da forma como ela falou. Mia estava escondendo algo. Mais segredos, oh, meu Deus!

CAPÍTULO II
O retorno de alguns fantasmas

CATHY

Fiquei surpresa quando vi Eric me aguardando. Thomas deve ter ligado pedindo que ele me acompanhasse. Que droga! Eu detestava aquele tipo de atenção muito estrela. Contudo Eric me cumprimentou educadamente com um sorriso no rosto e a sensação de estar em casa foi revigorante. Fomos até o carro onde o motorista nos aguardava com a porta aberta. Achei que era uma das brincadeiras do Thomas, tentando me fazer parecer uma celebridade devido às fotos. E então me assustei ao vê-lo lá dentro, sorrindo para mim.

— Thomas! — Dei um gritinho de felicidade me atirando em seus braços. Ele riu e me beijou com fervor.

— Estava com muita saudade — falou entre beijos. — Não conseguiria ficar mais tempo longe de você.

— Mas... e sua mãe? Thomas, vocês passam tanto tempo sem se ver.

— Ela entendeu. Contei sobre nós e da saudade que eu estava sentindo. Precisei prometer que voltaria com você assim que possível. — O sorriso encantador em seu rosto era enorme e seus olhos brilhavam. — Não gostou da surpresa?

Eu amei! Nunca pensei que ele fosse capaz de largar tudo por mim, não que eu não desejasse, mas viver isso era sensacional.

— Claro que gostei!

Envolvi seu pescoço com meus braços e exigi seus lábios. Nem percebi que o carro já estava em movimento. Ficamos entregues um ao outro por um bom tempo. Eu queria matar a saudade que sentia dele por inteiro. Quando paramos em casa, ele não levantou para sair junto comigo.

— Não vai entrar? — perguntei curiosa, da porta do carro.

— Não. Vou te esperar aqui.

— Como assim?

— Você tem quinze minutos — advertiu, travesso, fingindo começar a contar o tempo.

— Para quê? Ai, meu Deus, Thomas! Não faça isso comigo, conte de uma vez o que está pretendendo.

— No momento, pretendo que você corra e faça a mala para uma viagem de iate por três dias — ele falava como se fosse algo trivial.

— Viagem? Com você? Por três dias? Você deve estar maluco!

Entrei de volta no carro, para podermos conversar melhor. Era lógico que eu queria ir com ele para qualquer lugar, mas existiam vários empecilhos. Um deles era Mia, que estava me aguardando na casa dela para passarmos três longos dias juntas e ficaria furiosa se eu desmarcasse assim, em cima da hora. O outro era, infelizmente, o mesmo de sempre. Ficar com ele a sós por três dias seria concordar com o que ele queria e eu ainda não estava pronta.

— Cathy, nós estamos precisando ter algum tempo juntos, só nosso — acrescentou, me impedindo de falar, quando comecei a levantar uma sobrancelha interrogativamente. — Eu voltei para casa porque queria muito passar um tempo de qualidade com você. Para nos conhecermos melhor. — Se aproximou me olhando diretamente nos olhos. — Você tem razão em relação à confiança que precisamos ter um no outro. Sabemos que existem coisas que não podemos revelar agora, tanto da minha parte quanto da sua.

Parou para sondar se eu estava entendendo o que dizia. Confirmei com um aceno de cabeça sem conseguir encontrar a minha voz.

— Então vamos ficar juntos por estes dias, sem medo nem fingimentos.

— Thomas, eu assumi um compromisso com a Mia.

Minha voz saiu tão baixa que me perguntei se ele tinha ouvido. Eu nem acreditava que teria que recusar a sua proposta, mesmo que fosse por uma amiga tão querida quanto Mia. A forma como ele planejou tudo foi tão encantadora!

— Eu sei. Já falei com ela e está tudo bem. Mia concordou em me ceder você.

Seu sorriso era de triunfo. Depois disso eu só recusaria seu convite se não quisesse ir e ele sabia que eu não faria isso.

— Você falou com Mia? Quando? Eu acabei de falar com ela e...

Era isso o que ela me escondia. Eu me senti culpada por estar tão aliviada. Mia era a minha melhor amiga e eu quase nunca conseguia estar com ela; quando a oportunidade apareceu, Thomas a fez sumir. Não que eu estivesse condenando a sua atitude, realmente estava adorando a surpresa que meu namorado preparou.

— Agora acho que você só tem treze minutos.

Olhei-o admirada com a sua capacidade de me cercar por todos os lados. Abri outra vez a porta do carro e praticamente corri até o meu quarto, largando a mala em um canto e começando a arrumar outra rapidamente. Como não sabia o que esperar do passeio, providenciei um pouco de tudo, desde vestidos e sapatos para ocasiões especiais até biquínis e lingeries indiscretas.

Entupi a mala de roupas leves e sandálias. Peguei a que estava no canto com as coisas da outra viagem e tirei dela um kit que eu fazia com xampu, cremes, escova de dente e tudo o mais que precisaria para minha higiene pessoal. Fui ao *closet* e encontrei, dentro de uma gaveta, praticamente esquecido, filtro solar para o rosto e corpo.

Mais alguns produtos de beleza e estava pronta. Troquei a camisa de mangas compridas que vestia por uma regata, mantive o jeans e os saltos, deixei para me vestir adequadamente mais tarde. Thomas já me aguardava na entrada da garagem. Ele pegou as duas malas pequenas que preparei.

— Achei que avisei que ficaríamos três dias, vale acrescentar que serão apenas duas noites.

— Você está exigindo demais de mim. Em tão pouco tempo não dá para decidir o que devo ou não levar. — Fingi que estava emburrada e ele beijou o beicinho que eu fazia.

— Sem problemas. Teremos espaço suficiente para todas as suas coisas. — Levou as malas para o carro. Após guardá-las fez a volta, abriu a porta para mim e entrou para ficar ao meu lado. — Vamos?

— Vamos!

Quando Thomas disse que teríamos espaço suficiente para todas as minhas coisas, não imaginei que seria tão mais do que suficiente. O gigante à minha frente se parecia mais com uma mansão de luxo do que com um iate. Fiquei boquiaberta.

Cinco pessoas, da tripulação, esperavam por nós. Todos cumprimentaram Thomas com familiaridade e a mim, com cortesia. Fui apresentada apenas como Cathy, sem nenhuma informação a mais, nem namorada, nem secretária, o que me deixou confusa. Thomas me pegou pela mão para nos conduzir ao que seria o nosso quarto. Um dos funcionários levava nossas malas.

— Você está muito calada. — Claro que ele estaria atento às minhas reações. — Não gostou do iate?

— Como poderia não gostar? É fantástico! Imenso. Estou... sem palavras.

Eu estava deslumbrada com tamanho luxo sem nem conhecer o seu interior. Thomas ficou contente com todo o meu deslumbramento, começando a me dar uma aula sobre os detalhes técnicos da embarcação.

— É um Lunasea. Foi construído este ano. Só consegui comprá-lo através do meu pai. O modelo é italiano, Akhir 110. Possui 34 metros de comprimento. Não é tão grande como outros que já vi, mas gosto do seu tamanho. Possui o casco de fibra de vidro e dois motores MTU erogan 04500 hp. — Ele estava tão orgulhoso do seu brinquedinho que nem notou que já havíamos chegado ao quarto.

— Como isso é possível? — comentei, deslumbrada com o tamanho e beleza do quarto em que iríamos ficar.

— O quê? — Thomas parou curioso.

— Um quarto tão grande dentro de um... barco.

— Barco? — Riu com vontade. — Você é hilária, Cathy.

— Eu sei que é um iate, Thomas, porém não deixa de ser um barco.

— Que seja então. — Deu de ombros ainda rindo.

— Vamos ficar no mesmo quarto? — Ele notou a minha voz apreensiva.

Era natural que ficássemos. Fazíamos isso todos os dias. Mas estávamos em um... barco. Cercados por água, ou seja, nenhuma chance de fuga.

— Claro. Algum problema?

— Alguns — respondi mais para mim mesma do que para ele. — Tudo bem.

— Temos outros quartos. Pensei que como ficamos sempre juntos, você não se incomodaria.

— Tudo bem. Sério!

Sorri, tentando passar confiança. Acredito que não tenha conseguido. O ator ali era ele.

— Então. O que quer fazer agora? — Olhou sugestivamente para a cama, esboçando um sorriso inocente.

— Tomar um banho. — Fiz uma careta descontente. — Sozinha.

Quando saí do banheiro, o quarto estava vazio. Aproveitei para apreciar todos os detalhes. Era esplêndido. Nunca tinha imaginado que em um quarto de iate poderia encontrar tanto luxo. Fui ao *closet*, que inacreditavelmente existia ali e procurei algo confortável em minha mala, que estava sobre um imenso sofá.

Optei por um short de brim, uma camisa fina com botões na frente e sandálias de dedo. Deixei os cabelos soltos e usei bem pouca maquiagem.

Desci as escadas passando por um enorme corredor com diversas portas. Dei de cara com uma sala cercada de sofás, muito bem decorada e confortável, de frente para a imensidade azul. Thomas estava na parte dianteira, olhando o iate cortar o mar. Fiquei um pouco afastada, observando-o. Ele estava simplesmente divino. O vento bagunçava seus cabelos o que, a julgar pelo seu sorriso, estava sendo muito agradável. Não pude resistir à vontade de abraçá-lo.

Cheguei discretamente por trás e o cerquei com meus braços. Ele se aconchegou a mim, dando espaço para que eu pudesse ver o que tanto prendia a sua atenção. O sol estava à nossa frente, jogando seus raios no mar que brilhava com o contato. Era um espetáculo maravilhoso. Ficamos abraçados, contemplando a paisagem. A única sensação em meu peito era de paz. A cena era a mesma do filme que tanto me encantara, com aquele outro ator tão lindo e talentoso quanto Thomas. Não me contive e gritei, abrindo os braços.

— Eu sou o rei do mundo! — Gargalhamos da minha atitude, o que tornou o clima ainda melhor.

Fomos tirados do nosso transe por um funcionário que nos avisou de que a mesa estava posta. Só então lembrei de que estava faminta. Cheguei antes de o sol nascer e, com toda a emoção de reencontrar Thomas, somado à viagem, esqueci completamente do café da manhã.

Thomas me conduziu a uma sala onde o café estava servido. Era mais uma sala com abertura para o horizonte, que mereceu toda a minha atenção. Na casa dele, era normal tomarmos café de frente para o mar, porém ali a mesma situação era muito especial.

Conversamos sobre a mãe dele e os problemas que ela estava passando com o marido. Não era nada grave, o que não o impedia de se preocupar. Eu falei sobre as fotos e o quanto gostei dos resultados, destaquei a eloquência do Dyo com relação às roupas ressaltando o seu envolvimento em todo o processo.

Diversos assuntos depois, estávamos de volta à primeira sala que vi antes de encontrar Thomas. Ficamos deitados à vontade, cercados de almofadas macias que se moldavam a nossos corpos. A sensação de liberdade era tão agradável que não nos preocupávamos em esconder que estávamos juntos. Thomas me beijava o tempo todo e me cercava de carinhos. A conversa fluía naturalmente, fazendo o dia passar de maneira imperceptível.

No fim da tarde o iate parou em meio ao mar. Questionei se iríamos passar a noite parados no meio do nada e Thomas me explicou que não haveria problemas, a guarda costeira estava ciente da nossa localização, além do mais, ali nós poderíamos ficar mais tranquilos com a impossibilidade da presença dos *paparazzi*. Só esse fato já me fez concordar imediatamente.

Thomas me fez trocar as roupas por um biquíni e um roupão. Eu não pretendia entrar na água, porém estava quente, então pegar um pouco de sol seria gratificante depois do frio de Nova York. Quando cheguei à proa, ele estava pulando no mar. A água era calma, mas escura, não dava para ver o fundo. Olhei para ver o pulo e constatei que era bem grande a distância do lugar onde ele estava até a água. Seu corpo furou o mar sem esforço, deixando-me apreensiva, aguardando seu retorno à superfície. De onde eu estava, não dava para vê-lo submerso. Parecia ter sido engolido. Então Thomas surgiu com um sorriso que não cabia no rosto.

Ele estava todo molhado quando me encontrou, pegando a toalha que levei. Fiquei observando o meu namorado se enxugando sem nenhuma pressa, seus cabelos desarrumados, de onde algumas gotas persistentes caíam escorrendo pelo seu peito nu. Thomas era uma tentação. Um pecado. Senti vergonha com a minha falta de pudor, mesmo que fosse apenas nos pensamentos, então desviei o olhar para o mar.

— Não vai cair? Na água — completou, percebendo a interrogação que se formava em meu rosto.

— Ah! Não, acho melhor não. Vou ficar observando você daqui.

— Mas você adora o mar!

— Adoro sim, mas só quando consigo colocar meus pés na areia. — Eu tentava sorrir tranquilamente, contudo a apreensão estava bem próxima da superfície.

— A parte boa é justamente essa, mergulhar sem saber aonde vamos chegar. Olhar para a imensidão desconhecida bem abaixo dos seus pés. — Aquilo parecia divino para ele. Para mim, era meu inferno particular.

— Vamos lá, estarei logo atrás de você.

— Não.

— Cathy, você é uma medrosa. Tão cheia de pose e não passa de uma garotinha medrosa — ele brincava comigo rindo da situação. — Você deveria aproveitar a oportunidade para provar a si mesma que pode superar o fato de não ter controle de tudo.

— Não!

— Você não pode controlar cada situação da sua vida. Isso é bom, mas é importante deixar as coisas seguirem naturalmente às vezes.

— Pode falar o quanto quiser. Eu não vou pular e ponto final.

— Não? — A forma como ele tinha me perguntado chamou a minha atenção para onde estávamos.

Onde eu estava, para ser mais específica.

Thomas conseguiu me conduzir até o local de onde tinha pulado. Meu coração começou a falhar. Não deve ter levado nem um segundo, mas para mim pareceu uma eternidade. Olhei para seu rosto vendo um sorriso diabólico se formar. Quando suas mãos levantaram percebi de imediato o que ele faria. Entrei em desespero olhando para todos os lados para conseguir sair dali o quanto antes, no entanto, tentando me esquivar, escorreguei e caí de encontro ao mar.

À medida que eu via a sua aproximação, mais desesperada ficava. Fechei os olhos permitindo que o mar me cercasse. Sufocante. Muito sufocante! Fiquei esperando a sensação de ser puxada para baixo passar para então começar a ser puxada para cima, mas ela não chegava. Eu afundava cada vez mais. Lutei para não abrir os olhos, mas foi impossível. Desesperador!

No momento em que vi a imensidão ao meu redor, fui levada de volta àquele dia, onze anos atrás. Senti novamente todo o desespero invadir meu corpo. Olhei para o que parecia ser o infinito azul, então tentei alcançar algo que não conseguia mais enxergar. Eu precisava alcançar, não podia desistir outra vez, por isso entrei na escuridão do mar que me cercava. Eu precisava chegar lá. Ela precisava de mim!

Quando o desespero lutava a favor da necessidade do meu corpo de respirar, senti mãos me segurarem, primeiro pelas pernas, depois pela cintura e começarem a me puxar para cima. Eu não podia subir, não antes de encontrar o que procurava. Comecei a me debater para que me soltassem. Eu precisava voltar, assim como precisava respirar. Desesperadamente.

Fui lançada para a superfície. Busquei o ar com força, os pulmões vencendo minha determinação. Meus olhos não conseguiam enxergar direito e meus músculos não reagiam. Ouvi a voz de Thomas atrás de mim.

— Cathy, pare de se debater! Nós vamos nos afogar se continuar.

— Eu tenho que voltar, por favor, me solte! Ela está lá embaixo. Eu preciso salvá-la!

— Fique calma, estou tirando você da água. — Percebi, chocada, que estava delirando, que não havia ninguém lá embaixo esperando por mim. Então comecei a chorar.

‹ THOMAS ›

Eu não a empurrei. Ela se assustou só com a possibilidade e caiu. De início achei graça, me preparando para a sua fúria. Eu teria de usar toda a minha capacidade de sedução para convencê-la a ficar numa boa. Fiquei observando a água, esperando Cathy subir, mas ela demorou mais do que o normal. Provavelmente tentando me pregar uma peça para que eu me assustasse e me sentisse culpado pela brincadeira.

— Ela está demorando demais — Robert, o mordomo do iate, alertou-me.

— Vou verificar o que aconteceu.

Mergulhei imediatamente, porém de um ponto mais distante. Tive medo que ela subisse justamente na hora em que eu estivesse descendo. Assim que atingi a água, fui em direção ao local em que Cathy caiu. A água escura me impedia de localizá-la. Comecei a me apavorar. Mergulhei mais duas vezes e então percebi um movimento mais forte próximo de mim. Prestei bastante atenção e vi que era ela.

"O que está fazendo?", pensei, desesperado ao perceber que Cathy mergulhava ainda mais nas profundezas. Fui em sua direção conseguindo alcançar suas pernas, puxando-as para mim. Depois segurei seu corpo, mas, para meu espanto, ela estava se debatendo, tentando se livrar de mim. Segurei com mais firmeza conseguindo levá-la à superfície.

Quando Cathy finalmente ficou quieta, nadei tentando nos levar até a escada que dava acesso à parte mais baixa da embarcação. Toda a tripulação já estava a postos para nos ajudar. Nós a retiramos da água, eles a deitaram no chão e cobriram seu corpo com uma toalha. Assim que subi, fui para o seu lado.

— Cathy, você está bem? Fale comigo. O que houve?

Eu estava bem próximo, verificando a sua respiração. Ela não estava desacordada, porém mantinha os olhos fechados. Devia estar envergonhada pelo ocorrido. Levantei um pouco as suas costas para abraçá-la, quando ela se agarrou a mim deixando o choro vir à tona. Eu estava tão arrependido! Quando iria aprender a respeitar as suas vontades? Comecei a acariciar seus cabelos, tentando confortá-la.

— Está tudo bem agora. Fique calma. Está tudo bem agora — fiquei repetindo essas palavras para nós dois. Eu realmente queria acreditar que tudo ficaria bem depois da idiotice que fiz com ela.

Carreguei Cathy, levando-a para o nosso quarto. Lá ela estaria livre do constrangimento que eu tinha lhe imposto. Da porta mesmo dispensei toda a tripulação que me seguia tentando ajudar de alguma forma. Deitei minha namorada na cama, preocupado com o seu conforto, mas ela permanecia com os olhos fechados me deixando ansioso.

Oh, meu Deus, o que eu fiz?

— Abra os olhos! — supliquei.

Ela atendeu o meu pedido. A princípio parecia um pouco espantada, como se não estivesse reconhecendo o lugar. Quando nossos olhos se encontraram, ela os desviou dos meus. Eu estava numa enrascada.

Tirei a toalha molhada que cobria o seu corpo e terminei de enxugá-la. Fui até o *closet* para pegar uma colcha, protegendo-a do frio. Se Cathy ficasse doente eu não me perdoaria. O remorso estava me corroendo.

Como se fosse capaz de sentir o meu desespero, a garota recomeçou a chorar de maneira completamente descontrolada. Comecei a acariciar seus cabelos, me concentrando em não chorar também. Sem dizer nada, ela se levantou e foi em direção ao banheiro para tomar um banho, o que confirmei pelo barulho da água caindo do chuveiro.

Eu tinha muitas perguntas para fazer, porém iria esperar o momento mais oportuno para que ela não ficasse pior ainda. Eu não entendia porque Cathy tentava afundar e, principalmente, porque lutou para se soltar de mim quando tentei salvá-la. Com tantas perguntas em minha mente, não pude evitar o olhar interrogativo que lancei quando ela saiu do banho.

Percebi o seu embaraço. Apenas um roupão cobria o seu corpo, mas ela não demonstrava nenhum incomodo com esse fato. Estava visivelmente abatida. Sentou-se ao meu lado na cama, mas depois de um tempo optou por se deitar, fechando os olhos outra vez.

— Vai dormir? Não vai comer nada?

— Estou sem fome — respondeu sem vontade.

— Me desculpe! Eu não sabia que te faria mal. Eu pensei que... enfim, eu não tinha ideia do que aconteceria — tentei me justificar.

— Não foi culpa sua. Eu caí. — Ela fez uma pausa, pensando no que deveria me dizer. Percebi a confusão em seu rosto e a luta que travava consigo mesma.

— Quer conversar? — Cathy olhou para mim, ponderando o que deveria fazer nesta situação. — Hum! Acho que não.

Ela ficou em silêncio por um tempo, o olhar perdido na parede. Fiquei ansioso, precisando que ela me olhasse ou que dissesse algo. Qualquer coisa que tirasse aquela sensação ruim do meu peito. Foi então que com um suspiro Cathy me olhou decidida a falar.

— Eu nunca contei nada da minha vida a você. Sobre meus pais, minha infância... — Respirou profundamente. Permaneci calado, aguardando o seu tempo. — Eu cresci em Carson City, Nevada. Fui criada pela minha mãe e, em alguns momentos, pelo meu pai. Ela conheceu meu pai quando tinha 17 anos e ele 28. Eles se apaixonaram. Meus avós não queriam o namoro, ela estava terminando o colegial e ele era bem mais velho, além de ser um forasteiro que passava pela cidade. Porém eles estavam apaixonados e queriam ficar juntos de qualquer maneira. Meu pai a convenceu a morar com ele. Meus avós ficaram muito contrariados, disseram que não a aceitariam de volta. Meu pai trabalhava demais, tinha um cargo de confiança em um grupo industrial na Pensilvânia. Muito longe de onde morávamos, por isso vivia viajando a trabalho. Ele nunca estava por perto. Minha mãe ficava muito só.

Cathy fez uma pausa encarando as mãos que se contorciam em apreensão. Eu percebi o imenso esforço que ela fazia para continuar, por isso permaneci calado, aguardando até que ela decidisse se me contaria o restante ou não.

— Então ela descobriu que estava grávida.

Seu suspiro deixou claro o quanto aquela história não teria um final feliz. A minha tristeza foi imediata, só de imaginar o quanto ela se sentia mal com tudo o que me contava. Um sorriso triste brincou em seus lábios. Pude ver que seus olhos estavam úmidos.

— Meu pai ficou desesperado, ele não queria filhos, só muito tempo depois descobri o porquê. Minha mãe passou a gravidez inteira sofrendo com a rejeição dele, que nunca a deixou, mas também não se conformou, nem aceitou. Eu nasci no meio de um casamento que desmoronava. Minha mãe acreditava que quando meu pai me visse me amaria instantaneamente. Pelo visto não foi o que aconteceu. Não fui rejeitada, porém ele nunca foi um pai amoroso, muito menos presente. Foi assim que eu cresci.

Acariciei seu cabelo porque queria dizer que estava ali por ela, mas sem querer falar nada. No fundo eu não encontrava nada que pudesse ser dito. Toda a ferida estava aberta ainda, sangrando, e eu sabia que não era o seu melhor remédio. Cathy fechou os olhos aceitando o meu carinho, puxou o ar com força e continuou.

— Quanto mais meu pai se distanciava dela, mais minha mãe se distanciava do mundo. Ela o amava muito, mais até do que a mim ou a ela mesma. Acredito que ele a amava também, pois nunca a abandonou. Eu preferia que ele escolhesse ir embora de uma vez, quem sabe assim ela se conformaria e recomeçaria a sua vida. — Deixou a mágoa transparecer e precisou recuperar a calma para continuar. — É por isso que eu não consigo compreender o que é o amor. Como uma pessoa pode amar mais ao outro do que a ela mesma? Minha mãe se esquecia de viver, se esquecia de tudo e de todos. Só existia felicidade quando ele estava por perto.

Enfim consegui identificar a revolta em sua voz. Ainda mudo, aguardei. Eu não sabia o que era ter pais ausentes, mas imaginava a dor que sentiria se fosse assim comigo.

— Ela era uma mãe muito carinhosa e tentava esconder a verdade de mim. Mas eu a ouvia chorar todas as noites. Com o tempo, como você já deve imaginar, ela entrou em depressão e meu pai ficou preocupado. Eles passaram a brigar com frequência por minha causa. Meu pai achava que ela precisava ficar bem para poder cuidar de mim, mas ela só piorava a cada dia. Passou a tomar remédios controlados para minimizar os efeitos da sua doença.

Mais uma pausa. Pela forma como Cathy ficou, percebi que aquela era a parte mais difícil da sua história e senti meu coração acelerar. Muitos pensamentos invadiam a minha mente a toda velocidade, mas eu apenas me perguntava como alguém consegue ser tão irresponsável ao ponto de não enxergar o mal que faz ao próprio filho? Cathy era uma mulher linda, inteligente, esperta, que escondia aquela ferida que praticamente tomava a sua alma. Era tão injusto!

Preparei-me para ouvir o restante da história ciente de que eu ainda não tinha ouvido a sua pior parte. Ela engoliu com dificuldade, desviou o olhar e continuou.

— Um dia, quando eu tinha 12 anos, ela insistiu em me buscar na escola. Eu não queria, mas ela fez tanta questão que concordei para agradá-la. Logo que chegou, percebi não estava em seu estado normal. Implorei para que deixássemos o carro lá e fôssemos para casa de ônibus, só que ela não concordou. O resultado foi o que você presenciou agora há pouco. — Identifiquei a raiva em sua voz. — Ela perdeu o controle do carro e nós caímos em um rio. Consegui me soltar quando o carro estava afundando. Ela bateu com a cabeça e desmaiou. Tentei ajudá-la, mas a água estava entrando rápido demais e eu precisava de ar. Fiquei desesperada, querendo soltá-la rápido, mas não conseguia. Resolvi sair do carro para respirar. Prometi a mim mesma que voltaria logo. Fui à superfície, tomei ar e voltei. Só que o carro estava ainda mais distante. Eu não conseguiria ir e voltar sem me afogar, no entanto tentei, nem que me custasse a minha própria vida. Desesperada, desci atrás dela sem nenhum sucesso. As pessoas que viram o acidente desceram e conseguiram me tirar de lá. Eu chorei, gritei, pedi desesperadamente que alguém a salvasse. Ninguém foi buscá-la, diziam que não a encontrariam com vida, que já que tinha se passado muito tempo. Tivemos de esperar a polícia e os bombeiros para que o carro fosse retirado de dentro do rio.

Cathy ficou em silêncio enquanto enxugava as lágrimas que transbordavam de seus olhos. Peguei carinhosamente suas mãos, cobrindo-as com as minhas. Meu coração estava cheio de amor e solidariedade. Aquela história explicava tanta coisa. Todos os seus medos. Imaginei o tamanho do seu sofrimento, desespero e quase sufoquei de tristeza por ela.

— Alguns dias depois, fui levada para a casa de uma tia, irmã mais velha da minha mãe. Meu pai não podia ficar comigo. — Um sorriso triste tomou os seus lábios, junto com novas lágrimas. — Na mesma semana, descobri que ele era casado com outra mulher, a proprietária do grupo industrial em que trabalhava. Eles não tinham filhos, então ela nunca poderia imaginar a minha existência. Minha mãe descobriu a verdade quando soube que estava grávida. Ela o amava, além disso, não poderia mais voltar atrás, nem tinha mais para onde ir, e duvido muito que voltasse para seus pais se tivesse a oportunidade. Meus avós só apareceram quando ela já estava morta. Foram amáveis, se mostraram arrependidos, porém estavam velhos e cansados para assumir a responsabilidade de cuidar de mim, como desejei muitas vezes.

Foi difícil ouvir aquela história sem me sentir revoltado. Eu ficava imaginando como, com tão pouca idade, ela se sentiu precisando ser jogada na realidade de maneira tão severa. Entendi que devido às circunstâncias, era impossível que Cathy não desenvolvesse uma personalidade tão fechada, além de não conseguir se abrir para um relacionamento. Passei a entender tudo e a me sentir péssimo.

— Meu pai então propôs à minha tia que ficasse comigo e em troca ele enviaria uma gorda pensão todos os meses. Foi o marido dela quem aceitou a proposta, assim eu passei a ver o meu pai uma única vez por mês, no dia em que levava o dinheiro para pagar minhas supostas despesas. Minha tia tinha quatro filhos e adorou saber que eu poderia ajudá-la com as crianças. Eu praticamente não tinha vida. Só continuava meus estudos porque foi a única exigência do meu pai.

Ela parou e ficou olhando nossas mãos unidas, algumas lágrimas ainda brotavam de seus olhos. Quando Cathy decidiu continuar a falar, sua voz estava carregada de tristeza.

— O marido da minha tia era um doente. Quando fiz 16 anos tentou me agarrar na cozinha, enquanto minha tia dava banho nas crianças menores. Ele dizia que se era para acabar como a minha mãe, então eu deveria aprender alguma coisa da vida. Graças a Deus consegui me livrar dele e, daquele dia em diante, passei a dormir com a porta do quarto trancada, com o colchão impedindo a passagem para evitar que ele entrasse. E ele tentou realmente, várias vezes. Quanto mais suas tentativas eram frustradas, ficava mais furioso, descontando nas crianças, algumas vezes na esposa também.

Fechei as mãos com mais força mantendo seus dedos entre os meus. Se eu imaginava que não havia possibilidade daquela história ficar pior, estava muito enganado. Pelo visto não havia limite para o trauma de uma criança.

— Quando estava em casa, eu fazia questão de ficar perto da minha tia. Muitas vezes desconfiei que ela sabia das pretensões do marido e rezava para que ele conseguisse logo o que queria, para assim se ver livre dos maus-tratos. Ela era daquelas que não concordavam com a separação, mesmo em casos graves como o meu. Quando cresci, cheguei à conclusão de que eles se mereciam. Entrei para a universidade um tempo depois e dei adeus a todos os problemas. Meu pai fez questão de pagar meu curso, assim como todas as outras despesas. Isso foi ótimo para mim, mas o nosso contato continuou sendo mínimo.

Continuei ouvindo atentamente. Eram tantas experiências difíceis que justificavam as suas atitudes. Foi a vez de Cathy apertar os dedos nos meus. Com um suspiro triste ela me encarou com olhos úmidos, decidida a confessar tudo de uma vez.

— Foi por isso que sempre fugi do amor. Não que não quisesse amar um dia, eu... achava desnecessário, ao menos naquela fase da minha vida. Não queria um sentimento que me fizesse desistir de tudo, de mim, da minha vida, dos meus sonhos, dos meus ideais. Não queria... não quero acabar como a minha mãe, ou, na pior das hipóteses, como a minha tia.

— Deduzi isso — admiti tristemente.

Aquela era a sua barreira. Pessoas irresponsáveis e inconsequentes. Exatamente o que fui até conhecê-la. Eu não tinha a menor chance contra tudo o que tinha lhe acontecido.

— Sinto muito por hoje — acrescentou me pegando de surpresa. — Quando me vi cercada pela água outra vez, de alguma forma voltei ao dia em que perdi minha mãe. Entrei em pânico. Desculpe!

— A culpa não foi sua. Em nada do que aconteceu. Você não teve culpa do ocorrido hoje e nem do que aconteceu com a sua mãe. Não teve culpa do pai que teve, nem do seu tio doente. Nada disso foi culpa sua. Você, infelizmente, foi uma vítima. Nem sei o que dizer. Eu... eu fui tantas vezes difícil, enquanto você segurava tudo aí dentro. — Toquei de leve seu coração. — Eu queria ser uma pessoa melhor para você, Cathy.

— Você não poderia ser. O que eu passei não é nem de longe imaginável. Mas você foi incrível, em alguns momentos. E mesmo que não fosse, eu aprendi que não podemos fugir do inevitável. Ninguém teria condições de ser indiferente ao que estou vivendo desde que te conheci. E, como você mesmo disse, eu devo aprender que não posso controlar tudo.

Beijei seus lábios, grato pelo que ela estava dizendo. Ela estava com toda razão. Desde o nosso primeiro contato, naquela boate, eu sabia que não teria condições de fugir do meu destino. A forma como ela mexera comigo era diferente, estava sendo diferente e, mesmo em meio a tantas dúvidas e ao turbilhão de sentimentos que envolviam meu coração, eu sabia que seria especial.

Poderia não ser para sempre, mas seria especial. Cathy tinha me mudado de tantas formas. Eu descobri que não era mais a mesma pessoa, que não pensava, nem agia como antes. Não sabia o que era, mas queria que continuasse sendo assim.

Naquela noite nós apenas dormimos abraçados. Eu não tinha deixado de desejá-la, mas meus planos mudaram por completo. Eu não podia apenas convencê-la, tinha de conquistá-la. Iria fazer com que ela percebesse que não era o homem que ela temia e sim o homem com quem ela sonhava.

Cathy ficou inquieta a noite toda. Seu sono foi bastante agitado. Eu queria tanto encontrar uma forma de amenizar seu sofrimento!

Dormi exausto.

‹ CATHY ›

Eu estava andando por uma rua muito movimentada. As pessoas passavam por mim com pressa, sem nem ao menos olhar para os lados. Uma chuva fina caía do céu cinza. Percebi que eu estava chorando e que minhas lágrimas se misturavam à chuva. Olhei para mim, tentando me encontrar em meu próprio corpo. Meus passos eram pesados e não sei por qual motivo eu tentava chegar a algum lugar aonde não queria ir.

Ouvi um estrondo ensurdecedor, me assustando. Notei que as pessoas começaram a gritar e a correr. Eu tentei correr também, mas meus pés afundaram no chão. Gritei desesperadamente por socorro. As pessoas não paravam para me ajudar. Caí ao chão sentindo que algo iria me machucar. Acordei assustada com Thomas ao meu lado, preocupado.

— Outro pesadelo?

— Outro?

— Você teve pesadelos a noite toda. — Ele passou a mão em meu rosto até o meu queixo.

— Estranho. — Minha cabeça doía, o que associei a dor à quantidade de lágrimas que eu tinha colocado para fora.

— Vai passar. — Thomas me abraçou carinhosamente.

Fiquei incomodada. Ele estava com pena, esse era o último sentimento que eu queria que alguém tivesse por mim. Tudo ia tão bem e então me transformei na virgem problemática e sofrida.

— Vou levantar. Preciso comer — disse secamente.

Eu não queria começar outra conversa como a do dia anterior, mas também não queria ter mais problemas com ele, então acrescentei:

— Vamos? — Ele sorriu e se levantou para lavar o rosto. Enquanto me vestia constatei que estava faminta.

Tomamos café da manhã sem conversar sobre nada em especial, o acontecido no dia anterior estava praticamente esquecido, com exceção da tripulação que fez questão de perguntar, por educação, como eu me sentia.

Não sei dizer por qual motivo o silêncio do Thomas em relação àquele assunto me incomodava tanto. Aquele era um tabu em minha vida e um número bem restrito de pessoas conhecia a minha história justamente porque eu fazia questão de que poucos soubessem. Mas eu tinha contado tudo a ele, que simplesmente agia como se nada tivesse acontecido.

Durante todo o dia, Thomas se dedicou a tentar me fazer sentir bem. Não que tivesse dito isso, mas suas atitudes demonstravam essa intenção. Estava extremamente atencioso, como nunca foi antes, sem contar com o carinho exagerado que despejava em mim. Muitos abraços e beijos apaixonados. Era praticamente impossível ele não estar o tempo todo tocando alguma parte do meu corpo, mas mesmo assim era diferente.

Em momento algum senti nele o mesmo desejo dos dias anteriores. Ele me tocava com respeito, não como sempre fazia, tentando me enlouquecer. Muitas vezes cheguei a pensar que o seu toque era mais uma forma de me apoiar, caso eu desmoronasse de vez, do que a necessidade de estar em contato fisicamente.

A única coisa que justificava essa atitude era o fato de ele estar sentindo pena, não a paixão que sempre nos arrebatava.

A dor que senti diante dessa possibilidade não me deixou continuar com a farsa, por isso, com o passar das horas, fui ficando cada vez mais arredia. Ao final da tarde, eu já estava pedindo a Deus para que fôssemos logo embora. Passar mais algumas horas ao lado do Thomas e de toda a sua compaixão estava me deixando doente.

Ele notou que eu me afastava cada vez mais, intensificando os cuidados. Thomas realmente sabia ser irritante quando queria. Por fim, peguei um livro qualquer numa das muitas prateleiras e comecei a ler, sem ao menos me interessar pelo que estava escrito. Na verdade, eu não consegui ler nenhuma palavra, meus pensamentos estavam fervendo, impedindo-me de me concentrar em qualquer coisa. Thomas ficou ao meu lado, enquanto eu continuava fingindo interesse na leitura.

— Vai passar o resto do dia me ignorando? — Sua voz era gentil e preocupada ao mesmo tempo.

— Não estou fazendo isso — tentei parecer indignada.

— Está fazendo o quê, então?

— Nada. Quer dizer... lendo.

— Sobre técnicas de pescaria?

Fiquei sem saber o que responder. Eu estava lendo sobre pescaria? Como eu era idiota! Fechei o livro e fiquei encarando-o, procurando alguma desculpa, mas não surgiu nenhuma. Então decidi não dizer nada. Thomas riu do meu embaraço.

— Você é uma boba! Linda, sem dúvida, mas boba.

Ele me puxou para perto e começou a me beijar. Era um beijo muito calmo, mas gostoso que, com certeza, mexia comigo. Todo o meu corpo reagiu à falta que sentia dele, foi justamente por isso que me senti horrível. Eu precisava saber se Thomas continuaria mantendo aquela distância entre nós dois, se o seu desejo por mim tinha acabado, então resolvi agir.

Quando nosso beijo começou a esmaecer, o puxei para mais perto e passei minha língua bem devagar em seus lábios, de onde escapou um gemido quase imperceptível. Aproveitei nossas pernas nuas, comecei a roçar meus pés em sua panturrilha; Thomas me apertou com volúpia, porém suas mãos continuavam em minha cintura. Eu queria mais. Levantei minha perna, acariciando a sua, até que minha coxa estivesse em sua cintura. Ele desceu sua mão acariciando minha pele deixando-me arrepiada.

Eu queria que ele me desejasse. Queria tão desesperadamente que quando ele começou a se afastar outra vez, meu coração quase explodiu de desespero.

— Não preciso de sua pena, Thomas! — falei com raiva, já me afastando.

— Do que você está falando? — Ele me segurou, surpreso com a minha atitude.

— Não preciso que você fique comigo por pena. — Thomas me encarou por um tempo sem entender o que exatamente eu dizia. Eu me mantive firme, deixando claro como me sentia, então ele balançou a cabeça e falou com calma:

— Cathy, isso é ridículo. Esse é o último sentimento que eu teria por você.

— Então por que está tão distante? Por que não me trata como antes?

Tive vergonha de perguntar o que eu realmente queria saber. Ele franziu os olhos me espreitando, depois um lindo sorriso se formou.

— Sabe, acho que você é a mulher mais malvada que já conheci. Você é realmente muito má. — Não entendi o que ele estava querendo dizer com aquela afirmação. — Você sabe o quanto te quero e que isso não vai acontecer agora, mesmo assim fica me provocando só para ter certeza do que eu sinto. Isso é muita maldade de sua parte.

Thomas me abraçou pela cintura me puxando para si e mordiscou meu pescoço.

— Como você pode saber que eu não quero agora?

— Você quer?

— Não sei. — Eu sabia, e a resposta ainda era não. Simplesmente porque não era só uma questão de querer.

— Eu sei. — Passou a mão em meus cabelos. — Não estou desistindo de você. Só que agora entendo melhor a sua posição. Sei que não será sempre assim. E, sobre eu estar sentindo pena, não acho que você seja digna desse sentimento, muito pelo contrário, se antes eu já a admirava, agora admiro muito mais. É difícil ver alguém que passou por momentos tão difíceis conseguir seguir em frente com a vida, e você conseguiu, Cathy! Tudo bem que os acontecimentos deixaram algumas marcas. — Seu sorriso se tornou mais esplêndido ainda. — Mas nada que eu deva temer... ou você. E é isso. Vou precisar esperar um pouco mais, vai ser difícil, mas eu já estou muito envolvido, então...

O alívio que senti foi tão forte que todo o meu corpo relaxou. Ele ainda me queria, era tudo o que eu precisava saber. Sorri em resposta.

— Desculpe! Você tem razão, eu sou mesmo uma idiota.

— E linda — acrescentou. — E de biquíni o dia todo... É muita provocação, não acha? Não sou tão forte quanto pensa. — Exagerou no suspiro, me fazendo rir.

Com o problema resolvido, fomos procurar algo para assistir na TV. Thomas sempre se afastava quando a coisa começava a esquentar, porém a situação passou a me divertir.

— Assim você nunca vai saber se eu estou permitindo ou não — provoquei.

— Eu sei que você não vai permitir agora. — Sua voz estava cheia de desejo.

— Só se você não quiser — respondi sedutoramente e ele me agarrou com vontade.

Suas carícias estavam mais intensas, mais exigentes. Quase perdi a cabeça com tantas sensações maravilhosas. Thomas ameaçou tirar meu biquíni e eu reagi na mesma hora, evitando. Ele riu em meu pescoço.

— Viu? Eu disse que você era malvada. — Se afastou de mim e fechou os olhos.

— Não sou malvada.

— Ah, é claro que não! Isso que fez agora foi muito justo. — A ironia dominava sua voz.

Algo surgiu em minha cabeça e eu não pude evitar o comentário.

— Eu confiei em você ontem. Talvez... se você confiasse em mim também...

— Não faça isso, meu bem. — Foi incisivo. — Já conversamos várias vezes sobre esse assunto. Ontem você não teve outra alternativa, que não fosse confiar em mim. E eu confio em você, acredite!

— Mas não me conta este maldito segredo.

— Cathy, não seja intransigente. Eu já disse, essa história não é só minha. Existem outras pessoas e... que trabalham com você também. Não posso expor os envolvidos apenas para te satisfazer.

— Tá legal! Já entendi. Mas é tão injusto!

— Você não sabe o que é injustiça.

— Não? — Levantei uma sobrancelha, interrogativamente.

— Injustiça é o que Deus fez com as outras mulheres. — Seu dedo indicador começou a roçar a pele das minhas costas. — Fazer você tão linda... — ele inspirou. — Tão maravilhosa... E as outras tão comuns. Tão sem graça.

Tive de rir da sua tentativa de me fazer esquecer o assunto. Admito que no quesito sedução, Thomas era um grande mestre. Quem resistiria a um homem como ele, suspirando daquele jeito? Meu coração parecia gelatina.

CAPÍTULO 12
A vida em destaque

CATHY

Dois dias depois, de volta ao trabalho e a toda distância que ele nos impunha, iríamos começar as viagens pelo mundo para divulgar o seu último filme. Estávamos em Nova York, onde daríamos início às *premières*. Passamos o dia nos organizando para o evento principal. Minha ansiedade era dobrada. Naquele dia, o folheto com minhas fotos fora divulgado e eu não me sentia muito segura de ter feito a coisa certa.

Meia hora depois da divulgação, meu telefone não parava de tocar, sem contar com os do restante da equipe, que afirmava que trabalhava apenas para Thomas Collins, por isso não poderiam conseguir uma entrevista comigo. Eu pedi que respondessem assim e afirmei que continuaríamos com a nossa rotina, independentemente da repercussão daquele trabalho.

Thomas foi presenteado com minhas fotos pelos proprietários da Rony Bá. Fiquei muito constrangida com a forma como ele as admirava.

— Ficaram realmente fantásticas, Cathy! Você leva mesmo jeito para a coisa.

— Obrigada! — Ele tinha me elogiado na frente de todos da equipe, inclusive da Lauren, que não gostou nem um pouco.

— Mantenha a compostura, Thomas. Estamos trabalhando, não é hora para vocês ficarem de namorico.

Thomas ia responder, mas o adverti com o olhar, então ele apenas se afastou, fingindo desinteresse pelo que ela tinha dito, e continuo analisando as fotos de forma minuciosa. Fiquei feliz com a sua reação. Evitar maiores problemas era o melhor que podíamos fazer no momento, além do mais, estávamos mesmo trabalhando.

Duas horas antes do primeiro evento começamos a nossa produção. Fui para o meu quarto, lavei os cabelos, peguei um conjunto de bobes imensos e os prendi para dar volume. Eu estava com mais uma camada de luzes para a estreia, e me sentia muito satisfeita com sua tonalidade.

Comecei a maquiagem. Queria algo forte, mas que não chamasse muito a atenção. Optei por clarear os olhos e destacar a boca. Eu sabia que meu vestido seria preto, o que, para começar, era ótimo, porém não fazia a menor ideia de qual modelo eles escolheram para aquela estreia. Assim que terminei a maquiagem, Sara bateu à minha porta.

— Seu vestido chegou. Está simplesmente perfeito!

Ela abriu a caixa e tirou de lá um tomara-que-caia preto, com um pouco de brilho. O busto era bastante destacado do restante e as costas eram compostas por um conjunto de fitas transpassadas que deixavam algumas partes à mostra. Era lindo, sim, um sonho, mas definitivamente muito curto. Mesmo com meias disfarçando as minhas pernas, eu não conseguiria passar despercebida usando um vestido daqueles. Sara percebeu pela minha cara que algo me desagradava.

— O que foi?

— Curto demais.

— Uma mulher linda deve ser mostrada. O único problema é que todos vão prestar mais atenção em você do que na Ethel Watson. — Riu, brincando com a situação.

— Sara, como vou conseguir trabalhar usando isso?

— Cathy, querida, aprenda: uma obra-prima como esta nunca pode ser chamada de "isso". E, relaxe, hoje você também é vitrine.

Suspirei cansada.

Bom, com as costas aparecendo, eu precisaria prender o cabelo. Soltei os bobes e fiz um rabo de cavalo que depois se transformou num coque um pouco desfeito. Na frente deixei o cabelo em meu rosto como uma franja com duas partes, caindo pela lateral e cobrindo um pouco as orelhas. Completei o visual com um par de brincos grandes, que desciam até quase minha clavícula e um colar da mesma coleção, com um pouco de brilho. Tudo prateado.

Vesti as meias, pretas, e coloquei os saltos, bem altos. Por último, coloquei o vestido. Com tantas fitas eu ficaria horas tentando prendê-lo da forma correta, mas, para minha sorte, Dyo chegou pedindo ajuda com sua gravata, assim aproveitei para pedir que me ajudasse.

Por fim, me olhei no espelho. Estava linda! Fiquei um pouco deslumbrada com o resultado.

— Nós fazemos um casal sensacional.

— Faríamos. Se você não fosse gay, Dyo.

— É verdade. — Ele riu da nossa brincadeira e depois completou: — Mas sabe, eu acredito que, mesmo que não fosse, não teria chance com você.

— Por que pensa assim? Eu acho você um gato, adoro estar ao seu lado, somos ótimos amigos, o que poderia faltar?

— Bom... Eu precisaria ser o Thomas. — Seu olhar era de cumplicidade.

Fiquei sem saber o que responder por um tempo. Não poderia admitir que tinha um relacionamento com nosso chefe. Sempre fui contra essa possibilidade, como poderia dizer a meu amigo que mudei de ideia? Mas algo na maneira como ele falou deixou claro que não tinha nenhuma dúvida. Ele apenas estava me dizendo que sabia, e que se sentia, de certa forma, constrangido por revelar.

— Deixe de bobagens — respondi por fim, muito sem graça.

— Acho bom você ir ver do que ele está precisando. Ele consegue se atrasar todas as vezes.

— É, acho que vou mesmo.

Saímos juntos. Dyo foi ver se Helen precisava de alguma coisa enquanto eu fui em direção ao quarto do Thomas. Usei a minha chave para entrar sem precisar avisar quando fui surpreendida pela presença da Lauren.

— Precisando de alguma coisa, Cathy?

— Não, obrigada por perguntar. — Tentei ser simpática, mas acabei sendo irônica.

— O que faz aqui? Thomas ainda não está pronto.

— Cathy? — Ouvi Thomas me chamar.

A porta estava fechada. Fui até lá e bati de leve.

— Entre.

— Vim ver se você estava precisando de algo. Temos vinte minutos para sair.

— Eu sei. Pode me ajudar com a gravata?

— Claro! — Fui bem perto dele e falei o mais baixo possível: — O que Lauren faz aqui?

— Ela disse que veio controlar meu horário para que eu não me atrasasse. Acho que Sara falou que você estava ocupada, então ela veio. Perguntou se eu precisava de ajuda e respondi que estava com tudo sob controle. Então continuei aqui me arrumando. Por quê? Ela disse alguma coisa?

— Não. Só que você ainda não estava pronto.

Thomas aproveitou a proximidade para me roubar um beijo.

— Thomas! — Fiquei preocupada. E se Lauren resolvesse verificar o que estávamos fazendo?

— Você está linda! Não sei como, mas conseguiu ficar ainda mais bonita. Esse é um dos modelos que foram desenvolvidos? — Confirmei ainda sem graça. — Ficou perfeito! — Me olhou com mais atenção. — É muito curto. — Corei com a sua observação. — Mesmo assim, ainda é lindo. Acho que vou ter muito trabalho com você esta noite.

— Ah, é. Vamos, sim. Noite cheia.

— Estou falando do trabalho que terei tentando afastar os homens de você.

— Não é para tanto.

— Claro que sim!

— Do que estão falando? Posso participar da conversa? — Lauren entrou no quarto, como eu havia temido.

Terminei de arrumar a gravata dele e me afastei rapidamente.

— Da Cathy — Thomas respondeu. — Ela não está maravilhosa hoje?

Thomas devia estar louco. Fazer aquela pergunta justo para a Lauren? Senti seus olhos me fuzilando.

— Sara acabou de ligar mandando apressá-lo. Precisamos ir. Todos estão lá embaixo esperando por vocês. — Percebi a repreensão disfarçada que ela lançava para mim e me adiantei.

— Vamos logo então. — Não deixei de encará-la. Era ridículo competir daquela forma, ao mesmo tempo era inevitável.

Saímos em direção à garagem do hotel. Recebi mais alguns elogios do restante da equipe; o mais absurdo foi o do sem noção do Kendel, que definitivamente não sabia como paquerar uma mulher.

A *première* foi um sucesso total. Fiquei um pouco assustada com o assédio das fãs e com toda a loucura ao redor dos atores. Também fiquei entusiasmada com o trabalho. Era mesmo fascinante estar por trás de todo o brilho e glamour das estrelas. Ver como tudo funciona. Thomas precisava posar para todos os fotógrafos, o que fazia com que uma caminhada de dez segundos durasse vinte minutos. Houve ainda diversas paradas para entrevistas.

O folheto surtiu efeito. O tempo todo eu ouvia alguém chamando por mim querendo uma foto, ou que respondesse a algumas perguntas. Não fiz nem uma coisa, nem outra. Thomas se divertiu muito com minha atitude. Ele respondia que não poderia fazer nada, que eu tinha vontade própria. Mas a cada recusa minha, ele dava risada e estimulava os repórteres. Dei graças a Deus quando entramos nos livramos de todos os *flashes*.

Antes e depois da exibição do filme, os atores eram cercados de atenção. Deu para observar que cada um tinha a sua própria equipe onde que todos trabalhavam procurando o destacar o máximo possível sua estrela. Fui apresentada a muitos profissionais e, de vez em quando, parávamos para trocar informações.

Eu e Thomas passamos praticamente todo o tempo juntos, o que era natural, afinal ele precisava de mim para verificar e agendar compromissos, além de estabelecer contatos. O trabalho na verdade era meu, ele só precisava sorrir e jogar conversa fora. Eu era uma espécie de guia, ficava levando-o para os lugares, apresentando-o a pessoas e cobrando certos comportamentos, que era a parte mais engraçada. Além disso, precisava conduzi-lo para o lugar adequado de acordo com cada contato feito por um dos seus agentes.

Também precisei aguentar uma fila de mulheres prontas para dividir a cama com o meu namorado naquela noite, além de guardar o monte de cartões de visita delas para quando ele estivesse interessado. Observei-o declinar educadamente cada convite, da mesma forma evitar cada tentativa de intimidade, o que me deixou muito feliz. Quando a insistência era grande demais, ele passava as mãos em minhas costas, me indicando que eu precisava livrá-lo, o que fazia de bom grado.

Lauren nos acompanhava de perto. Estava obstinada em conseguir algo de nós dois. Por isso não havia um momento sequer que conseguíssemos ficar a sós. Algumas vezes eu era chamada pela Helen ou Sara e acabava deixando-os sozinhos, o que era uma lástima. Cheguei a presenciar algumas palavras nada amistosas entre eles.

Minha curiosidade só aumentava cada vez que eu percebia o quanto a presença dela o incomodava. Eu precisava descobrir o que Thomas estava escondendo de mim. Tinha de haver uma forma de convencê-lo a me contar.

Thomas queria que eu ficasse sempre por perto, ou pelo menos em algum lugar onde pudesse me ver. Para ele, eu estava sendo muito assediada, e era verdade. Começava a me sentir incomodada com alguns engraçadinhos que pensavam que eu era uma espécie de mercadoria. Tive de usar de toda a minha paciência para fazê-los entender que eu estava trabalhando.

Aquela situação era insuportável! Eu querendo fazer um bom trabalho, mas sendo elogiada apenas pelo que estava vestindo. Thomas entendeu como eu me sentia e a todo o momento ressaltava o quanto eu era extremamente profissional. Fiquei feliz com a sua determinação em me ajudar.

Voltamos bem tarde para o hotel. Depois da *première*, ainda fomos a uma recepção, regada a muita bebida e música alta, organizada para algumas celebridades. Foi interessante observar tudo sem poder participar. Normalmente eu era quem estava no meio da pista, dançando. Mas ali apenas acompanhava os passos de Thomas enquanto via as pessoas fazerem o que eu faria se não estivesse trabalhando.

Era estranho ver o mundo das estrelas do cinema americano por esse ângulo. Nem tudo era brilho e glamour, isso eu podia afirmar. No final, ainda fomos jantar, só a equipe, então estávamos liberados para beber e falar besteiras.

Chegamos esgotados com Thomas implorando pela cama. Quando cheguei ao seu quarto ele já estava dormindo, me deitei ao seu lado e o acompanhei. Acordei cedo, como sempre fazia, apesar da nossa reunião acontecer somente no meio da manhã. Thomas não precisaria participar, poderia descansar até a hora da entrevista que daria a um programa de TV famoso.

Aproveitei para correr no Central Park com Dyo. Tínhamos combinado voltar a fazer isso juntos, já que Thomas estava definitivamente impedido de sair do hotel devido ao assédio dos fãs.

Só que essa foi a pior decisão que já tomei nos últimos meses. Mal coloquei os pés fora do hotel e os *flashes* começaram, bem como a gritaria. Tentei descobrir qual celebridade estava saindo junto comigo, sem entender que todo aquele assédio era para mim. Tentei fazer o percurso habitual, ignorando os inconvenientes, contudo fui obrigada a desistir meia hora depois. Os fotógrafos vinham na frente, querendo fotografar cada passo que eu dava. Era absurdamente ridículo!

Voltei para o hotel, querendo matar um. Encontramos com Helen, Thomas e Sara no apartamento que reservávamos para as reuniões. Eles estavam tomando o café da manhã.

— Ela está furiosa — Dyo alertou a todos sobre o meu mau humor.

— É um absurdo! Imaginem que... — comecei a falar, mas fui interrompida por Sara, que me mostrou uma revista.

Havia uma foto minha em destaque e uma nota ao lado. Senti o sangue subindo à cabeça e me aproximei da mesa para ver melhor.

— Seu vestido está em quase todas as revistas de moda, sem contar nas revistas que cobriram o evento de ontem, nenhuma deixou de dar uma nota sobre você.

— Por quê?

— Não se preocupe, Cathy, eu ganhei mais destaque do que você — Thomas brincou, tentando amenizar o meu humor, ou a falta dele. Eu estava tão irritada olhando as revistas sobre a mesa que nem respondi.

— Eles estão interessados em você por causa do folheto. A marca é muito famosa, é natural que o seu vestido ganhe a atenção deles. — Helen gentilmente tentava fazer com que eu me sentisse melhor.

— Não é só isso que diz aqui, Helen.

Entreguei uma das revistas que continha uma página dedicada apenas a mim. Dentre tantas asneiras, diziam que eu era a mais nova atração, que além de um contrato milionário com uma das marcas mais famosas do mundo da moda, eu tinha uma coleção inteirinha desenvolvida exclusivamente para mim. E, ainda por cima, havia conquistado o coração do solteiro mais querido dos Estados Unidos da América, que também era meu chefe.

Fiquei ofendida imediatamente com a forma pejorativa como foi escrito. Depois o autor se estendeu, enumerando os pontos que o levavam a crer que meu contrato era realmente milionário. Segundo ele era pela insistência em não me tornar pública, o que, em sua opinião, era um golpe de marketing. Além de detalhar porque tinha tanta certeza de que havia algo entre mim e meu chefe. Para piorar ainda mais a situação, acrescentou que o meu envolvimento com Thomas estava me rendendo bons lucros.

— Agora cuidamos de duas estrelas? — Lauren sempre aparecia nas horas mais inconvenientes.

Minha raiva era tanta que eu poderia matá-la. Limitei-me a ignorar sua presença.

— Não fique aborrecida, Cathy. Sempre existe alguém disposto a publicar porcarias a nosso respeito. — Thomas tinha percebido a minha raiva e tentava me consolar.

— É, Cathy! Pense no lado bom da história. Você agora pode comprar cada revista dessa e mandar para os seus pais. Com certeza eles terão orgulho da filha famosa.

Lauren conseguiu me tirar do sério. Quem era ela para falar dos meus pais? Peguei a pilha de revistas com vontade de atirá-las na cara daquela... Mas me contive em caminhar em sua direção e jogar as revistas com bastante força em um cesto de lixo que estava ao seu lado. Ela se assustou com o estrondo do papel atingindo o fundo do cesto. Encarei-a com toda a raiva que podia.

— Meus pais estão mortos — disse entre dentes, sentindo as lágrimas se formarem em meus olhos.

Saí do apartamento o mais rápido que pude. Fui em direção ao meu quarto, quando estava quase lá, ouvi os passos de Thomas atrás de mim. Ele me alcançou ainda na porta, me ajudando a abri-la. Eu tremia de raiva, as lágrimas corriam livremente. Assim que ele nos trancou do lado de dentro, me atirei em seus braços em busca de conforto.

— Calma, Cathy! Você está muito nervosa. Não será sempre assim, com o tempo eles vão se acostumar com você e você com eles. — Eu não queria ouvir aquilo naquele momento.

— Odeio a Lauren.

— Ela é absurda, concordo com você, mas o comentário sobre seus pais... Ela não sabia. Ninguém sabe. Foi um comentário infeliz.

Comecei a soluçar engasgada com o choro. Thomas me apertou ainda mais em seus braços.

— Seu pai morreu também?

— Não. Mas é como se tivesse morrido.

Ele suspirou e deu o assunto por encerrado. Aquele não era o momento adequado para ser curioso.

— Descanse um pouco. Logo vai se sentir melhor.

Ouvimos uma batida na porta. Eram Helen e Dyo querendo saber como eu estava. Enxuguei as lágrimas e disse que estava só um pouco cansada, que iria me deitar para descansar, assim foram embora, inclusive Thomas.

Fui para a cama onde me senti mais sozinha e desolada. Insisti em permanecer deitada até a hora em que precisaríamos sair para trabalhar. Quando nos encontramos, ninguém falou mais sobre o assunto. Fiquei grata. Já me sentia mais tranquila, pensando que em pouco tempo eu estaria nos braços do meu namorado.

CAPÍTULO 13
Desilusão

CATHY

*D*ez dias e alguns países se passaram.

Em todos os lugares acontecia o mesmo: um enorme assédio dos fãs e da imprensa, que, aliás, continuava a especular nosso provável relacionamento. E eu me vi constantemente em capas de revistas.

"Bem-vinda ao meu mundo", disse Thomas, uma vez, quando questionei o porquê de tanto assédio. Suspirei desconsolada. Eu estava no olho do furacão e não havia nada a fazer. Todas as lágrimas já foram derramadas, muito tempo fora desperdiçado, então decidi me conformar. O cansaço ajudava a ignorar o assédio, normalmente estávamos acabados antes mesmo de a noite começar a ficar desanimada.

Estávamos em Paris havia algumas horas onde, teoricamente, teríamos a tarde livre. Nem eu, nem Thomas ousávamos sair do hotel. Infelizmente depois de tudo, passei a ficar na mesma prisão que ele, minha felicidade era saber que a minha estadia era temporária. Thomas não se importava. Ele adorava!

O motivo? Todos os outros aproveitavam o tempo livre, que era muito raro, para dar uma de turista e sair conhecendo as cidades por onde passávamos, por causa disso sempre tínhamos mais um tempo para ficar juntos.

Aquela tarde foi diferente. Ninguém se atreveu a sair do hotel, apesar de estarmos em Paris, para meu desespero e do Thomas. Planejamos passar toda a tarde juntos, aproveitando a ausência da Lauren que, com certeza, não resistiria a fazer compras, no entanto chovia muito. Então todos resolveram ficar e assistir filmes, no quarto do Thomas.

Os filmes seriam os mesmos de sempre, Thomas ainda precisava vê-los para compor seu personagem. Como os outros não participaram do processo, para eles eram inéditos e seria de grande ajuda. Foi o que repetimos para não ser tão frustrante.

Quando cheguei, Kendel, Helen e Lauren já estavam lá. Eu fui com Dyo, que tinha passado em meu quarto para me buscar. Meu namorado estava em pé, de frente para a janela olhando a rua, escondido atrás das cortinas. Sentei no imenso sofá do quarto, deitando a cabeça no colo do Dyo; logo ele começou a fazer carinho em meus cabelos. Thomas não tardou a ir ficar ao meu lado, sentando bem próximo, colocando meus pés em seu colo, massageando-os. Ficamos um tempo mexendo um com o outro, quando Kendel resolveu participar da brincadeira.

— Sobrou alguma pedacinho pra mim? — Sorriu brincalhão. — Todos estão tirando uma casquinha de você, Cathy. Quero a minha parte.

Eu e Kendel estávamos nos relacionando melhor, apesar de ainda me irritar com as suas colocações fora de hora. Passei a entender que aquele era o seu jeito de ser e que realmente quase nunca havia maldade em suas brincadeiras. Estendi minhas mãos, indicando que seria a sua parte. Ele se sentou no chão, pegando-as e envolvendo-as com as dele, então deu um imenso sorriso para Thomas, que protestou, brincando:

— Ah, não! O Dyo tudo bem, mas você não, Kendel.

— Por que comigo tudo bem? — Dyo quis saber, entrando no clima.

— Porque você não é um concorrente direto. — Thomas ria enquanto falava. — Você pode ser concorrência para a Cathy. — Rimos livremente da sua afirmação.

Eu principalmente, pois me lembrei das várias vezes em que conversamos sobre a beleza do Thomas e Dyo me disse que se houvesse a mínima chance do nosso chefe não ser totalmente hetero, se agarraria a ela como à própria vida.

— Você está muito enganado, meu caro Thomas, não foi só você que foi fisgado pelos encantos dessa linda garota. — Ele beijou a minha testa e piscou para mim.

— Você é gay, Dyo — Thomas afirmou já evitando qualquer argumento da parte dele.

— Veja pelo meu lado. Eu adoro a Cathy! Ela me adora. Ela é extremamente sexy, até mesmo para mim, sem contar com suas ideias sobre moda que admiro muito. Agora mais do que nunca. Nos damos muito bem, até bem demais e eu não tenho interesse sexual por ela, o que é perfeito, pois ela poderá continuar sustentando a bandeira de sua virgindade eterna sem o menor problema. — Dei um tapa em seu braço e todos riram muito.

— Tá bom, a grávida aqui sou eu e Cathy é quem recebe todas as atenções — reclamou uma Helen ciumenta com a sua cria, então todos fomos dar um pouco de carinho e atenção a ela.

Observei que Lauren estava quieta demais. Ela apenas nos observava. Quando Thomas passou a mão em minha cintura, indicando o lugar ao lado dele, pensei que ninguém notou, mas percebi o olhar de raiva da mulher sobre mim.

Fiquei incomodada. Até quando ficaríamos no ringue, nos avaliando, aguardando a hora de atacar? No meu caso, me defender. A situação estava ficando insustentável e Thomas deveria se dar conta disso. Ele precisava me contar o que realmente aconteceu entre os dois para que eu soubesse o que esperar dela.

Tentei não pensar no assunto naquele momento, então relaxei, rindo do filme pela milésima vez. O dia estava frio, e eu queria poder ficar ao lado do Thomas me aquecendo um pouco, mas como não podia, me contentei com Dyo, que ficou abraçado comigo, o que, com certeza, deixou meu namorado desconfortável.

No dia seguinte, iríamos para casa. Los Angeles. Não, definitivamente, ainda tínhamos muito trabalho pela frente. Iríamos para a *première* e depois haveria uma coletiva de imprensa, além de uma entrevista para um programa de TV. Agenda lotada por dois dias. Depois então partiríamos para Barcelona. Era a ocasião perfeita. Em casa seria mais fácil tentar arrancar alguma coisa dele. Especialmente se eu fizesse algumas promessas.

À noite conseguimos ficar juntos. Lauren foi com Sara a um jantar, depois da *première* assim não poderia fiscalizar a porta do quarto do Thomas. Estávamos cansados, mas não como nos outros dias. Com o ritmo acelerado de trabalho, quase não trocamos carícias. Essa noite, porém, Thomas estava irresistível.

Seus beijos eram quentes, seus toques elétricos, sua língua estava mais ousada e arriscava passear por caminhos até então proibidos. Meus gemidos eram intensos. Quanto mais eu demonstrava gostar, mais ele ousava. Senti seus dentes se fecharem com uma leve pressão na parte do meu seio que não estava coberta pela camisola. Agarrei seus cabelos com gosto. Suas mãos suspendiam meus quadris, forçando um maior contato com seu corpo entre minhas pernas.

— Meu bem, pare. Pare com isso — eu pedia, sem conseguir obedecer minhas próprias palavras.

— Só quando você realmente quiser que eu pare — ele respondeu com paixão e recomeçou a beijar minha barriga, que a essa altura já estava exposta devido aos avanços que Thomas vinha fazendo.

— Então me faça parar, por favor! Não vamos fazer besteira.

— Não, Cathy. — Riu provocante. — Você não quer parar, por que não continuamos e pronto? — Sua voz era manhosa e suplicante.

Eu o queria, mas existia uma condição, que só aconteceria se conseguisse resistir a mais uma noite. Depois que ele revelasse o tal segredo, eu não teria mais motivos para temer, ou esperar.

— Não. — Suspirei e senti seu corpo se afastar um pouco do meu. Ele voltou para meu pescoço e recomeçou as carícias. — Pare, Thomas!

— Cathy, acabe de uma vez com nosso sofrimento — pedia em meu ouvido.

— Aqui, não... Em casa. — Imediatamente senti medo do que estava prometendo. No entanto sabia que era assim ou nunca seria. Eu precisava arriscar.

— Por que não pode ser aqui? Tem lugar mais maravilhoso e romântico do que Paris para perder a virgindade? — Tive que rir.

— Aqui ou qualquer outro hotel é a mesma coisa. É só uma cama entre quatro paredes. Em casa será diferente. É o nosso cantinho, a nossa cama. Quer lugar mais romântico? — Tentei convencê-lo e consegui.

— Amanhã estaremos em casa. Você tem consciência do que está me prometendo? — Seus olhos me sondaram.

Por um segundo senti o ar ficar preso em meus pulmões. O medo de confirmar quase me paralisou por completo. Engoli com dificuldade sentindo meu corpo ficar gelado. Aquele medo todo era insano. Anormal. Além de vergonhoso.

— Só estou prometendo tentar. Não vou ficar travando você, vou deixar as coisas acontecerem e ver no que vai dar. — Seu rosto se iluminou com a possibilidade. — É melhor do que nada, ou seja, mais do que já teve até agora. — Ele riu e deitou ao meu lado.

— Tudo bem, então. Vai ser como você quiser. — Thomas me abraçou me deixando sentir seu corpo ainda quente de desejo.

Eu não estava mentindo, repeti mentalmente para me convencer. Iríamos tentar de verdade. Não podíamos mais evitar que acontecesse. Mesmo que ele não me contasse o segredo? Sim. Eu estaria me enganando se dissesse que não. Pensei nessa triste realidade.

E se fosse algo tão ruim que me fizesse arrepender? Sinceramente eu não conseguia pensar em nada que pudesse me fazer voltar atrás. Não via mais Thomas como antes e, pensando bem, mesmo que visse, de que adiantaria? Eu já tinha perdido a guerra. Então relaxei em seus braços e dormi, esperando ansiosa pelo dia seguinte.

Chegamos a Los Angeles ainda cedo e nem conseguimos ir para casa. Fomos direto para uma coletiva de imprensa. Quando acabou, estávamos esgotados. Teríamos uma pausa de algumas horas, até recomeçarem os compromissos. Thomas fora convidado para um almoço com alguns atores do filme, seria um papo descontraído nada relacionado ao profissional.

Aproveitei para ficar em casa e cuidar um pouco de mim. Deus sabia o que poderia acontecer naquela noite. Fiz esfoliação caseira, massagem nos cabelos, depois fiquei arrumando algumas coisas no quarto, tentando colocar ordem, ou arrumando desculpas para tirar o medo da minha mente.

Olhando para a minha imensa janela de vidro, percebi que ali eu me sentia em casa. Era exatamente como eu disse à Thomas: era nosso canto, nosso quarto, nossa cama... Estremeci só de pensar nessa parte da casa. Ouvi uma batida em minha porta, o que me sobressaltou, pois achei que ele tinha voltado mais cedo. Fui recepcioná-lo passando a toalha no cabelo, para tirar o excesso de creme enquanto tentava fazer o coração acalmar.

Mas não era Thomas. Era a Lauren.

Senti toda a minha felicidade se esvair.

Ela não esperou que a convidasse a entrar. Foi passando por mim e sentou em minha espreguiçadeira, colocando algumas coisas minhas de lado.

— Espero que não se incomode com o cigarro.

Não respondi. Ela acendeu o cigarro assim mesmo.

— Vou direto ao assunto, Catherine. — Na voz dela o meu nome parecia um palavrão. Senti nojo. — Eu sei que vocês estão juntos. Você pode mentir para Sara ou para a imprensa, mas não para mim. Sabe por quê? — Seus olhos sondavam a minha reação com prazer. — Eu conheço Thomas Collins muito bem. Sei como se comporta quando encontra um brinquedinho novo. Conheço aquele olhar de cobiça, aquelas atitudes que o tornam super-protetor, cercando sua conquista por todos os lados. — Puxou um trago do cigarro e depois de soltar a fumaça, falou: — Ele não joga para perder, não é?

Eu não responderia. Sabia que era o que ela queria, então preferi o silêncio. Cada palavra de Lauren me feria, mas eu não demonstraria. Seria forte, não daria a ela aquele gostinho.

— Você não é burra. Pode até se fingir de sonsa, a coitadinha da virgem que todos querem proteger. — Riu com sarcasmo, depois me olhou fixamente nos olhos. — Ele ainda não conseguiu o que queria, não é? Não. Claro que não. Ele não perderia tanto tempo com alguém que já deu a ele o que tanto deseja.

Era como um monólogo. Algumas vezes cheguei a acreditar que ela esqueceu que eu estava ali, por isso travava uma guerra com ela mesma, enlouquecendo em sua solidão.

— Mas pode acreditar, quando ele conseguir, nada mais vai segurá-lo. Thomas não tem coração. Vai descartá-la como fez com todas as outras. — Lauren se deliciava com suas palavras, e seu sorriso era perverso.

— Saia do meu quarto! — consegui dizer depois de me convencer a reagir. Eu não era obrigada a aguentar Lauren, nem nenhuma outra mulher do passado do Thomas.

Meu rosto pegava fogo de raiva. Minha vontade era pular naquela mulher e arrancar aquele sorrisinho ridículo de seu rosto. Queria gritar, xingar, bater... mas me neguei este desejo. Ela não merecia o meu esforço.

— Não acredita em mim? Estou falando como amiga! — Sorriu se sentindo vitoriosa. — Ele logo vai encontrar alguém mais experiente para se divertir, enquanto espera por você. Se é que ainda não encontrou sem que você saiba.

— Cathy! — Ouvi a voz do Dyo, me chamando já próximo à porta. — Por que você desligou o celular? — Ele entrou no quarto e parou de falar de imediato ao perceber o clima entre nós duas. — Desculpe! — Ficou sem graça com seus olhos indo de uma para a outra tentando entender alguma coisa. — Thomas está tentando falar com você e como não conseguiu, me fez vir até aqui verificar se estava tudo bem.

— Super-protetor, hein? — Lauren insinuou fazendo meu sangue ferver. Dyo era a minha salvação... ou a dela.

— Está tudo bem, Dyo, Lauren já estava de saída. — Fiquei observando cada gesto dela.

A mulher saiu sem dizer uma palavra, o que não era mais necessário, ela já tinha destilado todo o seu veneno. Quando meu cérebro registrou o que seria tempo suficiente para ela estar bem longe, sentei na cama e desatei a chorar. Dyo ficou atordoado. Abraçou-me e deixou que eu derramasse todas as lágrimas, tentando me consolar.

Quando eu estava mais calma, ele pegou o telefone e ligou para Thomas, dizendo que estava tudo bem comigo, que meu celular tinha descarregado e que eu estava no banho. Isso o manteria mais calmo. Assim que desligou o celular, Dyo se voltou para mim e meus problemas.

— O que aconteceu?

Contei tudo para ele. Não apenas a conversa que eu tinha acabado de ter com Lauren, mas toda a minha história com Thomas. Ele ouviu atentamente, sem me interromper.

— Lamento muito por tudo, Cathy.

— O que você acha?

Eu precisava saber se deveria confiar no que Lauren estava falando ou seguir em frente no meu relacionamento com o Thomas. Dyo poderia ser o fator decisivo nesta confusão.

— Que Lauren é louca.

— Então posso ficar tranquila em relação ao Thomas? — Agarrei-me a essa esperança com toda a força que ainda sobrava em mim.

— Não foi o que eu quis dizer. — Ele suspirou sem graça e se afastou um pouco criando coragem. — Lauren tem os seus próprios problemas e fantasmas para resolver com Thomas. Eu não acho certo ela envolver você nesta confusão. É injusto. Você não tem culpa de ser a bola da vez.

Essas últimas palavras abriram um buraco no meu coração. Então era verdade. Existia uma grande chance de ser tudo uma mentira. De Thomas estar brincando comigo, abusando do seu poder de sedução para conseguir atingir o seu objetivo. Aquilo doeu.

— Então você também acha que ele só está brincando comigo? — Minha voz estava tão fraca que parecia mais um sussurro.

— Não sei o que pensar. Não posso mentir para você, Cathy, eu cheguei a pensar que sim, e fui eu quem alertou a Helen. Fiquei com medo dele te magoar tanto, que você acabasse indo embora. Não queríamos perdê-la. Mas confesso que Thomas vem me surpreendendo. Pelo que você me contou e pelo que eu pude perceber, ele não tem procurado outras garotas desde que vocês estão juntos. Por outro lado, não posso garantir que seja pra valer, principalmente em se tratando do Thomas. — Fez um gesto vago no ar, buscando palavras adequadas para se expressar. Meu amigo estava nervoso, o que me deixava péssima. — Também não quero plantar nenhuma semente de esperança em seu coraçãozinho. Eu nunca vi Thomas amar ninguém, ele pode realmente estar interessado apenas em transar com você. Principalmente por você ser virgem. Isso é uma novidade e pode ser um grande estímulo para ele.

Minhas lágrimas voltaram a correr pelo rosto.

— Não chore, Cathy! Eu posso estar aqui falando um monte de besteiras também. Quem pode saber o que passa no coração do Thomas? Como posso falar sobre como ele está vendo essa situação se nunca o vi amar ninguém? Não sei realmente o que Thomas pretende com você. — Suas palavras não atenuavam meu sofrimento. — Acho que o correto seria conversar com ele. Conte sobre Lauren e o que está acontecendo. A única forma de resolver o problema é conversando com ele sobre o que aconteceu.

— Não posso fazer isso. Ele vai matar a Lauren. Prefiro eu mesma exorcizar os meus demônios do que criar um problema tão grande na equipe só porque não ouvi os alertas deles. Eu sabia onde estava me metendo, então tenho que aguentar as consequências.

— Eu sinto muito, querida!

— Eu também — funguei, decidida a deixar de chorar e encarar o problema de frente.

Antes de Dyo sair, Thomas ligou várias vezes. Inventei um monte de desculpas para não falar com ele. Precisava me preparar. Dyo me ajudou muito, mas precisava se arrumar para a *première*, então saiu antes do nosso chefe chegar, o que, mesmo me deixando insegura, foi o melhor a ser feito.

Para minha surpresa, Thomas voltou para casa relativamente cedo, alegando estar cansado e precisar relaxar antes da *première*. Eu ainda estava em meu quarto quando ele apareceu. Fiquei apreensiva. Como iniciar a nossa conversa? Pior ainda, como fazê-lo entender que não teria condições de cumprir a minha promessa?

— Oi! Não quis falar comigo o dia todo. Está chateada?

Estremeci. Não poderia começar com um "sim, eu estou terrivelmente chateada com você". Então inventei uma desculpa.

— Não. Só... Estive ocupada. — Dei de ombros sem querer prolongar muito o assunto. Eu não fazia nem ideia de como começar.

Thomas não deu muita importância ao que estávamos conversando. Ele estava mais interessado na minha promessa e em me fazer cumpri-la.

— Acho que ainda temos um tempinho.

Ele me abraçou carinhosamente, beijando a minha testa. Tentei me afastar, mas Thomas foi mais rápido e me beijou com tanto desejo que acabei cedendo aos seus apelos. Era sempre assim, meu corpo me traía.

Eu ainda estava de roupão, por baixo usava apenas roupas íntimas leves e pequenas. Muito pequenas. Era tudo o que Thomas precisava para continuar. A posse das suas mãos fazia com que tudo em mim entrasse em conflito, minha mente gritava para me afastar e minha pele pedia por mais. Suspirei sentindo o desespero em meu peito. Quando seus lábios deixaram os meus, ouvi sua voz, carregada de desejo.

— Que saudades de você, meu bem! Passei a tarde toda pensando em como queria estar com você, sentindo seu cheiro, seu gosto, seu corpo. — Ele dividia cada palavra com um beijo em meus ombros, pescoço e rosto. — Queria ficar aqui ouvindo os seus gemidos tão lindos e gostosos.

Eu bebia cada palavra dele como se dependesse delas para viver. Queria muito acreditar que ele estava ali por mim. Apenas por mim. Suas mãos desceram uma manga do meu roupão, revelando uma parte do meu sutiã. Thomas me beijou com mais desejo. Uma tortura.

Discretamente tirou os sapatos e começou a desabotoar a camisa. Eu estava tão absorta em meus desejos que só percebi no momento em que ele a deixou cair no chão. Abracei-me ao seu corpo com mais intensidade quando ele conseguiu desatar o nó que prendia o meu roupão.

— Linda!

Ele beijava meus ombros e descia até o limite do meu sutiã. Suas mãos exploravam com vontade o meu corpo me fazendo perder o ritmo da respiração. Senti ele se livrar das calças e me apertar com mais força. Nenhuma parte de mim recusava seus carinhos.

Thomas entendeu como uma permissão, por isso fui deitada na cama com muito cuidado, e ele deitou sobre mim, beijando meus lábios, depois os seios, a barriga, o umbigo, a minha tatuagem... meus gemidos não cessavam. Meu corpo passou a ter vontade própria, se movimentando de forma a alcançar o máximo de prazer que ele pudesse proporcionar.

— Você é maravilhosa, Cathy! — Thomas estava outra vez no meu ouvido, distribuindo mordidas pelo meu pescoço. — Adoro sua pele arrepiada! Adoro você todinha!

Eu o beijei, envolvendo-o com minhas pernas. Meus braços estavam agarrados em seu corpo, acariciando-o. Ele soltou um gemido gutural, agarrando minhas coxas e puxando-as para mais junto dele. Thomas se apertava em mim, não deixando nenhum espaço entre nós dois.

— Eu quero você, amor! Eu quero você agora! — A urgência o dominava. Ele me beijava com mais vontade. Suas mãos se fechavam em meus cabelos — Quero que você seja minha. Só minha.

Ou eu parava naquela hora, ou não teria mais volta. Senti meu corpo se recusar a atender ao comando do meu cérebro. Tremi de ansiedade e de medo. Meu coração acelerou, meus olhos ficaram úmidos, mas eu fui mais forte. Precisava ser.

— Não posso. — Nem eu acreditei que conseguiria impedi-lo de continuar. Eu não queria, no entanto precisava querer.

— Por quê?

— Não posso, Thomas, pare — falei mais firme, tentando usar minhas mãos para me afastar.

Ele entendeu meu recado e afrouxou um pouco o aperto que nos unia.

— Não pare agora, Cathy, por favor! Confie em mim.

Recomeçou a me beijar nos lábios com mais calma, com mais carinho. Estava tentando me acalmar, mas eu não podia mais.

— Me deixe continuar.

Ele pedia com paixão. Eu quase cedi. Quase. As palavras da Lauren ecoavam em meus pensamentos. Senti o gelo começar a dominar o sangue fervente em minhas veias. Eu precisava ser forte.

— Pare. — Eu me afastei dele e sentei na cama. Tentei controlar a minha respiração. Precisava ser direta.

— Algum problema? — Pelo seu tom de voz eu soube que Thomas entendeu o recado e que a minha frieza o incomodava.

— O que você sente por mim?

Foram poucos segundos de silêncio que foram decisivos. Ele não sabia. Fiquei tão constrangida que abaixei a cabeça, escondendo a minha insegurança.

— O quê? — Thomas gaguejou pego de surpresa. Toda a verdade estava ali e não havia mais como escondê-la.

— Você ouviu.

Ele se afastou e sentou na cama. Começou a passar as mãos pelos cabelos, procurando o que dizer.

— O que deu em você para fazer esta pergunta agora? — Ele tentava se manter calmo, no entanto eu sabia que a explosão estava ali, bem na margem.

— Apenas me responda, Thomas, por favor! — Eu não queria argumentar, só queria saber se ele teria coragem de mentir olhando em meus olhos.

— O que aconteceu para você estar me perguntando isso?

— Nada.

— Você está mentindo!

— Eu também me reservo o direito de ter meus próprios segredos. — Encarei-o com determinação.

Thomas levou um tempo pensando sobre o assunto, sem desviar os olhos dos meus.

— Não sei.

Respondeu friamente e passou a mão em meu ombro, me consolando. O silêncio fazia suas palavras ecoarem em meu coração. Ele não sabia o que sentia. Então todos tinham razão. Era tudo uma diversão. Pelo menos ele não estava mentindo. Eu que era boba, inocente, infantil, que ainda esperava pelo meu príncipe encantado. A vergonha me atingiu como um soco no estômago.

— Cathy! — Soltou o ar desarmado. — Não posso mentir para você. Não sei o que sinto. Sei que nunca senti nada igual por ninguém. Gosto muito de estar ao seu lado... gosto demais! Sinto sua falta quando não estamos juntos e fico ansioso para te ver, mas como posso dar um nome para isso? Eu simplesmente não sei o que é!

Pensei por alguns segundos tentando ser o mais racional possível. Aquilo era suficiente para mim? Nunca tínhamos falado de amor, nem dele por mim e nem meu por ele. Eu por acaso o amava? Mesmo sentindo a dor que as palavras dele me causavam, podia entender o que ele estava dizendo. Eu também não sabia o que sentia, vivia confusa, temerosa... sequer acreditava nele. Não. Eu não podia exigir nada de Thomas, no entanto, ainda assim suas palavras mudavam tudo.

— Você é especial pra mim, e no momento isso é tudo o que posso dizer com certeza. Não posso falar outra coisa só para conseguir transar com você, sei que se eu dissesse agora conseguiria. Não é justo! Não quero magoá-la. Acredite em mim, por favor! Eu quero você, mas não apenas pelo sexo, é por tudo. Adoro o que estamos vivendo. Se você conseguir aceitar o que estou dizendo, vai ser mais fácil para nós dois.

Suspirei pesadamente. Era hora de ser madura e esquecer o meu sonho de princesa de uma vez por todas. Para ser mais justa, Thomas nunca me prometeu um castelo e flores. Ele me prometia prazer e nunca foi diferente disso. Mas da mesma forma que eu precisava ser madura, precisava também ser honesta comigo mesma, ele não era o que eu queria. Nada daquilo era.

Senti meu coração se contrair e o ar ficar escasso.

— Tudo bem, Thomas. Você está sendo sincero, e isso para mim é o mais importante.

Eu precisava que ele saísse, para poder chorar sem me preocupar por estar sendo ridícula. Busquei forças de onde não poderia, na minha mãe. Pensei nela e mais uma vez me comprometi a não permitir que o mesmo acontecesse comigo. Era uma questão de sobrevivência.

— Agora me dê licença. — Indiquei a saída do quarto sem conseguir encará-lo. — Preciso me trocar e você também. Temos um compromisso daqui a pouco.

Ele me puxou para seus braços e me apertou com força em seu peito.

— Confie em mim. — Suas palavras me atingiram em cheio.

— De que jeito?

— Não mude nada entre a gente.

— Não existe nada para ser mudado, Thomas.

O gelo que se apossava do meu corpo era algo estranho até mesmo para mim. Era como se tudo tivesse mudado e ainda assim, estivesse na mesma. E a verdade era essa, a nossa situação era a mesma de sempre, nada aconteceria, nada mudaria e nada existia entre nós dois. Eu estava a ponto de começar a chorar ali, nos braços dele.

— Ah, Cathy, o que eu faço com você? Sempre que dou um passo à frente alguma coisa acontece para me puxar dez passos para trás.

— Este não é o melhor momento para conversarmos. — Afastei-me a tempo de impedir que as lágrimas caíssem. — Vá fazer a sua parte e me deixe fazer a minha. Precisamos trabalhar agora.

Levantei e fui para o *closet* me escondendo dos seus olhos. Ouvi seus passos se afastarem cada vez mais e finalmente pude chorar, sem receios ou testemunhas.

CAPÍTULO 14
Traição, dor e enfim, certezas

CATHY

No caminho para a *première* Thomas se aproximou timidamente e acariciou meu braço. Foi estranho, levando-se em conta tudo o que já tínhamos vivido juntos. Era como se um muro existisse entre a gente outra vez. O receio e todas as dúvidas, que voltaram a ganhar força, me impediam de fazer qualquer coisa, além de sorrir sem muita emoção e continuar olhando para frente.

Não sabia como agir naquele momento. Pela manhã eu só pensava no que poderia acontecer quando estivéssemos juntos em casa, na decisão que tomei e no quanto estava certa disso, mas depois da visita da Lauren tudo desandou.

Eu não estava magoada pelo fato de Thomas não me amar, isso ia muito além do que eu exigiria de alguém como ele. Tudo o que estávamos vivendo era mais do que eu poderia imaginar ou desejar. Era o que eu repetia para mim mesma o tempo todo em uma tentativa frágil de me proteger do turbilhão dentro de mim.

Então por que estava doendo tanto? Por que aquela cena não parava de surgir em minha mente e suas palavras ecoavam em meus pensamentos? Se eu não sabia o que sentia por ele, por que me doía tanto o fato de ele também não saber o que sentia por mim? Fui arrancada dos meus pensamentos pela sua voz baixa e um tanto quanto envergonhada.

— Você está linda hoje. Maravilhosa!

Sim, eu estava, mas nem isso me fez ver algum brilho naquela noite.

Quando Helen apareceu com a minha roupa achei que estava de brincadeira. Era um conjunto de corpete tão bem acentuado que eu não conseguiria respirar, uma saia um pouco curta de babados em três camadas e, para finalizar, uma meia 7/8 preta com renda na borda, que quando eu andava aparecia, junto com um sapato fechado e salto agulha. Tudo preto. Fiquei vermelha antes mesmo de me vestir, só de imaginar o resultado daquele conjunto.

A verdade é que a roupa, apesar de ser ousada, ficou linda e perfeita em mim. Fiz alguns cachos nas pontas dos cabelos deixando-o incrível, a maquiagem ganhou uma nota mental para agradecer a Mia quando tivesse oportunidade. A sua insistência teve resultado. Mesmo assim, mesmo ciente de que seria mais uma noite onde eu também receberia atenção, o meu sentimento era de estar anestesiada, oca por dentro, agindo no automático.

— Podemos conversar quando voltarmos? Eu... — Thomas gaguejou procurando pelas palavras. — Acho que te devo algumas respostas, e... Há algo que gostaria de perguntar.

Concordei sem nada dizer. Até a minha voz estava adormecida. Ele beijou meu ombro, depois segurou meu queixo e virou o meu rosto para conseguir beijar meus lábios. Eu não lutei contra, mas também não retribuí como ele esperava. Thomas percebeu a diferença e virou para frente, suspirando tristemente.

Eu sabia que ele estava frustrado pelo que não aconteceu à tarde. Como poderia? Parecia que todos os fantasmas apareceram de uma vez só para nos impedir. E depois eu já não sabia mais o que queria. Voltamos ao início. Meus sentimentos eram mais de afastamento do que de aproximação. Era triste, mas a verdade. Quando voltássemos, teríamos uma conversa que provavelmente colocaria um fim em toda a nossa história. Senti meu coração ficar tão pequeno que eu não o encontrava mais dentro de mim.

O evento foi exatamente como os outros. Muita gritaria, muitos autógrafos, muitas perguntas. Um monte de pessoas famosas querendo participar da festa para aparecer um pouco. Muitos fotógrafos gritando por uma foto, não só dele, mas minha também. Como sempre, me senti constrangida.

Fiquei a noite toda ocupada, a maior parte do tempo ao lado do Thomas, que fazia questão de estar comigo, mesmo quando não era necessário. Parecia estar desconfiado do que eu pretendia. Nossos olhares se encontravam com muita frequência e expressavam o mesmo sentimento: angústia. Thomas falava o tempo inteiro que queria ir para casa. Eu não. Covarde, pretendia prolongar a noite, fugir o máximo possível da nossa conversa. Era uma fraqueza que eu não podia evitar.

Após a *première*, fomos à inauguração de uma boate, o que já estava previsto. Era na verdade uma comemoração para o elenco e alguns convidados, dentre eles jornalistas, modelos e alguns outros atores que não faziam parte do filme, mas que queriam festejar o sucesso.

Abracei a causa acreditando ganhar mais tempo para criar coragem para fazer o que era necessário, ou então desistir de uma vez e aceitar as coisas como elas eram. Que o meu destino seria o mesmo da minha mãe, como o marido da minha tia sempre falou. Senti as lágrimas se formando precisando ir ao toalete com a desculpa de retocar a maquiagem.

Logo que cheguei à boate, escoltada por Thomas, é claro, Sara me chamou para me apresentar a alguns convidados. Havia muito interesse em mim devido ao sucesso do folheto. Vi Thomas ser encaminhado para o andar de cima com Kendel e Lauren, que antes de subir me lançou um sorriso cínico. Senti meu sangue ferver nas veias.

Quando enfim voltei, Thomas conversava animadamente com um ator que estava no começo de carreira. O assunto não poderia ser outro: gravações dos filmes e o prêmio que Thomas recebeu. A carreira do outro ator também era um sucesso, apesar de estar no início. Ele era uma promessa.

Mantive certa distância, para que tivessem mais privacidade, apesar do número de pessoas ao redor. Eu era a funcionária, não uma amiga em comum. Thomas não parava de me olhar e pude notar que o tal ator ao seu lado fazia o mesmo, me encarando com um interesse constrangedor. Percebendo as intenções do colega, meu chefe se aproximou com receio, mas me cercando de uma atenção desnecessária. Por pouco não revirei os olhos.

— Cathy, este é Irvin Campbell.

Dei a mão ao tal ator, tentando ouvir o que dizia por cima da música alta e das conversas paralelas. Cumprimentamo-nos educadamente, sorri sem muito entusiasmo me sentindo atordoada com tanto barulho em minha mente já confusa. Mal escutei a voz do Thomas e a do Irvin, que agora falava comigo como se fôssemos velhos amigos.

— Cathy, é um prazer imenso conhecê-la.

Ele ficou me olhando como se eu fosse algo comestível. Constrangedor. Tentei não olhar para Thomas e falhei, constatando que ele estava visivelmente incomodado, porém não fez nada. Consegui em meio a tanta confusão ouvir Irvin falando alguma coisa sobre jantarmos juntos em outra oportunidade. Fiquei surpresa com o convite tão direto, afinal de contas todos achavam que eu e o Thomas tínhamos um romance às escondidas. Essa não era a fofoca do momento?

Ri da sua enorme cara de pau porque não tinha outra reação para esboçar, porém tomei a decisão errada, e Irvin entendeu como uma promessa. Arrependi-me de imediato. Thomas se virou para mim, me encarando com censura. Dei de ombros, o que eu poderia fazer? Dar um tapa na cara do tal ator e sair indignada? Eu estava trabalhando, era meu papel ser agradável, mesmo com pessoas inconvenientes como ele.

— Então, estou precisando de uma assistente como você para me acompanhar. Tem sido bem complicado organizar os meus compromissos.

"Tá bom", eu pensei, "vai virar moda pegar a assistente gostosa agora", dei risada comigo mesma da piada infeliz e mais uma vez fui mal interpretada. Pelos dois. Thomas cruzou os braços esperando a minha próxima mancada, enquanto o Irvin tirava um cartão do bolso com seus números para que eu entrasse em contato.

Minha vontade era rasgar o cartão e jogá-lo em sua cara, mas guardei educadamente junto com todos os outros que eu havia recebido aquela noite. Para a nossa felicidade, alguém finalmente tirou o Irvin de lá e Thomas pôde respirar mais relaxado.

— Qual o seu problema? — perguntou, discretamente se aproximando para deixar clara a sua raiva. Olhei para ele incrédula. Eu poderia listar os meus problemas e revelá-los, mas não faria isso, ele era capaz de pensar e chegar a uma conclusão, sozinho.

— Não sei do que você está falando.

— O Campbell estava te chamando para sair e você dando espaço? — Seu tom era de indignação.

Tive vontade de lembrá-lo que eu era solteira, que não estava envolvida emocionalmente com ninguém e que assim poderia engatar em quantos romances desejasse. Contudo não foi o que fiz. Eu poderia ter todos os motivos do mundo para ser infantil, mas não era. Ali era o meu trabalho, Thomas era o meu namorado, mesmo que não exatamente um namorado, mas era o cara com quem planejei transar antes de tudo dar errado, então não havia espaço para mais problemas.

— Não comece, Thomas! Eu não estava dando espaço pra ninguém, só achei graça da inconveniência dele. Além do mais, mal estava conseguindo ouvir o que vocês diziam.

— Comigo você pegou bem mais pesado quando tentei alguma coisa, já com ele foi toda sorrisos.

— São situações diferentes. — Rangi os dentes com fúria. Aquele não era o melhor momento para termos uma conversa. — Thomas, depois nos falamos. Eu estou trabalhando agora. — Olhei ao redor, me certificando de que ninguém prestava atenção em nós dois. Era impossível. Muitas pessoas olhavam e comentavam, me deixando ainda mais incomodada. — Quer saber? Vá sorrir e jogar conversa fora com suas amigas, porque alguém aqui tem que trabalhar de verdade. — Vi seus lábios se abrirem surpresos com a minha resposta rude. Fingi não me importar.

Ele virou para frente e voltou a atenção para a sua bebida. Foi quando avistei Lauren andando em nossa direção. Ela estava muito bonita, com um vestido tubinho, também preto, revelando o seu corpo escultural. Ao lado dela estava outra mulher, que eu não reconheci, tão linda quanto, com um corpo seguindo o mesmo padrão, também vestida com um vestido justo e curto, que me fazia questionar como ela conseguia se movimentar.

A mulher era ruiva e seus cabelos caíam pelos ombros em cachos perfeitos. Por onde elas passavam, todos viravam para olhá-las com cobiça. Encarei Thomas porque queria verificar se a sua reação seria a mesma dos demais e para o meu desencanto ele também as olhava, mais precisamente para a outra mulher. Nem acreditei. Fiquei furiosa. Ele era um cretino!

— Thomas, olha só quem encontrei perdida por aí.

Lauren praticamente jogou a mulher no colo dele. Um sorriso vitorioso estava estampado no seu rosto. E o meu havia desaparecido, deixando em seu lugar uma expressão assassina.

— Sharon — Thomas falou sem tirar os olhos dela. Ele estava admirando aquela mulher, ali, na minha frente, sem nenhum receio.

— Thomas — ela respondeu no mesmo tom. — Pensei que receberia uma ligação sua hoje, já que estamos na mesma cidade. — Ela era muito sedutora, seu corpo se mexia junto com suas palavras. Suspirei me sentindo absurdamente triste. — Fiquei decepcionada. — Fez beicinho para ele que sorriu daquela forma encantadora que tanto me fez perder o foco.

— Não fique. Eu tive um dia muito cheio.

"Alguém aqui ainda lembra que eu existo?" Gritei por dentro. Aquilo tudo era muito fora da realidade. Chegava a ser sufocante. Virei em direção às escadas. Eu precisava sair dali o quanto antes, mas Thomas me segurou pela cintura, me impedindo. O que ele queria, me torturar?

— Sharon Parker, esta é Catherine Brown, minha assistente, a culpa é dela por eu não conseguir mais tempo para ninguém. — Ele estava se divertindo com a minha desgraça. Sorri sem vontade para a mulher que estava ali decidida a levar Thomas com ela.

— Catherine? Interessante. — Ela nem se deu ao trabalho de me olhar. Eu era um ser desprezível. Um nada. E ela, pelo visto, era a bola da vez. Minha raiva estava a ponto de me sufocar.

— Não é? — Thomas riu se divertindo com o meu incômodo.

— Cathy, querida, quase ia me esquecendo — Lauren começou a dizer, me tirando dos braços do Thomas —, Sara está te procurando. Acho que ela tem um monte de gente para te apresentar e algumas coisas para resolver com você. Thomas pode passar algum tempo sozinho com Sharon, enquanto nós trabalhamos um pouco. Afinal, nós trabalhamos e ele se diverte, não é?

Lauren planejou tudo aquilo e conseguiu virar o jogo. A raiva estava estampada em minha cara. Ela sabia que profissionalmente eu não poderia me negar a cumprir com a minha obrigação, e que Thomas não poderia interferir. Ela era uma cobra venenosa, pronta para dar o bote. Olhei para Thomas que suspirou incomodado, depois concordou com a cabeça.

Droga! Ele sim poderia mostrar o seu lado rebelde e me impedir de deixá-lo, mesmo indo contra todas as regras tão bem definidas e trabalhadas. Apenas ele poderia dar aquele passo e me mostrar que eu estava pensando bobagem, que o que aconteceu mais cedo foi uma bobagem e que ele estava disposto a mudar, mas não foi o que aconteceu.

O seu consentimento era a confirmação de que eu não podia continuar com aquela ilusão, era a sua forma de me dizer que precisávamos continuar firmes em nossos papéis e que no nosso acordo não havia as palavras fidelidade, comprometimento e amor. Eu era mesmo uma tola!

Furiosa, fui procurar por Sara. O sabor amargo da dispensa para que ele tivesse mais privacidade com sua nova amiguinha fazia com que a minha garganta fechasse. Respirei fundo, várias vezes, para encontrar o equilíbrio necessário. Thomas podia não ter palavra, mas eu tinha, e cumpriria com o que prometi, faria o meu trabalho.

Sara estava mesmo precisando de mim. Era incrível como ela conseguia trabalhar em meio àquela bagunça. Seu modo empresária não vacilava, ela conseguia ver em qualquer situação a chance de fazer muitos contatos. Depois era uma semana inteira correndo para cumprir com os novos compromissos. Era por isso que ela era tão boa no que fazia. Thomas tinha sorte em tê-la.

Ficamos reunidos numa mesa próxima ao bar onde o som era menos estridente, assim poderíamos conversar com mais facilidade. De onde estávamos, eu podia ver Thomas e Sharon, distraídos em uma conversa que parecia bastante agradável, já que os dois riam muito. Vi os fotógrafos se voltarem para eles. Minha raiva aumentou ainda mais.

Mesmo sem gostar dos holofotes não pude impedir o ciúme de se apossar de mim e desviei os olhos quando me dei conta de que a notícia do dia seguinte seria muito diferente das que eu já estava acostumada. Thomas seria ligado a outra pessoa enquanto eu seria esquecida. Sacudi a cabeça me forçando a esquecer tudo o que não estava ligado ao trabalho. Era o mínimo que eu poderia fazer.

Fiquei um bom tempo distante daquilo tudo, me esforçando para prestar atenção na conversa. Em alguns momentos eu me concentrava tanto no trabalho que acabava me esquecendo da raiva que estava sentindo do Thomas e da Lauren, principalmente. Mas a todo o momento meu coração acelerava, como se estivesse me preparando para o pior.

Assim que acabamos, fui liberada para voltar para o lado de Thomas, mas não queria. Por isso procurei por Dyo tentando arrumar alguma coisa para me ocupar, evitando o confronto. Ele que fosse feliz com sua amiga. Peguei todos os cartões que Dyo me entregou e comecei a organizá-los, focando toda a minha atenção naquela tarefa. Estava tão absorta em meus pensamentos destrutivos, que não percebi Lauren se aproximar.

Foi quando ela me pegou pelo ombro virando-me na direção onde Thomas estava. Meus olhos foram diretamente para ele, que olhava atentamente para Sharon sem se dar ao trabalho de disfarçar o seu fascínio pela garota.

— Lembra-se do que te falei hoje à tarde? Veja com seus próprios olhos o que seu Thomas é capaz de fazer. — Tentei virar para encará-la, mas Lauren me forçou a continuar olhando para o casal no andar de cima.

Olhei a tempo de ver Sharon se aproximar de Thomas beijando-o de surpresa. Nitidamente de surpresa, no entanto ele não a rejeitou. Sequer ficou irritado. Thomas sorriu e meu coração quase parou naquela hora. Eu sentia um misto de raiva, medo, desprezo e infelicidade. Era tão forte que minha respiração ficou mais lenta. Antes de me virar para sair, meus olhos encontraram os dele e o desespero se instalou.

Eu queria muitas coisas ao mesmo tempo, porém minha reação foi fugir dali.

Encontrei Dyo no corredor que dava acesso a uma área nos fundos da boate. Eu estava tão transtornada que colidi com meu amigo, mas continuei andando como se não o tivesse visto. Ele me seguiu preocupado, tentando me fazer parar, sem conseguir.

Sem saber o que fazer, Dyo ficou ao meu lado até que eu alcançasse a área aberta, destinada aos fumantes. Ela estava vazia, principalmente porque as pessoas não respeitavam essa regra e, de onde estávamos, não dava para ouvir a música, o que me deixava grata. Puxei o ar com dificuldade me dando conta de que respirar seria impossível. Eu estava sufocando.

— Preciso sair daqui. Agora! — Minha respiração não voltava ao normal, meu peito doía, minha garganta estava bloqueada, eu não chorava, apenas sentia a dor insuportável.

O desespero me dominava. Thomas me viu! Ele sabia que eu tinha visto o beijo deles. Será que ele se importaria? Eu queria que isso acontecesse? Não! Eu não sei o que faria se ele aparecesse na minha frente naquele momento.

— O que aconteceu? — Dyo estava angustiado ao meu lado. — Cathy, você está nervosa demais! O que aconteceu?

— Digamos que hoje ela percebeu que não é tão importante assim. — Lauren apareceu do nada. Estava tão feliz com a situação que não escondia de ninguém.

— O que você fez? — Dyo não pareceu surpreso com a possibilidade de ela ter feito algo.

— Eu? — Lauren riu alto — Não precisei fazer nada. Bastou soltá-lo ao lado de alguém com quem gostou de ir para cama para o instinto aflorar. Eu avisei, Catherine. Ele não passaria muito tempo nesta brincadeirinha de criança com você.

Ela voltou a rir alto e a raiva me dominou. Senti o sangue ferver em todo o meu corpo. De repente, a dor de ver Thomas com outra mulher não era mais tão grande, era quase nada perto do ódio que eu estava sentindo da Lauren. Eu estava enlouquecida de raiva.

— Da mesma forma que ele fez com você. Não é, Lauren?

Ela parou de rir me olhando fixamente. A minha raiva era tanta que me fez surtar. Eu não ouviria aquilo calada. Não mais.

— Deve ter sido até pior, para ter deixado você tão amargurada. Com tanto ódio. — Sorri sarcasticamente. — Deixe-me adivinhar: Thomas transou com você algumas vezes e depois a dispensou, não foi? — Ri alto, sem me preocupar com mais nada. Eu estava ferida, com ódio, magoada e seria ela a me pagar. — Não se preocupe, Lauren, querida. — Cuspia as palavras que ela gostava tanto de usar comigo. — Essa daí não deve ter sido ninguém. Com certeza não vai passar de mais uma noite. E, agora que eu não estou mais em seu caminho, quem sabe ele não resolve fazer mais uma caridade e transar outra vez com você, só para depois dar novamente um belo chute na sua bunda? Sim, porque é o mais provável, não é mesmo? Ele despreza você.

Meu sorriso era de vitória. Consegui fazê-la perder a segurança. Eu a feri, do mesmo modo como ela me feriu.

Lauren partiu para cima de mim, mas eu não tentei correr da briga. Aliás, eu queria brigar. Minha raiva era tanta que eu precisava extravasar, partir Lauren ao meio, por mais absurdo que parecesse. A mulher me perseguiu, me aterrorizou, armou para que eu sofresse, tudo porque não aceitava o rumo que Thomas dava ao que quer que eles dois tiveram.

Não era justo comigo. Eu nada fiz para merecer a sua raiva. Por que ela não partia para cima dele? Por que não cobrava dele uma solução? Por que eu tinha que pagar pelas suas mágoas e decepções? E por que inferno ninguém pagava pelas minhas?

Rolamos e caímos, iniciando a confusão. Apesar da diferença de tamanho, Lauren era bem mais alta do que eu, consegui segurá-la no chão por tempo suficiente para dar diversos tapas em sua cara. Ela agarrava meus cabelos tentando me conter, mas isso não me segurava, era insignificante para mim. Segurei seus cabelos e bati sua cabeça com força no chão. Quando estava pronta para bater novamente, Kendel me pegou por trás, puxando-me para longe dela. Eu estava enlouquecida, fora de mim. Chutei o ar até ele me prender em um canto, sem espaço para me mexer.

— Ok, Cathy! Você já deu a ela o que merecia. Agora, acalme-se, por favor! — Apesar do seu porte atlético, ele se esforçava para me conter. — Aqui está cheio de repórteres. Não acredito que você queira ver sua foto com o cabelo desgrenhado desse jeito em todos os jornais e revistas do país, não é? — ele brincava, mas era verdade, além de ser sério.

De súbito me preocupei com o local onde estávamos. Olhei para mim verificando o estrago. Minhas meias estavam destruídas, dois buracos imensos deixavam meus joelhos à amostra. Eu tinha alguns arranhões pelos braços e meu cabelo devia estar lastimável.

— Fique tranquila. Sem testemunhas desta vez. Mas da próxima me chame antes, para que eu possa apostar em você. Vou ganhar uma boa grana. Ninguém imagina do que você é capaz, garota.

Tirei suas mãos de mim observando Dyo ajudar Lauren a se levantar. Eu fiz um bom trabalho e não me arrependeria. Aquela... ela realmente mereceu. Atingi o meu objetivo: Lauren pensaria duas vezes antes de se meter novamente comigo. E ela poderia ficar com Thomas se quisesse. Eles se mereciam.

Saí da boate pelos fundos. Dyo cuidaria de tudo. Liguei para Mia no caminho, pedindo para dormir na sua casa, minha antiga casa, pensei com tristeza. Chorei durante todo o percurso e o restante da noite. Até o sono me abraçar.

‹ THOMAS ›

Eu estava com raiva dela, mas não o suficiente para machucá-la. Apenas brinquei um pouco com a situação. Ainda me sentia confuso com a nossa conversa e sabia que Cathy estava magoada comigo, porém isso não lhe dava o direito de flertar com o primeiro que aparecesse.

Quando ela me perguntou o que eu sentia, não soube o que responder. Como poderia dizer que era amor se eu nunca senti aquilo antes? Sabia que estava apaixonado, era isso ou então estava maluco. Ela não saía da minha cabeça, eu me sentia feliz, completo, só faltava um detalhe que logo resolveríamos, eu sabia.

Porém Cathy andava estranha, desconfiada, colocando tudo a perder. A minha história com Lauren deixou a minha namorada insegura e com razão. Mas ela precisava confiar em mim. Eu não poderia contar aquele problema sem antes ter certeza de que não a perderia. Eu não sabia como ela iria reagir, sempre tão correta, tão sensível... Merda, Cathy faria como todos os outros, me condenaria. Eu não podia contar! Ainda não!

Além disso, havia outras pessoas envolvidas e o pacto que fizéramos. Eu estava preso a ele, pois dei a minha palavra e não podia voltar atrás.

Cathy estava triste com a minha resposta. Como não ficar? Para mim era muito difícil falar sobre sentimentos, principalmente porque eu também estava inseguro e assustado. Eu sabia que tinha pisado na bola e iria tentar consertar tudo quando voltássemos para casa. Diria a ela como realmente me sentia, que estava apaixonado e queria ficar com ela. Apenas com ela. E então esqueceríamos as mágoas e ficaríamos juntos, sem barreiras e sem medos.

Como todo trabalho, o meu também tem partes boas e partes ruins. A ruim, naquele momento, era ficar longe dela e ainda ter que aguentar uns engraçadinhos achando que a minha namorada estava no mercado. Era só passar e levar. Os comentários eram os piores. Palavras sem um pingo de moral ou decência. Eles só a queriam para uma coisa. Era vergonhoso me lembrar de que eu também já tivera os mesmos pensamentos a respeito dela. Só que Cathy era muito mais do que um pedaço de carne, um belo corpo para se satisfazer na cama, mas disso eles nunca saberiam.

Fiquei aborrecido com a história do Irvin Campbell. Ele era mais um do meu meio que achava que podia levar qualquer mulher para a cama. E para piorar esta imagem, Cathy sorria para ele, incentivando-o a continuar. O que ela estava pensando? Fiquei espantado com a situação. Confesso que meu orgulho foi totalmente ferido e ela sabia muito bem disso.

Mas se a arma dela foi o ciúme, eu poderia pagar na mesma moeda, devolvendo um pouco do seu próprio veneno. Quando vi Sharon Parker com Lauren, pensei que poderia brincar um pouco também. Eu estava errado. Dei todas as armas para Lauren azucrinar o juízo da Cathy e ainda ganhei a Sharon grudada em mim pelo o resto da noite.

Quando Cathy precisou sair de perto de mim, tinha consciência de que estaria encrencado por uma semana, ou quem sabe mais do que isso.

Cathy estava demorando a voltar e eu já estava impaciente com as investidas de Sharon. Os fotógrafos estavam a postos o tempo todo aguardando um furo, qualquer coisa que lhes rendesse um bom destaque, o que já me deixava tenso. Eu estava alerta. Vi Cathy ao lado da Sara conversando com algumas pessoas, senti vontade de ir até lá, mas não podia, pois seria a fofoca de todos os jornais no dia seguinte. Seria pior. Ela ficaria com mais raiva. Era melhor evitar a sua fúria, já que eu não ganharia nada com isso.

Fiquei aguentando Sharon por bastante um tempo, por mais que me custasse. Consegui me distrair uns minutos numa conversa de bastidores e, quando estava de guarda baixa, a maluca me beijou. "Puta que pariu", pensei, "Cathy vai me matar".

Sem poder ser grosseiro, a afastei com gentileza e sorri para parecer mais sem graça do que furioso. Qualquer atitude minha estaria registrada em todos os tabloides no dia seguinte. Corri os olhos pela boate para me certificar de que Cathy estava tão ocupada ao ponto de não ver o beijo. Mero engano, mais uma vez. Ela estava lá embaixo, olhando diretamente para mim. A infelicidade que vi em seus olhos era tão grande que me partiu o coração.

Quando finalmente consegui passar por todos que queriam falar comigo sem chamar muita atenção para a minha pressa, não a encontrei mais. "Droga, outra vez". Kendel passou por mim dizendo que as duas já estavam sob controle e que tinham ido embora. Não entendi nada do que ele falou.

Chamei Helen e avisei que iria embora. Se Cathy já tinha ido, eu iria também. Precisava encontrá-la e explicar que tudo não passou de um engano, por mais ridículo que possa parecer. Eu imploraria, se necessário.

Estava dando tudo errado! Primeiro o fracasso da nossa tentativa, toda aquela conversa surpresa e minhas respostas sem noção. E para piorar a situação, a

Sharon aprontou mais uma das suas. Aliás, Lauren aprontou. Como sempre. Eu devia ter desconfiado.

Helen me acompanhou até o carro, visivelmente aborrecida, e no caminho acrescentou:

— Espero que você esteja satisfeito.

Apesar da surpresa, não respondi. Com certeza Cathy pediu para ir embora, abalada com o que vira, o que, com certeza, comprometia toda a nossa defesa, já que eles nos alertaram sobre os problemas ocasionados por um possível relacionamento. Paciência! Quando eu chegasse em casa, conversaria com ela e esqueceríamos tudo.

Só que Cathy não estava em casa.

"Droga três vezes. Onde diabos essa garota se meteu?".

Tentei ligar para o seu celular, mas dava caixa postal. Estava desligado, com certeza. Nessas horas eu preferia que ela gritasse comigo em vez de se esconder. Falei com Dyo, ele me explicou que Cathy foi se encontrar com Mia e que era para eu deixar as coisas como estavam, pelo menos por aquela noite.

Pensei melhor entendendo que ele tinha razão. Para quê complicar ainda mais? Cathy provavelmente não queria ver a minha cara, eu ficaria furioso com a sua recusa, brigaríamos e chamaríamos a atenção da imprensa sensacionalista. Respirei fundo, me conformando em esperar. Tínhamos compromisso no dia seguinte, então o nosso encontro era inevitável. Ela teria que voltar para casa.

Tomei um banho e me deitei no quarto dela, aguardando. Se ela aparecesse, não teria como me evitar.

Acordei com o Dyo me chamando. Onde estava Cathy? Olhei para os lados, tentando me situar. Ela não tinha voltado para casa. Que merda!

— Acorda, príncipe encantado. O dia já está à sua disposição.

— Cadê Cathy? Essa função não é dela?

— É, sim. Ela me ligou hoje cedo, pedindo para assumir essa obrigação agora de manhã. Disse que nos encontraria no estúdio à tarde. — Ele abriu a cortina do quarto, revelando a luz do dia.

— Acho que estou em maus lençóis — falei mais para mim mesmo do que para o meu amigo.

— É, acho que está. — Ele se virou em minha direção e cruzou os braços.

— Sou inocente. — Levantei as mãos para o alto. — A maluca da Lauren colocou aquela outra doida no meu pé a noite toda. Não tive como fugir.

— Eu sei. Pode ficar despreocupado, Cathy já deu o troco a ela. — Ele sorria, lembrando-se de algo.

— Como assim?

— As duas se atracaram ontem lá na boate. — Ele ria livremente como se aquela informação fosse mesmo divertida.

— O quê? — Fiquei tenso levantando da cama. Merda! Eu precisava encontrá-la.

Não me perdoaria se Cathy também estivesse fisicamente machucada, uma vez que, psicologicamente, ela estava arrasada. Eu tinha partido o seu coração, quebrado a sua confiança e permitido que Lauren colocasse as mãos nela. Não, esta parte eu não tinha culpa, mas ainda assim, de qualquer forma, eu não suportaria saber que justamente Lauren machucou Cathy, quando ela deveria querer machucar somente a mim.

— Cathy deu uma surra na Lauren — ele disse ficando sério de repente. — Serviu para mostrar com quem ela não pode mexer.

Tive que dar risada. A Cathy tão pequena, dando uma surra em alguém... inimaginável!

— Bom, talvez eu não esteja em maus lençóis. — Sorri com a possibilidade.

— Não conte com isso — comentou, escondendo alguma coisa.

Realmente eu não poderia contar com aquilo. Cathy não me atendeu o dia todo. Resolvi esperar até nos encontrarmos pela tarde, quando ela não tivesse mais como me evitar.

CATHY

Aquilo foi demais para a minha capacidade mental.

Eu não conseguia me concentrar e estava cada vez mais irritada com as tentativas de Thomas em conversar comigo. Ele não entendia? Precisávamos separar as coisas. Eu estava trabalhando, mesmo depois do choque, tinha a obrigação de cumprir com as minhas tarefas. Outra hora poderíamos falar no assunto... Ou não.

Não sei se eu teria capacidade ou coragem para ter aquela conversa com ele. O que eu poderia cobrar? Como diria a Thomas que achei a situação tão absurda que a minha única vontade era sumir? Como eu poderia dizer a ele que meu coração estava tão machucado que nenhuma palavra que me dissesse iria curar a ferida que me corroía cada vez mais? O pior de tudo, como conseguir conversar sem deixar que o nó em minha garganta se desfizesse num rio de lágrimas?

Desabafei com Mia, que entendeu todo o meu sofrimento, mas fazia questão de salientar que Thomas parecia não ter culpa, que tudo foi armação da Lauren. Ela estava com razão, eu vi que Sharon o beijou de surpresa, porém ele não reagiu mal ao fato. Além do mais, Thomas passou a noite inteira despejando seu charme para cima dela. Nem fez questão de ficar comigo, como sempre fazia.

E ainda existia nossa conversa antes de tudo acontecer. Eu não podia mais continuar. A minha única vontade era ir embora e esquecer tudo o que aconteceu. Só que eu não podia ir. Precisava suportar tudo, como prometi a Helen que faria. E iria cumprir. Depois estaria livre para desaparecer.

Estava tão presa em meus pensamentos que nem percebi quando a entrevista terminou e todos entraram no camarim, onde eu estava sozinha. Thomas veio em minha direção decidido, levantei, fingindo ter alguma coisa para resolver com Helen, mas ele gentilmente segurou o meu braço, falando tão baixo que apenas eu ouvi:

— Você vem comigo em meu carro e o resto da equipe no outro. — Olhei chocada para seu rosto, sem acreditar que ele faria aquilo. Thomas não recuou. — Precisamos conversar, Cathy. Não podemos mais adiar. — E ele não fez questão de esconder esta parte dos outros que entravam no camarim.

— Não. Eu tenho algumas coisas para resolver com Helen. Não vou para casa agora.

A verdade era que eu nem pretendia voltar para casa. Já tinha combinado com Mia que passaria a noite lá outra vez. Não tive coragem de olhar nos olhos dele para responder. Senti alívio quando Eric entrou no camarim para dizer que estava tudo pronto para a nossa saída e que poderíamos nos retirar.

Quando estava pegando a bolsa ouvi o Thomas chamar toda a equipe. Calmamente ele comunicou que precisava conversar comigo, por esse motivo eu iria com ele no carro e o restante do pessoal deveria seguir para casa sem problemas, que depois entraríamos em contato. Meu rosto ficou tão vermelho de raiva que pensei que teria um ataque ali mesmo.

— O que você está fazendo? — perguntei incrédula, me controlando para não gritar. — Eu não vou com você, tenho coisas para fazer.

— Resolva as suas coisas depois, agora eu preciso conversar com você. — A sua voz era estável e não demonstrava nenhuma emoção, o que me irritou mais ainda. Todos olhavam para mim, tentando descobrir o que ele estava planejando.

— Não, eu não vou. Eu. Não. Quero. Ir. — Olhei firmemente para que entendesse o quanto furiosa eu estava.

— Guarde a sua opinião para si mesma. Eu não estou pedindo nada, Cathy. Estou ordenando. Como seu chefe, tenho o direito de exigir. Vá para o carro e me aguarde lá.

Deu um passo em minha direção ficando tão próximo que eu podia sentir a raiva fluir do seu corpo. Estava pronta para protestar, gritar, qualquer coisa, quando Helen tocou em meu ombro me pedindo calma. Eu sabia exatamente o porquê da sua preocupação. Faltava pouco tempo para ela ter o bebê e não haveria mais tempo para encontrar alguém para substituí-la. Se Thomas me demitisse, ela ficaria impossibilitada de desfrutar seus sete meses com sua filhinha.

A culpa me atingiu. Sem contestar, virei e fui em direção à garagem. Não consegui conter as lágrimas que desceram pelo meu rosto. Entrei no carro cumprimentando Arnold com um aceno. Fiquei sentada lá por 15 minutos, até ele chegar.

Thomas foi sozinho, sem Eric como sombra. Chamou Arnold e deu algumas instruções. Entrou no carro em silêncio, permanecendo assim durante todo o caminho de casa. Paramos na garagem, o que normalmente não fazíamos. Vi Arnold estacionar o carro depois se afastar sem dizer uma palavra. Quando estávamos apenas nós dois, Thomas me olhou fixamente, aguardando minha reação. Permaneci impassível, olhando para fora. Eu sabia que a qualquer momento tudo iria desmoronar.

E foi o que aconteceu.

— Você entendeu tudo errado. O que você viu foi um engano, eu...

— Você não me deve explicações — cortei-o friamente. — Não quero ouvir suas desculpas. Não quero conversar com você nada que não seja profissional.

O nó em minha garganta se formava outra vez. Não sei como consegui ser tão fria, quando a minha única vontade era acabar de uma vez por todas com ele.

— Por que está com tanta raiva? Você mesma viu que aquilo foi uma armação da Lauren para irritá-la. A Sharon me pegou de surpresa, eu não estava esperando, não podia simplesmente empurrá-la, porque todos os fotógrafos iriam registrar o momento. — Ele gesticulava nervoso, indignado com a minha reação. — Cathy, o que você está pensando? Que eu ficaria com outra garota depois de tudo o que estamos vivendo? Ainda por cima na sua frente? O que você pensa que eu sou?

— Pare com isso, Thomas! — Minha raiva ardia em minha garganta. — Não subestime a minha inteligência. Você estava lá com ela, eu vi tudo desde o início. Você ficou tão... bobo que nem me notou. Acha que eu não percebi o quanto estava encantado?

— Como assim eu não notei você? Eu notei tanto que te vi achando uma graça o Irvin Campbell se derretendo pra você. Mas claro, este detalhe não colocaremos em pauta, não é? Eu ter alguma coisa com você era impossível, mas o Campbell convidá-la para jantar sem nem se preocupar comigo ao seu lado, estava tudo certo! Dentro da normalidade. Você sorria para ele. E onde estava toda a conversa sobre assédio sexual? — Ele explodiu levando toda a sua raiva à tona, o que só fez aumentar a minha. — Ainda por cima você se negou a falar comigo o dia inteiro. Como pode ser tão infantil? O mínimo que poderia fazer era conversar e resolver esse problema de uma vez por todas.

Minha raiva explodiu com aquelas palavras e comecei a falar sem pensar.

— É exatamente esse o problema. Era exatamente disso o que eu tentei convencê-lo o tempo todo. Nunca poderá existir nada entre nós dois, sabe o porquê? Simplesmente porque você não tem o equilíbrio necessário. Não consegue separar as coisas, não sabe ser profissional. A nossa vida diz respeito somente a nós dois, e não à equipe. Quem você pensa que é para me expor da forma que fez? Que direito você acha que tem para me punir, por algo que eu não fiz? Ou será que fiz algo de errado em relação ao meu trabalho? Sim, porque eu estou trabalhando, eu estava trabalhando o tempo todo e não me desviei um só momento, nem ontem lá na boate muito menos hoje. Por que você acha que tem o direito de me forçar a deixar meu trabalho de lado para ficar aqui no meio da tarde resolvendo problemas pessoais?

— Muito profissional a sua reação ontem com a Lauren. Não me parece uma atitude muito profissional sair aos tapas com uma colega. E por um motivo mais do que pessoal. — A repulsa em sua voz me chocou.

— Você a defende? Ok! Tudo bem. Agora você tem toda a liberdade para viver com ela e com todo o segredo a respeito do romance de vocês. Igual à idiota aqui. Pode ficar à vontade para ficar com Sharon, Lauren e todas as pobres coitadas que se envolveram com você. Aliás, eu nem sei porque estou dizendo isso, você sempre se sentiu à vontade, a maior prova disso foi todo o seu interesse pela Sharon Parker ontem à noite.

Eu estava com muita raiva. Falava e gesticulava tanto que nem percebi que as lágrimas tinham voltado a cair. Estava me sentindo humilhada. Era exatamente o que eu não queria que acontecesse. Depois daquilo a equipe saberia que eles tinham razão, que a coitada da Cathy era mais uma que caiu no papo do chefe.

— O que está dizendo? Eu tentei falar com você o dia inteiro e você se recusou! Tentei explicar que não aconteceu nada. Você tirou as suas próprias conclusões, e eu não poderia correr o risco de perdê-la. Se eu tivesse te deixado à vontade, você teria se trancado em seu quarto e não sairia antes de viajarmos. O que queria que eu fizesse? Você me forçou a agir assim.

— Não me importo com isso, Thomas! Você não entende! Me perder, por quê? O que você acha que tinha de mim? Isso é tão absurdo que nem sei como continuar. O que pensou que teria de mim? Que eu iria cair no seu conto e que me levaria para a cama?

Eu cairia. Até o dia anterior eu cairia, mas naquele momento eu estava tão por baixo que precisava fazê-lo acreditar que ele não significava nada para mim. Eu precisava ter certeza que ele se afastaria de uma vez por todas. Que colocaríamos um fim naquela história.

— Eu não estava tentando nada! O que deu em você? Não há motivo para tanto drama. Você sabe que eu não tive culpa! — ele gritava também. — Como pode falar assim depois de tudo o que vivemos? Eu mudei por sua causa, fiz de tudo para que confiasse em mim, para que me visse como o homem que eu gostaria de ser pra você. Eu me tornei este homem por sua causa. Somente por você e pra você. Lógico que eu queria que a gente transasse. Continuo querendo. Porém o sexo será apenas uma consequência natural do nosso relacionamento. — Thomas pegou meu rosto entre as mãos em uma atitude desesperada. — Cathy, você não vê? Não acredita em mim?

Eu me afastei dele rapidamente. Não podia deixá-lo me envolver novamente em seu jogo. Sabia o que ele queria com aquela conversa e ele não teria aquilo de mim. Lauren tinha razão, Thomas só queria brincar comigo, foi o que ele fez um dia antes. Brincou com os meus sentimentos. Eu nunca mais permitiria que ele me envolvesse com seus encantos, sua conversa fiada. Ele nunca mais teria nada de mim.

— Logo se vê que você não me conhece mesmo! Essa foi a pior estratégia já utilizada para conquistar uma mulher. O meu sonho não é ter um príncipe encantado, romântico e carinhoso. O meu sonho é ter um homem de verdade, com responsabilidade e, principalmente, respeito pelos meus sentimentos e objetivos. O homem que eu quero nunca iria me expor como você fez. Ele jamais passaria por cima dos meus valores. Você não é o homem dos meus sonhos, é o homem dos meus pesadelos. O que eu nunca quis encontrar, o que me tornou fria e seca por dentro, morta para o amor, morta para a vida... — Ele me interrompeu antes que eu conseguisse terminar.

— Eu não sou o homem dos seus sonhos — repetiu mecanicamente. — Entendi o seu recado. Não sei respeitar a Cathy profissional? Sinto muito!

Havia um tom de mágoa misturado ao sarcasmo em sua voz. Ele continuou a falar, olhando bem dentro dos meus olhos com uma frieza que me assustou.

— Eu não tinha entendido sua prioridade, até porque eu não teria como perceber, já que muitas vezes você aceitou se agarrar comigo no quarto, mesmo sabendo que a equipe inteira estava do lado de fora nos aguardando para alguma reunião. Realmente muito profissional da sua parte!

— O quê? — Eu não podia acreditar no que ele estava dizendo. — Thomas, você forçava a barra todas as vezes. Eu precisava ceder ou então aquilo não acabaria nunca.

— Claro! Eu forçava a barra. Com certeza eu forçava. — Passou a mão no rosto fechando os olhos com força em uma calma falsa. — Desculpe por isso também. Não percebi que você me empurrava para longe todas as vezes que eu te beijava. O pior é que eu acreditava que suas mãos estavam me puxando para mais perto do seu corpo e que não queriam me deixar. — Abri a boca para protestar, mas ele não me deu oportunidade e continuou a falar: — Eu sei que você gritou o tempo inteiro me pedindo para parar, mas eu só ouvia gemidos e sussurros tão quentes que me impeliam a continuar. E, muitas vezes achei que você estava enlouquecida de prazer, quando na verdade devia estar desesperada. O seu maior pesadelo estava tentando fazer você sentir vontade de transar com ele...

Cada palavra dele abria um buraco em meu peito. Olhar em seus olhos e ver a raiva que sentia por mim fazia daquele momento o mais terrível de toda a minha vida. Thomas sabia ser cruel e estava sendo. Era por isso que diziam que ele não tinha coração. Para ele pouco importava o mal que estava me fazendo.

Foi tudo muito rápido que só me dei conta quando acabou. Antes mesmo que eu pudesse pensar no que estava fazendo, levantei a mão e lhe dei uma bofetada certeira no rosto. Com certeza não o machucaria por fora, mas a ferida que eu queria provocar foi aberta. Thomas estava com a alma tão ferida quanto a minha, se é que tinha alma.

Vi as faíscas saírem de seus olhos me dando a certeza de que Thomas me mataria se pudesse. Imediatamente fiquei com medo da sua reação. E se ele revidasse? Um homem do tamanho dele era certamente muito mais forte do que eu. Tentei fugir. Abri a porta do carro e saí rapidamente em direção à escada que dava acesso à casa. Ouvi a porta bater com um estrondo e, quando olhei para trás, apavorada, vi um Thomas enfurecido vindo em minha direção.

Minha alma gelou! Ele me mataria, de certo.

Meu cérebro me alertou do perigo impelindo-me a correr. Tentei manter o máximo de distância para me proteger do que poderia acontecer. Abri a porta da casa, correndo em direção à escada. Se conseguisse alcançar meu quarto, estaria segura. Pelo menos por algum tempo. Ouvi seus passos atrás de mim e entrei em pânico. Thomas me alcançaria com facilidade.

— Cathy! Não corra! — ele gritava, me advertindo.

Sua voz era apenas fúria. Eu não podia parar, seria o mesmo que suicídio. Se Thomas conseguisse me alcançar, não sei do que ele seria capaz. Lógico que em circunstâncias normais respeitaria a minha vontade e mesmo irritado iria embora, mas essa era uma situação atípica. Eu bati nele, além de humilhá-lo e expulsá-lo da minha vida. Eu tinha aberto a porta para a fera que existia dentro dele, a que nem eu mesma sabia que existia, mas que estava estampada em seu rosto, correndo em minha direção.

Atirei meu corpo na direção da escada que ligava o primeiro ao segundo andar. Precisava correr o mais rápido que pudesse e até mesmo, além disso. Mas meu desespero era tão grande que minhas pernas não obedeciam ao comando do meu cérebro para ir mais rápido, por diversas vezes escorreguei.

"Merda de saltos", pensei com as lágrimas embaçando a minha visão. Para aumentar meu pânico, quando estava no meio do primeiro lance de escadas, Thomas conseguiu me alcançar, agarrando o meu braço, me puxando com força. Bati as costas no corrimão sentindo a dor que quase me paralisou tirando o meu fôlego.

— Pare!

Ele gritou, tentando me segurar na parede. Eu me debati, enlouquecida. Empurrei Thomas afastando-me o suficiente para conseguir subir mais um pouco.

— Volte aqui! Você está louca?

A voz dele estava carregada de raiva e seus olhos, negros de ódio. Com apenas um braço ele agarrou meus ombros forçando-me a olhar em seus olhos.

— O que você está fazendo, Thomas? Me solte!

Gritei e me debati com tanta força que consegui me libertar, empurrando-o mais uma vez para conseguir terminar de subir as escadas.

— Você não vai me dar um tapa na cara e sair impune. Não vai mesmo! O que está pensando?

Ele estava parado no início do corredor enquanto eu consegui correr até o meio. Porém Thomas não parou porque havia desistido e sim porque sabia que dali eu não teria mais para onde fugir. Ele sabia o que faria comigo e nenhuma porta ou grito o impediria. Mas não seria assim tão fácil. De repente, toda a minha raiva acumulada transbordou. Eu estava aterrorizada, mas não iria ser fraca. Eu lutaria até o fim.

— E o que você vai fazer?— gritei desafiadoramente. Eu estava cansada, triste, magoada e, acima de tudo, com muita raiva dele. — Vai me bater também? Vai mostrar quem realmente é? Não precisa, Thomas Collins, eu nunca me enganei a seu respeito.

E nesse momento ele avançou insano em minha direção. Corri tentando chegar ao meu quarto, no entanto Thomas me pegou antes que eu conseguisse abrir a porta, me prensando contra a parede. Sua respiração pesada foi o único som que ouvimos por alguns segundos. Ele me olhava fixamente e eu retribuía o seu olhar sem pestanejar. Eu estava alerta, atenta aos seus movimentos.

— Eu não vou te bater, apesar de você merecer por ser uma garota tão teimosa e geniosa. — Com uma das mãos, Thomas segurou meus braços contra a parede, acima da minha cabeça, com a outra segurou meu queixo com força. — Em vez disso eu vou mostrar o que é preciso para acalmar um gênio tão difícil quanto o seu.

Assisti em seus olhos o que ele pretendia fazer. Vi toda sua raiva se transformar em desejo, enquanto ele desviava sua atenção para a minha boca. Meu desespero aumentou. O que Thomas faria?

— Não, Thomas... — E ele me beijou.

Eu protestei, me debati sem nenhum resultado. Ele soltou meus braços então tentei afastá-lo com empurrões e tapas que não surtiam nenhum efeito em seu corpo. Mas em momento algum deixei de beijá-lo.

Meu corpo não registrava a rejeição que meu cérebro enviava, com isso a única coisa que eu conseguia sentir era desejo. Em pouco tempo meus empurrões se transformaram em puxões, meu ódio cedeu lugar para à ansiedade. Eu o queria mais do que qualquer outra coisa no mundo. Mesmo com toda a mágoa e tristeza que sentia, era Thomas quem eu queria. Em poucos segundos eu já estava conformada com o meu destino. Ele tinha derrubado todas as minhas barreiras, eu não teria mais como reerguê-las.

Só naquele momento entendi o porquê daquela reação tão absurda. Eu estava magoada porque ele era meu. MEU! E eu não suportaria perdê-lo para ninguém. Era isso o tempo todo. Então, como num passe de mágica, todos os meus medos sumiram, deixando em seu lugar apenas a certeza: eu era dele e não existia mais volta. Não era mais necessário lutar.

Thomas recebeu a minha mudança com desejo, me pressionando ainda mais contra a parede. Suas mãos exploravam o meu corpo com gosto, gemidos preenchiam o silêncio. Seus braços me suspenderam então prendi minhas pernas em sua cintura. Os lábios roçaram meu pescoço, a barba por fazer descarregava correntes elétricas durante o atrito com a minha pele. Eu queria mais! Eu queria tudo! Não existia espaço entre nós dois, mesmo assim eu tentava contrariar as leis da física forçando cada vez mais meu corpo contra o dele.

Ouvi a porta do quarto abrir e fui levada para o seu interior. Meus olhos estavam fechados de prazer, enquanto ele segurava em meus quadris e explorava com a língua o decote que revelava os meus seios. Fui jogada na cama, na mesma hora Thomas deitou sobre o meu corpo fazendo movimentos que demonstravam o quanto estava excitado. Quanto mais eu o sentia, mais o desejava.

Passei minhas mãos para dentro de sua camisa, arranhando suas costas. Sua pele se arrepiou e ele gemeu forte, mordendo meu queixo. Eu estava enlouquecida de desejo. Puxei sua camisa, tirando-a. Ele me beijava de maneira selvagem, me apertava contra si. Seus gemidos ecoavam junto com os meus pela casa silenciosa, fazendo coro. Suas mãos corriam por entre as minhas pernas. Gemi mais alto.

Thomas abriu o botão da minha calça com agilidade, colocando a mão por dentro da minha calcinha tocando-me como nunca fez antes. Não me importei com a sua ousadia, não havia mais pudores naquele momento, mesmo que existisse, eu não teria como evitar o prazer que ele me proporcionava ao tocar o meu corpo.

Ele me acariciava, enquanto seus lábios exploravam meu pescoço e meu decote. Uma onda de calor tomou conta de mim, enquanto o prazer se espalhava por todos os meus poros. Agarrei-o gemendo, deixando a sensação me dominar. Foi fulminante. Senti um calor intenso explodir em meu corpo e, por um momento, eu não consegui pensar em mais nada, apenas me entreguei àquele calor maravilhoso.

Logo depois, um misto de satisfação e serenidade foi ocupando o espaço onde antes havia só desejo. Todo o meu corpo entrou em um nível de relaxamento nunca antes experimentado.

Thomas esperou que eu me acalmasse. Suas mãos abandonaram meu corpo por um breve momento, para depois acariciar meus cabelos, tirando-os do meu rosto, onde estavam grudados pelo suor. Abri os olhos devagar, encontrando os seus, me encarando. Eu pensei que seria mágico, mas o que vi me chocou.

O homem que me encarava estava em conflito. Havia prazer e desejo em seu olhar, contudo, somado a estes eu podia identificar muita tristeza também. Por instinto minhas mãos foram ao seu rosto, acariciando-o. Nossos olhos sustentaram o contato por um bom tempo, enquanto eu presenciava seu impasse se transformar em decisão. Quando finalmente Thomas aceitou, percebi que dentro dele a tristeza conseguiu se sobrepor a qualquer outro sentimento.

Ele tinha vencido e eu perdido.

— Eu não sou o seu príncipe encantado, Cathy, mas sou o homem que você deseja. O único que te dá prazer. E você foi uma idiota em não perceber antes.

Então ele levantou da cama e foi embora, deixando-me sozinha naquela casa vazia, na total escuridão.

◀ CAPÍTULO 15 ▶

medo e descobertas

THOMAS

Eu me sentia péssimo! Traído. Desiludido. Como ela pôde fazer aquilo comigo? Era a primeira vez que eu permitia que alguém fosse tão fundo em meus sentimentos e o que Cathy fez? Ela me ridicularizou. Não acreditou em mim. Destruiu tudo, todo o meu esforço para conseguir demonstrar o que sentia. E eu a queria, apenas ela.

Por muito tempo acreditei ser indestrutível. Mero engano. Eu estava destruído. Partido em vários pedaços. Foi exatamente por este motivo que nunca me envolvi seriamente com ninguém. Para quê? Para bater de frente com uma virgem maluca que não conseguia relaxar, nem se entregar?

Minha raiva era tanta que quase não conseguia conter as lágrimas, mas eu era forte, muito forte. Consegui conter meus sentimentos por todos aqueles anos, tudo muito bem encoberto pela minha falta de interesse em algumas pessoas. Algumas pessoas... Cathy venceu minha barreira. Ela tinha mudado a minha vida, me mostrado a luz onde eu só via escuridão. Fizera com que eu desejasse o que nunca imaginei que desejaria.

Não dei uma palavra o caminho todo. Não havia mais nada a ser dito. Será que ela não percebeu que eu estava tão exposto quanto ela, que meus objetivos foram colocados de lado juntamente com os dela? E eu que era o egoísta da história! Ri amargamente da minha situação.

Dirigi que nem um louco até a casa do Dyo, já com Kendel, parecendo assustado no carro. Eu devia estar com uma cara terrível, pois nenhuma brincadeira foi feita pelo meu amigo. Vai ver minha cara realmente dava medo, como ela já tinha me dito uma vez. Deve ser por isso que ela fugiu de mim, como o diabo foge da cruz.

E eu fui embora. Não sei como consegui sair. Não sei como tive forças para deixá-la sozinha. A única coisa que sabia era que não podia continuar ali. Cathy disse que eu forçava a barra e que era por isso que ela cedia. E foi justamente o que eu fiz. Forcei até o seu limite e me arrependi imediatamente. Que raiva! Como ela pôde?

Quando Dyo e Raffaello entraram no carro, foram alertados por Kendel com um sinal para não dizerem nada. Melhor assim, eu ainda não estava em condições de conversar. Não sem demonstrar o quanto estava vulnerável. Continuei dirigindo, sem destino certo, queria fugir de todos aqueles pensamentos que me puxavam de volta à casa onde a deixei.

Pelo retrovisor vi o carro do Eric logo atrás do meu. "Seguranças", pensei com desânimo. Se ele estava atrás de mim, Cathy estava sozinha em casa. Provavelmente, quando eu voltasse, não estaria mais lá. "Talvez seja melhor assim", menti para mim mesmo, tentando conter a dor e o desespero dessa possibilidade ser verdadeira.

A dor me sufocava tanto que só consegui dirigir mais dois quilômetros e precisei encostar o carro, tentando respirar. Existia uma pedra sobre o meu peito, tão pesada que obstruía minhas vias respiratórias.

Um nó imenso trancava a minha garganta, me impedindo até mesmo de gritar. Fiquei ali sem vontade de pensar em nada, buscando forças para me reerguer quando ouvi o celular tocar. A esperança de que fosse ela me pedindo para voltar e esquecer tudo o que aconteceu queimou o meu coração como uma fogueira, porém logo foi apagada com um balde de gelo assim que olhei para o visor e vi que a ligação era do Eric.

Passei meu celular para Dyo. Eric queria saber se estava tudo bem, tinha me visto sair um pouco transtornado por isso resolveu me seguir. Dyo lhe explicou que estava tudo bem.

Respirando com dificuldade dei as costas e saí do carro. Comecei a andar em direção à praia, como se ela pudesse me devolver as forças necessárias para continuar de pé. Não tinha percebido que meus amigos estavam logo atrás de mim.

— O que você fez foi dar um tiro no pé. — Dyo começou a falar, antes que eu conseguisse parar.

— O que eu fiz? — Sentei na areia e coloquei minha cabeça entre os joelhos. — Me diga, Dyo, já que você parece decidido a me dar um sermão, independentemente de eu estar disposto a ouvir ou não.

— Não vou dar sermão algum. Como se isso fosse resolver alguma coisa. Só quero dizer que ficamos todos em alerta. O que você fez? Demitiu Cathy? Não, acho que não. Ela se demitiu, não foi?

— Não. Não sei o que vai acontecer. Não antes de voltar para casa, o que não pretendo fazer tão cedo.

— Thomas, olhe para mim. Vale mesmo a pena? Você quer tanto levar aquela garota pra cama, que vale fazê-la passar por tudo isso? Pra quê? Quando se cansar dela, como aconteceu com todas as garotas com quem você já se divertiu, não apenas terá perdido uma excelente funcionária, como também terá expulsado de sua vida uma garota maravilhosa. Por que não sai e se diverte com uma de suas amigas que estão sempre dispostas a ser iludidas? — Suas palavras me atingiram como um soco. Dyo nunca entenderia. — Transar com Cathy será um risco enorme. Ela está envolvida demais nesta história. Tudo o que você conseguiu foi lhe causar tristeza e desespero.

— Você está errado!

— Estou? Ela é virgem, Thomas! Está aguardando seu príncipe encantado, ou qualquer coisa do tipo e ele não é você!

— Por que não? — Meu coração quase explodiu de dor. — Por que não posso ser este homem? Por que eu não tenho o direito de mudar e ser o que ela precisa? Nós nos entendemos, somos parecidos em muitas coisas, gostamos de estar um com o outro...

Eu procurava desesperadamente razões para acreditar que era possível. Para fazer alguém acreditar que era possível. Porque simplesmente foi o que mais almejei nos últimos meses. Eu queria ser a pessoa que Cathy desejava. Lutei comigo mesmo para que fosse uma realidade e não mais um sonho.

— Não é o bastante. Além do mais, se a conhecesse tão bem quanto está dizendo, jamais teria feito o que fez hoje. Nunca teria interferido na vida profissional dela. Nunca iria impor a sua vontade só pelo fato de ser seu chefe, principalmente quando o assunto era pessoal. — Ele olhou para mim desafiadoramente.

— Ele tem razão! — Kendel se manifestou pela primeira vez. Pelo visto todos estavam contra mim. Senti vontade de enterrar minha cabeça na areia e não tirá-la nunca mais.

— Eu não sabia o que fazer. Isso tudo é novidade para mim também. Não queria passar por cima dela, mas precisava esclarecer um mal-entendido. Eu estava com medo! Ela não me atendia, não queria falar comigo. Se eu deixasse, Cathy fugiria outra vez e eu não iria suportar.

— É. E assim você mostrou pra ela o quanto é arrogante e egoísta? Ótimo! Agora Cathy sabe exatamente quem você é. Me sinto mais tranquilo agora, pelo menos sei que a coitada não irá cair na sua lábia. — Foi exatamente o que ela disse.

As palavras do Dyo cravaram uma faca em meu coração. O que fazer para que as pessoas percebessem que eu não era mais a pessoa que demonstrei ser durante tanto tempo? Que passei a ser apenas eu mesmo e tudo por causa do que eu sentia por ela?

— Você não sabe do que está falando. — A mágoa me corroía.

— A única coisa que sei é que ela não merece ser mais uma para a sua coleção. Acabou, Thomas! No início era até engraçado, mas ela já mostrou o seu valor para todos nós, não posso permitir que continue brincando com os sentimentos dela. Cathy é diferente e você nunca vai conseguir enxergar isso.

— MEU DEUS! O QUE POSSO FAZER PARA QUE TODOS PERCEBAM QUE EU JÁ SEI DISSO? — gritei desesperado.

Dyo congelou imediatamente.

— Dyo, me escute um minuto, por favor, já que você está aqui e me disse tudo o que acredita. — Tentei controlar o meu desespero. — Eu penso do mesmo jeito que você.

— Ótimo!

— Espere, eu não terminei. — Resolvi abrir meu coração para eles. Era o que eu precisava naquele momento. — No início era exatamente o que eu queria, eu não sabia que ela era virgem e tudo mudou quando soube. Na verdade, hoje percebo que tudo já havia mudado antes mesmo de eu saber. Primeiro fiquei curioso. Era tudo tão diferente do que estava acostumado, então fui me envolvendo tanto que acabei preso. Não tenho como voltar atrás, você me entende?

— Não, não entendo. E, sinceramente, não acredito em você.

— Dyo, alguma vez, nesses anos todos que me conhece, você me viu desperdiçar tanto tempo com alguma mulher?

— Não. Mas Cathy tem um atrativo a mais.

— Dyo, *tá* legal, cara! Eu morro de tesão por ela, admito, mas é diferente. Cathy é única! A forma como somos juntos, nossas conversas, nossas brincadeiras, sua pele macia, a voz... É tudo diferente.

Lágrimas rolaram dos meus olhos me deixando tão surpreso quanto ao meu amigo. Olhei para minha mão úmida me deixando tão frágil que poderia quebrar ao meio. Sentei e abracei meus joelhos, assustado. Dyo me olhava admirado, enquanto o silêncio tornava a situação bastante constrangedora.

Um sorriso surgiu em seu rosto. Baixei a cabeça com vergonha do meu comportamento. Não só naquele momento, mas principalmente por todos os absurdos que já tínhamos vivenciado em se tratando de mulher.

— Meu amigo, estou vivendo uma situação inédita. Você está amando?

Ele sentia prazer em constatar tal fato. Eu mesmo nunca tentei definir o que sentia até aquele momento. Será que realmente eu estava amando? Nunca uma mulher despertara em mim sentimentos tão contraditórios ao mesmo tempo. Era uma sensação de angústia e prazer inexplicável. Um fogo que ardia e gelava, que queimava por dentro, mas não causava dor. Seria amor o que eu estava sentindo? E agora?

— Eu não sei o que dizer, Dyo. Nunca me senti assim. E o pior de tudo é que Cathy é louca! Fez a maior confusão hoje, não quis me ouvir, para piorar tudo, ainda me deu um tapa na cara no meio da nossa discussão, depois fugiu como se eu fosse o louco psicótico. Dá para acreditar nisso? — Omiti a outra parte, ela não precisava de mais exposição.

— Ah, dá sim! Em se tratando da Cathy, consigo até visualizar a cena. — Dyo riu da minha cara. Não existiam ironia, nem escárnio em sua risada, era apenas mais uma constatação.

— Do que você está rindo?

— Da situação ridícula que vocês dois criaram. Duas pessoas leigas na mesma matéria, descobrindo pela primeira vez o amor. Que lindo! Dá para escrever um livro. — E voltou a rir. — Só que vocês são dois adultos. Deveriam cuidar do problema como tal e não como dois adolescentes recém-saídos do colegial. O que falta, então? Se vocês se amam, o que falta para toda essa pressão acabar?

— Ela não está apaixonada por mim!

Mais uma vez fiquei surpreso com a tristeza que essas palavras me trouxeram. Ela não me queria e me dera todas as provas disso. Cathy disse que eu era o seu pior pesadelo.

— Ah, está sim! Tão apaixonada que não consegue esconder de mais ninguém, Thomas. Todos nós já tínhamos percebido. Por isso estávamos defendendo tanto ela de você. E você já deveria ter percebido também. Dá para ver só na forma como ela te olha, ou como suspira quando você passa perto demais, ou como fica sem jeito quando estão conversando na presença de outras pessoas. Ou até mesmo em quando ela começa a olhar o relógio de cinco em cinco minutos, quando está chegando a hora de vocês irem embora. E, sinceramente? Todo mundo sabia que ela corria para o seu quarto no meio da noite. Chegamos até a fazer uma aposta para saber se ela ainda era virgem. Sinto muito por isso e nunca deixe Cathy saber desta parte sórdida. — Olhei para meus amigos e vi que todos sorriam para aquela realidade.

— Bom, estão todos enganados. Ela mesma me falou hoje que não quer mais que eu encoste nela. — Lutei contra a faísca de esperança que ressurgia em meu peito.

— Ela disse? — Ele parecia animado com a situação. — Vamos lá, você precisa dizer diretamente a Cathy o quanto está apaixonado. — Tentou me puxar pelo braço. — Tenho certeza que quando ela ouvir de você, tudo vai mudar.

— Pode até ser. Vocês podem estar com razão. Mas não posso ir para casa agora. Ela vai me expulsar com certeza, se é que ainda está lá.

Meu medo de que essa última parte fosse verdade foi tão forte que peguei o celular e comecei a discar para ela, mas interrompi a ligação antes mesmo de completar.

— Não sei se posso fazer isso — constatei, derrotado.

O que aconteceu entre nós dois mais cedo foi forte demais. Eu não poderia resolver tudo com uma ligação, ou simplesmente aparecendo em casa com a maior cara limpa pedindo desculpas.

— Por que não? — Raffaello interrompeu minha reflexão.

— Por que ontem eu disse que não sabia o que sentia por ela. Sei que Cathy ficou decepcionada comigo. E agora, depois de tudo... Depois de toda a nossa discussão... — Pensei no que poderia dizer. — Dissemos muitas coisas ruins um ao outro. Não sei se será capaz de me perdoar. Não sei o que dizer para mudar o que aconteceu.

— Você quer ficar com ela? — A pergunta do Kendel me fez revirar os olhos. Era lógico que eu queria.

— É o que mais quero, Kendel!

— Então levante daí e vá atrás dela. Vocês já perderam tempo demais com essa coisa de sim e não.

— E o que eu vou dizer? — perguntava mais para mim mesmo do que para ele.

— Na hora você vai saber. Essas coisas não se programam. Não estamos num filme, Thomas, chegue lá e diga o que tiver vontade, ou não diga nada. Muitas vezes uma atitude vale mais do que as palavras. Só quando você estiver com ela vai saber o que fazer.

Esse era um dos momentos raros na minha vida. Kendel finalmente falava algo que não era absurdo, nem lógico demais, nem idiota demais. Ele estava com razão. Estava coberto de razão.

De súbito tudo se tornou tão claro e perfeito, tão completo como eu nunca iria imaginar. Eu tinha certeza dos meus sentimentos, estava certo do que queria e não iria mais fugir nem evitar.

Então o amor era assim? Corria por minhas veias como adrenalina, acelerava o meu coração, estimulava o meu raciocínio, guiava os meus passos. Eu estava amando. Era tão maravilhoso!

— Preciso ir para casa. — Uma ideia assaltou meus pensamentos. — Mas antes eu tenho que fazer uma coisa.

CATHY

 Ele me deixou ali, sozinha. Não apenas fisicamente, emocionalmente também.
 Thomas desistiu de mim, de nós dois. Ele me abandonou. Depois de tudo o que passamos, de tudo o que desejamos viver juntos, ele foi embora sem olhar para trás. O meu desespero era tanto que me prendeu à cama, imóvel, completamente perdida e desorientada. O que eu faria? Ele não me queria mais. Só de pensar nesta possibilidade, um buraco profundo se abria em meu coração. Logo aquando entendi que não valia mais a pena lutar contra.
 Não sei por quanto tempo fiquei deitada sem me mover, quando dei por mim já era noite e Thomas ainda não tinha voltado. Mas ele teria que voltar. Tínhamos uma viagem agendada para o dia seguinte. Ele voltaria. Meu coração se encheu de esperança. E se ele realmente não me quisesse mais? Como eu conseguiria olhar em seus olhos? A dor da rejeição era imensa.
 Levantei decidida a tomar um banho. Demorei o máximo possível embaixo d'água. Deixei que ela levasse cada pedacinho de medo que restava em meu corpo. Fui ao *closet*, vesti a primeira camisola que encontrei, depois voltei para o quarto vazio. Ele parecia enorme e frio.
 Eu estava cansada, porém não queria me deitar naquela cama tão cheia de lembranças, tão repleta do cheiro dele. Só de olhá-la eu conseguia sentir o nosso calor. Como foi que tudo aconteceu mesmo? Como pude ser tão insegura? Ele estava comigo, dava todos os sinais de que queria ficar, mas fui tão tola e infantil, me deixei levar pela dúvida, pelo medo.
 Deixei que meu receio de ser uma pessoa triste e sem vida, como a minha mãe, me tornasse exatamente o que eu mais temia. Porque era assim que eu me sentia, triste e sem vida. Thomas foi embora levando o que havia de melhor em mim, deixando apenas aquela imensa dor. Pensei em todos os sentimentos contraditórios que me atormentaram quando estávamos juntos. Onde eles estavam naquele momento? Por que eu estava tão certa do que queria? Por que não tinha mais medo?
 Eu lembrei de minha mãe e de todo seu sofrimento. Finalmente podia entender porque ela nunca conseguiu abandonar o meu pai. Ela o amava demais, quando descobriu que ele já era casado com outra mulher, não havia mais como mudar os seus sentimentos. Porque, por pior que seja, não existem formas de fugir do amor, muito menos de desistir dele. Não é possível conseguir deixar de senti-lo. As pessoas mais fortes conseguem viver sem o grande amor da sua vida, mas não conseguem arrancar do coração o sentimento. Era assim com Lauren também.

Eu chorava, não podia evitar. Fui tão burra!

Com raiva, atirei meu celular na parede. Ele se partiu em pedaços, mas eu estava pouco me importando. Nada mais me importava. Aproveitei o vazio da casa e decidi me deitar em um dos imensos sofás do térreo. Ficaria longe das lembranças do quarto.

Andei lentamente e cabisbaixa. Encarar a vida, ou que sobrara dela, era extremamente triste. Thomas era tão presente, tão sólido, eu jamais conseguiria torná-lo parte do meu passado, já que, com certeza, ele deixava de ser o meu futuro.

Quando cheguei ao alto da escada ouvi vozes do lado de fora da casa. "Thomas voltou", pensei, emocionada. "Ele voltou para mim". Precisei me conter para não correr pelas escadas e implorar para que me desculpasse. Senti meu coração acelerar com a expectativa do nosso reencontro. Aguardei um pouco até que ele estivesse do lado de dentro.

O silêncio me fez perceber que eram duas vozes e não uma, "Ele está acompanhado?" pensei com dor. E se tivesse arrumado uma forma de me punir, me mostrar o quanto fui idiota e infantil? De me fazer entender que o perdi para sempre? Senti meus olhos molhados quando comecei a descer as escadas para tentar escutar o que diziam. Eu precisava ter certeza do que ele estava fazendo.

Assim que me posicionei para escutá-los melhor, congelei com a constatação: não era a voz do Thomas. Não era a voz de ninguém conhecido. Eram pessoas estranhas na porta da frente. Desci apreensiva mais um degrau para me certificar. "Seriam *paparazzi*?". Onde estava Eric? Com certeza foi atrás de Thomas.

Desci mais um degrau, ainda invisível para eles e fiquei bem quieta, esperando que desistissem, ao perceber que não havia ninguém em casa. Quando Eric voltasse eu contaria tudo a ele. Alguém teria de colocar um freio naquele *paparazzi* sem noção. Como eles podiam ter a coragem de tentar entrar na casa de uma pessoa, sem serem convidados? O que queriam? Fiquei bem quieta tentando obter o máximo de informações. Então consegui ouvir o que conversavam.

— Tem certeza que não tem ninguém? — Era uma voz rouca, grossa.

Imaginei que pertencia a um caminhoneiro ou a um estivador, desses de filme mesmo. Rude e grosseiro. Não era a voz de um repórter, disso eu tinha certeza. Gelei.

— Tenho sim. Fiquei de vigia o dia inteiro. Vi quando o motorista chegou com os dois e depois de um tempo vi o atorzinho indo embora, logo atrás dele estava o segurança. Os funcionários saíram, antes deles chegarem. A garota eu não vi sair. Deve estar aí dentro.

— A outra voz era mais fina e mais segura.

— Beleza! A casa é muito grande e parece repleta de objetos de valor. Acho que vamos faturar mais alguma coisinha com esse serviço. — Eles riram baixo com as vozes cheias de malícia.

Meu Deus! Eram ladrões!

Eram ladrões e eu estava ali sozinha naquela casa imensa. Que droga! Eric precisava ir com o Thomas? E por que Thomas tinha levado Eric? Ele não percebeu que com isso eu fiquei sozinha, desprotegida? Lembrei-me de todas as vezes em que ele pedia a Eric para ficar, alegando que não podia me deixar só na casa. Por que eles não fizeram o mesmo dessa vez? Foi mais uma constatação de que ele desistiu mesmo de mim e não se importava com nada que pudesse acontecer comigo. A tristeza quase me sufocou.

O desinteresse do Thomas tinha me atirado nas mãos de ladrões. E se eles conseguissem entrar, o que eu faria? Pensei em gritar e depois lembrei que não havia ninguém para ouvir, além dos próprios ladrões.

A polícia! Era isso, eu precisava ligar para a polícia!

Procurei meu celular e lamentei ao lembrar que ele estava todo espatifado no canto do meu quarto. O telefone, apesar de sem fio, estava em algum lugar da sala onde não poderia pegar, pois me revelaria para os ladrões. Pensei várias vezes no que fazer. Ouvi a porta ser forçada, me deixando em desespero. Respirei mais aliviada quando percebi que eles não conseguiram abrir. Pelo menos eu estava dentro e eles fora. Alguém poderia chegar a qualquer momento e eles iriam embora.

— Não podemos arrombar, esse povo importante tem sistema de alarme ligado à porta. A polícia pode ser acionada. É melhor tentarmos o vidro mesmo. É mais fácil e não corremos o risco de sermos surpreendidos — o da voz fina falou.

Meu Deus, o que eles vão fazer? Derrubar todas as portas de vidro?

— E a garota? Ela pode ouvir alguma coisa e avisar a polícia.

— Não se preocupe. Ela deve estar dormindo. Não tem nenhum movimento na casa. Nenhuma luz acesa e nem barulho. Fiquei bem alerta quanto a isso.

— Ela vale a pena?

— Se vale! É uma beleza. Um corpo de fazer cair o queixo. Você não viu as fotos?

— Não. Não vejo essas coisas... mas se é assim, teremos um grande lucro.

Riram me desesperando ainda mais. Estavam falando de mim, eu era o lucro. Enfiei as unhas em minhas mãos até sentir a ferida se abrir. Eu não podia gritar. Não podia alertá-los da minha presença.

Mas eu podia tentar sumir dentro da casa. Ela era muito grande, com certeza não conseguiriam vasculhá-la em tempo hábil. Pensei nas possibilidades, descartando o andar de baixo. Não teria como passar despercebida. Só existia o andar de cima. O lugar mais seguro era o meu quarto, que ficava no final do corredor. Era mais provável que vasculhassem os primeiros cômodos e nestes havia coisas de valor suficientes para deixá-los satisfeitos.

Sem fazer barulho, subi as escadas. Fiquei bem quieta tentando escutar o que diziam. Silêncio. O que eles estavam tramando? Onde estariam? Todo o meu corpo ficou atento. Os meus músculos estavam tão rígidos que eu não sabia se conseguiria correr caso fosse necessário.

Foi quando ouvi um barulho vindo de baixo. "A grande porta de vidro", pensei, em pânico. Eles disseram que era mais fácil. Eu sabia que a porta e as janelas possuíam alarme, mas e as portas de vidro? Estiquei-me para olhar sem chamar a atenção deles. Vi quando duas sombras, que deveriam ser dois homens, tiraram uma ferramenta de uma grande bolsa e a posicionaram no acesso à piscina e à praia.

Estava muito escuro e não dava para ver como eram, apenas pude verificar que um era baixinho e gordo e o outro alto e forte, "estilo Kendel", pensei amedrontada.

A ferramenta fez uma circunferência perfeita no vidro, sem nenhum barulho, depois outra retirou o tampão que se formou, também de forma bastante silenciosa, abrindo uma entrada para a grande sala. Eles iriam entrar. Não havia mais obstáculos.

Meu cérebro mandava tantas informações, mas ao mesmo tempo eu não conseguia raciocinar. Foi tão rápido, não mais do que dois minutos para eles entrarem sem fazer qualquer alarde, e eu continuava ali, congelada. Meus pés não respondiam. Eu precisava dominar o meu corpo, ou então eles me pegariam e eu sabia exatamente o que queriam.

"Thomas, cadê você?"; minhas lágrimas começaram a cair. Respirei fundo, me obrigando a voltar bem devagar para o meu quarto. Cada passo pareceu durar uma eternidade, mas enfim eu consegui chegar. Fechei a porta com o maior cuidado, trancando-a. Talvez não se dessem ao trabalho de me procurarem. Essa era a minha esperança. Eu me agarraria a ela até o fim.

Peguei o meu computador, acessei a internet, abri meu e-mail e digitei uma mensagem para Mia, pedindo socorro. Enviei com cópia para Dyo. Fechei os olhos e comecei a rezar para que a ajuda chegasse logo.

O tempo passava lentamente, eu conferia meus e-mails a todo minuto na esperança de uma resposta. Nada. Com o quarto escuro, tive medo de que conseguissem ver a luz do computador por baixo da porta, então resolvi desligá-lo. Se alguém recebesse a minha mensagem, não iria se dar ao trabalho de responder, chamaria a polícia, pensei esperançosa.

Tive medo de Thomas chegar e ser surpreendido pelos bandidos. Só a ideia já me deixou aterrorizada. Nada poderia acontecer com ele, eu não suportaria. Então, de repente, comecei a agradecer a Deus por estar sozinha. Se estivéssemos juntos e os bandidos conseguissem o que pretendiam, Thomas sofreria muito. Eu aguentaria o sofrimento, mas não suportaria vê-lo passar por isso. Por mais que ele tivesse me abandonado, por mais que ele tivesse decidido não me querer mais.

Ouvi passos no corredor. Eram eles. Eu estava enganada, nada de valor que havia no andar de baixo era suficiente para pessoas com um objetivo em mente. Fiquei atenta aos seus passos. Percebi que estavam vasculhando os cômodos.

A cada minuto, mais desesperada eu ficava. Cada vez que os passos recomeçavam minha angústia me devastava. Eles entraram no quarto do Thomas, não demoraram nem cinco minutos por lá. Em menos tempo do que isso, estavam à minha porta. Vi quando forçaram a maçaneta, sem conseguir abrir. Sentei encolhida no chão do quarto. Queria poder sumir, ser capaz de desaparecer sem deixar vestígios.

— Ela deve estar dormindo. As luzes estão apagadas, nenhum barulho vem lá de dentro.

— Nada. Ela é esperta. A contratante me avisou. Ela deve ter percebido a nossa presença e se trancou aí dentro — falavam livremente, sem se dar ao trabalho de esconder sua presença.

— Abra esta porta, garota! Facilite as coisas para todos nós — o de voz fina falou.

Fiquei paralisada. Não conseguia parar de tremer. Não conseguia chorar. Pensava a todo vapor em busca de uma forma de escapar. Só existiam duas saídas: a porta de entrada ou a enorme janela de vidro. Pela porta era impossível e pela janela, muito arriscado. Estávamos no segundo andar, a queda poderia me machucar de verdade. Eu ficaria ferida, talvez até tivesse algo mais graves. Ainda assim, era melhor do que cair nas mãos deles. Fiquei pensando, tentando decidir o que fazer.

— Docinho, não nos faça esperar muito tempo. Seja boazinha com a gente e seremos bonzinhos com você.

Não havia mais o que pensar, eu precisava agir. Olhei para o quarto procurando algo que me ajudasse a quebrar o vidro. Tinha que ser grande, mas que exigisse uma força maior do que a minha, pois seria apenas uma chance. Não poderia ser algo que me fizesse bater várias vezes para conseguir quebrar o vidro. Pensei na espreguiçadeira, mas era muito pesada. Só o tempo que eu perderia para levantá-la seria suficiente para eles entrarem. O computador era mais leve e eu aguentaria carregá-lo. Quando estava prestes a pegá-lo eles gritaram de fora do quarto:

— Uma porta não vai nos impedir de entrar e uma queda desta altura não irá nos impedir de alcançá-la. Pense bem, ninguém precisa se machucar, aliás, você não precisa se machucar. — Ouvi mais risadas do outro lado. Eles estavam contando com a vitória. Tinham conhecimento do quanto eu estava aterrorizada e isso parecia aumentar o seu prazer.

Eles sabiam o que eu estava planejando. Viriam atrás mim de qualquer maneira, então começaram a forçar a porta, depois a empurraram. A qualquer momento ela cederia, já que não era uma porta forte, projetada para resistir a pancadas, era uma frágil, com a única finalidade de ser bonita. Mais uma peça de decoração para a casa perfeita.

Sem pensar, peguei o computador e o atirei com toda a força no vidro; era tudo ou nada. Os pedaços se espalharam por todo o quarto com um barulho ensurdecedor, não só da pancada ou do vidro quebrando, mas também do barulho do vento forçando a sua entrada no quarto.

Eu sabia que a distância da nossa casa, para a mais próxima era grande demais para alguém ouvir o que estava acontecendo. Senti o vento, vindo do mar, entrar com força no quarto, revirando os papéis sobre a minha mesa. A cena lembrava a ideia que eu tinha do fim do mundo.

Eu estava sangrando na mão e num dos pés por causa dos estilhaços e o sangue pingava pelo chão do quarto. Por alguns segundos fiquei encarando as pequenas gotas de sangue como se estivesse em um filme de terror, até que mais uma batida me fez reagir.

Cheguei mais próximo do buraco que ocupava o que antes era uma grande janela de vidro e olhei para baixo, vendo o jardim. Era mais alto do que imaginei, o que me machucaria com certeza. O medo conseguiu ser mais forte do que a coragem de pular. Ouvi uma batida bem forte atrás de mim me alertando de que iriam derrubar a porta a qualquer momento. Eu precisava decidir o que fazer.

Antes de conseguirem derrubá-la, corri de volta para o *closet*, passando por cima da cama e me tranquei, com a estratégia para despistá-los. Eles pensariam que eu tinha pulado e correriam atrás de mim. Assim eu esperava.

Encontrei um espaço entre os vestidos longos de festa, achei que seria o local perfeito para me esconder caso resolvessem saquear o meu quarto também. Sentei com as pernas dobradas, me espremendo o máximo possível rente à parede e permaneci ali, sem me mover.

— A desgraçada pulou mesmo. Aquela vadia. Bem que a dona falou que ela era escorregadia — ouvi os dois gritando dentro quarto.

— Nós vamos pegá-la. Disso eu tenho certeza. — Um segundo de silêncio e ele acrescentou: — Olhe no banheiro, não vejo sinal de uma queda. Se ela tivesse pulado, no mínimo quebraria um pé. Não teria tempo de sumir das nossas vistas, assim tão rápido. Também não tem marcas de sangue lá embaixo. Fique atento, ela pode estar escondida. Vasculhe o quarto, não deixe passar nenhum buraco em que aquela vadia possa caber.

Merda! Eles iam me achar. Deus! Será que ninguém tinha recebido a minha mensagem?

Presa no *closet* eu não teria como escapar. Quanto tempo já tinha se passado desde que Thomas saíra? Ele já devia ter voltado, com Eric, de preferência, e com a polícia, já que, pelo tempo, deveriam ter sido alertados por Mia ou Dyo.

O tempo passava, mas o único som que eu ouvia era das coisas reviradas e quebradas do lado de fora do *closet*. Então era isso? Era assim que terminaria? Essa seria a minha última imagem? Não. Minha mente se recusava a aceitar aquele momento horrível. Se eu tivesse de morrer, e eu certamente iria, a última imagem que gostaria de ver era o rosto do Thomas, sorrindo travesso para mim. Ou com seus olhos cheios de desejo.

Era isso o que eu iria fazer, ficar com ele. Fechei os olhos e tentei pensar em coisas boas, enquanto os ouvia revirar o meu quarto. Pensei no meu primeiro dia ali, em toda a minha expectativa com o novo emprego. Pensei na primeira vez em que vi Thomas; meu coração recebeu essa imagem com muito calor fazendo-me sorri das ironias da vida.

Eu me guardei todos aqueles anos. Recusei-me a aceitar o amor como parte da minha vida. Evitei os momentos de prazer, afirmando para mim mesma que isso era dispensável. Eu mentia. Não só para os outros, mas para mim mesma. Queria tanto acreditar que o amor não faria falta em minha vida que acabei aceitando como uma verdade absoluta. Até conhecer Thomas.

Bastou olhar para ele para entender que, na verdade, eu esperava pela pessoa certa, aquele que seria o meu príncipe encantado, não precisava nem ser príncipe, mas precisava me encantar. E eu me encantei com ele desde o primeiro momento. Sabia que seria dele desde o nosso primeiro beijo.

Deixei as lágrimas chegarem e me senti feliz por ainda poder chorar. Eu realmente queria chorar, queria lamentar tudo o que deixaria de viver com ele, tudo que tinha escolhido viver apenas com ele, mas que não poderia mais. Agradeci os momentos em que estivemos juntos percebendo o quanto fui feliz ao seu lado. Eu me sentia leve, completa.

— Ela está aqui dentro deste quartinho. — A porta foi forçada me fazendo estremecer.

— Agora você não tem mais para onde fugir.

Ouvi as palavras ao longe. Eu estava conseguindo me distanciar. Uma onda de felicidade tomou conta do meu coração. Eu fui feliz. Contra todas as expectativas, consegui amar e ser feliz.

Por esse motivo, eu poderia ficar ali, trancada dentro de mim, apenas com Thomas. Ficaria revivendo todos os nossos momentos, todos os nossos sorrisos, todos os nossos beijos. Até que meu corpo sucumbisse ou até que meus sonhos se tornassem realidade. Eu era capaz de conseguir fazer isso. Era capaz de sumir dentro de mim mesma então foi o que fiz. Não seria deles, seria apenas do Thomas.

Deixei meus pensamentos me levarem além do tempo. A felicidade na qual eu estava atrelada não permitia que meu corpo sentisse os efeitos daquela realidade. Éramos só nós dois. Em nenhum momento específico, em nenhuma data especial. Eu me contentava apenas em olhar os seus olhos, sorver suas palavras, em me perder em seus sorrisos.

— Cathy!

Não sei quanto tempo fiquei perdida dentro de mim. Vivi e revivi tantas vezes os nossos momentos que comecei a ouvir a sua voz chamar o meu nome. Meu coração ganhou força com a sua voz tão presente, tão verdadeira.

"Eu morri", pensei feliz e aliviada.

Eu consegui, Thomas, eu fui só sua.

CAPÍTULO 16
Depois da tempestade... A entrega

THOMAS

Eu estava voltando para casa. Ansioso para chegar. Dyo tentou falar com Cathy diversas vezes, mas o celular sempre caía na caixa postal. Ela desligou com raiva de mim, com certeza. Sem problemas, eu iria encontrá-la. Iria buscá-la onde quer que estivesse. Não iria perdê-la novamente. Nunca mais.

Era incrível a certeza que eu sentia de que tudo acabaria bem. De que nós ficaríamos juntos para sempre. Eu a queria, e lhe entregaria o meu coração. A felicidade estava tão presente que era visível. Não havia mais dúvidas, receios ou inseguranças. Eu sabia que pertencia à Cathy e ela a mim. Mesmo sem a sua revelação quanto aos sentimentos, aquela era uma verdade tão inevitável quanto o nascimento do sol todos os dias.

Quando eu estava chegando à casa do Kendel para deixá-lo, o celular do Dyo tocou. Pensamos que fosse Cathy, mas para minha surpresa era o administrador do meu condomínio avisando a Dyo, o encarregado pela minha administração, de que alguma coisa aconteceu em minha casa.

"Meu Deus Cathy", foi a primeira coisa em que pensei. Voei para lá sem me preocupar com sinalização ou qualquer outra regra de trânsito. Eu queria chegar. Queria ter certeza de que ela estava bem. Só assim voltaria a ter paz.

Ainda distante, dava para ver as luzes das viaturas na porta da minha casa. Comecei a tremer. Parei o carro no meio da rua e corri, sem me preocupar com chaves ou documentos. Alguns policiais tentaram me deter, mas consegui passar sem maiores problemas. Eles sabiam quem eu era e a quem a propriedade pertencia. Os rapazes estavam logo atrás de mim.

Mal consegui chegar à porta e encontrei com Mia, saindo para o jardim. Ela chorava desesperada. Meu coração descompassou, minha cabeça começou a girar e meu estômago se contorceu.

— O que aconteceu? — gritei. Não tinha porque ter cuidados estando tão assustado. — Mia, cadê a Cathy?

— Calma, Thomas!

— Calma? — Me desesperei. — Mia, pelo amor de Deus, cadê a Cathy. — Eu estava louco.

— Eu não sei! Ninguém sabe. — Ela chorava muito.

— Como assim? O que aconteceu? — Meu desespero era tanto que peguei Mia pelos ombros e comecei a sacudi-la, tentando arrancar alguma informação.

— Thomas, vá com calma!

Senti Dyo tocar meu ombro com força, não apenas para me acalmar, mas, principalmente, para me impedir de machucar Mia. O que eu com certeza não faria, mesmo transtornado como estava. Larguei a amiga da mulher que eu amava e recomecei a andar em direção à casa. Todos me acompanharam. Mia tentava falar enquanto me seguia.

— Ela me mandou uma mensagem pedindo ajuda. Disse que a casa foi invadida. Eu chamei a polícia e vim direto pra cá. O problema é que só vi a mensagem meia hora depois que ela me enviou e, entre chamar a polícia e conseguir chegar aqui, devo ter perdido mais uns vinte minutos. Cheguei logo depois dos policiais, mas ninguém conseguiu encontrá-la ainda. Reviraram a casa inteira. Parece que os ladrões conseguiram fugir, mas não há nenhum sinal da Cathy. Eles estão cogitando a hipótese de ela ter conseguido fugir e estão fazendo uma varredura pelo condomínio e arredores.

Entrei na casa atordoado. Onde ela estava? O que tinha acontecido realmente? Se Cathy conseguiu fugir, por que ainda não avisara à polícia? E se ela não tivesse conseguido? E se estivesse nas mãos dos bandidos? Minha cabeça era uma confusão só, dividida entre encontrar uma resposta e me desesperar com as diversas possibilidades.

Enquanto eu pensava, percebi a presença de um homem de estatura baixa, careca, com uma barriga que lembrava alguns desenhos animados, em que o personagem se veste de barril. Era moreno e demonstrava ser bastante ágil, o que contradizia o seu aspecto físico. Pela maneira como conversava com os policiais, devia ser o chefe. Ao me avistar veio em minha direção e se apresentou.

— Sr. Collins? Sou o chefe de polícia, Smith. — Apertamos ligeiramente as mãos. Meus olhos percorreram a casa parcialmente destruída.

— O que aconteceu?

— Recebemos a denúncia de arrombamento e viemos verificar. Parece que a senhorita Brown deu o alerta para uma amiga.

— Sim, onde ela está? — Eu precisava encurtar a conversa, dispensar tudo o que já sabia e ouvir o que não sabia.

— Não sabemos ainda. Encontramos a casa vazia. Eles fizeram um buraco no vidro da sala e entraram por lá. — Indicou com o dedo o local por onde os ladrões tinham entrado, deixando-me alarmado. — Por favor, verifique se falta alguma coisa de valor na casa...

— O que havia de maior valor era a Cathy, chefe, o resto não tem a menor importância.

— Entendo. A princípio, não temos sinal dela. O único cômodo que está revirado é o que me pareceu ser o quarto da senhorita em questão.

— Revirado? — Minhas pernas pareciam perder as forças.

O que eles fizeram com ela? Meus olhos foram na direção do seu quarto.

— Sim. A porta foi arrombada, a janela foi feita em pedaços, os papéis estão espalhados, o computador foi arremessado lá de cima para o jardim dos fundos. Acredito que o vidro foi quebrado com ele. — O homem olhou para mim pelo canto dos olhos e depois fingiu ler algumas anotações. — Encontramos sangue em pequena quantidade. Ainda não sabemos de quem é e...

— E? — Eu não sabia se tinha forças para ouvir o que ele iria dizer.

— E a cama está completamente destruída. Os lençóis foram rasgados e o colchão não poderá ser utilizado novamente. — Calou-se como se quisesse observar a minha reação.

Passei as mãos pelos cabelos, tentando afugentar o que se passava em minha cabeça. Não era possível. Aquilo não poderia ter acontecido a ela. Uma dor profunda rasgou o meu peito. Eu não conseguia respirar. Procurei apoio em um sofá próximo de onde estávamos. Todos ficaram ao meu lado, mas eu nunca me senti tão sozinho. Como fui idiota! Saí e deixei Cathy sozinha em casa. Vi que Eric me seguia, nem assim o mandei voltar para cuidar dela.

Eu me senti tão inútil, tão miserável, tão pequeno.

— Chefe — ouvi alguém chamar lá de cima —, tem uma porta no quarto que está trancada por dentro. Acreditamos que haja alguém lá, pois encontramos pingos de sangue no chão próximo ao local e uma digital, também com sangue, na maçaneta.

Eu já estava correndo pelas escadas antes mesmo do chefe dar alguma ordem. Era ela, eu tinha certeza. Iria tirá-la de lá, mesmo que ferida. Eu precisava estar presente quando abrissem a porta. Mostraria a Cathy que eu estaria ao lado dela, independentemente do que tinha acontecido.

— Cathy! — gritei ainda do corredor.

Quando cheguei ao quarto, fiquei assustado com o caos. Meu desespero aumentou. Eles tinham machucado a minha Cathy.

— Cathy! Cathy, você está aí? — gritava. Derrubaria a porta se fosse necessário. Estava pronto para fazer isso.

— Senhor, aguarde! — Ouvi alguém me chamar e outra pessoa tentou me impedir, mas eu estava decidido. — Pode não ser ela. Pode ser o próprio ladrão escondido, com medo de represália. E pode ser também... o pior.

As palavras do policial tiraram meu chão. O que poderia ser pior? Eu não poderia perder Cathy, não daquele jeito. Não quando eu podia dizer a ela o quanto a amava. Minha cabeça começou a girar, eu estava certo de que não suportaria esperar mais um minuto.

— Thomas? — Pensei tê-la ouvido chamar meu nome.

A voz estava tão distante, tão fraca, mas eu ouvi realmente. Era ela ali, do outro lado da porta. Devia estar machucada. A raiva tomou conta de mim.

— Cathy, se estiver aí fale comigo. — Bati com força na porta. O desespero se apossando do meu corpo quase por completo. Ouvi a voz dela do outro lado:

— Thomas? Thomas! Estou aqui. — Meu coração se encheu de esperança e felicidade. Ela estava lá.

Ouvi seus passos arrastados se aproximarem.

— Cathy, você está bem? Abra a porta.

Lágrimas de alívio desciam pelo meu rosto. Ela estava realmente lá.

CATHY

— Cathy! — Sua voz estava mais forte, mais urgente, mais sofrida. — Cathy, você está aí? — Ele gritava.

— Thomas? — Minha garganta estava seca, abafando a minha voz.

Ele voltou! Thomas conseguiu chegar a tempo. Eu estava livre para viver fora de mim mesma, e o melhor de tudo, para viver com ele. Respirei aliviada até perceber o desespero em sua voz. Ele estava sofrendo. Eu queria pedir para que não sofresse. Queria confortá-lo.

— Cathy, se estiver aí fale comigo. — Abri os olhos e ainda estava lá, no mesmo lugar, encolhida no meu *closet*. As batidas na porta me tiraram do transe em que me encontrava. — Cathy, meu amor, me diga se você está aí. — Ele parecia desesperado.

— Thomas? — consegui falar mais alto. — Thomas! Estou aqui.

Ele estava lá. Estava comigo. Tinha voltado. Era como num conto de fadas, o príncipe chegava e salvava a princesa de sua torre. Do dragão. Dos bandidos. Eu tremia tanto que meu corpo parecia estar com espasmos.

— Cathy, você está bem? Abra a porta — ele gritava do outro lado.

Levantei com dificuldade. Meus músculos estavam em curto-circuito, meu sistema nervoso abalado, meu corpo todo desconectado. Senti a cabeça girar ficando um pouco confusa com o espaço ao meu redor. Fui até a porta e abri.

Ele estava ali, na minha frente. Meu anjo salvador. Meu amor. Minha vida. Recomecei a chorar sem conseguir me controlar e me atirei em seus braços. Eu estava tão aliviada por estar com ele! Era como se tivesse acabado de acordar de um pesadelo.

Meu corpo parou de reagir e comecei a sentir a fraqueza tomar conta dele. Eu não podia desmaiar, queria ficar com Thomas o máximo possível. Senti quando ele se inclinou comigo até o chão e sustentou o meu peso. Suas mãos tentavam tirar o cabelo do meu rosto, para me ver melhor.

— Cathy! Cathy, meu amor! Eles machucaram você? Eles tocaram em você? Eu os mato, eu juro que...

— Não, Thomas... Eles... não... tocaram... em mim. Eu... consegui... fugir. — Limpei a garganta para falar melhor. — Me escondi aqui. — O choro não me deixava falar normalmente.

Enfiei o rosto em sua camisa e fiquei abraçada a ele sem querer soltá-lo. Thomas me apertava em seu corpo, acariciando minhas costas.

— Me desculpe! Eu não deveria ter deixado você sozinha aqui. Eu...

— Por favor! Não diga isso, você não sabia e... Você voltou! Isso é o mais importante agora.

Eu não podia deixá-lo assumir a culpa por aquela loucura. Ninguém poderia imaginar que aquilo aconteceria. Não foi culpa dele, nem minha, nem de ninguém. Assaltos aconteciam com frequência, principalmente em casas como a dele, cheia de objetos de valor. Thomas me abraçou mais uma vez e depois me beijou com força.

— Nunca mais vou te deixar sozinha, eu juro! Nunca mais!

Nós dois estávamos chorando. Thomas distribuía beijos por todo o meu rosto, fazendo com que eu me sentisse segura em seus braços. Ele não me largava. Alguém se aproximou de nós dois e algo cobriu o meu corpo. Percebi que foi Kendel. Ele colocou um robe em mim, só então me lembrei de que eu estava de camisola e nada mais. Agradeci em silêncio o bom senso do meu amigo, pelo menos daquela vez. Agradeceria verbalmente depois.

— Senhorita Brown? — Um homem moreno e gordo se aproximou de nós dois. — A senhorita está ferida?

— Não — respondi me perguntando como a polícia conseguira chegar a tempo.

— Sou o chefe de polícia Smith, recebemos o alerta da sua amiga, a senhorita Mia.

"Mia!", pensei, aliviada. Fiz outra anotação mental para agradecer a ela também.

— O sangue em seu corpo é da senhorita? — Olhei para mim, espantada.

Eu sabia que tinha me cortado, que estava com um corte na mão e outro no pé direito. Olhei mais atentamente me dando conta da existência de alguns hematomas que com certeza consegui durante a fuga para o *closet*. Só não sabia que tinha sangrado tanto.

— Acho que sim, chefe Smith. Eu me cortei quando joguei o computador pela janela.

Contei tudo o que aconteceu sob o olhar atento do Thomas e dos meus amigos que também estavam presentes. Ele não me largou durante um minuto sequer, segurando a minha mão boa. Mia também grudou em mim e me acalmou quando começaram a cuidar dos meus ferimentos, dizendo que estava tudo bem.

Thomas conseguiu me levar para a sala, longe de toda a confusão do meu quarto. Antes de sair tive um vislumbre do que restava da minha cama, totalmente destruída. A ideia do que poderia ter acontecido ali fez meu estômago se contorcer e minha cabeça girar. Tentei manter a calma para que Thomas não ficasse mais atordoado.

Ficamos um bom tempo sentados no sofá da sala, observando os policiais subirem e descerem recolhendo o máximo possível de evidências. Contei ao chefe Smith como observei os bandidos abrirem o círculo perfeito no vidro para entrar na casa e da ferramenta utilizada por eles para tal façanha. Ele anotou tudo com bastante cuidado, procurando sempre versões cada vez mais detalhadas. Eu estava esgotada. Havia utilizado toda a minha energia até o limite para me manter segura, por isso precisava descansar, ou então não aguentaria.

Quando o chefe Smith chamou Thomas para dizer que a investigação provavelmente duraria até a madrugada, vi seu olhar preocupado para mim.

— Chefe Smith, não podemos permanecer aqui. Eu preciso levar Cathy para descansar, se recuperar do susto. Nós iremos viajar amanhã para dar andamento aos meus compromissos. O que podemos fazer?

— Bom, acho que não tem problema, Sr. Collins. A senhorita Brown precisa realmente descansar um pouco e acho que já conseguimos o suficiente dela por hoje. Vamos ficar por aqui mesmo, qualquer dúvida ou novidade, entraremos em contato com o senhor. Amanhã talvez seja necessário que ela preste um novo depoimento, mas isso poderá ser providenciado ou até mesmo descartado. Eu acredito que vocês poderão viajar tranquilos. Tenho aqui o contato do seu advogado. Ele poderá providenciar qualquer coisa que possa ser necessária para a investigação.

— Eu agradeço muito, chefe! Já acionei a empresa que vai cuidar da arrumação da casa para quando vocês acabarem e um vidraceiro fará a troca desta parte do vidro e do quarto da Senhorita Brown. — Eles apertaram as mãos e Thomas veio em minha direção.

— Mia, você pode subir e arrumar algumas coisas da Cathy para essa noite?

— Claro!

— Amanhã eu mando alguém vir até aqui buscar suas coisas para a viagem. — Ele se abaixou à minha frente falando com cuidado.

— Minhas malas estão prontas, dentro do *closet*. Junto com tudo que precisarei para a viagem.

— Sempre tão organizada — brincou, beijando a minha mão coberta com um grande curativo outra vez.

— Para onde vamos? — Olhei outra vez para a casa e a sua movimentação me sentindo cada vez mais assustada.

— Para o apartamento do meu pai, eu acho — *Thomas* respondeu casualmente, sem se preocupar com as pessoas ao nosso lado.

O tempo inteiro Thomas me olhava e me acariciava. Havia algo diferente em seu olhar. Mais carinho, mais cuidado além de algo novo que eu não conseguia identificar. Ele beijava meu rosto e meus lábios levemente, sem se importar com a presença das pessoas. Por incrível que pareça eu também não estava me importando. Não queria mais perder tempo com detalhes como aqueles.

— Dyo, você poderia providenciar a nossa saída? — Thomas pediu, sem desviar os olhos dos meus.

— Claro! Vocês vão agora mesmo? Posso levá-los em meu carro, não acho que você deveria dirigir. — Thomas aguardou para que eu respondesse. Acabei concordando. — Talvez seja melhor vocês irem para um hotel. Toda a imprensa já deve estar em alerta. Acredito que não vão ter paz lá na casa do seu pai. Talvez Cathy devesse dormir num hotel e você, no apartamento, do contrário podem chamar a atenção da imprensa e aí já sabem, não é? Amanhã vão estar estampados em todos os tabloides. Acho que Mia pode passar a noite com Cathy no hotel — Dyo sugeriu.

Thomas outra vez olhou para mim, querendo a minha opinião. Eu não gostaria que a imprensa ficasse sabendo sobre nós dois, pois ainda não era o momento, e, para ser sincera, já tínhamos passado por problemas demais para precisar me preocupar com mais algum. Suspirei longamente sem saber qual decisão seria mais adequada. Eu não queria ficar longe dele naquela noite. A ideia de nunca mais vê-lo, de perdê-lo para sempre, ainda assolava meu coração.

Thomas entendeu meu silêncio como um consentimento e fez sinal para Dyo, concordando com a sua sugestão.

— Um ou dois apartamentos? — Eles começaram a tratar dos detalhes e meu coração disparou. Eu não queria ficar longe dele e também não sabia como fazer para ficar perto.

— Acho que dois. — Sua voz era desanimada.

— Não, Thomas! — O interrompi, assustada. — Não vou conseguir dormir sozinha. Nem quero passar a noite com Mia. Me deixe ficar com você. Não me deixe sozinha num quarto de hotel — supliquei.

Estava realmente preocupada com o momento em que ficasse sozinha. Com certeza eu teria pesadelos, como sempre acontecia quando passava por momentos difíceis. Além disso, havia a minha necessidade de estar ao seu lado, mas este detalhe eu não era corajosa o suficiente para declarar em público. Thomas olhou para mim, sorrindo, e me abraçou, beijando meus cabelos.

— Eu não estava pensando em fazer isso. Já disse: nunca mais vou te deixar sozinha. —A promessa em seus olhos era de uma verdade profunda. Thomas olhou para Dyo e não teve dúvidas. — Vamos ficar juntos, no hotel ou no apartamento do meu pai, não importa aonde.

Concordamos em passar a noite no hotel. Seria mais fácil por causa da imprensa, uma vez que morávamos na mesma casa e ambos estávamos impossibilitados de passar a noite lá. Dyo providenciou dois apartamentos na área mais nobre do hotel e organizou um esquema de segurança que impediria que qualquer pessoa se aproximasse. No dia seguinte todos nos encontrariam lá.

Troquei de roupa e fui embora com Thomas. Mia estava bastante apreensiva, mas concordou em deixar meu chefe tomar conta de mim naquela noite, no entanto ele precisou jurar que a manteria informada. Fiquei agradecida quando entrei no carro e Dyo nos levou para longe de toda aquela confusão. Tentei me concentrar apenas no Thomas, em seus braços em volta da minha cintura. Sentir seu calor mais uma vez era tão maravilhoso que fechei meus olhos aproveitando todas as sensações que me proporcionava.

— Descanse um pouco. Quando chegarmos ao hotel, acordo você.

Thomas pensou que meus olhos estavam fechados pelo cansaço. Sorri satisfeita por ser capaz de esconder dele meus reais sentimentos. Na hora certa eu faria questão de demonstrá-los.

Ficamos no maior apartamento do hotel, que, é óbvio, era de muito luxo também. Dyo sabia como impressionar uma mulher. Ficamos um pouco sem jeito sobre como agir dali em diante. Eu ainda estava muito abalada e Thomas continuava muito atencioso. Ele andava pelo apartamento, tentando deixá-lo suficientemente confortável.

Thomas entrou no banheiro, preparando um banho, cheio de espuma e aromas, na gigantesca banheira da suíte. Fiquei fascinada. Um banho quente seria magnífico naquela hora. Comecei a tirar minha roupa sem me preocupar com sua presença, porém ele se virou solenemente enquanto me despia e só depois que eu estava com o corpo todo coberto pela espuma e água, se voltou para mim novamente.

Nossos olhos se encontraram deixando a emoção à flor da pele. Era como se fosse a primeira vez que nos víamos. Muitos sentimentos passaram naqueles segundos reveladores, até que ele quebrou o contato, baixando a cabeça. Fiquei confusa. Será que Thomas ainda pensava em me deixar?

Vi que ele suspirou e começar a andar em minha direção. Senti um friozinho na barriga com a sua proximidade. Sem dizer uma única palavra ele começou a esfregar suavemente as minhas costas. A sensação era ótima! Relaxante. Aos poucos meus músculos foram voltando ao normal, deixando-me mais sonolenta. A descarga de energia das últimas horas foi grande demais. Meu corpo não suportaria o peso por muito mais tempo. Thomas massageou meus ombros, enquanto eu ficava ali parada apenas sentindo as suas mãos. A sensação era indescritível.

Quando a água começou a esfriar, ele pegou um roupão abrindo-o para mim sem me olhar. Eu sabia o que ele estava fazendo. Thomas queria que eu me sentisse melhor. Queria me dar momentos bons, depois de uma sequência de momentos ruins. Aceitei de bom grado toda sua atenção e cuidados. Porém, meu coração constantemente se apertava pela incerteza dos seus sentimentos.

No quarto o clima continuou estranho, nos olhamos constrangidos, mas confesso que eu não tinha receio da sua presença, já Thomas preferiu me dar espaço, deixando o local para que eu tivesse mais privacidade. Suspirei não muito satisfeita. Eu preferia a sua paixão arrebatadora à sua passividade respeitosa, e mesmo deixando a porta aberta, talvez para me assegurar que estaria por perto, não me fez sentir melhor.

Thomas estava diferente. Seus cuidados eram bem-vindos e necessários, mas pareciam totalmente sem interesse, pelo menos no quesito sexual, como eu esperava. Como sempre foi, até aquela tarde, quando decidiu me abandonar. Meus olhos encheram de lágrimas com a possibilidade de ele continuar pensando assim. Eu não queria perdê-lo. Não suportaria a sua distância.

Sem saber como agir, encostei-me à porta para identificar o que ele fazia e o ouvi falar com alguém ao telefone. Pelo que pude entender, era a Sara, querendo saber o que aconteceu. Voltei para o interior do quarto sem querer reviver aquela história. Coloquei uma camisola e esperei por Thomas. Ele voltou, ainda falando ao telefone, desta vez com Helen, que estava apreensiva com os acontecimentos.

Thomas me passou o telefone, mas, antes que eu conseguisse falar, depositou um beijo leve em meus lábios. Talvez eu estivesse vendo problemas demais em sua atitude, talvez nada tivesse mudado. A esperança encheu meu coração de felicidade. Antes eu entendia a sensação de borboletas no estômago como uma forma apaixonada de descrever o amor, sem nunca acreditar realmente nessa sensação. Era tão verdadeira que cheguei a pensar que as borboletas conseguiriam sair e se espalhar pelo meu corpo inteiro.

Peguei o telefone tratando de explicar a Helen que estava tudo bem, que o maior estrago eu mesma tinha feito e que a polícia conseguiu chegar a tempo. Ela estava muito nervosa com a possibilidade de ter sido um crime encomendado. Thomas tinha contado o que narrei inúmeras vezes aos policiais, sobre os ladrões falarem que alguém teria passado as informações sobre a rotina da casa e sobre mim. Gelei com a lembrança.

Escutei o barulho do chuveiro me alertando que Thomas estava no banho, com a porta aberta. Sorri. Aquilo sim colocava as minhas emoções no eixo. Conversamos mais um pouco então desliguei, prometendo que nos encontraríamos na manhã seguinte.

Alguém tocou a campainha, assustando-me. Thomas surgiu logo atrás de mim como se estivesse preparado para me defender do mundo.

— Não se preocupe, deve ser o serviço de quarto. — Passou por mim depois de apertar meu ombro com confiança. — Eu pedi o jantar. — Beijou brevemente meus lábios e saiu para atender a porta.

Eu fiquei no quarto. Não queria que os funcionários do hotel soubessem que estávamos no mesmo apartamento. Tudo bem que eu ansiava por intimidade com Thomas, estava louca para ter certeza de que tudo era como antes, que estávamos juntos e apaixonados, porém àquela altura a notícia já havia se espalhado e quanto menos informações fornecêssemos, mais tempo passaríamos sem a exposição que certamente nos atingiria.

Thomas voltou com o nosso jantar.

— Eu não estou doente, posso perfeitamente jantar na sala — protestei, mas achei fofo ele ter levado para o quarto.

— Quer, por favor, me deixar cuidar de você? — Sorriu daquela maneira apaixonante. Tão lindo!

Jantamos juntos em um silêncio confortável, apesar de me sentir apreensiva com o seu olhar insistente sobre mim. Era como se ele estivesse aguardando o momento em que eu surtaria. Thomas não entendia que eu não desabaria, que naquele momento estar com ele era mais importante, e angustiante, do que o horror que passei horas antes.

Mas ele não conversava, não se aproximava mais do que o necessário e me observava sem cansar. Eu precisava encontrar uma maneira de quebrar aquele muro que lentamente se estendia entre a gente. Precisava fazer Thomas falar, além de colocar para fora tudo o que eu estava pensando e todas as minhas certezas.

Sem saber como iniciar a conversa decidi ir para a cama. Estava exausta! Thomas me acompanhou, desarrumando os lençóis para que eu pudesse me acomodar, depois deitou ao meu lado jogando os braços por cima dos meus ombros. Seu calor me esquentou imediatamente. Foi gostoso, mas eu precisava de mais.

Aconcheguei-me sem receio, deixando que nossos corpos se ajustassem, e, claro, querendo provocá-lo, instigá-lo a agir. Thomas me abraçou mais forte e me puxou para ficar colada a ele. Eu estava aguardando que ele tomasse alguma iniciativa, a ansiedade me corroendo. Contudo, depois de algum tempo percebi que não faria nada. As lembranças da nossa tarde desastrosa invadiram outra vez meus pensamentos.

Coisas horríveis foram ditas. Ele estava muito magoado comigo enquanto eu queria muito poder mudar o que aconteceu, mas infelizmente era impossível. A única coisa que eu podia fazer era mostrar o quanto estava errada, o que só surtiria efeito se confessasse como realmente me sentia. Esta era a única solução. Era abrir o meu coração ou perder Thomas para sempre. Eu não suportaria perdê-lo mais uma vez.

— Não consigo acreditar em tudo que aconteceu hoje — comecei a falar, procurando um meio de conseguir chegar aonde eu queria.

— Não vamos pensar nisso agora, Cathy. — Ele acariciava meu braço com movimentos leves, fazendo minha pele arrepiar.

Ficamos em silêncio por um tempo. Ele não queria conversar. Será que era porque ainda estava muito triste com tudo o que eu disse? Meu coração ficou ainda mais apertado, causando a sensação de urgência que chegava a me sufocar. Eu precisava encontrar a coragem para dizer a ele.

— Thomas! — chamei dengosa, na esperança de quebrar um pouco da sua resistência.

Eu precisava dizer o que eu sentia. O medo de perdê-lo, de passar por tudo o que eu iria passar se a polícia não tivesse chegado a tempo, aliado à certeza adquirida de que eu pertencia a ele, me impulsionavam a continuar.

— Hum! — ronronou sem muito interesse.

— Eu passei por muitas coisas ruins hoje.

Repeti, me sentindo ridícula por não conseguir avançar naquela conversa. Ele respirou profundamente em seguida beijou meu rosto, me apertando mais ainda em seus braços. Suas mãos correram para minhas costas, recomeçando as carícias.

— Eu sei, meu amor. Não pense mais nisso. Não tenha mais medo. — Seus olhos estavam fechados.

— Eu não tenho. — Ele sorriu sem me olhar.

— Sempre muito corajosa. — Seu sorriso ficou ainda maior e então a coragem me dominou. Era agora ou nunca.

— Quando eu estava trancada no *closet*, sem saber o que iria me acontecer — senti sua respiração descompassar e suas mãos fazerem um pouco mais de pressão —, eu fiquei pensando em você.

— Estava tão desesperada assim? — Voltou a sorrir e abriu os olhos, ficando de frente para mim.

— Você era o que havia de melhor para lembrar — sussurrei, assistindo seus olhos ficarem ternos. — Todas as lembranças de nós dois juntos conseguiram me afastar daquele momento horrível.

— Até mesmo os momentos ruins que eu fiz você passar por causa da minha arrogância e prepotência?

A mágoa estava presente em sua voz. Ele não esqueceria com facilidade o que eu disse. Acariciei o seu rosto, emocionada, como se quisesse afugentar toda a tristeza.

— Todos os nossos momentos foram especiais. Cada um, do seu jeito, nos trouxe até aqui. É o mais importante. E eu também tenho um número grande de momentos ruins que fiz você passar, por causa da minha infantilidade. Se tivesse entendido antes, tudo seria diferente para nós.

— Do que você está falando?

— Que você tinha razão. Eu não posso controlar tudo o tempo todo. Também não tenho como evitar o inevitável. — Suas sobrancelhas se enrugaram, demonstrando que Thomas não fazia ideia do que eu estava dizendo. — O que estou querendo dizer é que todo o tempo em que estive trancada naquele *closet* eu só conseguia me arrepender de uma única coisa. — Respirei fundo e levantei o rosto para olhá-lo diretamente nos olhos. — Só me arrependi do fato de ter percebido tarde demais o quanto eu pertencia a você. Pelo menos eu achava que era tarde demais. — Baixei os olhos, tentando esconder a vergonha que sentia por admitir em voz alta o quanto o queria.

— O que você disse? — Ele ficou sério, me encarando.

— Eu disse um monte de coisas, Thomas.

— E eu ouvi cada palavra. Quero apenas ter certeza. — Seu olhar era nitidamente emocionado.

Toquei o seu rosto com carinho, sem quebrar nosso contato visual. De repente, eu estava mais corajosa do que nunca.

— Eu disse que sou sua. Não tenho mais dúvidas. Todo meu medo foi embora. Eu sei o que quero viver e tenho a certeza que é com você.

CAPÍTULO 17
E então, O amor

CATHY

Thomas me beijou. O beijo que eu havia esperado a vida inteira. O beijo apaixonado que o príncipe dava na princesa nos contos de fadas. Aquele beijo tão repleto de amor que contaminava todo o reino. Senti luzes saindo de nossos corpos. Fogos de artifícios sendo estourados num céu estrelado.

Eu estava amando! Era tão mais gostoso do que todos os outros momentos que passamos juntos. Era tão mais forte do que todo o desejo que nos atingia quando encostávamos um no outro. Era seguro, real... era amor! Simplesmente amor. Sem reservas, sem pudores, sem medos. Eu era dele, e era tão certo quanto dois mais dois serão sempre quatro.

Era a fórmula perfeita.

Cada toque. Cada beijo. Cada sussurro. Cada gemido. Tudo era recebido com muita satisfação por mim. Eu me sentia mais à vontade com o corpo dele, sem me incomodar em dar o meu em troca. Sentia cada toque como se fosse o único, o primeiro. Ele deixou que toda sua paixão explodisse naquele momento. Tomava-me para si como deveria ter sido desde nosso primeiro encontro. O amanhã não me importava mais.

Não existia incerteza quanto ao que eu queria, mas existia muita insegurança quanto ao que eu deveria fazer. A falta de experiência pesava muito naquela hora, eu tinha que estar preparada. No entanto Thomas exibia muita habilidade. Em um movimento lento ele levantou o meu corpo junto com o dele, me colocando de joelhos na cama. Olhou profundamente em meus olhos enquanto tirava a camisa. Seus braços envolveram a minha cintura e seu corpo se colou ao meu. Eu obedecia a todas as suas exigências.

Eu já tinha dito que era dele, e Thomas entendeu o recado, porém eu queria mais do que simplesmente dizer. Eu queria me dar a ele. Queria que soubesse que queria ser dele, isso exigia muito mais do que simples palavras. Então, quando o senti pegando na barra da minha camisola para tirá-la, me afastei. Ele me olhou confuso e, por um momento, a dúvida passou em seus olhos.

Afastei as suas mãos da minha camisola para logo depois tirá-la. Eu precisava fazer aquilo, mostrar a Thomas que eu estava me entregando, que não havia mais incerteza. Nem volta.

Com uma das mãos Thomas correu pelas minhas costas, firmando o meu corpo junto ao dele, a outra passou por debaixo do meu cabelo, segurando a minha nuca. Beijamo-nos longamente. Quando me libertou, seus lábios exploraram meu pescoço, meus ombros. Minha pele formigava.

Senti suas mãos descendo para os meus seios, fazendo ali uma série de carícias. Gemi alto com o primeiro contato, depois seus lábios continuaram o trabalho. O prazer era indescritível. Ele se livrou do short, deitando ao meu lado, acariciando minhas pernas, barriga, cintura, então suas mãos desceram e passaram entre as minhas coxas. Mais uma vez não pude evitar o gemido dengoso que se arrastou pela minha garganta. Thomas, muito suavemente, retirou a minha calcinha, deitando-se sobre mim. Senti o peso do seu corpo e meu coração disparou.

Em nenhum momento tive dúvidas do que queria. Nem mesmo quando veio a dor da primeira vez me arrependi de ter tomado aquela decisão. Eu tinha ideia de como seria, então não era uma novidade. Mas não estava preparada para a enorme habilidade do Thomas. Sua calma e paciência me deixaram completamente relaxada.

Ele foi muito carinhoso e, mesmo com todas as complicações de uma primeira vez, conseguiu manter presente o desejo existente entre nós. Suas carícias foram se intensificando à medida que a dor cedia lugar ao prazer. Ele murmurava palavras de amor em meu ouvido que me estimulavam a continuar. Não existia mais espaço entre nó dois. Ele me preencheu completamente, e, em pouco tempo, a dor passou a fazer parte do passado, fazendo-me conhecer o outro lado do amor: o prazer.

Thomas me conduzia com maestria, perfeição. Seu corpo ditava os passos e o ritmo. Era como dançar: se você tem um bom parceiro, o resultado é perfeito. Nós nos entregamos ao amor e o amor nos retribuiu da sua melhor forma. Ele estava em meus braços, mas eu queria muito mais. Eu beijava, acariciava, mordia, arranhava, puxava seu corpo e não me sentia satisfeita.

Durante todo o tempo nossos olhos se encontravam tornando as carícias mais intensas, pois confirmavam o que queríamos. Senti o ritmo aumentar quando um desejo intenso tomou conta de mim; gemi alto involuntariamente, deixando a sensação me dominar, como tinha acontecido anteriormente, porém ainda mais forte e intenso.

Thomas estava extasiado. Antes de alcançar o orgasmo, ele falou, em meu ouvido: "Eu amo você, Cathy! Amo você, minha menina! "... E então também se entregou ao prazer.

Dormimos exaustos e satisfeitos, pelo menos por ora. Thomas não desgrudou o corpo do meu, apenas me ajeitou para que pudéssemos dormir mais confortáveis. Peguei no sono logo em seguida.

Eu sabia que estava sonhando, pois não existia outra forma daquela luz tão forte estar dentro do quarto. Apertei os olhos tentando enxergar o que havia por trás da claridade, identificando o formato de um corpo. Era para eu estar com medo, mas eu não estava. Por algum motivo eu sabia que quem quer que fosse não me faria mal. Além do mais, era um sonho, então o que poderia me acontecer?

Então levantei da cama e fui em direção à luz. Quanto mais eu adentrava a claridade mais eu sentia o meu corpo se desfazendo. Era uma sensação de libertação. Como se a matéria cansada e desgastada fosse deixada para trás ficando em seu lugar só luz, renovação. Era como se eu estivesse me renovando.

Parte do meu cérebro relacionava aquela sensação ao que eu acabara de viver com Thomas. E a outra registrava que o motivo ia muito além. Quando cheguei bem perto do que identificava como um corpo, parei. Uma enorme sensação de paz tomou conta do ambiente, me senti totalmente relaxada.

Tentei me aproximar mais, porém fui impedida por algo mais forte do que eu. Meu coração acelerou. Por mais paz que sentisse, sabia que aquele momento era decisivo. O que parecia ser um corpo se aproximou de mim em passos não identificáveis. Fechei os olhos, ofuscados pela claridade, e fui transpassada por algo.

Não senti dor física, era como uma despedida necessária. Como se todos os meus receios e medos estivessem me libertando. Ao mesmo tempo em que sentia a tristeza do adeus, havia o alívio por poder viver uma nova vida sem empecilhos.

Então acordei.

Estava sozinha na cama, já era dia e o sol tentava passar através das cortinas para iluminar o ambiente. Sentei na cama confusa sentindo uma leve pontada no pé da barriga. Sorri satisfeita. Pelo menos esta parte não fora sonho. Meu corpo estava um pouco dolorido, reflexo do dia extenuante que eu tive.

Olhei pelo quarto e não vi nenhum sinal do Thomas. Também não ouvi sons no banheiro, então deduzi que ele não estava lá. Onde estaria? Fiz menção de levantar quando minha mão esbarrou numa folha de papel enroscada no lençol, que eu tinha puxado para cobrir o meu corpo. Abri reconhecendo a letra dele.

Meu amor,

Esta carta é para que você não pense que a abandonei. Teremos uma reunião hoje pela manhã, decidida de última hora. Consegui convencer a todos de que você precisava descansar mais um pouco. Desculpe, sei o quanto você é profissional e gostaria de participar, mas essa é uma situação atípica.

A propósito, ontem, antes de tudo acontecer, eu comprei uma coisa pra você, que está em uma caixinha preta embaixo do meu travesseiro. Comprei ontem à tarde, quando descobri que poderia responder à sua pergunta. Você quis saber o que eu sentia por você, então eu gostaria de responder outra vez.

O que eu sinto por você com certeza é mais do que eu sinto por mim mesmo e mais do que eu já senti a vida inteira por qualquer pessoa. Você é tudo para mim, meu ar, minha alegria, minha tristeza, é toda a minha vontade de acordar e todo o meu desejo de dormir e sonhar. É a minha disposição para trabalhar e a preguiça para querer parar e só ficar ao seu lado. É toda a minha esperança, meus sonhos. Você é como a primavera, como a brisa do mar. Você é o que há de melhor em mim. Resumindo, você é a minha vida.

Por isso eu descobri que não posso viver perdendo-a o tempo todo, para nada, nem para ninguém. Quero você na minha vida para sempre e, se você também me quiser na sua, mesmo sendo eu um sujeito tão desprovido de qualidades para ser o seu príncipe encantado, aceite este presente com amor.

Espero você no outro quarto.
PS.: Lembre-se de que todos estarão aqui.

Eu amo você, muito!
Thomas

Coloquei a mão embaixo do travesseiro dele encontrando a caixinha preta. Fiquei pensando em tudo o que ele escreveu. Thomas me amava! Meus olhos ficaram marejados com a constatação, mas como poderia ser diferente? E eu o amava também! Não havia palavras que conseguissem descrever o meu sentimento.

Quando abri a caixinha, o que havia dentro me pegou tão de surpresa que as lágrimas escorreram. Era um lindo anel de noivado! Tão perfeito quanto a nossa noite, quanto o nosso amor e quanto seria a nossa vida. Peguei a joia colocando-a no dedo imediatamente. Ele havia me pedido em casamento e eu já tinha aceitado.

THOMAS

Cathy estava exausta, mas lutava contra seu próprio desgaste. Apesar de ter chorado muito além de ter seu corpo sacudido por tremores quando a encontramos, ainda conseguia se mostrar bastante forte e corajosa. Era sem dúvida uma grande mulher. Senti muito orgulho dela. Eu a amava e ela merecia todo o meu amor.

Decidi que cuidaria de Cathy naquela noite. Na verdade eu cuidaria todas as noites, se ela permitisse. Depois de todos os temores, do desespero por tê-la perdido tantas vezes no mesmo dia, do medo de ser tarde demais, eu finalmente não tinha mais nenhuma dúvida.

No entanto sabia que primeiro tinha que cuidar dela, por isso resolvi levá-la para um lugar seguro, aconchegante. Precisava que se sentisse bem, se é que isso era possível. Eu não sairia do seu lado nem por um segundo naquela noite.

Percebi que Cathy ficou incomodada com os argumentos lógicos do Dyo, e entendia a sua posição completamente. O fato de serem lógicos, não significava que eram justos. Eu não queria deixá-la, mesmo que fosse só por aquela noite. Eu não queria deixá-la nunca mais. Mas Cathy parecia concordar com o que Dyo dizia então eu não iria impor a minha vontade.

Talvez ela tenha dito a verdade quando afirmou que eu não era o homem da sua vida. Senti meu coração apertar. Mas não desistiria assim tão fácil. Eu mostraria a Cathy que conseguiria ser aquele homem. Eu queria muito ser aquele homem... o homem da sua vida. Por isso concordei com a sua decisão, por mais difícil que fosse.

Quão grande foi a minha alegria ao ser surpreendido pela sua reação, me pedindo para não deixá-la sozinha, mesmo sabendo que todos estavam ouvindo o que falava. Eu tinha razão, ela estava muito assustada, e em breve desmoronaria. Mesmo assim meu coração acelerou. A pequena possibilidade de ela também me amar aqueceu a minha alma.

Fomos para o hotel no carro do Dyo. Ela ainda estava em meus braços e não parecia se sentir incomodada com a intimidade. Durante todo o percurso ficamos grudados um ao outro. Apenas quando chegamos, nos afastamos para não chamar muito a atenção dos fotógrafos que já estavam na porta nos aguardando.

Quando entramos no apartamento, percebi que Cathy não sabia muito bem como agir. Não seria a primeira vez que dormiríamos juntos, então entendi sua reação como um reflexo do que eu tinha feito à tarde. De súbito, fiquei abatido. Gostaria de ter uma fórmula mágica para fazê-la esquecer de todas as besteiras que já fiz até aquele dia por conta desse amor. Eu fui tão egoísta, mesquinho e arrogante! Não existiam adjetivos pejorativos suficientes que conseguissem classificar minhas atitudes.

Pensei numa forma de amenizar seu sofrimento pelas experiências recentes, então imaginei que um banho relaxante na banheira poderia lhe fazer bem. Providenciei tudo e ela me pareceu satisfeita. Cathy não me pediu para deixá-la sozinha em nenhum momento, por esse motivo, quando começou a se despir, eu me virei. Não era necessário que ela ficasse mais exposta do que já estava, além do que eu tinha que respeitar a sua intimidade.

Só me voltei para ela quando ouvi o seu corpo submergir na água quente. Toda nossa paixão estava ali, presente e sustentada pelo nosso olhar. A minha vontade era envolvê-la em meus braços e beijá-la, mas precisei me conter. Tudo se tornara mais difícil justamente por causa da minha impulsividade. Dessa vez eu faria o certo.

Fiquei meio indeciso sem saber o que deveria fazer, porém não poderia ficar ali olhando-a, mas também não estava preparado para perdê-la de vista, nem que fosse pelos seus minutos de banho, então resolvi que se ela ficasse de costas, seria mais fácil para nós dois.

Era óbvio que eu estava errado. O mínimo contato com a sua pele já me despertava um desejo absurdo, porém Cathy não se incomodou com o contato. Na verdade, eu queria mesmo era entrar naquela banheira com ela e massagear o seu corpo todo, mas não era o momento. "Chega de fortes emoções por hoje", pensei, me repreendendo.

É claro que cometi o erro de olhar o seu corpo, bem discretamente, quando ela foi vestir o roupão. E foi a minha infelicidade. Cathy era mais do que perfeita! Precisei ficar me lembrando de que aquele não era o melhor momento. O problema era que minha mente entendia, mas meu corpo não. "Um banho gelado cairia bem agora", pensei.

Precisei sair do quarto antes de ela se trocar, pois o menor vislumbre daquele corpo me desviaria dos meus objetivos. No entanto, deixei a porta aberta. Ela estava tão emocionalmente debilitada que poderia se entregar ao desespero ou à estafa a qualquer momento.

Aproveitei para retornar algumas ligações. Na verdade, retornei as ligações da equipe e da minha mãe, que já tinha visto a notícia no jornal e ficara preocupada. Meu celular estava tão repleto de ligações perdidas de números desconhecidos que fiquei assustado com a repercussão do assalto.

Liguei para Sara e, assim que acabamos de nos falar, recebi uma ligação da Helen. Assim que entrei no quarto, bastou um olhar para Cathy para perceber o quanto aquela noite seria difícil. Seu corpo maravilhoso estava coberto apenas por uma fina camisola de seda vermelha, ajustada nos seios e insinuando os quadris.

A insistência da Helen para falar com Cathy foi a minha desculpa perfeita para tomar o meu tão desejado e necessário banho gelado. Aquela noite seria uma tortura.

Jantamos juntos e cogitei a ideia de assistirmos a um pouco de TV, porém desisti logo em seguida. Cathy estava muito calada e introspectiva. Lógico, foi coisa demais para um único dia, ainda existia o peso das minhas ações impensadas, que ela não esqueceria como eu tanto desejava. Além do mais, com certeza todos os jornais estariam falando sobre o que acontecera na minha casa.

Cathy não me parecia muito disposta. Ela foi direto para a cama e eu a acompanhei, claro. Ficamos muito tempo na incerteza um do outro então eu não queria passar mais momentos de angústia longe dela. Quando deitei, percebi que ela estava um pouco inquieta, então a envolvi em meus braços para que se sentisse mais segura. Meu desejo só aumentou. "Thomas, você é um doente, a garota está debilitada, pare de pensar nisso"; minha consciência me repreendia.

Quando ela começou a falar, tentei impedi-la de continuar. Seria bom tentar esquecer, pelo menos naquela noite. Mas Cathy parecia decidida, então ouvi. Fechei os olhos e me concentrei em sua voz. Ela falava tentando demonstrar coragem, mesmo assim eu sabia que existia um grande medo por trás das suas palavras.

Achei graça e brinquei quando ela falou que pensou em mim no seu momento mais complicado. Depois pensei melhor percebendo que, se eu também estivesse em perigo, se não soubesse o que me aconteceria, eu gostaria que ela fosse a minha última lembrança. Morreria feliz se pudesse reviver uma única vez qualquer um dos nossos momentos. E foi assim que me perdi em pensamentos, até ser surpreendido pelo que Cathy estava me dizendo.

Ela não tinha mais medo? Era isso que tentava me dizer o tempo todo? Ela estava ali, na minha frente, dizendo que era minha? Que poderíamos ficar juntos como eu sempre quis e que nada mais nos impediria?

A emoção que me tomou foi mais forte do que qualquer drama de consciência. Pela primeira vez, em todos aqueles meses que passamos juntos, Cathy estava dizendo que me queria. Melhor ainda, ela estava dizendo que era minha, que não tinha mais medo. E não era só em relação ao sexo, era muito mais do que isso.

Ser minha envolvia o amor que ela agora afirmava sentir por mim. Envolvia a certeza que meu coração precisava. Cathy também me amava, essa era a única coisa que importava. Não pude mais conter meu desejo e a beijei.

Foi o beijo mais gostoso que já dei em alguém em toda a minha vida. Não era só o desejo que me guiava, existia algo muito mais forte, muito mais mágico, existia amor, amor verdadeiro, puro, único! Eu a amava, não apenas com meu coração, mas com meu corpo inteiro, cada fio de cabelo, cada pedaço de minha pele, cada célula do meu corpo amava aquela garota.

O amor me consumia rapidamente, se apossando dos meus pensamentos, dos meus gestos. Em meio a tanta emoção e desejo, a tantas descobertas, consegui entender o porquê de tudo. Entendi o porquê da minha existência, o porquê de nunca ter sentido aquilo antes. Eu estava ali unicamente por ela. Cathy era o fim da minha incansável busca. Agora eu sabia que tinha um coração.

De repente, entendi o porquê das histórias de príncipes e princesas. Eu queria ser seu príncipe. Eu queria ser tudo para ela. Todas as fantasias, todas as alegrias, todas as realizações. Eu queria ser a mágica dos seus sonhos, dos seus desejos. Cathy disse que era minha e eu só queria ser dela. Para sempre.

Percebi que nossos corpos se encaixavam com tanta perfeição que juntos parecíamos entalhados da mesma madeira. Cathy era perfeita para mim. Realmente não existia mais medo nela, apenas certeza do que queria. Sentia suas mãos sedosas me buscarem cada vez mais, seus lábios se ofereciam como a fruta mais suculenta de um pomar. E eu não podia evitar o que sentia, não tinha mais como evitar.

Agarrei seu corpo querendo cada vez mais estar nele e constatei, extasiado, que ela se entregava a este desejo sem reservas. Sua coragem me impulsionava a continuar. Seu corpo era ousado e suas mãos atrevidas. Eu já estava louco com suas carícias.

Facilmente coloquei Cathy ajoelhada na cama para poder me livrar mais rápido das nossas roupas. Ela se afastou e por um momento pensei que tivesse se arrependido, voltado atrás da sua decisão. Já estava determinado a compreender. Eu iria entender todas as suas inseguranças, mas fiquei boquiaberto quando ela simplesmente tirou a camisola, deixando-a no chão do quarto, deixando o seu corpo maravilhoso à mostra. Era um sinal, eu sabia.

Cathy estava me certificando da sua decisão. Ela estava me mostrando que queria ser minha, e eu a queria demais, então tomei para mim o que me era ofertado como deveria ser desde o início. Deixei meus lábios vagarem por ela, seu corpo arqueou quando eles tocaram seus seios. Ouvi seus gemidos com um prazer indescritível, satisfeita com minhas carícias.

Quando finalmente a penetrei, a emoção foi mais forte do que qualquer outra. Naquele instante tive a certeza de que ela era minha. Só minha. Ela não voltaria mais atrás de sua decisão. Agora éramos apenas nós dois e assim seríamos para sempre.

Eu sabia que iria doer, como deveria ser a primeira vez de qualquer mulher, por isso me empenhei em tentar atenuar a dor o máximo possível. Concentrei-me inteiramente nela. A cada avanço do meu corpo, compensava o seu incômodo com beijos apaixonados, carícias e palavras de amor ao pé do ouvido. Não tive pressa, muito pelo contrário, queria prolongar o quanto fosse possível, queria o máximo de tempo com ela.

Queria que fosse tão perfeito para ela, como estava sendo para mim e só relaxei quando senti que seu corpo se entregava outra vez ao momento. Foi com imensa satisfação e surpresa que percebi que ela estava sentindo prazer novamente, o que fez meu desejo me dominar por completo. Cathy era realmente maravilhosa, corajosa, forte, decidida e era minha. Toda minha.

Seu corpo me seguia fielmente, aprendendo, repetindo os meus movimentos, me proporcionando um prazer inenarrável. Estar totalmente dentro dela não era suficiente, nada parecia me saciar. Eu a puxava cada vez mais e com mais vontade, de encontro ao meu corpo e ela não reclamava, apenas correspondia com mais ímpeto.

De repente, vislumbrei o momento mais maravilhoso de toda a nossa relação. Confesso que fiquei tão surpreso que quase perdi o fio da meada. Cathy gemeu manhosamente, depois mais alto, então vi seu corpo se entregar ao orgasmo. Fiquei deslumbrado com o que estava vendo. Ela era linda!

— Eu amo você, Cathy! Amo você, minha menina! — consegui dizer antes do prazer me dominar também.

Foi tão forte, tão intenso que quando acabou eu estava exausto. Pode ser absurdo e canalha falar isso, mas eu não queria sair de dentro dela, queria ficar ali eternamente com Cathy manhosa em meus braços. Porém, era necessário reconhecer que o dia já tinha exigido demais daquela garota e que, por mais corajosa e estimulante ela fosse, também precisava recarregar as baterias.

Beijei lentamente seus lábios, retribuindo o prazer que havia me proporcionado, depois a deixei dormir. Fiquei acordado algum tempo ainda, pensando em nós dois.

Meu sono não foi constante como o de Cathy. Acordei algumas vezes durante a noite, para verificar se estava tudo bem com ela. E eu me peguei sorrindo em vários momentos, enquanto a observava dormir.

Nunca, nem em minhas melhores expectativas, imaginei que seria tão maravilhoso como foi. O prazer que senti com ela nunca senti com nenhuma outra mulher e olha que foram muitas. Outro fator que contribuía para a minha plenitude, que era infantil e machista, eu sabia, mas confesso que fiquei radiante de felicidade ao pensar que apenas eu a teria. Que Cathy era somente minha. Era um tesouro que eu guardaria só para mim.

Não que o fato de ela ser virgem fosse fundamental, e não era. Mas Cathy seria meu primeiro e único amor, eu acreditava, por isso foi tão importante que ela tivesse confiado apenas em mim para viver aquele momento, era uma grande prova do seu amor. Tive ímpetos de acordá-la para fazermos amor outra vez, porém achei melhor me conter e deixá-la descansar. Teríamos uma vida inteira, juntos.

Despertei com a campainha do quarto tocando. Saí da cama de má vontade para verificar quem era. Não sei se fiquei alegre ou constrangido quando abri a porta e constatei que estavam todos lá, menos Lauren. Graças a Deus, menos um problema!

Meus amigos estavam preocupados com Cathy e precisavam saber qual seria nossa posição em relação aos repórteres que já cercavam o hotel. Claro, minha vida sempre estaria atrelada a trabalho e fofocas. Também precisávamos reorganizar a agenda, ou seja, uma longa reunião, que não precisaria ser ali onde eu velava o sono da mulher que eu amava. Agradeci mentalmente ao Dyo mais uma vez pelos dois apartamentos.

— Cathy está dormindo ainda — avisei a todos, pedindo para que falassem mais baixo. — Vamos nos reunir no outro apartamento. É melhor, assim ela descansa mais um pouco.

— Cathy está aqui com você? — Sara perguntou surpresa e pude ver o Dyo trocando olhares com o Kendel, que ria sem disfarçar.

— Está. — Tentei ser o mais natural possível apesar de me sentir um pouco constrangido por expor a nossa vida pessoal. — Ela estava apavorada. Achei melhor vigiá-la de perto.

— Sei. Vigiou direitinho da sua cama, não é? — Sara brincou e os outros riram sem se preocupar em serem discretos. Eu sabia que ela estava preocupada não apenas com Cathy, mas também comigo e principalmente com Lauren.

— Vá se acostumando. — Sorri travesso. — Cathy vai me matar por ter dito isso em voz alta. — E voltei a ficar arrependido por estar nos expondo mais uma vez. A verdade era que eu não permitiria que fosse diferente. Principalmente depois de descobrir que ela também me amava.

— Então, gente, vamos logo para o outro quarto — Dyo começou a falar. — Acho que Thomas e Cathy precisam de privacidade. — E se virou em minha direção piscando como um fiel amigo, conduzindo todos para fora.

Ainda pude ouvir as piadinhas do Kendel, as risadas abafadas da Helen e um resmungo sério da Sara, o que me fez pensar que ainda precisaríamos ter uma conversa definitiva. Eu não permitiria que Lauren estragasse o meu relacionamento com Cathy.

Entrei no quarto, já me sentindo péssimo por ter que deixá-la, mesmo que por um período muito curto. Confesso que me vesti sem a menor vontade de estar fora daquela cama. Ela estava ali na minha frente, dormindo como uma princesa, um breve sorriso em seus lábios indicava que estava sonhando. "Que bom", pensei com amor. Acariciei suas costas, Cathy se mexeu resmungando alguma coisa e melhor se acomodando. A cena era digna de uma pintura. Tão perfeita, nua, parcialmente coberta pelo lençol pérola, naquela imensa cama. Seus cabelos se espalhavam pelo travesseiro.

Ela era perfeita para mim. E em pensar que quase a perdi... Porra! Eu não podia nunca mais perder aquela mulher! Sabendo o que queria fazer, além de ter consciência de que aquela era a hora certa, peguei um papel timbrado do hotel e escrevi uma cartinha explicando onde estaria, para o caso de ela acordar antes da minha volta e pensar que eu tinha fugido.

Então comecei:

Meu amor,

Esta carta é para que você não pense que a abandonei. Teremos uma reunião hoje pela manhã, decidida de última hora. Consegui convencer a todos de que você precisava descansar mais um pouco. Desculpe, sei o quanto você é profissional e gostaria de participar, mas essa é uma situação atípica...

Pensei sobre tudo o que vivemos na noite anterior e decidi que ela merecia muito mais do que uma simples explicação sobre a minha ausência. Cathy podia ser durona, mas no fundo ela era uma romântica que tinha me aceitado como o seu príncipe encantado.

Levantei, peguei a minha mochila, tirei de dentro dela o motivo de eu ter chegado tão tarde em casa na noite anterior, de não chegar a tempo de evitar o assalto. Apesar de ser uma situação ruim, o meu atraso foi justamente por ter pensado em tudo o que Kendel me disse, algo raro em nossas vidas, e decidi que não haveria forma melhor de convencê-la do meu amor.

Essa foi a desculpa que dei aos meus amigos. No fundo eu sabia que não conseguiria mais viver sem Cathy. Sabia que minha felicidade estava atrelada aos seus passos e que me casar com ela era a certeza que eu teria de que ela me amava também.

Decidido, peguei a caixinha preta com o anel de noivado dentro. Não sabia se ela iria gostar, mas o achei tão apropriado. As pedras eram finas: diamantes, muitos diamantes. Afinal de contas todas as mulheres mereciam joias quando amadas, e se eu pudesse, cobriria Cathy com elas. Aquela era uma grande oportunidade.

Coloquei a caixinha posicionada embaixo do meu travesseiro, voltei para o papel onde eu escrevi o recadinho e acrescentei:

... A propósito, ontem, antes de tudo acontecer, eu comprei uma coisa para você, que está em uma caixinha preta embaixo do meu travesseiro...

Olhei mais uma vez para ela percebendo que não poderia fazer aquilo sem antes dizer o quanto a amava. Inevitavelmente lembrei da tarde em que afirmei não saber o que sentia por ela. Aquela tarde parecia tão distante agora que estava tudo tão mais claro. Olhei para o papel e comecei a escrever, deixando o meu coração me levar:

(...)Comprei ontem à tarde, quando descobri que poderia responder à sua pergunta. Você quis saber o que eu sentia por você, então eu gostaria de responder outra vez.

O que eu sinto por você com certeza é mais do que eu sinto por mim mesmo e mais do que eu já senti a vida inteira por qualquer pessoa. Você é tudo para mim, meu ar, minha alegria, minha tristeza, é toda a minha vontade de acordar e todo o meu desejo de dormir e sonhar. É a minha disposição para trabalhar e a preguiça para querer parar e só ficar ao seu lado. É toda a minha esperança, meus sonhos. Você é como a primavera, como a brisa do mar. Você é o que há de melhor em mim. Resumindo, você é a minha vida.

Por isso eu descobri que não posso viver perdendo-a o tempo todo, para nada, nem para ninguém. Quero você na minha vida para sempre e, se você também me quiser na sua, mesmo sendo eu um sujeito tão desprovido de qualidades para ser o seu príncipe encantado, aceite este presente com amor.

Rezei para que ela aceitasse. Eu queria intensamente que ela aceitasse. E finalizei a carta.

Espero você no outro quarto.
PS.: Lembre-se de que todos estarão aqui.

Eu amo você, muito!
Thomas

Fui embora do quarto já sentindo saudades dela. A sensação do amor era mesmo incrível!

A ausência do outro era uma dor física. Quase palpável. Mesmo estando a poucos metros de distância. Fui embora com o coração cheio de esperança. Eu sabia que em breve estaríamos nos braços um do outro novamente.

CAPÍTULO 18
Presos ao segredo

CATHY

Ouvi o murmurinho de dentro do quarto antes mesmo de chegar à porta. Eu já sentia minhas mãos suadas, meu coração acelerado e rezava mentalmente para que meu rosto não estivesse tão vermelho quanto o calor que eu sentia nele.

Bati, meio sem graça. Não sabia o que os meus colegas estavam pensando da situação. Quantas vezes aleguei não haver nada entre nós dois? Milhares, e de repente, estávamos dormindo juntos, ainda por cima noivos. Tudo bem, já dormíamos juntos antes disso, mas às escondidas.

Acontece que àquela altura dos acontecimentos todos já estavam sabendo. Fiquei envergonhada só de pensar nas brincadeiras do Kendel. E ainda havia a aliança em meu dedo, que com certeza meus amigos iriam perceber. A pequena fortuna que Thomas me deu como prova do seu amor.

Não pude deixar de sorrir feliz com a sua declaração.

Cogitei a ideia de tirar a aliança, enquanto não combinava com Thomas o que diríamos. Mas seria correto? Seria justo com ele depois de tudo o que vivemos? Pensei melhor e decidi que não era mais hora de ter medo. Além disso, ele poderia entender como uma recusa ao seu pedido. Eu não queria que existissem dúvidas entre nós dois. Então deixei a aliança e fosse o que Deus quisesse.

Quem abriu a porta foi a Sara, que me abraçou surpresa com a minha presença.

— Pensei que você iria dormir o dia todo. — Ela me levou para o interior do apartamento sem deixar de me abraçar pelos ombros. Eu apenas sorri tentando esconder o meu constrangimento tão óbvio.

Vi Thomas encostado na janela de braços cruzados me olhando com atenção. Meu coração acelerou e eu suspirei visivelmente. Seu sorriso tomou conta de todo o rosto. Ele era lindo! Tão perfeito! Agora que eu sabia que o amava, meu corpo não conseguia mais reprimir a vontade de ficar ao seu lado, de tocá-lo, beijá-lo... acredito que até mesmo o meu olhar fazia questão de demonstrar esse sentimento.

O silêncio no quarto foi embaraçoso. Todos pararam para ver a intensidade do nosso encontro. Não existiam mais segredos. Abaixei a cabeça, constrangida. Helen foi a única que tentou disfarçar, me abraçando com carinho.

— Fiquei tão preocupada com você! Não gosto nem de pensar no que poderia ter acontecido.

— E teria acontecido mesmo. Você precisava ver a camisola que ela estava vestindo. Nenhum ladrão resistiria a tanta provocação.

Kendel foi inconveniente, enquanto colocava na boca uns biscoitos servidos numa mesa posta com o necessário para um bom café da manhã. Senti meu corpo congelar ao me lembrar das palavras dos bandidos na porta do meu quarto.

— Cala a boca, Kendel! — Thomas e Dyo falaram ao mesmo tempo.

Thomas estendeu a mão para mim, e meu corpo gravitacionou em sua direção. Todo o gelo foi derretido pela possibilidade de estar em seus braços novamente. Eu não conseguia mais me lembrar do porquê de eu estar tão apreensiva há poucos minutos. Ele me tocou de leve, acariciou o meu rosto, então fechei os olhos e não resisti, beijei seus lábios ali mesmo, na frente de todos. Na frente da Sara. Ele correspondeu com amor me puxando para perto.

— Espere aí. O que é isso? — Kendel brincava com a situação. — Thomas, você precisa dar um jeito nessa sua assistente. Ela está muito saidinha. — Ele ria.

— Kendel, acho que nós deveríamos ter medo da Cathy. Lembre-se que ela agora é a namoradinha do chefe. — Dyo entrava na brincadeira lembrando-me de todas as vezes que eu falei que não queria ser tachada assim. Era embaraçoso, mas engraçado.

Eles brincavam, porém, meus olhos só viam Thomas sorrindo para mim todo feliz.

— Como você está? — sussurrou no meu ouvido, acariciando minhas costas.

— Perfeita. Não poderia estar melhor. Senti sua falta — respondi, também aos sussurros para que os outros não ouvissem.

Ele pegou na minha mão e sentiu o anel em meu dedo. Seu sorriso ficou ainda maior, se é que era possível. Vi lágrimas se formarem em seus olhos, e ele lutou contra essa reação. Minha emoção chegava ao mesmo nível.

— Acho que vocês precisam ter medo mesmo — Thomas falou, interrompendo a provocação dos rapazes. — Até porque a Cathy não é a minha namoradinha — falou sério e, por um momento todos pareciam constrangidos. Eu sabia o que ele ia fazer. Após uma pausa, fiz que sim com a cabeça, e ele continuou: — Cathy é a minha futura esposa. — Ele voltou a sorrir. Sua voz era orgulhosa. — Ela aceitou meu pedido de casamento, sou o homem mais feliz do mundo.

Thomas me beijou apaixonadamente me deixando vermelha de imediato com os gritos e aplausos dos nossos amigos. Após todos os comentários e brincadeiras, decidimos que precisávamos continuar com a reunião, afinal de contas meu grande objetivo era nunca deixar o amor atrapalhar o meu trabalho. Muitas coisas precisavam ser ajustadas pois ainda iríamos viajar.

A reunião se estendeu mais um pouco, pois precisávamos nos reorganizar. Todos os meus aparelhos eletrônicos estavam destruídos. Dyo passou numa loja antes de ir para o hotel e comprou outro celular para mim. Agradeci meio sem graça, apesar de ninguém saber que eu mesma destruí o meu num ataque de fúria que não tinha nada a ver com o assalto.

Eric estava com minhas malas, que, graças a Deus, já estavam arrumadas e guardadas no meu *closet* quando precisei me trancar lá. Meu pen-drive estava dentro da bolsa com todos os meus documentos. Ainda bem que eu tinha feito *Backup* antes de tudo acontecer. Então não tive nenhuma perda considerada drástica.

Thomas conversava com Dyo sobre a compra de um computador mais avançado e também um notebook para que eu conseguisse dar andamento ao meu trabalho. Enquanto isso, eu conversava com Sara e Helen sobre a agenda. Tínhamos perdido o voo da manhã, mas precisávamos estar às 20h em Barcelona, então teríamos que nos apressar.

Fiquei sabendo, através da Sara, que Lauren fora na frente para organizar tudo por lá. Respirei aliviada por ela não estar presente. Não queria nem pensar na sua reação quando soubesse do noivado. Thomas ainda me devia uma explicação.

Conseguimos passagens para Sara, Helen e Kendel para partirem quase imediatamente. Eu, Thomas, Eric e Dyo iríamos depois. Eu precisaria conversar com a polícia, a parte chata que ficara do assalto.

Vi Sara chamar Thomas para uma conversa particular, fiquei curiosa, também um pouco apreensiva. Será que ela ficou chateada com o nosso relacionamento? Quando voltaram, Thomas tentava disfarçar sua irritação, o que me deixou ainda mais desconfiada.

— Por favor, lembrem-se de que vocês vão chegar quase na hora do evento, então estejam preparados. Não teremos muito tempo para produzi-los — Sara falava no seu melhor modo chefona para nós três. — Cathy, dê um jeito nesse cabelo e viaje com ele arrumado. Seu vestido estará no seu quarto quando você chegar. — Olhei para Thomas. Ficaríamos em quartos separados? Por quê?

Resolvi não protestar, por ora.

— Vai dar tudo certo. Não se preocupe. — Também assumi o meu lado profissional tentando fazê-la relaxar um pouco. — Vou cuidar de tudo por aqui.

— Ótimo! É bom ver você de volta ao trabalho tão rápido.

E eu fiquei na dúvida se ela falava aquilo pelo inconveniente do dia anterior ou porque acredita que o meu envolvimento com Thomas atrapalharia a minha performance. Bom, o melhor a ser feito era realmente trabalhar.

Ficou decidido que falaríamos para os repórteres apenas o essencial sobre o incidente. Não contaríamos a respeito do noivado. Eu queria manter a minha vida longe dos holofotes mesmo sabendo que uma hora eles descobririam e que seria um inferno.

Despedimo-nos e fui direto para o quarto, enquanto meu namorado... noivo, ainda resolvia algumas coisas com Helen. Dyo e Eric ficariam com o outro apartamento o restante do tempo, ele também precisava sair para providenciar o que Thomas pediu para comprar.

Fiquei no quarto esperando Thomas voltar. Aproveitei para conferir minhas malas e separar o que usaria durante a viagem. Após tudo arrumado, o que não me tomou quase tempo nenhum, minha cabeça começou a vagar pelos últimos acontecimentos entre nós dois. Senti as tão fantasiosas borboletas no estômago quando pensei que, enfim, tinha encontrado alguém que me fez derrubar as barreiras do meu passado.

Eu descobri o amor, ou o amor me descobriu?

A minha noite foi tão perfeita que era difícil acreditar que eu não estava sonhando. Relembrei suas carícias, seus sussurros de amor em minha pele e constatei admirada, que eu tinha conseguido realizar o meu sonho. Foi perfeito! Algo para lembrar com carinho, não para me arrepender um dia. Thomas mais uma vez tinha provado o quanto era maravilhoso.

Quando ele entrou no apartamento, meu coração acelerou. Mesmo não existindo mais barreiras entre nós dois, me senti temerosa. Nem sempre a coragem ganhava lugar de destaque em minhas atitudes, e aquele era um desses momentos. O que eu deveria esperar estando sozinha com o homem com quem aceitei casar? Fiquei envergonhada. Na noite anterior tínhamos agido conforme a emoção, mas naquele instante eu não sabia o que fazer. No entanto, eu desejava muito estar outra vez com Thomas.

Ele entrou, tirou o celular do bolso, deixando-o com o cartão de acesso ao quarto num aparador próximo à porta. Olhou para mim sorrindo tranquilamente. Eu sorri em resposta, não tão tranquila quanto queria aparentar. Ele estava bem calmo e eu muito tensa. Thomas caminhou em minha direção, sem dizer uma palavra, me beijou apaixonadamente.

Eu podia perceber cada parte da sua excitação. Senti meu corpo amolecer cedendo ao desejo e ao amor, que se mostrava mais forte, ousado e inabalável. Pronto, era o que eu precisava para recuperar toda a coragem do dia anterior.

— Você tem certeza? — interrompi mesmo sem querer.

Aquele anel pesava demais em meu dedo para que simplesmente ocupasse um lugar em minha vida sem todas as certezas necessárias.

— Você não?

Seus olhos verdes e incríveis ficaram maiores, demonstrando o quanto a minha insegurança o desestabilizava. Sorri querendo abraçá-lo. Era claro que eu tinha certeza. Era o que eu mais queria no mundo.

— O que estou dizendo é que você não precisa casar comigo só porque transamos. Quer dizer... Eu também quis o que aconteceu. Você não me forçou a nada. — Thomas riu e me beijou com paixão.

— Vou casar com você porque te amo! E não tenho dúvidas quanto a vontade de passar o resto da minha vida ao seu lado. Agora... Se você não sentir o mesmo, se quiser esperar mais um pouco... Eu vou entender e respeitar sua decisão. — Havia angústia em suas palavras. Reconheci nelas o mesmo medo que eu sentia de perdê-lo, de perder o seu amor.

— Thomas, eu amo você! Não tenho a menor dúvida e acho que já lhe dei todas as provas possíveis. — O sorriso maravilhoso voltou aos seus lábios e seus olhos se fecharam de prazer com as minhas palavras. — Eu quero me casar com você, não porque transamos, mas porque você é o homem da minha vida. Não quero perdê-lo mais uma vez por causa da minha infantilidade. — Voltamos a nos beijar com carinho, depois de um tempo me mantendo em seus braços, voltou a falar:

— O que quer fazer nesse tempo livre? — Suas palavras sussurradas em meu ouvido, com aquele tom desavergonhado, fez algo dentro de mim, vibrar.

Sorri timidamente. Não tinha coragem de dizer em voz alta o que eu queria fazer durante todo o meu tempo livre. Então baixei os olhos e aguardei pelas suas sugestões.

— Seu desejo é uma ordem.

Thomas estendeu meu corpo com um único impulso, sem aguardar por qualquer sinal meu. Em uma atitude ousada prendi minhas pernas em sua cintura. Em segundos, estávamos na cama e, em menos tempo ainda, já tínhamos nos livrado das roupas.

Era incrível como a minha vida sexual tinha começado há tão pouco tempo e eu já me sentia tão à vontade. Talvez meu estágio amoroso com o Thomas colaborou para que eu me conscientizasse do que meu corpo necessitava e gostava. Por isso, apesar do curto período, nos entendíamos tão bem que havia harmonia entre a gente. Bastava um toque, um olhar e já sabíamos o que o outro queria.

Ficamos deitados na cama com nossos corpos semicobertos pelo lençol, que escondia parcialmente nossa nudez. Eu estava sobre o peito do Thomas, enquanto ele acariciava meus cabelos, me deixando sonolenta.

— Eu amo você demais! Tive tanto medo de te perder — ele falava com voz mansa, pensativo, parecia sofrer.

— Não vamos mais pensar nisso, meu amor — repeti as mesmas palavras que ele usou para me acalmar na noite anterior, enquanto eu tentava dizer o que sentia.

— Não estou falando apenas do absurdo de ontem. Estou falando de todos os momentos em que quase a perdi por ser tão intransigente. — Suas mãos afagaram meus ombros. — Nem acredito que estou aqui com você. Depois de ter feito tanta besteira, é difícil acreditar que mereço o seu amor.

— Thomas, não pense assim. Eu também fiz absurdos para evitar o que sentíamos. Nós dois erramos, e daí? Nada conseguiu impedir o que estamos vivendo agora. Não conseguimos evitar o amor que estamos sentindo. Além do mais, qual relacionamento é perfeito? O nosso não poderia ser diferente, senão não seria um relacionamento de verdade. E o acerto só existe por causa dos erros. Temos a chance de acertar aprendendo com os erros. Ficarmos juntos já é um grande começo.

Thomas beijou meus cabelos, afagando-os.

— Você é perfeita, sabia?

— Não — ri me aconchegando ainda mais ao seu corpo —, você me ama, então não é a pessoa mais indicada para falar das minhas imperfeições.

Olhei para a janela e percebi assustada que quando estávamos juntos eu me esquecia do tempo, das obrigações e das necessidades. Dei um pulo quando olhei o relógio. Tínhamos menos de duas horas para nos aprontar e estar no aeroporto. Levantei rapidamente do seu peito, já esquematizando o que faria para conseguir cumprir o horário.

Seria um fiasco se Thomas não conseguisse chegar à *première* de Barcelona. Com certeza milhares de fãs deviam estar acampadas na porta do cinema há dias, só aguardando por uma possível foto, um autógrafo, ou mesmo para apenas vê-lo passar rapidamente.

— Por que a pressa?

Olhei para ele deitado, o corpo quase todo à mostra. Apreciei seu peito largo e os braços fortes. Suspirei. Eu queria ficar mais tempo na cama com ele, mas não podia. O dever me chamava. Então Thomas estendeu a mão me chamando de volta, me tentando, e eu não resisti.

— Temos que parar, Thomas — eu tentava falar entre seus beijos e carícias.

— Não tenho forças. Você me deixou esperando demais. Estou tentando recuperar o tempo perdido. — Ele ria sem interromper a sua tentativa de me manter na cama.

— Vou pegar uma fraqueza deste jeito — protestei, porém, estava deliciada com o apetite sexual do meu noivo. — Tenho que levantar para arrumar o cabelo, ou Sara me mata no aeroporto.

— Seu cabelo é lindo de qualquer jeito. — Continuava na cama com beijos e carinhos cada vez mais intensos.

— Vou levantar agora! Levante-se também e vá fazer alguma coisa. — Decidi assumir as rédeas, senão ele conseguiria me convencer.

— Como o quê? — Cruzou os braços e ergueu a sobrancelha cinicamente. — Tenho uma assistente tão competente que não me sobra nada a fazer a não ser esperar por ela.

— Que tal tomar um banho para adiantar o seu lado, para começar? — Ele voltou a me beijar me impedindo de sair.

— Podemos tomar banho juntos? — pediu dengoso. — Você vai ter que lavar os cabelos, não é? Então? — Um fato verdadeiro: Thomas sabia argumentar.

Não tive como negar a ele aquele pedido. Tomamos banho juntos e nos atrasamos mais um pouquinho.

Precisei improvisar com o cabelo. Sequei o máximo que pude e depois fiz algumas ondas, passando uma pomada própria para dar volume e com o dedo fiz uns cachos, prendendo-os com grampos por um tempo. Graças a Mia, eu tinha um grande arsenal de técnicas de beleza. Quando tirei os grampos, lindos cachos grossos caíram sobre meus ombros. Estava perfeito.

Thomas ficou me assistindo brincar de salão de beleza sem demonstrar impaciência. Enquanto esperava o tempo certo para soltar os cachos, aproveitei para interrogá-lo sobre a conversa que ele e Sara tiveram mais cedo.

— Será que nada passa despercebido por você? — Ficou um pouco apreensivo e começou a passar as mãos pelos cabelos, enquanto pensava na melhor forma de começar a falar. — Basicamente ela conversou sobre o de sempre. — Fez um gesto vago com as mãos. — Queria saber até que ponto eu estava realmente envolvido com você e falou novamente sobre os riscos de acabar mal. — Deu de ombros. — O mesmo de antes. — Eu sabia que havia algo mais.

— Mesmo depois disso? — Levantei minha mão, mostrando a aliança.

— Não foi uma espécie de recriminação. — Ele fez uma careta pensando no que falar. —Foi mais como se estivesse verificando mesmo.

— Tem algo mais, Thomas. Posso ver em seu rosto. — Nos encaramos pelo espelho e ele suspirou derrotado. — Existe algo escondido nesta história.

— Bem... — ele hesitava. — Não sei como você vai reagir.

— E você estava pensando em me dizer quando? Na última hora?

— Não sei. — Coçou a cabeça tomando coragem e deixando de me encarar. — Acho que agora mesmo. Só estava escolhendo o melhor momento. — Riu sem graça.

— Estou pronta para a bomba. Já tenho experiência suficiente para aguentar qualquer tipo de choque. — Incentivei-o brincando com os fatos da noite passada.

— Sara me pediu para esconder o nosso noivado da Lauren — observando atentamente minha reação —, por enquanto — acrescentou com rapidez.

— O quê? — praticamente gritei indignada com a informação. — Que mistério é esse que agora interfere até no meu noivado?

— Era por isso que não queria contar. Você agora vai querer entrar em outra história. — Thomas se fez de ofendido revirando os olhos e saindo do banheiro. Eu não deixaria passar tão fácil.

— É claro que vou. Por que preciso esconder da Lauren que estamos juntos? O que existe nesta história que é mais importante do que a nossa felicidade? Se ela não consegue se conformar pelo não relacionamento de vocês dois, o problema não é meu. Você deveria ter resolvido isso antes, Thomas — disparei, inconformada enquanto o assistia andar pelo quarto e voltei para o banheiro sentindo meu corpo tremer.

— Nada é mais importante para mim do que a sua felicidade.

Descartou parte do que eu havia dito, evitando assim maiores explicações, e voltou para o banheiro decidido a me fazer esquecer aquela conversa. Com a ponta do dedo, começou a acariciar meu braço, tentando me distrair.

— Então não precisamos atender ao pedido dela — desafiei-o.

— Cathy, não é pela Lauren. É pela Sara, que é madrinha dela, minha empresária e também amiga. Entenda!

Suspirei e comecei a dar as costas, mas ele me segurou.

— Se é tão importante pra você, então vamos fazer do seu jeito, certo? Só não fique aborrecida. Estamos felizes e nada vai atrapalhar nossa felicidade.

Eu tinha que admitir. Ele era incrível! E não poderia deixá-lo se indispor com Sara só por causa da minha birra com a Lauren.

— Não faço questão, Thomas. Mas acho um absurdo você continuar escondendo de mim o que aconteceu entre vocês. Qual é o problema? Não deveríamos ter mais segredos. Eu confiei em você e contei tudo da minha vida, seria mais justo se você fizesse o mesmo.

— Isso é muito injusto! Não é certo você me cobrar. Eu confio em você sobre tudo da minha vida, mas esse problema não é só meu. Já expliquei várias vezes que existem outras pessoas envolvidas, não posso revelar um segredo que vai muito além dos meus limites. Tudo que está relacionado apenas a mim você já sabe.

Com birra me soltei dos seus braços e fui sentar na cama, enquanto fingia que organizava os documentos já perfeitamente organizados. Ele logo estava à minha frente.

— Alguém já disse que você tem um gênio muito difícil?

— Sim. Várias vezes. — Continuei tentando ignorá-lo.

— E que quando você empaca em uma coisa é muito difícil desempacar? — Não consegui deixar de olhar para ele depois desta.

— A que mesmo você está me associando?

— A uma criança birrenta.

— Pensei que estava falando de um burro. — Ele riu alto, o que me deixou ainda mais emburrada. Desviei o olhar e fingi não me importar mais com ele.

— Cathy, olhe para mim. — Ele exigiu a minha atenção, e eu não dei. — Vai me ignorar? — Thomas estava se divertindo com a minha reação. — Tá bom! Então acho que você não vai se importar se eu fizer isso.

Sentou ao meu lado e começou a beijar meu pescoço, arrepiando a minha pele. Eu tentava ser forte fingindo não me importar, então ele passou a mão para dentro do meu roupão, tocando a minha cintura com cuidado, minha pele nua e aquecida em seus dedos frios e ousados. Foi demais para mim. Suspirei sem conseguir evitar, fazendo-o rir outra vez.

— Agora eu já existo?

— Existe. — Segurei seu braço para que ele deixasse de me tocar. — Pare! Temos que ir embora.

— Olhe para mim, então. — Olhei-o interessada. — Eu amo você! Acredite em mim quando digo que não existe ninguém mais importante do que você na minha vida.

— E seus pais? — O desafiei, sabendo que a tensão da conversa anterior não cabia mais ali.

— Tá bom! Você e minha família estão no mesmo patamar.

Tive que rir e o clima entre nós dois suavizou, para a minha felicidade. Eu não queria que meu mau gênio começasse a interferir em nosso relacionamento.

A saída do hotel e a chegada ao aeroporto foram extremamente difíceis. Os repórteres não deram sossego. Queriam de qualquer maneira uma declaração ou qualquer imagem que alimentasse a curiosidade dos fãs enlouquecidos. Ou que pudesse servir para alguma fofoca inventada para vender jornais e revistas.

Escondi a mão no bolso do meu jeans para que a aliança não aparecesse em nenhuma foto. Thomas se manteve um pouco distante, não me tocando em nenhum momento, assim não chamaria atenção para o nosso relacionamento. Eric organizava a segurança ao nosso redor para que conseguíssemos chegar ao embarque, que foi um verdadeiro caos.

Sentamos juntos no avião, como fazíamos antes mesmo de sermos namorados, porém continuamos despistando os curiosos sem demonstrar afeto em público. Eu achei ótimo! Se conseguíssemos agir sempre daquela forma, seria perfeito.

Enquanto cumpríamos o nosso ritual de ouvir música juntos, fiz um pequeno balanço da minha vida e fiquei feliz pelo resultado. Eu tinha tudo o que mais queria. Thomas, um emprego que eu adorava, amigos maravilhosos e também, apesar de recente, uma vida sexual esplêndida, ou pelo menos um esplêndido começo de uma vida sexual. Sorri, satisfeita. Era possível ser tão feliz assim?

Peguei a agenda para fazer algumas anotações necessárias na organização da nossa rotina, já que não tinha trabalhado o dia inteiro e precisava adiantar algumas coisas, além de não poder esquecer nenhum detalhe. Thomas pegou a caneta de minha mão e escreveu, na página que estava aberta:

Você me faz feliz como nunca fui. Amo você! PS.: Já estou com saudades. T.

Precisei conter o sorriso que insistia em brincar em meus lábios, já que não queria chamar a atenção da comissária que estava próxima a nós dois, em uma tentativa desnecessária de chamar a atenção do astro que agitava aquele voo. Fechei a agenda, me encostando à cadeira. A minha felicidade era plena.

Viajamos por mais alguns dias pela Europa, fizemos a parada programada na Inglaterra, para a divulgação do filme, cumprido tudo o que estava previsto. Só mais alguns dias e poderíamos voltar para casa. A turnê estava incrível! Eu e Thomas conseguimos desenvolver uma sincronia maravilhosa: durante o dia, quase não nos tocávamos. Falávamos muito um com o outro sobre assuntos relacionados ao trabalho, mas à noite nos entregávamos ao nosso amor. O equilíbrio perfeito!

Era nossa última *première* na Europa, Thomas me deu um beijo rápido a alguns metros do local onde o nosso carro iria parar. Durante toda a noite nos dedicamos ao compromisso, mas é claro que nem tudo era trabalho. Não podíamos evitar os olhares que trocávamos um com o outro. Era muito divertido o clima entre nós dois e a forma como disfarçávamos na frente dos outros.

Mesmo assim as pessoas percebiam que existia algo além do profissional. Éramos harmoniosos demais. Trabalhávamos em uma sintonia perfeita sempre com muito cuidado e carinho. Thomas fazia questão de me elogiar em suas entrevistas, sempre falava de mim de uma forma um pouco mais íntima do que simples colegas de trabalho falariam. Eu entendia o seu lado. Era praticamente impossível nos referirmos um ao outro sem a cumplicidade que nos cercava, sem o carinho e a admiração existentes.

Antes de voltarmos para o hotel, Kendel nos convidou para jantar. Toda a equipe iria. Eu disse que iríamos, mesmo sabendo que Thomas tinha pressa de me encontrar em um ambiente só nosso, longe dos olhares curiosos. Eu bem sabia o porquê. Senti um arrepio na espinha só em imaginar.

Fomos para um restaurante bastante reservado e a conversa fluía animadamente. Até Lauren estava mais sociável naquela noite. Percebi que ninguém fazia nenhuma referência a mim e Thomas e deduzi que Sara também pediu ao restante da equipe para omitir o noivado. Eu ainda não tinha digerido aquela história. No entanto prometi a Thomas que atenderia ao pedido de Sara, então me comportei.

Coloquei outro anel no dedo junto com o de noivado, para disfarçar um pouco e não chamar muita atenção. Seria provisório. Além do mais, estávamos em público e não custava nada esconder a verdade mais um pouco para conseguir mais alguns dias de paz.

Thomas sentou em uma ponta da mesa, eu fiquei um pouco mais afastada, ao lado do Dyo e logo engatamos uma conversa animada, com meu amigo o tempo todo, me provocando com o assédio da imprensa e a possibilidade de outros trabalhos do mesmo tipo do folheto. Rimos livremente fazendo comentários absurdos.

De vez em quando, eu olhava para Thomas, que também me olhava fazendo meu corpo entrar em parafuso. Era tão intenso que me sentia puxada para ele. Comecei a sentir calor. Minha pele queimava com o seu olhar. No final da noite era eu quem estava apressando a todos, querendo voltar logo para o hotel.

— Está cansada?

Thomas perguntou casualmente, quando entrei no seu quarto mais tarde. Teríamos que continuar a fazer assim, para que Lauren não percebesse. A cada dia detestava mais aquela mulher e a situação que concordei em viver. Era impossível esconder o meu aborrecimento. Ainda bem que depois da surra que dei nela, suas insinuações desapareceram. Lauren quase não falava comigo, só quando necessário e sobre assuntos que envolviam o nosso trabalho.

— Mais pelo fato de ter que gastar a minha energia me escondendo da Lauren do que pelo trabalho de hoje — respondi tardiamente e emburrada.

Thomas riu da minha birra.

— Já conversamos a respeito. — Ele me abraçou por trás e começou a afastar meu cabelo do pescoço, jogando-o para frente. — Em pouco tempo estaremos livres. Depois ela será um problema só da Sara.

— E então você irá me contar o que aconteceu?

Thomas suspirou e encostou a testa em minha nuca.

— Sabe? Lá no restaurante eu tive a impressão de que você estava ansiosa para voltar para o hotel. Acho que me enganei.

— Não seja dramático! Eu estava realmente doida para estar aqui com você.

Virei-me para fazer o mesmo jogo que ele fazia comigo. Beijei seu pescoço, passando a língua levemente em alguns pontos e mordiscando em outros. Deu certo, constatei satisfeita. Thomas fechou os olhos, se entregando às minhas carícias. Deixei minhas mãos explorarem seu corpo da mesma forma como ele explorava o meu.

— Você aprende rápido — falou num sussurro cheio de desejo.

— Isso é ruim? — Desabotoei a sua camisa, passando a mão por dentro.

— De jeito nenhum. — Ele me puxou de encontro ao seu corpo. — Pensei que esta noite você estaria cansada depois da tarde que tivemos.

Ri travessa.

— Pensei em nossa tarde a noite toda. — Abri a sua calça e acariciei o limite entre a sua barriga e a barra da cueca. Thomas gemeu baixinho.

— Meu Deus! Eu estou criando um monstrinho. — Rosnou ao descer o zíper do meu vestido, deixando-o cair no chão.

Nós nos beijamos longamente, apreciando cada contato. Thomas estava extremamente excitado. Ele entrelaçou as mãos em cada lado da minha calcinha, que eram na verdade duas tiras bem fininhas, por isso, sem muito esforço puxou as duas rompendo-as.

— Thomas! — arfei surpresa enquanto ele arrancava do meu corpo o que tinha sobrado da peça.

— Você é maravilhosa! — Beijou meu pescoço sem dar importância ao fato. — Adoro sua pele. Seu gosto...

— Mas, pelo visto, odeia a minha calcinha — brinquei e ele riu.

Thomas desceu a mão e me puxou pelos quadris para mais perto do seu corpo. De pé, próximos a um móvel que servia de bar e guarda-utensílios ao mesmo tempo, Thomas estava apoiado num banco alto de madeira e eu totalmente apoiada nele.

— Vamos para o quarto — disse, já sem fôlego.

— Para quê? Tudo que quero fazer com você, posso fazer aqui mesmo.

Ele me virou de costas e começou a tocar meu corpo com mais fervor. Suas mãos acariciavam meus seios com ardor, enquanto seus lábios beijavam minhas costas. Seus toques desceram e pararam entre as minhas pernas. Eu estava ofegante. Necessitava dele em mim.

Agilmente me girou e eu fiquei apoiada, ainda de costas, no banco em que ele estava. Ouvi suas calças caírem e senti seu corpo nu. Thomas não tinha pressa enquanto eu estava em chamas. Ele queria me enlouquecer primeiro. Então levantou um pouco a minha perna, para que esta ficasse apoiada no banco e enfim me possuiu.

Gememos alto e ao mesmo tempo no primeiro contato. Ele me puxava e depois me afastava, fazendo-me entender qual seria o ritmo. Eu atingi o orgasmo primeiro, com todo o meu corpo estremecendo em colapso. Ele gemia satisfeito com o resultado e logo em seguida também gozou, apertando-me com vontade. Fomos dormir exaustos.

◀ CAPÍTULO 19 ▶
Revelações, incertezas e sofrimentos

CATHY

Em dois dias nossa vida estava uma loucura. Viajamos para o Texas para iniciarmos as gravações externas. Thomas estava radiante com esse novo papel. Esperava realizar um ótimo trabalho, com isso se destacar ainda mais como ator. Chegamos cedo e tivemos uma reunião demorada com todos os envolvidos no projeto.

Depois Thomas foi para outra reunião com o psiquiatra que o ajudaria com algumas observações sobre a personalidade do seu personagem e a minha presença não era necessária. Fui para o ônibus-camarim destinado ao meu astro, para organizar algumas coisas. Meu noivo só voltaria no fim do dia. Algumas pessoas foram conversar comigo sobre o que necessitavam que eu fizesse para que ele cumprisse com sua programação.

Thomas chegou, checou algumas mensagens, fez um lanche rápido e precisou sair correndo para outra reunião com o pessoal do figurino para as últimas provas. Não foi difícil escolher as roupas, afinal era um filme atual e elas seriam parecidas com o que ele costumava usar no dia a dia. Também não participei dessa reunião, apenas recebi algumas recomendações.

E assim passamos nosso primeiro dia no Texas, quase sem nos encontrarmos. À noite, recebi um documento contendo a rotina do Thomas para os próximos dois dias, além do *script* das cenas que seriam rodadas.

Fui primeiro para o hotel e fiquei em meu quarto arrumando as minhas coisas. Seria mais tranquilo ficarmos juntos já que não teríamos Lauren na nossa cola. Então fui para o quarto dele sem me preocupar em ser vista. Thomas estava em mais uma reunião com o elenco do filme. Fiquei deitada assistindo TV enquanto esperava por ele. Nem percebi que peguei no sono, só acordando quando ele deitou ao meu lado desligando a tv.

— Oi — murmurei ainda sem saber se estava ou não dormindo.
— Oi, amor — ele respondeu com carinho — Abandonei você o dia todo.

— Tudo bem. Faz parte da loucura que concordamos em viver. — Abracei meu noivo buscando seu calor, apesar da noite estar quente.

— Estou muito cansado. — E ele parecia constrangido por revelar aquilo. — Você se importa se só dormirmos? — Tive que sorrir, ainda que com o rosto escondido dele.

— Acho que vamos ter algumas noites como essa. — Ri, prevendo o que nos aguardava. Ele riu também e me abraçou, dormindo logo em seguida.

Acordamos com o sol ainda escondido. Thomas levantou atordoado. Tínhamos uma reunião bem cedo com o diretor, John e alguns atores que participariam das primeiras cenas a serem gravadas.

— Desculpe por ontem. — Thomas estava constrangido, o que era realmente engraçado.

— Ah! Eu nunca pensei que seria sempre fácil. — Ele riu.

— Mesmo assim. — Se mexeu sob o lençol me abraçando e beijando meu busto. — Temos quanto tempo? — Ele já estava cheio de segundas intenções.

— Nenhum. — Ri do seu desapontamento sem conseguir me conter.

Precisei levantar correndo ou ele conseguiria me segurar na cama por mais tempo. Corri para o banheiro ouvindo seus resmungos e muxoxos. Não posso negar que era interessante voltarmos àquele ponto.

Descemos para tomar café no restaurante do hotel e lá encontramos algumas pessoas da equipe. Logo Thomas estava envolvido em conversas sobre o trabalho. Fomos para a reunião, onde me limitei a fazer algumas anotações para passar a ele quando necessário. Assistimos a partes de alguns filmes relevantes e terminamos na hora do almoço.

Conversamos sobre alguns detalhes enquanto comíamos. Thomas estava focado em extrair o máximo possível daquele papel, ensaiando vozes diferentes e caretas engraçadas. Pela tarde, ele teve mais um encontro com alguns atores e o psiquiatra. Fiquei a tarde toda no hotel, reunindo documentos e resolvendo coisas com Sara e Helen que não paravam de me chamar pelo celular.

Recebi um funcionário do hotel com cartas e presentes de fãs para Thomas. Era sempre assim por onde quer que ele passasse e eram tantos presentes que ficava complicado transportar tudo. Comecei a separar o que poderíamos doar, as cartas para serem respondidas, o que ele enviaria para a casa da mãe ou para a sua própria casa e o que seria jogado diretamente no lixo, como bombons e chocolates. Pois é, depois de John Lennon, todo cuidado era pouco.

Quando Thomas chegou, foi em minha direção me agarrando e espalhando cartas para todos os lados.

— Estou trabalhando, amor. — Tentei me livrar dos seus braços, mas a saudade não permitia.

— Vou deixá-la trabalhar, eu prometo, mas só depois. — Ele já me arrastava para o sofá, sem se importar com a quantidade de bichos de pelúcias que estavam por lá. — Estou louco de saudades. Quero recuperar a noite passada.

E eu não tive alternativa. Ou não quis ter. Só posso dizer que aqueles bichinhos presenciaram uma cena de amor repleta de saudade e digna de um filme romântico onde a mocinha é arrebatada pelo mocinho encantador. Mas tudo que é bom termina rápido demais, então logo eu precisei voltar ao trabalho.

Thomas saiu em seguida para outra reunião exaustiva. Arrumei nossas malas e deixei uma muda de roupa para ele em cima da cama. Iríamos viajar para a Flórida para a *première* assim que ele voltasse.

Aproveitei para dormir durante o voo. Era muito mais fácil em um jato particular. Thomas também dormiu toda a viagem, ele estava esgotado. Fomos acordados pela comissária de bordo. Seguimos rapidamente para o hotel, onde encontramos toda a equipe já no ritmo frenético de trabalho.

Lauren nos olhava de forma diferente. Parecia bastante aborrecida, me encarando sem disfarçar, como se estivesse tentando arrancar a verdade de mim, porém não tive tempo para tentar desvendar o motivo da sua irritação. Só percebi que estava diretamente ligada a mim e a Thomas.

Fomos para a *première*, animados por estarmos juntos de nossos amigos outra vez, mesmo que só por algumas horas. Thomas estava muito feliz por conseguir manter a agenda e foi especialmente carinhoso com as fãs. Eu admirava a sua determinação. Ele era um homem incrível!

Corremos para o aeroporto, onde o jatinho nos aguardava para voltarmos ao Texas. Apesar de cansados não dormimos, ficamos conversando sobre os acontecimentos da noite, enquanto eu aproveitava para deitar em seu peito e receber suas carícias nos meus cabelos.

— Você percebeu algo diferente na Lauren hoje? — Tentei fingir desinteresse.

— Não percebo nem vejo nada na Lauren. Praticamente não me dou conta que ela existe — Thomas respondeu um pouco aborrecido. Achei estranho. Que ele não gostava da garota não era segredo, no entanto ser agressivo quanto a ela de forma gratuita era uma novidade.

— Não entendo por que você aceita trabalhar com ela se isso o incomoda tanto. Se existe um problema entre vocês dois, por que você ainda a tolera?

— Primeiro porque não existem mais problemas entre nós dois a não ser a implicância que ela tem com você. Segundo porque não posso simplesmente retirar uma pessoa da equipe porque tive problemas de cunho pessoal com ela, terceiro e mais importante, porque ela não trabalha para mim.

— Não? Eu achei... — Levantei para encará-lo sem entender nada.

— Ela trabalha para Sara. Eu apenas aceito a sua presença.

— Continua sendo estranho.

— Eu sei, mas é o máximo que posso dizer no momento.

— Esta história um dia ainda vai acabar nos separando.

Senti meu peito apertar com essa afirmação. Eu não queria que nada nos separasse e só esse pensamento já me fazia sofrer. Thomas me apertou em seus braços, como se isso pudesse impedir nossa separação. Voltei a deitar em seu peito escondendo o meu rosto e a minha apreensão.

— Por que você acha isso? Eu pensei que o nosso amor seria o bastante para nos manter sempre juntos.

— Nem sempre o amor é suficiente. Existe toda uma questão moral e de princípios que pode provocar a separação de pessoas que se amam — sussurrei sem querer acreditar em minhas próprias palavras, apesar de reconhecer a sua veracidade.

— Eu nunca acreditei que o amor fosse um sentimento racional. — Thomas estava brincando, mas dava para perceber que a minha afirmação o preocupava.

— Porque não é o único sentimento que une as pessoas. — Ele segurou o meu rosto com as mãos e me beijou. Parecia com medo.

— Não quero te perder, Cathy. Eu amo você!

— Eu amo você também.

— Então vamos esquecer esse assunto.

— Se você me contasse, eu teria condições de decidir o que fazer. Sem saber o que aconteceu, fico perdida, no escuro. Não vai ser fácil acreditar em você depois.

— Depois do quê?

— Quando eu descobrir o que aconteceu através de outra pessoa. Não vai ser a sua versão, então há um sério risco de eu interpretar tudo da forma errada.

— Se alguém tiver que lhe contar essa história, esse alguém serei eu, mais ninguém. E você precisa acreditar apenas em mim.

— Lauren pode me contar. Eu acredito realmente que ela está ansiosa pela oportunidade. E, se isso acontecer, talvez eu não tenha condições de acreditar em você, já que a única coisa que faz é me esconder a verdade.

Thomas ficou calado, refletindo sobre o que eu tinha dito e, por um instante, acreditei que me contaria.

— Eu dei minha palavra a Sara. Não posso contar, Cathy. Não agora. Mas vou, quando essa loucura toda acabar. Eu prometo!

Não falei mais sobre o assunto. Só o fato dele resolver me contar, independentemente de quando, era o suficiente para mim. Ficamos o restante da viagem falando sobre outras coisas, como as gravações do próximo filme. Chegamos ao Texas com o dia nascendo. Fomos direto para o hotel tomar o café da manhã e depois tive reunião com o pessoal da produção, sobre o que faríamos nos próximos dois dias.

Thomas foi para outra com os outros dois atores principais e John. Só nos encontramos no final da tarde. Dormimos um pouco e saímos para fazer a primeira cena, noturna e externa. Eu fiquei um tempo observando Thomas trabalhar, depois me tranquei no seu ônibus-camarim para responder aos e-mails e conversar com o pessoal da equipe.

Thomas só foi liberado de madrugada, com o dia quase nascendo. Corremos para o hotel e dormimos um pouco. Quando acordamos, já passava do meio-dia. Ele estava manhoso, com preguiça de levantar e aproveitava para ficar me agarrando, tentando me manter na cama.

— Thomas, eu preciso ir! Tenho que verificar algumas coisas antes de você sair para gravar as próximas cenas e você ainda deve estudar as suas falas.

Eu queria ficar com ele, mas precisava realmente sair ou então não conseguiríamos ir para Sidney, onde passaríamos três dias em eventos como a *première*, convenção de fãs e a coletiva de imprensa, além de muitas festas. Depois voaríamos de volta para o Texas e encerraríamos a primeira parte das gravações. Só precisaríamos voltar após quinze dias. O que seria ótimo.

— Cathy, amor, estou sentindo sua falta. Não temos mais tempo para nós dois. — Ele me segurava, distribuindo beijos pelos meus seios e pescoço.

— Eu sei, mas nós sabíamos que seria assim. Falta pouco. Vamos para Sidney hoje e lá a nossa rotina vai dar uma trégua. Agora preciso realmente ir. — Ele me soltou e eu comecei a levantar.

— Estou me sentindo como antigamente, quando você ainda era virgem e só me deixava na vontade e eu tinha que me conformar.

Dei risada da sua queixa. Thomas parecia uma criança mimada quando não conseguia o que queria.

— Eu amo você! E acredite que também estou com muita vontade, porém precisamos ser responsáveis. Então vou tomar um banho e te encontro no restaurante, tá bom?

— Não tenho outra alternativa — resmungou deitando de bruços e abraçando o travesseiro, depois voltou a me olhar — Ou tenho?

— Não amor, não tem. — E dei risada da carinha de pidão que ele fez.

Tivemos mais um dia de trabalho cansativo e nos encontramos no hotel já na hora de sair. Thomas estava impossível! Mal-humorado, reclamando de tudo, inclusive de que eu não estava dando a ele a atenção que precisava.

— Tudo isso porque precisa de sexo — reclamei logo depois do avião decolar.

— Não preciso de sexo. Preciso fazer amor com a mulher da minha vida. Passei meses esperando para ter você, agora estamos juntos e impedidos de ter um ao outro.

— Não estamos impedidos! Estamos cansados. Você chegava exausto e dormia. A culpa não é minha.

— Nem minha! E você só me acordava quando estava em cima da hora de pular da cama para trabalhar.

— Thomas, você está esgotado. Precisa descansar.

— Eu preciso de você! O resto é consequência. — Ele se soltou na poltrona como um adolescente fazendo birra.

— Vamos resolver seu problema em breve — disse confidente, ao perceber a comissária de bordo entrando para nos servir. Quando ela saiu, Thomas continuou:

— Vamos chegar já com compromissos para cumprir e só teremos tempo para nós depois da *première* e da festa, ou seja, de madrugada. Isso se você não alegar que estamos cansados e que precisamos descansar. — Foi impossível não rir do que dizia.

— VOCÊ alega que está cansado, eu apenas concordo. — Ele fez uma careta, me avaliou, se ajustou na poltrona e então seu olhar assumiu uma malícia tão pura que me fez estremecer.

— Cathy, você está cansada agora?

— Não. — A cautela em minha voz era perceptível. — O que você está planejando? — Tive medo de perguntar, mas entendi imediatamente quando seu sorriso diabólico se apresentou. — Nem pensar, Thomas. Temos que manter nossa imagem, além do mais, a comissária entra aqui o tempo todo para nos observar e... — Ele já estava me beijando e me puxando para a sua poltrona. — Pare com isso, Thomas! Não!

— Sim! — afirmou incisivo, colocando a mão por baixo da minha saia.

— Não! — neguei decidida, tirando suas mãos de mim e começando a me sentir histérica. — Você está maluco? Estamos em um avião. Não quero dar a ninguém motivos para falar da minha vida.

— Deixe de ser tão certinha. É só trancar a porta de acesso e estaremos com a área toda só para nós dois.

— Não, Thomas! De jeito nenhum!

Mas ele já estava me agarrando novamente, e meu corpo, claro, cedia a seus encantos.

— Por favor, Thomas! Não faça isso. Não me dê motivos para ficar irritada com você.

— Você não vai ficar com raiva de mim por causa disso — retrucou, ainda tentando arrancar a minha calcinha e descer a poltrona ao mesmo tempo.

— Vou! Pode apostar.

— Então vamos para o banheiro.

— Não!

— Cathy, decida: ou aqui ou no banheiro. Mas eu quero você agora.

Ele disse como uma ordem, e meu corpo simplesmente amoleceu, seduzido pela sua disposição e necessidade, ao invés de obedecer à minha mente e afastá-lo para que Thomas soubesse que não podia me dar ordens daquela maneira.

— No banheiro — decidi, por fim.

Descemos em Sidney com o dia já em ritmo acelerado. Thomas estava mais tranquilo. Também, depois da nossa aventura no banheiro do avião, deveria mesmo se sentir no mínimo calmo.

Dyo foi nos buscar no aeroporto e nos levou direto para uma entrevista numa conceituada revista do país. Thomas foi muito agradável com a repórter e brincou com os boatos sobre o nosso relacionamento, afirmando que seria muito sortudo se conseguisse alguma coisa de mim e que eu já o havia ameaçado com um processo por assédio sexual. Dei risada, mas não pude deixar de me sentir constrangida com a revelação desse fato da nossa história. Apesar da insistência da repórter, eu não quis dar nenhuma declaração.

À noite saí do meu quarto às pressas, para verificar como Thomas estava se saindo com a sua produção. Eu estava um pouco perdida em meu figurino extremamente sexy. Um tubinho branco colado demais, revelando todo o meu corpo. Eu adorei aquela roupa no dia das fotos, mas seria difícil conseguir trabalhar com ela.

Coloquei um casaco de pele sintética por cima, evitando assim expor tanto as minhas curvas. Quando estava chegando ao quarto do Thomas, dei de cara com Lauren fumando no corredor. Não era o lugar mais apropriado para isso e parecia que ela estava montando guarda com a desculpa do cigarro. Tentei passar direto, mas foi impossível.

— Cathy! — enfatizou o sarcasmo ao falar o meu nome.

— Lauren — respondi secamente, tentando passar para o quarto do Thomas.

— Não pensei que você seria capaz de perdoar o Thomas depois dele ter ficado com a Sharon Parker aquela noite na boate. — Recebi suas palavras como se fosse uma facada. — Pelo visto você não se preocupa muito com fidelidade. Talvez esse fato facilite as coisas entre vocês.

— Você está falando da sua armação na boate em Los Angeles? Desculpe, Lauren, não tenho tempo a perder com suas tramas. Acho que deixei bem claro quando lhe dei aquela surra no mesmo dia. — Observei seus olhos virarem duas labaredas de fogo.

— Não pense que não vai ter volta.

— Estarei pronta. Quando você quiser.

— Acho que está na hora de você saber de algumas coisinhas a respeito do Thomas.

— Algum problema? — Não percebi que Thomas tinha saído do quarto e estava bem próximo de nós duas.

Sustentamos nosso olhar por um longo tempo.

— Cathy? — Thomas segurou meu braço me tirando do transe.

— Cathy está querendo algumas informações, Thomas. — Lauren estava com um sorriso demoníaco no rosto.

— Informações? — Thomas olhava para mim, interrogativo.

— Vamos embora. — Não me dei o trabalho de responder.

Saímos imediatamente em direção ao quarto dele. Graças a Deus, Lauren não nos acompanhou. Thomas, assim que fechou a porta, começou a falar.

— O que você estava fazendo? Eu disse que contaria, por que foi perguntar a Lauren?

— Eu não fiz nada disso!

— Não? E que informações eram essas que você queria dela?

— Por que você tem tanto medo dela me contar? — Eu estava muito incomodada com a situação então resolvi confrontá-lo. Foi mais forte do que qualquer certeza de que não era o momento.

— Porque eu pensei que tínhamos concordado que eu mesmo contaria quando estivéssemos longe de tudo. Não acredito que você ter foi até ela para saber. Não confia mais em mim?

— Eu não fiz isso! — Fui dominada por uma raiva irracional. Aquela situação me tirava o foco. — Ela estava montando guarda no corredor e começou a me atacar quando tentei passar. Eu não procurei saber de nada, foi ela quem disse que me contaria.

— Então você decidiu ouvir o que Lauren tem para dizer? E a nossa conversa no avião?

— Eu não decidi nada! Ela começou a falar enquanto impedia minha passagem!

— E você aproveitou para acabar logo de vez com essa história.

— Não vou discutir com você, Thomas! Não vale a pena.

Thomas ficou me observando caminhar pelo quarto, procurando alguma coisa para fazer. Em nenhum momento olhei de volta para ele. Era tão absurdo eu não saber do que se tratava! Aquilo permitia que Lauren se sentisse à vontade para fazer o que estava fazendo. E, ainda por cima, éramos obrigados a fingir que não existia nada entre nós dois na presença dela, algo que eu duvidava muito que ela já não soubesse.

Thomas me segurou pelo braço quando passei por ele, abraçando-me em seguida.

— Fique longe dela, tá bom?

— Impossível! Trabalhamos juntas. Nós nos encontramos o tempo todo.

— Cathy, estou falando sério. Não quero você tendo este tipo de conflito com a Lauren. Ela não é confiável.

— Estou te dando a chance de acabar com todo esse mistério. Faça logo isso.

— Já conversamos o que tínhamos para conversar. — Ele se afastou imediatamente sem me dar a chance de argumentar.

Ouvimos alguém bater à porta e eu fui abrir. Era Kendel, avisando que já poderíamos sair. Fomos à *première* e, em nenhum momento, voltamos a conversar, nem sobre esse assunto, nem sobre qualquer outro. Eu estava muito irritada e, ao que parecia, Thomas também, o que tornava tudo ainda pior. Após a *première* fomos para a festa em um restaurante e ficamos calados um ao lado do outro.

— A rotina está acabando com os dois. Onde está o ânimo? — brincou Dyo, percebendo o clima ruim.

— Trancado em minha mala — respondi sem muita vontade de brincar. Thomas deu risada da minha resposta, amenizando um pouco nossa irritação.

— Acho que podemos ir embora agora, Dyo. Já cumprimos o nosso papel por hoje — informou sem se preocupar com a minha opinião.

— Eu quero ficar — falei desafiadoramente, porém sem encará-lo.

— Não quer, não! — Thomas devolveu, olhando em meus olhos pela primeira vez na noite.

— Quero, sim! Não estou cansada para voltar ao hotel.

— Não precisa estar cansada, só... disposta — retrucou, com um sorriso safado nos lábios, prolongando seus olhos em meu corpo.

— Hei! Não quero saber os detalhes sórdidos da vida de vocês — Dyo nos lembrou da sua presença. Eu estava muito envolvida na minha conversa com Thomas para dar atenção ao que o meu amigo estava dizendo.

— Vá sonhando!

— Não vou continuar brigado com você, principalmente por causa da Lauren.

— Mas eu vou.

— Vamos embora e eu acabo logo com essa sua birra.

— Não vou. — Eu agia igualzinho a uma criança birrenta, aliás, igual a Thomas quando resolvia ser esta criança.

— Cathy! — Thomas me advertiu. — Não vamos dar motivos para os *paparazzi* de plantão comentarem amanhã.

— Por que acha que eu faria isso?

— Porque eu vou te agarrar aqui, na frente de todos. — Parei um minuto sem saber o que responder.

— Vamos embora — concordei, olhando diretamente para Dyo. Não queria dar ao Thomas o gostinho da vitória.

No meio da noite eu já havia me esquecido completamente o que nos levara àquela discussão.

Pela manhã, ainda bem cedo, fui até o meu quarto buscar o notebook para verificar algumas os compromissos e horários. Prometi ao Thomas que voltaria em menos de um minuto, então ele continuou na cama me esperando. Passei pelo corredor, sustentando um sorriso tão grande que era impossível esconder a minha felicidade.

O mundo parecia tão perfeito!

Entrei no quarto e aproveitei para responder a um e-mail da Mia, que estava ansiosa com o noivado e fazia questão de organizar tudo. Precisei dizer a ela, mais uma vez, que não sabíamos quando seria o casamento. Estávamos cheios de compromissos para cumprir, conseguir uma folga na agenda para uma festa daquela importância, mesmo sendo a nossa, era quase impossível.

Mas para que minha amiga não ficasse triste, disse que ela poderia ir planejando e, quando eu voltasse conversaríamos sobre o assunto. Foi uma forma convincente de não afirmar nada e também não excluí-la. Fiquei satisfeita. Peguei o notebook para voltar correndo para Thomas.

Encontrei a porta aberta. Eu havia me esquecido de bater, ou Thomas abriu para que eu entrasse de uma vez? Entrei em silêncio, porque ouvi alguém discutindo com ele no quarto. Lauren. Constatei de imediato. Fiquei em dúvida sobre o que fazer: ou aparecia de uma vez e acabava com a discussão, ou aguardava e descobria do que estavam falando.

Resolvi aguardar então consegui ouvir sobre o que discutiam.

— Eu não sou burra, Thomas. Você acha que eu não sei de vocês dois. Eu vi o anel na mão dela. — Ela estava com raiva. — Não adiantou nada o fato de ninguém falar sobre o assunto.

— Estou pouco me importando para o que você acha, Lauren. — Thomas estava sendo duro com ela.

— Se fosse verdade, você não estaria escondendo de mim esse noivado ridículo! — Estremeci com a raiva com a qual ela se referia ao nosso relacionamento.

— Só evitamos contar a você porque Sara me pediu. Se dependesse de mim eu já teria contado para o mundo inteiro.

Um silêncio constrangedor se fez no quarto.

— Vá embora, Lauren! Você não percebe que nem deveríamos ter esta conversa agora?

— Por quê? A sua Cathy pode voltar a qualquer momento, não é? Eu vi quando ela saiu toda feliz. Ótimo! Vamos ver o que ela vai achar sobre o que eu tenho a dizer. Se ela continua com você depois do que eu contar, se continuará com aquele arzinho superior de felicidade plena.

— Não se atreva! — A voz dele modificou me fazendo congelar. Ficou tão severa que eu tive certeza que ele poderia matá-la naquele momento. Pensei se Thomas seria realmente capaz de fazer aquilo.

— Ela não diz que ama você? Então ela vai ser forte.

Ouvi som de briga entre os dois e quase entrei no quarto para evitar o pior.

— Eu mato você! Ouviu? Se você for envenenar Cathy com as suas loucuras, eu mato você! Não se atreva a atrapalhar a minha felicidade! — Não reconhecia Thomas naquelas palavras. Era tão ameaçador que até eu fiquei com medo dele.

— E a minha felicidade? A que você arrancou de mim. A felicidade que você não me deu o direito de ter — ela chorava.

— EU NÃO FIZ NADA, SUA LOUCA! — Thomas gritou e depois parou por um tempo. — Você fez tudo sozinha. Criou essa falsa felicidade sozinha. — Mais um tempo em silêncio. — Saia, Lauren! Agora!

Eu deixei o quarto antes dela sair. Eu precisava saber de tudo e seria já. Não existia mais a menor possibilidade daquele segredo continuar existindo. Thomas não queria me contar, pelo menos não enquanto ainda estivéssemos no ritmo de trabalho em que estávamos, mas eu não poderia mais esperar o tempo dele. Sem pensar em mais nada entrei no quarto da Lauren e fiquei aguardando sua volta.

Ela estava visivelmente abatida. Abriu a porta, sem nem olhar para dentro do quarto e seguiu em direção ao sofá. Eu estava de pé próxima à janela. Quando a mulher me viu seus olhos endureceram. Ela me odiava. Ótimo! Seria mais fácil fazê-la falar.

— O que faz aqui?

— Eu ouvi sua briga com Thomas. — Ela parou por alguns segundos antes de recomeçar a falar.

— Deu para escutar a conversa dos outros atrás das portas, Cathy? — E me lançou um sorriso diabólico parando para acender um cigarro.

— Vocês estavam gritando. Eu escutaria até mesmo do meu quarto. — Não me deixei intimidar.

— Seu quarto? — Ela riu — Corta essa! Todo mundo sabe que vocês dormem juntos. Se está aqui para sustentar essa mentira, pode ir embora.

— Não estou aqui para falar sobre isso, Lauren. E não tenho mais nada para esconder de você. Pelo que ouvi da conversa você já sabe de tudo. — Fiz uma pausa, observando sua reação. Nada mudou em sua expressão. — Quero saber o que aconteceu. O que vocês tanto escondem de mim.

— Você não ouviu o que ele disse? Thomas vai me matar se eu contar. Além do mais, é algo que só diz respeito a nós dois. Faz parte da nossa história. — Ela sentiu o maior prazer em afirmar que eles tiveram uma história só deles. Eu não sabia se sentia raiva ou pena.

— Não me parece que essa história tenha algum valor para ele — rebati, com veemência.

Ela sorriu com tristeza.

— Você pensa que sabe de tudo, não é? Tão tola! — Fez uma pausa e sentou na poltrona próxima a ela. — Eu também vivi o que você está vivendo agora, Cathy. A alegria do primeiro amor. O prazer de estar na cama dele. O deslumbramento com os carinhos, a atenção exagerada que ele faz questão de dar, tudo isso já foi meu.

Senti-me mal ao ouvir suas palavras. Por um instante me arrependi amargamente de ter desenterrado aquela história. Algumas vezes é melhor deixar as coisas como estão. Eu aprendi isso naquele momento. Porque eu sabia que, independentemente do que ela fosse revelar, eu estava destinada a abandonar Thomas. Imediatamente um buraco imenso se abriu em meu peito. Ela percebeu o meu desânimo e se sentiu mais à vontade para continuar.

— Você não sabia que ele também já me amou? Não, tenho certeza que não. Ele deve ter dito que você era única. — Riu alto. — Eu também já ouvi muito isso dele. Principalmente na cama. — Suspirou fechando os olhos com a lembrança. — Realmente não sei o que ele viu de tão interessante em tirar a sua virgindade. Thomas sempre gostou de mulheres experientes. Mulheres que acompanhavam seu fogo. Eu sabia fazer as coisas exatamente da maneira como ele gostava.

Ela o conhecia muito bem, o que foi horrível de constatar. Saber que todo o apetite sexual dele não era unicamente por mim... Mas que tola! Claro que não era. Ele foi assim com todas as outras.

Pensei que iria cair, então busquei apoio no aparador. Lauren conseguiu me atingir bem fundo e eu não poderia impedi-la de continuar.

— Ele adorava ir para cama comigo. Me exigia isso, querida. Me queria sempre. O tempo todo. — Lauren estava se deliciando com a tortura. — Você não é especial, Cathy. Durante os eventos ele também ficava ansioso para voltar ao hotel para ficarmos juntos.

— O que aconteceu? — Eu tinha que perguntar. Eu estava me afogando e sentia necessidade de me agarrar a algum peso para afundar ainda mais. As lágrimas lambiam minha face. Era impossível evitar.

— O mesmo que vai acontecer com você. Ele me deixou. — Absorvi suas palavras como se fossem uma profecia que há muito eu sabia que seria cumprida. — Primeiro ele começou a dar desculpas, depois a sair com outras mulheres. Foi difícil no início, mas ele sempre tentava me acalmar com promessas e, a verdade é que, de vez em quando, era para mim que ele voltava. Até que um dia descobri que estava grávida.

— O quê? — Foi como um soco no estômago. Meu ar faltou. Ela olhou para mim triunfante.

— Era isso o que ele escondia de você? Imaginei desde o início que Thomas não teria coragem de contar essa parte. Até a mais fria das mulheres não ficaria indiferente ao que ele me fez.

— Vocês têm um filho? — Eu não podia acreditar. Como ele conseguiu esconder algo tão sério de mim. Como conseguiu estar todo aquele tempo ao meu lado, sem que eu nunca sequer imaginasse a existência de uma criança?

— Não mais. — A mudança em sua voz me assustou. Ela caiu em uma profunda tristeza. Seu semblante não era mais de triunfo, era desesperado. — Quando ele soube que eu estava grávida, disse que não era dele. Falou para eu tirar a criança.

Impossível. Eu não podia acreditar no que ela estava me contando. Thomas podia ter milhares de defeitos, mas não faria uma coisa dessas. Não o meu Thomas. Não o homem que ele fez questão de me mostrar.

A não ser que fosse verdade o que a estatística apontava. Se ele estivesse realmente interessado em apenas uma coisa. Thomas seria capaz de criar um personagem só para mim. Só para me convencer. Fiquei horrorizada com a constatação. Como ele poderia ser tão cruel?

— Ele se recusava a me ouvir. Estava louco. A existência do nosso filho fez com que aflorasse o que existia de pior em sua personalidade. É por isso que dizemos que ele não tem coração. Rejeitou o próprio filho. — Fez uma pausa dramática e encarou o chão. — Logo depois que contei sobre a gravidez ele apareceu no hotel com uma garota que havia conhecido em uma das suas farras. Foi naquela noite que eu perdi meu bebê.

Ela chorou muito com a confissão voltando a sentir a dor de ter perdido o filho do homem que amava. Eu não sabia o que fazer, também não podia continuar ali. Abri a porta e fui embora. Parei no corredor sem saber que direção tomar. Eu queria falar com Thomas, dizer que sabia de tudo, exigir uma explicação. Ao mesmo tempo queria me trancar em meu quarto e chorar até todas as dúvidas cessarem.

Decidi pelo meu quarto. Eu não poderia ouvir a versão dele naquele momento. Não com tantas dúvidas sobre o que eu queria fazer. E, principalmente, não depois de ele ter se recusado tantas vezes a me contar todo aquele absurdo.

Agora eu entendia o porquê. Era monstruoso demais para que eu aceitasse. Thomas sabia que se eu soubesse, nunca mais confiaria nele para ser meu namorado, meu noivo. Eu estava horrorizada. Uma parte de mim dizia que, mesmo que fosse verdade, e era bem capaz de ser, eu precisava levar em consideração que ele tinha mudado. Eu era testemunha da sua mudança. A outra parte me dizia que ele não passava de um grande mentiroso que tinha escondido tudo para poder aproveitar o máximo possível do que estávamos vivendo.

Isso, sim, era muita crueldade.

Eu me tranquei em meu quarto disposta a me esquecer lá dentro, mas em menos de dez minutos Thomas estava à minha porta. Primeiro tocou a campainha; como eu não atendi, começou a ligar para o meu celular. Sem resposta, mandou uma mensagem dizendo que sabia que eu estava lá dentro porque podia ouvir o toque do telefone. Sem muita vontade levantei e abri a porta.

Eu precisava dizer que já sabia de tudo. Era o mais honesto a ser feito. Contudo, minha confusão e choro já revelavam que algo estava errado antes mesmo que qualquer palavra saísse da minha boca. Thomas me olhou assustado.

— O que aconteceu, Cathy? — Tentou me abraçar, mas o repeli, deixando-o confuso. — Cathy, o que aconteceu?

— Eu já sei de tudo. — Minha voz saiu tão baixa e fraca que ele demorou a entender o que eu falava. Quando, por fim se deu conta, pude ver sua fúria e desespero.

— Quem contou a você? — Fiquei calada. — Foi ela, não foi? Eu sabia que ela iria fazer isso. Que droga! Eu vou matar aquela louca. — Ele estava extremamente nervoso.

— Você realmente achou que seria melhor não me contar? Por quanto tempo acreditou que conseguiria me esconder todo esse absurdo, Thomas?

— Cathy, me escute, ela não sabe do que está falando. As coisas não aconteceram da forma como ela contou.

— Tenho certeza que não. Você não pode ter essa capacidade. Não pode ser duas pessoas ao mesmo tempo. Custa acreditar que o Thomas que eu amo, com quem eu quero me casar, construir uma família, é o mesmo Thomas da história da Lauren, mesquinho, egoísta... — Eu estava a ponto de explodir. — Vá embora, Thomas!

— O quê? — praticamente gritou assustado. — Você vai aceitar a versão dela sem nem mesmo escutar a minha?

— Não agora. — Recomecei a chorar, indecisa sobre o que fazer.

— Cathy, você precisa me ouvir. — Ele começou a se desesperar. — Nós combinamos que eu lhe contaria. É a minha versão que você precisa ouvir.

— Por quê? — Deixei a raiva me dominar. — Por que tenho que ouvir a sua versão? Quantas vezes eu quis ouvi-la? Quantas vezes avisei que isso poderia acontecer e você não quis me escutar? Por que agora eu preciso ouvi-lo?

— Porque a minha versão é a verdadeira! — Thomas estava desesperado. Ele sabia que seria muito difícil desfazer o que Lauren tinha feito. — Você tem que me ouvir.

— Não, Thomas. Agora não. Vá embora! — Ele precisava me deixar sozinha, para que eu pudesse pensar.

— Cathy, eu amo você! Nós nos amamos! Você não pode jogar fora tudo o que vivemos por causa de uma louca que inventa uma história absurda.

— Inventa? Então vocês nunca transaram? Ela não esteve na sua cama nem por uma vez? — comecei a gritar, descontrolada.

— Eu nunca disse isso. — Ele tentou me segurar pelos ombros para que eu parasse, mas eu estava enlouquecida.

— Você nunca disse nada. Você me escondeu esse lixo como se fosse possível mantê-lo embaixo do tapete para sempre.

— Pare com isso, Cathy! Pare, por favor!

— VÁ EMBORA!

Ele ficou surpreso com minha reação. Demorou um pouco para se recuperar. Depois vi o seu olhar endurecer.

— Tá certo! Você não quer me ouvir, mas eu sei quem vai.

Dizendo isso, Thomas se lançou porta afora como um animal. Seu rosto era puro ódio. Do meu quarto pude ouvir seu grito.

— LAUREN! — Ele gritava no corredor indo em direção ao quarto dela.

Fiquei desesperada pensando no que ele iria fazer. Como ela não abriu Thomas começou a esmurrar a porta. Sara saiu do quarto dela, correndo em sua direção, porém não conseguiu detê-lo. Dyo e Kendel tiveram que segurá-lo ou Thomas iria derrubar a porta. Helen assistia a tudo de longe, com a mão na barriga. Eu fiquei no corredor, congelada com a reação dele, que gritava para Lauren sair.

— Thomas, cara, se acalme! Você vai se prejudicar! — Dyo tentava acalmá-lo sem sucesso. — O que aconteceu?

Ele se soltou dos rapazes, indo em direção a Sara. Por um momento pensei que iria atacá-la, mas se deteve, parando em sua frente.

— Faça ela desmentir tudo, ou não vou mais respeitar o nosso acordo, Sara. Faça ela contar a verdade à Cathy, agora! — Ele estava desesperado.

Sara entendeu o que tinha acontecido e olhou para mim envergonhada.

— Thomas, fique calmo. Tudo vai se resolver.

— Eu não quero mais Lauren perto de mim, não a quero mais se intrometendo na minha vida o tempo todo. Eu a quero longe da minha vida. AGORA!

Ele olhou para mim e depois se voltou para Sara.

— Se Cathy me deixar, vou matar a Lauren, está me ouvindo? Acabo de vez com essa doida.

Sara lançou um olhar reprovador para ele.

— Parte dessa loucura também é culpa sua, Thomas. Não se esqueça! — enfatizou suas palavras sem pestanejar e foi como uma confissão para mim. Então era tudo verdade?

Ele voltou em minha direção, desesperado.

— Cathy, me escute... — as lágrimas corriam pelo seu rosto.

— Não posso, Thomas, não agora! — Eu também chorava. — Preciso esfriar minha cabeça... E você também. Não vamos conseguir conversar desse jeito. Sara tem razão. Ficar aqui gritando não vai resolver nada. Me dê um tempo...

— Não! Não é justo! Não posso deixar que ela nos destrua.

Ele tinha razão. Não era justo mesmo. Mas eu precisava daquele tempo.

Quantas vezes havia pedido a ele para me contar o que aconteceu e ele o tempo inteiro se negou a fazê-lo. Como eu poderia acreditar na sua versão? Além do mais, o que Thomas poderia me contar de tão diferente? Que acreditava mesmo que o filho não era dele? Só de pensar em suas justificativas eu já sentia raiva. Seria impossível conversarmos enquanto estivéssemos tão fragilizados.

— Pode até não ser justo, mas é o que eu preciso nesse momento.

Ele tentou protestar, contudo já sabia que não haveria chance de conversarmos. Então abaixou a cabeça e foi para seu quarto acompanhado por Dyo e Kendel. Quando fechou a porta, Sara estava olhando para mim.

— Precisamos conversar, Cathy. Mas agora eu tenho que tirar Lauren daqui antes que Thomas cumpra sua promessa.

Concordei, até porque não havia nada que pudesse ser feito. Sara era a única pessoa que poderia controlar Thomas e afastar Lauren dele antes que aquela confusão virasse algo maior. Helen me abraçou me levando de volta para dentro do quarto tentando me consolar.

Sem conseguir pensar em nada exatamente e também sentindo uma dor sem tamanho que eu não gostaria de sentir, optei por ocupar a mente com algo que me impedisse de pensar tanto. O problema estava ali, na minha frente então eu sabia que precisava encará-lo, mas doía e me confundia, então eu podia sim me dar alguns minutos de covardia e me afastar dele. Por isso comecei a arrumar as malas, pois iríamos viajar em breve e eu não queria ficar parada pensando besteiras. Trabalhando, a minha cabeça funcionava melhor.

— Você vai embora?

— Não. — Funguei limpando as lágrimas que teimavam em cair. — Eu prometi que não iria e não vou.

— E o que vai fazer em relação a vocês dois? — Foi o que faltava para que a dor vencesse qualquer tentativa de ser forte.

Olhei para a minha aliança e desatei a chorar. Como tudo podia terminar assim? Alguns minutos antes eu me sentia tão feliz que nada poderia me atingir. Depois a devastação que me atingia como uma tempestade, e eu estava ali, à deriva, em um oceano imenso, sem saber para que lado remar. Helen me abraçou carinhosamente.

— Não posso me intrometer porque essa história não me pertence, Cathy, mas não posso vê-la sofrendo tanto sem dizer nada.

— Como pode ser verdade, Helen? Eu não consigo acreditar e ao mesmo tempo acho tudo tão plausível. — Eu chorava que nem uma criança. Os soluços sacudiam meu corpo.

— Não sei o que Lauren contou a você. É bem provável que uma parte seja verdade. Thomas, antes de você, era terrível! — Ela parou para pensar no que falar. — Não posso acrescentar muitas coisas, até porque o que sabemos é a versão de cada um. Porém devo dizer que mesmo Thomas sendo um mulherengo sem coração, como todos diziam, eu nunca vi, nem soube de ele ter sido irresponsável. Não acredito que tenha mandado Lauren tirar o bebê. Apesar de toda a fama, eu aposto todas as minhas fichas em sua integridade.

— Obrigada, Helen! — Abracei aquela mulher amável, buscando conforto.

— O restante ele ou Sara terão que te contar. Acho que você deveria ouvi-lo. É mais do que justo. — Ela falava com cuidado, sem querer impor a sua opinião e com a voz sempre baixa e carinhosa.

— Eu sei. — Eu me afastei fungando e respirando fundo para me recuperar do choro insistente. — Mas não posso ouvir o que ele tem a me dizer sem que antes eu esteja mais forte, ou então vou julgá-lo, você me entende? — Ela concordou sem me recriminar. — Se eu tiver que conversar com Thomas agora, sei que não vai ter nada que ele possa dizer que vá me fazer ver as coisas de forma diferente. Além do mais, existe o interesse dele em reverter a história a seu favor para nos manter juntos, não é mesmo? — Ela fez uma careta confirmando o que eu pensava. — Prefiro esperar até conversar com Sara, para ter uma visão mais ampla e melhor dos fatos.

— E o que vocês dois vão fazer? — Puxei o ar com força.

O que faríamos? Eu não fazia a menor ideia. A única coisa que eu podia saber era que existia um buraco em meu peito que sangrava e doía muito, além da mágoa por ele nunca ter confiado em mim para contar a verdade.

— Por enquanto, vamos deixar a poeira baixar. Temos muito trabalho pela frente. Vamos fazer o que já está definido.

— Posso dizer isso a ele? Acredito que Thomas está sofrendo muito.

— Pode. Diga que eu pedi para ele se acalmar. Que, assim que eu conversar com Sara, ouvirei a versão dele.

— Digo sim, querida.

E foi neste instante que Sara entrou no meu quarto, visivelmente abatida.

— Cathy, você se incomodaria se conversarmos quando você chegar ao Canadá? Eu vou precisar levar Lauren embora para me certificar de que ela não vai aprontar mais nada.

Eu não esperava por aquilo. Claro que sabia que Sara precisaria tirar Lauren de circulação por um tempo, ou definitivamente, mas que ela ter que adiar a nossa conversa foi algo que realmente me impactou. Como seria com Thomas?

— Tudo bem, Sara.

Ela ia saindo, mas voltou me olhando atentamente.

— Escute o que o Thomas tem para dizer. Ele ama você. — Fez uma pausa. — Lauren está doente, Cathy. — E saiu do quarto com uma expressão tão sofrida quanto a minha.

O que Sara quis dizer com aquilo? Que o amor que Lauren sentia por Thomas e toda a situação do filho perdido tinha enlouquecido a sua afilhada ao ponto dela criar uma obsessão? Que Lauren estava louca o suficiente para não admitir outra mulher com Thomas? Até que ponto poderíamos considerá-la uma pessoa doente?

Pedi para a Helen fazer o que deveria ser o meu trabalho: verificar se Thomas fez as malas, já que eu não tinha nenhuma condição de ajudá-lo, e também dizer-lhe para não nos fazer perder o voo. Nós conversaríamos depois. Se fosse possível.

Fomos para o nosso último evento em Sidney, que seria uma coletiva de imprensa. Thomas estava bastante desanimado e abatido. Por várias vezes se desconcentrou e, durante muito tempo, manteve a cabeça baixa. Fiz um grande esforço para acompanhá-lo, mas a minha dor também era grande e eu me via falhando a cada segundo.

Foi muito difícil para nós dois. Eu não conseguia esquecer o que Lauren me contou. Seus olhos sofridos não saíam da minha mente, além da sua voz angustiada relembrando a criança perdida e o desprezo do homem que amava.

Dyo tentava manter Thomas no clima necessário e, ao mesmo tempo, longe de mim. Não que eu tivesse imposto, mas ele não conseguiria ficar ao meu lado sem tentar falar sobre o assunto, então todos tentavam evitar nosso contato. Era o mais correto a ser feito.

No final estávamos prontos para irmos embora. Seria mais uma batalha. Saí do quarto tentando carregar as minhas malas até o carrinho. Eu tinha feito de tudo para não pensar em nada, o que era impossível. Eu me sentia morta! Como podia uma felicidade tão grande e absoluta ser destruída em poucos minutos? Há algumas horas estávamos nos braços um do outro jurando amor eterno, fazendo amor como amantes apaixonados.

Como Thomas tinha permitido que as coisas chegassem àquele ponto? Se tivesse me contado antes, eu não teria me deixado abater tanto pela versão de Lauren. Eu saberia a verdade através dele porque ele teria confiado em mim. Mas não foi o que aconteceu, Thomas me escondeu o ocorrido o tempo todo. Se o que Lauren falou não era o que de fato aconteceu, por que ele se deu ao trabalho de esconder de mim?

Tanto Helen quanto Sara achavam que eu deveria me resolver com Thomas. Eu não estava tão segura disso, afinal o que ele poderia me dizer para me convencer do contrário? E de que forma Thomas conseguiria me convencer de que agiu corretamente a mandar Lauren tirar a criança? Não, eu não estava pronta para encará-lo... Até nos encontrarmos no corredor.

Foi naquele segundo, olhando o homem cabisbaixo, tirando as malas do quarto para colocar no carrinho também, que eu percebi que estava errada e me deixando levar pelos motivos errados. A quem eu queria enganar? Aquele homem à minha frente era o meu Thomas, o cara apaixonado que me jurou amor e quis se tornar o meu príncipe encantado. Como poderiam existir dois?

Nós nos olhamos e pude ver o quanto aquilo o estava destruindo. Seus olhos estavam inchados e vermelhos, sua aparência era de quem não dormia há dias. Eu devia estar com a mesma imagem. Um bolo se formou em minha garganta. Aquilo que eu via à minha frente era um sofrimento genuíno e não um fingimento para conquistar a garota ingênua. Thomas sofria, com isso o meu coração sangrava um pouco mais.

Senti uma vontade enorme de abraçá-lo, de afirmar que tudo ficaria bem, no entanto meus pés estavam grudados no chão e minha boca trancada. Eu não conseguia reagir. Thomas me amava mesmo. Independentemente do que tinha vivido de ruim com Lauren, ele me amava. A questão era: eu conseguiria viver com aquilo? Eu não sabia.

Dyo fez menção de vir me ajudar, mas Thomas tomou a frente, me alcançando antes que eu tivesse qualquer reação. Sem dizer uma palavra, pegou as malas de minha mão e foi colocá-las no carrinho. Depois voltou para me ajudar com a minha bagagem de mão. Então nos olhamos mais uma vez. Estávamos muito perto, com todo o sofrimento estampado em nossos rostos.

— Você está bem? — Sua voz estava muito baixa. Ele me olhava como se estivesse se desculpando por falar comigo.

— Não poderia estar.

— Eu sei. — Fez uma pausa sem se mover. — Posso falar com você um minuto?

— Thomas... — Eu ia recusar quando ele me interrompeu.

— Não vou tomar o seu tempo, Cathy, só preciso perguntar uma coisa, vou ser rápido.

Voltei para o quarto com ele me seguindo em silêncio. Eu estava tão cansada que tive vontade de deitar de volta na cama me permitindo ficar por tempo indeterminado. Quando ouvi a porta fechar, me virei esperando que ele falasse. Thomas estava bem atrás de mim. Muito próximo. Senti minha cabeça girar.

— Thomas, eu já disse, não quero ouvir o que você tem a dizer agora. Eu...

— Cathy, eu só preciso saber de uma coisa. — Me calei chocada com a sua interrupção, para que ele pudesse continuar. — O que eu faço agora?

Não entendi aonde ele queria chegar. Como assim? Thomas me perguntava o que faria de sua vida sem mim? Ele queria que eu definisse como seria? Mas como? Ele entendeu a interrogação em meu rosto e começou a se explicar.

— Não sei qual é a nossa situação. Você não quer me ouvir, porém Helen me avisou que vai fazer isso quando se sentir menos magoada e tiver condições de não me julgar.

Suas palavras saíam com sacrifício, como se ele tentasse ser forte para encarar a nossa situação de maneira madura, mas seus olhos lhe traíam, buscando desesperadamente algum sinal em mim.

— Pensei que tínhamos terminados, mas vejo que ainda está usando o anel de noivado. — Meu rosto esquentou a uma temperatura anormal. O que ele esperava que eu fizesse? — Só estou confuso. — Deu de ombros demonstrando constrangimento.

— O que você quer que eu diga?

— Preciso saber como me comportar em relação a você. Em relação a nós dois. — Seus olhos suplicavam.

— Eu não quero decidir nada agora, Thomas, foi por isso que eu não tirei o anel. — Ele se afastou e começou a andar pelo quarto. — Se eu tiver que tomar uma decisão agora, você sabe qual será.

— Foi por isso que eu não quis contar. Por medo de perdê-la.

— Se você tivesse contado, eu agora saberia em quem acreditar.

— Você não confia em mim?

Fiquei sem saber o que responder. Eu confiava? Meu silêncio o derrubou.

— Eu não sei. — Vi seus olhos se encherem de lágrimas. — Thomas, eu não deixei de te amar, apesar de tudo. Estou muito confusa também e muito triste! Tudo o que ela falou me atirou num poço sem fundo. — Minhas lágrimas voltaram a escorrer. Sentei na poltrona e enterrei o rosto nas mãos.

— Não é verdade, Cathy. Eu não sei o que Lauren disse, mas não é verdade.

Tive que rir. Como ele podia dizer aquilo? Thomas nem sabia o que ela me contou. E, se tinha alguma noção do que foi, como poderia dizer que era mentira?

— Como ficaremos agora?

— Não sei. — Eu estava começando a ficar nervosa com a sua pressão por uma decisão que eu não tinha condições de tomar. — Nesse momento, só sei que preciso de um tempo.

— Quanto tempo?

— Não tenho ideia — falei um pouco mais alto, demonstrando impaciência. Ele não entendia que doía em mim também? — Podemos conversar no avião? Estamos atrasados.

Foi quando Thomas me abraçou desesperado. Eu podia sentir o seu coração acelerado, suas mãos tremendo e sua respiração falhando.

— Eu vou respeitar seu tempo, Cathy. Vou respeitar a sua vontade, mas não demore, por favor! Não posso ficar muito tempo sem você. Eu amo você!

A dor dele me pegou desprevenida. Por impulso o abracei e comecei a soluçar também. Estávamos mais uma vez juntos, não pela felicidade e nem pelo amor, mas pelo sofrimento. E era tudo difícil demais.

Quando saímos do quarto, estávamos mais calmos. Não tínhamos decidido nada, mas eu já tinha algumas certezas.

Dyo nos acompanhou ao aeroporto. Tive receio da hora em que estaríamos sozinhos, indo para o Texas. Ninguém estaria lá com a gente para evitar a conversa tão indesejada. E foi exatamente o que aconteceu.

— Cathy... — ele começou a falar tão logo percebeu que eu não teria como fugir.

— Thomas, por favor! Não vamos falar sobre esse assunto agora. Por hora já disse tudo o que tinha a dizer. Eu pedi um tempo e você concordou.

— Por quê?

— Porque não é o momento! Você precisa descansar. Será um dia difícil amanhã. Chegaremos já na hora de gravar e vamos embora para o Canadá assim que as gravações terminarem.

— E você acha que eu vou conseguir descansar? Minha vida virou de cabeça para baixo, você acredita mesmo que eu vou conseguir deitar e dormir?

— Você precisa tentar. Seja profissional, Thomas! Amanhã você terá que se concentrar no seu personagem. Faça um esforço!

— Cathy, olhe para mim.

Eu tive de olhar. No mesmo instante as lágrimas voltaram a escorrer dos meus olhos. Eu estava tão ferida que não conseguia evitar que transbordassem mostrando o que estava sentindo. Eu ainda o amava, mesmo com todas as dúvidas e medos. Mesmo com a incerteza de quem ele realmente era. Eu ainda o amava e me torturava por isso.

— Você também está infeliz. Por que temos que prolongar nosso sofrimento?

— Porque não sei o que pensar.

— Então deixe eu contar o que realmente aconteceu.

— Engraçado — limpei uma lágrima sentindo raiva. Era inevitável não pensar em porque ele não fez aquilo antes —, você fez tanta questão de me esconder e agora está desesperado para contar. Se eu tive de esperar tanto, se fui obrigada a seguir suas regras, por que você agora não pode fazer do meu jeito?

Thomas não esperava pela minha reação, apesar de entender o que eu disse, mesmo assim não deixou de rebater:

— Porque a situação é bem diferente. E porque estou desesperado, com medo e, sinceramente? Estou perdido. Sem rumo.

Ele fechou os olhos deixando as lágrimas caírem pelo canto. Observei o seu sofrimento tentando conter o meu. O que eu poderia fazer?

— O que me dói mais é você não levar nada do que vivemos em consideração. Mesmo que fosse verdade tudo o que Lauren lhe contou, e não é... mesmo assim, você não deveria jogar fora tudo o que vivemos. Eu dei a você todas as provas possíveis do meu amor, Cathy! Nunca escondi que, antes de você entrar em minha vida eu não era a melhor pessoa do mundo, no que diz respeito a relacionamentos, mas também não era a pior. Eu apenas não queria compromisso com ninguém e nunca foi segredo para nenhuma mulher. Lauren não foi uma exceção, nunca foi enganada, ela sabia exatamente como eu pensava.

— Eu não joguei nada fora, Thomas — respondi, cansada demais para continuar uma briga desnecessária.

— Então o quê?

— Não posso ouvir o que você tem para me contar porque você irá contar a história olhando o seu lado, e isso é lógico. Mas Sara sabe de toda a verdade e está disposta a me contar. Ela poderá me dar uma visão mais imparcial dos fatos, depois poderei te ouvir além de questionar o que achar necessário.

Ele ficou calado por um tempo, analisando minhas palavras. Seu silêncio foi tão demorado que por um momento pensei que tivesse adormecido. Até que abriu os olhos e voltou a falar.

— Você vai ouvir a Sara?

— Sim.

— E você só depende da verdade para resolver seus problemas em relação a nós dois?

— Sim.

— Então tudo bem. — Ele voltou a descansar a cabeça no encosto, mais relaxado. — Tudo o que Sara vai contar é a verdade e será exatamente igual ao que eu contaria. Se você ouvir o que ela tem para dizer, em pouco tempo estaremos bem outra vez — ele falou como se estivesse tirando um peso do peito.

— Depende muito de qual seja a verdade.

— Vou deixar Sara contar, Cathy. Mais uma vez vou deixar as coisas acontecerem como você quer.

CAPÍTULO 20
Problema sempre vem acompanhado de mais problemas

CATHY

Thomas não conseguiu dormir bem. Constantemente se levantava, estava inquieto. A viagem que já era longa parecia nunca acabar. Eu também não consegui dormir. Em muitos momentos sentia sua falta, apesar de ele estar bem ao meu lado. Foi uma tortura.

Quando chegamos, Thomas teve de ir logo para uma reunião e depois para as gravações. Não consegui fazê-lo se alimentar direito, confesso que eu mesma também não conseguia engolir nada.

Após o longo dia de filmagens, finalmente conseguimos embarcar para o Canadá. Viajamos em silêncio. Eu não tive coragem de não sentar ao seu lado, isso iria feri-lo mais ainda, então fiquei quietinha e assim permaneci até o último segundo. Não ouvimos música juntos, como sempre fazíamos.

Thomas estava tão cansado que conseguiu dormir durante algum tempo, um sono profundo. Mas foi breve demais para o meu gosto e para o que ele necessitava. Quando o avião estava aterrissando, ele segurou a minha mão como sempre acontecia nessa hora, para me deixar mais tranquila. Eu aceitei o contato sem manifestar nenhuma emoção e ele me soltou tão logo o avião pousou.

Fiquei satisfeita por estarmos cumprindo seus compromissos sem transtornos. Lauren fora afastada da equipe e Sara ficara de nos encontrar em breve. Eu queria muito ouvir dela a história. Só então teria condições de conversar com Thomas.

Fiz questão de me trancar no quarto enquanto aguardava a hora certa de sairmos. Eu estava tentando evitar encontros desnecessários com ele. Fiz um pouco de tudo, li um livro, tentei encontrar algo de interessante na TV, evitei as janelas, tentei dormir sem nenhum sucesso e então optei por conferir mais uma vez meus e-mails.

E qual foi a minha surpresa ao encontrar em minha caixa de entrada um e-mail que eu nunca imaginaria receber. Abri a mensagem com receio do que poderia conter e fiquei chocada com o seu conteúdo. A verdade é que um problema nunca vem sozinho. Deus só poderia estar me testando. Como podiam acontecer tantas ruins coisas ao mesmo tempo, em um espaço tão curto? Desliguei o computador tentando encontrar uma maneira de resolver mais aquele problema.

Encontrei Sara assim que deixei o quarto para organizar nossa saída do hotel. Eu sabia que precisávamos daquela conversa, mas temia muito ouvir o que ela iria me dizer. Por outro lado, agora havia um problema mais grave do que o meu com Thomas para solucionar. Esse, sim, era algo que conseguiria sugar todas as minhas forças.

Thomas estava chegando de algum lugar com Dyo. Eles iam em direção aos seus quartos, quando Sara resolveu me chamar.

— Cathy, eu te devo uma conversa. — Ela indicou o caminho para o seu quarto. Imediatamente Thomas adotou uma postura mais tensa. Ele sabia que aquele seria o seu julgamento. Respirei profundamente, sustentando seu olhar e fui em direção ao quarto da Sara.

Entrei e me sentei no sofá esperando por ela. Sara parecia cansada, estava abatida. Não era para menos. O personagem principal da história era sua afilhada e secretária.

— Cathy. Nem sei o que dizer. Sinto muito por tudo. — Passou a mão na testa como se quisesse clarear as ideias.

— Você não teve culpa, Sara.

— Eu sei, meu bem. O que não me impede de me sentir culpada. Se eu tivesse afastado Lauren do Thomas de uma vez por todas, nada disso teria acontecido. Ele está péssimo! E você também.

— E você também — completei.

— É, estou. — Ela suspirou com tristeza. — Lauren é minha afilhada e eu a amo muito. Ela é filha única de minha irmã mais nova que morreu no parto, por aí você já pode imaginar a profundidade dos nossos problemas. Apesar de tudo de ruim que cercou a sua vida, Lauren se mostrou uma ótima profissional. Agora tive que afastá-la da equipe e não sei como vai ser para manter tudo funcionando. Você entende, eu não tenho apenas Thomas como cliente...

— Eu praticamente a obriguei a me contar, Sara. Lauren não teve culpa. — E eu nem fazia ideia do motivo para estar tentando aliviar a barra dela.

— Não a defenda, por favor! Eu sei tudo o que aconteceu entre vocês, a perseguição, a briga na boate, as visitas inesperadas, tudo. Ela está transtornada. Acha que você roubou Thomas dela. Ela está doente, Cathy!

— Posso deduzir então que o que ela me contou não é totalmente verdade.

— Provavelmente não.

— O que aconteceu realmente?

— Não sei exatamente o que ela contou a você. — Sara respirou fundo tomando coragem. — Mas estes são os fatos: eles tiveram um caso ou um relacionamento, não sei como classificar o que houve. No início, acredito que Thomas achou divertido ter alguém tão próximo, ao alcance das mãos. Eu sabia que não daria em nada, então não me preocupei. Ela também era vivida e sabia cuidar da própria vida. Eles eram parecidos. O sexo era um prazer e as pessoas, colecionáveis. Por isso se deram tão bem no início. De repente, as coisas desandaram. — Ela me encarou em dúvida, mordeu o lábio, mas continuou: — Não sei bem como aconteceu. Quando percebi, Lauren estava obcecada pelo Thomas e ele não estava nem aí para ela.

Fiquei confusa. Se Sara estava dizendo que Thomas era indiferente a Lauren, como a história que ela me contou poderia ser verdadeira?

— Ela falou que ele jurava amor. Que era parecido com a forma que age comigo — repetir aquelas palavras me deixava ainda mais triste.

— Duvido muito, Cathy. Não estou tentando amenizar as coisas para seu lado nem para o dele. Nunca tinha visto Thomas apaixonado. Antes de você, ele só se divertia com as mulheres. Por isso ganhou a fama de "sem coração". Isso me dói muito. Se ele não tivesse brincado com os sentimentos de Lauren, talvez existisse alguma chance disso não acabar tão mal. — Sara também acreditava que ele me amava. Senti meu coração se aquecer com essa possibilidade.

— Thomas sabia que ela estava apaixonada?

— Ele não levava a sério o que ela dizia. Mesmo assim continuou dormindo com ela uma vez ou outra. Na maioria das vezes Lauren fechava o cerco e ele acaba cedendo. Para ele era prático e confortável.

— Ele ficava com ela e saía com outras mulheres?

— Nunca foi diferente, Cathy. Ele nunca a quis de verdade. Eles só curtiam juntos quando estavam com vontade.

— Mas...

— Eu sei. Ela disse que eles namoraram. Ela realmente acredita nisso.

— Não estou entendendo.

— Ela criou o seu próprio mundo com Thomas, onde ele era apaixonado e tudo mais que contou a você.

— E ele tinha ideia disso?

— Ele alimentou a loucura dela por um tempo. Depois cansou e foi viver a própria vida.

Baixei a cabeça, tentando entender o que ela me dizia. Como assim? Lauren acreditava em tudo o que ela me dissera, mas era mentira. Thomas sabia e mesmo assim continuou alimentando a loucura dela. Era tudo inacreditável demais.

— Sinto muito. Ele não é nenhum santo. O passado de Thomas é difícil. Mas eu não posso afirmar que será assim com você. Thomas realmente te ama. É só olhar para ele e ver o quanto está destruído. — Estremeci com as lembranças.

— E o filho que eles teriam. Ela me disse que ele a mandou tirar. — Eu tentava continuar a minha linha de raciocínio.

— Não sei se foi verdade. Quando Lauren contou a ele, nem eu estava sabendo da suposta gravidez. Só depois de todo o problema ela me procurou para contar o ocorrido.

— E ele?

— Ele me disse... — respirou fundo e me encarou com firmeza. — Thomas me garantiu que não existia nenhuma possibilidade do filho ser dele.

— Mas eles estavam transando, então...

— Thomas me jurou que nunca tinham transado sem camisinha.

Respirei aliviada com a informação. Eu tinha transado sem camisinha algumas vezes com ele. Podia até me lembrar da nossa conversa outro dia. Ele me garantia que eu era a primeira mulher com quem transava sem os devidos cuidados. Pelo menos nisso eu podia confiar.

— Ela ficou muito triste com a rejeição dele. Pensou que com um filho ele ficaria com ela, formariam uma família. Coitada!

— Mas quem era o pai deste filho, afinal?

Sara mais uma vez hesitou sobre o que poderia realmente me contar e acabou cedendo à necessidade de esclarecer totalmente as coisas.

— De ninguém, Cathy... Esse bebê nunca existiu.

Meu queixo caiu.

Como assim nunca existiu? Eu vi a dor dela ao falar da criança que tinha perdido. Como alguém poderia inventar uma dor tão verdadeira?

— Ela mentiu para forçar a barra e ficarem juntos? — Eu tentava juntar as peças me sentindo cada vez mais confusa.

— Não. — Sara me olhou, sondando se deveria mesmo me contar toda a verdade.

— Sara, eu preciso saber. Não existe a possibilidade de você me esconder mais nada.

Ela respirou profundamente e decidiu continuar. Sabia que eu estava com razão. Essa história estava me afastando do Thomas e só ela poderia reverter isso.

— Você já ouviu falar de gravidez psicológica? — Fiz que sim, sem dar uma palavra. Era muito fora da realidade. — Ela realmente acreditou que estava grávida. A menstruação deixou de vir, teve todos os sintomas. Até eu acreditei que era verdade. Só tinha dúvidas se era do Thomas ou se ela tinha engravidado de outro para forçar a barra, como você mesmo chegou a pensar. Era o mais lógico naquela situação.

— Como vocês descobriram?

— Na noite em que ela achou que tinha perdido o bebê. — E então eu vi o quanto aquela história lhe feria também. — Lauren viu Thomas chegar com uma garota e enlouqueceu. Fez um escândalo no quarto dele. Foi horrível! Ela estava descontrolada, gritando que ele não se importava com o próprio filho. Acho que você consegue imaginar a capacidade dela em fazer essas coisas.

Fui obrigada a concordar mais uma vez com Sara.

— Eles brigaram feio e Lauren destruiu o quarto do hotel, depois começou a se sentir mal. Ficamos assustados porque ela começou a perder sangue. Muito sangue. Demos entrada no hospital como se ela estivesse realmente perdendo o bebê. Thomas se assustou e ficou o tempo todo ao meu lado. Recebemos a notícia juntos. O médico diagnosticou uma gravidez psicológica depois de constatar a inexistência da criança. Ele fez o que precisava fazer, recomendou um tratamento com um especialista no assunto e deu alta a Lauren, assim que ela começou a dar sinais de melhora. Quando contamos, ela não acreditou. Disse que Thomas estava querendo puni-la e se safar da responsabilidade e ainda me acusou de ser conivente.

Sara fez uma pausa para acender um cigarro e recuperar sua capacidade de raciocínio.

— Thomas foi muito humano, Cathy. Fez questão de pagar todos os exames para descobrir o que realmente estava acontecendo com Lauren e acompanhou de perto todo o processo. Ele pagou os melhores especialistas. Todos os médicos e exames atestavam a mesma coisa: ela nunca esteve grávida. Eu passei a ter um enorme problema em minhas mãos. Não poderia deixá-los trabalhar juntos novamente, então preferi me afastar um pouco da carreira dele, deixando Helen como minha substituta nos momentos em que eu estivesse longe. Passei a ficar mais em minha agência, mantendo Lauren comigo.

Fiquei por um tempo pensando em tudo o que ela estava me contando. Se aquela fosse a versão verdadeira, e parecia ser, Thomas não era totalmente inocente, mas também não era culpado. Ele agiu errado com Lauren, mas eu não poderia julgá-lo por isso. A nossa história era diferente, eu não tinha o direito de duvidar. Os erros dele do passado não invalidavam o nosso amor.

— Por que Thomas se recusou a me contar? Seria tão mais fácil para nós dois agora.

— Porque eu pedi a ele. — Ela levantou incomodada. — Não é nada pessoal, Cathy. Na verdade, ninguém da equipe sabe dessa história além de mim e dele e, claro, de você agora. No dia em que soubemos a verdade pedi ao Thomas para não contar. A verdade iria puni-la pelo resto da vida. Todos a taxariam de louca. Lauren ainda é jovem, tem muito para viver. Acreditei que iria superar seus problemas se eu a mantivesse longe dele por um tempo.

— Ele concordou — afirmei, reconhecendo o meu Thomas nesta confusão toda.

— Concordou. Só não assumiu o filho. Mas disse para todo mundo a versão que combinamos: ela estava grávida e perdeu o bebê. É lógico que todo mundo pensou que Thomas era um canalha por não assumir a paternidade. Ele aguentou tudo sozinho, sem nunca e nunca contar a verdade pra ninguém. Devo essa a ele.

Eu estava aliviada. Era um peso gigantesco retirado das minhas costas. Senti muita pena da Lauren. Ao final de tudo, ela devia estar sofrendo muito vendo Thomas me dar o que queria para si o tempo todo. Deve ter sido muito difícil.

— Eu errei em trazê-la de volta, descobri desde o primeiro dia. Achei que ela tivesse superado. Confesso que em princípio pensei que Thomas estava se divertindo com você e que seria mais uma para sua lista. Eu estava errada nesse ponto também, percebi no mesmo dia. Ele defendia o direito de estar com você, coisa que nunca o vi fazer. Helen já havia me alertado. Lauren ficou louca quando percebeu a ligação entre vocês dois. Mais uma vez, Cathy, me desculpe por ter deixado as coisas irem tão longe.

— Tudo bem, Sara. Você não pode assumir a culpa por ninguém. Obrigada por me contar.

O alívio de ter o seu amor por mim confirmado mais uma vez era muito grande. Por outro lado, ainda tinham alguns pontos que precisávamos esclarecer. Não poderiam existir mais segredos entre nós dois. Não havia mais espaço para isso. A minha confiança foi abalada e eu não sabia dizer a extensão dos danos causados à estrutura do nosso amor.

Além de tudo, havia o meu mais novo problema. Eu precisaria passar um tempo afastada para resolvê-lo e não fazia ideia de como Thomas reagiria quando soubesse.

— Você vai falar com ele agora?

— Não, ainda não. — Eu precisava reunir forças para conversar com ele sobre o que planejava fazer.

Sara me olhou, interrogando o porquê da minha decisão.

— Não estou me sentindo muito bem. Estou indisposta. Amanhã eu falo com ele. Preciso coordenar melhor meus pensamentos antes de conversarmos.

— Você deveria descansar um pouco.

— Vou fazer isso quando voltar.

Levantei para ir embora, mas uma ideia se formou em minha cabeça.

— Sara, posso tomar mais um pouco do seu tempo?

Todo o meu plano de repente já estava arquitetado em minha mente e eu precisava colocá-lo em prática o quanto antes. O tempo agia contra mim.

Fomos à *première* e nos encontramos com Melissa, Nicholas e outros amigos do Thomas, que fizeram questão de estar presentes para homenageá-lo. Não era o melhor momento para fingirmos que estava tudo bem, ainda assim colaborei, principalmente porque eu sabia de toda a verdade. Não contamos nada a ninguém, por isso passei uma boa parte da noite sorrindo para a mãe dele, que estava eufórica com o noivado.

Thomas estava ansioso, pois sabia que eu tinha conversado com Sara e que provavelmente já conhecia toda a verdade. Para ele isso significava que tudo voltaria às boas entre nós dois. Eu não tinha condições de pensar em como seria a nossa conversa.

A noite estava fria, meus pés doloridos, uma dor de cabeça me atormentava, e me sentia tão cansada que poderia deitar no chão da boate e dormir sem me importar com o lugar. Comparecemos só para marcar a presença do Thomas na festa. Ele ficou ao meu lado o tempo todo. Melissa não nos acompanhou e os amigos dele estavam tão entretidos na comemoração que não perceberam o meu abatimento.

— Você está péssima — Thomas falou, me puxando para os seus braços.

Eu me sentia péssima mesmo. Todo o peso dos acontecimentos vividos nos últimos dias desabou sobre mim de uma só vez. Parecia que a qualquer momento meus joelhos iriam ceder. Foi apenas por isso que aceitei ser abraçada por ele naquele momento na frente de todos e também por causa da decisão que havia tomado mais cedo.

— Vamos embora — disse, ao perceber o meu estado. Não tive ânimo para protestar.

Quando chegamos ao hotel, Thomas ficou em dúvida sobre o que fazer, se me levava para o quarto dele ou se me deixava ir para o meu. Eu disse que estava bem, só precisava dormir um pouco, e fui sozinha para o meu quarto, deixando um Thomas derrotado na porta do seu.

"Amanhã vai ser ainda mais difícil para ele", pensei desolada.

CAPÍTULO 21
Sem Mais Segredos

THOMAS

Foi muito difícil voltar para o quarto sozinho. Cathy estava presente em minha vida, em meus pensamentos, em meu corpo. Eu sabia que Sara tinha conversado com ela e contado toda a verdade, mas Cathy não falou comigo. Nenhuma palavra, nenhum gesto, nada. Se ao menos me dissesse o que estava planejando.

Dormir foi quase impossível. A falta que ela fazia era enorme. Eu a queria comigo, mesmo magoada, mesmo sem falar, sem me deixar tocá-la. Eu apenas a queria ali. As lembranças das nossas noites brincavam comigo como fantasmas.

Pensei em Cathy e em como ela estava abatida naquela noite, e ainda assim tão linda! O frio castigava meu corpo, tão acostumado ao calor do nosso amor. Como seria para ela aquela primeira noite, de fato, longe de mim? Será que também sentia a minha falta? Será que ainda me amava como eu a amava? Até que ponto Lauren conseguira abalar o amor de Cathy amor por mim? Eram tantas dúvidas. A incerteza do nosso destino me causava uma angústia interminável. E doía como eu nunca acreditei ser possível.

Acordei com Helen em meu quarto, "Como era antes de Cathy entrar em minha vida", pensei amargurado. Lembrei o primeiro dia em que ela foi me acordar, a surpresa ao vê-la em meu quarto e o desejo quase incontrolável que senti e que depois passei a ver como os nossos primeiros momentos de amor.

A tristeza me atingiu em cheio. Helen percebeu minha apatia.

— Decepcionado?

— Não. Na verdade eu já imaginava que Cathy não teria coragem de vir.

— Eu não deixei ela vir, Thomas. Cathy se sentiu mal a noite toda e hoje pela manhã, quando fui ver como estava, fiquei preocupada. Já solicitei um médico para vê-la.

— Cathy está doente? — Comecei a me levantar.

— Calma. Ela precisa descansar um pouco. Acho que finalmente está sentindo o estresse causado pelos últimos acontecimentos. Ela foi forte até demais. O corpo humano não suporta uma carga tão grande.

— Quero vê-la. — Eu iria de qualquer jeito, mesmo sabendo que Cathy ainda não me queria por perto.

— Pelo menos lave o rosto. Fique apresentável — Helen me recriminou, levantando para ir embora, mas voltou hesitando. — Teremos reunião em vinte minutos. Dyo foi ver como ela está. — Helen se manteve em pé, olhando para mim como se quisesse dizer mais alguma coisa.

— O que foi? — perguntei, já com medo da resposta. Pela cara dela eu sabia que algo de muito ruim estava por vir.

— Sara está mandando Cathy de volta para casa. — Ela parou para ver a minha reação.

— Com autorização de quem? — rebati com raiva. As palavras saíram arrastadas entre os dentes. Como podiam fazer aquilo comigo?

— Acalme-se, Thomas. Ela não foi demitida.

— Não me interessa! — Eu estava prestes a sair de qualquer jeito para chamar Sara para uma conversa.

— Espere. Deixe-me terminar, está certo? — Parei sem paciência para ouvi-la. — Cathy está precisando descansar, de verdade! Ela está muito debilitada, Thomas, nós estamos com medo. Em duas semanas ela vai ficar sozinha com você nas gravações do novo filme. Se Cathy não parar agora, pode ser pior mais tarde. Eu não vou poder acompanhá-lo e toda a equipe já está com os compromissos organizados. Pensamos que estas duas semanas poderiam servir para ela descansar um pouco e voltar mais disposta.

— Não. — Não permitiria que Cathy fosse embora, nem que eu tivesse que trancafiá-la em minha casa.

— É pelo bem dela.

— Pois eu não vou autorizar! Podemos cuidar dela aqui. Reduzimos seu ritmo de trabalho ou até mesmo retiramos temporariamente suas atividades, mas Cathy vai continuar aqui.

— Ela quer ir, Thomas. — Helen parecia se desculpar pelo que estava dizendo quando pegou em meu ombro, me apoiando. — Na verdade, a ideia foi dela.

Parei chocado com o que ela me dizia. Cathy queria ir embora. Cathy queria ficar longe de mim. Senti um buraco se abrir no chão. Então era isso? Estava tudo acabado? Mesmo depois de ela saber toda a verdade?

Saí do quarto decidido a ir ao seu encontro. Não importava como ela me receberia, como estava a minha aparência, ou se eu precisaria arrombar a porta do seu quarto. Dava até para prever a discussão e eu já começava a esquematizar os meus argumentos, porém fui pego de surpresa ao ver a Cathy sentada no sofá da sala do meu apartamento, entre Sara e Dyo. Ela me olhou brevemente e abaixou a cabeça. Estava pálida.

Contei três segundos até sentir meu coração voltar a bater. Minha mente fervilhava com ideias, contudo meus olhos não conseguiam sair daquela figura frágil e encolhida entre nossos colegas de trabalho. Eu não sabia o que imperava mais dentro de mim, se o medo de perdê-la para sempre ou a raiva por ela estar me fazendo passar por aquilo tudo.

Ela disse que não queria me julgar. Prometeu que me ouviria quando Sara revelasse toda a verdade... eu sabia a verdade, sabia da minha inocência mesmo que fosse algo que jamais pudesse ser revelado, e ela sabia também, então por que me punia da pior maneira possível? Por que virava as costas para mim, para o nosso amor?

Meu coração parecia que explodiria a qualquer momento.

— Cathy, você vai embora? Você vai me deixar? — fui falando sem me preocupar com as pessoas na sala. Eu estava diante dela, que nem levantava a cabeça para me olhar, se acovardando por não conseguir cumprir com a promessa.

— Não, Thomas. Vou dar um tempo. Preciso descansar, me recuperar dos últimos acontecimentos.

— Não pode fazer isso aqui? — Minha voz suplicava que ela ficasse e eu me sentia péssimo por precisar implorar.

— Não! Eu preciso descansar e não viver novos problemas a cada dia.

Nós nos encaramos, ignorando tudo ao nosso redor. Ela rebateu o meu argumento sem pestanejar, como se estivesse deixando claro que a culpa era minha independente que qual fosse a verdade. Como se nosso amor não existisse mais, ou não importasse o suficiente para que ela ficasse. Era o fim. Cathy estava me deixando.

— Você não pretende voltar, não é? — A certeza me assaltou. Ela olhou para mim, triste pela minha constatação e eu pude ver lágrimas se formando.

— Eu vou voltar, Thomas. — Mas sua voz falhou. Não havia uma promessa ali.

— Eu sei que não vai! Você está arranjando uma desculpa para me fazer entender e permitir a sua partida. Eu não vou permitir! — O desespero tomou conta de mim. Eu sabia que não teria como detê-la se essa fosse realmente a sua vontade, mas precisava tentar. Precisava tentar com todas as minhas forças.

— Você não pode decidir por mim. — Vi Cathy ficar indignada com a minha atitude e a sua decisão ganhar força.

— Por que você não me diz logo a verdade?

— Você não é a pessoa mais indicada para cobrar verdades!

Mais alguns segundos de um silêncio embaraçoso. Ninguém ali tinha coragem de dizer nada e todos aguardavam que finalmente nós dois entendêssemos que aquele era o ponto final. Eu me sentia destruído, arrasado, despedaçado. Naquele momento desejei nunca ter amado, nunca ter permitido que aquele sentimento me dominasse. Porque doía, eu nada poderia ser feito para modificar.

Eu me desesperei.

— Por que você não pega logo uma faca e enterra no meu coração de uma vez? Isso seria muito mais humano. Mesmo depois de Sara ter te contado toda a verdade, você não consegue a acreditar em mim? Não pode me perdoar? Onde está o grande amor que dizia sentir? Era tudo mentira, Cathy! E você não tem coragem para admitir que se escondia atrás da justificativa do medo de eu estar brincando com você quando na verdade era você quem brincava comigo o tempo todo.

Cathy levantou em fúria e se lançou contra mim.

— Você não entende nada, mesmo. Eu não estou deixando de acreditar em você, mas preciso de um tempo para assimilar tudo, você não entende porque é um egoísta, um mimado... — Ela parou bruscamente de falar, levando uma mão a testa e com a outra buscou apoio no sofá.

— Merda, Cathy! — Fui em sua direção sem me importar com mais nada. — O que você está sentindo? — Cathy não estava bem, era visível. Eu não podia continuar com a nossa briga, por mais que significasse que estava aceitando perdê-la.

— Indisposta. Devo ter comigo algo estragado.

Passei a mão em seu rosto, procurando mais informações. Ela não se afastou do meu toque como cheguei a temer que fizesse, mas manteve os olhos baixos.

— Por que não se deita um pouco? Vou pedir um suco e levo para você. — Eu não deveria ter começado aquela briga, pensei, amargurado por mais uma vez ter lhe causado problemas.

— Não, tudo bem. Eu não estou conseguindo manter nada no estômago mesmo — respondeu, mais calma, deixando para trás a raiva. No entanto aquela informação me agitou outra vez.

— Enjoada? — Lancei um olhar para Helen e ela correspondeu à minha preocupação.

— É. Um pouco — Cathy respondeu inocentemente, sem pegar a minha linha de raciocínio.

Minha mente trabalhou a todo vapor. Era possível? Estávamos juntos há pouco tempo, se ela estivesse no período fértil era bem capaz de ser realmente o que eu estava pensando. Para minha surpresa a felicidade encheu meu coração. Um filho! Seria maravilhoso!

— Cathy, o que exatamente você comeu? — comecei a investigar. Se a decisão dela era de ir embora eu precisava agir rápido.

— De ontem para hoje, praticamente nada. Por quê?

— Como você pode estar enjoada por algo que comeu, se não comeu nada?

Cathy parou por um tempo, seus olhos buscando os meus, tentando entender aonde eu queria chegar. Vi quando ela encontrou a minha resposta.

— Eu estou indisposta. — Sua resposta rude me pegou de surpresa. Por que ela reagia tão mal? — Estou cansada e com certeza estressada também. — Tentou justificar levantando outra vez a minha culpa pela sua decisão de ir embora.

Qual era o problema dela? Se estivesse grávida, eu iria adorar.

— Cathy, existe alguma possibilidade... — Helen começou a perguntar, mas Cathy a interrompeu.

— Não. — Ela olhava diretamente para mim. — Nenhuma possibilidade. — E mais uma vez a ferocidade das suas palavras me surpreendeu.

— Existe sim, Helen — respondi à sua pergunta silenciosa, sustentando o olhar indignado que Cathy lançava para mim.

— Não tem, não! — Seu rosto ficou todo vermelho e a raiva transbordava.

— Você sabe que tem, deixe de ser tão teimosa! — Deixei a minha impaciência voltar à nossa conversa. Como ela podia negar? Um filho não era uma brincadeira.

— Me deixe em paz, Thomas! — Cathy rebateu furiosa e começou a andar na direção da porta. No meio do caminho, foi interrompida pela fraqueza, tentou se apoiar numa parede, mas acabou apagando ali mesmo.

Corri em sua direção, desesperado.

— Cathy! — Ela caiu em meus braços. Pálida e fria. Merda! Fiquei tão nervoso que os segundos que seus olhos permaneceram fechados pareceram uma eternidade. — Fale comigo, Cathy! — gritei desesperado notando que muitas mãos e braços já estavam ao seu redor.

Ela logo recuperou os sentidos, apesar de ter demorado mais do que meu coração suportaria. Sem pensar duas vezes, carreguei Cathy nos braços sem aceitar a ajuda de nenhum dos nossos amigos, ela ainda estava bastante debilitada para levantar sozinha e eu não queria arriscar.

— Chamem um médico. — Ela quis protestar, mas não estava em condições físicas para impor nada.

Entrei em meu quarto com Cathy em meus braços e a deitei em minha cama. Ela me olhava alarmada enquanto eu conferia seus lábios sem cor e sua aparência doentia. Alguma coisa estava muito errada ali... ou muito certa. Não consegui deixar de sorrir, mesmo que discretamente.

Quando o médico chegou, o que não demorou muito para acontecer, checou seus sinais vitais e finalmente chegou à mesma dúvida que eu e Helen tínhamos. Fiquei satisfeito. Pelo menos para o médico ela não poderia negar a possibilidade.

— Quando foi a sua última menstruação? — Vi Cathy ficar tensa com a pergunta e evitar me olhar.

— Não lembro, doutor.

— Como não lembra? — Eu me intrometi na conversa, tentando forçá-la a admitir. Cathy era muito cabeça dura. — Todas as mulheres sabem controlar estas coisas. Tenho certeza que você não seria diferente. — Ela me lançou um olhar fulminante. Não me importei. Ela queria que fosse daquele jeito ou então já teria admitido que existia a possibilidade.

— Vamos fazer um beta-HCG então, para eliminar esta hipótese. — O médico percebeu o impasse, mas foi discreto mantendo a sua posição profissional.

— Ou diagnosticar. — Fui incisivo e o médico concordou comigo.

— Eu não estou grávida! — Cathy rosnou, demonstrando toda a sua insatisfação com aquele assunto.

Fiquei péssimo com a sua rejeição diante da possibilidade de estar esperando um filho meu. Eu fui tão ruim em sua vida ao ponto de ela nem querer pensar na hipótese de ter um filho comigo? Seria tão horrível assim estar grávida? A tristeza foi avassaladora.

— Existem muitas possibilidades para os seus sintomas. Você pode estar estressada. Isso é bem normal em seu meio. Ou com algum problema mais sério, então eu deduzo que você deva querer ficar com uma das duas primeiras opções.

— Aposto tudo o que tenho na segunda, doutor.

Ela lançou um olhar triunfante para mim. O médico coletou as amostras de sangue e mandou um auxiliar levá-la ao laboratório. Foi embora dizendo que mandaria os resultados pela tarde. Recomendou a Cathy repouso e boa alimentação e, caso fosse necessário, voltaria.

Permaneci no quarto observando seu comportamento. Não conversamos. Quando todos saíram, pois precisavam dar prosseguimento às suas atividades, aproveitei e me sentei ao seu lado na cama. Ela permaneceu calada evitando me olhar.

— Foi tão ruim assim tudo o que nós vivemos? — A pergunta a pegou de surpresa.

— Por que você acha isso? — Não percebi raiva em sua voz.

— Porque você quer me deixar a qualquer custo. — Foi a minha vez de ser covarde e não a olhar diretamente. Eu estava acabado, derrotado.

— Thomas, olhe para mim. — Cathy pegou em meu rosto e eu obedeci ao seu comando sentindo meu coração disparar com o seu toque. — Eu não vou deixá-lo! — Analisei seus olhos buscando a mentira e não a encontrei. — Vou ficar essas duas semanas afastada do trabalho e voltarei para continuarmos com o programado.

— E nós dois? — Ela ficou calada, o que alimentava a minha dúvida. — E se você estiver grávida? Vai embora levando o meu filho para longe de mim? — Meus olhos se encheram de lágrimas com essa possibilidade e uma dor dilacerante tomou conta do meu peito. Respirei fundo para conseguir continuar.

— Por que este filho faria diferença? — Ela destacou o "este" me fazendo lembrar a história que Lauren tinha contado.

— Lauren nunca esteve grávida, Cathy, você agora sabe de tudo.

— Mas você não sabia disso durante todo o tempo.

Respirei fundo entendendo que ela me cobrava uma explicação. Percebi que aquele era o momento de resolver as coisas. Finalmente poderíamos dar um fim ao nosso problema de uma vez por todas, assim eu esperava.

— Você quer saber se é verdade que eu mandei Lauren tirar o filho, não é? — Ela assentiu.

Então me enchi de coragem e comecei. Cathy precisava da verdade e eu não lhe daria nada diferente disso.

— Eu tinha certeza de que o filho não era meu, por todos os motivos do mundo, mas ela insistia que era, então discutimos de uma forma ruim, pesada. Joguei um monte de verdades na cara dela, Cathy, e não me orgulho do que fiz, mas as coisas funcionavam de forma diferente para mim. Eu sabia de um monte de coisas sobre Lauren, inclusive que ela tinha dormido com o Kendel e com o Raffaello na mesma época, então mandei que os procurasse para assumir o filho dela.

Eu esperava que ela se chocasse com a minha revelação, mas Cathy permanecia imparcial, aguardando que eu pudesse contar tudo e só depois disso eu saberia a minha sentença. Bom, eu merecia aquela angústia.

— Eu estava com raiva e ela insistia muito. No final Lauren começou a dizer que contaria tudo à imprensa, que faria questão de ressaltar que eu havia renegado meu filho, permitindo que ela se tornasse mãe solteira. Eu falei que existiam muitas formas de resolver o problema. Ela me interpretou de maneira errada e começou a dizer que eu mandei que tirasse o filho, e... para ser honesto eu não estava me importando com o que ela faria. O filho não era meu, então... — deixei a voz morrer me sentindo culpado demais.

Contar aquela história em voz alta tornava tudo diferente. Nunca precisei me explicar para ninguém, apesar das acusações, mas mesmo assim me parecia ser tão errado o que fiz, que foi inevitável eu mesmo não me julgar. Lauren nunca engravidou, eu sabia que caso ela estivesse mesmo grávida o filho não era meu, mas nada disso justificava a forma como a tratei ou como conduzi a situação. Sim, eu era culpado, não havia como negar.

— Foi horrível o que você fez. — Cathy foi dura, porém não me condenava.

— Eu sei. Até hoje me sinto péssimo por tudo o que aconteceu. Sinto pena dela e sei que sou culpado também. Talvez por isso eu tenha deixado todos me acharem um crápula. Ou talvez só agora tenha me dado conta disso — revelei, lamentando.

— E se ela estivesse grávida mesmo?

— O filho não seria meu.

— E se fosse? — Não entendi aonde ela queria chegar.

— Se houvesse qualquer possibilidade de o filho ser meu, eu assumiria, Cathy. Não era o que eu queria, mas uma criança, um filho, não pode responder pelos erros dos pais. Eu errei com Lauren, nunca faria o mesmo com um filho.

— E o que exatamente você quer para você, Thomas?

Encarei aquela mulher tão linda, forte, que já tinha passado por coisas tão horríveis e nem assim se rendeu, que me deu o seu amor, venceu os seus medos, superou as barreiras para estar ao meu lado... eu nunca me senti tão inadequado e ao mesmo tempo, tão determinado a ser aquele cara que ela buscava.

— Eu me acho ainda jovem para ser pai, mas quero uma família, estar com a mulher que eu amo, criar nossos filhos como um reflexo desse amor. — Eu falava dela, de nós dois, de todos os nossos planos e do meu sonho de passar o resto da minha vida ao seu lado.

— É por isso que você quer tanto que eu esteja grávida?

— Também — respondi sem pensar. Ela ficou esperando eu terminar o pensamento. A sobrancelha arqueada como se estivesse me desafiando a continuar.

— Tá bom! Confesso que me senti feliz com essa possibilidade, principalmente porque você ficaria comigo outra vez. Se você estiver grávida, não vai me abandonar, como está pretendendo fazer.

Cathy ficou em silêncio algum tempo e depois começou a rir. Era uma risada baixinha e rouca, mas que me fez bem ouvir.

— Qual é a graça? — Ri junto, envolvido demais com aquela garota.

— É a primeira vez que eu vejo um golpe da barriga às avessas.

— Tem razão. — Desviei o olhar tomando coragem, depois a encarei com receio. — E então... se você estiver grávida?

— Eu não estou, Thomas. — Levei a mão à testa e revirei os olhos para a teimosia dela, e Cathy riu novamente. — Você alguma vez já me viu menstruada? — Neguei curioso com a sua pergunta.

— Nós dois dormimos juntos há muito pouco tempo, Cathy, não teria como observar.

— Dormimos há tempo suficiente para pelo menos dois ou três ciclos menstruais.

— O que você está querendo dizer?

— Estou dizendo que não menstruo desde os meus 18 anos. — Olhei para ela, alarmado. — Não precisa se assustar, não há nada de errado comigo, apenas optei por não menstruar mais. Eu tomo anticoncepcional de forma contínua desde então.

— Confesso que estou muito surpreso. Você nunca me falou nada a respeito.

— Nunca falei o contrário também.

— Ainda assim. Existe uma pequena margem. — Eu já me sentia derrotado. Queria arranjar desculpas para ela não continuar insistindo em ir embora.

— Eu não vou embora. Vou voltar. Eu prometo!

— Não posso permitir. Não posso viver sem você. — Peguei suas mãos e as beijei com carinho. — Eu amo você! Não me deixe!

— Ah, Thomas! — Ela suspirou como se estivesse tirando um peso dos ombros. — Eu amo você também!

Fui atingido por um alívio inexplicável. Depois de passar tanto tempo acreditando que nada mais poderia ser feito e que eu tinha perdido Cathy para sempre, ouvir de seus lábios o quanto ainda me amava e atestar a veracidade das suas palavras fez com que todos os meus músculos relaxassem.

Aproximei-me dela com cuidado, atento a sua reação e beijei seus lábios com cautela. Cathy não me rejeitou, então beijei com mais vontade e ela retribuiu. Beijamo-nos longamente.

— Que saudade de você, minha menina! — falei entre beijos, envolvendo-a em meus braços. Era impossível resistir a vontade de nunca mais largá-la.

Cathy me beijou com mais intensidade, passando as mãos em meus cabelos, segurando-os com força e me mantendo a sua disposição. Havia tanta saudade nela quanto em mim, o que era fantástico! Meu corpo inteiro reagia ao dela. A falta que ela me fez era cobrada como uma necessidade física e emocional.

— Não quero te perder. Não quero ficar longe de você!

— Você não vai me perder! — afirmou com veemência. — Você nunca vai me perder.

E assim eu perdi qualquer controle sobre o meu corpo.

Estávamos sentados na cama, nossos corpos estavam o mais próximo possível. Eu a puxava para mim com desejo. Suas mãos apertavam as minhas costas correspondendo às minhas expectativas. Fui deitando-a vagarosamente no colchão, nossos lábios não desgrudavam e eu sabia exatamente aonde chegaríamos. Se não tivéssemos ouvido uma batida na porta.

Eu levantei rapidamente tentando manter o máximo da integridade da minha namorada. Há pouco tempo estávamos brigando, discutindo o rumo do nosso relacionamento sem nos preocuparmos com a presença dos demais colegas, e depois, nos beijávamos com fervor, atendendo aos anseios dos nossos corpos. Respirei fundo aceitando a separação e levantei antes de Helen abrir a porta.

— Com licença. — Ela colocou o rosto para dentro do quarto, já completamente constrangida. Eu sorri ao perceber que Cathy também se sentia assim. Mulheres! — Tomei a liberdade de pedir um lanche. — Ela entrou mantendo o constrangimento. Levava uma bandeja com um copo de suco e um sanduíche muito sem graça, mas... — O médico disse que você precisa se alimentar e descansar. — E com isso me deu um olhar cheio de acusação. Definitivamente Helen era como a minha mãe.

— Obrigada, Helen, mas não estou com fome. — Cathy fez uma cara de enjoo que me deixou preocupada.

— Você precisa comer — Helen determinou sem pestanejar, o que me fez sorrir. — Tente pelo menos o suco.

— E se eu vomitar? — Minha namorada tentou não olhar para mim, mas falhou.

— Ela vai comer, Helen. — Me intrometi decidida a fazer aquilo funcionar. Cathy precisava comer, descansar e eu necessitava tirar Helen daquele quarto. — Vou cuidar disso com muita determinação. Prometo!

— Ela precisa descansar — alertou, sem sustentar o constrangimento de antes. — Nada de conversas mais intensas, Thomas! — Ri, tentando não ridicularizar a sua tentativa. Ela estava certa e Cathy realmente precisava se recuperar.

— Cathy vai comer o lanche e depois dormir. Vou ficar aqui para me certificar disso. — Não fiz muito esforço para parecer o cara sério e comprometido. Eu era ator, inventar personalidades era a minha especialidade. — Você tem a minha palavra. — Seu olhar enviesado quase me fez rir outra vez.

— Não tenho certeza se ela vale alguma coisa — brincou, tentando não rir também. — Cuide bem da nossa garota e qualquer coisa é só chamar.

Helen nem bem fechou a porta e Cathy me chamou de volta para a cama. Eu era um fraco para os seus apelos, confesso. Por isso beijei seus lábios com paixão, correspondendo ao seu desejo, contudo, logo depois me afastei contra a minha vontade, tentando ignorar os seus protestos.

— Você está muito fraca agora, amor. Preciso cuidar de você e não te prejudicar, como prometi a Helen. — Cathy fez um muxoxo lindo.

— Estou fraca de saudade e o único remédio que preciso é você.

Ela estava tão manhosa, carinhosa e receptiva, como eu gostava, que quase me fez perder a cabeça. Pedia meu amor com aquele seu jeitinho que me obrigava a atender todos os seus desejos.

— Paciência! — Dei-lhe um beijo rápido e tentei levantar da cama para pegar a bandeja com o lanche. Cathy me impediu exigindo meus lábios. — Primeiro, preciso alimentá-la, senão você vai desmaiar em meus braços outra vez.

Tentei em vão me desvencilhar dos seus abraços e beijos, mas não conseguia resistir à vontade de fazer amor com ela. Apesar do pouco tempo separados, o efeito da sua ausência foi devastador para meu corpo. Eu precisava dela como um viciado precisa das drogas.

— Não tenho fome. — Cathy sentou em meu colo, cruzando as pernas em minha cintura, me provocando como ninguém mais conseguia fazer. — Senti tanto a sua falta, meu amor! — Ela me enlouquecia com aquelas palavras.

— Antes me deixe cuidar de você, Cathy. — Eu já estava derrotado.

Minhas mãos percorriam avidamente seu corpo, sentindo ela se mexer de maneira sensual. Ela me derrubou sobre a cama ficando por cima.

— Não! Eu quero agora! É desse cuidado que eu preciso. — Mordeu meu pescoço e depois chupou o local. Era muita provocação para pouca disposição a resistir. — Quero você, Thomas, por favor!

Não resisti mais aos seus apelos e deixei que ela me conduzisse conforme seu desejo. Nossos corpos estavam tão necessitados um do outro que o gozo nos dominou em poucos minutos. O que não significava que estávamos saciados. Obriguei Cathy a comer e, assim que ela terminou, fizemos amor outra vez e ficamos assim até o fim da tarde, sem ninguém interromper.

No final do dia, estávamos na cama abraçados. Cathy estava bastante pensativa enquanto eu alisava seus cabelos e acariciava suas costas nuas. Fiquei aguardando que compartilhasse seus pensamentos comigo. Seu silêncio começou a me preocupar.

— Podemos esquecer essa ideia de você ir embora?

Cathy levantou o corpo se cobrindo com o lençol e me encarou. Pela forma como me olhou tive certeza de que nada a convenceria mudar de ideia. Respirei fundo, tentando encontrar meus melhores argumentos para impedi-la.

— Por quê?

— Thomas. — Ela puxou o ar com força e passou uma mão no cabelo puxando-o para trás. — Depois de todo o problema que tivemos porque você tinha um segredo, percebi o quanto isso é perigoso para nós dois. — Concordei, apesar de nada falar, apenas observar aguardando o que ela pretendia me dizer. — Não deve existir espaço para segredos em nossa relação. — Concordei mais uma vez, ela suspirou e mudou o tom de voz. — Eu preciso ir. Surgiu um imprevisto e preciso realmente me afastar. Não quis contar meu real motivo ao restante da equipe porque é algo muito pessoal, então aproveitei o fato de estar necessitando de um descanso para me afastar sem prejudicar ninguém.

— Qual é o problema, Cathy?

Eu tinha certeza de que não era nada bobo ou sem importância. Conhecia Cathy o suficiente para saber que ela jamais se afastaria do trabalho se realmente não precisasse. E depois de me certificar de que não era uma tentativa de me deixar, pensar que ela estava em algum apuro me alarmava.

— Como posso te ajudar a resolver?

— Acredito que a única forma de você me ajudar será me deixando ir.

Senti um nó se formar em minha garganta. E se ela fosse embora e não pudesse mais voltar? Que tipo de problema tiraria Cathy de mim?

— Não vai me contar o que está acontecendo?

— Meu pai — revelou à meia-voz.

Olhei para Cathy admirado. Como o pai dela poderia ser um problema? Eles nem tinham mais contato. Cathy inclusive se considerava totalmente órfã.

— Recebi um e-mail ontem. Ele está doente, Thomas. Pelo que entendi já está em um estágio terminal. — Vi lágrimas se formarem em seus olhos e sua luta contra elas. — Ele vai morrer, e não há nada mais que se possa fazer.

Uma angústia se alojou em meu coração. Eu conhecia a história de Cathy e sabia que a relação dela com o pai não era nada fácil, o que me levava a entender que o que ela estava prestes a fazer exigia muito dela.

— Você pretende visitá-lo? — perguntei o óbvio.

— Ele pediu que eu fosse me despedir. Pela primeira vez em minha vida ele parece fazer questão de me ver. Preciso ir até a casa onde ele vive com a esposa.

Cathy estava assustada com a possibilidade daquele encontro. O pai dela a escondera da esposa sua vida inteira e agora, ao que parecia, o segredo da sua existência fora revelado. Eu tinha certeza que não seria nada legal fazer aquele sacrifício. Ela sequer conhecia a mulher do pai, não sabia como seria recebida ou do que seria acusada. A história da mãe já era o suficiente para construir uma Cathy retraída e reservada. Eu não sabia como aquela aquilo tudo acabaria, mas tinha certeza de que precisava estar com ela.

— Eu vou com você.

— Não! — ela foi bastante segura ao negar a minha presença. — É importante que você fique e cumpra seus compromissos.

— Mas você precisa de mim! É uma causa justa. Não posso deixá-la passar por isso sozinha. E se...

— Não, Thomas! Eu tenho que fazer isso sozinha. Obrigada.

E lá estava outra vez a minha garota forte e determinada. Por mais que me doesse, conseguia compreender o quanto era importante para ela enfrentar mais aquele fantasma do seu passado. Nós nos abraçamos e eu fiquei tentando convencer meu coração de que era necessário deixá-la partir.

— E quando você vai?

— Amanhã.

— Já?

— Ele pode morrer a qualquer momento. — Acabei concordando. Não havia como argumentar contra aquilo.

— Quando você volta?

— Tudo depende de como as coisas vão se resolver por lá. Acho que ficarei afastada por no máximo duas semanas, mas... — Ela engoliu com dificuldade tentando aliviar as cordas vocais. Cathy estava com medo. — Posso voltar antes, caso não dê certo por lá. — Entendi a sua angústia e acariciei o seu rosto. — Irei, com certeza, encontrá-lo no Texas, para acompanhar as gravações.

— É muito tempo — resmunguei, ciente que se fosse mesmo necessário ela ficar aquele período afastada, eu precisaria entender.

— Eu sei.

— Eu pensei que ficaríamos juntos no meu aniversário.

— Seu aniversário? Meu Deus! Eu acabei esquecendo, amor, me desculpe! Foram tantas coisas de uma vez, só que não me lembrei desse detalhe.

— Tudo bem. Vamos ter outros aniversários juntos. — Eu não queria que ela ficasse triste por precisar partir, apesar de eu mesmo estar triste o suficiente por nós dois.

— Vou tentar voltar a tempo.

— Tudo bem, amor! Demore o tempo que achar necessário.

— Você vai voltar aqui para o Canadá, não é?

— Vou. Minha mãe faz questão.

— Tentarei voltar. Prometo!

Era um momento complicado para fazer qualquer tipo de exigência. Não apenas por causa dos dias turbulentos que tivemos em que quase a perdi, mas principalmente porque ela estava vivendo uma situação familiar realmente crítica. Eu fazia parte do grupo seleto que conhecia a sua história e sabia o quanto seria difícil para ela encarar mais aquele problema. Para piorar mais a situação, precisava fazer aquilo sozinha. Então esqueci o meu aniversário, que era um grão de areia perto de tudo o que ela teria de enfrentar.

Saí do quarto para buscar comida para nós dois e vi um recado da Helen preso ao vidro.

"Os resultados já saíram. Ligue-me quando quiser saber.
Amor,
Helen."

Liguei imediatamente.

— E então? — perguntei assim que ela atendeu.

— Vocês fizeram as pazes?

— Acho que sim. E os resultados?

— Qual você quer saber primeiro? — Havia humor em sua voz, o que me fez sorrir mesmo ainda triste com a partida da minha namorada.

— Ela está grávida?

— Não. — Puxei o ar de maneira audível. Ela aguardou a minha reação e como eu nada disse, continuou. — Está feliz ou triste com isso?

— Triste, com certeza. Isso significa que Cathy pode estar doente.

— Você realmente queria um filho?

— Claro. — Helen riu do outro lado da linha. — E os outros resultados?

— Bem. Eu já liguei para o médico, para ele me explicar melhor.

— O que ela tem, Helen? Pare de me enrolar. — Ela riu outra vez.

— Ela está estressada, como já sabíamos e com anemia, isso, sim, é novo.

— O que ele disse?

— Ela precisa relaxar, descansar um pouco.

— Isso eu já providenciei! — brinquei travesso, Helen riu mais ainda.

— Você não muda, Thomas, vou sentir sua falta enquanto estiver de licença.

— Eu também. E o que mais o médico falou?

— Prescreveu umas vitaminas. Eu já providenciei — brincou por causa do que eu disse antes.

— Ótimo! Formamos uma boa equipe.

— Concordo com você. — Helen fez uma breve pausa depois falou: — Ela desistiu de ir embora?

— Não. Nós já concordamos que ela precisa ir. Vai ser por pouco tempo. — Tentei ser otimista, para esconder a minha tristeza. Também precisava ser convincente com a versão que Cathy sustentava para todos.

— Você concordou? Mal consigo acreditar.

— Não posso lutar contra a vontade dela, por outro lado, Cathy precisa realmente descansar para poder me acompanhar nas filmagens.

— E você? Como está se sentindo em relação a isso?

— Triste, mas otimista.

— Sinto muito!

— Não sinta. Nós estamos juntos outra vez, é o mais importante agora. Vamos nos encontrar em duas semanas e não nos lembraremos mais do que aconteceu.

— Espero que sim.

Desliguei o telefone, já imaginando como seriam os dias sem Cathy por perto. Como seria para ela passar por tudo que a esperava sem nenhum apoio?

Peguei alguns ingredientes para sanduíches na geladeira e os preparei, depois voltei para o quarto com as novidades, disfarçando a minha infelicidade.

CATHY

Acordei me sentindo bem melhor. Todo o enjoo do dia anterior fora embora e, apesar de ainda me sentir fraca, estava mais disposta. Thomas não estava no quarto. Ele me acordou mais cedo para me dar os comprimidos prescritos pelo médico e avisar que estava de saída para as entrevistas agendadas. Concordei em ficar no hotel para descansar mais um pouco e arrumar minhas malas para a tão fatídica viagem.

Só de pensar já ficava apreensiva. Só Deus sabe o que estaria me esperando.

Fiquei na cama com preguiça de me levantar, ou falta de coragem para encarar a vida. Eu precisava de um banho e de algo para comer. "Será que Dyo está no hotel ou foi com o Thomas?", pensei enquanto decidia o que fazer primeiro. Ficar sozinha não estava nos meus planos. Eu precisava de alguém para conversar besteiras e me ajudar a esquecer dos problemas que precisaria enfrentar.

De banho tomado, desci para o restaurante do hotel, sozinha. Fiquei numa mesa distante e me concentrei no que queria comer, tentando ignorar os olhares discretos, mas curiosos. Depois de ter feito o pedido, percebi alguém se aproximando e fiquei surpresa ao ver Irvin Campbell à minha frente. Ele me olhava como se eu fosse algum tipo de celebridade. Seus olhos brilhavam enquanto os meus quase entregaram o meu desânimo para uma paquera.

— Posso acompanhá-la? — Fez uma voz patética de galã de novela.

— Não seria mais adequado você perguntar se estou esperando alguém?

— Eu estava observando e vi você fazendo o pedido, logo, não está esperando ninguém para jantar. — Me deu um sorriso digno dos filmes de romance onde o mocinho precisa apenas olhar diferente e sorrir torto para ganhar a garota. Ah, se ele soubesse que Thomas já tinha me conquistado com um sorriso assim... — Posso? — Pensei duas vezes.

Thomas arrancaria a cabeça do Irvin e talvez a minha também. Por outro lado, não queríamos chamar atenção para nós dois, ou melhor, *eu* não queria, para ser mais precisa, então não haveria mal algum em jantar com um conhecido que apareceu por acaso.

Reconheço que, para quem não queria ficar sozinha com seus problemas, ter o Irvin como companhia durante o jantar era uma ótima alternativa.

— À vontade.

— Não consigo entender como uma mulher tão linda está sempre sozinha. É por isso que associam você ao Thomas. — Sorri.

Será que ele não estava enxergando o anel em meu dedo?

— Você nunca sai sem ele? Não curte com seus amigos?

— Eu estou aqui agora, não? — Ele me lançou um olhar intrigado, mas acabou concordando. — E sim, saio com meus amigos quando tenho algum tempo livre.

— E isso acontece com frequência? — Pelo riso irônico ele já sabia qual seria a resposta.

Thomas nunca me perdoaria, mas Irvin Campbell era muito bonito, principalmente quando sorria. Era encantador! Não como o meu Thomas, no entanto era alguém para se suspirar.

— Não. Meu trabalho toma quase meu tempo inteiro.

Dei a ele a resposta que esperava ouvir. Apesar de tudo, eu estava tranquila, por isso era fácil sorrir e responder às suas perguntas descabidas sem maiores preocupações. Eu sabia que uma avalanche estava para chegar, por isso me apegava a qualquer momento de paz, mesmo que essa chegasse disfarçada de sorrisos galanteadores.

— Vou pedir para Thomas te dar mais algum tempo livre. Quem sabe assim eu consigo um encontro? — Ele piscou para mim.

Não pude evitar a risada. Imaginei Irvin pedindo ao Thomas mais tempo livre para que eu pudesse sair com ele. Agora sim Thomas arrancaria a cabeça dele. Eu já podia até ver toda a cena em minha cabeça.

— Não perca seu tempo, Irvin, eu adoro meu trabalho e adoro não ter tempo livre. — Essa seria uma excelente deixa para que ele entendesse que jamais teria chance comigo, mas...

— Deve existir um bom motivo para se sentir assim. — Seus olhos correram pelo meu rosto, aguardando que eu desse a resposta que provavelmente já imaginava ser a verdadeira.

— Existe. — Passei as mãos em meus cabelos para que ele percebesse meu anel de noivado. Ele nem notou.

Jantamos conversando um monte de amenidades. Ele me falou do seu novo trabalho e eu falei um pouco do meu, escondendo a informação de que ficaria afastada por duas semanas. Era desnecessário. Quando acabamos Irvin pediu uma bebida, mas eu apenas fiquei para acompanhá-lo na conversa. Depois do mal-estar que me acometeu, era melhor não abusar.

Começamos a falar das vantagens e desvantagens da nossa profissão, abordando a necessidade de estar sempre distante da família e dos amigos, o quanto o financeiro era bom, as vezes em que a fama atrapalhava e todas as vezes que ela favorecia. E lógico que o tema relacionamentos entrou na pauta.

— Não acredito que seja tão difícil quanto você diz, Cathy — Irvin tentava rebater meus argumentos sobre a dificuldade de manter um relacionamento no nosso meio.

— É complicado quando os dois não são do mesmo meio, mas acredito que seja ainda pior se um dos dois tiver uma profissão que não tem nada a ver com o meio artístico. De qualquer forma, acredito que, para dar certo, um dos dois sempre terá que ceder.

— Mas isso acontece em qualquer relacionamento.

— Claro. Mas se você namorasse uma dentista, por exemplo, quando estivesse filmando, ela teria de escolher entre acompanhá-lo ou ficar muito tempo sem vê-lo. Entende o que estou dizendo?

— O sacrifício não seria só da parte dela. Eu com certeza teria que fazer alguns também.

— Isso porque ela não existe de verdade — afirmei, rindo da minha incapacidade de acreditar que ele faria sacrifícios em uma situação como aquela.

— Veja pelo meu ângulo: se eu tivesse uma assistente como você, por exemplo — ele acrescentou rapidamente, para que eu não vetasse o seu argumento —, seria bem mais fácil fazer dar certo. Você estaria sempre ao meu lado e nós dois conseguiríamos trabalhar sem que um tivesse que se anular por causa do outro.

— Não é tão simples. — Quase gemi desgostosa por estarmos tão perto da verdade. Ele nem fazia ideia de tudo o que precisamos enfrentar para dar certo. — Existem milhares de empecilhos que com certeza o fariam desistir de manter um relacionamento desse tipo.

— Cathy, você é uma das mulheres mais bonitas que já conheci. Não acredito que existam motivos que me fariam desistir de você, caso eu tivesse uma oportunidade, claro.

— Irvin, eu...

— Interrompo? — Thomas apareceu do nada. Seus olhos estavam fixos em mim. Fiquei constrangida de imediato com a situação. Será que ele tinha escutado o que o Irvin falou?

— Thomas! — Foi só o que eu consegui falar.

— Claro que não, Thomas. — Irvin já estava apertando a mão dele e indicando o lugar para ele sentar. — Encontrei sua assistente sozinha e resolvi acompanhá-la no jantar, sabe como é, uma mulher tão bonita não pode ficar sozinha por aí. — Ele piscou para mim outra vez.

Na frente do Thomas? Não acredito. Tomara que o Thomas realmente arranque a cabeça dele.

— Concordo com você, Irvin — Thomas afirmou, educado se acomodando ao meu lado. — Uma mulher linda como Cathy não deve ficar sozinha, nunca. — Passou as mãos em minhas costas de forma protetora. — Sempre aparece algum idiota para fazer gracinhas. — Meu Deus do céu! O que o Thomas estava fazendo?

— Rapazes, eu não sou nenhuma garotinha. Sei muito bem me defender. — Tentei evitar o pior.

— Não parece! — os dois falaram ao mesmo tempo. Lancei um olhar inquiridor ao Thomas.

— Ainda mais depois de toda a notoriedade que ganhou com as fotos. Acho que a imprensa realmente gostou de você. Já pensou em seguir a carreira artística? Você leva jeito. — Irvin continuou mantendo o foco em mim. Parecia que ele fazia de propósito, tentando arrancar de Thomas alguma confissão, ou apenas para atormentá-lo.

— De jeito nenhum! Estou bastante satisfeita trabalhando com o Thomas. A carreira artística dele é a única que me interessa no momento. — Pronto, talvez fosse o suficiente para meu noivo não se sentir tão ameaçado.

— Nossa! Que fidelidade. Mais um ponto pra você, Cathy. Isso faz de você a assistente dos sonhos de qualquer artista. Não me admira que Thomas seja tão super-protetor.

Thomas mordeu o lábio inferior e eu fiquei alerta. Era óbvio que ele rebateria as investidas do Irvin.

— De qualquer forma, Irvin, a Cathy não é apenas minha assistente. Ela agora é também minha noiva.

Thomas estava se divertindo com a cara do Irvin. Pude ver seu prazer em dizer que estávamos noivos. Observei a reação do cara e vi que ficou um pouco surpreso, no entanto era algo que ele já esperava ouvir.

— Sério? Não tinha percebido. Cathy, você não falou nada sobre o noivado e nós conversamos muito durante o jantar. — Agora sim, o Irvin queria que Thomas arrancasse sua cabeça.

— Eu não sou a celebridade aqui. Minha vida não é pública — respondi mais para Thomas do que para o coitado do Irvin.

— Só me resta desejar felicidades, então. Cuide bem dessa garota, Thomas, você é um homem de sorte.

— Eu sei! — Thomas se virou para beijar meu rosto como se quisesse selar aquele relacionamento. Agradeci por estarmos longe dos olhares públicos. — Vamos subir? — perguntou com a maior cara de paisagem. — Estou com saudades — falou baixo, mas deu um beijo em meu pescoço para o Irvin ver.

— Ah! — Olhei para o outro ator sem saber o que dizer.

— Tudo bem! Eu também já deveria estar em outro lugar. — Ele levantou sem demonstrar constrangimento. — Tchau, Cathy, obrigado pela noite. Espero encontrá-la em momentos como este novamente. Thomas! — Meneou a cabeça em um cumprimento cortês.

— Tchau, Irvin.

Quando Irvin saiu do restaurante eu me virei para Thomas sem conseguir conter o riso.

— Você mereceu o que ele disse.

— Eu não fiz nada! — Ele parecia tão inocente que eu nunca conseguiria culpá-lo.

— Por que fez isso? Tinha que contar para ele? O que deu em você?

— Ele é um idiota que não perde nenhuma oportunidade de tentar levá-la para cama.

— Thomas!

Lógico que fiquei aborrecida com o que ele disse. Não que eu não acreditasse que aquela não era a intenção do Irvin, mas a maneira como ele falou fez parecer que aquele era o único interesse de um homem em mim. Foi agressivo e ofensivo, além de desnecessário.

— Boa noite para você. — Levantei e fui embora do restaurante.

Eu não queria passar a noite longe dele, afinal de contas em poucas horas ficaríamos separados por um tempo considerável. No entanto não poderia deixar o seu comentário passar em branco. Thomas levantou para me acompanhar.

— Não fique aborrecida, tá bom? Eu precisava botar um freio nele.

— Sério? — Fui irônica.

— Não faço mais, prometo.

— Para o seu conhecimento, eu sou muito mais do que um corpo bonito. — Ele me olhou de maneira irônica, avaliando o meu corpo e fingindo pensar no assunto. — E eu tive uma noite muito interessante, com alguém interessado em conversar.

— E transar, se tivesse oportunidade — rebateu, sem se importar com a minha irritação. — Mas eu estou sendo um babaca. — E sorriu com uma doçura que derreteria qualquer coração. O meu, por exemplo. — Querer transar com você é a ideia até te conhecer melhor. — Ergui uma sobrancelha sem acreditar naquelas palavras.

— É mesmo? — Me desvencilhei das suas mãos, que tentaram me agarrar enquanto ele ria.

— O cara pensa que pode ser legal transar com uma gostosa como você, mas depois que te conhece melhor... — Ele se aproximou sem me tocar, mas me olhando nos olhos com intensidade. — Quando conhece a Cathy que eu conheço, ele tem certeza que transar com você vai ser maravilhoso.

— Thomas! — Eu não conseguiria ficar muito tempo brigada mesmo, então ri aceitando fazer as pazes. No outro dia eu estaria longe, nós dois já tínhamos passado muito tempo afastados para que eu sustentasse a minha irritação.

— Gostosa, bonita, inteligente e com a cabeça cheia de problemas, tem combinação melhor?

— Você não presta. — Ele riu e mordeu o lábio.

— E você é perfeita para mim — confidenciou baixinho. — Como você está? — E muito rápido o clima se modificou entre a gente. Thomas estava realmente preocupado, pois eu estava doente e prestes a enfrentar um problema delicado.

— Bem. Estou tentando não pensar em nada agora. Vou ter tempo de sobra depois, quando chegar o momento. Agora só quero esquecer.

Ele tinha entendido a minha posição. Eu nunca fui o tipo de pessoa que gostava de ficar se lamentando pelos cantos. Tudo na hora certa, e a vida seguia em paz.

— Fez o quê durante o resto do dia? — desconversou, tentando quebrar o clima sério demais.

— Dormi, dormi, dormi e acordei na hora de descer para jantar.

— Então, está bem descansada? — Colocou uma mão em minhas costas e desceu o dedo por minha coluna até quase os quadris.

— Estamos em público! — reclamei, mas adorei a ousadia.

— Não tem ninguém olhando. — Ele continuou brincando com sua mão em meu corpo.

— Você deveria descansar.

— Eu vou.

— Ah!

— Depois que eu cansar você de novo. — Mordi os lábios já pensando em como ele me cansaria.

CAPÍTULO 22
Exorcizando os fantasmas do passado

CATHY

No dia seguinte, levantei cedo, tomei banho e comecei a me organizar para a viagem. Thomas estava triste, no entanto, tentava parecer forte. Fiquei pensando se ele fazia isso para que eu me sentisse melhor, ou se tentava se preservar. Era muito gentil da parte dele. Facilitava para nós dois, mesmo que fosse apenas aparentemente.

Era difícil encarar uma separação outra vez, apesar da certeza de que em breve estaríamos juntos novamente. Fizemos tudo o que tínhamos para fazer em silêncio. Quando fechei minhas malas, ele se ofereceu para levá-las até o carrinho que já me aguardava do lado de fora do quarto. Thomas saiu e eu fiquei sozinha com meus pensamentos.

Estava morrendo de medo daquela viagem. Eu teria que enfrentar os fantasmas do meu passado outra vez, e isso me aterrorizava. Não seria apenas um encontro com o meu pai, seria o meu último encontro. Meu Deus, era difícil entender que eu estava viajando para assistir a morte dele.

Na verdade, eu nunca pensei que aquilo pudesse acontecer um dia. Não que ele não fosse morrer, essa era a lei da vida, mas nunca imaginei que estaria presente ou até mesmo que seria comunicada, afinal de contas eu era o seu segredo e ele fazia muita questão de me manter distante. Ele não me quis e continuou não me querendo mesmo depois de tudo.

Para piorar, eu iria visitá-lo na casa onde morava com a esposa, a que foi traída por minha mãe e que nunca poderia saber da minha existência. Soltei o ar, sentindo meus pulmões esvaziando até não ter mais nada para colocar para fora, então respirei rápido demais sentindo minha cabeça girar.

Como seria? A dúvida me deixava apreensiva. De qualquer forma eu tinha que ir, não teria como evitar.

— Tem certeza do que está fazendo? — Thomas interrompeu meus pensamentos.

— Não. Mas não posso deixar de ir. — Fui em sua direção e o abracei com força, enterrando meu rosto em seu peito.

— Deixe que eu vá com você, Cathy — suplicou, me envolvendo em seus braços, de onde eu não queria sair.

— Não, por favor! Não posso deixar que abandone tudo. — Tentei recuperar a confiança que eu precisava ter para conseguir ir embora e, principalmente, para convencê-lo a me deixar ir. —Vai dar tudo certo.

— Mas você está com medo e eu quero estar ao seu lado para apoiá-la.

— Você vai estar comigo o tempo todo. Só de saber que posso contar com você já é o suficiente. Vamos manter o que combinamos.

— Tá bom. — Thomas passou as mãos em minhas costas, me tranquilizando. — Já falou com Mia?

— Não. Ela também não se conforma que eu vá sozinha. Vou ligar do aeroporto, assim não corro o risco de ela dar a louca e se impor para me acompanhar. — Thomas riu sem muita vontade.

— Aqui você corre o mesmo risco. — Me afastei um pouco e olhei para o quarto, verificando se não tinha me esquecido nada.

— Vamos?

Thomas me envolveu em seus braços mais uma vez e nos beijamos demoradamente. Senti as lágrimas escorrerem pelos cantos dos meus olhos e não me importei. Eu sentiria a sua falta. Fato!

— Eu amo você, não se esqueça — sussurrou em meu ouvido.

— Espere por mim — supliquei, apesar de saber que ele esperaria até mais do que eu poderia imaginar.

— Sempre.

Saí do quarto ainda chorando e encontrei todos me aguardando. Abracei cada um com carinho, agradecendo todo o amor e cuidado que tiveram comigo. Por fim, me despedi do Thomas mais uma vez com um beijo enquanto enxugava as duas lágrimas que escaparam de seus olhos.

Thomas não me acompanhou ao aeroporto. Preferimos assim para que a imprensa não se voltasse para mim e acabasse descobrindo a minha história. Também era o melhor para nós dois. Seria difícil nos despedirmos sem nos tocar, ou sem demonstrar a emoção que estávamos sentindo.

Viajei para Harrisburg, Pensilvânia.

Eu estava cansada, contudo não conseguia dormir. A expectativa me tomava e a viagem me pareceu muito mais longa do que realmente era. Quando cheguei ao aeroporto, peguei um táxi e fui para o hotel onde havia feito uma reserva. Não era necessário que eu fosse imediatamente à casa do meu pai. Eu não tinha confirmado que iria, então ninguém me aguardava.

Entrei no quarto simples e tomei um banho demorado, como sempre fazia quando queria protelar algo. Não chorei, o que parecia estranho demais para alguém como eu. Escolhi um jeans escuro e uma camisa preta com mangas, mas demorei um bom tempo envolvida na toalha e encarando as peças sobre a cama. Eu não queria ir.

Coloquei um par de botas cano longo e prendi o cabelo em um rabo-de-cavalo frouxo. Pensei em pedir algo para comer, mas desisti quando constatei que não conseguiria colocar nada para dentro, enquanto não encarasse de frente o meu problema. Decidida a acabar logo com aquilo, liguei para a recepção, solicitando um táxi. Deitei na cama por alguns minutos enquanto aguardava. Quando o telefone tocou, avisando que o carro já estava disponível, peguei a minha bolsa e saí o mais rápido possível com receio de que a covardia me impedisse.

Entrei no táxi e entreguei ao motorista o endereço em um pedaço de papel amassado. Fizemos uma viagem longa, mas eu não conseguia me concentrar na paisagem, apesar de ficar o tempo todo olhando pela janela.

Enquanto fazia o percurso que me levaria ao meu pai, as lembranças dançavam à minha frente. Lembrei todos os Natais que eu passei sozinha com minha mãe. Ele nunca estava nas principais datas, apesar de fazer questão de mandar vários presentes. Eu não conseguia pensar em um único momento que tivesse contado com ele, ou tivesse me sentido segura simplesmente pelo fato dele existir.

Ter um pai nunca foi um ponto forte na minha história, muito pelo contrário, era muito difícil conseguir não vincular a sua imagem a tudo de ruim que aconteceu com minha mãe e, consequentemente, comigo. Mas eu estava naquele táxi, indo encontrá-lo, e vê-lo morrer, atendendo ao seu último pedido. E não fazia ideia do que deveria estar sentindo.

O motorista me informou que tínhamos chegado. Paguei a corrida e só então parei para olhar a propriedade à minha frente. Era uma mansão bem maior do que a casa do Thomas. Rodeada por um muro alto o suficiente para impedir qualquer curioso. O táxi me deixou em frente ao portão. Cheguei perto, procurando por um interfone ou algo que me fizesse entrar em contato com alguém.

Uma pessoa abriu o portão assim que me aproximei. Era um homem magro, alto, vestido todo de preto com um cão, também grande, preso por uma coleira.

— Pois não, senhorita?

— Sou Catherine. Vim a pedido do meu... Do Sr. Jonas Brown.

— O Sr. Brown encontra-se impossibilitado de receber visitas.

— Eu sei. — Precisei engolir em seco para conseguir manter a voz firme. — Mas acredito que não sou propriamente uma visita.

— Aguarde um momento. Entrarei em contato com a Sra. Brown.

Esperei enquanto ele falava com alguém através de um interfone. Aproveitei para observar mais um pouco a propriedade. A casa era linda, de arquitetura antiga, possuía um jardim esplendoroso, com flores coloridas. Era tudo muito bem cuidado.

Eu sabia que meu pai era rico, mas não fazia ideia de que era daquela forma. Nunca me preocupei com a sua vida, provavelmente tentando revidar o pouco interesse dele na minha, por isso aquela casa, assim como a sua situação financeira era uma surpresa para mim.

Depois de um tempo, o mesmo homem que me pediu para aguardar voltou me convidando a entrar.

— Estão aguardando na sala principal, logo à frente.

Andei alguns metros por uma calçada que levava à entrada da casa e subi alguns degraus. Antes de bater à porta, uma moça simpática a abriu e cumprimentou-me, já indicando o caminho para a sala principal. Quando cheguei, fui recebida por uma mulher muito bonita e bem vestida. Apesar do olhar triste e abatido, deu um sorriso educado e sincero.

— Catherine! Que bom que pôde vir. Seu pai ficará muito feliz em vê-la.

Ela veio em minha direção, me abraçou carinhosamente, mas sem muita intimidade.

— Ah! Que falta de educação a minha. Sou Samantha, a esposa do seu pai.

A revelação me pegou totalmente de surpresa. Eu não sabia o que esperar da minha visita ao meu pai moribundo e ser bem recebida pela sua esposa estava totalmente fora de qualquer expectativa.

— Prazer, Samantha — respondi tentando entender o que ela pretendia.

— Você é mesmo muito bonita, Catherine. Eu tenho acompanhado algumas notícias a seu respeito. Parece que foi agraciada pela mídia.

— Não acredito que agraciada seja a palavra mais correta.

— Eu entendo — se desculpou educadamente. — Acredito que queira ver o seu pai agora.

— Primeiro, gostaria de saber o que aconteceu, se não for um problema pra você, Samantha.

— Não. Claro que não. Que cabeça a minha. É claro que você não está informada a respeito da doença do seu pai. Vamos nos sentar um pouco, enquanto explico.

Sentei em um sofá imenso, muito confortável, que ela indicou com a mão, sentando-se em uma poltrona um pouco mais afastada.

— Seu pai tem um câncer linfático. Do tipo mais agressivo — começou a falar, optando por não medir as palavras. Fiquei um pouco chocada com a sua revelação. — Nós descobrimos há quatro anos, quando fazíamos uma viagem ao Caribe e ele não se sentiu bem. Após todos os exames, o câncer foi diagnosticado. Ficamos desolados, mas nunca desistimos. Seu pai teve os melhores tratamentos possíveis.

Enquanto ela falava, eu observava a maneira como se expressava. Não existia em seus gestos nenhuma agressividade ou mágoa com a minha presença. Ela tratava a situação de uma forma muito bem resolvida e tranquila. Involuntariamente comecei a me sentir mais à vontade.

— Infelizmente tudo o que fizemos não foi o suficiente. Não lhe resta muito tempo. Por isso decidimos procurá-la. Era a vontade dele. Fico feliz que tenha atendido.

— Obrigada. — Fui sincera.

Não agradeci apenas pela situação que ela teve a boa vontade de me contar, mas principalmente pela forma cortês como estava me tratando. Eu era a prova real de que meu pai não foi um bom marido, nem para ela nem para minha mãe. E, mesmo assim estava ali, sendo educada e até mesmo amável comigo.

— Posso vê-lo agora?

— Claro! Ele está no quarto. Eu a levo até lá.

Atravessamos outras salas e passamos por corredores extensos. Subimos uma escada que nos levava ao segundo andar, depois de passarmos por mais algumas portas, ela finalmente parou em frente a uma delas.

— Sei que há muito tempo não se encontram e... que não é fácil pra você estar aqui depois de tantas coisas ruins — ela parou de falar, me analisando sem qualquer julgamento, muito pelo contrário. Havia em Samantha uma compreensão que me desconcertava. — Não sou a pessoa mais indicada para lhe falar sobre como deve ser a sua relação com o seu pai, porém, por favor, Catherine, seja gentil com ele. São os seus últimos momentos.

Entendi o que ela estava me pedindo. Eu não podia piorar as coisas.

— Não se preocupe, Samantha. Não estou aqui para julgar ninguém.

— Obrigada!

Abri a porta com cuidado e olhei para dentro. Por um momento senti vontade de fugir, porém Samantha estava bem atrás de mim e eu não me sentia à vontade para lhe causar qualquer transtorno. A sua gentileza tinha me desarmado completamente. Dei um passo à frente, logo pude ver um quarto amplo, muito claro e muito bem decorado. No centro, estava a cama de madeira real e, deitado sobre ela um homem, magro e frágil. Totalmente careca, com um respirador preso ao seu rosto contribuindo mais ainda com a sua aparência frágil. Ao lado, mais alguns aparelhos ligados ao seu corpo. Uma mulher robusta vestida toda de branco, a sua enfermeira, deduzi, veio em nossa direção.

— Ele ainda dorme, senhora.

— E a febre? — Samantha perguntou se inteirando dos cuidados necessários com o seu marido.

— Continua alta, mas estabilizou.

— Já sabíamos que seria assim. Essa é Catherine, a filha do Sr. Brown.

— Prazer, senhorita.

— Prazer — respondi mecanicamente, sem conseguir tirar os olhos da figura que estava na cama. Tão debilitado! Custava acreditar que aquele era o meu pai. Antes tão cheio de vida, tão bonito.

— Posso voltar depois, então. — Eu não queria que ele piorasse com a minha presença, e para ser bem honesta, queria fugir dali sem me sentir culpada.

— De jeito nenhum. Vamos acordá-lo. — Samantha tomou a frente e foi em direção à cama. — Jonas? — ela chamou, carinhosamente. — Jonas, querido, acorde. Tenho uma surpresa.

Meu pai abriu os olhos e assim que fixou na mulher à sua frente seu sorriso se abriu. Vi naquele rosto descarnado o mesmo sorriso que ele dava à minha mãe todas as vezes que chegava em casa. Senti meus olhos marejarem com a lembrança.

— Você tem uma linda visita.

Meu pai olhou sem entender para Samantha que sorria carinhosamente para ele. Depois seus olhos começaram a percorrer o quarto e encontraram os meus. Meu coração descompassou com a ansiedade. Fiquei em silêncio, aguardando sem saber como agir.

— Cathy? — Ouvi sua voz debilitada chamar.

Não consegui esboçar nenhuma reação. Uma mistura de emoções tomou conta dos meus pensamentos. Aquele homem à minha frente era o meu pai, o mesmo que eu esperei durante tantas noites, o mesmo que eu simplesmente deixei de esperar, o mesmo que durante anos pensou que pagar as minhas contas era o suficiente. O mesmo que eu decidira apagar da minha vida há muito tempo.

— Catherine? — Ouvi Samantha me chamando e voltei a minha atenção para ela. — Venha. Aproxime-se para que seu pai possa vê-la melhor.

Involuntariamente, comecei a andar em sua direção. Quando cheguei perto o suficiente, parei.

— Filha — mais uma vez a voz fraca do meu pai me chamou.

— Oi, pai. — Era como se eu tivesse voltado no tempo. Como quando ele aparecia em casa e me chamava para saber como eu estava me saindo na escola ou como estava me comportando com a minha mãe.

— Você está diferente. Mais bonita, madura.

— Eu cresci.

— Estou vendo.

Ficamos em silêncio. Eu travava uma luta interna comigo. Uma parte minha queria confrontá-lo, perguntar por que ele tinha escolhido se manter afastado, por que nunca tinha sido um pai de verdade. A outra queria apenas ficar ali quieta e deixar as coisas acontecerem.

— Venha mais perto. Sente-se aqui comigo.

— Não vai machucá-lo?

— Não. Venha, por favor. — Ele estendeu a mão e a manteve estendida até que eu colocasse a minha sob a sua.

— Acho que vocês precisam conversar. — Samantha levantou para nos deixar sozinhos.

Eu fiz menção de impedi-la. A simples ideia de ficar a sós com ele me deixava aterrorizada. Eu não sabia o que fazer nem o que dizer.

— Vou buscar algo para você beber, Catherine, e ligar para o seu médico, Jonas, vamos ver o que ele pode fazer com relação a essa febre.

Eles se olharam com carinho, então ela se foi, juntamente com a enfermeira. Ficamos de mãos dadas nos olhando, enquanto o silêncio imperava no quarto. Depois de um tempo comecei a me sentir incomodada.

— Obrigado por ter vindo — ele iniciou a nossa conversa. — Eu não esperava que atendesse ao meu pedido. Estou muito feliz.

— Eu não esperava que fosse querer me ver. Principalmente aqui, na sua casa. — Eu não devia, mas era impossível fingir que as suas decisões não tinham me feito mal.

— Eu sei. Sinto muito, Cathy. Sinto muito mesmo!

Mordi os lábios. Era muito fácil ele se arrepender estando no final da sua vida e, provavelmente, com medo do que o aguardava do outro lado. Respirei fundo para me acalmar, afinal estava sendo dura demais com ele.

— Eu sei que não é fácil estar aqui. Sei que não deve ter sido fácil para você desde sempre. Eu tomei muitas decisões difíceis em minha vida, infelizmente, a maioria delas atingiu você diretamente.

"Você não tem a menor ideia do quanto me atingiu", pensei amargurada. Nossa conversa era inevitável e difícil.

— É. Parece que sim. — Se iríamos mesmo conversar sobre o que aconteceu, eu seria o mais sincera possível com ele.

— Catherine, eu sei que errei muito com relação a você. Não vou ficar me justificando, nem tentando amenizar a situação.

— Obrigada.

— Pode não significar nada pra você, mas eu amei muito a sua mãe, assim como amo a Samantha. Entenda, eu era casado com a Sam antes de conhecer a sua mãe. Pode ser absurdo o que vou dizer, porém me apaixonei por ela imediatamente. Quando ela engravidou, fiquei desesperado. A Sam é uma mulher incrível e não merecia isso. Eu fui o errado, não ela.

— Nem a minha mãe.

— Nem a sua mãe, com certeza. A culpa foi toda minha, eu assumo. O fato é que eu não podia magoar Sam, nem abandonar a sua mãe. Então eu tentei fazer da forma que acreditei ser a melhor possível.

— Não é assim que se cria um filho. As coisas não funcionam dessa maneira.

— Cathy, me perdoe! Eu tentei fazer o melhor. Nunca abandonei você. Fiz questão de lhe dar tudo o que fosse necessário.

— Pai, o dinheiro nunca foi importante, quer dizer... Obrigada por tudo o que você fez pensando em meu melhor, mas... — Senti as lágrimas rolarem pelo meu rosto. — O dinheiro nunca substituiu o que eu precisava de fato.

— Eu sei...

— Não, não sabe! Você nunca soube! Você nunca esteve lá para saber. A minha mãe morreu quando eu tinha doze anos e eu fiquei sozinha no mundo.

— Minha filha, eu...

— Não, pai, não me peça mais nada, por favor! Eu estou aqui, não estou? Isso deveria ser o bastante.

Sustentamos o nosso olhar. O meu, cheio de mágoa, o dele, cheio de arrependimento e tristeza.

— É sim, Cathy. É o bastante.

O que eu estava fazendo? Ele estava morrendo e eu ali, fazendo-o relembrar de todos os seus erros, da sua incompetência como pai e como marido, mesmo sabendo que minhas palavras o machucariam mais do que o próprio câncer que o destruía.

— Desculpe pai, eu não queria...

— Tudo bem. Como eu disse, eu não pedi pra você vir aqui para justificar meus erros. A única coisa que eu precisava era lhe dizer que sei que errei, mas nunca foi por falta de amor.

Parei, chocada com a sua afirmação.

— Cathy, você é a minha única filha e eu amo você! Sempre amei. Não demonstrei isso da forma correta e não posso morrer sem deixar claro que o que fiz, todas as minhas escolhas, foram por amor a vocês três, a você, a sua mãe e a Sam. Foram escolhas erradas, eu sei, mas nunca por falta de amor. Eu precisava te dizer.

Ouvimos alguém bater à porta e nos calamos. A enfermeira entrou no quarto e começou a preparar a medicação que deveria ser ministrada naquele momento. Aproveitei para secar as lágrimas.

— Vou sair agora. É melhor o senhor descansar um pouco.

— É só o que eu faço. — Ele sorriu para mim, como sorria em minha infância.

— Vou ver você novamente?

— Sim. Eu não vou embora.

— Obrigado. — Seu sorriso, apesar de verdadeiro, deixava claro o quanto estava debilitado.

Saí do quarto e, assim que fechei a porta atrás de mim, deixei o choro me dominar. Levei as mãos ao rosto e me entreguei às lágrimas. Senti mãos carinhosas me envolverem e constatei, assustada, que era Samantha. Seus braços me envolviam, me confortando. Eu estava me sentindo tão triste e sozinha que aceitei sua oferta amistosa.

— Calma, querida. Nós sabíamos que seria difícil. Não é fácil perdoar quando as feridas são tão profundas. Acredite, eu entendo tudo o que está passando.

Eu queria dizer muitas coisas, saber o porquê dela ser tão gentil comigo, entender quando ela ficou sabendo e porque simplesmente aceitou. Eu queria muitas verdades, mas senti meu celular vibrar em meu bolso então me afastei para verificar a chamada. Era Thomas. Olhei para Samantha, me desculpando.

— Tudo bem. Estarei esperando por você no jardim. — Ela saiu e eu atendi ao telefone imediatamente.

— Thomas — falei, aliviada por estar falando com alguém em quem podia confiar.

— Cathy? Tudo bem? Você está chorando?

— Acabei de encontrá-lo. Foi tão difícil! — Comecei a enxugar as lágrimas com as mãos.

— Meu amor, eu sinto muito! Queria tanto poder estar aí com você.

— Tudo bem, não se preocupe, vou ficar bem, juro!

— E ele, como está?

— Bem debilitado.

Expliquei a Thomas a situação do meu pai e depois contei como foi a nossa conversa. Thomas, como sempre, me confortou. Eu não podia esperar nada diferente dele. Conversamos sobre como andavam as coisas no trabalho, ele fez questão de me colocar a par de tudo. Nós nos despedimos com a promessa de que eu o ligaria no dia seguinte. Quando desliguei já estava me sentindo melhor, uma das muitas coisas que meu noivo era capaz de fazer comigo.

Fui ao jardim encontrar com Samantha. A apreensão de antes não existia mais. Ela estava sentada em uma mesa posta com diversos tipos de guloseimas, sucos e chás, o que me fez lembrar que eu não tinha comido nada e de que a hora do almoço tinha passado há muito tempo. Mesmo assim eu ainda podia sentir a náusea pela sensação estranha de ter a minha vida toda virada de ponta cabeça.

— Cathy, posso chamá-la assim? — Seu sorriso sincero era cativante.

— Claro.

— Sente-se. Coma alguma coisa.

Peguei um pão doce e me servi de um pouco de café. Fiquei observando timidamente aquela mulher desconhecida até alguns minutos, que parecia fazer questão de me tratar muito bem, mesmo sendo eu quem era.

— Você deve ter muitas perguntas. — Assenti lentamente em resposta. — Acredito que uma delas é sobre o porquê de eu não estar incomodada com a sua presença. — Mais uma vez confirmei com um aceno de cabeça. Ela sorriu com doçura, como uma mãe. Fiquei comovida. — Primeiro, porque não acredito que você tenha qualquer espécie de culpa, segundo, porque eu amo o seu pai e, se fui capaz de perdoá-lo, devo conviver com minhas escolhas.

Senti meus ombros se encolherem com o que eu estava ouvindo. Mesmo que ela não me culpasse, eu sabia que o simples fato de ter nascido, me tornava culpada de alguma coisa. Além disso, como poderia ser normal um homem ter uma esposa como aquela, tão doce e comprometida como ela parecia ser, se apaixonar por outra mulher, manter a vida a dupla, ter uma filha e no final dar tudo certo?

— Entenda, Cathy, não tenho nenhum tipo de medo em relação a você. Eu e seu pai somos casados há 25 anos. Sou dez anos mais velha do que ele. Quando o conheci ele era um funcionário recém-contratado. Eu estava com 35 anos e acabara de herdar a empresa, estava sozinha, um pouco perdida, sem saber como fazer para manter tudo funcionando. Seu pai acabara de se formar na universidade, estava cheio de energia e ideias novas.

E ali estavam as informações que poderiam preencher as lacunas da minha vida. Coisas que eu nunca imaginei saber do meu pai, coisas que, por reflexo ao seu abandono, nunca procurei saber. E Samantha, sentada tranquilamente, com um sorriso gentil e gestos carinhos, fazia questão de me tirar do escuro. Eu estava grata? Não tinha como saber ainda. Qualquer coisa relacionada ao homem que se dizia meu pai gerava sempre um conflito em mim.

— Começamos a trabalhar juntos e nos apaixonamos. — O sorriso dela foi o de quem se orgulhava da própria história. Sim, ela o amava. — Eu tive medo, é claro! Seu pai era muito jovem e eu já conhecia bastante do mundo para acreditar em relacionamentos instantâneos. Mas, veja só, eu me apaixonei loucamente por ele e logo nos casamos. Jonas com o tempo acabou assumindo a empresa em meu lugar e, graças a ele, estamos muito bem até hoje.

Ela fez uma pausa voltando a se servir de chá. Seu sorriso não estava mais presente, o que me fez entender que aquela seria uma parte tensa da sua história, mesmo assim eu sabia que ela compartilharia comigo e me preparei para ouvir.

— Eu não posso ter filhos. — Seu olhar pousou em mim revelando o quanto se ressentia deste detalhe. Estremeci. Ali estava a minha culpa outra vez. — Isso sempre foi um grande problema para mim. Eu queria dar a Jonas uma família, apesar dele nunca ter feito questão de uma. — Mais uma vez estremeci. Ele realmente nunca fez questão de uma família, nem de mim. — Seu pai sempre foi um grande homem. Uma pessoa admirável. Tão logo assumiu as empresas, foi obrigado a se ausentar com muita frequência. Sua posição exigia longas viagens. Acredite quando eu digo que nunca tive motivos para desconfiar da sua fidelidade. Ele sempre se mostrou um homem apaixonado, seu romantismo nunca se apagou, sempre teve um grande cuidado e muito carinho comigo. Cercava-me de atenção. Era um homem tão dedicado à empresa e a mim, que seria impossível acreditar que poderia existir outra mulher fora do nosso casamento.

Ela me encarou com atenção, mas sem querer me acusar de nada. Mesmo assim eu me sentia péssima. Era possível que eu me sentisse errada por um erro que não era meu? Meu pai e minha mãe fizeram aquela escolha. Eu e Samantha éramos vítimas, no entanto eu não conseguia me livrar do peso da escolha deles. Era insuportável.

— Só quando descobrimos a doença, ele resolveu me contar a verdade. Sua mãe já tinha falecido há muitos anos, querida, e ele ainda se culpava pela sua morte. — Pousou a xícara sobre a mesa e descansou as mãos nos joelhos. — Não posso esconder que no princípio senti raiva, mágoa, tristeza... todos os sentimentos que sente uma mulher traída. Ainda mais por ele ter tido um filho, algo que sempre quis ter e nunca consegui. Mas eu ainda o amava tanto quanto no primeiro dia em que o vi. Quando finalmente consegui analisar a situação com mais tranquilidade, só conseguia ver duas soluções: ou iria abandoná-lo ou viveria com ele os seus últimos anos de vida. Acho que dá para saber qual foi a minha escolha.

Comovida, precisei de alguns segundos para assimilar tudo o que ela me contou. Respirei fundo contendo a ansiedade.

— Entendo. Mesmo assim não consigo compreender. É difícil assimilar o seu comportamento comigo.

— Eu sei. — Outro sorriso carinhoso que conseguia me deixar cada vez mais tranquila. —Mas procure entender. Eu escolhi continuar com seu pai, o amor da minha vida, e não remoer mais o passado, principalmente porque temos pouco tempo para ficarmos juntos. Eu escolhi viver da melhor maneira possível esses últimos anos. E a minha escolha envolve você. Não posso culpá-la e na verdade acredito que você seja a maior vítima. Até eu tenho minha parcela de culpa.

— Você? Como? Você nem sabia da minha existência.

— Mas foi porque eu não consegui superar o fato de não poder gerar filhos que seu pai não teve coragem de trazê-la para casa quando sua mãe morreu, era o mais certo a fazer.

Fiquei calada. Olhando os fatos pela ótica dela, eu podia ver a parcela de culpa de todos envolvidos, até a minha, que me calei e aceitei todas as decisões do meu pai sem questionar ou protestar.

— A vida é tão incrível e maravilhosa, Cathy! Olha só que presente esplêndido ela está nos dando. A oportunidade de resgatar e resolver todas as diferenças antes do fim. Todos nós estamos vivendo essa oportunidade. A doença de seu pai, apesar de ser um fato triste, serviu para nos fazer ver as coisas sob outra ótica. Seu pai se culpou a vida inteira pelas escolhas que fez e por nunca ter conseguido fazer nem você, nem sua mãe feliz. Eu me senti triste a vida toda por não poder lhe dar filhos, e você... Bem, você conhece muito bem os seus fantasmas. Hoje estamos todos aqui para exorcizá-los.

— Não entendo do que você está falando, Samantha.

— Seu pai vai morrer, Cathy! — Pude visualizar o brilho triste em seu olhar e a humidade que ali se formava com a afirmação. — Vocês têm a chance de viver mais alguns momentos juntos. Não desperdice essa chance que a vida está lhe dando.

Desviei os olhos dos dela, ao perceber onde ela estava querendo chegar. Não era tão fácil quanto parecia, no entanto era extremamente coerente. Fiquei pensando sobre o que eu realmente queria. Se meu pai morresse naquele momento, o que eu teria acrescentado à minha vida além de mais um punhado de mágoas? E se eu resolvesse mudar a minha história, nem que fosse por apenas alguns minutos ou horas, ou o tempo que ainda nos restasse juntos? Se eu optasse por viver momentos melhores quando o pior acontecesse, com certeza, eu me sentiria mais leve e feliz.

De alguma forma a minha decisão já estava tomada.

— Samantha, eu preciso ir. Está ficando tarde e ainda tenho uma série de coisas para fazer. Nem desarrumei minhas malas. — E eu precisava me trancar em algum lugar para ficar sozinha com meus pensamentos.

— Você não vai ficar conosco?

— Eu volto amanhã.

— Cathy! Eu pensei que você ficaria hospedada aqui. Mandei preparar um quarto.

— Ah! Eu nem tinha pensado sobre isso. — Claro que não. Jamais, em nenhum momento da minha vida acreditei que um dia me hospedaria na casa do meu pai. — Estou hospedada em um hotel próximo ao aeroporto. Deixei as minhas malas lá.

— É muito distante. Se alguma coisa acontecer no meio da noite, como conseguirá chegar a tempo?

Fiquei em silêncio, refletindo sobre o que ela estava dizendo. Seria complicado estar tão longe quando ele... quando acontecesse o que todos já esperavam. Mas era mesmo necessária a minha presença? Ele nunca fez questão... ao que parecia Samantha fazia, e era tão complicado dizer não àquela mulher depois de tanta gentileza.

— Façamos o seguinte: mando o motorista levá-la ao hotel, você pega as suas coisas e volta. Ficaremos todos satisfeitos.

Eu não tinha mais o que decidir. Samantha bateu o martelo por mim e eu fiquei aliviada.

※※※

No dia seguinte acordei bem cedo e com uma ideia formada na cabeça. Passei boa parte da noite refletindo sobre o que Samantha tinha me falado, então, cansada de lutar contra tudo, adormeci aceitando a minha nova condição.

Encontrei com Samantha na sala onde o café da manhã foi servido. Ela continuava agradável apesar de também aparentar cansaço, e eu imaginava o seu motivo. Conversei sobre o que planejei, o que a deixou mais animada. Empolgada, tratou logo de providenciar o necessário para que tudo ficasse conforme o combinado.

Após me certificar de que já tínhamos o que precisávamos, fui até o quarto do meu pai. Samantha achou melhor não me acompanhar, o que me deixou insegura, no entanto eu sabia que precisava fazer aquilo, então me enchi de coragem e continuei. A enfermeira estava terminando de aplicar uma medicação que não parecia nada agradável. Entrei cuidadosamente.

— Bom dia, pai — disse baixinho para não o assustar.

— Cathy, você ficou mesmo! — A emoção era nítida em suas palavras.

— Eu disse que ficaria. — E fiquei constrangida com aquela afirmação. — Como está se sentindo hoje?

— Como nos outros dias, com a exceção da alegria que você trouxe ao meu coração esta manhã. — Somei ao constrangimento um pouco de emoção.

Não que meu pai nunca fosse carinhoso, ele era, só que nunca estava lá e quando estava era tão pouco e para tantas tarefas que me fazia sentir excluída. Uma indesejada.

— Que bom.

Desviei os pensamentos antes que colocasse tudo a perder. Chamei a enfermeira e pedi para que começasse a organizar tudo para a nossa saída. Meu pai ficou curioso vendo o que fazíamos. Sua expressão era hilária. Um cobertor a mais, sapatos fechados e confortáveis, uma roupa de verdade e não o pijama que estava acostumado a usar por quase nunca deixar o quarto, uma touca, um casaco... e ele acompanhava tentando entender.

— Vai sair?

— Vamos — tentei parecer animada, mas a verdade era que estava morrendo de medo. — O dia está lindo lá fora. Achei que você gostaria de dar um passeio comigo no jardim.

— Adoraria, mas acho que não será possível. — Ele continuava acompanhando a nossa determinação sem conseguir acreditar que faríamos mesmo aquilo.

— Você precisa acreditar mais em mim, pai. — Pisquei travessa. — Eu sempre consigo o que quero. — Não pude deixar de notar o brilho de felicidade em seus olhos. No mesmo instante eu soube que estava fazendo a coisa certa.

— É mesmo? — E ele sorriu divertido.

Com a ajuda de alguns empregados, conseguimos removê-lo com cuidado do seu quarto, juntamente com o aparelho que o ajudava a respirar, e o levamos para uma cadeira de rodas que nos aguardava do lado de fora. Samantha tinha preparado uma mesa com sucos e frutas. Assim que meu pai foi acomodado na cadeira passei a conduzi-la e começamos a passear.

O sol estava bastante agradável, o que o fazia levantar o rosto absorvendo o máximo que podia do seu calor, apesar de estar mais do que protegido de possíveis golpes de ar. Passeamos em silêncio um longo tempo. Quando paramos próximo a uma roseira aproveitei e me sentei à sua frente em um banco do jardim.

— Obrigado, minha filha! — As lágrimas escorriam de seus olhos e foi impossível conter as minhas, contudo logo rimos da situação constrangedora e patética.

— Vamos ficar chorando que nem duas crianças ou vamos aproveitar o momento? — brinquei com a situação, tentando deixar o clima mais ameno e ele correspondeu, voltando a levantar o rosto para o sol.

— Tem razão. Então... conte-me sobre você. Já sei que está trabalhando com um ator famoso. — Me olhou aguardando que eu pudesse acrescentar alguma coisa, mas eu apenas sorri. — As revistas e jornais parecem acreditar que há algo mais do que o trabalho.

— Você tem acompanhado as fofocas das revistas? — Ele deu risada.

— Não me resta muito o que fazer, já que estou preso em uma cama o tempo todo. E então? É verdade o que dizem?

— É sim. — Nem acreditei que confessei com tanta facilidade. — Estamos noivos.

— Cathy, isso é maravilhoso, minha filha! Você não tem ideia do quanto esta notícia me alegra. — Eu também estava me sentindo feliz por ter uma família com quem compartilhar os meus momentos, mesmo que não fosse exatamente da forma como sempre desejei. — E ele merece você? Acho bom merecer. — Ri da sua tentativa de ser um pai de verdade.

— Ele é maravilhoso, pai.

— Pelo brilho em seus olhos, acredito que sim. E quando pretendem se casar?

— Não sabemos ainda. Nossa agenda anda meio apertada, estamos aguardando o melhor momento para que tudo saia perfeito.

Ele ficou em silêncio, me analisando.

— Gostaria de poder estar presente — disse por fim com bastante tristeza. — Talvez não mereça conduzi-la ao altar, mas ficaria satisfeito só em assistir ao seu casamento.

— Eu adoraria, pai. — Nós dois sabíamos que ele não sobreviveria para realizar esse desejo, porém a simples ideia nos aquecia o coração.

Ficamos o restante da manhã passeando e conversando sobre as nossas vidas. Não podíamos abusar, contudo parecia que ele se sentia melhor ali fora do que trancafiado em um quarto enquanto aguardava a morte chegar. E era doloroso pensar assim.

Em 23 anos, eu nunca tinha passado momentos tão agradáveis ao lado do meu pai. Emocionada, entendi o que Samantha me disse um dia antes. A vida era mesmo fantástica, mas era importante não desperdiçar as oportunidades. Você nunca sabe quando vai voltar a tê-las. No meu caso, era muito provável que eu nunca mais conseguisse.

No final da manhã a enfermeira levou-o de volta ao quarto. Já tínhamos ultrapassado o limite da sua capacidade e ele precisava descansar, apesar de alegar estar suficientemente bem para mais algum tempo juntos. Prometi visitá-lo assim que ele descansasse um pouco.

Eu e Samantha passamos a tarde providenciando o necessário para executar o restante do nosso plano, que ficaria para o dia seguinte. Ela estava tão animada que me empolgava a continuar. Fazíamos uma dupla gostosa, constatei chocada. Quem poderia imaginar que um dia estaríamos juntas fazendo planos? Não, aquilo era inimaginável.

À noite fui visitá-lo. Meu pai estava bastante agitado. Tivera náuseas durante a tarde e sentia dores, consequências da doença e do seu tratamento. Fiquei bastante preocupada. Nunca tinha acompanhado algo do tipo. Samantha me informou que era comum naquele estágio.

Questionei se deveríamos manter nossos planos, afinal de contas ele não estava nada bem. A possibilidade da morte tão próxima me deixava abalada como jamais pensei ser possível. Samantha foi categórica ao afirmar que era de suma importância que continuássemos, pois não tínhamos mais tanto tempo. Fui dormir bastante preocupada com o estado do meu pai.

No dia seguinte, logo pela manhã, o médico foi visitá-lo constatando que seu quadro estava se agravando. Foi uma opção do meu pai terminar os seus dias em casa e Samantha não podia aceitar nada diferente do que ter o amor da sua vida ao seu lado, no conforto do seu lar até o último segundo. E a verdade era que não havia mais nada que o médico pudesse fazer, a não ser tentar aliviar as suas dores.

Preocupada, passei aquela manhã lendo para ele um livro que estava em sua cabeceira. Meu pai me ouvia sem interromper. Às vezes fechava os olhos, me fazendo acreditar que estava dormindo, mas quando eu parava, ele os abria outra vez e dizia que estava curtindo a minha voz e tentando imaginar as cenas contadas.

À tarde eu e Samantha preparamos a casa para mais um momento especial. Corríamos contra o tempo e cada segundo era precioso. Ela tinha razão, não podíamos deixar nada para depois, a hora era aquela e a oportunidade não poderia ser desperdiçada.

Quando a noite começou a cair, os empregados foram novamente buscá-lo no quarto, dessa vez o colocaram na sala, em frente à lareira, numa poltrona confortável. Tivemos o cuidado de vendar os seus olhos para não estragar a surpresa, afinal de contas, era a nossa primeira vez e tudo precisava sair perfeito. Eu só esperava que não fosse emoção demais para nenhum de nós.

Tiramos a venda e o deixamos ver o que tínhamos preparado. Meu pai ficou um longo minuto sem conseguir dizer uma palavra, mas eu vi quando, emocionado, prendeu o ar por tempo demais, me deixando preocupada.

Tínhamos enfeitado toda a sala para o Natal, apesar de estarmos em agosto. Era uma festa completa, com presentes, árvore, ceia, tudo o que a data pedia.

— Vocês nunca passaram um Natal juntos — Samantha começou a se justificar. — Pensamos que essa poderia ser uma grande oportunidade.

Meu pai ainda não falava. As lágrimas rolavam pelo seu rosto sem cessar.

— Pai, você se transformou em um velho chorão — brinquei escondendo a preocupação. O médico alertara que ele poderia nos deixar a qualquer momento, então estávamos todos receosos, apesar de sorrindo e festejando. — Espero que não seja muita emoção. Precisamos de você forte para a hora dos presentes — sussurrei, lutando contra a minhas próprias lágrimas.

— É maravilhoso! — finalmente falou. — Como eu sempre sonhei.

Fui pega de guarda baixa pela sua revelação. Como ele podia ter sonhado com um Natal como aquele, comigo, se nunca fez questão de estar presente? A mágoa fez meu coração doer, contudo fiz questão de espantá-la. Ele tinha Samantha e ela certamente valia a pena. Até eu, que mal a conhecia, me sentia incapaz de magoá-la, então como poderia culpá-lo? Por isso sorri aceitando que ele podia sim ter sonhado com um Natal comigo e com a esposa, ou até mesmo com a minha mãe, mas foi impedido porque não era o certo a ser feito.

— Então... — Samantha notou que eu fiquei sem reação e se adiantou para animar a nossa reunião. — Aqui está o seu gorro, Papai Noel. — Ela colocou um longo gorro vermelho na cabeça do meu pai, que imediatamente começou a rir.

Todos os empregados da casa participaram da nossa confraternização. Eu passei a maior parte da noite sentada próxima ao pé do meu pai, observando enquanto todos tentavam fazer daquela festa um Natal verdadeiro. Jantamos juntos e tentamos cantar algumas músicas natalinas sem muito sucesso. Na hora dos presentes eu não sabia muito bem como agir. Samantha providenciou tudo, eu não tinha participado dessa parte, então nem sabia o que meu pai iria ganhar.

— Jonas, meu amor. Este presente eu tive o cuidado de escolher em nome da Cathy. — Seu olhar foi meio como um pedido de desculpa. — Confesso que foi o mais difícil, mas enfim encontrei algo que seria perfeito. Cathy, me perdoe por invadir sua privacidade. Ontem pela tarde você me mostrou um álbum de fotografias suas, quase toda sua vida estava ali e são momentos que não voltam mais, querida. Tomei a liberdade de fazer uma cópia de cada uma delas. — Ela se aproximou com uma caixa azul com um lindo laço. — Fiz um álbum para o seu pai. Achei que o melhor presente seria dar a ele os anos que perdeu ao seu lado.

Não fiquei aborrecida pelo que a Samantha fez. Pelo contrário, foi perfeito! Eu mesma teria feito se tivesse a sua sensibilidade. Peguei a embalagem de suas mãos, sentindo as minhas próprias tremerem, e a entreguei ao meu pai.

— Pai, espero que este presente consiga eliminar todas as nossas diferenças. Com ele você passa a fazer parte dos momentos em que não esteve ao meu lado.

A emoção me dominou e eu o abracei com força deixando as lágrimas caírem. Permanecemos abraçados, como deveríamos ter feito a vida inteira. De repente, me dei conta de que nada mais importava. Minhas mágoas não doíam mais.

— Agora, Cathy, este é o seu presente. — Olhei desconfiada para o enorme embrulho em suas mãos. — Foi mais fácil que o do seu pai. Ele me deu as dicas quase todos os dias desde que me contou da sua existência.

Peguei o embrulho e comecei a rasgá-lo imediatamente. Fiquei chocada com o presente, um enorme urso de pelúcia, aquele dos sonhos de qualquer garotinha. Marrom-escuro, com uma mancha mais clara na cara e na barriga. Tinha um laço vermelho no pescoço e cheiro de morango. As lembranças da minha infância invadiram minha mente. Eu estava voltando no tempo para finalmente ser a sua filhinha.

Abracei meu urso como uma criança, voltei para o lado do meu pai, chorando sem conseguir me conter. Beijei o seu rosto com carinho e sentei próximo aos seus pés mais uma vez. Ele conseguiu acariciar minha cabeça. Vi que Samantha, apesar de se mostrar forte o tempo inteiro, também chorava, mesmo com um sorriso imenso no rosto aprovando o que fazíamos.

O restante da noite fluiu como qualquer festa de Natal. Conversamos bastante, enquanto meu pai folheava o seu álbum e eu contava para as histórias de cada fase da minha vida. No final da noite, nos despedimos com um "boa-noite" repleto de amor. Samantha me abraçou e agradeceu os momentos maravilhosos, sem saber que eu é que deveria agradecer a ela por me proporcionar a liberdade que eu sentia. Eu estava livre da mágoa que tanto me prendeu e travou. Era libertador!

Fui para o meu quarto desejando muito falar com Thomas. Ele não atendeu. Olhei para o relógio deduzindo que ele estava no meio da convenção de fãs de Estocolmo. Não importava, minha felicidade não partiria no dia seguinte, então eu poderia partilhá-la um outro momento. Peguei meu urso e fui para a cama abraçada a ele.

Acordei no meio da noite, com batidas na porta do meu quarto. Levantei atordoada e, após conferir as horas, 2h:46m da madrugada, fui atender. Era Dorothy, a enfermeira. Meu pai falecera enquanto dormia. Atordoada, voltei ao quarto ainda sem saber o que fazer. Sentei em minha cama enquanto absorvia a notícia. Meu celular começou a tocar, eu atendi, sem nem me dar ao trabalho de saber quem era. Tudo estava no automático.

— Cathy? Acordei você?

— Thomas? — Meu coração de repente ficou apertado, quase me sufocando. Era daquilo que eu precisava para reagir, do meu porto seguro.

— Esqueci o celular no hotel. Desculpe! Cheguei agora e vi que você ligou. Eu não...

Comecei a chorar descontroladamente. A emoção retida com a notícia finalmente veio à tona. Permiti que meu corpo extravasasse toda a dor que estava sentindo. Thomas entendeu meu desespero, mantendo o silêncio, me fazendo companhia. Não sei quanto tempo fiquei chorando ao telefone, mas assim que senti que conseguiria recuperar meu equilíbrio, as lágrimas cessaram.

— Sinto muito, amor! — Thomas falou por fim, sem que eu precisasse informá-lo do acontecido.

— Tivemos os melhores dias de nossas vidas. Pelo menos conseguimos enterrar nossas mágoas e construir algo bom. — Sequei o rosto e funguei sem me importar com os bons modos. — Ah, Deus! Eu não sei o que fazer — gemi, sentindo o desespero voltar. — Como posso me despedir dele agora?

— Quer que eu vá encontrá-la? Eu posso fazer isso, vou para o enterro e volto em seguida.

— Acho melhor não, Thomas! — E aquele era mais um momento que eu precisava encarar sozinha. — Não sei como vão ser as coisas. É melhor você ficar. Isso pode demorar mais do que o previsto. Mesmo assim, obrigada! Eu me sinto melhor só em saber que você está comigo, mesmo que seja por telefone. — Ri debilmente, me achando uma idiota.

— Eu amo você, Cathy! Não importa a distância.

— Não importa a distância — repeti, sentindo a veracidade daquelas palavras. — Eu também te amo! Obrigada!

— O que quer que eu faça?

— Continue com o planejado. Eu ficarei melhor sabendo que minha vida não atrapalhou a sua.

— Isso nunca vai acontecer. E você é a minha vida, nunca esqueça disso.

Conversamos mais um pouco, com ele me acalmando e me ajudando a compreender a situação. Thomas era mesmo o meu príncipe encantado. Quem diria! Desliguei para procurar por Samantha, pois queria ajudá-la no que pudesse. Sem dúvida a situação toda era muito mais difícil para ela do que para mim.

Encontrei-a no corredor quando ela saía do quarto deles. Estava visivelmente abalada, mas firme. Abraçamo-nos e choramos juntas. Algumas pessoas começaram a chegar à casa, ela foi cercada de atenção por amigos e parentes que eu nunca imaginei existirem. Quando o sol nasceu, tudo já estava providenciado.

Eu me sentia completamente deslocada, por isso consegui fugir um pouco e fui até o meu quarto ligar para Mia. Eu precisava me sentir parte de algo, já que perder o meu pai tirou o meu chão mais do que eu conseguiria imaginar.

— Que bom que vocês conseguiram mudar o rumo da história. Fico feliz por você — ela disse com carinho, me reconfortando.

— Eu também, Mia. Nunca imaginei que as coisas se resolveriam desta forma.

— E você? Como está sendo perdê-lo, agora que acabou de ganhá-lo? — Deitei na cama e encarei o teto tentando encontrar as palavras certas.

— Não sei ainda. Acredito que vai ser mais tranquilo do que seria se eu não tivesse permitido tudo o que aconteceu. Perdoar meu pai e me permitir amá-lo tirou um grande peso das minhas costas.

— Gostaria muito de estar ao seu lado agora. Não consigo me conformar em ter que te deixar aí sozinha.

— Não estou sozinha, estou com a Samantha!

E dizer aquilo em voz alta tanto me chocou, quanto me acalentou. Samantha era alguém importante em minha vida e eu nunca esqueceria a sua capacidade de mudar tudo em mim apenas com palavras.

— Tem sido reconfortante. Parece que aquele vazio que me retraía foi preenchido e mesmo com a morte dele, não vai voltar a existir. Fique tranquila. — Ouvi Mia suspirar do outro lado da linha.

— Quando você volta?

— Vou tentar voltar amanhã, mas ainda não conversei com Samantha a respeito, então não tem nada confirmado.

— Amanhã? Não é cedo demais?

— Eu não sei. Sinceramente, Samantha tem sido maravilhosa, mas meu pai se foi e meu objetivo aqui acabou. Não me sinto confortável abusando ainda mais da sua hospitalidade.

— Cathy, você pode não aceitar, ou até mesmo não estar acostumada com isso, mas ele era o seu pai. Legalmente vocês ainda possuem um elo.

— Isso nunca vai acontecer, Mia. Eu não tenho direito a nada dele e não estou sendo orgulhosa, mas justa. É tudo de Samantha e não importa o que a justiça determine será tudo dela.

— Eu te entendo. Bom, espero que fique tudo bem por aí... se for possível. E me dê notícias.

— Claro. Eu ligo assim que estiver com tudo definido.

O velório foi o momento mais difícil. Uma cerimônia longa, cansativa onde todos eram estranhos. Fiquei ao lado da Samantha o tempo todo, não apenas porque queria apoiá-la e retribuir o bem que ela me fez, mas principalmente porque ela fazia questão da minha presença ao seu lado, como parte daquela família, o que era esplêndido e ao mesmo tempo, constrangedor.

Quando me apresentava como a filha de Jonas as pessoas me olhavam surpresas e algumas até com desconfiança. Eu me sentia em muitos momentos como a golpista que aparecia de última hora para barganhar o que tinha ficado. Era ridículo eu me sentir assim, já que Samantha não fazia nada para que fosse desta forma, no entanto os olhares eram reprovadores, mesmo ela não se dando ao trabalho de explicar nada. Era certo que eu era uma filha ilegal, um fruto gerado de uma traição. E não era tão difícil chegar a esta conclusão, bastava alguém parar para fazer as contas.

Porém, Samantha estava sempre ali, firme, segurando a minha mão e me mantendo perto, me protegendo e lutando por meu espaço como meus próprios pais nunca tinham feito. E foi por isso que minhas lágrimas rolaram com tanta facilidade, porque antes disso eu nunca tinha experimentado nada parecido.

Quando me aproximei do caixão para me despedir, percebi que escondido no forro ao lado do corpo, estava o álbum de fotografias que demos a ele na noite anterior. Olhei para Samantha procurando respostas.

— Era só o que faltava para a vida dele ser completa. Quero que leve como ele este momento maravilhoso que teve ao seu lado. — Aceitei a sua decisão com novas lágrimas caindo. Era impossível não chorar, apesar de acreditar que até por isso eu seria julgada por aqueles que ali estavam.

Após o enterro, voltamos para casa, que estava repleta de amigos do meu pai. Eu odiava aquela tradição, precisar ser forte e agradável com pessoas quando deveríamos estar nos permitindo sentir a morte, mas eu precisava seguir as regras, afinal de contas, eu era a intrusa ali, por isso continuei ao lado da Samantha até o último minuto. Quando ela se retirou para descansar, aproveitei e fui para o meu quarto também.

No outro dia pela manhã, acordei ainda exausta e, após conversar por alguns minutos com Thomas, desci para o café da manhã solitário, mesmo sem fome alguma. Foi tão pouco tempo e eu já me pegava olhando os ambientes pensando nele. Como podia? Passei pelo jardim em que ficamos juntos conversando e me surpreendi com a felicidade que essa lembrança me trazia.

De certa forma, pensar naqueles instantes me levava paz, me mostrava que fiz o meu melhor e consegui. Em poucos dias eu fui a filha que sonhei ser e ele pôde ser o pai que desejou sem poder.

Samantha não estava na sala para me acompanhar. Perambulei um pouco pela casa, aguardando que ela aparecesse, mas isso não aconteceu. Os empregados disseram que ela estava muito abatida e que não saiu do quarto. Resolvi ir até lá. Bati na porta e logo em seguida entrei. O quarto parecia outro sem ele e seus aparelhos.

Samantha estava de pé na janela, observando o mesmo jardim que eu estivera um pouco antes. Quando ela me viu, veio em minha direção e me abraçou.

— Como você está? — perguntou, preocupada.

— Bem. E você?

— Não sei ainda. São vinte e cinco anos com ele ao meu lado e agora simplesmente tenho de aceitar que ele não vai mais estar comigo.

— Entendo. Eu também me senti assim quando perdi minha mãe.

— Deve ter sido mais difícil. — Seus olhos se abriram como se ela tivesse se dado conta do quanto aquilo tudo me machucava. — Você ainda era uma criança e foi tudo tão intenso. Eu sinto muito!

Sorri. Era tudo o que eu poderia fazer naquele momento. Na verdade, eu não acreditava que existisse mais ou menos difícil quando o assunto era a morte de alguém que amamos. Podia considerar apenas difícil, independentemente da circunstância. Ninguém nunca está preparado para a morte, anunciada ou não.

— Obrigada... — sussurrei, agradecendo não só por aquelas palavras, mas por tudo o que ela estava fazendo por mim. — Samantha voltou a olhar para a janela, os olhos tristes, contudo, decididos.

— Cathy, o nosso advogado me procurou hoje cedo. Parece que Jonas deixou algumas orientações a serem seguidas após a sua morte. Ele pediu para nos encontrar em dois dias, depois de estarmos mais recuperadas da perda.

— Nós?

— Claro! Você é da família. Só existimos nós duas como parte interessada. — Aquela sensação já familiar me pegou outra vez. A sensação de garganta seca, mãos suadas e rosto quente.

— Ah, Samantha, acho que não. Não existe nada em relação a isso que me interesse.

Ela não pareceu chocada com a minha decisão, muito pelo contrário. Seu sorriso dizia que ela já esperava pela minha reação. Sua mão tocou de leve a minha, como se buscasse apoio e não como se quisesse me apoiar, como vinha fazendo desde que nos conhecemos.

— Vamos primeiro ouvir o que ele tem a dizer. Por favor, Cathy! Pelo menos me faça companhia. Já é bem difícil tendo você, imagine sozinha.

— Está bem.

Concordei sem encontrar outra saída. Não havia possibilidade de dizer o contrário a uma mulher que foi capaz de me respeitar mesmo em uma situação tão crítica. E eu me sentia em dívida com Samantha, por isso faria o necessário para que ela se sentisse melhor. Mesmo que isso significasse ficar mais uns dias longe do homem que eu amava.

Dois dias depois nos encontramos com o advogado, Sr. Mason, um homem de estatura mediana, com um bigode fino e muito bem penteado, cabelos negros com alguns espaços aparentes do seu couro cabeludo. Não era propriamente magro, também não poderia ser considerado gordo e se vestia com elegância. Seus gestos deixavam claro a sua posição social.

Samantha tinha me explicado que o Sr. Mason era amigo da família há muitos anos e era seu advogado desde a morte dos seus pais. No entanto eu nem conseguia imaginar aquele homem sendo amigo do meu pai. Pelo menos do pai que eu conhecia, que pelo visto, estava muito longe do verdadeiro Jonas. Suspirei resignada. Eu nunca conheceria o verdadeiro Jonas.

O Sr. Mason fez questão de nos encontrar na mansão, como uma forma de poupar Samantha de mais aquele sacrifício. Acomodamo-nos no escritório, antes utilizado pelo meu pai, e aguardamos enquanto o advogado fazia o discurso de praxe. Eles conversaram sobre o destino da empresa, que havia algum tempo, era administrada por um sobrinho da Samantha, Peter, desde que meu pai foi obrigado a se ausentar para cuidar da saúde.

Após um longo tempo me explicando como a empresa funcionava e listando todos os bens do casal, fui informada de que, a partir daquele momento, eu seria incluída no testamento da Samantha como sua herdeira, juntamente com Peter, o que significava que, quando Samantha também não estivesse mais entre nós, eu seria a sócia majoritária da empresa, uma vez que, as ações pertencentes ao meu pai foram automaticamente passadas para o meu nome, assim como tudo o que antes pertencia apenas a ele.

Fiquei chocada.

Olhei para Samantha em busca respostas, mas ela estava totalmente de acordo com o que fora determinado. Pelo que entendi, ela e meu pai conversaram anteriormente sobre essas decisões e ela concordou com tudo o que ele havia sugerido.

— Não posso aceitar! Sinto muito, Samantha, é muito generoso da sua parte, porém não posso aceitar. Não quero aceitar!

— Pense melhor, Srta. Catherine, esta herança e a de Samantha a deixarão em uma posição financeira bastante confortável.

— Eu tenho uma situação financeira confortável, Sr. Mason. — Fui um pouco rude, pois ainda estava sem conseguir entender a necessidade daquilo tudo. — Tenho um trabalho que me satisfaz, com um salário excelente, além do que ganhei com o contrato das fotos que não foi gasto até hoje. Ser rica nunca fez parte dos meus sonhos nem desejos. — Olhei para Samantha, implorando para que ela entendesse.

— Estamos falando de um pouco mais do que se tornar rica, Srta. Catherine — o advogado disse com ironia. — É um valor consideravelmente alto para ser ignorado. Além do mais é sua herança por direito.

— Eu não aceito! O que preciso fazer para abrir mão de tudo?

— Sr. Mason, eu poderia conversar com Cathy a sós por alguns minutos? — Samantha interrompeu o meu diálogo com o advogado.

— Certamente. Quando estiverem preparadas, avisem-me.

Assim que o Sr. Mason saiu, Samantha segurou em minhas mãos e começou a falar.

— Cathy, qual o problema em aceitar o que seu pai deixou para você? Não existe mais ninguém para receber o que ele passou a vida construindo e não podemos deixar tudo se perder.

— Samantha...

— Sam, por favor, querida. — Seu sorriso amistoso me fez recuar.

— Sam... — Sorri em resposta tentando me acalmar. — Eu nunca fiz parte dessa história. Não contribuí em nada com a construção desse império. Aliás, foi justamente a existência dessa determinação dele que fez com que nos separássemos.

— Você está enganada, Cathy. O seu pai errou muito, não apenas com você, mas quem nunca errou? Já conversamos sobre a maravilhosa oportunidade que tivemos de resolver todas as nossas diferenças antes de... Antes de ele nos deixar. Seu pai fez por você também e era sua vontade que herdasse tudo.

— Ele queria me compensar e isso não é necessário. As diferenças foram resolvidas, eu não preciso herdar uma fortuna para acreditar que ele me amou de fato.

— Eu sei que não. — Suas mãos apertaram as minhas de uma maneira carinhosa. — Mas veja o outro lado: eu também não sou mais nenhuma garotinha. Seu pai já se foi e não tivemos filhos. Peter tem sido fantástico cuidando de tudo, mas precisamos e queremos que os negócios continuem em poder da nossa família.

— Peter é da família.

— Não propriamente. Ele é filho de uma prima em segundo grau. Minha família não é muito grande. Você é a nossa única herdeira direta.

— Eu não sou da família, Sam. — Meu coração batia tão forte que me deixava assustada.

— Claro que é, Cathy! Por favor! Não nos abandone agora. Eu acabei de encontrá-la, não posso aceitar que saia da minha vida tão rápido. — Seus olhos brilharam com possíveis lágrimas e a sua súplica me deixou comovida. Eu realmente não conseguia negar nada a aquela mulher.

— Ah, meu Deus! — gemi, rendida.

Aceitei o que estavam me propondo, com uma ressalva: Peter continuaria no comando. Eu não tinha a menor intenção de me tornar uma executiva, além do mais, tinha uma carreira ao lado do Thomas e era assim que eu queria continuar a minha vida.

Haveria algumas mudanças, claro: passei a fazer parte do conselho administrativo e teria que participar das reuniões. A minha conta bancária também mudaria drasticamente, porém esse era um ponto em que eu ainda não queria pensar.

Precisei passar três dias assinando documentos e me familiarizando com a minha nova situação. Seria necessário um tempo bem maior para conseguir me situar, mas eu precisava ir embora. Minha vida estava me esperando e eu estava muito ansiosa para voltar para ela.

— Não posso acreditar que você já vai nos deixar. — Samantha estava bem triste com a minha partida.

Eu imaginava como seria para ela ficar ali sozinha, naquela casa imensa, cheia das melhores e piores lembranças deles dois. Parte de mim queria arrumar uma forma de nunca precisar sair da sua vida, mesmo sabendo que com todas as decisões estaríamos para sempre ligadas.

— Sam, eu adorei conhecê-la! E não estou abandonando você. Esqueceu que terei que voltar com frequência, por causa da empresa? — Sorri tentando parecer confiante.

— Eu sei. Estou sendo egoísta. Sei que já ficou mais do que pretendia e que existe alguém esperando você com muita saudade também.

— Pois é — respondi, timidamente. — Amanhã é o aniversário dele. Eu quero estar lá.

— Aniversário? Ah, isso muda tudo, meu bem. — Pela primeira vez desde que meu pai tinha partido, eu vi um sorriso verdadeiro e iluminado naquele rosto encantador. Samantha adorava romances e surpresas. Ela era incrível! — É importante para ele que você esteja ao seu lado.

— Com certeza. Já estamos distantes há muitos dias. Precisamos um do outro agora.

— Entendo. Vou sentir a sua falta. — Outra vez seus olhos ficaram tristes, mas ela continuava sorrindo.

— Você nem vai ter tempo. Eu estarei de volta antes mesmo que se dê conta — brinquei com um enorme aperto no peito. Eu não queria deixá-la sozinha.

Nós nos abraçamos emocionadas. Samantha era uma mulher incrível, sua capacidade de amar incondicionalmente tinha mudado bastante a minha maneira de ver o mundo. Sua presença passou a ser importante em minha vida, apesar de ela acreditar no contrário. Eu só tinha a agradecer por tudo o que havia me proporcionado nos últimos dias.

— Você vai amanhã bem cedo? — Enxugou as lágrimas que deixou cair.

— Vou, sim. Quero tentar chegar a tempo para a festa que a mãe dele está organizando.

— Então acho melhor deixá-la terminar de arrumar as suas coisas. A viagem será longa e cansativa, você precisa descansar bastante, não queremos que chegue com cara de ontem depois de tantos dias separados.

Dei risada e deixei que ela se fosse. Seria difícil ir embora, contudo o meu coração ansiava por Thomas. Presenciar todo o amor e dedicação da Sam pelo meu pai fez com que a minha necessidade de Thomas só aumentasse. Eu queria ir para casa e começar uma vida ao seu lado. Tínhamos passado por tantos momentos complicados, para piorar, precisei viajar antes mesmo de nos recuperarmos.

Depois de tudo eu tinha ainda mais motivos para acreditar que valia a pena ficar ao lado dele. Então meu corpo passou a necessitar disso como necessitava da própria vida.

No dia seguinte, após todas as despedidas e agradecimentos, finalmente estava em um avião voltando para Thomas, agarrada ao meu mais novo companheiro, meu gigantesco urso de pelúcia.

Não consegui avisar da minha chegada, então resolvi não ligar mais, chegaria de surpresa. Quando o avião pousou, meu coração acelerou. Eu estava de volta a Quebec, onde nos despedimos alguns dias atrás com a sensação de que demoraria anos para estarmos juntos outra vez.

Apressei-me a pegar um táxi, com medo de ser reconhecida. Parei em frente à casa da mãe do Thomas e observei as pessoas no gramado, jogando conversa fora. Eram poucas, porém todas desconhecidas. Paguei o táxi e aceitei a ajuda para retirar as malas. Assim que comecei a carregá-las, Nicholas apareceu para me ajudar.

— Cathy! Que surpresa! Thomas disse que você não poderia vir.

— Eu não consegui avisar da minha chegada. — Passei a mala para ele, que me tomou nos braços, com carinho.

— Sinto muito pelo seu pai. Thomas me contou — disse discretamente.

Fiquei constrangida, mas se Thomas confiava em seu melhor amigo para falar sobre os meus problemas, eu teria de confiar em seu julgamento, então não fiquei aborrecida.

— Obrigada! — Também procurei ser discreta. — Onde Thomas está?

— Passei por ele na entrada da cozinha, conversando com uma prima.

Fui naquela direção, passando antes por algumas pessoas desconhecidas e outras que conheci rapidamente na *première* alguns dias atrás; todas se viraram para me olhar com meu imenso urso a tiracolo. Avistei Thomas parado à porta da cozinha, conversando com uma garota de cabelos negros e curtos, alta e bem magra. Ela parecia jogar charme para ele, que demonstrava estar embaraçado com a situação. Fiquei parada onde estava, sem coragem de interromper a conversa deles até que Melissa me viu.

— Cathy!

Disse um tanto quanto alto demais, chamando a atenção de muita gente que estava por perto, inclusive do Thomas, que imediatamente olhou em minha direção. Nossos olhares se encontraram e, na mesma hora tive a certeza de que nada mais importava, eu só precisava estar ao lado dele.

— Cathy! — Thomas fez coro à sua mãe e veio em minha direção, deixando irritada a garota ao seu lado.

— Eu tentei avisar, mas... — Thomas me tomou nos braços, em um abraço apertado e cheio de emoção e carinho.

— Que saudade!

Ele falava entre meus cabelos. Também o abracei com força, absorvendo o máximo que podia da sua presença. Eu estava morta de saudades! Minhas mãos tocavam suas costas, seus braços, seu rosto, seus cabelos, como se estivessem verificando se estava tudo como eu tinha deixado. Thomas teve a mesma reação.

Apesar de toda saudade e emoção, não nos beijamos. Não o reprimi, estávamos em tamanha sintonia que não ultrapassávamos as barreiras em público.

— Onde coloco as malas da Cathy? — Nicholas chegou, carregando a minha bagagem. Thomas me olhou sem saber o que responder.

— Decidi voltar de última hora e não tive tempo de procurar um hotel — admiti a minha falha, sentindo meu rosto esquentar.

— No meu quarto — Thomas respondeu, sem tirar os olhos dos meus. Concordei de imediato. Não teria como reprimir a vontade que estava de ficar com ele aquela noite, mesmo que fosse na casa da mãe dele.

Nicholas começou a subir a primeira mala e Thomas foi ajudá-lo ainda segurando a minha mão. Nicholas colocou minha bagagem próxima à cama e saiu em seguida, alegando que tinha que ajudar Melissa com os pratos, no entanto deu para perceber que ele também estava em sintonia com o amigo, pois antes de ele sair, Thomas já estava me beijando calorosamente.

Toda a falta que senti foi cobrada pelo meu corpo, pela minha alma. Nós nos agarramos tão fortemente que nossos corpos estavam colados um ao outro, formando um só. Eu não tinha forças para parar, nem queria, contudo sabíamos que ele precisava dar atenção aos seus convidados. Por isso fomos deixando o calor diminuir, finalizando com um beijo carinhoso. Quando Thomas conseguiu se afastar um pouco, ficamos nos olhando com emoção.

— Você não avisou que vinha.

— Não consegui falar com você ontem o dia todo, nem hoje pela manhã, então resolvi vir e pronto.

— Ótimo! Não poderia ser mais perfeito. — Seu sorriso sim, era perfeito. As pessoas não deveriam ter o direito de sorrir daquela forma.

— Parabéns! — Cerquei-o com meus braços mais uma vez procurando seus lábios.

— Obrigado! — respondeu com a boca colada a minha e rindo.

— Desculpe, mas não comprei nenhum presente pra você — admiti, sem graça.

— Você é o meu maior presente e o único que eu precisava. — Ele voltou a me beijar correndo as mãos pelo meu corpo e me deixando quente.

— Mas você estava sendo muito bem tratado na minha ausência. — Eu me afastei antes que fosse tarde demais. Ele me olhou interrogativamente. — A garota lá embaixo. Estava cuidando muito bem de você.

— Não seja tola, ela é minha prima.

— Sei! — Thomas deu risada e abraçou a minha cintura.

— Fala sério! Ela é só uma garotinha. E não tem nem a metade do seu charme. — E então ele me puxou para cama.

— Thomas! — Fui rápida o suficiente para impedir que ele conseguisse me deitar naquele colchão convidativo. — Precisamos descer. O que as pessoas vão pensar?

— Vou mandar todos embora agora mesmo. — Ri da sua brincadeira.

— Não vou embora novamente. Teremos muito tempo um para o outro. Agora precisamos agradar às outras pessoas.

— Não sei porque concordei com essa festa! — resmungou fazendo biquinho.

— Porque você ama a sua família. — Dei um beijo leve em seus lábios e o puxei pela mão. — Vamos! Eu estou morrendo de fome.

Ele concordou e finalmente descemos de volta para a sua festa. Melissa já esperava por nós e quando estava perto me abraçou com carinho. Descobri que Thomas também contou à mãe a minha história e sobre o falecimento de meu pai. Então percebi que não ficava mais irritada nem constrangida pelo fato das pessoas saberem do meu histórico complicado.

Agradeci mentalmente a Samantha por mais essa superação.

Eu e Thomas não nos desgrudamos em nenhum momento, mesmo mantendo a distância normal, como fazíamos em público. Ele estava visivelmente mais bem-disposto e alegre e eu estava muito feliz por poder estar lá com ele, apesar da sua prima, que me lançava olhares assassinos o tempo todo. Achei graça.

Fiquei até tarde ajudando Melissa a arrumar toda a bagunça que os amigos do Thomas deixaram pela casa. Ele e o padrasto limparam o jardim, enquanto eu e minha futura sogra cuidamos de todo o restante. Com tudo no lugar, nos despedimos e fomos nos deitar.

Apesar de estarmos exaustos devido ao excesso trabalho, Melissa parecia eufórica com a minha presença e já tinha planejado ficar o dia seguinte ao meu lado para resolvermos algumas coisas do casamento. Concordei com seus planos, apesar de saber que não haveria chance disso acontecer tão cedo.

Quando cheguei ao quarto, Thomas já estava lá me esperando. Roubei um beijo leve e fui direto para o banheiro tomar um banho quente. Quando saí, estava mais disposta e com muita saudade do meu noivo. Apesar do frio, coloquei uma camisola fina, contando com a ajuda do aquecedor para me manter no clima daquela loucura. Eu queria estar desejável para Thomas depois de tanto tempo. E deu certo. Bastou deixar o banheiro para que ele olhasse cheio de desejo e admiração.

— Não está com frio? — Seus olhos corriam meu corpo com devassidão.

— Não! — menti para não estragar meus planos.

Fiquei em pé ao seu lado, fingindo desinteresse em deitar. Conferi meu celular, procurei o que arrumar em minha mala, até mesmo em minha agenda inventei o que poderia fazer para adiar o encontro tão desejado. Thomas ficou um tempo só me observando, os braços cruzados e os olhos estreitos. Quando passei outra vez ao seu lado tentando arrumar mais uma desculpa, ele me agarrou e puxou para a cama, jogando o seu corpo sobre o meu.

— Você está tão linda! — Seus lábios roçaram meu pescoço me causando arrepios. — Estou com tanta saudade! — As mãos já estavam percorrendo o meu corpo e eu já começava a me sentir aquecida.

Fizemos amor até o cansaço nos adormecer.

Pela manhã senti as consequências da minha travessura. Estava tão frio que pensei que meus ossos se partiriam, depois de congelados. Thomas nos cobriu com mais edredons e ficou agarrado a mim, rindo dos meus tremores. Quando consegui levantar, tomei um banho bem quente e me vesti o mais protegida possível.

— Já ia me esquecendo — Thomas começou a falar quando estávamos nos preparando para sair do quarto. — Comprei uma coisa para você.

— É seu aniversário e eu que ganho presentes? — Fechei a bota, permanecendo na cama enquanto ele buscava o que queria me dar.

— Meu aniversário foi ontem.

Pegou um embrulho grande de dentro do seu guarda-roupa e me entregou. Pelo formato da embalagem, eu já sabia do que se tratava. Era um violão. Abri o embrulho e comecei a namorar o meu presente antes mesmo de tirar algumas notas dele.

— É lindo, Thomas!

— Pensei em você quando vi na loja e decidi comprar. Assim você poderá me mostrar mais um pouco do que conhece de música durante nossas viagens, além de me presentear sempre com a sua linda voz.

Ele era tão absurdamente perfeito que me deixava nas nuvens. Puxei meu noivo para um beijo repleto de gratidão, depois fiquei namorando o meu presente. Eu estava tão animada com meu mais novo violão que me esqueci do frio e da fome.

— Toque um pouco.

Sem parar para pensar, posicionei o violão e comecei a tocar para ele, que ficou sentado ao meu lado me observando com um enorme sorriso no rosto. Após algumas músicas, Melissa veio ao quarto nos chamar para comer.

— Ouvi o som e vi que já poderia interromper o casal — brincou, deixando-me sem graça. — Lindo violão!

— Thomas que...

— Ela sabe — Thomas me interrompeu. — Estávamos juntos quando comprei. — Olhei para Melissa vendo o seu imenso sorriso.

Certo. A mãe do meu noivo estava feliz com o nosso relacionamento. Isso era um ponto positivo, afinal de contas quem não quer ter uma boa sogra? No entanto, depois disso, só tive tempo para Thomas no final do dia. Melissa me encheu de atividades, ocupou todo o meu cronograma com programas que no geral envolviam o casamento, como visitar algumas lojas específicas sobre o assunto.

Eu e Thomas ainda não tínhamos decidido nada, nem mesmo onde seria, mas não quis estragar a alegria dela. O problema maior seria com Mia, quando eu voltasse para casa com as novidades e ela percebesse que eu havia permitido que Melissa fizesse o que não permiti que ela mesma começasse.

Seria ótimo se as duas conseguissem se unir naquela força tarefa e eu ficasse de fora como uma convidada. Seria muito mais proveitoso.

À noite eu e Thomas aproveitamos que Melissa se dedicava ao marido e filhos para namorarmos um pouco. Ele estava inquieto, e eu sabia que isso significava que tinha algo para falar, mas não sabia por onde começar. Fiquei conversando sobre nada específico, deixando que ele conduzisse a nossa conversa da forma que achasse mais apropriada, para abordar o assunto do seu interesse. E assim aconteceu.

— Então... — ele começou. — Quer dizer que agora você é tão rica que pode inclusive parar de trabalhar? — Tentou demonstrar desinteresse, falhando consideravelmente.

— Sou! — Fiz um longo silêncio. Eu sabia que aquilo o castigava e mesmo assim não consegui evitar. — Mas não pretendo parar — falei bem devagar, olhando em seus olhos e percebendo o quanto ele relaxou com a minha afirmação.

— Por que não?

— Não tenho interesse em deixar de trabalhar com você. — Eu sabia que o assunto era importante para ele, então faria do seu jeito. — A não ser que você não queira mais trabalhar comigo.

— Quero trabalhar com você para sempre, sabe disso. — Ele me puxou e beijou meu pescoço. — Como vamos fazer isso funcionar?

— Como fizemos até agora. Nada vai mudar.

— Você não precisa administrar seus negócios?

— Não necessariamente. Tenho quem faça. Sinceramente, só aceitei para não decepcionar a Samantha. Ela foi ótima comigo e achei que aceitando a sua oferta estaria retribuindo todo o carinho que tem demonstrado por mim.

Thomas ficou pensativo e eu entendi qual era o problema. Acariciei o seu rosto com devoção.

— Eu não vou embora. Escolhi passar a minha vida ao seu lado e é assim que vai ser, mesmo que para isso eu seja obrigada a ouvir milhares de mulheres histéricas gritando por você todos os dias enquanto outras lutam por um espaço em sua cama. — Seu sorriso estava um pouco mais verdadeiro.

— Tem certeza? Não quero que você desista de nada por minha causa.

— Não é por você — falei debochada. — É por mim. Existe emprego melhor do que o meu? Viajo o mundo todo sem gastar nada, vivo como uma celebridade, ganho muito bem, e ainda por cima tenho o direito de levar o meu namorado comigo. Eu sou mesmo muito sortuda.

— Seu noivo, não se esqueça. Futuro marido talvez seja mais apropriado — brincou, totalmente tranquilo e relaxado, e eu, muito feliz com a minha vida.

O restante da semana curtimos um ao outro. Thomas me cercava de cuidados, carinho e atenção. Voltamos à nossa bolha de felicidade e nada parecia abalá-la. Algumas vezes me pegava pensando em Lauren. Nunca com mágoa, sempre com pena. Guardei o segredo deles como se fosse meu e realmente era. Eu e Thomas nunca falávamos sobre o assunto. Combinamos de enterrar os problemas e estávamos felizes assim.

Depois de duas semanas sem trabalhar, eu estava de volta à minha rotina. Viajamos para o Texas para mais dois meses de gravações exaustivas, exigindo muito de nós dois em uma rotina de muito trabalho. Eu já estava familiarizada com as minhas atividades durante as filmagens, Thomas fazia a parte dele de forma brilhante, o que nos deixava satisfeitos. Dividíamos nosso tempo de forma harmoniosa, trabalhávamos e namorávamos com a mesma dedicação.

Após dois meses praticamente sem existir para o restante do mundo, voltamos para casa. Teríamos vinte dias de folga e então voltaríamos para mais um mês de gravações em estúdio para encerrar a nossa participação no projeto.

Quando chegamos a Los Angeles estávamos aliviados. Thomas queria vender a casa e comprar outra quando terminássemos o filme. Eu não deixei. Vivemos tantas coisas boas ali, que as ruins nem me assustavam mais. Gostava dela. Era a nossa casa. Ele concordou, mas instalou um sistema de segurança tão completo que acredito que nunca mais iríamos ter problemas com ladrões.

Assim que chegamos, Mia ligou querendo marcar para sairmos à noite. Thomas também queria, pois tínhamos ficado tanto tempo longe de todos que estávamos loucos de vontade de revê-los. Não que Kendel, Raffaello e Dyo tivessem ficado longe, mas nossos encontros eram raros e esporádicos, além de corridos.

Precisávamos de uma farra para marcar a nossa volta para casa. Decidimos sair todos juntos. Iríamos para a mesma boate, onde tínhamos nos visto pela primeira vez. Sugestão do Thomas, acatadas por todos.

Eu estava levando minha mala para o meu quarto quando Thomas me puxou pelo cinto da calça.

— O nosso quarto é aqui. — Apontou para o dele.

— Ainda não casamos, Sr. Collins. Não é nada decoroso uma dama dividir o quarto com o noivo.

— Estamos casados há tanto tempo que até perdi as contas — ele me abraçou com o corpo já indicando as suas intenções —, e nunca fizemos amor aqui em casa. — E me beijou já me arrastando para dentro do quarto.

Era verdade. Estávamos juntos há tanto tempo, mas nunca conseguimos estar juntos em casa. Nossa vida sexual começou em meio à rotina de trabalho, desde então não voltamos. Eu não tive a sensibilidade do Thomas para perceber o quanto aquela situação deveria ser especial para nós dois. Porém, sempre haveria chance para corrigir os erros.

— Então, vamos realizar uma fantasia sua? — Comecei a criar um clima aceitando as suas investidas.

— Se formos contar o quanto que eu desejei você nesta cama, sim. Mas teremos que transar pela casa toda, porque eu tive muitas fantasias aqui com você. — Ele já tinha se livrado da camisa e tirado os sapatos.

— Para mim não existe problema algum. Seu desejo é sempre uma ordem, chefe.

Ele me agarrou e beijou com vontade, levantando meu corpo pelos quadris.

— Sempre quis transar com a minha assistente. — Começou a levantar minha camisa, apoiando-me na parede para que meu corpo não escorregasse.

— Eu sempre quis transar com meu chefe. — Joguei essa para ele, que parou e me olhou surpreso.

— Essa é nova.

— Nova? Você sempre fazia o que queria de mim e me diz que essa é nova? — Agarrei seus cabelos. Thomas me jogou na cama e ficou em pé, me observando.

— Você sempre me repelia. Me deixava louco e depois me mandava embora. — Levantei uma perna e coloquei o pé em seu peito, para que ele tirasse minha sandália de salto fino.

— Você me deixava louca. Eu sempre tinha que lutar muito para conseguir mandá-lo embora. — Começou a morder meus dedos do pé, fazendo cócegas. Eu dei a outra perna para prolongar o processo.

— É mentira, Cathy! Você só está tentando me deixar animado. — Vi a minha sandália ser atirada longe e comecei a rir.

— Sempre estava prestes a ceder quando te mandava embora. Se você insistisse mais um pouco, eu ia acabar deixando. — Levantei o corpo um pouco e desabotoei meu jeans. — Mas você sempre aceitava e ia. Acho que não me queria tanto assim — fiz charminho.

Thomas arrancou meu jeans e se livrou das suas calças.

— Como pode dizer isso? Você sempre me deixou louco. Desde o primeiro dia lá na boate. Eu quis você naquele momento.

— Mas não fez questão de ter.

— Você que não cedia nunca. Fez jogo duro comigo. — Sua língua começou a percorrer a borda da minha calcinha, me deixando sem respiração. — Sou louco por sua tatuagem.

Fazer amor com Thomas sempre foi muito bom, mas ali, em sua cama, era um prazer diferente. Naquela casa nos desejamos mais do que tudo e nunca tivemos um ao outro. Era a concretização do nosso amor.

Deitados naquela cama, éramos o desejo encarnado. Thomas ficou louco, me possuindo com vontade. Seus lábios não pararam um só minuto, e suas mãos me apertavam, causando um prazer indescritível. O quarto foi uma missão realizada. Exploramos todos os seus lugares. Fizemos amor na poltrona, na mesa, no chão, nas paredes e na cama.

Eu me perguntava se era assim para todas as pessoas. Se o desejo era sempre tão forte. "Para mim nunca foi assim", Thomas me respondeu, quando perguntei se o nosso apetite sexual era normal. Fiquei deliciada.

Fomos para a boate encontrar nossos amigos, já um pouco atrasados, com Mia e Dyo ligando de dez em dez minutos para nos apressar. A boate continuava a mesma e minhas lembranças eram as melhores. Tive que rir do medo que senti quando o encontrei e da minha insistência em permanecer longe do seu charme. Eles escolheram uma mesa mais reservada no andar de cima, para que eu e Thomas ficássemos à vontade.

— Quando vamos a esse casamento? — Daphne perguntou, logo que chegamos.

— Em breve — Thomas respondeu orgulhoso. Já eu fiquei surpresa. Aquele era ainda o tema não discutido, apesar de toda a pressão.

Conversamos e rimos muito com os casos engraçados que aconteciam nas filmagens. Também falamos sobre meu novo status com a herança deixada pelo meu pai e do meu relacionamento com Samantha, que tinha se tornado uma grande amiga. Eles ouviram com interesse e respeito, compreendendo todas as minhas decisões.

Foi muito divertido e, para variar, as minhas amigas tentaram me deixar bêbada. Thomas ria das brincadeiras e permitia que elas me obrigassem a beber.

— É para relembrar aquela noite. Vamos realizar mais essa fantasia minha — murmurou ao meu ouvido, revelando o seu plano.

— Você quer transar com uma mulher bêbada? — Fingi estar indignada e ele riu.

— Não. Quero transar com a mulher linda que conheci aqui e que levou meu coração junto com ela quando fugiu bêbada. — O que poderia dizer?

Naquela noite realizei mais uma fantasia dele. Com muito prazer.

Na manhã seguinte, dormimos até quase meio-dia, depois fomos caminhar na praia, de mãos dadas. Tão romântico! Os problemas ficaram no passado há tanto tempo que nunca parava para analisá-los. Eu me entreguei à minha vida perfeita, ao lado do meu futuro marido perfeito.

Ficamos um bom tempo assim, só curtindo um ao outro. Namoramos um pouco na areia e depois tomamos banho de mar juntos. No fim do dia, estávamos agarrados na piscina da casa. Não tínhamos feito amor ainda, e eu estava adorando o clima de namoro que se instalou, só atiçando para depois deixar queimar.

Era tão bom ter um dia inteiro só nosso, sem ninguém por perto, sem obrigações... Poder ficar com ele na piscina sem me preocupar com mais nada e, principalmente, sem esconder o nosso amor. Só que em alguns dias nossa vida voltaria ao normal, por isso cada vez que me lembrava, sentia mais vontade de ficar agarrada a Thomas.

Dois dias depois de tanta liberdade, fomos surpreendidos pela Sara, que apareceu bem cedo com a novidade. Estávamos estampados em todas as revistas. Uma, inclusive, mostrava Thomas e eu nos beijando na piscina. Não poderíamos mais negar o nosso relacionamento.

Thomas deu risada das fotos. Eu fiquei chocada.

— Não conseguiríamos esconder por mais tempo — ele justificava seu riso.

— Nós vacilamos! Não deveríamos ter ficado tão à vontade. — Eu estava chateada. Não queria minha vida exposta daquela forma nos tabloides.

— Cathy, você é minha mulher, não poderia ser diferente. Agora eles querem saber sobre você também. Relaxe!

— Não sabia que vocês casaram — Sara comentou brincando com a colocação dele.

— Ele está com essa ideia agora. — Thomas encostou-se ao sofá e ficou observando as fotos. — O que vamos fazer?

— Vamos declarar logo que nos amamos, estamos noivos e moramos juntos. Não aguento mais não poder tocar em você quando estamos trabalhando.

— Mesmo depois do casamento nós vamos continuar agindo assim. Trabalho e prazer são duas coisas distintas, não se esqueça — o repreendi, sem gostar da sua facilidade com a situação. — E não quero declarar nada.

— Não temos mais como negar — ele me lembrou colocando uma revista na minha frente.

— Também não precisamos confirmar.

— Tá bom! Então vamos agir naturalmente e com o tempo vão perder o gosto pela notícia — Thomas finalizou sorrindo, demonstrando estar bastante à vontade com os últimos acontecimentos.

Apesar de não ser um problema para ele, decidi que não sairíamos mais de casa para eventos pessoais, a não ser que fosse algo muito reservado. Depois das fotos nos demos conta da quantidade de *paparazzi* por todos os lados tentando nos clicar.

Ficamos em casa trancados por três dias inteiros. É claro que tínhamos muitas coisas para fazer. Exploramos afoitos o restante da casa. Ao final desses dias estávamos na sala de vídeo deitados no chão, cobertos por um lençol apenas, conversando a respeito do casamento e da família que queríamos formar. Resolvemos ensaiar bastante antes de "encomendarmos" uma criança de verdade.

Já estávamos nos vestindo quando o celular de Thomas tocou. Era Sara, muito nervosa. Thomas colocou no viva-voz para que eu pudesse participar da conversa sem entender o motivo da sua apreensão.

— Thomas. Temos um problema grave.

— O que aconteceu?

— Lauren enlouqueceu novamente.

Trocamos um olhar rápido.

— O que ela fez? — Thomas perguntou assumindo uma posição defensiva.

— Sumiu. Depois daquelas reportagens que confirmavam o relacionamento de vocês, ela pirou. Pensei que por estarmos distantes, acabaria ficando tudo bem, mas ontem ela só falava que você a traiu e que iria se vingar. Eu conversei com o médico dela e resolvemos interná-la, mas, quando ele chegou com a equipe hoje cedo, ela havia desaparecido.

Trocamos mais um olhar de preocupação. Não queríamos nos envolver em mais problemas, assim como não queríamos que Lauren fizesse algo com si mesma. Apesar de tudo, Thomas ainda se sentia responsável e eu nem imaginava o que seria para ele se ela atentasse contra a própria vida.

— Sara, o que podemos fazer para ajudá-la? — perguntei, me envolvendo no problema.

— Estou preocupada com vocês, Cathy. Ela está descontrolada. Pode tentar fazer alguma coisa.

— Não se preocupe, Sara, a casa está segura. Vamos ficar bem — Thomas respondeu tranquilo.

Eu não estava tão tranquila assim. Para ficarmos mais à vontade, reduzimos os horários dos empregados e a quantidade de seguranças. Ficamos com o necessário para manter os *paparazzi* afastados da casa, o que não era um número muito grande. Três seguranças, considerando Eric.

— Thomas, não é só isso. O problema é ainda maior. Vasculhei o quarto dela à procura de alguma pista e achei o diário. Descobri uma coisa terrível. — Sara fez uma pausa. — Foi ela quem pagou aos bandidos para assaltar sua casa naquele dia. Ela queria que machucassem Cathy.

Ficamos sem reação e então nos demos conta do quão perigosa Lauren poderia ser.

CAPÍTULO 23
A vingança de Lauren

CATHY

— Não se preocupe — Thomas tentava me acalmar. — Já falei com o Chefe Smith, e Sara ficou de escanear o diário da Lauren e mandar por e-mail para a delegacia. Ele vai conseguir um mandado de busca. De qualquer forma, ele ficou de enviar uma viatura para nos ajudar com a segurança. Dyo já providenciou o hotel e vai pra lá para nos encontrar. Kendel vem para cá e Eric está contratando mais alguns seguranças para nos acompanhar durante as filmagens. Sara vai embarcar o mais rápido possível e nos encontrar no hotel. Vai dar tudo certo.

Eu estava em nosso quarto tentando arrumar as malas. Nem conseguia acreditar que, mais uma vez, Lauren estava nos criando problemas. Quando terminaria? Quando a vida parecia estar seguindo seu caminho, aparecia alguma coisa para bagunçar tudo outra vez.

— Fique tranquila! — Thomas me abraçou, disfarçando o seu nervosismo. — Não acredito que ela consiga fazer alguma coisa. Nem acredito que consiga se aproximar de nós.

— Ela sempre consegue! Lauren está transtornada. Mantê-la afastada da gente não é o bastante. Pense bem, se ela conseguiu contratar aqueles ladrões para me fazerem mal, do que mais será capaz?

Ele não respondeu. Eu sabia que Thomas concordava comigo. Era impossível prever o que Lauren estava planejando fazer. O pior é que ela estava em vantagem com relação ao tempo, pois só ficamos sabendo das suas intenções muito depois da sua fuga, enquanto ela teve o necessário para planejar e executar o seu plano, qualquer que seja ele.

Thomas desceu, levando nossas malas para o carro, enquanto eu terminava com a nossa bagagem de mão. Os empregados já tinham deixado a casa antes de recebermos a ligação de Sara, então estávamos sozinhos.

Havia dois seguranças rondando e Eric saíra para resolver sobre o aumento da segurança pessoal. Eu estava muito nervosa. Quando terminei, fiquei observando a paisagem através da janela de vidro. Seria um lindo pôr-do-sol e não estaríamos lá para contemplar. Quantas coisas mais Lauren conseguiria arrancar de nós dois?

— É realmente um lindo cenário. — Eu me virei, surpresa com sua presença.

— Lauren!

— Achou que tivesse se livrado de mim? — Riu debochada.

— Como conseguiu entrar? — Minha cabeça só conseguia pensar em Thomas. O que ela teria feito com ele?

— Eu sempre consigo o que quero. Esqueceu? — Fiquei muda. Ela tinha ouvido minha conversa com Thomas. — Vai viajar? — Permaneci calada. Aquela louca podia tentar qualquer coisa contra mim e eu estava indefesa. — Os cuidados que vocês tiveram com a segurança da casa foram inúteis. Eu tenho acesso a todas as informações sobre Thomas. Foi muito fácil entrar, depois foi só aguardar o momento certo para agir. Ele nunca te deixava sozinha, não é mesmo? Vocês me fizeram esperar por muito tempo. — Ela deu dois passos para dentro do quarto, me fazendo recuar. — Fiquei surpresa com a exposição de vocês. Namorando na piscina? Que vacilo, hein? Thomas nunca fez isso, apesar de sempre gostar de ser visto com mulheres bonitas. Nunca se expôs tanto.

— Lauren, você está doente, precisa de ajuda. Deixe-nos ajudá-la.

— Eu não estou doente! — rosnou com raiva. — Não sou louca!

Ela estava descontrolada. Seus olhos eram demoníacos, sua boca formava um ângulo que lhe dava as feições de uma besta enfurecida.

— Se você nunca tivesse surgido em nossas vidas, ele ainda estaria comigo. — Percebi seu objetivo naquela hora. Ela queria apenas a mim, ou já teria se revelado e atacado Thomas também.

— Não tenho culpa de nada. Eu nem conhecia vocês quando tudo aconteceu, Lauren. Pare e pense.

— Mas você apareceu quando ele já estava se esquecendo. Ele iria ficar comigo, estava triste pela perda do nosso filho. — Levou a mão à barriga, acariciando-a como se ali tivesse realmente existido uma criança. — Ele queria formar uma família comigo — sua voz era quase infantil.

— Lauren, seu filho nunca existiu. — Tentei fazê-la voltar à realidade, enquanto ganhava tempo para pensar em alguma coisa. — Foi tudo sua imaginação. Mas você ainda pode mudar sua história. Deixe que eu te ajude.

Ela deu uma risada cruel, que me fez estremecer por completo.

— Você é uma desgraçada, Cathy!

Lauren tirou uma arma de suas costas e a apontou para mim. Fiquei congelada. Não havia nada nela que me fizesse acreditar que hesitaria. Ela me queria fora do seu caminho, não importava o que teria que fazer para conseguir isso. Respirei fundo e não me mexi. Qualquer movimento poderia fazê-la perder a cabeça. Contudo meu cérebro funcionava a todo vapor, tentando encontrar uma saída.

Mais alguns passos e ela estava bem perto de mim, a arma quase em minha cabeça, os olhos decididos e triunfantes.

— Está com medo agora? — Um sorriso assustador nos lábios. — Onde está toda sua coragem de antes? Lembra-se da surra que me deu lá na boate? — Ela estreitou os olhos e suas feições ficaram severas. — Eu não me esqueci.

E com a mão livre me deu um tapa no rosto, pegando-me desprevenida. Caí desequilibrada no chão. Eu estava assustada demais para revidar e, mesmo que não estivesse, não poderia reagir com ela armada.

Lauren se aproximou sem pressa, com tudo muito bem arquitetado em sua mente doentia, então chutou a minha barriga com muita força. O ar faltou em meus pulmões, comecei a ver tudo girando, além da dor. Ela iria me matar, eu tinha certeza, mas antes iria se divertir com a minha desgraça.

Mais um chute e esse atingiu a minha cabeça. Senti o bico fino da sua bota tentar ultrapassar o meu couro cabeludo. A sua intenção era atingir meu rosto, contudo percebi me protegendo a tempo. Quando fui atingida, a dor quase me fez desmaiar. Vi pontos negros se formando em meu campo de visão, então não consegui mais fixar as vistas.

Lauren agarrou o meu cabelo forçando-me a levantar. Senti, horrorizada, os fios serem arrancados da minha cabeça. As lágrimas se formaram sem que eu conseguisse evitá-las. Onde Thomas estaria?

— Preste bastante atenção, Catherine, porque não irei repetir. Eu sei que Thomas está na garagem arrumando as coisas para vocês fugirem — ela falou com o rosto muito perto do meu. — Posso acabar com ele também. Seria uma pena, mas farei isso se ele tentar me impedir de acabar com você. É o que você quer? Um enterro duplo? Seria muito comovente. Romeu e Julieta da atualidade. — Riu, como se estivesse possuída pelo próprio demônio.

Neguei com a cabeça, então ela continuou:

— Vamos descer em silêncio e entrar no carro que está lá fora me aguardando. Faremos uma pequena viagem com aqueles meus amigos que vieram te visitar e que você se negou a receber. Entendeu?

Senti meu coração descompassar. Lauren enlouquecera. Ela estava com os mesmos ladrões que tentaram me fazer mal alguns meses antes, para que pudessem, finalmente, concluir o trabalho que foram pagos para fazer. Minhas pernas falharam diante do que iria me acontecer. Entrei em desespero.

— Não, Lauren!

Estava tão desesperada que minha voz saiu um pouco mais alta. Eu estava prestes a gritar. Seria melhor morrer ali, nas mãos dela, do que suportar o que aquela doida pretendia me fazer passar.

— Cale a boca! — rosnou enfurecida. — Se você tentar alertá-lo, mato você e depois ele. Entendeu?

Mais uma vez assenti em silêncio. Lauren encostou o revólver em minha cintura me abraçando, de forma a me manter presa ao seu corpo e começamos a sair do quarto. Qualquer movimento mais ousado da minha parte poderia fazê-la disparar. Seus passos eram seguros. Eu tremia. A certeza da morte não me assustava, o que me deixava em pânico eram as circunstâncias. Ela estava louca, completamente desequilibrada. Era certo que me machucaria muito antes de me matar.

— Me matar não vai mudar as coisas. Só vai torná-las ainda mais difíceis. — Tentei mais uma vez, sem acreditar que qualquer palavra minha mudasse os seus planos. Eu queria ganhar tempo até conseguir enxergar outra saída. — O problema não sou eu, nem Thomas. É você. Entenda que me tirar de cena não vai fazê-lo querer você de volta.

— Tem razão. — Sua voz estava mais baixa e calma. — Mas vou matá-la assim mesmo. Thomas vai sentir como é a dor de perder a pessoa amada. Se ele te ama tanto quanto diz, seu sofrimento será insuportável, como o meu. Mais uma vez seremos iguais.

Assim entendi que Lauren não voltaria atrás dos seus planos, porque não importavam as consequências das suas ações, ela queria Thomas na saúde ou na doença, na dor ou na alegria, ou em tudo isso junto.

Descemos as escadas com passos calmos e fomos surpreendidas por Thomas parado na porta de uma das salas. Seu olhar era impassível. Seus braços, cruzados no peito. Olhava fixamente para Lauren. Em nenhum momento seus olhos se voltaram para mim. Não sei o que foi mais forte, o alívio pela ajuda que impediria Lauren de me levar, ou o desespero pela presença dele, que poderia levá-la a reações mais drásticas. Senti a mão dela se fechar mais forte em minha cintura.

— Não tente nada, Thomas! Eu a matarei aqui mesmo. É o que você quer? Ver sua linda Cathy morta? — Lauren estava furiosa com a presença dele. Tirou o revólver da minha cintura e o pressionou em minha cabeça.

— Thomas, vá embora! — implorei. Não queria que ela o ferisse.

Mas ele nem olhou para mim, continuava olhando fixamente para Lauren.

— Eu vou matá-la! Eu juro! — Ela pressionava ainda mais o revólver em minha cabeça, fazendo-me gemer com a pressão.

— Não se dê a esse trabalho. — Sua voz fria e baixa fez meu corpo gelar. — Ela nem vale a pena. — Thomas estava com os olhos sinistros e esboçava um sorriso demoníaco. Não o reconheci. O que ele estava tentando fazer?

— O quê? — falamos juntas, incrédulas com o que ele estava falando.

— Lauren, não estrague sua vida por tão pouco. Deixe a coitada em paz — ele falava naturalmente. Nenhum sinal de nervosismo em sua voz.

Percebi de imediato que Thomas falava a verdade. Não havia como ser diferente estando ele tão convincente. Eu não valia a pena. Ele não se importava com o que aconteceria comigo.

— O que você quer dizer? — Lauren buscava respostas para uma mudança tão repentina. Ela também percebeu o desinteresse dele pelo meu destino, ficando confusa.

— Ah! Por que a surpresa, Lauren? Você entendeu o meu jogo logo no início. Você soube desde o princípio o que eu queria com ela. Não fiquei surpreso, sabe por quê? Porque somos iguais. Ninguém me conhece melhor que você. — Ele ria, se divertindo.

Nenhuma dor que eu senti superava à das feridas abertas por aquelas palavras. Minhas lágrimas caíam, revelando o tamanho da minha dor.

— Mas, você...

— Eu sei. Eu briguei com você diversas vezes. O que há de errado nisso? Nós sempre brigamos e isso nunca nos impediu de ficarmos juntos. — Ele olhava para ela com desejo. Minhas feridas ficaram mais profundas.

Lauren começou a andar me arrastando com ela em direção às portas de vidro. Tentava não ficar de costas para a entrada da casa. Ela estava em dúvida sobre o que ele dizia, mesmo assim afrouxou um pouco a pressão do revólver em minha cabeça.

Eu não tinha nenhuma dúvida. Ele não estava fingindo. Qualquer pessoa que conhecesse Thomas saberia que o que ele dizia era verdade. Só eu acreditei que ele havia mudado por mim. Como fui tola!

— Além do mais, você sabe como fico quando quero alguma coisa, ou alguém, e você estava me atrapalhando. Confesso que fiquei furioso, mas agora que já tive o que queria, nem me lembro mais dessas pequenas coisas.

— Você está mentindo, Thomas! Está tentando me distrair. Não tente! Eu vou matá-la de qualquer maneira. Desista! Não vou deixá-la livre para depois você me abandonar e voltar para os braços dela.

A risada dele preencheu a sala.

— Tá bom! Então mate! — Parou e ficou olhando desafiadoramente para ela. — Se eu amasse realmente a Cathy, já teria me atirado em você para detê-la. Eu iria me importar por você estar machucando-a. E, no entanto estou aqui, me divertindo. Da mesma forma que você.

— Jure que é verdade. — Ela estava cedendo.

— Lembra-se de como eu adorava quando você ficava com ciúmes? Me fazia te desejar ainda mais. Jogávamos muito bem com nossos sentimentos. Era deliciosa a forma como terminava.

Lauren hesitou. Novas lágrimas desceram pelo meu rosto. Eu me sentia péssima, não só pelo medo, ou pela possibilidade de morrer de maneira tão trágica, mas principalmente pelo que ele dizia. Como poderia ser verdade? Como ele conseguiu me enganar com tanta convicção? Eu não fazia ideia, mas aquele homem parado ali, não era o Thomas que eu conhecia, porém poderia ser facilmente o que muitas pessoas descreviam.

— E o noivado? O anel que você deu a ela?

Sua voz estava cheia de esperança. Enquanto a minha estava morta. Eu já não me importava com o que iria me acontecer. Como pude me enganar tanto? Como pude acreditar nele, em seu amor? Involuntariamente meus olhos se voltaram para o anel em meu dedo e a lembrança da nossa primeira noite e do pedido de casamento invadiu meus pensamentos.

Como aquilo pode ter sido uma mentira?

— Lauren! — falou como se estivesse conversando com uma criança, abrindo os braços e sorrindo com travessura. — O que posso dizer? Confesso que o fato da Cathy ser virgem me deixou curioso e excitado. Eu queria apenas levá-la pra cama, me divertir um pouco. Mas Sara interferiu e precisei encenar todo esse teatro para conseguir o que queria, sem me indispor com toda a equipe. Você sabe, "Paris vale uma missa", a virgindade dela valia um anel caro.

Eu não conseguia mais olhar para Thomas. Minha tristeza me afundava cada vez mais em um oceano profundo. Senti o anel pesar em meu dedo e tive ímpetos de arrancá-lo dali.

— Sabe de uma coisa? Foi divertido. Vê-la tentar me acompanhar, ser competente na cama. Acreditar nas coisas que eu dizia. — Ele fez uma pausa, procurando a forma correta de dizer, e depois sorriu maleficamente. — Ela nunca conseguiu. Eu já estava entediado. Cathy nem se compara a você, ao seu fogo, sua experiência, sua sensualidade. Você sabe que foi a melhor mulher que já tive na cama. Por causa disso nunca te deixei de verdade.

Os soluços romperam de minha garganta. Por que ele não a deixava me matar? Por que não iam embora ou me deixavam ir e pronto? Tinham que ficar me humilhando, maltratando...

— Deixe essa coitada ir embora logo de uma vez, Lauren — pediu impaciente. — Estou ficando irritado com esse choro. Vamos matar nossa saudade.

Seus olhos eram sugestivos. Thomas levantou a mão chamando-a. Fui jogada contra a porta de vidro que dava acesso à piscina e caí no chão sem forças para me levantar. Lauren foi na direção dele, esperançosa. Tinha conseguido o que queria. Eu não passava de mais uma diversão para Thomas Collins.

Eu queria poder fugir naquele momento, contudo meus pés não tinham forças para correr, meu cérebro não conseguia comandar o corpo. Olhei uma última vez para Thomas e foi neste momento que o senti vacilar. Ele olhou ligeiramente para o lado, em direção à porta de entrada. Sem que eu conseguisse entender o porquê, meus olhos acompanharam o que chamava a sua atenção.

De onde eu estava pude ver a sombra do Kendel. Meu coração quase parou. Thomas tentava me salvar. Estava enganando a Lauren e a mim. Nossos olhos se encontraram pela primeira vez, e eu tive certeza dos seus planos. Ele estava desesperado. Um misto de alívio e desespero tomou conta de mim.

Lauren se aproximou com cuidado e ele a beijou nos lábios com desejo. Suas mãos foram descendo pelas costas dela em direção à arma que descansava em sua mão. Ele iria tentar desarmá-la, o que foi uma péssima estratégia. Se eu conseguia ver Kendel, com certeza Lauren o veria em breve.

E foi o que aconteceu. Sem que Thomas esperasse, ela o empurrou com raiva.

— Seu desgraçado!

Ele caiu de costas enquanto ela levantava a arma para atirar nele. Meu desespero foi enorme. Lauren não podia matá-lo, eu não permitiria. Levantei e me atirei em sua direção. Ao mesmo tempo Kendel correu ao seu encontro para impedir, no entanto, antes que ele conseguisse alcançá-la, Lauren se virou para mim e atirou várias vezes, até ser interrompida pelo choque com o corpo do Kendel.

— NÃO!

Ouvi a voz de Thomas ecoar pela sala ao mesmo tempo em que sentia algo me empurrar para trás com toda força, me atirando contra a porta de vidro que tomava todo o fundo da casa. Passei por ela com facilidade. Senti os vidros se quebrando em minhas costas e caí na área da piscina. Meu corpo praticamente não sentiu o impacto da queda. Era como se eu não estivesse mais lá, porque simplesmente não sentia mais nada.

O barulho ecoava em meus ouvidos, eu não conseguia distinguir os sons. Fiquei deitada por um tempo indefinido, contemplando o céu. Estava escuro. Eu não enxergava as estrelas, meus olhos estavam fixos na escuridão. Não havia dor, eu só me sentia exausta e muito fraca, não conseguia me levantar.

— Cathy! Cathy, não! Não, amor, não! — Thomas estava comigo.

Eu podia ouvi-lo, porém não conseguia vê-lo. Ele estava chorando? Meu corpo tentava obedecer aos comandos do meu cérebro e parecia não existir nenhuma ligação entre eles. Estavam desconectados.

— Thomas — consegui dizer, depois de um tempo tentando encontrar a minha voz, que parecia irreconhecível aos meus ouvidos. Eu não conseguia encontrar conexão entre qualquer parte do meu corpo.

— Calma, amor, vai ficar tudo bem. Você vai ficar bem, eu prometo! — Ele chorava muito, deduzi que estava muito machucada. Eu iria morrer.

— Tive tanto medo! — Senti minhas próprias lágrimas escorrendo em meu rosto. — Tive medo de você não me amar mais.

— Como você pôde pensar uma coisa dessas? — Eu podia perceber que um sorriso brincava em seus lábios, mesmo com a tristeza da sua voz. — Eu estava tentando te salvar. Ela iria te matar, eu precisava fazer alguma coisa.

— Eu sei, amor. Agora eu sei. — Tentei sorrir sem saber o comando correto para conseguir.

Uma dor profunda me atingiu no lugar onde deveria ser a minha barriga. Da forma como estava me sentindo, era praticamente impossível identificar de onde vinha, a única coisa que eu conseguia perceber era que estava sentindo dor. Muita. Uma dor dilacerante. Insuportável. Gritei involuntariamente. No mesmo instante, Thomas se desesperou ao meu lado.

— Calma, Thomas, a polícia já chamou a ambulância. Não podemos removê-la, é perigoso. Pelo amor de Deus, não toque nela. — Reconheci a voz do Kendel e fiquei aliviada, nada havia acontecido com ele também.

No mesmo instante em que meu corpo conseguiu registrar a dor aguda, diversos outros pontos foram identificados, como um passe de mágica. Eram lugares distintos e cada um doía a sua própria maneira, formando um conjunto sólido de dor. A escuridão se intensificou e eu não sabia mais se estava escuro ou se meus olhos estavam fechados.

— Cathy, fique comigo, por favor! Seja forte, amor, eles já estão chegando. Só espere mais um pouco. Não desista.

— Dói muito! — sussurrei, com a garganta seca. — O que aconteceu? — O choro queria se intensificar sem encontrar forças.

— Fique tranquila. Aconteceram coisas ruins, mas você vai ficar bem. Eu sei que dói. Você está muito ferida. Vai passar, assim que a ambulância chegar. — A urgência em sua voz só me certificava que a minha situação não estava nada boa.

Respirar estava ficando cada vez mais complicado e difícil. Comecei a sentir gosto de sangue em minha boca e ficava cada vez mais forte. A dor que sentia estava cedendo ou talvez eu estivesse simplesmente me acostumando com ela. De repente um frio intenso começou a se instalar desviando minha atenção para ele.

— Estou com frio, Thomas — choraminguei.

Eles fizeram silêncio. Comecei a imaginar que na verdade eu não tinha dito nada, apenas sentido vontade de falar, pois o silêncio se prolongou por muito tempo. Depois ouvi uma voz familiar que eu não conseguia identificar.

— Ela está perdendo muito sangue, e rápido. Por isso o frio.

— Vamos levá-la agora. — Thomas determinou com urgência. Senti suas mãos tocarem meu corpo procurando o melhor ângulo para me levantar. A dor se intensificou e eu gemi.

— Não faça isso! A bala pode ter se alojado em alguma região comprometedora. Você pode matá-la mais rápido ou comprometer algum órgão. O melhor a fazer é aguardar. Confie em mim. Eles estão chegando.

Thomas chorava sem parar. Senti vontade de confortá-lo. Eu devia estar morrendo mesmo, do contrário ele não estaria tão desesperado. Se eu iria morrer, então precisava dizer que estava tudo bem. Em tão poucos anos, a vida já tinha me mostrado diversas situações ruins, por isso quase desisti de conhecer o que ela me oferecia de melhor. Graças a Thomas eu tive a chance de viver, de não desistir do amor. Ele foi a melhor coisa que me aconteceu. Estar com ele era uma mistura de sentimentos e todos me levavam para um único lugar: a felicidade. Então, se eu iria morrer ali, morreria muito feliz.

— Tudo bem, Thomas! Vai ficar tudo bem — eu dizia. — Apenas fique comigo. Não me deixe.

— Eu nunca vou deixá-la. Você vai ficar bem. Nós vamos ficar bem. Vamos nos casar e ter filhos. Vamos ser felizes como sonhamos, meu amor. Apenas seja forte.

Sorri para esses planos. Eu tinha certeza de que nunca conseguiríamos, mas ficar ali, sonhando com ele ao meu lado, aliviava a dor. Eu o amava tanto! Amava tudo nele. Todos os seus olhares e seus sorrisos. Todas as suas falas e gestos. Todos os seus toques e beijos. Eu simplesmente o amava como ele era, sem acrescentar mais nada.

Minhas forças estavam se esvaindo. Tentei abrir os olhos para vê-lo pela última vez. Novamente eu o buscava em minhas lembranças para me confortar no vazio da morte. Mais uma vez eu iria ficar fechada em meu mundo apenas com Thomas. Só que dessa vez seria para sempre. Senti um sorriso se formar em meus lábios.

— Thomas.

— Estou aqui, amor.

Senti meu corpo afundando no oceano profundo que antes tentava me engolir. Suas águas geladas abraçavam o meu corpo e o pressionavam para baixo. Lutei para manter a cabeça de fora. Eu não podia afundar. Não antes de dizer o que queria. Abri os olhos com o que me restava de forças e encontrei os dele molhados, me encarando. Ele estava bem perto. O suficiente para que eu conseguisse gravar na memória cada pedacinho do seu rosto.

— Eu amo você!

E meu corpo foi engolido pelas águas. Ainda pude ouvi-lo me chamar, porém sua voz parecia muito distante, não conseguia mais ficar ali com ele. Não conseguia mais respirar, então me entreguei ao oceano escuro que me tragava.

THOMAS

Nossos olhos se encontraram e eu tive a impressão de que ela sorria. Seu rosto continuava deslumbrante. Cathy apagou naquela hora. Ela disse que me amava e se foi. O desespero me dominou imediatamente. Lauren conseguira atingir os seus objetivos, e só então entendi o que ela disse quando ainda ameaçava matar a Cathy. A dor de perder quem se ama é insuportável. É impossível conviver com ela. Era como se algo dentro de mim tivesse se partido em milhares de pedaços.

Kendel me puxou para longe dela, impedindo-me de tocá-la. Gritos desesperados saíam de minha garganta, sem que eu tivesse permitido que fosse assim. Ele me segurou no chão até que eu não consegui mais gritar nem me debater. Apenas minhas lágrimas faziam parte de mim.

Ali no chão, com Kendel me segurando como uma pedra, eu apenas conseguia olhá-la, deitada, imóvel. Parecia dormir. Vi os paramédicos chegarem se debruçando sobre Cathy como numa cena de filme onde todos se movem em câmera lenta. O tempo demorava a passar. Vi que tentavam reanimá-la. Colocaram um colete para mantê-la na posição correta e a levaram para longe de mim. Eu não sabia para onde.

Só então Kendel afrouxou seu aperto. Eu me olhei e vi que minhas mãos e minha camisa estavam repletas do sangue dela. Foi a única coisa que ficou comigo. Nada mais.

— Vamos, Thomas. — Kendel estava me levantando do chão. — Temos de acompanhá-la.

— Eu vou com vocês. — Dyo surgiu do nada ao meu lado. Eu nem havia percebido que ele estava lá. Aceitei ser conduzido, pois não restava mais nada a fazer.

Eu precisava ficar ao lado dela, onde quer que ela estivesse.

CAPÍTULO 24
O retorno à vida

CATHY

Abrir os olhos foi mais muito difícil do eu podia imaginar. Foi tudo tão rápido, que nem consegui entender o que aconteceu. Eu tinha afundado em um oceano escuro e frio enquanto me despedia de Thomas. Apesar de me sentir afundando, meu corpo parecia flutuar. Fiquei assim por um tempo indeterminado. Ouvia vozes ao meu lado, porém não sentia ninguém, nem entendia o que diziam. Meu cérebro alternava entre a tentativa de entender o que estava acontecendo e de se entregar. Todos os meus movimentos e reações eram involuntários.

O estranho era que eu não me movia, mas sentia todos os meus movimentos acontecerem normalmente, como se fossem dois corpos num só. Senti que estava me levantando e depois, que sentei sobre algo frio. Estava bastante escuro, mesmo assim conseguia enxergar meu corpo e cada detalhe da sala. Procurei por algo que me ajudasse a ficar de pé e encontrei apoio numa cadeira encostada ao lado da cama onde eu estava deitada.

Comecei a ouvir algo parecido com música, só não conseguia entender se pessoas cantavam ou se era o som vindo de um rádio. Fui até a porta do quarto, ela dava para um enorme corredor escuro. Saí, mas fiquei parada, tentando decidir o que deveria fazer. No fundo do corredor havia uma luz bem fraquinha, e de lá vinha a música que eu estava ouvindo.

Sentindo o ambiente, consegui perceber que eu podia também ouvir pessoas conversando animadamente e risadas alegres vindo da mesma direção da música. A paz que eu me inundava quando eu olhava para aquele lado me impelia a andar naquela direção. Quem sabe Thomas estava lá, me esperando?

A mínima menção ao seu nome me fez sentir uma pontada forte na barriga, onde eu deveria estar machucada. De súbito levei a mão ao local onde antes havia só dor.

— Cathy, amor, sei que está me ouvindo. Os médicos disseram que agora só depende de você. Que você está apenas dormindo e vai continuar até sentir que pode voltar. Eu sei que é capaz de fazer isso. Sei que quando tem medo de qualquer situação, se fecha até ter a certeza de que está segura.

Ouvi a voz de Thomas e comecei a procurar desesperadamente por ele. Ela não parecia vir de nenhum lugar específico e ao mesmo tempo, parecia tão perto de mim. A dor em sua voz fez meu coração se contorcer e lágrimas vieram aos meus olhos. Eu o procurava, mas não encontrava.

— Hoje faz dez dias que você está dormindo. Eu não quero apressá-la, sei que precisa de tempo e eu devo respeitar, quando chegar a hora certa, você vai voltar. Fique o tempo que precisar, amor, mas, por favor, volte pra mim.

Ele ainda chorava. Falava em dez dias. Foi tanto tempo assim? Parecia que eu tinha apenas fechado os olhos e, logo em seguida, aberto novamente para a escuridão vazia. Como podem ter se passado dez dias? Ouvi seus soluços e me desesperei. Ele estava tão triste! Eu precisava dizer que estava tudo bem, que estava tentando encontrá-lo. Mais uma vez olhei para a luz na outra direção, me dando conta de que esta estava mais forte. Talvez, se eu fosse até lá, conseguisse ajuda para encontrar Thomas.

— Eu sinto tanto a sua falta, meu amor! Sinto falta do seu sorriso, da sua voz, dos seus olhos. Sinto falta até de quando você ficava aborrecida comigo. Está sendo tão difícil que eu ando ansiando até pelas nossas brigas.

Eu sabia que ele estava ali, mas onde? Como faria para encontrá-lo?

— Cathy! Querida, volte. — Uma voz muito familiar estava mais próxima ainda de mim. Eu sabia que conhecia a pessoa, mas não conseguia identificar quem era. A única coisa que eu sei é que uma forte sensação de paz me atingiu, fazendo toda dor desaparecer. — Volte, querida.

Olhei para a luz cada vez mais próxima e meu corpo começou a relaxar, tomado pela sonolência. Eu precisava voltar. Por ele, por nós. Eu não podia abandoná-lo. Juntei toda coragem que me restava e me esforcei para andar de volta à escuridão. Contra todos os meus medos. Eu sabia que venceria.

Então abri os olhos para uma luz intensa que me forçou a fechá-los de volta, devido à claridade. Novamente tentei abri-los e consegui progredir um pouco mais. Repeti o processo até conseguir mantê-los abertos. Certa de que havia conseguido voltar, tentei reconhecer o ambiente e meus olhos varreram o quarto claro em que me encontrava.

Thomas estava ao meu lado. Com a cabeça baixa, apoiada nos braços sobre a cama. Ele não percebeu que eu estava ali outra vez.

— Sinto tanta falta de ver os seus olhos, de ouvir sua voz, sua risada...

Seu choro encheu a sala. Olhei em volta e vi uma janela de vidro próxima à minha cama, que dava para outra sala, onde estavam algumas pessoas. Reconheci Mia encostada no vidro, sendo consolada por Dyo. Ela foi a primeira a me ver. Ficou um tempo sem compreender o que estava acontecendo. Sorri, achando graça da sua cara de confusão. Era ótima! Eu teria que me lembrar de dizer isso a ela.

Mia colocou uma mão no vidro, chamando a atenção do Dyo, que rapidamente percebeu que eu estava acordada. Ele fez sinal e logo as pessoas se aglomeravam na janela. Helen, Daphne, Kendel, Raffaello, Stella, Anna, Melissa e Samantha. Estavam todos lá. Eu podia ver em cada olhar a felicidade por me ver. Como era bom vê-los também. Meu coração ficou repleto de amor.

Olhei de volta para Thomas, ele ainda estava de cabeça baixa. A movimentação na outra sala chamou a sua atenção e ele olhou para o grupo na janela de vidro. Reconheci o homem que eu amava, mesmo com as olheiras, o cabelo despenteado e a barba por fazer. Ainda assim era o meu Thomas, o meu amor. Eu consegui. Tinha voltado para ele e nada mais nos separaria. Finalmente seus olhos alcançaram os meus e nos reencontramos.

— Oi — eu disse, sorrindo.

— Oi — ele respondeu, emocionado.

Olhar o mar através da minha janela de vidro era sempre uma felicidade. Mesmo com tantas lembranças difíceis, eu ainda amava aquele lugar. Ele sempre seria único. Era o lugar onde eu tinha encontrado e aprendido a aceitar todo o amor que tentava sufocar. Foi ali que, não apenas encontrei o amor, mas, principalmente, o amor me encontrou.

Sozinha eu podia contemplar a minha vida de perto. Naquele fatídico dia, graças a Deus, Lauren conseguiu me atingir com apenas três tiros, apesar de ter descarregado a arma. Um atingiu o abdômen, causando uma hemorragia que por pouco não me matou. Outro pegou em cheio no meu ombro esquerdo, o que me rendeu um bom tempo de fisioterapia. E o último passou de raspão pelo meu pulso direito, sem danos significativos.

Quando eu fui arremessada contra a parede de vidro, fui cortada pelos estilhaços em várias partes do corpo. O que contribuiu para a perda de sangue e me fez passar por várias cirurgias estéticas para que não ficassem marcas.

Kendel conseguiu segurar Lauren antes de ela me matar. A polícia chegou logo em seguida, para prender uma Lauren totalmente desequilibrada. A tentativa do Thomas de me salvar tinha acabado com o pouco que restava da saúde mental dela, então ela foi internada em uma clínica psiquiátrica de onde espero que nunca mais saia.

Sara diz que até hoje ela se arruma esperando pelo Thomas. Acredita que ele irá buscá-la, quando se cansar de mim. Felizmente esse dia nunca chegará. Os ladrões conseguiram fugir quando deram pela presença da polícia e ainda não foram encontrados.

Dyo e Sara chegaram à casa logo depois da polícia. Eles estavam no hotel nos aguardando e, quando perceberam que estávamos demorando demais, temeram o pior.

Mia e as meninas só ficaram sabendo do ocorrido depois. Dyo ligou avisando e todas foram imediatamente para o hospital. Mia avisou Sam, depois de muito se perguntar se deveria ou não ligar. Por fim, decidiu que era melhor que Samantha soubesse através dela do que pelos jornais.

Sam desembarcou em Los Angeles no dia seguinte, determinada a não sair do meu lado enquanto eu não estivesse totalmente recuperada.

Thomas pensou que eu havia morrido no momento em que apaguei e entrou em desespero. Só ficou sabendo que eu ainda estava viva quando chegou ao hospital e foi informado de que eu estava na mesa de cirurgia. Ele não saiu do meu lado um minuto sequer. O que já era de se esperar. Aquele era o meu Thomas. O homem que me amava mais do que a ele mesmo e que eu também amava mais do que a mim mesma.

Mia me contou o quanto foi difícil fazê-lo tomar banho e comer. Ela disse que ele ficava ao meu lado conversando comigo, que nem quando eu acordei. Às vezes, ele cantava ou lia, e outras ele deitava a cabeça no meu travesseiro e colocava o fone em meu ouvido para que eu ouvisse as nossas músicas, como sempre fazíamos nas viagens.

Eu ainda fiquei algum tempo no hospital, porém consegui convencer Thomas a viajar para as gravações. Faltava pouco para terminar e depois ele poderia dedicar todo seu tempo a mim. Ele concordou, mas não ficou distante. Conseguimos organizar um esquema que lhe permitia estar em casa de tempos em tempos, assim pelo menos estávamos juntos.

Antes das filmagens acabarem, eu já estava de volta ao trabalho. Não totalmente, mas já conseguia fazer algumas coisas em casa, mesmo.

O incidente ganhou proporções internacionais e nosso relacionamento acabou sendo confirmado. Quando saí do hospital, uma multidão de repórteres me esperava. Também ganhei uma legião de fãs que rezavam pela minha recuperação e mandavam cartas e e-mails desejando força. Fiquei admirada com o carinho de todos.

Helen saíra de licença-maternidade logo depois do que aconteceu e Dyo precisou me substituir. Não era o planejado, mas não havia outra solução naquele momento. Sara estava muito triste com a situação e chegou a cogitar deixar a equipe. Thomas e eu conseguimos convencê-la de que isso não seria necessário e que fazíamos questão de continuar trabalhando com ela. Depois de muita insistência, ela acabou cedendo.

Passei um bom período tentando convencer o médico a me liberar para viagens. Aleguei necessidade da minha presença para resolver alguns problemas, porém a verdade era que eu estava louca de saudades de Thomas e não conseguia mais esperar.

Quase dois meses já tinham se passado e eu não aguentava mais. O amor do meu noivo era fundamental para a minha recuperação. As gravações sofreram atrasos por causa da recusa do Thomas em sair do meu lado, então ele precisou trabalhar quase o dobro para recuperar o tempo perdido.

— Você tem certeza, Cathy? — Samantha tentava me convencer a esperar. Ela estava com medo que algo me acontecesse, mas eu me sentia totalmente recuperada.

— Tenho, Sam. Já recebi alta, então não vejo motivos para ficar longe dele nem mais um dia.

— Você já esperou tanto. Por que não tem mais um pouco de paciência? Ele nem vai conseguir te dar atenção, você só irá atrapalhar indo sem avisar — Mia corroborava com Sam para que eu esperasse antes de voltar de vez ao trabalho.

— Mia, eu não aguento mais — argumentei, como uma criança birrenta.

Eu sabia que elas tinham razão. Thomas estava trabalhando e, se eu aparecesse, ele iria se recusar a continuar no mesmo ritmo. Meu lado profissional me acusava de estar sendo leviana com sua carreira. Então sufoquei a minha necessidade e acabei concordando com elas.

Seria por pouco tempo, apenas mais quinze dias e ele estaria de volta. Dyo também tinha conseguido convencê-lo a não viajar com tanta frequência, pois, se ele conseguisse intensificar o trabalho, as gravações terminariam no prazo programado. Por causa disso, já estávamos há sete longos dias um longe do outro, só voltaríamos a nos ver em quinze. A saudade quase me fez mudar de ideia e correr para junto dele.

— Vamos fazer o seguinte... — começou Mia com um plano completamente esquematizado. Achei perfeito e claro, concordei imediatamente.

Quinze dias depois, eu estava mais do que ansiosa.

— Calma! — Mia falava, pela milésima vez. — Vai dar tudo certo.

Saí de casa deixando Mia e Sam cuidarem de tudo na minha ausência e fui para o aeroporto buscar Thomas, que finalmente estava de volta. Fiquei no carro esperando, enquanto Eric o conduzia até onde eu estava. Thomas entrou ainda agitado pelo assédio dos fãs e dos fotógrafos, por isso, no primeiro segundo, não percebeu minha presença. Depois seus olhos se arregalaram surpresos. Eu sorri largamente para o homem perfeito à minha frente.

— Cathy! — Sua voz era carregada de saudade.

Ele fez menção de se aproximar, mas hesitou. Observou como eu estava até ter certeza de que estava tudo bem, então começou com cuidado. Seu sorriso era deslumbrante. Ele levantou a mão e me tocou com carinho no rosto. Depois me beijou com calma, evitando me machucar. Eu me agarrei ao seu corpo mostrando que não tínhamos porque temer, então ele respondeu com ardor ao contato.

Quando finalmente conseguimos nos afastar o carro já estava estacionando. Thomas olhou pela janela sem entender.

— Para onde vamos?

— É a minha vez de sequestrá-lo — respondi brincalhona, lembrando a primeira vez que tínhamos viajado no seu iate.

— Não precisa me sequestrar. É só dizer o que quer que eu atendo com todo meu amor. — Ele me beijou mais uma vez quase me fazendo perder a força para afastá-lo.

— Então vamos embarcar, porque eu quero um monte de coisas.

— Seu desejo é sempre uma ordem.

Embarcamos para uma viagem de dez dias a bordo do seu lindo Lunasea. Apenas eu, Thomas, a tripulação, o mar e o nosso amor. Não esperamos muito tempo para nossa atenção se voltar totalmente para o quarto.

O dia em que Lauren quase me matou foi também o último que fizemos amor, logo, não podíamos mais esperar. Thomas entrou no quarto depois de mim, pois precisava dar algumas ordens à tripulação, então me adiantei e fui me preparar para a nossa primeira noite juntos depois de um longo tempo.

— Oi — Thomas falou, me abraçando assim que entrou.

— Oi — respondi, com o coração transbordando de amor.

Não precisávamos conversar. Nossos olhos já diziam tudo o que queríamos dizer um ao outro. Nós nos beijamos com desejo e eu simplesmente me deixei levar pela maravilhosa sensação de amá-lo sem precisar ter os pés no chão.

Estar com Thomas naquele momento era a certeza da liberdade que o nosso amor havia nos proporcionado. Não existia mais incerteza nem medo, apenas a segurança do que sentíamos.

Thomas me deitou na cama com carinho, se desfazendo das nossas roupas e eu me rendi a ele, sem me importar com o rumo que tomaríamos, porque eu sabia que, se eu tivesse que me perder, com certeza seria com ele.

Thomas sempre teve razão. É impossível fugir do inevitável e para mim era inevitável amá-lo.

EPÍLOGO

Fechei o jornal sentindo a raiva me atingir.

Então a filha da mãe finalmente aceitou tudo o que sempre jurou que nunca aceitaria. Chegava a ser hilário. Eu podia até rir se não estivesse com tanto ódio em saber que ela teria tudo o que me negou a ter.

Então Cathy casaria com um astro do cinema e herdou toda a herança do velho Jonas? Quem diria? Aquela pilantra conseguiu me enganar direitinho. A sua doçura, sua tristeza infinita, sua culpa pela morte da mãe, a raiva do pai, as barreiras intransponíveis... era tudo fingimento? Tudo para conseguir manipular as pessoas conforme as suas vontades?

Tenho que confessar que a notícia me surpreendia. Cathy nunca demonstrou ser uma fortaleza, muito pelo contrário. Ela era sempre tão frágil, tão coitada... uma mentirosa!

Quando ela foi embora, eu acreditei ter perdido todas as chances de conseguir a vida que projetei para mim, mas não desisti por completo, apenas busquei outros caminhos. Eu estudei, me moldei e consegui trabalhar na empresa de Jonas Brown.

Não que eu imaginasse que assim conseguiria me reaproximar dela, não foi nada disso, já que ela se recusava a pensar no pai. Mas eu vi na vaga de emprego uma oportunidade de me aproximar do velho Jonas, de levar notícias da filha, de me mostrar alguém íntimo dela, ganhar a sua confiança e alcançar o meu intento na hora certa.

Hora esta que nunca chegava.

Nunca!

Até que ele adoeceu e morreu sem deixar nada certo no meu caminho. Um perfeito patife! Depois de tanto trabalho, de todo meu esforço, ele nomeou o sobrinho da esposa como seu substituto. Um fraco, incompetente, incapaz de levar aquela empresa, como eu levaria.

Eu sabia que alguma coisa precisava ser feita e ali estava a minha oportunidade outra vez. O velho Jonas morreu finalmente e Cathy estava novamente ligada a mim. Eu não poderia ter pensado em nada mais perfeito.

Guardei o jornal na gaveta e me recostei, saboreando os passos que certamente daria. Samantha estava prestes a chegar e eu só precisaria usar a mesma máscara de sempre, com sorrisos e gentilezas, para convencê-la a ficar ao meu lado.

E ela ficaria, porque apenas eu conhecia Catherine o suficiente para desmascará-la, ou... para fazê-la entrar em meu jogo. Qualquer um dos dois seria vantajoso para mim.

Ah, Cathy, querida! Eu até senti a sua falta.

Ri adorando o plano que se formava em minha mente.

◀ AGRADECIMENTOS ▶

*B*om, com uma nova roupagem eu percebi que precisava de novos agradecimentos também, afinal de contas, Segredos foi o primeiro livro que escrevi, e que agora, dez livros e cinco anos depois, tenho o prazer de reescrevê-lo.

Foi uma longa caminhada até aqui. São dias que parecem nunca terminar e outros que parecem acabar mais rápido do que eu preciso. Dias de ausência constante, dias em que eu preciso estar presente, mas com a mente viajando para essa história. Um medo imenso de estar fazendo tudo errado e a vontade de acertar que nunca passa. Então cheguei até aqui, outra vez à última página, outra vez à necessidade de não esquecer ninguém, porque cada pessoa que esteve ao meu lado tem uma importância valiosa e imensurável.

Como sempre, preciso agradecer à Janaína Rico. Todas as vezes que faço um novo trabalho eu penso nas coisas valiosas que ela me ensinou e na força que me deu e ainda me dá. Jana, se eu te agradecer a vida toda, não será o suficiente.

Agradeço a Mariza Miranda, minha revisora e amiga, que sofre tanta pressão comigo que até hoje não sei como ela ainda consegue me aturar.

Desta vez vou agradecer às meninas que fazem parte do meu grupo do "zap". Vocês nem imaginam o quanto eu me sinto feliz e motivada todas as manhãs com as nossas conversas e brincadeiras. Nem o quanto sou grata pela companhia nas madrugadas em que preciso trabalhar para cumprir prazo. Vocês são fundamentais.

Minhas Maritacas, as fiéis, as que nunca me abandonaram e nem se deixaram abater por este mundo que ao mesmo tempo em que nos une, nos afasta. Vocês nunca desistiram de mim e eu nunca vou desistir de vocês. Obrigada!

À Martinha Fagundes, linda companheira que além de fazer uma mega revisão no livro, teve toda paciência para me ensinar técnicas de gramática que os simples mortais ignoram completamente. Martinha, você é fera!

A toda a galera da Pandorga. É sempre uma honra e um prazer trabalhar com vocês. Obrigada por todo carinho com cada livro. Vocês são incríveis!

Minhas irmãs, irmãos, porque eles me suportam mais do que deveriam ou gostariam, mas me amam e lutam comigo para que eu possa tornar este sonho possível. Sem vocês eu não seria ninguém.

Minha mãe, eterna fã, que ama tudo o que escrevo. A pessoa que mais se sacrificou por mim e continua se sacrificando porque ela sabe o quanto escrever é importante para a minha sobrevivência, e me apoia incondicionalmente. Amo você!

Meu marido, Adriano, por você compreender que eu preciso viver cada livro, cada personagem, cada vida. Obrigada por ser o meu príncipe encantado.

Aos meus 3D, como sempre, por precisarem aceitar que mamãe se perde no mundo que cria, mas que ela sempre volta para casa, para vocês. Obrigada pelo amor incondicional.

À Lidiane, babá dos meus meninos, mas que no final das contas, é a minha babá também. Não sei como conseguiria sem o seu apoio, sem o seu amor pelos meus filhos e a sua facilidade em encarar os problemas. Obrigada por cada "Vá trabalhar, que eu cuido de tudo aqui", você nem imagina o quanto a sua ajuda é importante. Obrigada, Lidi!

E finalmente, a vocês, leitores incríveis, que fazem o meu mundo mais feliz, e por embarcarem em cada sonho junto comigo.

Obrigada, obrigada, obrigada!

Traições
A irresistível continuação de Segredos

CAPÍTULO 1
Comemorando a vida

CATHY

Acordei sozinha deitada sobre pétalas de rosas vermelhas. Imediatamente sorri para as lembranças da noite anterior. Thomas me fez uma linda surpresa para comemorarmos nosso primeiro ano juntos.

No dia 18 de Junho do ano 2000, quando ele finalmente descobriu que eu era virgem e se empenhou em me convencer a aceitar o nosso relacionamento. Ri sozinha relembrando todos os acontecimentos que fizeram com que eu rompesse minhas barreiras e me entregasse a ele. Foram circunstâncias difíceis, mas, como diz o ditado popular: "Há males que vêm para o bem."

Levantei, me sentindo leve. Feliz. As lembranças da noite anterior eram as melhores possíveis. Thomas não estava na cama e, pelo visto, nem no quarto. Estávamos no apartamento do pai dele, onde um dia, me levou para demonstrar o quanto confiava em mim para dividir a sua vida. Eu me lembrava muito bem da vontade que sentia de voltar e compartilhar os seus momentos.

Thomas preparou uma noite maravilhosa para o nosso aniversário, com direito a jantar romântico, músicos, rosas, joias e algumas brincadeirinhas. Claro que o que mais me interessou foi o prazer que me proporcionou quando finalmente nos amamos e ele derramou sobre o meu corpo uma chuva de pétalas de rosas vermelhas, isso depois de me fazer enlouquecer passando gelo em meu corpo quente. Foi fantástico!

Estávamos nos despedindo de nossa rotina agitada de divulgação e promoção do seu novo filme. Alguns dias antes, estivemos em Cannes como parte do nosso trabalho. Não concorríamos a nada, mas só a exibição já era uma grande honra. Depois a correria normal que a carreira de ator exigia. Principalmente um ator como Thomas que estava no auge, aclamado pelos melhores diretores e amado por milhares de fãs.

Meu trabalho ao lado dele só aumentou com a ausência da Helen, que preferiu se afastar de vez do grupo para poder passar mais tempo com sua filha, Sophia. Eu estava acumulando minhas tarefas e as dela. Dyo também ficou com mais responsabilidades tendo em vista que, o que antes ficaria com Lauren, fora atribuído a ele. Meu amigo se desdobrava para atender um número maior de localidades que deveria cobrir como agente de Thomas. Por estes motivos estávamos todos implorando por alguns dias de paz e descanso. Eu e Thomas já planejáramos tudo: férias merecidas. Só nós dois.

Levantei, puxando o lençol cinza de seda pura que Thomas providenciara para a nossa grande noite, e cobri o meu corpo. Depois ri comigo mesma. Eu estava sozinha, para quê me cobrir? Larguei o lençol e levantei de vez deparando-me com minha imagem no imenso espelho localizado em local estratégico, que dava uma longa visão da cama.

Eu me perguntei se aquilo foi uma ideia do pai de Thomas e, se foi, já me sentia envergonhada só de pensar nos seus motivos, ou, o que era bastante provável, mais uma estratégia de Thomas para apimentar nossa noite. Fiquei envergonhada ao imaginar a forma como ele nos assistiu durante a nossa longa sessão de amor.

Fui ao banheiro para lavar o rosto e iniciar o meu dia. A minha missão era descobrir o que Thomas estava aprontando, já que havia sumido do quarto sem me avisar. Coloquei um roupão e desci as escadas em direção à sala. Eu não precisava me preocupar em encontrar algum desconhecido, o apartamento estava vazio com toda certeza. Passei pelos sofás imensos e convidativos, reconhecendo largada em um dos seus cantos, a camisa que Thomas usava na noite anterior, quando começamos a nos animar.

Encontrei-o na varanda observando o sol nascer e fui ao seu encontro. Vestindo apenas uma bermuda verde, descalço e sem camisa, ele era a encarnação da beleza. Havia um cigarro em uma de suas mãos, o que me desagradou um pouco. Ele sentiu minha presença antes que eu conseguisse alcançá-lo e se virou para me receber em seus braços. Suspirei ao ver o seu sorriso maravilhoso.

— O que faz aqui sozinho?

— Desculpe! — Encostou os lábios aos meus, com delicadeza. — Não queria que sentisse a minha falta. — Seus braços me envolveram com mais posse.

— Posso te desculpar, só que isso vai depender do tempo que vai demorar a voltar para a cama. — Levantei meu rosto exigindo mais dos seus beijos.

— Posso voltar agora mesmo. — Sorriu travesso. — Já estou aqui há algum tempo.

— Alguma decisão difícil? — Lembrei-me da primeira vez em que estive ali, quando ele me disse que era lá que ia para pensar em coisas que precisava decidir.

— Na verdade, não. Estava aqui pensando... Ontem fez um ano que estamos juntos...

— E?

— Estamos noivos há mais ou menos o mesmo tempo...

— Aonde quer chegar Thomas? Seja direto.

Estava frio. Não entendi como ele suportou estar sem camisa, além do mais, eu pretendia voltar logo para a cama para continuarmos com a nossa comemoração.

— Nós não marcamos a data do casamento.

— Isso é muito importante pra você? — Fiquei intrigada com a colocação de Thomas.

Realmente não havíamos marcado a data e nem parado para realmente conversar sobre esta prioridade em nossas vidas. Também, não tivermos muito tempo nos últimos meses para pensar na organização de uma festa. Contudo, a forma como ele falou parecia que o incomodava aguardarmos mais tempo.

— E para você não?

— Claro que sim — respondi imediatamente, para certificá-lo de que não tinha dúvidas da minha escolha. — Só que ficamos sem tempo livre, mas podemos fazer isso agora. É só você me dizer a sua preferência.

Seria mais fácil saber por onde começar se Thomas simplificasse as coisas me ajudando em alguns detalhes. Comemorações nunca foram o meu forte. Eu nunca tive uma festa de aniversário, nunca havia organizado uma para ninguém e não fazia a menor ideia de como fazer um casamento acontecer. Graças a Deus havia Melissa, Mia e Sam para cuidarem disso por mim.

Pensar no assunto me deixou ainda mais intrigada. Por que eu não conseguia agir como as garotas normais e sonhar com o meu próprio casamento? Por que ainda não tinha pensado em flores, cores e *buffet*, ou qualquer coisa do tipo? Nem mesmo para o vestido eu tinha empenhado alguns minutos do meu dia para idealizar.

Porém eu queria aquele casamento. Era uma certeza tão forte quanto a que eu tinha de que não queria me tornar uma executiva das empresas que herdei do meu pai. Na verdade, era frustrante pensar assim, mas... provavelmente, a falta de dedicação ao evento fosse pelo fato de já vivermos juntos e da existência de uma rotina de casados, tentei me convencer.

— Não é tão simples assim. Precisamos primeiro saber que tipo de festa vamos querer para podermos decidir qual será a melhor época do ano.

"Nossa!" Pensei aflita.

Eu começava a acreditar que os papéis estavam invertidos: eu era o homem sendo prática e Thomas a noiva ansiosa, preocupada com os mínimos detalhes. Tive que rir dos meus pensamentos, mas fiquei triste ao mesmo tempo. Seria ótimo se tivesse uma mãe para me ajudar e apoiar, tornando este momento realmente especial.

Minha mãe não teve tempo de viver essas coisas comigo e o que veio depois dela estava muito longe de ser uma mãe, até Sam entrar em minha vida. Infelizmente havia situações que não poderiam ser revertidas.

— Não pensei nisso. — Mordi o lábio, constrangida. — Acho que devemos escolher uma data que nos agrade e depois decidimos qual o tipo de festa mais adequado. — Puxei o ar com força, me obrigando a pensar no assunto com mais atenção. — Eu nem consigo pensar em uma grande festa. Acho que deveríamos fazer algo pequeno e simples, sem chamar a atenção da mídia. O que você sugere?

— Pensei em novembro. — Thomas realmente estava interessado em discutir os detalhes.

— Vou pensar numa data. — E que Deus me ajudasse a encontrá-la.

— Não demore! — Ah, ele era mesmo uma noiva ansiosa. Precisei segurar uma gargalhada.

— Por que a pressa? Não existe nada num casamento que já não tenhamos vivido. Moramos juntos, trabalhamos juntos, dormimos juntos... — Enlacei sua cintura com meus braços sugerindo qual o meu maior interesse no momento.

— Existe sim. Mas o que importa verdadeiramente não é isso. Eu quero oficializar a nossa relação. Contar para o mundo que esta mulher maravilhosa tem um dono.

— Outra vez com esta história de dono?

Ele riu alto e começou a me beijar de maneira mais ousada. Como sempre, meu corpo se entregou sem nenhuma resistência. Voltamos para o quarto que estávamos ocupando e fizemos amor. Depois dormimos.

No final do dia fomos para casa. Thomas queria ficar no apartamento por mais alguns dias, porém eu queria voltar para nossa casa e organizar as coisas para os nossos últimos compromissos, além do mais, eu teria que abandoná-lo por algumas horas. Iria me encontrar com minhas amigas, Mia, Anna, Daphne e Stella.

Como havíamos voltado de um longo período fora, queríamos passar algum tempo longe de tudo até começarmos um novo trabalho. Algumas propostas surgiram, mas nada que precisássemos decidir com urgência. Assim poderíamos dedicar alguns meses ao nosso amor e aos preparativos do casamento. Por este motivo eu estava ansiosa para rever as meninas. Eu não tinha visto muito as garotas nos últimos meses, com exceção de Mia, e com as férias ao lado do Thomas eu ficaria um bom tempo sem vê-las.

Decidimos por um restaurante francês bastante aconchegante numa rua próxima da casa onde eu vivia com meu noivo. Desde que sofri o atentado da Lauren, ele não se sentia confortável em eu estar distante e sem seguranças e, como eu detestava sair acompanhada de sombras, optei por um lugar seguro e perto o suficiente para mantê-lo calmo.

Como se isso fosse fazer alguma diferença caso a Lauren resolvesse fugir do manicômio onde estava confinada. Só pelo fato de me lembrar dela minha pele se arrepiava de medo.

Nós nos encontramos no restaurante e a alegria nos dominou de imediato. Eu sentia falta delas e a recíproca era verdadeira, constatei satisfeita. Ficamos conversando animadas por bastante tempo. Contei sobre a viagem e os lugares por onde tínhamos passado. Falei sobre a vontade do Thomas de marcar logo a data e da minha felicidade com o curso do nosso relacionamento.

Mia nos contou sobre alguém que conhecera, um rapaz bastante interessante dono de uma pequena empresa de software que estava ganhando bastante notoriedade no mercado. Parece que eles poderiam engatar um romance a qualquer momento e ela estava empolgada. Fiquei mais do que feliz pela minha melhor amiga. Ela era uma pessoa incrível e merecia conhecer alguém à sua altura.

Stella pensava sobre uma proposta para fazer mestrado em Londres e estava às voltas com esta decisão importante para a sua vida. Empenhei-me em incentivá-la. Eu sabia o quanto era importante para ela dar continuidade aos seus estudos e, para ser bem sincera, também gostaria de voltar a me dedicar aos meus, entretanto a minha vida com Thomas não me permitiria fazer isso... por enquanto.

Daphne recebeu uma promoção na empresa de marketing em que trabalha e passou a viajar muito pelo país, o que fazia com que também se distanciasse do nosso grupo. Ela estava muito feliz com o seu desenvolvimento profissional, o que era suficiente para que todas compreendêssemos a sua constante ausência, principalmente eu, que nos últimos tempos estava mais ausente do que qualquer uma delas.

Anna passava por um momento profissional bem difícil e todas nós tentávamos ajudar na medida do possível. Ela foi demitida da empresa de publicidade em que trabalhava e, desde então, não conseguira encontrar outro emprego. Ninguém sabia ao certo o que havia provocado sua demissão e respeitávamos o fato de ela não querer falar sobre o assunto. Quando fosse a hora com certeza nos contaria. No entanto, por causa das dificuldades que estava passando, minha amiga estava cada vez mais nervosa, arredia e agressiva. Especialmente comigo.

— Nem todo mundo consegue ganhar na loteria como você, Cathy, ainda mais tantas vezes — Anna falou, rebatendo as minhas tentativas de ajudá-la.

— Não sei do que você está falando, Anna. — Tentei ser o mais tranquila possível evitando uma discussão maior entre nós duas. Ela era minha amiga e eu não via motivos para brigarmos, principalmente com ela passando por um momento tão difícil.

— Ah, tá bom, Cathy! Você consegue o emprego perfeito, o namorado perfeito, a herança perfeita e acha que engana a quem com esta conversa de que as coisas não são bem assim?

— Desculpe, Anna! — Meu espanto ficou nítido em minha voz. Eu não esperava por um ataque tão direto. — Não sabia que minha felicidade a incomodava tanto. — Ela arqueou uma sobrancelha me desafiando. Eu me vi fechando a mão em punho embaixo da mesa. — Só quero que você lembre que eu precisei vencer muitas batalhas para conseguir o emprego perfeito, quase perdi a minha vida para ficar com o namorado perfeito e, para que eu recebesse a herança perfeita, precisei perder o meu pai. — Minha paciência estava quase esgotando.

— Cuja existência nunca fez muita diferença em sua vida. Ficar rica assim é fácil! — Deu uma risada irônica.

Lágrimas se formaram pelas recordações difíceis. Anna foi especialmente cruel e o que é pior, sem a menor necessidade. Resolvi que aquela era a minha deixa para ir embora.

— Bom... Acho que chegou a minha hora. — Olhei para as minhas outras amigas que pareciam constrangidas com nossa pequena discussão.

— Ah, não, Cathy! Ainda é cedo! — Stella ficou realmente aborrecida com a minha ida.

— Meia-noite, Stella. — Ri para aliviar a tensão. — Se não voltar para casa agora, a mágica vai se desfazer e vou voltar a ser a gata borralheira, meu carro vai virar abóbora e o Arnold um ratinho. — Ela me olhou demonstrando não querer que fosse daquela forma, mas respeitou a minha decisão. — Teremos tempo! Só vamos viajar em vinte dias. Thomas tem alguns trabalhos para fazer na cidade.

Assim que terminei de falar meu celular vibrou e eu peguei para atender, certa de que era Thomas. Sorri para as meninas com a constatação.

— Acho que agora é mesmo a hora de ir — Mia afirmou, sabendo que ele ligaria com aquela finalidade.

— Já estou voltando, amor! — eu me antecipei, prevendo o que ele diria.

— Está tarde, Cathy. Você sabe como eu fico...

— Eu sei, Thomas. Já estou me despedindo das meninas. — Peguei minha bolsa já me organizando para sair.

— Estou esperando. Amo você!

— Eu também.

Desliguei o celular, me desculpando por realmente precisar ir. Thomas ficou super-protetor depois do incidente. Às vezes eu me sentia um pouco sufocada com sua preocupação exagerada, apesar de saber que havia motivos para tal atitude. Abracei minhas amigas, inclusive Anna, e fui embora. Fiz a promessa de que nos encontraríamos em alguns dias, com exceção da Daphne que estaria viajando a trabalho.

Quando cheguei, Thomas estava me esperando na entrada da casa. Suspirei pesadamente ainda dentro do carro. Não queria que ele percebesse o quanto me sentia incomodada com seus cuidados excessivos, afinal de contas, ele tinha motivos para temer.

— Voltei inteirinha, sem faltar nenhum pedaço.

— Fico muito feliz por isso.

Ele sorriu daquela forma esplêndida e me lembrei do porquê de não conseguir me sentir incomodada pela sua atenção exagerada quando estávamos juntos. Joguei-me teatralmente em seus braços, levantei uma perna e meu rosto, como faziam as divas do cinema e fechei os olhos aguardando por um beijo. Ele riu e atendeu ao meu desejo colando os lábios nos meus.

— Eu sentiria a falta de qualquer pedacinho que faltasse em você. Te amo todinha, sem tirar nada. — Beijou meu pescoço causando arrepios em minha pele. — Como foi o encontro?

— Muito bom! — Pensei no assunto com certo incômodo. — Apesar da Anna. — Suspirei e acrescentei rapidamente: — Eu estava com muita saudade das meninas.

— Eu sei. — Ele segurou minha mão e começou a andar em direção à sala. — Por que apesar da Anna?

— Ela está com todos os problemas do mundo e resolveu me usar como válvula de escape. — Sentei no sofá para soltar as fivelas que prendiam minhas sandálias ao calcanhar.

— Como assim? — Thomas se abaixou para me ajudar, muito interessado na minha noite. Achei muito fofo.

— Ela me disse algumas coisas sobre eu ter toda a sorte do mundo e ela não ter nenhuma. — Vi que ele não gostou nem um pouco do que eu disse. — Resolvi não entrar no clima dela e vim embora.

— Fez muito bem. É tarde. Não é hora de uma mulher comprometida estar na rua. Principalmente com amigas solteiras — falou em tom sério, porém eu sabia que estava brincando, tentando não me deixar mais intrigada com as atitudes da Anna comigo.

— Mia não é mais solteira. — Ele voltou a me olhar com curiosidade.

— Ah, não? Quem é o sortudo?

— Estamos falando muito de sorte nos últimos minutos — pirracei e ele sorriu, me fazendo parar para contemplá-lo. Meu noivo era lindo!

— Bom, então isso não tem nada a ver com a sorte. — Deixou as sandálias de lado e aguardou por mim. — E Mia merece um cara legal. — Foi a minha vez de sorrir. Eu amava que ele gostasse tanto da minha melhor amiga. — Quem é ele?

— Não conheço ainda, mas pensei em convidá-los para jantar, o que acha?

— Acho ótimo!

— Vou fazer isso. — Levantei determinada e fui em direção à escada que dava acesso ao nosso quarto. Thomas me acompanhou de perto.

— Sam ligou para seu celular? — perguntou, casualmente.

— Não. Por quê?

— Ela ligou aqui para casa. — Suas sobrancelhas se juntaram em uma expressão intrigada. — Queria falar com você. Eu disse que você foi se encontrar com as garotas. Ela falou que ligaria para o celular. Fiquei um pouco preocupado. Era bastante tarde e ela parecia nervosa.

Olhei para o relógio, era quase uma hora da madrugada.

— Amanhã bem cedo ligo de volta. Essa hora eu vou acabar acordando-a. — Mas a ideia de Sam preocupada com algo e precisando falar comigo não me deixou dormir em paz.

༺༻

Pela manhã, assim que Thomas resolveu me deixar sair da cama, fui procurar o telefone para tentar falar com Samantha. Ela não estava em casa e não atendia o celular. Liguei para o escritório para conseguir alguma informação a seu respeito e foi lá mesmo que a encontrei.

— Sam, o que aconteceu? Thomas disse que você ligou querendo falar comigo?

— Eu sempre quero falar com você, minha querida! Isso não é nenhuma novidade.

Respirei mais aliviada. Ela parecia bastante tranquila, o que me permitia afastar dos meus pensamentos a hipótese de qualquer problema.

— Você me deixou preocupada. Pensei que havia acontecido alguma coisa.

— Na verdade aconteceu, mas temos tudo sob controle.

— Temos? É alguma coisa relacionada às empresas?

— Sim. — Ela mudou o tom de voz, o que me fez ficar tensa. — Peter sofreu um infarto ontem à noite. Está tudo bem com ele, apesar de permanecer internado e necessitar de cuidados. — Nem tive tempo de me sentir aliviada quando ela continuou. — Os médicos disseram que ele terá que se afastar dos negócios por um tempo e ficamos um pouco desorientados. Não existe ninguém da família, além de você, para substituí-lo.

— Ai, meu Deus, Sam! Você sabe que não entendo nada sobre as empresas. Como poderei ajudar em alguma coisa? — Olhei para os lados, como se pudesse encontrar a resposta nas paredes da casa. Aquela novidade tinha destruído o que restava da minha paz. — Também tenho meus compromissos com Thomas, ainda não estamos liberados. Sinto muito, mas não poderei ajudar. — A angústia estava querendo me dominar. Eu não gostaria de deixar Samantha na mão, mas não existia nenhuma possibilidade de eu me tornar uma executiva àquela altura do campeonato.

— Imaginei que diria isso. — Sua voz estava bastante leve. Fiquei mais relaxada de imediato. — Acabei de sair de uma reunião com o conselho administrativo. Foi sobre essa reunião que tentei avisá-la ontem à noite, mas como você não estava, resolvi que faríamos mesmo sem sua presença.

— Tudo bem. O que vocês decidiram?

— Tivemos que decidir um monte de coisas, inclusive qual seria a sua participação. Peter tinha agendado diversas reuniões de negócios que seriam extremamente vantajosas para as empresas, então não podemos adiar ou deixar passar estas oportunidades. — Eu me preparei para o pior, que com certeza ainda seria dito. — Decidimos que dividiremos a presidência em dois cargos de igual poder pelo tempo em que o Peter estiver ausente. Contudo elegemos uma única pessoa para supervisionar os dois cargos. Será quem comandará tudo, porém o trabalho será facilitado devido à divisão de responsabilidades. É para isso que precisaremos de você.

— Não posso assumir esse cargo, Sam...

— Eu não pediria isso a você, Cathy. — Eu tinha certeza que um sorriso brincava em seus lábios. — Nós estamos dividindo da seguinte forma: uma sede será a de Nova York. Sei que não poderá acompanhar o trabalho o tempo todo, mas precisaremos de você em alguns momentos, principalmente porque a outra sede será em Los Angeles. Já temos a pessoa que irá coordenar os cargos da presidência, só precisamos que você o acompanhe em algumas situações, seja um pouco mais presente. Não é nada que vá interferir em sua vida.

— Em vinte dias eu estarei viajando para a Suíça com Thomas para nossas tão esperadas férias. Não estarei aqui.

— Cathy, estamos precisando de você. Sinto muito, mas terá que adiar sua viagem. Desculpe! — Pensei duas vezes sobre o que deveria responder, mas optei